MEHWISH SOHAIL
Like words on our skin

MEHWISH SOHAIL

Like
words
on our
skin

Roman

LYX in der Bastei Lübbe AG

Die Bastei Lübbe AG verfolgt eine nachhaltige Buchproduktion.
Wir verwenden Papiere aus nachhaltiger Forstwirtschaft und verzichten darauf,
Bücher einzeln in Folie zu verpacken. Wir stellen unsere Bücher in
Deutschland und Europa (EU) her und arbeiten mit den Druckereien
kontinuierlich an einer positiven Ökobilanz.

Originalausgabe:
Copyright © 2023 by
Bastei Lübbe AG, Schanzenstraße 6–20, 51063 Köln

Dieses Werk wurde vermittelt durch die
AVA international GmbH Autoren- und Verlagsagentur, München.
www.ava-international.de

Textredaktion: Li-Sa Vo Dieu
Illustrationen: © Ayeshah und Asmah Sohail
Umschlaggestaltung: FAVORITBUERO, München
Umschlagmotiv: © asya Kobelev, drada, momo sama/Shutterstock.com
Satz: Greiner & Reichel, Köln
Gesetzt aus der Adobe Caslon
Druck und Verarbeitung: GGP Media GmbH, Pößneck

Printed in Germany
ISBN 978-3-7363-1589-1

1   3   5   7   6   4   2

Weitere Informationen unter:
lyx-verlag.de
luebbe.de | lesejury.de

Liebe Leser:innen,

bitte beachtet, dass *Like words on our skin*
Elemente enthält, die potenziell triggern können.
Diese sind:

Leistungsdruck, Depression, Panikattacken,
Suizidgedanken, Suizidversuch

Wir wünschen uns für euch alle
das bestmöglicheLeseerlebnis.

Eure Mehwish und euer LYX-Verlag

Für die Kinder mit den Karussellköpfen,
die Kinder ohne Mutter- und Vatersprachen.

Für meine Geschwister:
Ayeshah, Umar, Asmah und Ali

Playlist

Where is my Mind? – Pixies
Baby, I love you – Aretha Franklin
This is your Life – The Dust Brothers, Tyler Durden
Pass the Dutchie – Musical Youth
DOUR – IZRAA
Bad Boy – Red Velvet
EARFQUAKE – Tyler, the Creator
So High – Doja Cat
Stan Instrumental – Eminem
Lost Cause – Billie Eilish
Haunted – Laura Les
We could have been so good together Remix – Yusei
Running Up That Hill – Kate Bush
Mirror – Kendrick Lamar
Pruna – Flughand
Interlude_dream, Reality – Agust D
I Will Survive – Gloria Gaynor
After the Storm – Kali Uchis, Tyler, the Creator,
Bootsy Collins
Out of Time – The Weeknd
Good Days – SZA
Die Hard – Kendrick Lamar
Electric – Alina Baraz, Khalid
Can't Love You Anymore – IU, OHHYUK

Desi Playlist

Ok Jaanu Title Track – »Ok Jaanu«
Kun Faya Kun – »Rockstar«
Akh Lad Jaave – Loveyatri
Heeriye – Jasleen Royal, Arijit Singh, Dulquer Salmaan
Sunn Raha Hai Female Version – »Aashiqui 2«
Bulleya – »Ae Dil Hai Mushkil«
Pasoori – Shae Gill, Ali Sethi
For Aisha – »The Sky is Pink«
Tu Jaane Na – »Ajab Prem Ki Ghazab Kahani«
Sad Girls Luv Jiya Jale Cover and Remix – SANJ
Kali Kali Zulfon Ke Cover – Madhur Sharma, Swapnil Tare
Enna Sona – »Ok Jaanu«

Prolog

Sadia

Es gibt diese Tradition bei uns, bei der die erste Mahlzeit, die ein frisch vermähltes Ehepaar zu sich nimmt, von einem gemeinsamen Teller gegessen wird. Der erste Bissen wird von der Hand des jeweils anderen genommen, und ich fand schon immer, dass das viel intimer ist als ein Kuss. Dieser Moment, wenn die Finger des einen die Lippen des anderen berühren. Wie sie sich dabei in die Augen sehen. Wie der gleiche Geschmack sich in ihren Mündern ausbreitet: Ein Geschmack, benetzt von der Haut der Person, der man damit verspricht, ab sofort nicht nur das Essen miteinander zu teilen – sondern ein ganzes Leben.

Meine Eltern haben diese Tradition von ihrer Hochzeit mit in ihre Ehe genommen. Auch nach fünfundzwanzig Jahren haben sie nicht aufgehört, von einem einzigen Teller zu essen. Bei jeder Mahlzeit, die sie zusammen einnehmen können, stellt meine Mutter den Teller auf eine Ecke unseres Esstisches, dort, wo ein besserer Zugang für beide gewährt ist. Dann setzt sie sich an einer und mein Vater an der anderen Seite hin, dicht um diese Ecke gedrängt. Der Anblick ihrer zueinander gebeugten Köpfe über einem dampfenden Mahl hat sich tief in mein Gedächtnis gegraben.

Je älter ich werde, desto mehr fallen mir auch die kleinen Gesten auf, die sie in diesen Momenten miteinander teilen.

Wie selbstverständlich sich mein Vater das meiste vom Fleisch herauspickt, weil meine Mutter die würzige Soße bevorzugt. Wie sie wiederum das besonders scharfe Gemüse für sich zur Seite schiebt, weil er es lieber milder mag. Wie sie darauf achten, dass ihre jeweiligen Gläser immer voll sind, damit sie nicht zu trinken vergessen. Diese verstohlenen Blicke, die gemurmelten Unbefangenheiten, eine so einfache und doch jeder Einsamkeit trotzende Nähe. All diese Kleinigkeiten, die am Ende das große Ganze bilden.

Ich werde auch nie den Sommer vergessen, in dem meine Mutter rapide abgenommen hat. Damals konnte mein Vater aufgrund seiner Arbeit nicht wie üblich den Urlaub in Pakistan mit uns verbringen. Meine Mutter passte die Portionen auf ihrem Teller zwar nur mehr einer Person an, aß dennoch lediglich die Hälfte davon. Den Rest schob sie ordentlich auf die andere Seite, als erwarte sie, dass Papa jeden Moment hungrig von der Arbeit käme. Nachts, wenn wir uns schlafen legten und ich so tat, als wäre ich schon lange weggedöst, fragte sie ihn flüsternd am Telefon, was er heute gekocht habe, ob er ordentlich gegessen habe.

»Ja, habe ich. Und du?«

Sie antworte mit derselben Sicherheit: »Ja, ich bin satt.«

Und doch, da bin ich mir sicher, wussten sie beide, dass sie logen. Aber sich mit Worten einzugestehen, dass sie sich nach dem jeweils anderen sehnten, war noch nie ihre Art gewesen. Stattdessen ließen sie die Hälfte ihrer Teller voll, wenn der andere fehlte.

Wenn mich jemand fragen würde, worauf meine Leidenschaft für das Kochen beruht, dann kommt mir all das in den Sinn. Diese geteilten Teller meiner Eltern und ihre leise Zuneigung. Meine Antwort wäre:

Kochen ist meine Leidenschaft, weil ich mich nach der Liebe sehne.

1. Teil

Die Liebesgeschichte

1. Kapitel

Ibrahim

Man muss wohl erst sterben, um wiedergeboren zu werden, das ist der Scheiß mit zweiten Chancen.

»Abi, steh auf.«

Erst wenn du ganz unten ankommst, wirklich ganz, ganz unten, dann kann dir die Erleuchtung kommen. Sie kann sich in allem manifestieren. Gott, die Religion. Oder eine neue Sucht, ein Kult. Vielleicht Therapie, du denkst dir: *Fuck, so geht's nicht weiter, ich muss jetzt die Bremse ziehen.* Und dann ist die Bremse halt, Hilfe anzunehmen.

Aber du musst erst ein Zeichen vom Universum bekommen, um das überhaupt zu checken.

»Ibrahim.«

Die Sache ist, je nachdem, wie tief du bereit bist zu gehen, kann dieses Zeichen alles Mögliche sein. Eine Tür, die sich durch einen Windstoß schließt, zum Beispiel. Ein Brunnen, aus dem plötzlich Wasser fließt, wenn man's biblisch sehen will. Oder eine Telefonnummer, die du verloren geglaubt hast und die du zum perfekten Zeitpunkt wiederfindest. Du wählst die Nummer, panisch, weil du weißt, sonst war's das jetzt, und dein ehemaliger bester Freund, deine Ex, die du immer noch liebst, deine Familie, irgendjemand, an den du dich klammern willst, hebt ab. Das Erste, was du sagst, ist: *He, ich will nicht mehr, hab nur mehr Leere in mir, keine Hoffnung mehr.* Und dann: *Kannst du mich retten?* Sie antworten mit irgendwas Belanglosem, etwas, das dir nicht weiterhilft. *Nur du kannst dich retten,* und so ein Mist. Aber Hauptsache, sie sind da. Sie sind da. *Ich bin für dich da. Rede mit mir, bleib dran, ich bin da.*

Aber stell dir vor, ihr Handyakku wäre leer, wenn du sie brauchst. Stell dir vor, das Wasser, das aus dem Brunnen fließt, ist voller Dreck. Stell dir vor, die Tür, die sich schließt, sperrt dich von deinem eigenen Leben aus. Was ist schon ein Wunder in dieser Welt? Und wann ist ein Wunder pure Verzweiflung?

»Ibrahim, ich mein das ernst. Wach auf.«

Ich bin ein zu großer Zyniker, um an Scheißwunder zu glauben.

»Abi!«

Jemand stößt mit dem Fuß gegen mein Bein. Ich seufze. Mein Augenlid pocht, mein Schädel pocht, mein Bauch schmerzt. Und für einen kurzen Augenblick steht jemand über mir, der da nicht stehen sollte. Nicht stehen könnte.

Bist du's?, denke ich mir. *Bist du hier, um mir ein Zeichen zu geben?* Diese Lippen, diese Augen, dieser sture Blick. Es ist über ein Jahr her, seit wir uns zuletzt gesehen haben, aber Erinnerungen an sie bleiben vorherrschend. Eigentlich beeindruckend, wenn man darüber nachdenkt. An einem Tag vergeht keine Sekunde, in der man nicht miteinander redet, am nächsten herrscht Funkstille. *Manchmal ist Abstand die beste Lösung,* hat sie mir einmal geschrieben. *Manchmal braucht man neue Wege, um zueinanderzufinden.* Das war nicht auf uns bezogen, sondern auf ein Buch, das sie zu dieser Zeit gelesen hat, Gayle Forman, nur ein einziger Tag oder Jahr, kein Plan. *Und?*, denke ich mir jetzt trotzdem. Hast du wieder zu mir gefunden, Sadia? Gibst du mir noch einen Tag, ein Jahr, ein Leben? Bist du da, bist du da, bist du da?

Sie ist nicht da. Aber irgendjemand ist da.

»Steh sofort auf«, wiederholt die viel zu vertraut klingende Stimme. Der Nebel klärt sich, die Realität setzt ein. Hinter der Wolke aus Tagträumen macht sich die Gestalt meiner Schwester erkennbar.

Maya kniet sich vor mir hin. In ihren Augen ein Kampf aus zwei Gefühlen: Sorge und Wut.

Die Wut siegt letztendlich, als ich zur Begrüßung die Hand hebe und sie schief anlächle. »Hi.« Endlos müde, aber endlich im Jetzt angekommen.

Seelenruhig richtet sich meine Schwester wieder auf und verschränkt die Arme. Wie sie so vor mir aufragt, streng dreinblickend, erinnert sie mich an die Justitia.

»Alter«, ertönt plötzlich eine zweite Stimme im Raum. »Du siehst aus wie Scheiße. Der ganze Laden sieht aus wie Scheiße.«

»Du bist scheiße«, bringe ich reflexartig hervor. Dann hebe ich den Kopf, um nachzusehen, wer gesprochen hat. Es ist Aslan, ein Freund von mir.

Mit Betonung auf dem unbestimmten Artikel. Früher hätte es *mein bester* Freund geheißen, aber das liegt mehrere Leben hinter uns. Neun Monate Zivildienst des Horrors, ein verschanzter Schulabschluss und zwei Jahre des Stagnierens, um genauer zu sein. Ich blinzle seine müde wirkende Gestalt in Jogginghosen und wirren Haaren an, dann lasse ich meinen Blick durch den Rest des Raums gleiten, um die Lage abzuchecken.

Wir sind in der Wohnung von einem dieser Typen, mit denen ich gestern Nacht durch die Gegend gefahren bin, Marc oder Matt, kein Plan. Ein Sozialbau, klein und eng, mit Mobiliar, das nicht zusammenpasst, und kunstvoll angerichteten Spinnennetzen in den Ecken. Überquellende Aschenbecher, ominöse Flecken an der Wand und tote Pflanzen am Fenster.

Maya stößt mit ihrem Schuh noch mal gegen mein Bein.

Zur Antwort halte ich ihr meinen Mittelfinger hoch. »Hilf mir«, sage ich.

Sie nimmt den Finger und verdreht ihn, bis ich vor Schmerz aufschreie. Fluchend reiße ich meine Hand aus ihrem Griff und presse meinen Arm gegen den Bauch.

»Hearst. Stirbst du jetzt?«, fragt Aslan.

»Nein«, sage ich. »Mir geht's super, danke der Nachfrage.«

Meine Schwester tippt ungeduldig mit ihrer Schuhspitze auf dem Boden herum.

Ich appelliere erneut an ihren Helfersinn und halte meine Hand hoch. Diesmal nicht nur den Mittelfinger, wohlgemerkt. »Hilfst du mir?«

Wenn Blicke töten könnten, läge ich jetzt wahrscheinlich in meinem Grab. Aber nichtsdestotrotz ergreift sie meinen Arm und hilft mir auf. Zumindest in eine aufrechte Sitzposition, denn zum Aufstehen ist es zu früh. Es ist für alles zu früh, zum Denken, zum Reden, zum Existieren. Immer viel zu früh.

»Ich war in drei verschiedenen Wohnungen, um dich zu suchen«, beginnt Maya. »Und ganz ehrlich, Abi, diese Leute, mit denen du abhängst, das ist einfach nur erbärmlich.«

»Hey!«, ruft Aslan dazwischen.

»Warum ist dein Handy ausgeschaltet?«, fährt sie unbeirrt fort.

Daraufhin muss ich erst mal gähnen. Es ist keine Absicht, sondern kommt unerwartet über mich. Ein besonders gutes Argument ist es trotzdem nicht.

Maya macht eine ruckartige Bewegung. Instinktiv halte ich meine Arme vor mir hoch. »Nicht schlagen!«, rufe ich.

Aber sie hat sich nur von mir gewandt und wirft jetzt die Hände in die Luft. »Ehrlich jetzt!«, faucht sie. »Weißt du, dass ich die ganze Woche über für dich im Laden einspringen musste?« Kopfschüttelnd stampft sie auf die Haustür zu.

»Wirklich, Abi. Manchmal frag ich mich echt, warum wir uns das noch geben.«

Der Aufprall der hinter ihr zufallenden Tür hallt schmerzhaft gegen die Innenwände meines Hirns. Ich blinzle gegen den Schmerz an und reibe mir über meine müden Augen.

Als ich wieder aufsehe, steht Aslan vor mir. Er streckt seine Hand aus. »Komm.«

»Was machst *du* überhaupt hier?«, frage ich. Es muss drei Monate her sein, seit ich zuletzt mit ihm geschrieben habe, noch länger, seit wir uns gesehen haben. Er sieht unverändert aus. Das gleiche Milchbubengesicht, die gleichen grünbraunen Augen, das gleiche Beinahlächeln, das nie sein Gesicht verlässt. Und trotzdem ist er mir heute ein Fremder.

»Deine Schwester ist plötzlich bei uns aufgetaucht«, erklärt er. »Sie wollte wissen, ob ich eine Ahnung hätte, wo du bist. Dachte mir dann, dass ich ihr gleich beim Suchen helfen kann …«

»Du dachtest dir also, du könntest ihr beim Suchen helfen …«, wiederhole ich langsam und betrachte stirnrunzelnd seinen immer noch ausgestreckten Arm.

»Bin halt ein Korrekter.«

Ich haue seine Hand zur Seite und rapple mich selbst unter Ächzen und Stöhnen auf. Langsam dämmert mir, woher die Schmerzen in meinem Körper kommen, und mein düsterer Blick gleitet zu dem umgekippten Couchtisch, der keine so unbeachtliche Rolle dabei gespielt hat. Bilder von Fäusten und einem immer näher kommenden Boden schießen mir vor die Augen. Ich blinzle sie fort und drehe den Nacken hin und her, bis es knackt.

Bevor ich Maya aus dieser Bruchbude folge, klopfe ich meine Jeans ab, um zu prüfen, ob meine Geldtasche noch vorhanden ist. Die Tasche ist noch da, aber Geld keins mehr. Scheiß Marc/Matt und seine Freunde. Mein Handy liegt in der Lederjacke, die Aslan vom Boden klaubt und mir reicht. »Das ist deine, oder?«

Ich nehme sie brummend entgegen, schüttle sie aus und schlüpfe rein. In ihren Taschen liegt auch noch ein Ersatzschlüssel vom Asialaden meiner Eltern, den ich fast vergessen hätte und sicherheitshalber in die Schutzhülle meines halb kaputten Handys stecke. Aslan beobachtet mich mit Geduldsmiene. Wortlos schubse ich ihn mit der Schulter leicht zur Seite, was ihn nur zum Schnauben bringt, und wir verlassen diese Bruchbude gemeinsam.

Mayas Auto, das früher Tariqs Auto war, steht nicht weit von der Wohnung entfernt in einer vollgeparkten kleinen Gasse neben einer türkischen Bäckerei. Als ich mich auf dem Beifahrersitz niederlasse, ist das Pochen in meinem Kopf so intensiv, dass ich die Stimmen um mich herum einen Moment lang nur dumpf höre. Meine Schwester startet das Auto und etwas Kaltes, Schweres landet auf meinem Schoß. Stirnrunzelnd blicke ich auf die Wasserflasche hinunter, die Maya ohne jeglichen Kommentar auf mich geworfen hat.

»Danke«, bringe ich mit raspelnder Stimme raus.

»Sag mal, Maya«, erklingt Aslans gedämpft klingende Stimme vom Hintersitz. »Wie sieht's aus, hast du eigentlich schon einen Freund?«

Ich spüre ihr Augenverdrehen mehr, als dass ich es sehe.

»Maya«, sage ich. »Du brauchst den nicht nach Hause zu fahren, kannst ihn gleich hier an der nächsten Haltestelle absetzen. Er kommt selbst klar.«

»Hey, urgemein! Ich hab geholfen, dich zu suchen!«

»Maya, lass ihn aussteigen.«

Sie ignoriert uns beide und fährt an der nächsten Haltestelle einfach vorbei. Als ich was sagen will, wirft sie mir einen eisigen Blick zu, der mich sofort zum Schweigen bringt.

Keine Ahnung, warum sie so angepisst ist. Ich habe sie nicht gezwungen zu kommen. Ich zwinge sie nie, zu kommen, und trotzdem steht sie jedes Mal mit enttäuschten Blicken vor mir und erwartet ein Wunder. Genervt lehne ich mich wieder zurück und betrachte die vorbeifahrende Stadt.

Wir fahren durch belebte Straßen an koreanischen Supermärkten, indischen Restaurants und italienischen Eissalons vorbei. An Synagogen, Moscheen, Kirchen, Stadtparks und Wolkenkratzern immer der Donau entlang, die hier und da in ihrer ergrauten Pracht unter den Brücken aufblitzt.

Halten Sie einen Moment inne, fordert uns ein riesiges Werbeplakat neben der Straße auf. *Und holen Sie einen tiefen Atemzug.*

»Einen tiefen Atemzug für meinen Arsch«, murmelt Aslan und ich schnaube zustimmend.

Im zweiundzwanzigsten Bezirk in der Nähe des Donauzentrums erreichen wir endlich Aslans WG. Er steigt vor einem weißen Häuserblock aus und klopft an mein Fenster. Widerwillig kurble ich die Scheibe runter und starre ihn abwartend an.

Er stützt die Arme am Autodach ab. »Du hast dich echt lang nicht mehr blicken lassen, weißt du?«

»Heul doch.«

»Komm schon, Ibo.«

Auf Türkisch bedeutet Abi großer Bruder, daran hat er sich nie gewöhnen können und mir von Anfang an seinen eigenen Spitznamen verpasst. Wenn er mir Nachrichten schreibt, muss ich nicht auf die Nummer achten, um ihn zu erkennen. *Sag mal, Ibo, wie es dir geht*, fragt er neuerdings öfter nach. *Und sei ehrlich.* An guten Tagen antworte ich mit GIFs aus Cartoonserien oder Graffitibildern mit möchtegernphilosophischen Zitaten. Dann frage ich auch nach ihm, nach seiner Familie, aber nie nach seinem Studium, seinen neuen Freunden. An schlechten Tagen antworte ich gar nicht.

Meistens sind die Tage nicht gut.

Meistens sind sie sogar beschissen, und ich glaube, heute könnte so ein Tag werden, wenn wir noch länger hier rumstehen müssen.

»Meld dich einfach mal wieder, okay? Oder komm mal vorbei, wenn du Lust hast.«

Klar. Zu einem Kaffeekränzchen, oder wie? Ich bring dann auch Kekse mit, ja? »Wir müssen jetzt los«, sage ich, seinem Blick ausweichend.

Aslan seufzt. »Okay. Kommt gut nach Hause.« Er klopft gegen das Auto und weicht vom Fenster zurück. »War schön, dich wiederzusehen, Maya.«

»Danke für deine Hilfe«, verabschiedet sich meine Schwester und wir fahren endlich los.

Ich werfe Maya einen Seitenblick zu, um herauszulesen, was sie von diesem kurzen Gespräch zwischen mir und Aslan hält, kann aber ihre Miene nicht deuten. Da sind nur Augenringe, zusammengepresste Lippen und zu einem Knoten gebundene Haare.

Ich versuche, es ihr nachzumachen und sie zu ignorieren. Aber es funktioniert nicht. Ihre Anwesenheit ist wie ein unangenehmes Kribbeln auf der Haut, ich kratze an ihr rum, aber sie weicht nicht zurück.

»Hey«, sage ich, um ihre Aufmerksamkeit zu bekommen, und rutsche auf meinem Sitz hin und her.

Keine Antwort. Mayas Blick ist auf die Straße fokussiert, was nicht unbedingt mit mir zu tun haben muss. Sie hat erst vor Kurzem ihren Führerschein bekommen, seitdem fährt sie nur in Notfällen und dann auch nur kurze Strecken. Für die Fahrt bis nach Hause braucht sie deutlich länger, als es normalerweise der Fall wäre, und ich muss mich davon abhalten, ihre Zurückhaltung zu kommentieren. Aber eine längere Strecke bedeutet längeres Schweigen, und das bedeutet immer kälter werdendes Eis im Auto.

Mein Bauch und mein Kopf und alles tut immer noch weh, als ich noch mal »Hey« sage.

Mayas Umklammerung des Lenkrads wird fester. Sie presst ihre Lippen eng zusammen und runzelt die Stirn. Antwortet immer noch nicht.

»Maya.«

Die Stadt um uns herum versinkt im Boden. Zumindest sieht es so aus, je weiter man sich vom Zentrum entfernt. Die Häuser werden kleiner, unbedeutender, die Abstände zwischen den Haltestellen größer. Immer mehr Grün, natürliches Grün, taucht auf, immer weniger Werbung und Menschen. Über uns sind die Wolken grau. Der Himmel erbebt kurz, als ein Donnern ertönt. Maya seufzt. Leise und kaum merklich, eine unbewusste Reaktion auf das nahende Unwetter. Ich presse meine Hand gegen die Stirn, auf die pochende Stelle. Was drückt mehr? Der Schmerz oder ihre Stille? Ich hasse Stille.

Am Rande der Stadt, fast schon außerhalb Wiens, gibt es ein Weizenfeld. Neben diesem Weizenfeld steht ein lachsfarbenes Haus. Und auf diesem lachsfarbenen Haus sitzt zu jeder Jahreszeit ein Weihnachtsmann auf dem Dach. Direkt davor, unter seinem eindringlichen Grinsen, parkt Maya endlich das Auto.

Keiner von uns beiden steigt aus. Draußen beginnt es zu schütten.

Zwei Tatsachen: Maya steigt nicht aus, weil sie müde ist, immer viel zu müde. Und ich steige nicht aus, weil ich keine Lust habe, mit dem angeschlagenen Gesicht meinen Eltern gegenüberzutreten.

»Abi«, sagt sie und diesmal ist ihre Stimme ein Schaben gegen meine Haut, ich kratze an meinem Arm, an meinem Hals.

»Wenn du tagelang, teilweise wochenlang einfach abtauchst, ohne jemandem Bescheid zu geben, was genau glaubst du, was wir uns dann denken?« Sie gibt mir keine Chance zu antworten. »Wir denken uns, dass dir was passiert ist. Wir machen uns Sorgen. Wir sitzen nicht entspannt rum und leben einfach ganz normal weiter, wir warten auf dich. Und dieses Warten kann echt anstrengend sein, verstehst du?«

Ich presse meine Zähne so fest zusammen, dass es in meinem Kiefer knackt. Ich will das nicht hören. Ich will nicht länger in dem Auto sitzen. Ich will mein Handy rausholen und Sadias alte Nachrichten lesen, bis die Unruhe vergeht. Aber mein Akku ist leer und meine Schwester angepisst auf mich. Unter ihrem Tadel bin ich einfach nur ein beschissenes Kind.

Maya macht die Fahrertür auf. »Wir haben grad Mitarbeitermangel und ich werde es nicht schaffen, noch mal für dich einzuspringen. Also bitte – bitte komm die Woche, okay?« Sie steigt aus. »Und Baba ist nicht zu Hause, also bleib nicht hier sitzen.«

Meine Damen und Herren: Maya Sadeem. Die einzige Person, die meine Gedanken lesen kann. Nur meine Gefühle nicht. Ich blicke ihr durch den Regenschleier hinterher, wie sie durch das Gartentor auf die Haustür zugeht und ins Haus verschwindet.

Erst als ich sicher bin, dass sie sich in ihr Zimmer eingesperrt hat, öffne ich selbst die Wagentür und gehe ins Haus.

Von außen wirkt das lachsfarbene Haus ruhig und gemütlich, aber innen herrscht reinstes Chaos, eine Versinnbildlichung unserer Familiensituation. Seit unser ältester Bruder Tariq weggezogen ist, geht unsere Familie durch so etwas wie eine Midlife-Crisis. Das ist zwei Jahre her, aber Änderungen brauchen immer etwas, um bei uns anzukommen. Immer noch beharren meine Eltern darauf, dass alles beim Alten geblieben ist, gleichzeitig machen sie spontane Aktionen, wie die Wände neu zu streichen oder die Küche umzubauen. Das Wohnzimmer, das an die Küche anschließt, liegt brach, aber heute sind ausnahmsweise keine Typen hier, die gegen die Wände und Böden hämmern, drillen, klopfen. Im oberen Stockwerk, in dem sich unsere Zimmer befinden, stapeln sich Kisten voll mit Zeug von unten, für die meine Eltern keinen besseren Aufbewahrungsort gefunden haben. Ich schlänge mich zwischen den Boxen durch und halte vor Mayas Tür inne. Durch einen Spalt dringt dumpf Musik raus, Pop, harte Bässe, aggressive Frauenstimmen. Einen flüchtigen Moment lang überlege ich, anzuklopfen und mich zu entschuldigen. Nur einen flüchtigen, hauchdünnen Moment lang, dann gehe ich weiter. Weil ich weiß, dass eine Entschuldigung nichts mehr als eine Zeitverschwendung ist, wenn darauf keine Taten folgen. Und ich kenne mich mittlerweile besser, um von einem »Nie wieder« zu sprechen.

Neben Mayas Zimmer liegt das Bad, aus dem ebenfalls Geräusche dringen.

»Nein, *du* hörst mir zu!«, schimpft eine leise, gehetzt klingende Stimme. Es braucht ein paar Sekunden, um sie zu erkennen: Arwa, Tariqs Freundin. Die hat auch einen Freifahrtschein in unser Haus.

Sofort entferne ich mich und steuere mein eigenes Zimmer an. Die Liste der Personen, die ich zurzeit meide, ist lang, aber Arwa steht ganz hoch oben drauf. Seit sie selbst in Therapie ist und sich besser fühlt, hat sie ein Helfersyndrom in sich entdeckt und mischt sich ständig in die Angelegenheiten anderer ein. Heute habe ich maximal keinen Bock, ihre Fragen zu beantworten.

Es ist aber mein »Glück«, dass just in dem Moment, in dem ich mein Zimmer erreiche, die Badezimmertür aufgeht.

»Abi?«

Tief, tief durchatmen. War ja klar. Mit straffen Schultern und einer unbeeindruckten Miene blicke ich über die Schulter hinweg zu dem Farbfleck, der dort im Türrahmen steht. Pastell-Pullover, Hände voller blauer Spuren und Haare, die ihr im Chaos das Gesicht umrahmen. Arwas Wangen sind rot gefärbt und ihre Augen glühen, die Gefühle scheinen zu brodeln. Es kommt so selten vor, dass ich sie wütend erlebe, dass ich sie einen Moment lang nur fasziniert anstarren kann.

Dann blinzelt sie und der Ärger ist wie fortgewischt. Stattdessen erscheint etwas tausendmal Schlimmeres in ihrem hübschen Gesicht: Mitgefühl.

»Was ist mit deiner Wange passiert?« Ihr Blick gleitet über mein geschlagenes Gesicht zu meiner Kleidung. Ob sie mich in Ruhe lassen würde, wenn ich einfach in mein Zimmer abhaue, ohne etwas zu sagen?

»Ist alles okay bei dir?« Sie kommt näher. Ihre Augen sind groß und braun, sie sehen immer leicht geschwollen aus. Immer viel zu nett und verständnisvoll. *Schau mich nicht so an*, denke ich mir. *Schau mich gar nicht an.*

Manchmal weiß ich nicht, was ich schlimmer finde: wenn Menschen mich ignorieren, oder wenn Menschen mich wirklich sehen wollen.

»Alles bestens«, murre ich. Dann gebe ich meinem inneren Feigling nach und öffne die Tür, um schnell ins Zimmer zu schlüpfen und hinter mir abzuschließen.

»Abi?«, höre ich sie gleich darauf vom Gang. Ich lehne meinen Kopf zurück und stöhne. *Hau ab. Hau ab, hau ab, hau ab.*

»Ich will dich gar nicht nerven …«

Dann tu's nicht? »Aber ich wollt dir nur sagen, wenn du mal reden magst und jemanden brauchst …«

Ich bin kurz davor, manisch aufzulachen. *Wenn du ein Wunder suchst …*

»Wenn du mit jemandem reden magst, der halt nicht Teil deiner Familie ist … also, wahrscheinlich hast du dafür auch deine Freunde, aber ich mein nur, falls du jemanden doch brauchst, dann kannst du dich bei mir melden, okay? Ich würde es niemandem sagen, wirklich. Es ist nur, ich weiß, wie es ist, Sachen nicht auszusprechen und – «

»Ist dir langweilig oder so?«, rufe ich durch die Tür, bevor ihr Monolog noch eine Stunde andauert. »Oder was glaubst du, ein paar Stunden Therapie hinter dir und jetzt bist du selbst Therapeutin?«

Ich fühle mich wie Dreck, als ich das sage, aber ich fühle mich auch wie Dreck, wenn ich es nur denke. Was macht es am Ende schon für einen Unterschied?

»Das Angebot steht auf jeden Fall«, höre ich sie kaum merklich sagen.

Dann ihre leiser werdenden Schritte, eine andere Tür geht auf, Popmusik dringt herüber und es wird ruhig im Haus.

Plötzlich ist es wieder viel zu still. Meine Brust fühlt sich eng an, meine Finger zittern. Ich trete über die Papierknäuel, Kleiderhaufen und Bücherstapel am Boden hinweg zu meinem Bett, um das Fenster aufzureißen.

Ich weiß nicht, wie ich das den Leuten um mich herum verklickern soll, aber ich will nicht, dass man auf mich wartet. Dass man irgendwas von mir erwartet, und auch nicht, dass man mit all diesen Anschuldigungen oder Hilfsangeboten aufwartet. Ich will einfach, dass man mich in Ruhe lässt, gute Tage oder nicht. Ich will, dass ich verschwinden kann, ohne dass man mich jedes Mal wieder findet. Ich will, dass man aufhört mich zu fragen, wie es mir geht, weil es offensichtlich ist, wie es mir geht, und auch offensichtlich ist, dass es nicht besser wird.

Das Ding mit dem Hilfe-Annehmen ist nämlich: Es endet nicht bei einer Geste. Ein Wunder ist ein Wunder ist ein Wunder und demnach so unwahrscheinlich wie Regenschauer in der Wüste. Wenn eine Hand angenommen wird, folgt die nächste und die nächste und ich glaube, Menschen, die andere Menschen lieben, wissen einfach nicht, wann sie aufhören sollen. Menschen wie Maya oder Arwa, sogar Aslan sind zu aufopferungsbereit für ihr eigenes Wohl. Am Ende des Tages schaden sie sich selbst am meisten. Am Ende des Tages infiziert man sie nur mit dem eigenen Gift. Am Ende des Tages schauen sie dich tief enttäuscht an und fragen sich: »Warum habe ich mir das überhaupt angetan?«

Und dann bist du derjenige, der wieder schuld ist, immer an allem schuld ist, weil du gewagt hast, ihnen Hoffnung zu geben. Wozu die Mühe? Wozu die Enttäuschung? Wozu den Schaden anrichten?

Ich stecke mein Handy an ein Akkuladekabel und ziehe dann eine zerquetsche Zigarettenschachtel zwischen einem Bücherstapel am Nachttisch hervor. Mit einer Tschick im Mund, die ich mithilfe eines Feuerzeugs, das ich den Typen gestern abgeluchst habe, anzünde, lasse ich mich auf der Fensterbank über dem Bett nieder. Der Regen ist zu einem Nieseln verkommen, nur mehr vereinzelte Tropfen fallen auf mein Gesicht. Ich nehme einen tiefen Zug und blase den Rauch nach draußen.

Sehe wieder Sadias Gesicht vor Augen, weil Themen wie Wunder und Rettung und Enttäuschung immer zu ihr führen. Weil alles immer zu ihr führt.

Sadia und ich haben uns auch an einem Regentag kennengelernt. Vor genau zwei Jahren in einem Raum voller Geschichten.

Sie hat in einem Büchercafé gegenüber dem Pflegeheim gearbeitet, in dem ich meinen Zivildienst gemacht habe. Es regnete seit drei Tagen und drei Nächten, sodass sich das Wasser auf den Straßen sammelte und kaum jemand rauskam. Ich war der letzte Gast, der im Laden übrig war, und lag mit dem Oberkörper auf einem der Tische, um die Ecken fest umklammert zu halten. Weil es sich anfühlte, als wären wir auf einem Schiff mitten im stürmischen Meer.

Ich war aber der Einzige, der schwankte. Ich bin immer der Einzige, der schwankt.

Es war fast Mitternacht, Novembernacht, Geburtstagsnacht.

Fünf Minuten bevor ich zwanzig wurde. Während ich durch das Schaufenster den Weltuntergang beobachtete, zählte ich meine bisherigen Misserfolge zusammen. Eins, vierte Klasse wiederholt, zwei, es nicht aufs Gymnasium geschafft, drei, Matura verbockt. Für Misserfolge gilt die Formel hoch eins, hoch zwei, hoch drei, ihre Bedeutung muss immer vermehrt werden, habe ich von meinem Vater gelernt. Man kann was leisten und bleibt ein Mensch oder man leistet nichts oder nicht genug und wird zum Fehler. Ich bin ein Fehler. Damals war ich ein fast zwanzigjähriger Fehler. *Hoch eins, hoch zwei, hoch drei.*

Jemand tippte mir auf die Schulter. Langsam, sehr langsam drehte ich den Kopf zur anderen Seite und blickte einer gespenstisch weißen Schürze entgegen. Sie gehörte zu einer jungen Frau mit einer schwarz umrahmten Brille und Mehlspuren an den Wangen. Eine Erscheinung. Oder Erleuchtung, vielleicht beides in diesem bestimmten Moment.

»Wir schließen bald«, waren Sadias erste Worte an mich.

»In vier Minuten«, waren meine.

Neun Monate später schrieb ich ihr meine letzten Worte, bevor ich sie blockierte: *Es tut mir leid.*

Es tut mir immer leid. Aber ich ertrag's nicht, die Menschen um mich herum weiter zu vergiften. *Hoch eins, hoch zwei, hoch drei.*

2. Kapitel

Sadia

Es war keine Absicht.

Die Sache mit dem Salz, meine ich. Ob ich es ahnen hätte können? Natürlich. Aber ich war abgelenkt, habe nicht aufgepasst. Sogar die Besten unter den Besten verwechseln von Zeit zu Zeit das Salz mit dem Zucker. Solche Missgeschicke passieren nun mal. Viel wichtiger ist doch, dass niemand verletzt wurde. Dann haben unsere Gäste eben einen Schluck gesalzene Chai getrunken, alles halb so wild. Ein bisschen Wasser nachspülen, ein Laddu essen, schon ist der ekelhafte Geschmack fort.

Und die Sache mit den Fotos. Auch das war ein reines Versehen. Ich habe nur einen Witz weitererzählen wollen, während ich die Gläser mit dem Mangosaft ausschenkte. Dass mein Gesagtes so unanständig sein könnte, sodass Hamid beim Hören das Glas auf seine Kleidung ausschütten würde, konnte ich ja nicht vorausahnen. Ich weiß schließlich nicht, wo die Befindlichkeiten anderer Menschen liegen. Der Fleck hat sich schwer aus seinem teuren, teuren – wie er mehrmals betonte – Hemd rauswaschen lassen, an Fotos war nicht mehr zu denken.

Und die Situation mit dem Chili? Auch das wird sich wie eine Ausrede anhören, aber ohne Witz, ich hab es einfach vergessen. Ich war so aufgewühlt wegen allem, was bisher geschehen war, dass ich nicht aufgepasst habe. Ehrenwort.

Das Problem mit dem Chili ist, dass der Behälter, in dem wir es aufbewahren, defekt ist. Wenn man versucht, das Gewürz durch die Löcher rauszustreuen, fliegt der Deckel ab und der ganze Inhalt rutscht heraus. Obwohl ich mein Bestes gegeben habe, so viel wie möglich vom roten Pulver wieder rauszulöffeln, war das Unheil längst angerichtet. Ich habe gehofft, dass es geschmacklich trotzdem keinen Unterschied machen würde, aber nun ja. Und ob Absicht oder nicht, das ist hier nicht die Frage. Die Frage lautet eigentlich: Bereue ich es?

Während ich eine Hand auf meinen Mund lege, um ein Lachen zu unterdrücken, kann ich in Gedanken darauf nur eine Antwort geben: Nein. Nein, ich bereue es nicht.

Hamids Wangen sind knallrot, sein Gesicht tränenüberströmt. Während er Wasser runterschluckt, als gäbe es kein Morgen, schlägt ihm meine Mutter gegen den Rücken, woraufhin er sich verschluckt und zu husten beginnt.

»Wasser hilft nicht, wir brauchen Milch!«, ruft Shaqufta Aunty, die in keinem besseren Zustand ist. Ihre Stimme ist viel zu hoch und Schweißperlen zeichnen sich auf ihrer Stirn ab.

Mein Vater starrt perplex auf unsere Gäste, sein eigenes Essen weit von sich geschoben. Meine Mutter muss seinen Namen mehrmals rufen, damit er endlich aufschreckt und eiligst in die Küche rennt.

Ich begegne dem Blick meines Bruders, Fawad. Sofort schauen wir wieder weg, aus Angst, das Lachen nicht länger unterdrücken zu können.

Mein Vater kommt zurück und sieht mich mit zusammengekniffenen Augen an, als ahne er, was in meinem Kopf vor sich geht. Doch die Ausrufe nach der Milch werden immer lauter, für Tadel bleibt ihm keine Zeit. »Ich hab auch Zucker dabei!«, ruft er stattdessen.

Die Szene gleicht wahrlich einem Renaissancegemälde.

Da ist erst mal Hamid in der Mitte, frische Milchspuren auf dem Kinn. Auf seinem Hemd prangt ein getrockneter Saftfleck, durch den Halskragen dringt seine dichte Brustbehaarung hervor und die teure, teure Armbanduhr an seinem Handgelenk blitzt im Schein der unnötig schicken Deckenlampe. Neben Hamid steht seine Mutter in brandneuer pakistanischer Kleidung und schwerem Goldschmuck gekleidet. Meine eigene Mutter versucht gerade, einen Löffel Zucker in den Mund unseres Gasts zu stecken, während diese sich mit ihrer Hand Luft auf die ausgestreckte Zunge fächert. Am anderen Ende des Tisches befinden sich unsere Väter. Mein Papa füllt immer mehr Gläser mit Milch, kann dem Durst der Allgemeinheit aber trotzdem nicht nachkommen. Schließlich reißt Hamids Vater die ganze Packung aus seiner Hand und bedient sich direkt aus dieser.

Vor ihnen, im Zentrum des Geschehens, steht ein warmes, beinahe unangerührtes Festmahl auf einer geblümten Tischdecke ausgebreitet. In Zitronen und Knoblauch gebratenes Huhn, Aloo Meethi, Samose, Raaita, Salat, Safranreis und Naan. Der Verbrecher unter ihnen: das Palak Gosht mit dem unnatürlich hohen Chilizusatz.

Gott sei Dank beharrte Fawad vorhin darauf, auf die ersten Bissen der Gäste zu warten, ehe wir selbst mit dem Essen loslegten. So ist unsere eigene Familie vom Chilidebakel unberührt geblieben. Was für ein Zufall. Oder etwa nicht?

Okay, folgende Situation. Seit einigen Monaten bekommt meine Mutter langsam, aber sicher Panik über meine Zukunft. Eigentlich hat sie schon letztes Jahr damit angefangen, Hinweise zu droppen, aber so wirklich losgelegt hat die Geschichte erst diesen Sommer. Eines Tages lag ich auf meinem Bett und habe nichts ahnend Helen Hoangs Kiss-Quotient-Reihe durchgesuchtet, als die Tür zu meinem Zimmer aufgerissen wurde. Meine gesamte Familie hat dieses dubiose Talent, mich in den unpassendsten Momenten zu erwischen. Beweisstück A: Ich war gerade in eine Szene vertieft, in der Michael, die männliche Hauptfigur, Stella, der weiblichen, das Küssen beibringt, als meine Mutter plötzlich vor mir stand. Hektisch schlug ich das Buch zu und warf es im hohen Bogen gegen die gegenüberliegende Wand, wo es an dem Bücherregal abprallte und neben der Gestaltwandlerreihe, die ich als Nächstes angehen wollte, liegen blieb.

»Sadia, wir müssen reden«, sagte meine Mutter, ohne etwas zu merken. Sie setzte sich zu mir und schob ihr Handy vor mein Gesicht. Dort auf dem Bildschirm leuchtete mir das Foto eines jungen Mannes entgegen. Ehe ich genauer hingucken konnte, hatte sie zu einem anderen Bild weitergescrollt.

»Worüber?«, fragte ich. Das Scrollen hörte nicht auf und ich fasste nach ihrer Hand, um sie aufzuhalten.

»Über deine Hochzeit.«

Ich ließ sie wieder los. Angesichts der Tatsache, dass ich so Single wie ein letztes Stück Pringle in der Dose war – und bin –, war ich dementsprechend verwirrt über ihre Worte. Ich bat höflich um Auskunft. »Wann und wo genau findet die denn statt? Kriege ich eine Einladung?«

»Hath, das ist keine Zeit zum Witze machen! Sadia, wir müssen dir jemanden suchen!« Aufgebracht legte sie das Handy weg und sah mich anklagend an. »Ich habe jeder unserer Bekannten durchgenommen und kein Einziger von den Jungen, die infrage kämen, kann mit dir mithalten.« Einen Moment lang war ich ziemlich geschmeichelt, dann fuhr sie fort: »Und der Einzige, der mir in Ordnung scheint, sieht viel zu gut aus für dich.« Ihr Blick wurde düster. »Schau dir doch mal deine Nase an. Ihr würdet als Paar nicht zusammenpassen.«

Ich liebe meine Mutter. Sie hat diese trockene Art, die komischsten Sachen zu sagen, und bemerkt dabei ihr Genie nicht einmal. Gott sei Dank habe ich diese Seite von ihr geerbt und zögerte nicht eine Sekunde mit meiner Antwort: »Wir haben die gleiche Nase, Mama.«

Sie ignorierte mich und widmete sich wieder ihrem Handy. Seufzend lehnte ich mich in meinen Kissenhaufen zurück und ließ sie weiter Panik schieben. Die Kissen mit den Disneyfiguren drauf sind ein Restbestand meiner Kindheit, gemeinsam mit den ganzen Stofftieren im Bett. Auch die Blumentapete an der Wand und der weiße Schminktisch mit dem knallig pinken Claire's-Schmuck gehört in meine Reliktesammlung. Ich würde gerne behaupten, dass ich nostalgisch veranlagt bin, aber Tatsache ist, dass ich einfach Schwierigkeiten damit habe, Entscheidungen zu treffen. Einmal habe ich versucht, die Wände neu zu streichen, aber nach einem Breakdown im Baumarkt, weil ich mich zwischen Elfenbein und Creme nicht entscheiden konnte, habe ich dieses Unterfangen schnell wieder aufgegeben. Meine jetzige Devise lautet: Lieber am Komfort festhalten, als Existenzkrisen durchlaufen. Und bis auf gelegentliche Aussetzer funktioniert das auch ganz gut.

»Es ist eine Katastrophe«, sagte meine Mutter und betrachtete melancholisch das High-School-Musical-Poster mit den Breaking-Free-Lyrics an meinem Kleiderschrank. »Wir hätten mehr Kontakte knüpfen sollen.«

Mit dem Konzept von arrangierten Ehen hatte ich noch nie ein Problem. Ich bin damit aufgewachsen, und es ergibt für mich genauso viel Sinn wie die sogenannte »Liebesheirat«. Solange ich genug Zeit habe, den Typen, den meine Eltern auswählen, kennenzulernen, vertraue ich auf ihr Bauchgefühl. Es ist wie Tinder, nur dass sie das Swipen für mich übernehmen. Und dass es nicht nur um One-Night-Stands geht. Gott bewahre, wenn meine Eltern dafür zuständig wären.

Aber ich bin erst zweiundzwanzig und beginne demnächst

mit dem dritten Abschnitt meines Jusstudiums. Ich dachte, bis ich den Abschluss habe, würde man mich mit diesem Thema verschonen.

Außerdem sollte Fawad, da er der Ältere ist, die Ehre gebühren, als Erster zu heiraten. Eine Freundin hat er auch schon – sie erinnert mich zwar immer daran, mehr Sport zu betreiben, wenn sie vorbeikommt, aber heutzutage ist wohl alles besser, als Single zu sein.

»Darum geht es doch gar nicht! Bei Fawad kennen wir die Familie schon seit Jahren, da haben wir Zuversicht und können uns das Warten leisten. Aber bei dir haben wir nicht einmal eine Auswahl! Verstehst du das nicht? Wenn wir erst jetzt mit der Suche anfangen, kann das noch lange dauern, bis wir jemanden finden, der geeignet ist, um ihn besser kennenlernen zu wollen. Und dann überhaupt die ›Kennenlernphase‹, die du unbedingt willst. Bis alles feststeht und jeder sich sicher ist, könnten Jahre vergehen, Sadia«, echauffierte sich meine Mutter, nachdem ich ihr all meine Bedenken vorgelegt hatte.

»Ich glaube trotzdem, wir können noch ein bisschen warten.«

»Wie lange genau warten?«

Eine Woche habe ich durchgehalten. Aber so stur ich auch bin, geerbt habe ich diese Eigenschaft immer noch von meiner Mutter, und weil ich irgendwann keine Lust mehr darauf hatte, mit Bildern von wildfremden Typen und Hochzeitskleidern zugespamt zu werden, ging ich zu ihr und stellte ihr ein Ultimatum.

»Ich gebe dir die Erlaubnis, drei Typen für mich zu suchen.« Ich hielt drei Finger in die Höhe, damit sie sich die Zahl gut einprägte. »Aber nur, solange ich studiere. Damit hast du in etwa zwei Jahre Zeit. Innerhalb dieses Zeitrahmens darfst du drei Optionen für mich aussuchen, ihre Familien zum Essen einladen, was auch immer, und ich werde mich darauf einlassen, sie kennenzulernen. Wenn sie alle ein Reinfall sind, dann musst du mich mit diesem Hochzeitsgelaber so lange in Ruhe lassen, bis ich selbst wieder das Thema aufgreife. Wenn nicht …« Ich zuckte mit den Schultern. »Dann mal sehen.«

Sie war sichtlich unzufrieden mit dem Vorschlag. »Wo sind wir hier? Beim Bachelor?«

»Du hast angefangen. Außerdem kannst du so besser aussortieren, und ich muss mich nicht die ganze Zeit mit dem Thema rumplagen.« Ich lächelte sie zuckersüß an. »Win-win-Situation.«

Sie musste einsehen, dass das ein guter Kompromiss war, und so begann die Suche nach meinem Ehemann. Das klingt tatsächlich, als wäre mein Leben eine Reality-Show, aber wenigstens bleibt es dadurch unterhaltsam.

Nach dieser Pilotfolge ging es also direkt in die Handlung, und wir lernten den ersten Kandidaten, Hamid, kennen. Seine Familie wurde uns von Bekannten von Bekannten von Bekannten weitergeleitet. *Da gibt es diese wohlhabende, gesittete Familie, deren Sohn Medizin studiert.* Ein, zwei, drei Anrufe später, und schon hatten wir ein Abendessen geplant. Bereits in den ersten zehn Minuten entpuppten sich die Rahels, jene Gäste, die nun an unserem Tisch um ihr Leben röchelten, als ein absoluter Reinfall. Es handelte sich bei ihnen um eine Akademikerfamilie mit einem Hoheitskomplex und einer Neigung dazu, anderen Leuten ungefragt die Preise ihrer Besitztümer mitzuteilen.

Ihr größter Makel war allerdings, dass sie gern Ratschläge erteilten, und zwar zu allem und jedem.

Hättet ihr doch nur früher daran gedacht, dann hättet ihr jetzt ein eigenes Restaurant! Hättet ihr schon damals die Staatsbürgerschaft beantragt, da waren die noch nicht so streng mit allem! Ist diese Wohnung nicht ein bisschen zu klein für so viele Leute? Habt ihr gar nichts angelegt? Wie sieht es mit Grundstücken in Pakistan aus, auch nichts? Und wie grau deine Haare jetzt schon sind, Fatimah!

Ich ertrage einiges, aber zuhören zu müssen, wie sich meine Eltern für ihre bloße Existenz verteidigen müssen, lässt etwas bei mir überkochen. Meine Eltern selbst sind von der Sorte *Kill-Them-With-Kindness* und würden eher sterben, ehe sie jemanden aus ihrem Haus schmeißen, ohne Essen serviert zu haben. Ich musste mich den ganzen Abend über echt zusammenreißen, um nichts Falsches zu sagen. Kann man es mir also wirklich verdenken, dass ich nicht vollständig bei der Sache war?

»Das kaufe ich dir nicht ab!«, ruft meine Mutter eine halbe Stunde später, nachdem unsere Gäste längst einen Abgang gemacht haben. Seltsamerweise haben sie auf das Dessert vehement verzichtet.

»Ich sag es dir doch!« Ich folge meiner Mutter, die gerade den Tisch abräumt, vom Essbereich in die Küche und wieder zurück. »Ich wollt das echt nicht!«

»Jaja, ich weiß schon. Wird das jetzt immer so sein? Wirst du auch die anderen Treffen sabotieren? Wenn du das alles gar nicht machen willst, dann sag es doch einfach!«

Ich werfe die Hände in die Luft. »Ach komm schon, Mama. Ich meine das ernst, ich wollte es wirklich versuchen. Und mal ehrlich, so unverdient war das doch gar nicht.«

Sie bleibt abrupt stehen und dreht sich mit gehobenem Holzlöffel um. »Aha! Also war es doch Absicht!«

»Nein, war's nicht!«

Sie stampft davon. Hilfe suchend blicke ich zu meinem Vater, der die Gästeteller zurück in den Schrank stellt. Er sieht mich mit einer Mischung aus Argwohn und Amüsement an. »Das hättest du wirklich nicht machen sollen, Sadia. Vor allem das Chili …«

»Aber Papa!«

»Ja, Sadia«, mischt sich Fawad ein, der die ganze Zeit über auf dem Sofa gesessen und einen Apfel gegessen hat. »So was ist unter aller Sau.«

»Was Sau?«, fragt mein Vater, verwirrt über das deutsche Sprichwort. »Was meinst du mit Sau?«

»Unter aller Sau. Under every pig«, erklärt Fawad auf Englisch. Das macht er immer, wenn ihm die Urdu-Übersetzungen nicht einfallen. Als würden unsere Eltern ihn dadurch besser verstehen.

»Was?«, fragt Papa nur noch verwirrter.

Ich überlasse es den beiden, sich mit der Übersetzung des Wortes Sau auseinanderzusetzen. In der Küche transportiert meine Mutter gerade die Reste des Essens von den Töpfen in Tupperdosen. Ich stelle mich neben sie und warte darauf, dass sie etwas sagt.

»Du bist jetzt in einem Alter, wo wir ein paar Kontakte knüpfen müssen«, beginnt sie tatsächlich. »Du weißt, wir zwingen dich zu gar nichts. Wenn du nicht wolltest, hättest du das sagen sollen.«

»Ich weiß. Ich wollt es aber wirklich probieren.«

Mit zusammengepressten Lippen drückt sie die Deckel der Boxen zu und stapelt sie aufeinander.

»Mama?«

Sie wendet sich dem nächsten Topf zu.

»Mama?«, wiederhole ich lang gezogen und stütze mein Kinn auf ihre Schulter.

»Was?« Sie kratzt etwas zu aggressiv an einem Topfboden rum.

»Das war wirklich keine Absicht.«

Einen Moment lang sagt sie gar nichts, schaut nur finster drein. Lange hält ihr Frust aber nie, und bereits einige Sekunden später glätten sich ihre Gesichtszüge. »Okay«, sagt sie missmutig. »Ich glaub dir.«

Ich grinse breit und drücke ihr einen Kuss auf die Wange.

Sie scheucht mich von sich und reicht mir die Tupperdosen, damit ich sie in den Kühlschrank stellen kann. »Ist jetzt auch egal. Das war wirklich keine gute Partie. Und wir haben ja noch zwei Versuche, also passt das schon.«

Das klingt beinahe wie eine Drohung. Trotzdem lächle ich zustimmend. »Jap. Zwei Versuche noch.«

Mein Vater steckt den Kopf in die Küche. »Lästern wir jetzt über die Leute oder streitet ihr immer noch?«

Augenblicklich blähen sich die Nasenflügel meiner Mutter wieder auf.

»Amar!«, ruft sie und hält den Holzlöffel warnend in die Höhe. »Was du vorhin zu Rahel gesagt hast, wie du ständig mit ihm diskutieren musstest, also wirklich ... so behandelt man doch keine Gäste!«

»Was soll ich mit dem Palak Gosht machen?«, frage ich, vielleicht ein wenig zu gut gelaunt. Aber sie ist längst meinem verschreckten Vater hinterher ins Wohnzimmer verschwunden und schimpft jetzt meinen Bruder wegen seiner sarkastischen Kommentare aus.

Kopfschüttelnd betrachte ich den Topf voll Grünzeug und Fleisch vor mir. Ich rühre durch die breiartige Konsistenz und inspiziere sie genauer. Weghauen kommt nicht infrage, das wäre die reinste Verschwendung. Und überhaupt: Wie scharf kann es schon sein? Vielleicht sind Hamid und seine Eltern einfach nur absolute Waschlappen.

Ich hole einen kleinen Löffel aus der Besteckschublade hervor und dippe ihn in das Essen, um eine Kostprobe zu machen. Kurz bevor das Zeug meine Lippen berührt, reißt mir jemand den Löffel aus der Hand und wirft ihn ins Waschbecken. Es scheppert in dem dort liegenden Geschirr und ich starre verdattert auf meinen Bruder, der wie aus dem Nichts neben mir aufgetaucht ist.

Ein schelmischer Ausdruck liegt auf Fawads Gesicht. »Tu's lieber nicht.«

Ich kneife die Augen zusammen. »Was hast du gemacht?«

Er zuckt mit den Schultern. »Bisschen nachgeholfen.«

»*Was* hast du gemacht?«

»Weißt du noch, diese Chilisoße, die ich aus dem Internet bestellt habe? Die aus diesem YouTube-Channel, wo Promis Chickenwings essen?«

Meine Augen weiten sich. »Nicht dein Ernst.«

»Doch. Und es waren nur ein paar Tropfen.«

Kein Wunder, dass Hamid und seine Eltern so fertig waren. Ein Tropfen von der Soße hat mir für einen Tag den Geschmack im Mund ruiniert. Dabei habe ich noch eine hohe Chilitoleranz. Ich weiß nicht, ob ich hysterisch auflachen oder Fawad dafür tadeln soll, so ein krasses Risiko eingegangen zu sein.

»Aber als Mama mir vorhin die Schuld gegeben hat, hast du nichts gesagt!« Ich haue ihm mit der Faust gegen seinen Arm, was bei seiner Muskelmasse genau gar nichts bringt. Also haue ich sicherheitshalber noch zwei weitere Male. Er schaut grinsend auf mich herunter, vollkommen unbeeindruckt. Ein Bär in Menschenform, so sieht er aus, mit dem Bart und seinen breiten Schultern.

»Sei froh. Sonst wärst du vielleicht mit 'nem Typen verlobt, der drinnen Sonnenbrillen trägt. Siebenhundert-Euro-Sonnenbrillen.«

»Extra aus Dubai importiert«, füge ich hinzu und kann doch nicht anders, als sein Lächeln zu erwidern. »Trotzdem. Was mache ich jetzt mit dem ganzen Essen?«

Fawad zuckt mit den Schultern und geht rückwärts wieder aus der Küche raus. »Keine Ahnung. Du bist die Köchin.« Er wackelt mit seinen Fingern. »Sprich deine Zaubersprüche, was weiß ich.«

Für den Moment beschließe ich, mich erst mal umzuziehen.

In der schicken pakistanischen Kleidung, die ich trage, kann ich nicht klar denken. Auch nicht mit meinen offenen Haaren, die ich als Allererstes zu einem Zopf zusammenbinde, um mich dann auf den Hocker vor meinem Schminktisch in meinem Zimmer niederzulassen.

Vorsichtig schiebe ich die vielen gläsernen Reifen an meinem Arm über mein Handgelenk und lege sie in die Halterungen an meinem Schmuckständer. Schimmernde Rottöne, passend zu den Mustern auf meiner braunroten Salwar Kameez. Meine Ohrringe aus echtem Gold, ein Geschenk meiner Großeltern, lege ich zurück in die dazugehörige Schatulle, ebenso die Halskette. Dann stehe ich auf, um meine Kleidung durch eine alte Pyjamahose und ein weißes Shirt zu ersetzen, die bereits ordentlich zusammengefaltet auf meinem Schreibtisch liegen. Nachdem ich mir mein Make-up abgewischt habe, verbinde ich meine Kopfhörer mit meinem Handy und schalte mein momentanes Hörbuch ein.

»Zeig mir all die Dinge, die ich noch nicht kenne.«

Im ersten Moment kann ich nicht einordnen, worum es geht. Dann redet die Hauptfigur über einen inneren Leoparden und ich weiß wieder, wo ich mich gedanklich in den letzten Tagen eingenistet habe: in den Naturschutzgebieten Kaliforniens. Gemeinsam mit einer naiven weiblichen Figur und einem überaus männlichen Gestaltwandler. Ich spule trotzdem ein paar Minuten zurück, um wieder in die Szene reinzukommen, und als ich eine Stelle finde, an die ich mich noch erinnere – die beiden können sich im echten Leben nicht ausstehen, träumen aber zusammen sehr explizit voneinander –, erhöhe ich die Geschwindigkeit von Stufe 1,5 auf 2 und lasse dem Geschehen freien Lauf.

Zurück in der Küche sind nur mehr ich und das Essen. Meine Eltern haben beschlossen, den Tag früh für beendet zu erklären, und die Lichter im ganzen Haus sind ausgeschaltet. Nur das flirrende LED-Licht von der Leiste unter den Kommoden beleuchtet den Raum. Ganz leise dringen aus dem Zimmer meines Bruders Geräusche aus einem Film, sonst ist es still. Ich schließe die Tür zur Küche, um meinerseits keinen Lärm zu verursachen, und fühle mich dabei immer ein bisschen wie vom Rest der Welt abgespalten.

»Ich habe Angst«, flüstert die Frau im Buch. »So sehr, dass du dich von ihr kontrollieren lässt?«, fragt der Leopardentyp.

Ich drehe den Herd unter dem Topf mit dem Palak Ghosht auf. Dann füge ich Milch, Zitronensaft und ein kleinen Löffel Tahini hinzu. Je mehr das Essen sich aufzuwärmen beginnt, desto mehr mische ich hinein. Nach etwas Überlegung beschließe ich, dass Kartoffeln die beste Lösung für ein absolutes Desaster sind, und lege deswegen eine Handvoll ungeschält in warmes Wasser, um sie weich zu kochen.

Während es in den Töpfen anfängt zu blubbern, wird auch den Figuren im Buch wärmer.

Mir fällt es schwer, ruhig zu bleiben und zu warten. Also beginne ich die Küche aufzuräumen. Ich stelle die Dosen und Flaschen, die meine Mutter alle kreuz und quer rumliegen lässt, an ihren rechtmäßigen Ort, fülle die Geschirrspülmaschine auf und verstaue das restliche Essen in den Kühlschrank. Aber auch nachdem alle Oberflächen gereinigt sind und die Küche blitzt, sind die Kartoffeln noch nicht fertig gekocht.

Und das Paar hat seinen Höhepunkt noch nicht erreicht.

Ich lehne mich gegen die Wand neben dem Kühlschrank und beobachte die blaue Flamme am Herd. Irgendwie bin ich mittlerweile total abgestumpft, was Sexszenen betrifft. Ich glaube, ich habe einfach viel zu früh viel zu viel konsumiert. Aber was mich nach all den Jahren noch immer mitreißt, sind die Momente danach oder davor. Die Zärtlichkeiten, die Gedanken und Gefühle, die aufkommen, wenn man sich bewusst wird, wie verletzlich man sich gerade gemacht hat und wie geschützt man sich trotzdem mit der anderen Person fühlt. Das kriegt mich jedes Mal.

Leider endet die Szene ziemlich direkt nach dem Höhepunkt – weil die Figuren ja nur träumen und gleich darauf aufwachen. Ich stoppe das Hörbuch und ziehe die Kopfhörer raus.

Plötzlich ist es unendlich still. Die Flamme flüstert kaum merklich, das Wasser auf dem Herd kocht, aber mittlerweile hört man aus den Zimmern meiner Familie keine Geräusche mehr. Da sind nur noch ich und meine Gedanken. Und vielleicht ist das ein Problem, denn es gibt einen guten Grund, dass ich im letzten Jahr nur mithilfe eines Hörbuchs im Ohr einschlafen konnte. Ich bin mir nämlich zurzeit nicht meine liebste Gesellschaft. Allein zu sein ruft immer die unnötigsten Fragen hervor, wie zum Beispiel: Werde ich für immer allein sein? Oder: Ist es überhaupt wichtig, ob ich jemanden finde?

Und am schlimmsten: Wie würde eigentlich Ibrahim auf den heutigen Abend reagieren?

Ich habe von Anfang an geahnt, dass diese ganze Sache mit Hamid nichts werden würde, aber es war keine Lüge, dass ich mir zumindest etwas erhofft habe. Ein kleines bisschen Anziehung, nur ein Funke Chemie vielleicht. Aber vergeblich. Alles, woran ich denken konnte, während er mir gegenübersaß, waren die Unterschiede zwischen ihm und Ibrahim. Und wenn das keine Red Flag meinerseits ist, dann weiß ich auch nicht.

Es ist mittlerweile über ein Jahr her, seit er einfach so aus meinem Leben verschwunden ist. Wir haben uns nur neun Monate davor gekannt, offiziell hatten wir nie eine Bezeichnung für das, was wir hatten, haben uns nicht mal richtig umarmt, und trotzdem. Trotzdem hat sein Ghosting sich angefühlt, als hätte er mir einen Pfeil durch die Brust geschossen.

Ich wusste davor nicht, dass eine einfache Nachricht auf deinem Handy das eigene Herz so zerfetzen kann. *Es tut mir leid.* Aber was tat ihm leid? Dass es ihm so leichtfiel, mich aus seinem Leben zu streichen? Dass er so feige war und mir nicht einmal die Chance gegeben hat, Fragen zu stellen? Dass er mir Hoffnung gemacht hat? Hoffnung worauf genau? Was hast du dir gedacht, was passieren wird, Sadia?

Ich schüttle den Kopf und erinnere mich daran, noch mal die Kartoffeln zu prüfen. Sie brauchen noch immer ein bisschen, also erhöhe ich die Flamme und dann lehne ich mich erneut zurück.

Diese neun Monate mit ihm fühlen sich im Nachhinein fast wie ein Fiebertraum an. Das Büchercafé, die vielen Regentage, die Mitternächte. An dem Tag, an dem wir uns kennenlernten, war er direkt von einer Schicht im Pflegeheim gekommen und trug noch seine Arbeitskleidung.

Er wirkte viel zu jung, seine Haltung viel zu alt. Seine Augen viel zu wild. Es war wie so oft Mitternacht und ich musste abschließen, also bat ich ihn zu gehen. Er ließ sich Zeit mit dem Einpacken und Aufstehen. Da lag nur ein Haufen Bücher vor ihm, alles zwischen Hafez und Paul Celan. Ein Poet, dachte ich mir, ein Melancholiker. Dann stand er vor mir und starrte mich an. Die Lichter im Café waren zum größten Teil ausgeschaltet, aber über uns leuchtete noch eine Lampe. Sie beschien nur gewisse Dinge an uns. Meine rechte Wange, seine linke Hand. Meinen festen Zopf, seinen Buzzcut. Meine Skepsis, seine Überraschung.

Er hielt den Träger seines Rucksacks über einer Schulter und ich konnte an seinem Handgelenk ein Tattoo entdecken: einen Hut. Oder auch eine Schlange, die einen Elefanten verschluckt hat. Aus seinem Arbeitshemd lugte ein Goldtaler hervor, später erzählte er mir von dieser Dame aus dem Pflegeheim, die ihm immer Schokolade in die Taschen steckte, weil er sie manchmal zu einem zusätzlichen Spaziergang mitnahm, wenn niemand hinsah.

Hamid mit seinen teuren, teuren Uhren und teuren, teuren Hemden hatte von Anfang keine Chance gehabt.

Seufzend schüttle ich den Kopf und stecke wieder meine Kopfhörer in die Ohren. Das ist das Gute an fiktiven Liebesgeschichten. Man weiß immer, dass es am Ende ein Happy End geben wird. Nicht, dass ich unser kurzlebiges Miteinander als Liebesgeschichte bezeichnen würde, aber irgendetwas war es auf jeden Fall. Diesen Monat wären es genau zwei Jahre seit unserem ersten Aufeinandertreffen.

Während ein neues Kapitel angekündigt wird, nehme ich die Kartoffeln vom Herd. Die Betonung liegt auf »wären«, und ich zwinge mich dazu, die Erinnerungen ganz weit von mir zu schieben.

3. Kapitel

Sadia

»Deutsch ist hässlich. Hässlich und unflexibel und absolut un-praktisch. So herrisch und unpoetisch, dass man nur spucken kann, wenn man in dieser Sprache redet.«

Am nächsten Tag habe ich Lateinunterricht. Normalerweise hätte ich den Kurs schon längst absolvieren müssen, habe es aber von mir geschoben. Jetzt, wo ich mit dem letzten Abschnitt meines Studiums begonnen habe, wird es Zeit, diese Lücke im Zeugnis zu füllen. Und um es nett auszudrücken: Es ist eine Er-fahrung. Keine gute, keine miese, aber *eine* Erfahrung.

Das liegt am Dozenten, der mit sehr interessanten Sicht-weisen aufwartet, die selten etwas mit Latein oder Rechtswis-senschaften zu tun haben. Heute zieht er über die deutsche Sprache her und uns gleich mit sich runter.

Ich unterdrücke ein Gähnen und blicke mich im Saal um. Auch die anderen Studierenden sind entweder abgelenkt, eingeschlafen oder schlichtweg verwirrt oder fasziniert von seinem Monolog, den er seit einer halben Stunde hält. Zwei Monate erst, seit das neue Semester begonnen hat, aber es sind die Hälfte aller Sitzplätze leer. In den ersten Stunden gab es noch ein paar Meldungen, aber mittlerweile haben weder ich noch irgendwer anderes Interesse daran, dem Typen da vorne Paroli zu bieten.

Der einzige Grund, warum ich noch in Präsenz erscheine, sitzt neben mir und malt mit ihrem Einhornkugelschreiber Spiralen in ihr Heft. Direkt bei der ersten Einheit habe ich Amanat kennengelernt. Sie ist in ihrem ersten Semester und ergreift jede Chance, um Freundschaften zu knüpfen. So sind wir an unserem ersten Tag hier direkt ins Gespräch gekommen und haben uns sofort verstanden. Normalerweise lasse ich mich nicht so einfach auf neue Menschen ein, aber bei ihr hatte ich von Anfang an ein gutes Gefühl. Keine Ahnung, woran das lag. An ihrer meist schwarz-weißen Kleidung und dem dunklen Augen-Make-up? Oder den immer glitzernden Fingernägeln und ihrem pinken Rucksack? Wahrscheinlich diese Mischung aus Gothic Princess und Barbie.

Heute trägt sie ein langes schwarzes Kleid mit Ballonärmeln und ein dazu passendes Kopftuch. Ihre Fingernägel sind mit Wolken bepinselt und ein Starbucks-Frappuccino steht vor ihr auf dem Tisch. Vor mir auch, weil sie es sich zur Gewohnheit gemacht hat, uns beiden einen mitzubringen, wofür sie auch immer zu spät in den Unterricht kommt.

»Knochen, Brücken, drücken, Rücken, diese Cks und auch die TTs. Schmetterling, schnattern, Schlitten, stottern. Tack, Tack, Tack, wie das klingt, hört ihr das? Als würde ein Traktor – ein Traktor! – vorbeirasen«, ruft der Dozent von unten. Ein junger Mann in der Reihe vor uns schüttelt daraufhin den Kopf und packt seine Sachen zusammen.

»Oh«, sagt Amanat plötzlich und schaut von ihrem offenen Heft auf. Sie hat gerade eine misslungene Katze in ihr Heft gekritzelt. Aus irgendeinem Grund sieht sie schwanger aus und ihr Kopf wirkt eine Nummer zu groß für ihren Körper. »By the way, wie war diese Familie, die euch besucht hat?«

Ich blinzle sie verwirrt an. »Hab ich dir doch geschrieben.«

»Ja, aber ich brauch deinen Gesichtsausdruck, um es mir so richtig vorstellen zu können.«

Schnaubend lehne ich mich auf meine Arme. »Es war so unnötig«, erzähle ich. »Die ganze Familie war unnötig.«

»Mehr Details, bitte?«

Tack, Tack, Tack. Unser Dozent gibt immer noch Traktorenlaute von sich.

Ich erzähle ihr noch mal die Geschichte, von dem Moment, als unsere Gäste zur Tür hereinkamen, protzend und grinsend, bis sie unser Haus eilig wieder verließen, dann aber winselnd und mit eingezogenem Schwanz. Es hat insgesamt keine Stunde gebraucht, um sie zu verjagen.

Amanat beugt sich auch vor. Sie riecht nach einem fruchtigen Shampoo und hat sich falsche, sehr, sehr kleine Muttermale dort aufgemalt, wo sie Pickel hat. Ein Trick, den ich mir zu merken gedenke. »Wenn meine Mutter jetzt schon damit käme, mich zu verheiraten, würde ich ausrasten.«

»Du bist ja auch jünger.«

»Meine Schwester ist fast so alt wie du und bei der kannst du es auch vergessen. Weißt du nicht, wenn sie einmal anfangen, hören sie nicht mehr auf!«

Doch. Ich weiß. Ich hab's bei anderen Auntys und ihren Töchtern gesehen. Aber so ist meine Mutter nicht. Glaube ich.

»Ich und meine Mama haben einen Deal. Sie hört schon auf, wenn ich es ihr sage.«

Amanat macht ein lang gezogenes Hm-Geräusch, wirkt aber nicht überzeugt.

Ich überlege, ihr von Ibrahim zu erzählen. Einfach so, um herauszufinden, was sie von ihm halten würde. Und weil ich immer nur zwei, drei Gedanken davon entfernt bin, auf ihn zurückzukommen. Mich zu fragen, was er gerade macht, wie es ihm geht. Ob seine Eltern das Thema Heiraten auch schon angeschnitten haben.

Wahrscheinlich nicht. Er hat drei ältere Geschwister – die ich regelmäßig stalke, mind you – und steht demnach auf einer

Warteliste. Außerdem würde er auch sofort abblocken, wenn sie ihm damit kämen.

Darin haben wir uns unterschieden. Er hat selten Dinge akzeptiert, während ich mich mit allem arrangieren kann.

Hätte ich mir aber ausnahmsweise mal ein Beispiel an ihm nehmen und meiner Mutter gegenüber mehr darauf beharren sollen, dass ich gerade niemanden kennenlernen will? Eine hypothetische Frage, denn Fakt ist, dass ich nun mal leicht nachgebe. Ich habe keine schüchterne Persönlichkeit, aber eine bequeme. Wenn ich keinen Grund zur Diskussion sehe, dann diskutiere ich nicht. Nur sehe ich so gut wie nie einen Grund zur Diskussion.

Vielleicht sollte ich daran arbeiten, wenn ich wirklich Anwältin werden will. Obwohl, bei Kompromissen bin ich zum Beispiel unschlagbar, und das setzt doch auch Diskussion voraus.

Der Typ unten brüllt schon wieder rum. *Bumm, Bumm, Bumm.* »Bub, Ball, Bäcker!«, ruft er. »Und am schlimmsten: BITTE.«

»Ich merke gerade, dass ich dich verunsichert habe. Sorry, ich wollte jetzt nicht sagen, dass du was falsch damit machst. Solange du weißt, wo deine Grenzen sind«, sagt Amanat.

Erst dann bemerke ich, was für einen Gesichtsausdruck ich mache, und glätte meine Miene. »Nee, alles gut.«

Immer, wenn ich zu hart nachdenke, schneide ich angewiderte Grimassen. Schaut man sich Bilder aus meiner Kindheit und Jugend an, darf man diesen wunderschönen Blick in den verschiedensten Situationen betrachten. Am Strand als Zehnjährige, während ich hoch konzentriert mit einer Schaufel eine Sandschloss baue. Bei Klassenausflügen, wenn ich im Bus auf ein Buch fokussiert bin. Oder am schlimmsten: Wenn ich ein neues Rezept ausprobiere, davon gibt es die meisten Bilder. Meine Mutter sagt, ich werde früh Falten bekommen, aber sie versteht nicht, wie wenig Kontrolle ich über meine Gesichtsmuskulatur habe.

Ich richte mich auf. »Ich bin schon ein bisschen ein People-Pleaser«, gebe ich zu. »Das weiß ich. Aber –« Ich halte einen Finger hoch. »Aber ich glaube, wenn es wirklich darauf ankommt, kann ich Nein sagen.«

»Echt?«, fragt sie und tippt mit ihrem Einhorn-Kugelschreiber an ihr Kinn. »Ich nicht.«

»Du hast gerade gesagt, du würdest deiner Mutter nicht erlauben, dich wegen dem Heiraten zu stressen!«

»Ja, meiner Mutter!« Sie macht eine wegwerfende Handbewegung. »Bei ihr schon. Bei anderen Leuten werde ich aber voll schüchtern und sag zu allem immer Ja.«

»Als wir uns kennengelernt haben, hast du mich als Erste angesprochen.«

»Ja, schon. Also, vielleicht ist schüchtern das falsche Wort. People-Pleasing passt auch bei mir besser. Also ich will einfach immer, dass alle um mich herum zufrieden sind und niemand sauer auf mich wird.«

Und wieder einmal muss ich an Ibrahim denken. Damals, als er mich blockiert hat, habe ich mir genau diese Frage gestellt: Habe ich etwas falsch gemacht? Ist er sauer auf mich? Dabei wusste der rationale Teil von mir, dass es nicht an mir liegen konnte. Oder doch? Ich bin noch heute unsicher und ich frage mich, ob ich auch in dieser Situation viel zu leicht nachgegeben habe.

Zumindest haben ein paar meiner Online-Freunde, die ich seit Jahren aus Leseplattformen kenne, gemeint, ich hätte darauf bestehen sollen, Antworten zu bekommen. Er hat mich zwar blockiert, aber irgendwie hätte ich den Kontakt schon finden können. Immerhin hatten wir neun Monate lang chronisch aneinandergeklebt. Ich sollte das Recht haben, zu wissen, warum er mich plötzlich aus seinem Leben ausschließt.

Hätte ich mehr Wut zeigen sollen? Denn empfunden habe ich sie definitiv. Ich empfinde sie immer noch, wenn ich an ihn denke.

Wut ist aber so eine Sache bei mir – seit ich denken kann, habe ich sie immer woandershin geleitet, statt sie auszuleben. Wenn ich heutzutage wütend werde, vielleicht wegen irgendeines sexistischen Kommentars eines Kommilitonen oder unfairen Notenvergaben, versuche ich vielleicht einmal etwas zu sagen, meine Meinung zu vertreten, aber lasse es sofort wieder sein, wenn ich mit einer Wand konfrontiert werde. Dann schlucke ich alles lieber runter und lasse den angesammelten Frust jeden Abend geballt in der Küche an den saisonalen Lebensmittel aus, die mir grad zum Opfer fallen. Man sagt ja: Nimm deine negativen Gefühle und mach etwas Produktives daraus. In meinem Fall ist das Produktive so etwas wie Crème Brûlée oder eine Süßkartoffelsuppe mit Schlagsahne. Köstlicher kann Ärger gar nicht schmecken.

Ist das wirklich People-Pleasing? Bin ich feige?

Mit gerunzelter Stirn erwidere ich Amanats ebenfalls nachdenklich wirkende Miene. »Du gibst mir heute viel zu denken«, sage ich.

»Sehr gerne, ich weiß ja, du hast sonst nichts zu tun.«

Wir schnauben, weil wir sogar was zu tun hätten, wenn der Tag mehr Stunden hätte.

Nach dem Lateinunterricht beschließen wir zusammen Mittag zu essen und machen eine kleine Parcoursrunde durch die Eingangshalle, wo überall junge Menschen mit Flyern und »Hast-du-eine-Minute?«-Fragen auflauern. Kurz bevor wir es nach draußen schaffen, drückt mir plötzlich jemand einen Jutebeutel in die Hand, während Amanat längst vorangegangen ist.

»Hallo«, sagt eine junge Frau in grünem T-Shirt und tot blickenden Augen vor mir. »Darf ich dir etwas über unser Parteiprogramm erzählen?«

Amanat bemerkt, dass ich nicht mehr bei ihr bin, und blickt sich um. Als sie mich entdeckt, fasse ich mir ans Herz, als hätte man mich angeschossen. »Geh nur ohne mich weiter.«

Sie schnaubt, kommt zurück und nimmt sich auch einen Jutebeutel. Während wir uns kurz die Rede der Studentin anhören und brav nicken, betrachte ich das Juridicum.

Es ist eines der mit Abstand hässlichsten Gebäude Wiens, was ein allgemein anerkannter Fakt ist. Die Hässlichkeit wird durch die umliegenden Gebäude mit ihrem typischen Alt-Wiener-Charme erst recht offensichtlich. Diese haben aufwendige Fassaden, schöne Türen und riesige Arkadenhöfe. Währenddessen sind wir hier von Stahl und Plastik umgeben. Allein die Eingangshalle erinnert an ein Behördengebäude und Flughafenwarteraum. Rote Plastikstühle, Werbeplakate, die an jeder erdenklichen Fläche kleben, verglaste Wände und dieser absolut grausige braune Boden.

Ästhetisch sieht wirklich anders aus.

Nachdem wir uns endlich aus den Klauen der Parteiwerbenden befreit haben und geschickt einer Person mit neonpinken Luftballons entkommen, treten wir hinaus in die kalte Luft.

»Dürfen die überhaupt in die Uni rein?«, fragt Amanat.

»Weiß nicht. Anscheinend.«

Wir besorgen uns noch mal jeweils einen Kaffee und spazieren mit den Bechern zusammen zum Schottentor. Es ist so kalt, dass ich den schwarzen Mantel enger um meinen Körper ziehe und mir Handschuhe überstreife. »Also ich denke, jeder Mensch hat bisschen People-Pleasing in sich. Sogar die, die gar nicht so wirken«, nimmt sie das vorherige Gespräch nahtlos wieder auf.

»Klar. Aber ab wann sollte man sich Gedanken darüber machen, was daran ändern zu müssen?«

»Wenn man anderen guttut, selbst aber leidet, oder?«

Uff. Es ist fast so, als hätte sie meine Gedanken vorhin gehört. »Ja, ergibt Sinn. Aber ist es schlimm, wenn man sich nicht traut?«

»Nee, ist doch einfach menschlich. Aber Sadia –« Sie sieht mich ernst an. »Weißt du, was ich gerade gemerkt habe? Ich denke mir nämlich, es sollte immer jede Art von Menschen geben, die krassen People-Pleaser, die krassen People-Hater, und alles dazwischen, sonst wäre das ja langweilig, auf dieser Welt zu sein. Und letztens habe ich diesen Gedanken gehabt: Jeder Mensch, den man in sein Leben lässt, gehört in eine von zwei Kategorien: entweder jemand, der dich spiegelt. Oder jemand, der dich vollständig macht. Und wir sagen ja voll oft, dass man eine Balance sucht in seinem eigenen Leben. Ich mein, allein aus religiöser Sicht, meine Eltern sind nicht das beste Beispiel, aber meine Islamlehrerin hat oft darüber geredet, dass es immer um Balance geht. Ich dachte damals, sie meint, die Balance muss man in sich selbst finden. Man muss selbst lernen, nicht zu sehr das eine oder andere zu sein. Aber was, wenn es eher darum geht, die Balance um sich herum zu schaffen? Dass es darum geht, genügend Menschen zu haben, die dich ausfüllen oder spiegeln?«

Wir sind an einer Ampel stehen geblieben, neben uns ein gehetzt wirkender Herr mit Kinderwagen, ein Mädchen auf einem Roller, Teenager mit verschiedenfarbigen Haaren, telefonierende Geschäftsfrauen und Männer, die aussehen, als wären sie einem Modemagazin entsprungen. Ich starre Amanat an, die ganz aufgeregt wirkt von ihrem Gesagten. Oder vielleicht liegt das auch an ihrem dritten Kaffee heute.

»Das ist dir jetzt gerade alles einfach so eingefallen?«, frage ich.

Sie nickt. »Ja. Schon. Wieso?«

Schnaubend gehen wir weiter, als die Ampel auf Grün schaltet.

»Stimmt es nicht, was ich sage?«, hakt sie nach.

»Doch. Ich mein, ich denke schon.« Ich versuche ihre Worte sacken zu lassen. *Menschen kommen in zwei Kategorien: Die uns ausfüllen und die uns spiegeln.* »Die einen, um uns zu balancieren und die anderen … um verstanden zu werden.«

Ein Hund bellt in der Ferne und eine Pferdekutsche mit Touristen im Wagen fährt gemächlich auf der Straße an uns vorbei. Sie knipsen Bilder von der Hauptuni und zeigen auf die Votivkirche.

»Genau!«, sagt Amanat aufgeregt.

»Krass. Und in welche Kategorie passen wir?«

»Tendenziell eher das mit dem Verstehen«, sagt sie, als hätte sie schon ausführlich darüber nachgedacht. »Ich glaub, es gibt auch Überschneidungen.«

»Dann gibt's drei Kategorien.«

»Ja. Vielleicht. Keine Ahnung.« Wir kommen an einem Sushiladen an, und ohne es ausgemacht zu haben, gehen wir beide gleichzeitig darauf zu.

Ich schüttle nur den Kopf. »Mir raucht das Hirn. Ich muss das jetzt ein paar Arbeitstage lang verarbeiten.«

»Fühl ich.« Sie macht die Tür auf und wir treten in einen dunklen Raum mit einem Neonschild an der Wand, das eine Ramenschüssel darstellt. »Erst mal zu wichtigeren Dingen …«

»Essen«, beende ich lächelnd und wir setzen uns in eine kleine Nische.

4. Kapitel

Ibrahim

Die U6 hat leicht dunkel getönte Glasscheiben. Von draußen sieht man kaum, was im Inneren ist, aber drinnen hat man eine klare Sicht nach draußen. Mindfuck, wenn man von drinnen auf die Bahn gegenüber guckt, durch Scheibe und noch mal Scheibe, ein klares, dunkles Bild. Die anderen Bahnen haben normale Scheiben und zwei verschiedene Sitzplatzvarianten. Es gibt das alte Design, blaue Polstersitze, orange Stangen und Türen, die man an einem Hebel mit einem festen Ruck selbst aufreißen muss. Oder das neue Design, rote Plastikstühle, graue Innenwände und automatisierte Türen. Nach und nach wollen sie die alten Bahnen außer Betrieb nehmen, aber das behaupten sie schon seit Jahren, genauso, wie sie seit Jahren daran planen, eine U5-Linie zu bauen. Das ist die verschmähte Lücke der Stadt: Wir haben eine U1, eine U2, eine U3, eine U4 und dann fehlt die 5, stattdessen springt man direkt auf die U6 über. So war es schon immer, so wird es auch lange bleiben.

Durch Wiens Bezirke zu fahren bedeutet, durch Wiens Kulturen zu fahren, bedeutet durch Wiens Vergangenheit, Gegenwart und Zukunft zu fahren. Hier ist das kleine London, das kleine New York, das kleine Berlin. Ich war in keiner dieser Städte, aber die Geschichten, die man über sie erzählt, spiegeln sich hier in einem Mikrokosmos wider. Das heißt, dass sie leichter zu übersehen sind und noch leichter untergehen. Eins von Shah Rukh Khans bekanntesten Zitaten aus dem Kultklassiker *DDLJ* lautet: »In großen, großen Ländern passieren eben auch kleine, kleine Dinge.« Oder man betrachtet es so: In kleinen, kleinen Städten passieren eben auch große, große Dinge. Aber wer spricht schon darüber, wer erzählt diese Geschichten?

Unsere Stadt rühmt sich mit ihrem Kulturerbe. Mozarts Gesicht oder Name an jeder dritten Ecke, Cafés und Bäckereien, die die berühmte Melange anbieten, und goldene Inschriften auf altmodischen Gebäuden, die darauf hinweisen, dass hier einst Berühmtheiten übernachtet haben. *Hier hat Beethoven gelebt. Hier ist Klimt verstorben. Hier hat Napoleon Kriege geführt. Hier hat Kafka geschrieben.*

Und hier hat auch Maria Theresia geschissen, aber dazu gibt es keine Inschrift.

Wien, die Stadt der Künstler, Musiker und Literaten. Wien, die Stadt der Schlafwandler, Aktivisten und Unentschiedenen. Wien, die Stadt, in der ich mein ganzes bisheriges Leben verbracht habe.

Und ich frag mich, ob das immer so bleiben wird.

Eine weiße Frau zieht demonstrativ ihre Tasche an die Brust, als ich mich ihr gegenüber auf einen Viererplatz fallen lasse. Ich ignoriere sie und ziehe mein Handy hervor.

Ein eingehender Anruf von Tariq. Ich warte, bis er von selbst auflegt. Das Problem ist, dass er in der Regel mehrmals durchklingelt, bevor er aufgibt, und heute scheint er ganz besonders in Rage zu sein. Missmutig betrachte ich den Namen, unter dem ich seine Nummer gespeichert habe: Thomas.

Vielleicht sollte ich das mal ändern. Zu Tina oder so.

Als er nach dem letzten Klingen wieder anruft, hebe ich genervt ab. »Was geht, Tom?«

Tom/Tina ist gänzlich unberührt von meinem Humor.

»Wieso hebst du nicht ab?«

»Habe ich doch gerade.«

Kurz schweigt er. Ich stelle mir vor, wie er die Zähne zusammenbeißt und mich mit diesem Blick anstarrt, ganz im Sinne unseres Vaters. Ich stelle mir vor, wie ich den Blick erwidere, Grimassen schneidend. Ganz im Sinne, ihn zu nerven.

»Wo warst du letzte Woche über?«, fragt er.

»Bei Freunden.«

»Welchen Freunden?«

»Kennst du nicht.«

»Woher hast du die Verletzungen im Gesicht?«

Maya, du Petze. »Geht dich nichts an.«

»Kannst du nicht einfach ...«

Ich warte, aber er beendet den Satz nicht. »Ja?«, hake ich nach. »Was kann ich nicht?«

Wenn er nicht so korrekt wäre, würde er sagen, dass ich mich zusammenreißen soll. Er würde sagen: Kannst du nicht weniger du sein? Und meine Antwort wäre: Genau das versuche ich mein Leben lang schon, ehrlich, aber anscheinend geht's weder in mein Hirn noch in mein Herz rein, im Gegenteil. Je älter ich werde, umso mehr konsumiere ich mich selbst. Es tut mir nicht gut. Ich tue mir nicht gut. Aber was soll man schon machen?

»Glaubst du, ich rase auf ein Loch zu?«, frage ich in einem äußerst interessierten Tonfall, als würden wir hier über das Wetter plaudern.

»Ich glaub, es würde dir guttun, Verantwortung zu übernehmen.«

»Du klingst wie Baba.«

Manchmal frage ich mich, ob Tariq unseren Vater nicht zu sehr idealisiert. Manchmal frage ich mich aber auch, ob er nicht zu hart mit ihm umgeht. Meistens frage ich mich, ob jede Familie diese pendelartigen Verhältnisse miteinander führt.

Dieses Hin und Her zwischen den Extremen, ohne ein gut ausgebautes Fundament. In einem Moment hasst man seine Eltern, seine Geschwister, im nächsten liebt man sie über alles. Das fuckt einen doch total ab, kein Wunder, dass der Großteil der Menschheit an neuen Beziehungen kläglich scheitert.

Tariq schweigt. Die Frau von vorhin ist mittlerweile ausgestiegen und eine Kindergruppe hat sich auf den freien Plätzen um mich herum niedergelassen. Ich beobachte die zwei Jungs vor mir, die auf einem Handy zusammen ein Video schauen. Marvel-Schultaschen, Fake-Markenkleidung, unbekümmertes Gelächter. Ich muss an Aslan denken. Irgendwo ganz tief in meiner Brust spüre ich plötzlich einen Stich der Sehnsucht. Verpasste Chancen, denke ich mir. Überall nur verpasste Chancen.

Entgegen allen Erwartungen haben meine Eltern dieses eine Mal keine großartige Reaktion auf mein Auftauchen gezeigt. Es wird langsam zur Gewohnheit für sie, mich tagelang nicht zu Gesicht zu bekommen. Da gab es nur das besorgte Wangentätscheln meiner Mutter, den strengen Zug um den Mund meines Vaters. Da gab es unangenehmes Schweigen am Esstisch und bedeutungsschwere Blicke. *Siehst du, wie* dein *Sohn wieder mal aussieht …*

Aber ausgesprochene Worte, die gab es nicht. Das übernimmt jetzt Tariq, der mir weiter in den Ohren liegt. »Ist das echt nötig? Soll das ewig so weitergehen?«

Und ich schalte einfach ab.

Drei Stationen und eine Standpauke später trete ich in unseren Asiashop ein und werde von dem Geruch von Safran und Kurkuma begrüßt.

Maya kassiert gerade einen großen Einkauf ab und blickt nur kurz auf. Mehr braucht es nicht, nur diesen einen Blick: Mit einem Mal schalte ich auf Arbeitsmodus. Da ist nichts mehr, außer den automatisierten Bewegungen meines Körpers: Regale prüfen, Lücken füllen, Gästen aushelfen, abkassieren. Heute ist viel los, kaum haben wir einen Kunden verabschiedet, tauchen die nächsten auf. Aber meine Geschwister und ich sind ein gut eingeübtes Team, wir sind mit der Mechanik eines Allzweckladens seit unserer Kindheit vertraut. Es braucht nicht viele Worte zwischen uns, um zu kommunizieren, dass die Rolle in der Kasse ausgetauscht werden muss, dass ich der alten Dame mit ihrem Einkauf nach draußen helfen soll, dass irgendwas mit dem Getränkeautomaten nicht stimmt.

Ich habe alles verinnerlicht: das Rasseln der Registrierkasse, das Quietschen meiner Sneaker auf dem Boden, das Surren der Kühlregale. Manchmal höre ich sie in meinem Schlaf, diese Geräusche, die sich mir eingeprägt haben. Manchmal rieche ich den Laden schon, wenn ich aus der U-Bahn auf dem Weg hierhin aussteige. Manchmal vermisse ich das hier sogar, wenn ich tagelang wieder abtauche, weil es irgendwo auch ein Teil von zu Hause ist.

Meistens versuche ich aber, nicht darüber nachzudenken.

Darüber nachzudenken bedeutet nämlich, an die Zukunft zu denken, und darin bin ich ziemlich beschissen.

Als etwas Ruhe einkehrt, lasse ich mich neben Maya hinter der Kassa nieder. Abgesehen vom gemeinsamen Arbeiten ignoriert sie mich immer noch seit der Aktion vor einer Woche.

Jetzt öffnet sie einen Karton, den sie aus dem Lager mitgenommen hat, und breitet den Inhalt vor sich am Tresen aus. Etliche Kaugummipackungen prasseln heraus, mitsamt einem dazugehörigen Aufsteller. Werbung, damit Leute beim Abkassieren auf die Marke aufmerksam werden, die uns anscheinend sponsort. Ohne zu fragen, helfe ich ihr, die einzelnen Geschmackssorten auseinanderzulegen, und eine Weile sagt niemand etwas. Auf dem Laptop neben der Maschine spielt eine Hip-Hop-Playlist, wenigstens ist es nicht komplett still wie im Auto vorgestern. Nach einigen Sekunden wippe ich trotzdem mit dem rechten Bein auf und ab.

»Lass das«, sagt Maya, ohne den Kopf zu heben, und trennt die Apfelsorte von den Melonen.

Einen Moment lang überlege ich, auf sie zu hören, beschließe dann aber, dass sie mir nichts zu sagen hat. Außerdem kann ich nicht still sitzen. Entweder ich helfe ihr mit einem zitternden Bein oder ich such mir eine andere Aufgabe.

Oder: Entweder sie sieht mich an, wenn sie mit mir redet, oder sie kann mich mal.

Mein Fuß legt schon wieder los, sie muss die Bewegung aus ihrem Augenwinkel bemerken. Es stört sie, bei der Arbeit irgendeine Art der Unruhe um sich zu haben. Wenn sie für die Uni lernt, sperrt sie sich tagelang in ihr Zimmer ein und verbietet es jedem, auch nur das kleinste Geräusch zu machen. In Extremsituationen verbringt sie ihre Zeit fast durchgehend in der Nationalbibliothek. An solchen Tagen heißt sie es gut, wenn ich mich draußen rumtreibe, unfähig, länger als vierundzwanzig Stunden in vier Wänden eingesperrt zu sein.

Ich könnte auch jetzt einfach eine Raucherpause einlegen und in den Lagerraum gehen. Aber das wäre zu einfach. Ich habe es perfektioniert, meine Familie von mir zu schieben, aber weil ich ein Mensch mit Macken bin, fällt es mir trotzdem schwer, die Konsequenzen zu ertragen. Bei jedem anderen ist es weniger schmerzhaft, wenn Wut oder Frust im Spiel sind, weil ich sie seit meiner Kindheit kenne. Von meinen Eltern, von Tariq. Das ist eine bekannte, eine vertraute Wut. Mayas Wut ist mir absolut fremd.

Zwischen uns liegt nur ein Jahr Abstand, als Kinder wurden wir beinahe wie Zwillinge behandelt, gingen zur gleichen Schule, verbrachten jeden Tag durchgehend miteinander. Dann habe ich die vierte Klasse nicht geschafft, sie war längst auf dem Gymnasium und ich kam später in die Mittelschule. Der Abstand bei der Geburt wurde zum Abstand unseres jeweiligen Wertes, aber das hat sie mich nie spüren lassen. Und ich habe immer versucht, sie davon abzuschirmen, wie unsere Mutter mit ihr umging im Vergleich zu ihren Söhnen. Früher gab es diesen unausgesprochenen Pakt zwischen uns, dem jeweils anderen immer den Rücken freizuhalten. Ein Versprechen, immer die Hand auszustrecken, wenn der eine fiel. Wir wussten damals nicht, dass es beim Erwachsenwerden nie darum geht, ob jemand die Hand ausstreckt oder nicht. Sondern darum, ob sie ergriffen wird.

Ich betrachte ihren Aufzug eingehend.

In den letzten Jahren ist meine Schwester immer mehr in ihre Kriegskleidung reingewachsen. Anfangs waren es nur kleine Details, scharf geschnittener Eyeliner, feste Zöpfe, viel Schwarz. Jetzt sind da Cargohosen im Militärmuster und Stahlkappenschuhe. Jetzt ist da ein entschlossener Blick und keine Geduld für Nettigkeiten. Ich würde sie gern fragen, wofür sie sich immer aufrüstet. Ich würde sie gern fragen. Ich würde gern mit ihr reden. Ich vermisse sie. Ich hasse es, dass ich sie vermisse. Ich hasse es, dass ich sie wegen mir selbst vermisse. Ich hasse es, dass ich nicht weiß, wie ich weniger ich sein kann.

Das Muttermal über ihren Lippen und ihre glatten langen Haare sind ein Abbild unserer Mutter. Ich beobachte ihr Stirnrunzeln, das zunehmend tiefer wird, ihre immer schneller werdenden Handbewegungen. Mein Bein zuckt weiterhin, mit jedem Zucken, Zucken, Zucken richtet sich Maya immer mehr auf.

Plötzlich klatscht sie die Kaugummipackungen mit der flachen Hand gegen den Tresen. »Hör auf«, faucht sie.

Aber sie sieht mich immer noch nicht an.

Ich ignoriere sie und mache einfach weiter. Mit dem Sortieren, dem Herumzappeln. Bis Maya mir endlich ins Gesicht schaut.

»Abi, hör auf!«, wiederholt sie.

Augenblicklich halte ich inne. Es kostet mich verdammt viel Mühe, am liebsten würde ich aufspringen und durch die Gänge laufen, um meine steigende Unruhe loszuwerden. Aber sie sieht mich endlich an.

»Ich hör auf, wenn du aufhörst«, sage ich.

»Womit?«

»Hör auf, mich zu ignorieren.«

Maya haut auch die letzten Packungen in den Aufsteller rein und stellt das Ding dann zur Seite, schräg neben der Maschine, sodass man es vom Eingang aus gut sieht. Ihre dunklen Augen bohren sich in mein Gewissen. »Du darfst also Scheiße bauen und wir dürfen nicht einmal wütend sein, oder wie?« Ihr Blick wandert zu meinen Fingern, die unbewusst angefangen haben, gegen den Tresen zu tippen.

»Nein.« Ich ziehe die Hand zu einer Faust zusammen und lehne mich etwas zurück. »Du darfst wütend sein. Du sollst mich nur nicht ignorieren.«

Kurz bricht meine Stimme am Ende des Satzes. Sofort räuspere ich mich und tue so, als wäre nichts dabei gewesen, sammle den Müll am Tresen zusammen. Aber sie hat es gemerkt. Der Argwohn weicht aus ihrem Gesicht, und diesmal bin ich es, der ihre Blicke meiden muss. Ich spüre, wie sie die Hand hebt, um sie auf meinen Arm zu legen, und krampfe mich zusammen. Sofort lässt sie sie wieder sinken.

Einen Moment lang sagt keiner von uns etwas, dann steht sie auf. »Wenn du nicht willst, dass wir dich ignorieren, dann heb unsere Anrufe ab. Meld dich, wenn du weg bist.« Sie nimmt mir sanft die Kartonüberreste ab. »Rede mit uns.«

Sie haut die Sachen in den Müll und auch ich stehe auf. Entscheide mich doch für den leichten Weg raus, weil ich zwar nicht ignoriert werden, aber gleichzeitig auch nicht gesehen werden will. Mit einem gemurmelten *Ich brauch kurz eine Pause* flüchte ich in den Lagerraum.

Plötzlich unendlich müde, lasse ich die Tür hinter mir zufallen und gehe ans andere Ende des Zimmers, wo eine Kiste an der Wand steht, auf die ich mich draufstelle. So kommt man an das einzige Fenster unter der Decke dran, um den Rauch hinausblasen zu können. Daneben steht ein Regal, auf dem in der Regel Aschenbecher und Feuerzeug liegen. Jeden Monat, meistens in der ersten Woche, haut mein Vater beides weg. Er haut auch die verstecken Zigarettenschachteln an der Theke vorne weg. Die ganzen Energydrinks, die überall zwischen anderen Getränken versteckt rumliegen, teilt er auf der Straße aus, und wenn er besonders miese Laune hat, verschenkt er auch unser Junkfood, das meist ganz oben auf den Regalen draußen rumliegt. Was Gesundheit betrifft, ist er ein bisschen ein Fanatiker, und wir haben alle unsere Wege gefunden, seine Kontrolle zu umgehen. Nur für das Rauchzeug suche ich nie ein neues Versteck. Es ist Absicht, dass es vor aller Augen hier rumliegt, weil ich weiß, dass es ihn anpisst. Es ist jetzt die erste Woche im Dezember und ich erwarte demnach, keinen Aschenbecher mehr vorzufinden. Aber seltsamerweise ist er noch da. Als ob Baba seine Durchsuchung noch nicht gemacht hat. Oder ist es ihm egal geworden? Seltsam, aber noch seltsamer: dass es mich irgendwie grundlos anpisst. Nur das Feuerzeug fehlt.

Missmutig taste ich meine Klamotten ab, ziehe die zerfledderte Ausgabe von Rilke-Gedichten hervor, die ich grad lese, und einen Plastikdinosaurier, den ich Nuh gestohlen haben muss. Dann mein halb kaputtes Handy, das kurz flirrt, als ich aus einer alten Gewohnheit nachsehe, ob es neue Nachrichten gibt – in der Familiengruppe reden sie gerade über Shrutis Schwangerschaft, die Ehefrau von unserem Cousin Zayn, sonst nichts –, aber ein Feuerzeug finde ich nicht.

Gerade als ich aufgeben will, geht die Tür auf und Hama kommt herein. In einem hautengen orangen Top, das asymmetrisch geschnitten ist, einer Lederjacke und hochhackigen Stiefeln stolziert sie in den Raum, als würde der Laden ihr gehören. Dann entdeckt sie mich vor dem Fenster, hält inne und macht sofort eine Kehrtwende.

»Hey!« Ich springe von der Kiste runter.

Wieder hält sie inne. Legt den Kopf leicht schief und dreht sich nur ein wenig in meine Richtung, bereit, jeden Moment abzuhauen. »Ja?«

»Rennst du grad von mir weg?«

»Nein.« Sie dreht sich ganz um. »Ich *gehe* von dir weg.« Dann seufzt sie und beschließt doch, mir die Ehre zu erweisen und zu bleiben. Sie stellt sich zu mir an die Wand gelehnt und hält mir ihre Hand hin. »Tschick?«

Ich krame meine Zigaretten wieder hervor. »Feuerzeug?«

Wir zünden uns je eine Zigarette an und stellen uns auf die Kiste, um den Rauch aus dem Fenster zu blasen.

»Was ist mit deinem Gesicht passiert?«

»Hab mich für dich schön gemacht.«

»Hast dir nicht viel Mühe gegeben.« Sie nimmt einen tiefen Zug und öffnet beim Ausblasen ihre rot gefärbten Lippen zu einem kleinen O. »Und wie läuft's mit der VWA?«, fragt sie.

Ich stöhne. »Echt kein Bock auf das Thema grad.«

»Sag schon. Hast du immer noch nicht abgegeben?«

»Nein. Ich geb sie gar nicht mehr ab.«

»Als ob.«

»Ja.«

»Bro!« Sie schubst meine Schulter an. »Du kannst doch nicht einfach so aufgeben!«

»Doch«, sage ich. »Kann ich.« Tue ich.

Um in Österreich das Reifezeugnis zu bekommen, muss man neben der Matura eine VWA zu einem Thema der eigenen Wahl schreiben. Aber ich habe sie nicht geschrieben. Konnte einfach nicht, egal wie hart ich es versucht habe. Sogar die ganzen Prüfungen habe ich gepackt, nur nicht diese beschissene VWA. Man hat mir danach neue Termine zum Nachreichen angeboten, was der Grund war, warum ich damals neben dem Zivildienst oft in diesem Büchercafé rumhing. Ich wollte dort in Ruhe schreiben oder recherchieren, aber meist habe ich nur geträumt. Und dann habe ich Sadia kennengelernt.

»Du hättest es Maya oder Nuh schreiben lassen sollen«, sagt Hama und verscheucht sofort wieder Sadias Brillenschlangengesicht aus meinem Kopf.

»Das wäre dann Schummeln.«

»Ja. Und? Maya hat mir auch geholfen.«

»*Geholfen.*« Ich kann mir vorstellen, wie so eine Hilfe von Maya aussieht.

»Ja. *Geholfen.* Und die ganzen reichen Kinder mit ihren Golfeltern bekommen auch ›Hilfe‹. Jeder tut, was man tun muss, um es zu schaffen, anders geht das in so einem beschissenen System nicht.« Sie drückt ihre Zigarette in dem Aschenbecher aus und springt von der Kiste runter. »Ich sag immer, jeder hat Schwächen und Stärken. Und es ist unfair, dass die mit weniger Möglichkeiten wegen ihren Schwächen dreimal so viel arbeiten müssen, um mitzuhalten. Aber die mit den meisten Möglichkeiten kriegen von Anfang an alles kompensiert, statt kompensieren zu müssen. Das ist, als ob du jemandem mit einem Fahrrad kein Wasser gibst, aber jemandem mit einem Auto einen Fahrer schenkst.«

»Was für ein Vergleich.«

Hama holt eine Handcreme aus ihrer Tasche hervor und cremt sich die Hände ein. »Ich bin hier auch nicht der Poet. Bin auch voll in meiner Eat-the-Rich-Era. Wien mit seinen Eliteschulen und snobby alten Typen kann mich mal.«

Auch ich nehme einen letzten Zug und drücke die Tschick aus. »Man könnte sagen, die Sadeems sind auch ziemlich rich.«

»Ihr habt ein Haus. Wow. Ich mein die Reichen mit den

Privatjets. Die mit den Ferienhäusern in Italien. Die mit den Markensachen bei allem.«

Ich betrachte ihre Fake-Gucci-Tasche. »Mhm.«

Sie hält mir die Handcremetube entgegen. Widerwillig lasse ich sie etwas von dem Zeug auf meine Hand drücken. »Das stinkt«, sage ich an den Fingern schnuppernd.

»Das ist Grapefruit.« Als Nächstes holt sie Pfefferminzkaugummi hervor und reicht erst mir eins, dann drückt sie sich selbst zwei in den Mund. »Jedenfalls, egal, ist doch egal mit dem Schummeln, Abi! Mach einfach, frag Maya gleich oder Nuh, ob sie helfen können.«

Sie würden, ohne zu zögern, Ja sagen. Sogar Tariq würde es machen, wenn ich ihn jetzt anrufe. Weil es für sie ein positives Zeichen wäre, zu sehen, dass ich wenigstens frage. Und wenn es um Familie geht, schaltet bei denen allen jede Moralvorstellung ab. In der Mittelschule haben sie auch schon Hausaufgaben für mich gemacht, mir Präsentationen weitergegeben oder Unterschriften gefälscht. Jedes Mal, wenn es kritisch wurde, haben sie alles getan, um die Feuer für mich zu legen. Nur um dann, wenn sie erwischt wurden, den größten Ärger abzukassieren. Mit mir schweigt mein Vater. Aber wenn es um Tariq oder Nuh ging, hat er ganz andere Seiten von sich gezeigt. Und ich will nicht mehr, dass sich irgendwer wegen mir verbrennt.

»Lass mich einfach damit in Ruhe, okay?«, sage ich zu Hama. »Ich kümmere mich schon selbst drum, wenn ich will.«

Ich merke, dass sie darauf herumhacken will, also ändere ich das Thema. »Was machst du überhaupt hier?«

Sie betrachtet mich einen Moment lang kritisch, dann zuckt sie mit den Schultern. »Ich hole Maya ab. Wir gehen feiern.«

Meine Augenbrauen schießen hoch. »Feiern?«

»Jap.« Sie streicht sich ihre Haare glatt und grinst. »Hab einen neuen Job. Seit sechs Monaten?«

Ein Pfeifen entgleitet mir. »Neuer Rekord?«

»Yessir.« Hama ist bekannt für ihre ständigen Ausraster bei der Arbeit, weswegen sie von Beruf zu Beruf springt, als wäre das für sich selbst eine Karriere.

Die Tür vom Lagerraum geht wieder auf und diesmal kommt Hamas jüngere Schwester Amanat rein. In eine dunkelgrüne Jacke und Kopftuch mit weißer Bluse gekleidet, als wäre sie eine indische Donna-Tartt-Figur. Ein Paradox, wenn man zu sehr darüber nachdenkt. Ihr viel zu nettes Lächeln und Winken zerstört das Bild ein bisschen. »Hey, Abi!«, ruft sie und ich winke träge zurück. Dann blickt sie Hama kritisch an. »Hast du geraucht?«

»Ich doch nicht.«

Ihre Schwester schnaubt. »Maya ist ready, wir können jetzt gehen.«

»Passt.« Hama schaut ihrer Schwester nach und scheint in ihrem Kopf mit sich selbst zu debattieren. Dann verdreht sie die Augen, sieht mich an und fragt: »Also? Willst du nach der Arbeit mitkommen?«

5. Kapitel

Sadia

Die ganze nächste Woche geht mir das Gespräch mit Amanat nicht aus dem Kopf. Es ist Freitag, heute hatte ich nur eine Onlinevorlesung vormittags, und jetzt sortiere ich gerade mein Bücherregal um, während nebenbei der dritte Band der Gestaltwandlerreihe läuft. Eigentlich war der Plan, zu lernen, Skripte durchzugehen, Fälle zu lösen, Karteikarten zu erstellen, Sport zu machen und zu lesen, meiner Routine zu folgen, aber ich bin zu abgelenkt. Nicht nur Amanats Theorie über Beziehungen kreist mir im Hirn rum, auch die Sache mit dem People-Pleasing will sich nicht verdrängen lassen. Gebe ich wirklich zu leicht nach? Stehe ich wirklich nicht genug für mich ein?

Ich frage mich zum ersten Mal seit Langem auch wieder, ob ich den Kontakt zu Ibrahim aufbauen soll. Einerseits, um Antworten zu bekommen, andererseits, um abzuschließen und mir Seelenfrieden zu verschaffen. Aber allein der Gedanke macht mich unfassbar nervös und ich kann mich auf gar nichts konzentrieren.

Wenn ich wieder Kontakt aufnehme – durch einen Zweitaccount, sonst hat er mich ja überall blockiert, das Arschloch –, dann muss ich mir sicher sein, dass es für ihn genauso wichtig ist. Wenn es aber nicht so ist und er mich längst vergessen hat, was dann? Wie peinlich und aufdringlich wäre es, wenn ich mich melde? Wie verzweifelt? Und niemand mag aufdringliche, verzweifelte Frauen, oder?

Seufzend betrachte ich das Buch, das ich gerade in der Hand halte: Howls Moving Castle. Wenn eine Figur mein Seelentier ist, dann definitiv Sophie Hatter. War sie am Anfang nicht genauso? Dass sie es jedem erlaubt hat, sie zu benutzen, und erst lernen musste, für sich einzustehen? Gott, wie sehr ich ihre Wandlung liebe. Und Howl als dramatische Nervensäge passt doch gut zu Ibrahim.

Schnaubend schiebe ich das Buch ins Regal ausgerechnet neben den Kleinen Prinzen.

Ich wünschte, ich könnte an Tagen wie diesen in der Küche arbeiten. Wenn mein Kopf alles bis ins Detail zerdenkt, hilft es nur, Bestellungen abzuarbeiten. Aber ich habe mir vorgenommen, wegen meines Arbeitspensums nur mehr Saisonstellen anzunehmen, und meinen Job im Büchercafé habe ich wenige Wochen nach Ibrahims Kontaktabbruch aufgegeben. Es wäre eine Lüge, zu behaupten, dass es nichts mit ihm zu tun hatte. Alles hat damals mit ihm zu tun gehabt. Dass ich bei jedem Kunden, der reinkam, aufblickte, um nachzusehen, ob er es war. Dass ich manchmal vergaß, dass er nicht mehr kommen würde und trotzdem nach 16 Uhr einen Kaffee für ihn bereitstellte. Dass mich jede Ecke im Laden an ihn erinnerte – das Regal mit den gebrauchten Büchern, in denen wir unsere Lieblingszitate markiert haben, der Tisch am Schaufenster, an dem wir nach Mitternacht saßen und uns Geheimnisse anvertrauten. Die Nächte an sich, denen ich einfach nicht entkommen kann.

Manchmal frage ich mich, ob das Leben einfach nur aus dem Ansammeln von Assoziationen besteht. Wie kann etwas jemals nur einem selbst gehören, wenn die Erinnerung an ein Objekt zu einer Erinnerung an einen Menschen wird? Wie kann ich je wieder die Nacht für mich allein haben?

Wie unpraktisch, so sentimental zu sein. Und unproduktiv.

Missmutig rapple ich mich vom Boden auf betrachte das Regal vor mir, das beinahe die ganze Wand einnimmt und zurzeit nicht einmal zu einem Drittel voll ist.

Wie immer, wenn ich beschließe, alles umzusortieren, kommt dieser Moment, in dem ich keinen Bock mehr habe und beschließe, meinem Zukunfts-Ich den Rest zu überlassen. Das heißt, dass die ganzen Bücher noch einige Wochen auf dem Boden rumliegen werden, weil ich entweder alles ordnungsgemäß reinsortiert haben will oder aber gar nicht. Einer meiner vielen Ticks, mit denen ich Frieden geschlossen habe.

Ich lasse mich auf mein Bett nieder und fasse nach dem Handy, aus dem immer noch das Hörbuch dröhnt. Nur vage wird mir bewusst, dass gerade wieder einmal eine explizite Szene spielt. Genau in dem Moment, in dem die Sprecherin leidenschaftlich hinausstöhnt, geht plötzlich die Tür zu meinem Zimmer auf und ich schrecke hoch. Fahrig drücke ich mehrmals auf den Pausenknopf, bis ich die Hörbuch-App komplett schließe. Wo sind meine Kopfhörer?

Mein Bruder steht im Türrahmen und hält eine offene Chipstüte in der Hand. Einen Moment lang starren wir uns einfach nur an, ich aufgeregt, er seelenruhig. Ohne seine Miene zu verziehen, stopft er sich eine Handvoll Junkfood in den Mund und kaut gemächlich wie eine Kuh, während mein Stirnrunzeln immer tiefer wird.

Schließlich rapple ich mich vom Bett auf und gehe auf ihn zu. »Kann ich dir helfen?«

Keine Antwort. Ich verdrehe die Augen und will ihm die Tür vor der Fresse zuschlagen, als er sich dagegenstemmt.

»Fawad!«, rufe ich. »Lass mich in Ruhe.«

Wir drücken krampfhaft gegeneinander und ich gebe mein Bestes, aber gegen seine Bärengestalt komme ich einfach nicht an. »Unsere Mutter ruft nach dir«, sagt er und klingt nicht ein bisschen erschöpft.

»Sag das doch gleich! Ich komme.« Augenblicklich entfernt er sich, und die Tür fällt mit einem Ruck zu, sodass ich mit dem ganzen Körper gegen sie knalle. »Arschloch!«, rufe ich ihm hinterher, aber er ignoriert mich, zufrieden damit, seinen einzigen Sinn und Zweck am Tag erledigt zu haben. Nämlich mir auf den Geist zu gehen. Sonst hat er halt auch keine Hobbys.

Genervt ziehe ich mir meinen Pferdeschwanz stramm und öffne die Tür wieder, um mich zum Wohnzimmer zu begeben. Meine Mutter sitzt auf dem Sofa und zupft Erbsenschoten, während eine pakistanische Dramaserie auf dem riesigen Fernseher vor ihr läuft. Ihre Miene erhellt sich, als sie mich bemerkt, und sie klopft auf das Sofa neben sich.

Sofort steigt Misstrauen in mir auf. Ich setze mich zögerlich hin. »Du hast gerufen?«

Sie nickt feierlich. »Ja, habe ich.«

Ich warte, aber sie starrt mich nur grinsend an. Kein sonderlich beruhigender Anblick. »Okay? Und was ist denn?«

»Ich habe gerade telefoniert«, sagt sie.

»Aha. Gut zu wissen.«

»Weißt du, mit wem?«

»Keine Ahnung, Mama. Karl Marx vielleicht?«

»Mit Ka- was? Wer? Nein! Sadia!« Sie zieht eins ihrer Beine aufs Sofa und setzt sich so, dass sie mich besser ansehen kann. Dann nimmt sie einen tiefen Atemzug und holt weit aus, um mir von irgendwelchen Verwandten aus England zu erzählen, die ich zuletzt mit dreizehn oder so gesehen habe. Es ist schwer, den roten Faden in ihrem Wortschwall zu finden, und ich erwische mich dabei, wie ich gedanklich immer wieder abdrifte.

»Dreiundzwanzig«, sagt meine Mutter schließlich. »Engineer. So gut aussehend, Sadia. Aber nicht zu gut für dich.« Ich blinzle sie an, plötzlich wieder hyperfokussiert. »Was?« Langsam beginnt mir das Glühen in ihren Augen Angst zu machen.

»Und sie werden uns in deinen Semesterferien besuchen, okay?«

»Was?« Ich setze mich aufrecht hin.

Meine Mutter runzelt die Stirn. »Hast du mir grad nicht zugehört?«

»Äh …« Nein. Nein, habe ich nicht. »Doch …?«

»Ich erzähl dir gerade von dem nächsten Jungen, den ich für dich gefunden habe!«

»Du hast schon jemanden?«

»Aus England.«

»England? Mama, ich will nicht nach England ziehen!« Keine Ahnung, warum das mein erster Gedanke ist. Als stünde die Hochzeit bereits fest. Ich muss an diese Bollywoodfilme von früher denken, in denen die Töchter von ihren reichen Vätern eingesperrt und zur Heirat gezwungen wurden. Bis der Held bei der Zeremonie auftaucht – meist auf einem Pferd, Gott allein weiß warum –, um alle Gäste eigenhändig zu verprügeln. Bei den End Credits ist er dann mit seiner Flamme dem Sonnenuntergang entgegengeritten.

Ich schüttle den Kopf, um dieses absurde Bild loszuwerden. Weder sind meine Eltern Bösewichte aus einem Achtzigerjahrefilm, noch will oder brauch ich es, von einem Typen auf einem Pferd gerettet zu werden. People-Pleaser hin oder her.

»Sadia!«, ruft meine Mutter. »Ich hab dir gerade erklärt, dass er nach Wien ziehen will. Wo bist nur du mit deinen Gedanken?«

Ich versuche mich zu konzentrieren. »Sorry. Ähm. Also du hast jetzt den zweiten Typen gefunden, ja?«

Meine Mama verdreht die Augen. Eine Erbse hat sich in ihrem Zopf verheddert, und ich zupfe sie abwesend heraus. »Ja. Und wie ich schon sagte, sie kommen nächsten Februar zu Besuch.«

Mir kommt der Beginn unseres Gesprächs in den Sinn. »Warte, ist er mein Cousin oder so? Ich hab dir gesagt, das wäre mir zu seltsam.«

»Nein, ist er nicht! Er ist der Sohn von einem alten Freund deines Vaters, den wir durch deinen Onkel« – dritten Grades, wie ich später erfahre – »damals kennengelernt haben.«

»Ach so.«

»Was ist denn los mit dir?«

»Nichts. Was soll schon sein?«

Meine Mutter betrachtet mich skeptisch. »Deine Augenringe werden dunkler, du musst früher schlafen gehen.«

»Dann habe ich aber die Küche nie für mich selbst«, murre ich und lehne mich mit verschränkten Armen zurück. »Und ich kann's nicht fassen, dass du schon jemanden gefunden hast. Du hast sie nicht mal kennengelernt und bist dir schon sicher, dass sie kommen sollen? Ist das echt eine gute Idee?«

Sie schürzt die Lippen und legt den Silberteller mit den Erbsenschoten auf meinem Schoß ab. »Bitte! Mach du doch das Abendessen, es scheint nämlich, dass du sowieso alles besser weißt!«, sagt sie. »Immer beschwert ihr euch über alles. Niemand in diesem Haus wertschätzt, was ich mache.«

»Stimmt nicht, Mama. Wir haben dich lieb, Mama«, ruft Fawad plötzlich von irgendwoher, kein Plan, wo.

Er sagt das nur, weil er keinen Bock darauf hat, dass ich das Abendessen mache. Wenn ich für meine Familie koche, nehme ich das immer zum Anlass, etwas Neues auszuprobieren. Da meine Erfolgsrate fünfzig zu fünfzig ist, ist ihm das, wenn er Hunger hat (immer), ein zu großes Risiko. Dafür sind die 50 Prozent, die klappen, aber auch verdammt gut, deswegen braucht er sich nicht beschweren.

»Wenigstens mache ich was«, rufe ich und fange an, die Schoten zu zupfen, während meine Mutter sich bückt, um die rausgefallenen Erbsen aufzuklauben. »Und ich beschwer mich doch nicht über dich, ich hab mich nur gewundert«, beschwichtige ich sie.

»Du musst mir vertrauen.« Sie richtet sich wieder auf. »Diesmal wird es ganz anders.«

Wenn sie das sagt.

Um ihre Laune zu bessern, helfe ich ihr beim Abendessen, was auch Fawad dazu bringt, uns Gesellschaft zu leisten und in unsere Diskussionen darüber, wie viel Öl wir dem Essen hinzufügen, reinzureden. Als unser Vater nach Hause kommt, bin ich gerade dabei, meiner Mama zu erklären, dass man die Zucchinihaut in Österreich essen darf und ich keine Ahnung habe, warum sie sie immer entfernt, während sie partout den Kopf schüttelt.

»Salam Aleikum«, sagt er und lockert seine Krawatte. In seiner Hand liegen drei Rosen, eine rote, zwei gelbe. Er reicht Fawad und mir die gelben und meiner Mama die rote.

»Wozu denn das?«, fragt sie und wirkt plötzlich ganz verlegen, als er ihre Wange küsst.

Mein Vater zuckt mit den Schultern. »Nur so. Hab sie gesehen und dachte mir, ich bring euch welche mit.«

Ich beiße mir auf die Lippe, um nicht loszulachen bei dem Ausdruck, den meine Mutter gerade aufsetzt.

Nach dem Essen liege ich wieder mit Hörbuch im Bett – diesmal habe ich Kopfhörer auf – und stalke Ibrahims Geschwister auf Instagram. Es ist keiner meiner Glanzmomente, aber was bleibt mir sonst übrig, um herauszufinden, wie es in seinem Leben aussieht? Während ich durch das Feed seiner Schwester scrolle, erreicht mich eine Nachricht von Amanat. *Sag mal, hast du schon Pläne für heute Abend?*

6. Kapitel

Ibrahim

Es ist eine Wahrheit, über die sich alle Welt einig ist, dass Wiener Migrantenkinder in Massen an diesen drei Orten aufzufinden sind: Büchereien, Fast-Food-Restaurants und Shishabars.

Bei der Bar, in die wir heute zum Feiern gekommen sind, handelt es sich um einen Loungebereich an der Donau, der aus mehreren Hütten besteht, die entlang des Flusses aufgereiht sind. Die Räume sind riesig und die Szenerie krass, aber die Atmosphäre trotzdem konstruiert. Die Mitarbeiter tragen einheitliche Uniformen, die Preise sind deckenhoch, und wegen dem Ausblick sammelt sich hier gern die Art von Rich Kids, über die sich Hama vorhin beschwert hat. Als ich mir eine Cola an der Bar hole, höre ich ein paar Typen in Polohemden neben mir sich darüber aufregen, dass Menschen nur mehr wegen Quoten Jobs bekommen und wie unfair das doch ihnen gegenüber sei.

Im selben Atemzug erzählen sie von Partys in ihren Innenstadtwohnungen, die ihre Eltern finanzieren, und Urlaube auf Bali. Einer unter ihnen sieht selbst Brown aus, aber mit Monolid-Augen und einem flachen Nasenbein, vielleicht Afghane oder Nepalese. Wir haben Blickkontakt und er wirkt so, als würde er sich gerade selbst fragen, wie er in dieser Runde gelandet ist.

Er räuspert sich. »Aber was schlägt ihr denn als Lösung vor, was die Quotenprobleme betrifft?«, fragt er seine Kollegen auf Englisch. »Also wie soll man sonst gewährleisten, dass alle die gleiche Chance bekommen?«

»Sie bekommen die gleiche Chance, wenn sie gut genug sind«, antwortet einer der Typen.

»Aber warum sind dann alle in den hohen Positionen eben weiß und eher Männer?«

Bedeutungsschwere Blicke in der Runde. »Sie bekommen ihre Chancen eben, wenn sie gut genug sind«, wiederholt einer der Kerle und ein anderer lacht. »Das *ist* Chancengleichheit. Wenn man dich nicht nimmt, dann bist du vielleicht nicht gut genug, easy.«

Ich presse die Lippen zusammen, bezahle für meine Cola und kehre um.

Und das von einem, der wahrscheinlich schon eine Position in Papas Kanzlei gesichert hat.

Du Heuchler, raunt eine entfernte Stimme in mir. *Hast du nicht auch eine Position in Papas Asialaden gesichert?*

Aber ich hab nie darum gebeten. Und das eine bedeutet, dass Papa es sich leisten konnte, zu studieren, was er wollte, das andere, dass Papa gemacht hat, was im Bereich seiner Möglichkeiten stand.

Und wenn mein Vater doch studiert hätte, hätte er dann auch eine Kanzlei? Hätte er mich gezwungen, Jus zu studieren? Tatsache: Wenn mein Vater hätte studieren können, wäre er wahrscheinlich nicht ausgewandert. Und macht das keinen Unterschied? Ob man seinen Wurzeln entrissen wurde oder sie dein Fundament bilden?

Ich fühle mich trotzdem doppelmoralisch.

Das Thema meiner VWA war Chancengleichheit für Migrantenkinder an Wiener Schulen. Eine meiner zentralen Fragen war: *Werden wir zu Problemkindern gemacht oder sind wir*

Problemkinder seit unserer Geburt? Denn anders, als der Typ im Polohemd behauptet, macht meiner Erfahrung nach nicht die Zukunft aus, wer wir sind, sondern die Vergangenheit. Deine Leistung ist Nebensache, wenn deine Herkunft die Hauptsache ist. Und weil deine Leistung alles ist, bist du dadurch automatisch nichts. Meine Lehrerschaft in der Mittelschule wusste das, sie wussten, dass wir es im Leben zu nichts bringen werden, wussten es, bevor sie uns überhaupt kannten. Die fehlende Energie, das Augenrollen, das Genervtschauen, weil man sich getraut hat, eine Frage zu stellen. *Es stimmt doch,* hat meine ehemalige Mathelehrerin zu mir gesagt, *du wirst es nicht weit bringen, besser ihr seht das ein, bevor ihr eure und unsere Zeit verschwendet.*

Sie sagte das, nachdem ich auf einen Mitschüler losgegangen war, weil er sich darüber lustig gemacht hat, dass Aslan sich an einem Gymnasium anmelden wollte.

Ja, und wie zum Fuck hätten wir gut genug sein sollen, wenn die meisten Lehrer keinen Bock darauf hatten, uns zu unterrichten? Die zwei, drei, die sich doch bemühten, verreckten alle an einem Burn-out. Chancengleichheit? Nennt man das so? Und dann haben solche Typen auch noch die Arroganz, sich über Quoten zu beschweren.

Ich stelle mein Colaglas hörbar auf den hohen Tisch, um dem Hama und die anderen versammelt sind. Es schwappt etwas von der Flüssigkeit über und ich beiße die Zähne zusammen. Versuche meinen Ärger runterschlucken, kann aber nur an die Fresse von Polohemd denken.

»Boah, ich hasse den Geruch von Shisha«, sagt Nuh neben mir.

»Warum sind wir dann hier, du Genie?« Der einzige Grund, warum ich mich am Ende habe überreden lassen, mitzukommen, war wegen ihm. Sonst schienen weder Hama noch meine Schwester sonderlich begeistert von dem Vorschlag.

Jetzt grinst er mich an. »Bonding.« Er verhakt seine Zeige-finger miteinander. »Quality time with the fam.«

Ich stöhne, und Maya macht Würgegeräusche. Nuh lacht und wirft sich eine Handvoll Erdnüsse in den Mund.

Die Mädels scheinen sich blendend zu amüsieren. Hama über etwas, das ihr Maya am Handy zeigt, während ihre Schwester gerade mit ihren Freunden lachend in eine der Hüt-ten abgerauscht ist.

Arwa, die aussieht, als wäre sie aus einem Kaninchenloch rausgekrochen, in diesem hellblauen Kleid und weißer Strick-jacke, begegnet meinem Blick. »Alles gut?«, formt sie mit den Lippen stumm.

Ich zucke mit den Schultern und nehme einen Schluck von meinem Getränk, um etwas zu tun zu haben.

»Was ist mit Uzair los?«, fragt Maya plötzlich. Sie hält ihr Handy hoch, um uns den Gruppenchat unserer Familie zu zeigen. *Cringe Department* habe ich es damals genannt, und meist kommunizieren wir nur in Memes drauf. Oder haben's getan, im letzten Jahr gab's eine Durststrecke im Chat. Wie um es auszugleichen, hat unser jüngster Bruder gerade das Bild von einem tanzenden Kermit mehrfach hintereinander rein-geschickt.

»Wenn er nicht aufhört, kicke ich ihn raus.«

Eine neue Nachricht erscheint im Chat, diesmal von Tariq. Es ist ein Bild.

Es ist ein Bild von der Donauinsel, mit dem leuchtenden Donauturm im Hintergrund. Nuh, Maya und ich starren kol-lektiv auf unsere Handys. Dann heben wir zeitgleich die Köpfe, ähnlich verwirrte Ausdrücke auf unseren Gesichtern.

»Was ist?«, fragt Hama.

»Welcher Tag ist heute?«, fragt Maya.

»Er wollte erst in zwei Wochen kommen, ich schwöre«, sagt Nuh.

»Wer?«, fragt Arwa alarmiert.

Und dann sehe ich ihn, wie er auf die Terrasse tritt. Selbstsicherer Gang, suchender Blick. Er trägt eine Bomberjacke, dunkle Jeans und seine Haare sind kürzer, aber nicht weniger wirr. Als er unsere Gruppe entdeckt, erscheint ein Lächeln auf seinem Gesicht, das ich ihm gleich ausschlagen will. In mir krampft sich alles zusammen, keine Ahnung wieso. Nach und nach entdeckt ihn jeder am Tisch.

»Nein!«, brüllt Hama.

»Was machst du schon hier?«, schreit Maya.

»Ich dachte du kommst erst in zwei Wochen!«, ruft Nuh.

»Tariq?«, flüstert Arwa.

Unsere Blicke begegnen sich. Purer Fluchtinstinkt liegt in ihren Augen. In meinen wahrscheinlich auch. Aber wir sind beide zu überrascht, um uns zu bewegen, und dann ist er schon da, wird in mehrere Umarmungen geschlossen. Maya, die sich fest an ihn klammert, Nuh, der plötzlich seltsam erleichtert wirkt, Hama, die nicht aufhören kann zu reden, »Was für eine Bombenüberraschung, Sir«, und erst nachdem jeder ihn begrüßt hat, landet sein Blick auf mir, bohrt sich in meinen. Ich habe mich keinen Millimeter bewegt. Arwa auch nicht.

Bei ihr denken die anderen wahrscheinlich, dass sie es nicht glauben kann, dass er hier ist, oder irgendwas ähnlich Romantisches. Bei mir haben sie fast schon Angst, das sehe ich an Maya, die sich fast unmerklich zwischen uns stellt, bereit, in die Mitte zu springen, wenn es sein muss.

»Du siehst verdammt fertig aus«, sind die ersten Worte in Person von meinem großen Bruder, den ich zuletzt vor fast sechs Monaten gesehen hab. Und von dem ich erst heute Morgen eine Standpauke hören durfte.

»Ich weiß«, sind meine.

Er fährt sich durch seine Haare, lässt seinen Blick über mich wandern, als suche er nach weiteren Anzeichen meines Versagens. Dann schüttelt er den Kopf und zieht mich in eine Umarmung. Ich bin zu schockiert, um mich zu wehren oder nachzugeben.

Und in dieser Umarmung von einer Person, die mich schon so oft in meinem Leben aufgefangen hat, kommt sie wieder, die Flut an Erinnerungen. Tariq, wie er sich vor mich stellt, wenn Baba wütend wird. Tariq, wie er wegen meinen Noten lügt, obwohl er weiß, dass es ihm Ärger bringen könnte. Tariq, wie er mit den Lehrern für mich redet, sie regelrecht anbettelt, mir noch eine Chance zu geben.

Ich bin plötzlich so fucking wütend auf ihn. Weil er immer da war und dann nicht mehr; und weil ich weiß, dass ich es nicht anders verdient hab. Ich bin wütend, weil ich nicht verstehe, warum sein Auftauchen mich so trifft. Und ich bin wütend, weil alles mal leichter zwischen mir und meinen Geschwistern gewesen ist und ich keinen Plan habe, wo wir falsch abgebogen sind.

»Alles okay?«, fragt Tariq. Ich weiche seinem Blick aus. Nicke kurz angebunden.

Maya und Nuh betrachten unseren Austausch mit Adleraugen. Mir ist grad alles viel zu viel.

Ich muss hier weg, denke ich mir, ich muss so was von weg. Tariq lässt von mir ab und seine Aufmerksamkeit gleitet zu der letzten Person, die darauf wartet, von ihm bemerkt zu werden.

Diesmal erscheint ein vorsichtiger Ausdruck auf seinem Gesicht. Irgendwie aber auch wütend. Entschlossen.

Arwa sieht blass und argwöhnisch aus. Tariq ist in wenigen Schritten direkt vor ihr, sie schaut zu ihm auf, und was auch immer die beiden mit ihren Augen machen, es fühlt sich viel zu privat an, um Publikum dafür zu sein. Er hält ihr stumm seine Hand hin, sie zögert, zögert, zögert, dann ergreift sie seine Finger. Ohne Weiteres zieht er sie von dem Tisch weg, wahrscheinlich zu einem weniger überfüllten Ort.

»Uff«, sagt Hama.

»Ich hoffe, sie kommen klar«, sagt Maya.

»Das war echt intensiv«, sagt Nuh.

Und Arwa und Tariq sind nicht mehr zu sehen.

Mir ist die Brust zu eng geworden. Ich räuspere mich. »Muss mal kurz … aufs Klo«, sage ich und flüchte aus dem Raum. Ich höre, wie Nuh nach mir ruft, aber ignoriere ihn.

In der Bar ist es noch stickiger, noch lauter geworden. Ich gehe durch das Hauptgebäude direkt auf den Ausgang zu, ohne zu wissen, wohin ich will. Hauptsache raus hier.

Vor der Eingangstür entdecke ich die Polohemden wieder, die gerade über etwas lachen. Und ich bemerke den Typen, der immer noch bei dieser Gruppe steht. Er wirkt peinlich berührt, während sie ihre Augen auseinanderziehen und sich über seine Gesichtszüge lustig machen. Deutlich betrunkener und ausgelassener als vorhin.

Ich nehme drei tiefe Atemzüge und gehe weiter. Höre Aslans Stimme im Kopf, immer wenn er mich auf dem Pausenhof weggezogen hat. *Ist egal, ignorier's. Die sind den Ärger nicht wert.*

»So viele Scheißterroristen hier«, sagt einer von ihnen.

Dann halte ich inne. Und drehe mich um.

7. Kapitel

Sadia

Die Bar, in die mich Amanat eingeladen hat, erstrahlt in verschiedenen Neonfarben. Sie besteht aus mehreren Hütten, die am Ufer der Donau aufgereiht sind. Musik mit arabisch klingenden Tönen dröhnt von der Decke herunter. Es ist voll und laut. *Wir sind in der Hütte im pinken Loungebereich. Nimm den Haupteingang und halt dich einfach auf der rechten Seite,* hat mir Amanat geschrieben und ich folge ihrer Anweisung durch Gruppen von Menschen und an Kellnern, die schwere Shishas mit sich tragen, vorbei, bis ich glaube, den richtigen Raum erreicht zu haben. Die Luft hier riecht süßlich, irgendwie auch stechend, ich meine, den Geschmack auf meiner Zunge zu spüren.

Als ich Amanat an einer der vielen Bartheken mit einem Energydrink in der Hand entdecke, wirft sie sich sofort an meinen Hals. »Ich hab dich noch nie ohne Brille gesehen!«

»Ich hab dich noch nie außerhalb der Uniumgebung gesehen.«

»Huh. Stimmt! Das ist unser erstes richtiges Date.«

Und sie ist auch passend dafür gekleidet. Sie hat ihren Eyeliner mit weißem Kajal und grünem Lidschatten kombiniert, an ihren Wangen und ihrer Nasenspitze glitzert Goldstaub. Da gehe ich in meinen blickdichten Strümpfen und schwarzem schlichten Kleid komplett unter. »Süß siehst du aus«, sage ich.

»Selber!« Sie hakt sich bei mir unter und zieht mich zu ihren Freunden, die in der Ecke des Raums um einen Tisch herumsitzen. Ihre Schwester, die der Grund für diese Zusammenkunft ist, ist mit ihren Freunden in der Hütte rechts, erzählt mir Amanat und stellt mir stattdessen die anderen Anwesenden vor.

Sofort passe ich mich dem Energielevel der Leute um mich herum an und begrüße sie strahlend. Kaum einer von ihnen trinkt Alkohol, aber sie wirken trotzdem beschwipst und gut gelaunt, was ich zu spiegeln versuche, ohne in den Mittelpunkt gedrängt zu werden.

Mein Bruder hat mal gesagt, in sozialen Situationen wäre ich ein wahres Chamäleon. Anscheinend sei es nicht normal, sich so leicht zu wandeln, und er fragt mich oft, wie viele Persönlichkeiten ich denn hätte. Tatsache ist aber, dass ich als Kind stark damit gestruggelt habe, meine Mitmenschen zu verstehen. Ich war schon immer deutlich aufgeweckter und energischer als die anderen und durfte mir deswegen früh anhören, dass ich Aufmerksamkeitsprobleme habe. *Sadia, hör auf,* mahnten mich meine damaligen Freundinnen immer, wenn ich einen Tick zu laut lachte oder etwas Albernes tat, um meine überschüssige Energie abzubauen. *Das ist voll peinlich.* Und da peinlich sein das Schlimmste ist, was einem Teenager passieren kann, habe ich gelernt, meine Impulse zu unterdrücken und mich nach dem Verhalten meiner Mitmenschen zu richten. Das ist bis heute geblieben. Weil es auch zu einem Schutzmechanismus geworden ist. Wenn niemand weiß, wer man wirklich ist, dann lässt sich Ablehnung leichter ertragen.

Umgekehrt kann es einen zerstören, wenn du dein innerstes Ich hervorholst und dir dann trotzdem jemand den Rücken zukehrt. Ibrahim platzt in meine Gedanken hinein wie eine nervtötende Update-Nachricht am Laptop, die man immer wieder wegdrückt. Vielleicht sollte ich mich mal tiefgehender damit auseinandersetzen und ein System-Upgrade durchführen. Aber für heute gilt eigentlich: Ablenkung.

Und diese bekomme ich anfangs auch. Mit meiner Chamäleon-Methode merkt niemand, dass ich nervös bin, und da die meisten auch studieren, zum Teil selbst Jus, gibt es genügend Gemeinsamkeiten, um die Gespräche nicht ausklingen zu lassen.

Nach etwa einer halben Stunde lässt sich aber eine junge Frau in neonorangem Top und mit beeindruckendem Dekolleté neben mir nieder. Sie ist deutlich größer als ich, hat unfassbar lange, dichte Haare und strahlt pures Selbstbewusstsein aus. Irgendwie wirkt sie auch vertraut, aber ich weiß nicht, woher.

»Meine nervige Schwester, Hama«, stellt uns Amanat sofort vor. »Und das ist Sadia, eine Freundin aus der Uni.«

Ich will zur Begrüßung ansetzen, aber im nächsten Moment setzt sich ein weiterer Neuankömmling zu uns, direkt mir gegenüber. Mein »Hey«, bleibt mir augenblicklich im Hals stecken.

»Oh, und das ist Maya.«

Ich blinzle. Blinzle immer weiter, in der Hoffnung, dass ich sie mir nur einbilde. Aber Maya will sich nicht in Luft auflösen, egal, wie oft ich die Augen verschließe. Sie bleibt ein bisschen zu echt und ein bisschen zu vertraut und in mir kommt gerade ein bisschen Panik hoch.

»Hey«, begrüßt mich Ibrahims Schwester.

Jene Schwester, die ich Stunden zuvor noch auf meinem Handy gestalkt habe. Mit weit aufgerissenen Augen drehe ich den Kopf zu Amanat.

Sie erwidert meinen Blick fragend. »Ist was?«

Ja. *Du hast mir nie erzählt, dass du mit der Schwester von dem einen Typen befreundet bist, der mir vor über einem Jahr mit einer*

Whatsapp-Nachricht das Herz gebrochen hat. »Eine kleine Warnung wäre nett gewesen.«

Sie runzelt die Stirn. »Warnung wovor?«

Ich presse die Lippen zusammen.

In echt sieht Maya noch hübscher aus. Irgendwie auch einschüchternd, wie sie die Beine übereinandergeschlagen hat. Auf diese »männliche« Weise, die an ihr elegant aussieht. Ihre Kleidung erinnert mich an eine Uniform, diese Cargohosen, das Nasenpiercing, die Tatsache, dass sie nicht lächelt, ohne dabei böse zu wirken. Diese kämpferische Natur, die ich von Ibrahim kenne.

Fuck. Was, wenn er auch hier ist?

Ruckartig stehe ich auf. Alle Blicken folgen mir, der ganze Tisch sieht zu mir auf, inklusive Maya und Hama. So viel zum Thema, kein Mittelpunkt sein zu wollen.

»Ich muss nur kurz aufs Klo«, sage ich.

Amanat wirkt besorgt. »Soll ich mitkommen?«

»Nein!«, sage ich etwas zu laut, dann räuspere ich mich. »Nein! Alles gut. M-macht nur weiter.« Ich wedle mit meiner Hand, um meine Worte zu unterstreichen, habe aber mit einem Mal vergessen, wie das mit dem Chamäleon-Sein funktioniert, und fühle mich schlichtweg überfordert. »Ich bin gleich wieder da.«

Bevor noch jemand etwas sagen kann, schiebe ich mich an mehreren Beinpaaren vorbei zu der ersten Tür, die ich finde. Ich versuche nicht loszurennen, aber meine Schritte beschleunigen sich automatisch, sobald die anderen außer Sichtweite sind. Es ist noch voller als vorhin, als ich angekommen bin, und ich muss mich durch mehrere Menschengruppen drängen, bis ich am anderen Ende der Bar ein WC-Schild sehe und direkt darauf zusteure. Ohne zu zögern, reiße ich die graffitibeschmierte Tür auf und trete ein.

Zwei Frauen in knallroten Kleidern stehen vor einem pink

erleuchteten Spiegel und sehen verwundert zu mir. Es muss komisch wirken, wie ich eben reingeplatzt bin, als würde ich vor etwas weglaufen. Vor *jemandem* weglaufen. Ich lächle entschuldigend und gehe auf die erste offene Klokabine zu, die ich sehe, um mich sofort in ihr einzusperren. Dann warte ich, bis die beiden rausgehen, bevor ich mir erlaube auszurasten.

»Nein«, quietsche ich. Eigentlich habe ich mit einem Schrei gerechnet, aber alles, was rauskommt, ist nur dieses jämmerliche Wimmern. »Nein, nein, nein.«

Ich hocke mich hin, ohne den Boden zu berühren – so viel Selbstkontrolle habe ich noch –, und drücke mir meine zu Fäusten geballten Hände an die Augen.

»Das ist doch nicht dein Ernst.« Ich weiß nicht, zu wem ich das sage, aber ich finde die Aussage berechtigt.

Vielleicht habe ich Ibrahim heraufbeschworen. Vielleicht will mir das Universum ein Zeichen geben, diese Sache zwischen uns endlich abzuschließen, denn offensichtlich bin ich nicht darüber hinweg. Vielleicht bleibe ich aber auch einfach hier hocken, bis alle nach Hause gegangen sind. Wie gering ist die Chance, dass er gar nicht hier ist? Und wenn er wirklich hier ist – was mache ich dann? Was macht er dann, wie wird er darauf reagieren, mich zu sehen? Oh Gott, was, wenn er denkt, dass ich das alles geplant habe? Wie stalkerhaft muss das wirken?

»Hey«, ertönt plötzlich eine Stimme aus der benachbarten Klokabine.

Ich zucke zusammen und weiche von der Wand zurück, die zwischen mir und der Unbekannten liegt. Dabei falle ich fast um und hätte Kontakt mit dem Boden gemacht, kann mich aber noch rechtzeitig auffangen.

»Alles okay bei dir?« Die fremde Stimme nebenan klingt erstickt und müde. Als hätte die Person eine verstopfte Nase. Als hätte sie geweint. Ihr Schnaufen bestätigt meine Vermutung.

»Alles okay bei *dir*?«, frage ich.

Einige Sekunden lang hört man nur das Reißen von Klopapier und ein weiteres, lauteres Ausatmen. Dann ein Räuspern.

»Eigentlich schon. Aber wenn ich anfange zu weinen, braucht's bisschen, damit es wieder aufhört.«

Wider Willen schnaube ich. »Kenne ich von irgendwoher.« Wobei ich nicht oft weine.

»Und bei dir?«, fragt die Fremde.

»Bei mir?«

»Ob alles okay ist?«

»Ich weiß nicht«, antworte ich ehrlich. »Ich glaube nicht.«

Sie bewegt sich näher zu mir, was ich durch die Schatten auf den Fliesen erkenne. Die Wände der Kabinen reichen nicht bis zum Boden, tatsächlich hören sie ein gutes Stück darüber auf, wodurch man ein wenig von den Schuhen der anderen sehen kann, wenn sie nah genug stehen. Von meiner hockenden Position aus erkenne ich jetzt die weißen Sneaker meiner Klonachbarin.

»Das tut mir leid zu hören«, sagt sie.

Ich seufze. »Mir auch.«

Einen Moment lang schweigen wir, aber es ist ein weniger trostloses Schweigen als Sekunden zuvor. Manchmal kann die Anwesenheit einer Person reichen, um den eigenen Schmerz ein kleines bisschen erträglicher zu machen. Vielleicht, weil er anerkannt wird? Gesehen, wortlos geteilt wird?

Auf den Sneakern der Unbekannten sind unterschiedliche Roboterfiguren aufgemalt. Ich betrachte vor allem die braune rechteckige Gestalt, die mir vertraut vorkommt, und frage mich, ob ich einfach hier und jetzt mein Herz ausschütten sollte. So wie man es in RomComs sieht, die Figur trifft eine Fremde, erzählt ihr von all ihren Sorgen, und entweder gewinnt sie dadurch eine neue beste Freundin oder es stellt sich heraus, dass die Person, mit der sie geredet hat, jemand Wichtiges ist, die noch alles zum Guten wenden kann. Das wäre doch schön.

Aber als ich meinen Mund öffne, um etwas zu sagen, kommt kein Redeschwall hervor, sondern lediglich ein unbedeutender Kommentar. »Coole Schuhe.«

Okay. Die Filme, die mir gerade in einer Gedankenblase neben dem Kopf laufen, platzen mit einem Mal. Für einen kurzen Moment habe ich vergessen, dass ich nicht die Art Person bin, die ihr Herz ausschüttet. Besonders nicht Fremden gegenüber. Ich bin die Art von Person, die ihre Gefühle in dampfendem Öl frittiert, bis sie verkohlen.

Meine Klonachbarin hebt ihren rechten Fuß etwas an, als würde sie ihre Schuhe selbst noch mal betrachten. »Danke. Das sind die Figuren aus Wall-E.«

»Hab ich gemerkt.« Ich drücke meine Hände an eine Stelle unter meinem Herzen, dort, wo ich immer das Gefühl habe, dass meine gesamte Anxiety gelagert ist. Ich schließe die Augen und versuche diesen Knäuel in mir zu erspüren, um ihn ein bisschen auseinanderzunehmen. »Ein schöner Film.«

Es folgt ein Schniefen, noch mehr ausgerissenes Klopapier und ein Schnäuzen. »Ein unrealistischer vor allem.«

»Wall-E?«, hake ich nach und öffne die Augen wieder. »Der mit dem einsamen Roboter? Unrealistisch?«

»Ja, ich weiß. Aber ich meine wegen der Lovestory.«

»Die Lovestory von Wall-E?«, hake ich erneut nach. »Dem einsamen Roboter? Unrealistisch?«

Sie schnaubt. »Ja. Du kannst darüber lachen, aber ich mein's ernst.«

»Ich erinnere mich kaum an den Film. Also wahrscheinlich hast du recht.«

Während es mir schwerfällt, meine Gefühle rauszulassen, scheint meine Klonachbarin nur auf den richtigen Moment gewartet zu haben, um aus sich hervorzubrechen. Sofort setzt sie zu einer ganzen Filmanalyse an, und ich höre die Verzweiflung und ihre Nervosität mit jedem Wort deutlicher heraus.

Als würde sie sich eigentlich lieber davon abhalten wollen, zu reden, aber es wäre ihr physisch nicht möglich. Ein bisschen beneide ich sie schon darum.

»Okay, schau. Ich liebe den Film. Wirklich, wirklich sehr. Aber Wall-E verliebt sich einfach in die erste Person, die er sieht. Und ich finde es unrealistisch, dass die beiden kein Wort miteinander reden – außer so Robotergeräusche manchmal –, und trotzdem scheinen sie sich auf einer tieferen Ebene zu verstehen. Aber ich weiß nicht. Ich weiß nicht, ob's so eine tiefere Ebene des Verstandenwerdens überhaupt geben kann, weißt du? Vor allem, sie kommen aus komplett anderen Welten – literally – und haben ganz andere Sozialisierung erfahren. Dieses wortlose – oder nein, *sprachenlose* Verstehen, gerade für die beiden, sollte so schwer sein. Aber anscheinend funktioniert's im Film ja.« Sie hält kurz inne, wahrscheinlich um Atem zu holen, weil sie so schnell redet. »Ich glaub einfach, dass man eine gemeinsame Sprache braucht, damit Beziehungen funktionieren. Sonst entstehen immer nur Missverständnisse.«

Plötzlich fühle ich mich ertappt. Damals, als ich Ibrahim kennengelernt habe, haben wir anfangs auch wenig miteinander geredet. Die Verbindung, die ich zu ihm spürte, baute für mich auf etwas Tieferem auf. Etwas, was uns ohne Worte aneinanderkettete. Ich dachte, ich weiß, was in seinem Kopf vor sich geht, dachte, er macht mir genauso wenig etwas vor, wie ich es ihm gegenüber tat. Aber ich habe mich geirrt – irgendetwas hat er mir am Ende doch vorgemacht, sonst wäre alles anders verlaufen. Und ich wäre nicht hier, um mich vor ihm zu verstecken.

Die Tür geht auf und diesmal kommt eine Schar Frauen ins Klo. Sie lachen und irgendwer liest gerade laut peinliche Nachrichten aus Tinder vor.

Ich rapple mich auf und trete näher an die Wand zwischen mir und der Fremden, damit wir uns weiterhin verstehen.

»Aber am Ende des Tages sind die beiden immer noch Roboter, oder?«, frage ich. »Vielleicht synchronisieren Maschinen einfach auf einer Ebene, wie wir es nicht können.«

Oder vielleicht synchronisieren manche Menschen einfach auf einer Ebene, wie wir Normalsterblichen nicht in der Lage sind. Ich habe zu viel Romance gelesen, um einfach hinzunehmen, dass es keine schicksalhaften Fügungen gibt.

»Ich weiß nicht«, wiederholt meine Leidträgerin. »Synchronisieren klingt auch wieder sehr schicksalhaft und ich glaube an solche Dinge eigentlich gar nicht.«

Eigentlich, sagt sie in einem unsicheren Ton.

Ich muss an meine Eltern denken. Daran, wie leicht sie ihre Beziehung wirken lassen. Wie sehr sie zusammengehören, sodass die Leute sofort den Ort nach dem jeweils anderen absuchen, wenn sie einen von ihnen treffen.

Aber natürlich spielt Kommunikation eine große Rolle in ihrer Connection. Eine von Verzierungen und Ausschweifungen entzogene Connection. Für sie braucht es nicht viele Worte, um sich zu verstehen, es reichen auch Blicke und Gesten und geteilte Teller.

Weil es eine Sprache zwischen ihnen gibt, in die sich niemand einmischen kann. Aber wer behauptet, dass diese schon immer existiert hat? Ich habe keine Ahnung, ob das von Anfang an so leicht für sie war. Sie haben uns nicht viel von dem Beginn ihrer Ehe erzählt.

Irgendwer bedient die Toilettenspülung und jemand anderes hustet, um ihr Pinkeln zu übertönen. Ein passendes Ambiente für so ein Gespräch.

Meine Nachbarin und ich warten ab, bis es wieder ruhiger wird, bevor ich beschließe, weiterzusprechen.

»Ich hatte tatsächlich erst letztens ein Gespräch über das Thema Synchronisieren. Es hat mich daran erinnert, dass Seelenverwandte in vielen, vielen Formen vorkommen und man nie mit jedem auf derselben Wellenlänge sein kann. Oder bleiben kann. Manchmal muss man sich da hinarbeiten. Und wir sprechen ja nur eine begrenzte Anzahl an Sprachen, was es nicht einfacher macht, sich zu verstehen, oder? Wenn ich mich an Wall-E richtig erinnere, hat es nicht so auf mich gewirkt, dass die beiden sich ohne ihre Sprache verstehen. Sondern vielmehr, als müssten sie gemeinsam eine neue Sprache für sich finden. Falls das Sinn ergibt. Ich glaube, es geht nicht um die Sprache, sondern eher darum, ob man sich dafür entscheidet, sie zusammen lernen zu wollen. Alles andere kommt danach, oder?«

Und als Ibrahim mich blockiert hat, hat er die Entscheidung getroffen, es nicht einmal zu versuchen.

Eine Weile lang kommt nichts mehr aus der Klokabine neben mir. Schließlich folgt ein tiefer Atemzug. »Ich hasse es, Entscheidungen zu treffen.«

Was sich anhört, als hätte sie gerade eine Entscheidung getroffen. Trotz allem spüre ich meine Mundwinkel zucken. Mir wird bewusst, dass der Knäuel unter meiner Brust kleiner geworden ist. »Ich auch.«

Plötzlich klopft jemand an meiner Tür. »Hey, ist da vielleicht Arwa?«

»Hier«, kommt es aus der Kabine neben mir, bevor ich etwas sagen kann.

»Also, draußen ist ein Typ, der nach dir gefragt hat. Falls er irgend so ein Stalker ist, dann kann ihm sagen, dass du nicht hier bist.«

»Oh. Danke.« Arwa zögert. »Voll lieb, aber … das ist nur mein Freund.«

»Ah, okay.« Kurze Pause. »Soll ich ihn trotzdem loswerden?«

Sie schnaubt. Ich höre, wie die Kabinentür nebenan aufgeht und sie heraustritt. »Nein. Alles gut.« Die Schatten ihrer Wall-E-Schuhe erscheinen unter meiner Kabinentür. »Danke für dieses sehr seltsame Gespräch, wer auch immer du bist.«

Ich schlinge meine Arme um meine Brust. »Sadia«, verrate ich ihr leise. »Danke dir auch für die Filmanalyse. Und viel Glück mit deinem Freund.«

Sie seufzt. »Danke. Dir auch mit … ja.« Mit … ja? Ich weiß nicht mal, wie ich ihn bezeichnen würde, wenn ich könnte. Aber ich weiß jetzt zumindest, was ich machen will.

Für sich einzustehen und Entscheidungen zu treffen kann heißen, dass man Antworten verlangt. Es kann aber auch heißen, dass man seinen Seelenfrieden voranstellt und sich aus Situationen entfernt, für die man nicht bereit ist.

Ich entscheide mich für Letzteres und fühle mich nur aus einem Grund schlecht deswegen: weil ich Amanat eine Ausrede servieren muss, warum ich schon so früh gehe. Von Ibrahim kann ich ihr noch nicht erzählen, ich wüsste nicht wie, und täusche stattdessen Kopfschmerzen vor.

»Tut mir leid«, sage ich.

»Muss es nicht, wirklich nicht! Soll ich dich echt nicht noch zur U-Bahn begleiten?«

Ich verneine, und als wir uns zum Abschied umarmen, drücke ich sie vielleicht ein bisschen länger als nötig an mich, weil ich den Trost brauche. Von den anderen verabschiede ich mich mit einem allgemeinen Winken und bin erleichtert, dass Hama und Maya nicht mehr unter ihnen sind. Auch wenn ich seine Schwester gern noch mal gesehen hätte. Einfach, um sicher zu gehen, dass das alles wirklich real ist.

Auf dem Weg aus der Bar hinaus lasse ich meine Haare wie einen Vorhang vor mein Gesicht fallen und blicke mich immer wieder misstrauisch um. Vor dem Eingang steht ein Typ mit seinem Freund und mit blutender Nase und schimpft wüst um sich.

»Scheißausländer.«

Ich beschleunige meine Schritte und beeile mich, von hier wegzukommen.

Zur U-Bahn geht es entlang der Donau an weiteren Strand-
bars und Restaurants auf dem Wasser vorbei. Ich ziehe meinen
Mantel enger um mich und blicke mich immer noch sicherheitshalber um, aber langsam lässt die Nervosität nach. Ich
glaube, er war gar nicht in der Bar. Da war nur seine Schwester
und dieser riesige Zufall.

Zufall? Oder Schicksal?, fragt eine Stimme in mir, die seiner viel zu sehr ähnelt. Die Frage hat er mir bei einem unserer
mitternächtlichen Dates im Büchercafé gestellt. Es ging um
ein Zitat aus einem Melina-Marchetta-Buch über Variablen
in einer Welt aus Konstanten. Über Zufälle und Fügungen und
die Geschichten, die sie erzählen.

Beides und gar nichts. Einfach das Leben an sich.

Ich werde langsamer. Überall um mich herum sind gefühlt
nur Paare unterwegs. Sie halten Händchen und kuscheln sich
in der Kälte eng einander. Ich war so überzeugt, dass nach
Hause zu gehen die richtige Entscheidung wäre, aber plötzlich
kommen mir doch Zweifel. Oder weniger Zweifel, vielmehr
Sehnsucht. Vielleicht war ich ihm gerade so nah, wie ich es nie
wieder sein werde. Und das wäre dann der Abschluss unserer
Geschichte. Ein »Beinahe, aber doch nicht«. Eine verschobene
Variable, und das Ende verändert sich. Zum Guten? Schlechten? Neutralem.

Ich verharre an einer Stelle, an der eine kleine Treppe, wie es
sie zahlreich hier gibt, in die Donau hineinführt. Kurzerhand
lasse ich mich auf den Stufen nieder und drücke meine Beine
eng an meine Brust.

Dinge, über die niemand spricht, wenn man geghostet wird:
Egal, wie sehr du dich überzeugst, besser dran zu sein, irgendwas knackst bei dir, was sich nicht mehr reparieren lässt. Du
fängst an, alles zu hinterfragen, tausendfache Möglichkeiten
in deinem Kopf auszuspielen, wie die Sache hätte laufen können, wenn du nur dies oder jenes nicht getan, darauf geachtet

hättest. Und irgendwann weißt du einfach nicht mehr, was du machen sollst, damit es aufhört.

Das Universum aber schon. Denn plötzlich tauchen ein Paar Hände aus dem Wasser auf, direkt vor der letzten Stufe unter mir. Ich schrecke hoch und rapple mich auf, verliere dabei die Balance und fange mich gerade noch rechtzeitig mit meinen Ellbogen auf dem Boden ab. Kieselsteine bohren sich in meine Haut. Mit großen Augen starre ich auf den Körper, der sich an den Treppen abstützt und aus dem Fluss zieht. Ein junger Mann, der schwer atmend innehält, das Gesicht zu Boden geneigt.

Ich bin so perplex, dass ich nichts rausbekomme, außer einem ungläubigen Schnaufen. Augenblicklich hebt er seinen Kopf und sieht mich an.

Er sieht mich an. *Er* sieht mich an.

Blicke, die sich in meine Seele bohren, mein innerstes Ich hervorbringen. Oh. *Da bist du ja endlich.*

8. Kapitel

Ibrahim

Zwei Schlägereien innerhalb von zwei Wochen, Meisterleistung. Meine Familie wäre stolz, wenn sie es mitbekommen hätte, aber bevor es so weit kam, bin ich abgehauen. Um fair zu sein: Ich wollte die Typen nur einschüchtern, mehr nicht. Dann hat der eine mich weggeschubst, der andere dachte, er müsse meine Eltern in unser nettes Gespräch hineinziehen, und ich sah nur mehr rot.

Ich sehe oft nur mehr rot.

Ich dachte, es würde helfen, die Aggression rauszulassen.

Ich dachte, auf eine Schlägerei mehr oder weniger kommt es auch nicht mehr an. Ich dachte, ich wüsste es mittlerweile besser.

Aber ich weiß es nie besser, und nachdem ich ihm meine Faust in sein Gesicht gedrückt habe, das Knirschen, das Blut, der Adrenalinkick, gefolgt vom Gefühl des Versagens, bin ich in die Donau gesprungen.

Nicht schlau, mitten in der Nacht, auch nicht schlau, in meiner Verfassung. Sekundenlang ließ ich mich im Wasser treiben, tiefer, tiefer. Dunkelheit um mich herum, allumfassend, über mir verzerrt und unerreichbar das Mondlicht.

Und als ich wieder auftauche, weil ich immer auftauche, für alles andere bin ich zu feige, sitzt sie plötzlich vor mir. Diese

Augen, diese Lippen, dieser Blick. Eine Erscheinung? Eine Erleuchtung? Oder die Realität, die mich gerne verarscht.

Scheißuniversum. Scheißherz, das einen Moment aussetzt. Scheiße, Scheiße, Scheiße.

Sadia

Ibrahim zieht sich aus dem Wasser heraus, bis er aufrecht sitzt, und wischt sich das Wasser aus den Augen, bevor er mich wieder ansieht. Sein Oberkörper hebt und senkt sich schwer, er holt tiefe Atemzüge. Mit der Hand fährt er sich über seinen Buzzcut, schüttelt den Kopf, sodass Wassertropfen in alle Richtungen schießen. Durch das nasse Shirt sehe ich die Linien seiner Schultern, ein mir bisher unbekanntes Tattoo, das durch den Kragen am Nacken hervorblitzt.

Ein Mondjunge, denke ich mir. Ein wunderschöner, schlechte Omen bringender Mondjunge.

Ich erinnere mich daran, mich aufzurappeln, mittlerweile schmerzen meine Arme durch den harten Boden. Je mehr die erste Schockwelle abebbt, desto mehr erfasse ich, was ich sehe. Hektisch komme ich auf die Beine.

Er blinzelt zu mir auf. Wasser zwischen seinen Wimpern, Wasser auf seinen Lippen. Wasser in meinem Herzen, das sich anfühlt, als würde es ertrinken.

Noch einmal tief durchatmend steht er ebenfalls auf und baut sich vor mir auf. Er ist einen Kopf größer als ich, sein Körper schlank und lang. Wie gefährlich er aussieht. Gefährlich und komplett lost.

»Hey«, sagt er.

»Sadia«, sagt er.

»Du siehst schön aus«, sagt er.

Oh nein, denke ich mir.

Bitte sei nicht echt, denke ich mir.

Du auch, denke ich mir.

Gänsehaut breitet sich auf meinem Körper aus. Seine Stimme ist so rau und ruhig, viel zu ruhig dafür, dass er gerade aus der Donau gekrochen ist. Und dann kommt die Erkenntnis: Er ist es wirklich.

»Ibrahim?«, flüstere ich. Er schließt die Augen, als würde es ihm Schmerzen bereiten, seinen Namen von meinen Lippen zu hören.

Ich sauge alles in mir auf. Seinen Buzzcut, der etwas dichter ist, als ich ihn in Erinnerung hatte. Sein Hals, das Muttermal unter seinem rechten Ohr, seine Lippen, sein ganzes verdammtes Gesicht.

»Wo warst du?«, frage ich. Nicht: »Was machst du hier?« oder »Wieso bist du grad aus der Donau gekommen?« Nein, wo warst du?

Gelächter von weiter Ferne dringt zu uns herüber, wir stehen allein auf einem Treppenabsatz, der in die Donau führt, und vor uns liegen die hell erleuchteten Wolkenkratzer Wiens. Es ist alles, was ich mir von diesem Moment wahrscheinlich erträumt habe, und doch ganz, ganz anders. Ein bisschen verzweifelter als erhofft, ein bisschen manischer auch.

Ich warte auf eine Antwort, aber er tut nichts und sagt nichts, sondern steht einfach nur da. Seine Lider heben sich, und ich glaube, ich verstehe gerade, was Schriftsteller damit meinen, wenn sie davon reden, in den Augen anderer zu versinken. Ich sehe ihn an und sehe ihn an und sehe ihn an und sinke, sinke, sinke. Und mein Herz sinkt mit. Immer noch. Mit ihm, immer.

Schließlich bin ich es, die sich aus ihrer Trance befreit. Ich trete einen Schritt zurück. Dann noch einen. Und dann drehe ich mich um und renne einfach weg.

Einen Moment lang scheint er komplett verwirrt zu sein,

bevor er realisiert, was gerade passiert, und sich ebenfalls in Bewegung setzt. »Sadia!«

Nein. Nope. Nicht heute. Scheiß drauf, sich für sich einsetzen zu müssen, ich habe mich entschieden, feige zu sein.

Kurz bevor ich die Brücke erreiche, die mit den Stiegen verbunden ist, die zu der U-Bahn hinaufführt, schließen sich zwei Arme um meine Taille und ziehen mich zurück. Einen Moment lang schwebe ich in der Luft, bevor Ibrahim mich in die entgegengesetzte Richtung absetzt.

Durch den Mantel spüre ich die Nässe seiner Kleidung kaum, aber als ich mich umdrehe, landen meine Hände auf seiner Brust und da ist wieder nur Wasser. Überall nur Wasser.

Wir atmen beide schwer ein und aus. Es war keine lange Strecke, die wir hinter uns gebracht haben, trotzdem rast mein Herz. Er hat mich losgelassen, steht aber immer noch sehr nah vor mir, sodass ich meinen Kopf in den Nacken legen muss, um ihn anzusehen. Nach Maya zu urteilen, ist anscheinend die ganze Familie ziemlich hochgewachsen.

Die neun Monate mit ihm erscheinen mir in vereinzelten Bildern vor meinem inneren Auge. Ich sehe uns vor den Bücherregalen des Cafés sitzen, sein Kopf auf meinem Schoß, ein Buch vor sich haltend. Er las mir Gedichte vor, und ich weiß, ich versuche das L-Wort zu meiden, wenn es um uns geht, versuche unsere Beziehung nicht zu definieren, damit es weniger wehtut, aber in diesem Moment, nach Mitternacht in einem Raum voller Bücher, habe ich mich ein klein wenig in ihn verliebt. Und seitdem nicht mehr aufgehört, wie ich jetzt merke. Mir hängt die Poesie dieses Abends nach.

But we loved with a love that was more than love.

Langsam lasse ich beide Hände sinken und verschränke meine Arme vor der Brust. Plötzlich ist mir unendlich kalt.

Ibrahim schluckt schwer. »Tut mir leid«, sagt er. »Ich … tut mir leid.« Es ist weder eine Rechtfertigung noch eine Erklärung. Es sind die gleichen Worte, die er benutzt hat, bevor er spurlos aus meinem Leben verschwunden ist.

Und ich habe keine Ahnung, wie ich mit ihnen umgehen soll. Stattdessen senke ich den Blick und trete erneut zurück, diesmal nicht um wegzulaufen, sondern an ihm vorbei auf die Stiegen zuzugehen.

Auf der ersten Stufe drehe ich mich zu ihm um, weil er sich nicht mehr regt. Ohne aufzublicken, warte ich darauf, dass er meinem Beispiel folgt.

Ich weiß nicht, was ich hier mache. Ich weiß nicht, was ich zu ihm sagen soll, weil in mir gerade viel zu viele Gefühle hochkommen. Aber wie das Schicksal es will, versteht er mich, auch ohne dass ich meine Sprache gebrauchen muss. *Ich brauche etwas, um das hier zu verarbeiten, aber du kannst mich begleiten, wenn du willst.*

Im grellen Licht der U-Bahn-Station gibt es plötzlich gar keine Geheimnisse mehr. Ich habe mich auf den Boden an die Wand gelehnt hingesetzt, zu müde, um mir noch Gedanken über die Hygiene zu machen, und die Beine angezogen. Ibrahim, der mir wortlos gefolgt ist, setzt sich zu mir. Keiner von uns beiden spricht. Auf der Anzeigetafel steht eine fünfminütige Wartezeit bis zur nächsten Bahn.

Nach einer Minute holt er sein Handy hervor und hält es mir entgegen. »Kannst du es für mich abtrocknen?«

Ich weiß nicht, ob es nach dieser Schwimmeinlage überhaupt noch funktionieren kann, bin aber froh, etwas in der Hand zu halten. Ich nehme ihm das Handy ab und wische mit dem Stoff meines Kleides drüber. Als ich es einschalte, blickt mir erst ein blauer Screen entgegen, dann, wie durch ein Wunder, erscheint die PIN-Eingabe.

Fragend sehe ich ihn an. Er setzt sich auf, als würde jeder Blick, den ich ihm zuwerfe, eine gerade Haltung erfordern. »Eins, eins, zwei, drei.«

Nachdem ich auf dem Startbildschirm lande, halte ich einen Moment inne und betrachte das Hintergrundbild, einfach nur eine Sternennacht. Dann gehe ich auf seine Kontakte und entblockiere mich. Wortlos reiche ich ihm das Handy und schlinge die Arme wieder über meine Beine.

Zwei Minuten noch, bis die Bahn kommt.

Ein Betrunkener gibt am anderen Ende der Station Schlagersongs zum Besten Ein viel zu großes Insektenvieh krabbelt gemächlich entlang der gelben Linie vor den Gleisen.

»Warum bist du ins Wasser gesprungen, Ibrahim?«, frage ich. Es ist nicht die Frage, die am meisten zählt, aber die einzige, die ich herausbekomme.

»Du kannst auch Abi sagen«, antwortet er kurz darauf. »Sonst nennt mich auch jeder Abi.«

Aber ich nicht. »Ich mag deinen vollen Namen.«

Er schnaubt. »Weil nicht jeder zweite Mistkerl mit muslimischen Eltern so heißt.«

Ich lehne meine Wange auf den Knien ab. »Was soll ich dazu sagen?«

»Ich mag Sadia«, murmelt er und erwidert meinen Blick nur für einen Moment.

Mein Magen zieht sich zusammen. »Magst du Sadia, den Namen, oder Sadia, die Namensträgerin?«

»Kenn ich die Namensträgerin überhaupt noch?«

Eine Minute, bis die Bahn kommt. Aus der Ferne hört man bereits den anfahrenden Zug. »Du kannst sie neu kennenlernen. Wenn du willst.«

Stille. Seine vor einer Sekunde noch verwundbar wirkenden Züge glätten sich zu einer Maske, und ich weiß, dass es ein Fehler war, diese Worte überhaupt auszusprechen. Warum sollte er das wollen? Warum sollte ich das wollen? Wo ist mein Selbstwertgefühl? Es liegt winselnd auf den Gleisen und wird von der Bahn überfahren, die gerade ankommt.

Wir richten uns auf. Unschlüssig stehen wir vor den Türen, die sich öffnen. Eine gehetzt wirkende Frau in Uniform rennt an uns vorbei zu den Stiegen. Ibrahim tritt als Erster in die Bahn. Das Piepen, das ankündigt, dass sich die Türen gleich automatisch schließen werden, ertönt von allen Seiten. Er legt seine Hand an den Türrahmen und sieht mich eingehend an. »Hast du keine Angst?«, fragt er.

Davor, dass du wieder verschwinden wirst? Oder davor, was es mit mir machen wird, dich wieder reinzulassen?

»Ein bisschen«, flüstere ich. »Du?«

»Sehr viel sogar.«

Ich nicke. Eine Ansage bittet uns darum, von den Türen wegzutreten, sodass die Bahn weiterfahren kann. Für den Bruchteil einer Sekunde überlege ich, einfach stehen zu bleiben und ihn allein wegfahren zu lassen. Einen endgültigen Schlussstrich zu ziehen. Ich habe ihm nicht verziehen, aber ich merke, dass da auch keine Wut ist. Nur absolute Verwirrung.

Dieser ganze Abend hat sich wie eine Aneinanderreihung von Zeichen angefühlt. Vielleicht ist ein gewisses Maß an Angst ganz gut, um endlich stark sein zu können.

Mit diesem Gedanken steige ich ein.

9. Kapitel

Ibrahim

Sechs Stunden nachdem ich mich von Sadia verabschiedet habe, stehe ich vor unserem Haus um vier am Morgen und suche nach dem Ersatzschlüssel in den Pflanzentöpfen auf den Fensterbänken. Ein Auto bleibt ein paar Blocks weiter stehen. Dass es Tariq ist, erkenne ich erst, als er durch das Gartentor marschiert, als wäre er gerade als Ritter von einem Kriegszug zurück. Meine Hand ist tief in dem Aloe-Vera–Topf vor dem Küchenfenster vergraben, und meine Augen brennen von Schlaflosigkeit. Mir ist kalt, meine Kleidung wegen der tiefen Temperaturen immer noch nass, und am Himmel zeichnen sich die ersten Streifen Morgenlicht in trüben Blautönen ab. Durch die Dunkelheit kann ich Tariqs Gesicht nicht erkennen, wohl aber, wie er stehen bleibt und mich anstarrt.

»Hast du einen Schlüssel?«, frage ich und hole meine Hand aus dem Dreck hervor.

Ich wische sie an meiner Hose ab und reibe mir mit der anderen über die Augen.

Die letzten Stunden waren ein Fiebertraum.

Ich kann es immer noch nicht begreifen, was passiert ist, aber drei Momente haben sich in mein Gehirn verätzt und laufen in Dauerschleife vor meinem inneren Auge:

Der Moment, in dem ich Sadia festhielt, damit sie nicht

weglief. Ihr Körper an meinem, ein blumiger Duft an ihr von dem Parfum, das sie noch immer benutzt, schon damals benutzt hat.

Der Moment, als sie sagte: »Du kannst sie neu kennenlernen. Wenn du willst.« Ich will. Ich will. Ich will. Ich kann nicht.

Und der Moment, als wir schweigend in der Bahn saßen und ihre Haltestelle erreichten. Sie stand auf, verharrte an der Tür. Blickte immer wieder zu mir zurück. Als könnte sie nicht glauben, dass ich echt bin. Als würde sie mich darum bitten wollen mitzukommen, damit sie sicher sein kann.

Aber ich bin ihr nicht gefolgt.

Stattdessen bin ich bei Marc und seinen Freunden im zehnten Bezirk gelandet. Während sie sich zudröhnten, lag ich unter einer Schicht Rauch auf ihrem verdreckten Teppich und starrte in den Lichtkegel an der Decke. *Meine größte Sucht ist die Einsamkeit,* dachte ich mir, und Erinnerungen schwebten wie Staubpartikel in der Luft. Sadia in einer Schürze vor einer Cafébar, wie sie beinahe zärtlich mit der Maschine spricht, Sadia mit einem dunkelblauen Regenschirm vor dem Pflegeheim, ein Strahlen auf ihrem Gesicht, als sie mich sieht. Sadias Lippen, die obere dunkel, die untere hell, ihre Grimassen, ihr Duft. Ihre Unsicherheit und ihre gespielte Selbstsicherheit. *Und was jetzt?*

Jetzt frage ich mich, ob ich wirklich so ein großes Arschloch bin und es zulasse, dein Leben zu vergiften.

Mein Körper lag auf dem Boden in dieser überfüllten Wohnung, aber ich lag daneben, zusammengekauert auf leeren Chipstüten, vergangenen Momenten und unausgesprochenen Wahrheiten.

Als Marc uns irgendwann aus der Wohnung schmiss, weil er weiblichen Besuch hatte, bin ich mit einigen der anderen Typen über die Dächer der Autos um die Wette gerannt, um die überschüssige Energie abzubauen. Alarmgeräusche drangen durch die Nacht, man hörte in der Ferne Polizeisirenen, aber bis die piependen Fahrzeuge die Straße erreichten, waren wir längst wieder in der Stadt verstreut. Ich legte den halben Weg zu mir nach Hause zu Fuß zurück. An den zum Teil verlassenen Gassen vorbei, durch leere Tunnel und zwielichtige Parks. Das hat über eine Stunde gebraucht, bis ich an eine Haltestelle kam, an der ich den Nachtbus nehmen konnte.

Jetzt zieht Tariq seinen Schlüssel aus der Bomberjacke hervor und sperrt auf. Mein Plan ist, an ihm vorbei direkt auf die Treppen zuzugehen und in mein Zimmer zu verschwinden, bevor er auch nur ein Wort rausbekommen kann.

Aber ich bin scheißmüde und komplett durchgefroren, meine Reflexe sind im Arsch. Kaum dass ich durch die Haustür trete und das obere Geschoss ansteuere, zieht mich Tariq am Kragen meines Shirts zurück.

Ich befreie mich aus seinem Griff und drehe mich um, drauf und dran, ihn wegzuschubsen, wenn er mich noch mal anfasst. Das tut er nicht. Stattdessen hebt er eine Augenbraue und weist mit seinem Kinn Richtung Wohnzimmer, bevor er selbst hineingeht.

Das war's. Ein Kinnheben, und schon soll man Ihrer Majestät überallhin folgen. Aber was ich noch weniger ausstehen kann als seine Überheblichkeit, ist die Tatsache, wie leicht ich ihm immer nachgebe. Grummelnd folge ich ihm tiefer ins dunkle Haus hinein.

Unser Wohnzimmer schließt an der halb kaputten Küche an. Ich lasse mich auf einem Barhocker am Tresen nieder, während Tariq zwei Tassen aus dem Schrank fischt und einen Topf mit Milch aufsetzt. Ich blinze, um mich zu konzentrieren, aber mein Blick driftet immer wieder ab, mein Kopf fühlt sich wie mit Watte gefüllt an. Ich registriere, dass ich mir einen neuen Fluchtplan zurechtlegen sollte, bin aber zu fertig, um klar zu denken.

»Wo warst du?«, fragt er.

»Wo warst du?«, wiederhole ich, ein Papagei ohne Antworten.

Er stellt eine Tasse vor mir ab. »Bist du betrunken?«

»Immer«, sage ich. »Ich bin high on life.« Ich nehme einen Schluck von der warmen Milch, verbrenne mir aber dabei prompt die Zunge. Zischend stelle ich die Tasse wieder ab.

»Ist noch heiß«, bemerkt er.

»Ach was?« Ich reibe mir über meine Augen. Ein Teil von mir fragt sich noch immer, ob Sadia eine Erscheinung war. Ein anderer fragt sich, ob noch mehr Panik folgen wird, wenn die Erkenntnis vollends einsickert. *Ein Wunder,* dachte ich mir, während ich ihr in der Bahn hinterhergeblickt habe. *Und eine Verzweiflung.*

Mein Bruder beobachtet mich so verurteilend, als könnte er meine Gedanken lesen.

Ich blinzele ihn ausdruckslos an. »Was willst du, Tariq?«

»Ich will wissen, wie's dir geht.«

»Richtig geil. Kann ich jetzt schlafen gehen?«

Er lehnt sich zurück und verschränkt die Arme vor der Brust. »Kannst du mir erst sagen, wo du warst?«

»Ich war in Walhalla.«

»Abi.«

»Ich hab 'ne Idee«, verkünde ich. »Wie wäre es, wenn wir das Vorspiel lassen und uns direkt zusammenschlagen?«

Tariqs Miene bleibt unbeeindruckt. »Und wie würde das helfen?«

»Stress loswerden«, erkläre ich. »Du bist wütend auf mich, ich kann dich nicht ausstehen, wenn du so drauf bist. Bisschen fetzen könnte helfen.«

»Wir wär's, wenn wir einfach reden?«

»Ekelhaft.«

Unter allen meinen Geschwistern habe ich mich immer schon am meisten mit Tariq geprügelt, als wir Kinder waren.

Ma sagt, so war das mit ihrer Schwester auch, es bedeutet nur, man stehe sich näher als den anderen. Aber das stimmt nicht. Ich glaub, es liegt daran, dass wir schon immer zu wenig Geduld miteinander hatten. Ich habe keinen Plan, woran das liegt, aber irgendwas an Tariqs Nähe hat mich schon immer unruhig gemacht. Irgendwie ähnlich dem, was ich spüre, wenn mein Vater mich ansieht.

»Abi. Ich will dich was fragen und ich will, dass du's ernst nimmst«, ignoriert er meinen Vorschlag.

Ich krümme mich innerlich zusammen, meine Füße pressen sich auf den Boden. Manchmal reicht ein bestimmter Ton, ein bestimmter Blick, und man weiß, dass es besser wäre, aus dem Raum zu flüchten, statt die Auseinandersetzung zu suchen. Sich mit Dingen auseinanderzusetzen bedeutet, sich verletzlich zu machen. Das halte ich gerade noch weniger aus als sonst. Nicht, während eine warme Tasse Milch vor mir steht und Sadias Gesicht vor meiner Sicht schwirrt.

Tariq legt den Kopf schief, mustert mich stirnrunzelnd. »Würdest du ein paar Monate zu mir nach Tokyo ziehen?«

Ich starre ihn an. »Was?«

Was?

Meine Augen brennen. In der Dunkelheit des Raumes, in dem das Mondlicht unsere einzige Lichtquelle ist, betrachte ich das Gesicht meines Bruders ganz genau. Tiefe Augenringe, wirre Haare. Ein viel zu ehrlicher Blick. Nichts Bedrohliches an ihm, nicht, wenn er mich so offen ansieht. Das macht mich nur noch kirrer, und ich rutsche auf dem Sitz herum.

»Wäre das was für dich?«, hakt er nach.

»Was … was soll ich da machen?«

Er zuckt mit den Schultern. »Wir können dir einen Job suchen, wenn du Bock hast. Oder du besuchst einen Sprachkurs, siehst es als Urlaub – was auch immer du willst.«

Scheißmüde, und trotzdem fangen meine Gedanken an zu

rasen. Tokyo? Ich in Tokyo? Keine Ahnung, warum, mir ist die Stadt eigentlich egal, aber trotzdem spüre ich ein komisches Flattern in der Brust, bei dem Gedanken … wegzukommen. »Aber ich dachte …« Ich kratze mich an der Augenbraue, berühre den Henkel der Milchtasse. »Wann willst du zurückkommen?«, frage ich schließlich. »Also nach Wien.« Ich meide seinen Blick. »Also generell wieder hierher. Für immer.«

Dieses »für immer« klingt endlos kindisch. Als würde ich ihn anbetteln, mir zu versichern, dass er wiederkommt.

Tariq nimmt einen Schluck von seiner Milch. Viel Zimt, kein Honig. In meiner genau das Gegenteil. Ich hasse ihn dafür, dass er sich an solche Details erinnert. Dass er mich noch immer lesen kann, während er mir gegenüber zu einem Fremden geworden ist.

Jetzt sehe ich ihn vor unserer kaputten Küche stehen und gleichzeitig daneben eine jüngere, kleinere Version von ihm, die am Herd rumwerkelt. Damals, als unsere Eltern noch allein in den Läden gearbeitet haben und er für uns sorgte und uns zur Schule schickte.

»Ich weiß noch nicht genau«, antwortet er auf meine Frage nach dem Heimkommen.

Er weiß noch nicht genau. Aber was gibt es da schon zu wissen?

»Du kannst es dir überlegen mit Tokyo. Es ist nur ein Vorschlag.« Er legte seine mittlerweile leere Tasse in dem Waschbecken ab. »Ich bin erst mal hier, okay?«

Ich nicke, lege meine eigene Tasse ins Waschbecken – spüle beide sogar schnell aus, weil ich weiß, dass meine Mutter es hasst, wenn sie da drinnen liegen bleiben – und flüchte davon.

Da Tariq in seinem alten Zimmer auf dem Dachboden schläft, wenn er hier ist, hat es sich Nuh bei mir gemütlich gemacht und liegt auf meinem Bett. Ich schubse ihn ohne große

Warnung zur Seite, sodass er auf dem Boden landet – was er in seinem Tiefschlaf kaum merkt und sich einfach noch tiefer in das Kissen kuschelt, das er an die Brust gedrückt hat – und lasse mich selbst auf die Matratze nieder. Meine Finger kribbeln. Ich werfe die Decke auf Nuh, ziehe mein Handy hervor, öffne die Notizen und fange an zu tippen.

Zwölf Stunden später liegt das Handy auf meiner Brust und ich wache aus einem fast komatösen Schlaf auf. Ich kann mich nicht mehr daran erinnern, wann ich zuletzt so lange durchgeschlafen habe. Mein erster Gedanke beim Aufstehen ist Sadia, der zweite ist, Sadia sehen zu wollen, der dritte, Sadia zu schreiben, und der vierte und fünfte erst das Gespräch mit Tariq.

Geht's ihm noch gut? Mir vorzuschlagen, zu ihm nach Tokyo zu ziehen? Wir zu zweit in einem fremden Land ohne Maya oder Nuh als Puffer zwischen uns? Dann können wir uns gleich hier zu Tode prügeln.

Gähnend rapple ich mich aus dem Bett und strecke mich. Durch das Fenster fließt goldenes Licht ins Zimmer und aus dem unteren Stockwerk ist reges Geschnatter zu hören. Als ich nach dem Duschen verkatert und hungrig die Treppen runterkomme, die ganzen Stimmen aus dem Wohnzimmer ein Alarmsignal im Kopf, passt mich meine Mutter ab, bevor ich mich verpissen kann. Sie zieht mich ins Wohnzimmer und presst mich aufs Sofa neben Feroz Uncle, unseren jüngsten Onkel, der sich gerade über die Nachrichten aufregt. Immer, wenn ich auf pakistanischen Veranstaltungen bin, lande ich bei dem Onkel, der am meisten über Politik redet, und es fuckt mich nur maximal ab.

Meine ganze Familie hat sich zur Feier des Tages im Haus Sadeem versammelt, auch die Tanten und Cousins und Cousinen. Auf den Tischen liegt ein Festmahl, für das meine Mutter den ganzen Tag gebraucht haben muss. Es ist bereits vier Uhr nachmittags und mein Limit fürs Aufbleiben längst erreicht.

Jemand reicht mir einen Teller mit Samose und ich beiße miss-mutig rein.

Azim Uncle, der Zweitälteste nach Baba, fragt Tariq wegen seines Jobs aus und beschwert sich darüber, dass sein eigener Sohn es auch weit hätte bringen können, wenn er sein Jusstu-dium nicht aufgegeben hätte. Tariq erwidert, aber Zayn gehe es doch gut, er möge Deutschland total. Das schießt über den Kopf unseres Onkels hinweg, weil es Zayn zwar gut geht, Tariq trotzdem derjenige mit dem größeren Einkommen ist.

Manchmal frage ich mich, warum die sich immer nur mit dem Erfolg anderer Menschen messen und nicht mit dem Ver-sagen.

»Würde man Zayn mit mir vergleichen, sähe die Geschich-te ganz anders aus. Ich hab nicht einmal die Schule beendet.«

Plötzlich ist es still im Raum. Ich habe meine Klappe auf-gerissen und Feuer gespuckt, die Anwesenden sind peinlich berührt von meinem Ausbruch. Azim Uncle räuspert sich mehrmals, mein Baba starrt mich durch seine Brillengläser so an, wie Tariq es gestern gemacht hat, als er mich am Eingang mit der Hand in den Pflanzentöpfen gesehen hat. Die gerun-zelte Stirn, die zusammengepressten Lippen. *Eine Enttäu-schung, dieser Junge.* Aber ich bin kein Junge mehr, Baba. Hör auf, mich anzustarren.

Letztendlich ist es meine Mutter, die den Moment rettet, indem sie eine Schüssel Khir hörbar auf den Tisch stellt und fragt, wer Lust auf Dessert hätte.

Passive Wirklichkeit. Mein Leben passiert in einer anderen Dimension und ich schwebe irgendwo daneben, nicht ganz an-gekommen, nie ganz angekommen. So speichern sich solche Momente in meinem Kopf ab, durch die verzerrte Linse eines Unbeteiligten.

Eine halbe Stunde später schaffe ich es mit der Ausrede, aufs Klo zu müssen, mich rauszuschleichen. Uzair und Rizwan, der jüngste Cousin, stehen mit verschwörerischen Mienen im Eingangsbereich und starren auf irgendwelche Spielkarten in ihren Händen. Ich lege den beiden die Arme um den Hals und drücke ihre Köpfe in meine Achseln, bis sie sich rauswinden.

»Abi!«

»Und läuft's auch gut in der Schule?« Ich weiß nicht, warum ich diese Frage stelle. Es ist fast wie ein Reflex, der mich manchmal überkommt, obwohl ich selbst nichts mehr gehasst habe, als wenn man sich bei mir für nichts anderes interessiert hat. Als wäre zur Schule zu gehen das einzig Interessante an deiner Kindheit.

Riz rollt die Augen und rennt, ohne eine Antwort zu geben, die Treppe hinauf. Uzair zuckt mit den Schultern. »Geht.«

»Geht? Was heißt ›geht‹?«

»Geht, halt.« Und damit folgt er unserem Cousin, wahrscheinlich in sein Zimmer zum Zocken hinauf.

Irritiert blicke ich ihm hinterher. Nach mir ist Uzair derjenige mit den größten Lernproblemen unter uns, aber immerhin ist er auf einem Gymnasium, wo er so ziemlich jeden Lehrer um den Finger gewickelt hat. Nur in Mathe hat er immer Schwierigkeiten, aber seit er Nachhilfe bekommt, gibt es keine Beschwerden mehr.

Wird also schon passen. Ich fahre mir über meinen Buzzcut und konzentriere mich darauf, meine Sneaker in den tausend Schuhpaaren, die vor der Garderobe stehen, zu suchen. Ich entdecke sie neben den kaputten Mokassins meiner Mutter. Sie will sich schon ewig neue Schuhe kaufen, hat aber diese Angewohnheit, sich erst um jeden anderen zu kümmern, bevor sie sich selbst etwas gönnt. Mein Blick gleitet weiter zu den Jacken hinauf und verharrt an dem schwarzen Mantel meines Vaters. Sein Geldbeutel ragt aus der Tasche hervor. Kurzerhand nehme ich ein paar Scheine heraus, ziehe meine Sneaker über und trete mit meiner Lederjacke aus dem Haus hinaus.

Ich habe keine Schicht im Asialaden, und das würde an jedem anderen Tag bedeuten, sich in einer Bücherei zu verstecken, bis die Sonne untergeht, und abends dann in den Zehnten zu fahren.

Als ich auf dem Weg entlang des Weizenfelds die Bushaltestelle ansteuere, wird mir klar, dass ganz andere Pläne für mich anstehen. Ich muss mich nur dazu überwinden, ihnen nachzugehen. *Hast du keine Angst?* Sehr sogar. Aber die Sehnsucht ist größer.

10. Kapitel

Sadia

Ich stresskoche.

Es ist Mitternacht, ich stehe in der Küche und stresskoche, weil ich nicht weiß, wie man sonst seine Gefühle verarbeitet.

Mit einem riesigen Nakiri-Messer – mein absoluter Liebling in meiner Sammlung – hacke ich Ingwer in feine Scheiben, als gäbe es kein Morgen.

Vor mir liegen Sesamöl, Shiitake, Enoki-Pilze, eine Black-Bean-Chili-Paste, Sojasoße, Kombu, etwas brauner Zucker und Reisessig in der Folge aufgereiht, in der sie benutzt werden sollen. Inspiriert von meiner liebsten Foodinfluencerin, probiere ich mich an einem neuen Ramenrezept.

Den ganzen Tag über habe ich versucht, zu verstehen, was gestern bei der Donauinsel geschehen ist, kann aber selbst vor mir nicht rechtfertigen, wie leicht ich nachgegeben habe. Ich weiß doch, was die richtige Entscheidung gewesen wäre. Er sollte mir erst erklären, warum er von einer Nacht auf die andere beschlossen hat, mich zu blockieren, bevor ich überhaupt anfange, Vertrauen aufzubauen.

Aber ich weiß nicht, wie ich es ansprechen soll. Während wir in der Bahn auf dem Heimweg saßen, suchte ich nach den richtigen Worten, aber es kam nichts raus. Ich glaube, ein Teil von mir ist zu stolz, vor ihm einzugestehen, wie sehr mich seine

Aktion mitgenommen hat. Ich will mit dem Nachhaken nicht meine Verletzlichkeit zugeben. Gleichzeitig sollte das mittlerweile doch egal sein, ich bin von ihm weggerannt, und verletzlicher hätte ich mich kaum machen können.

Als ich daran zurückdenke, schaudere ich, weil das definitiv einer der peinlichsten Momente meines zweiundzwanzigjährigen Lebens ist. Top fünf mindestens, gleich hinter dem einen Mal, als ich einen Typen aus der Schule, auf den ich stand, ständig mit seinem Nachnamen angesprochen habe, weil ich dachte, das wäre sexy. Aber in Wahrheit war es megaunangenehm und er wollte nichts mehr mit mir zu tun haben.

Ugh. *So, so peinlich, Sadia.* Ich dachte, meine Schulzeit hat mich gelehrt, immer erst nachzudenken, bevor ich handle, aber anscheinend schaltet bei mir immer noch das Denkvermögen ab, wenn Hormone im Spiel sind.

Vorsichtig gebe ich den Ingwer zu dem bereits geschnittenen Knoblauch und widme mich den Pilzen.

Wenn ich gestern nachgedacht hätte, hätte ich Ibrahim eine Ansage gemacht. Ich hätte keine Gefühle gezeigt, hätte höflich und distanziert mit ihm geredet. Wenn ich nachgedacht hätte, hätte ich mir eine Maske zurechtgelegt, um mich zu schützen.

Aber ich habe nicht nachgedacht und jetzt sind die Wunden wieder aufgerissen und jeder Schutz kommt zu spät.

Mit müden Augen betrachte ich die Lebensmittel vor mir, als mein Handy plötzlich vibriert. Verwirrt blicke ich zum Esstisch hinüber. Wer ruft denn so spät noch an?

Augenblicklich beschleicht mich eine Vorahnung und ich trete näher, um nachzusehen. Das Messer weiterhin in der Hand, als könne es mir dabei helfen, abzuwehren, was auch immer da auf mich wartet.

Es ist ein Anruf von Ibrahim. Natürlich ist es ein Anruf von Ibrahim.

Ich blinzle. Ich verkrampfe meine Hand um das Messer. Ich will nicht abheben.

Stattdessen will ich weiterkochen und dann schlafen gehen und am nächsten Morgen zur Uni fahren, lernen, ich will mein Leben genauso weiterleben wie bisher. Und es hört sich zwar wie ein absolut vorhersehbares Leben an, aber auch eins ohne Unsicherheiten und unnötigen Herzschmerz. Eins ohne Risiken vor allem.

Der Anruf endet, kurz darauf folgt eine Nachricht:

Ibrahim: Sadia?
Ibrahim: Bist du noch wach?
Ibrahim: Okay, raste nicht aus, aber
Ibrahim: Es ist bescheuert von mir, ich weiß
Ibrahim: Aber ich wollt dich sehen
Ibrahim: Weil, ich glaub, wir müssen reden
Ibrahim: Und ich bin jetzt hier
Ibrahim: Vor eurer Wohnung
Ibrahim: In einem Innenhof
Ibrahim: Kannst du runterkommen?
Ibrahim: Sorry, hab das nicht wirklich durchgedacht

Ungläubig starre ich auf die nacheinander eintreffenden Nachrichten. Dann lege ich das Messer weg und nehme das Handy in die Hand.

Sadia: Nicht dein Ernst
Ibrahim: Ich kann auch wieder gehen

Ich tippe: *Du bist* …, aber weiß nicht weiter. Unmöglich? Unfassbar? Unverschämt? Alles davon?

Und gleichzeitig merke ich, wie mein Herz rast. Nicht aus Angst. Sondern aus purer Aufregung. Einen Moment lang betrachte ich unseren wieder aktiven Chat. Über seinen neuen Nachrichten sind meine, die er nie erhalten hat, weil er mich blockiert hatte. Sein »Es tut mir leid« und mein »Was tut dir leid?« mit nur einem Haken. Und die Fragezeichen danach, das mehrfache »Ibrahim?«, das in der Leere zwischen uns ge-echot ist.

So ein Mistkerl. Zum ersten Mal seit gestern Nacht kommt endlich – endlich – die Wut.

Was denkt er eigentlich, wer er ist?

Die Zähne zusammenbeißend lege ich das Handy wieder zurück und straffe meinen Pferdeschwanz. Dann gehe ich aus der Küche hinaus auf den Balkon, ein Ziel vor Augen.

Meine Familie liegt längst in ihren Zimmern in den Betten, und ich fühle mich wie eine rebellische Teenagerin, während ich unser Wohnzimmer durchquere. Da ich nichts weiter als eine Pyjamahose und ein beiges T-Shirt trage, umschließt mich beim Raustreten eisige Kälte. Ich reibe mir die Arme und blicke auf den Innenhof hinunter.

Dort, auf dem gepflasterten Weg, der zur Straße hinaus-führt, steht Ibrahim mit dem Rücken zu mir. Dass er sich über-haupt noch so genau an die Adresse erinnert, überrascht mich. Er hat mich vielleicht ein Handvoll Male nach meiner Schicht im Café nach Hause begleitet, wenn wir nicht aufhören konn-ten – oder wollten – zu reden. Eine Handvoll Male zu viel, wenn er jetzt ohne Vorwarnung hier steht.

Ich lege meine Hände auf das Geländer und beuge mich vor. »Ibrahim«, flüstere ich laut in die Nacht hinein.

Er dreht sich ruckartig um und blickt zu mir hinauf. In dem schwarzen Shirt mit einem Totenkopf, Lederjacke und Jeans, die von einem Nietengürtel tief um seine Hüften festgehalten werden, gibt er das totale Klischee ab.

Unsere Blicke bleiben zu lang aneinander hängen, und da ist mein wild pochendes Herz in meiner Brust, dann dieses

Gefühl, als würde ich fallen, ein seltsames Gefühl, denn meine Beine stehen wie verankert auf dem Boden. Und da ist auch er, mitten in einem stillen Innenhof voller Pflanzenranken und einem leeren Spielplatz. Mitternachts, während die Welt um uns herum schläft. Wie absurd ist das alles hier?

»Was schimmert durch das Fenster dort?«, bricht er endlich unser Schweigen. Einen Moment lang bin ich irritiert, dann bricht ein Schnauben aus mir hervor. War ja klar, dass unser Literaturkritiker Romeo und Julia aus dem Stand zitieren würde.

Augenblicklich löse ich mich aus meiner Starre und antworte reflexartig: »Es ist die Sonne.« Dann schüttle ich den Kopf und mahne mich, bei der Sache zu bleiben. »Was glaubst du eigentlich, was du hier machst?«

»Bist du sauer?«

»Ob ich sauer bin?«, hake ich nach.

»Also ja?«

»Keine Ahnung. Was glaubst du? Du ghostest und blockierst mich für über ein Jahr, dann tauchst du einfach so wie ein Horrorfilmcharakter aus der Donau vor mir auf, und jetzt stehst du, ohne es vorher abgeklärt zu haben, vor der Haustür meiner Familie und willst *reden*?«

Ibrahim blinzelt wortlos zu mir herauf. Sein Gesichtsausdruck bleibt unlesbar, während ich den Frust der letzten Monate auf ihn schleudere.

»Ich bin nicht nur wütend. Ich fühle mich ziemlich verarscht.«

»Es tut mir leid«, sagt er so leise, dass ich ihn kaum verstehe.

»Das hast du schon mal gesagt. Zweimal sogar.«

Er fährt sich über seinen Buzzcut. »Kannst du runterkommen?«

»Wieso?«

»Damit ich es dir erklären kann?«

Ich schüttle vehement den Kopf. »Ich kann nicht. Wenn ich jetzt rausgehe, hört das sicher jemand …«

Sein Blick gleitet von mir zum Eingangsbereich unten. »Schlafen deine Eltern schon?«

»Ja …« Mir gefällt nicht, dass er diese Frage stellt. Ganz und gar nicht.

Er legt den Kopf schief und betrachtet die Pflanzenranken an den Wänden unseres Wohngebäudes. Ich frage mich, ob er wirklich das machen wird, was ich glaube, was er machen könnte. Oder ob er doch etwas mehr Selbsterhaltungstrieb übrig hat. Hat er nicht. Wir reden hier schließlich von Ibrahim. Natürlich steigt er entlang der Fenster zum Balkon hinauf. Einfach so.

»Was machst du da?«, frage ich alarmiert. Es ist nur ein Stockwerk, aber er könnte ausrutschen und auf dem harten Boden aufprallen.

Wortlos klettert er weiter, und noch während ich mich fieberhaft umblicke, um sicherzugehen, dass niemand uns erwischt, steht er schon vor mir am Geländer.

»Hey.« Er stützt seine Füße auf die Balken zwischen Boden und Gitterstäben ab. Seine Augen sind rot gerändert und schimmern, als wäre er … nicht nüchtern? Ist er betrunken?

Ich weiche einen Schritt zurück. »Du hast sie nicht mehr alle.«

»Darf ich reinkommen?«

»Du machst doch eh, was du willst.«

»Wenn du nicht willst, dass ich reinkomme, komme ich nicht rein.«

»Wieso? Bist du ein Vampir?«

Er lächelt breit, um seine Zähne zu offenbaren. Mit der Zunge streicht er sich über die doch scharf aussehenden Eckzähne und ich weiß nicht warum, aber plötzlich brennen mir die Wangen.

Mit hochgerecktem Kinn weiche ich noch etwas zurück und verschränke die Arme vor der Brust. »Okay, komm rein. Aber sei leise.«

Mit einer fließenden Bewegung springt er auf den Balkon und bleibt dicht vor mir stehen. Absolut unbekümmert. Und viel zu nah.

»Hi«, flüstert er wieder.

Ich räuspere mich und suche vergeblich nach meiner Stimme. Irgendwo tief in mir drinnen hockt eine fünfzehnjährige wattpadsüchtige und twilightfeiernde Sadia, die sich nicht mehr einkriegt. Ich versuche das Quietschen, das aus mir kommen will, krampfhaft zu unterdrücken.

Der Mistkerl, wie ich ihn ab sofort zu nennen gedenke, beugt sich weiter vor und rückt dann mir nichts, dir nichts meine verrutschte Brille zurecht. »Ich habe dein Brillenschlangengesicht vermisst«, murmelt er so fasziniert, als würde er ein Gemälde betrachten.

Währenddessen hat mein Herz kurz einen Aussetzer.

Mit immer noch brennenden Wangen stolpere ich etwas zurück und versuche unauffällig, Luft zu schöpfen. Er soll nicht die Genugtuung bekommen, meine Reaktion auf seine Nähe zu verstehen.

»Hatte gestern Kontaktlinsen auf«, erwidere ich in einem gespielt nonchalanten Ton. »Und nenn mich nicht Brillenschlange.«

Okay, Sadia. Aufwachen. Lass dich von seinem bescheuerten Lächeln und seinen bescheuerten Augen und seinem bescheuert attraktiven Gesicht nicht aus der Fassung bringen. Du bist keine fünfzehn mehr, sondern eine zweiundzwanzigjährige, respektable junge Frau, der ein paar Tattoos absolut nichts anhaben sollten.

»Ihre Augen sprechen, ich will Antwort geben«, zitiert er wieder die Balkonszene, und ich frage mich, was er machen würde, wenn ich einfach wieder reingehe und ihn hier aussperre.

Wahrscheinlich anklopfen, bis jemand aufmacht, so absolut fertig, wie er gerade wirkt.

»Ich hasse Shakespeare«, erwidere ich nur. Ich hasse alles, was gerade aus seinem Mund kommt. Einfach, weil ich es nicht hassen kann.

Er grinst noch breiter. Gott, dieses Lächeln. Ein großes, arrogantes Warnsignal, das meine Fluchtinstinkte erweckt. Trotzdem stehe ich nur da und starre ihn an.

»Sie spricht!«, macht er weiter. »Oh, sprich noch einmal, holder Engel.«

»Hör auf.«

Ich blicke mich erneut um, und zum ersten Mal sackt die Erkenntnis in mein Hirn, dass tatsächlich jemand aufwachen könnte. Was, wenn meine Eltern zum Beispiel aufs Klo müssen?

Plötzlich von Panik erfasst, packe ich Ibrahim am Arm und ziehe ihn so leise wie möglich vom Balkon ins Wohnzimmer. Von dort steuere ich automatisch die Küche an. Denn in mein Zimmer mit den ganzen Disneykissen und der Blumentapete nehme ich ihn sicher nicht mit.

Er ist ohnehin zu abgelenkt, seine neue Umgebung zu betrachten, um zu protestieren. Mir ist meine Hand um seinen Arm nur allzu deutlich bewusst, dabei fasse ich nur seine kalte Lederjacke an. Als ich ihn loslasse, meine ich, weiterhin ein Kribbeln an den Fingern zu spüren.

Ich schließe die Tür, was angesichts der Tatsache, dass ich sie ohnehin immer zumache, wenn ich nachts koche, nicht weiter suspekt sein wird. Dann drehe ich mich zu meinem Gast um und öffne den Mund. Aber es kommt nichts raus. Weil Gefühle etwas Wirres sind und ich mich zwischen der Sehnsucht und Wut einfach nicht entscheiden kann.

Ibrahim sieht sich neugierig um. Ich versuche diese mir vertraute Umgebung aus seinen Augen zu betrachten und fühle mich verunsichert.

Wir haben eine weder besonders große noch besonders kleine Küche. Das Sonderbarste an ihr ist, dass sie am Geschmackskampf zwischen mir und meiner Mutter leidet. Während sie es modern mag und sich jedes Gerät anschafft, sobald ein Sale ansteht, brauche ich eine heimlichere, fast schon großmütterliche Atmosphäre. Mit Pflanzen in jeder Ecke und viel Geschirr aus Bambus.

Außerdem ist meine Mutter eine anarchistische Köchin, die bei der Ordnung der Lebensmittel nur einem Gefühl folgt. Dann liegt es an mir, das Knoblauchpulver aus dem Schrank mit dem Vanillezucker zu fischen und die Kreuzkümmel aus der Ölschublade zu nehmen.

Plötzlich schäme ich mich dafür, dass ein Handtuch vergessen neben dem Herd liegt und der Kalender am Kühlschrank den falschen Monat zur Schau trägt. Zwei ungewaschene Schüsseln liegen im Waschbecken und der eine Stuhl am kleinen Esstisch ist von seinem standardmäßigen Platz verrückt. In Sekundenschnelle schiebe ich ihn zurecht, wasche die Schüsseln ab und hänge das Handtuch auf. Während ich den Kalender umblättere, bemerke ich Ibrahims amüsierten Blick auf mir.

»Hat sich nicht zu viel verändert bei dir, oder?«

»Es hat sich genug verändert.«

Ich nehme das vergessene Messer vom Esstisch und widme mich damit wieder den Pilzen am Küchentresen.

»Kochst du gerade?« Ibrahim tritt näher und beobachtet, wie ich langsam das restliche Gemüse schneide, um meinen Händen eine Aufgabe zu geben. Wieso ist er so ruhig?

»Hast du zu Abend gegessen?«, frage ich.

»Nein.«

Ich halte inne und sehe ihn an. »Nein?«

»Ich war bei Freunden.«

»Und die haben dir kein Essen serviert?«

»Die sind … alle einfach echt durch.«

»Bist du betrunken, Abi?«

Ich gehe ziemlich locker mit unserer Religion um, für mich hat sie einen eher kulturellen Wert als gläubigen. Aber für ihn hat es nie gereicht, seine Fragen an die Welt, an das Universum sind zu drastisch, um sie mit Glauben zu beantworten. Trotzdem hat er sich, als wir uns kennengelernt haben, an bestimmte Dinge automatisch gehalten. Alkoholverbot war eins davon. Anscheinend gilt das heute nicht mehr.

Jetzt richtet er sich auf und wird mit einem Mal ernst. »Nein. Ich war betrunken, aber jetzt nicht mehr. Ich schwöre –« Er schwankt etwas, fasst sich aber schnell wieder. »Nur mehr ein bisschen. Sorry«, gesteht er. »Ich hätte mich sonst nicht getraut.«

»Was getraut?«

Ein unfassbar müdes Seufzen. »Dich zu sehen.«

Und diese Wut in mir. Sie zerplatzt wie eine Blase. Ich bin das mieseste Beispiel aller miesen Beispiele weiblicher Emanzipation.

»Ich probiere gerade ein neues Ramenrezept«, erkläre ich ihm zögernd, statt auf seine Worte einzugehen, weil ich keine Ahnung habe, was ich dazu sagen soll. Wie ich dazu stehe, dass er sich betrinken musste, um den Mut aufzubringen, mir gegenüberzustehen.

Und ob er weiß, dass man in Korea eine Einladung zum Ramenessen auch als Einladung zum One-Night-Stand versteht? Ich hoffe nicht.

»Cool.« Er hat sich sofort wieder gefasst und zieht sich die Lederjacke aus, um sie über einen Stuhl zu hängen. »Soll ich helfen?«

Weil ich nicht versuche, auf seine Arme zu starren, starre ich natürlich auf sie und weiß bei Gott nicht, warum mich auch das aus dem Konzept bringt.

»Du willst mir beim Kochen helfen?«, hake ich nach und reiße meinen Blick von seinen Tattoos los.

»Wenn du es mir erlaubst.«

Ich widme mich wieder den Shiitake-Pilzen und hacke sie in dünne Scheiben.

»Damn«, sagt Ibrahim beeindruckt, als ich in Sekundenschnelle fertig bin. »Du hast das echt drauf.«

Er hat mich noch nie beim Kochen gesehen, fällt mir auf. Im Café war ich Kellnerin gewesen und wir hatten ohnehin nur eine kleine Karte, die sich hauptsächlich aus Torten und Kuchen zusammengesetzt hat. Manchmal habe ich in der Küche experimentieren dürfen, und was herauskam, haben wir dann bei unseren Mitternachtsdates probiert.

Dass er jetzt zuschaut, wie ich die Dinge angehe, fühlt sich tausendmal persönlicher an.

Ibrahim hält mir seine Hand hin. »Kann ich den Rest schneiden?«

Ich runzle die Stirn. »Es gibt sonst nichts mehr zum Schneiden. Und das Messer ist echt scharf.«

»Ich bin schärfer.«

Ich schnaube unwillentlich.

Langsam breitet sich ein Lächeln auf seinem Gesicht aus. »Gibt es wirklich nichts mehr zum Schneiden?«

Ich streiche mir mit dem Handgelenk eine lose Strähne aus dem Gesicht. »Wir könnten noch Frühlingszwiebeln dazutun …«

»Super.« Er wackelt erwartungsvoll mit den Fingern.

Unsicher reiche ich ihm das Messer und weiche zur Seite. »Aber pass auf …« Ich hole die Lauchzwiebeln aus dem Kühlschrank und wasche sie ab, während er meinen Platz einnimmt.

»Ich werde nicht so cool aussehen wie du dabei …«, sagt er, nachdem ich ihm drei Stängel gereicht habe. »Aber ich krieg das schon hin.«

Und das tut er wirklich. Zwar ist er nicht so schnell wie ich, aber ich bin mehr als beeindruckt davon, wie dünn und eben die Scheiben sind und wie er das Messer überhaupt in der Hand hält.

Sein einziger Fehler zeigt sich, als er die fertig geschnittenen Zwiebeln mit der Messerschneide zur Seite schiebt.

»Nein!«, rufe ich und presse gleich darauf die Hände auf den Mund. Das war laut. Flüchtig schaue ich zur Tür, dann wieder zu Ibrahim. Er ist mitten in seiner Bewegung erstarrt und sieht mich verwirrt an. »Was?«

Langsam ziehe ich die Hände weg. »Das Messer«, erkläre ich. »Du darfst nicht mit der scharfen Seite über das Schneidbrett fahren.« Vorsichtig nehme ich ihm das Messer ab, darauf bedacht, ihn nicht zu berühren. »Das schädigt die Klinge. Du kannst es umgekehrt machen.«

Ich zeige ihm, wie, und lasse mithilfe des Klingenrückens die Frühlingszwiebeln in die Schüssel mit den Pilzen gleiten. Als ich wieder seinem Blick begegne, zucken seine Mundwinkel.

»Das Messer?«, hakt er nach. »Deswegen hast du grad geschrien?«

»Es war teuer, okay?«, murre ich.

Sein elendiges Lächeln bricht hervor. »Okay. Wenn du das sagst, Sadia.«

Ich ignoriere, was es mit mir macht, meinen Namen von seinen Lippen zu hören, und verdrehe die Augen. »Eine kaputte Messerklinge ist wie ein Eselsohr«, sage ich und lege das Messer weg. »Unentschuldbar.«

»Ich habe nichts gegen Eselsohren.«

»Ich weiß. Du hast generell Probleme«, sage ich.

Er zuckt mit den Schultern. »Ich sehe meine Schwächen ein.«

Wenn er meint. »Woher kannst du so gut schneiden?«, bemühe ich mich um ein nüchternes Thema und hole eine Pfanne hervor. Ich stelle sie auf den Herd und drehe eine Flamme auf, dann füge ich Öl hinzu.

»Früher haben unsere Eltern immer Küchendienste eingeteilt. Weil sich Maya beschwert hat, dass sie immer helfen muss und wir nicht. Danach wurde immer jemand von uns, wenn wir Besuch hatten, für eine Aufgabe eingeteilt: schneiden, einkaufen oder eben beim Kochen helfen.« Er zuckt mit den Schultern. »So habe ich es gelernt.«

Ob das Betrunkensein ihn gesprächiger macht? Es wirkt nämlich so. »Das war eine echt schlaue Idee von deiner Schwester.«

»Schon. Das Witzige ist, sie selbst ist eine Katastrophe in der Küche. Nuh auch, die beiden gehen nur mehr einkaufen. Und das Schneiden oder Kochen fällt dann auf Tariq oder mich.« Stirnrunzelnd lehnt er sich an den Kühlschrank. »Zumindest war's früher so. Dann war er weg …« Er betrachtet die Notizen und Bilder auf dem Metall. »Und jetzt ist er wieder da. Ist gestern in Wien gelandet.«

Oh. Sein Bruder ist hier? Er hat nie viel von ihm erzählt, aber ist das Thema immer auf eine Art umgangen, dass man gemerkt hat, dass irgendwas nicht stimmt.

»Und wie geht es dir damit?«, frage ich. Ich lege eine Scheibe Ingwer ins Öl, um zu prüfen, ob es warm genug ist. Es brutzelt leicht, aber braucht noch einige Sekunden.

Ibrahim scheint plötzlich ziemlich interessiert an den Flugblättern zu sein. »Keine Ahnung. Es ist egal«, sagt er.

Kurz darauf knistert es in der Pfanne und ich gebe den restlichen Ingwer hinzu. Ich lege auch gleich den Knoblauch und nach und nach die restlichen Gewürze ins Öl und rühre mit einem Kochlöffel alles einmal durch. Überlege dabei, ob ich nachhaken soll oder nicht.

Ibrahim nimmt mir die Entscheidung ab, indem er auf ein Bild am Kühlschrank zeigt und das Thema ändert. »Ist das in Pakistan?«

Es ist ein Foto von mir und Fawad beim Golgappe-Essen vor einem Essensstand in der Heimatstadt meiner Eltern, Gujrat. »Ja. Wir waren letztes Jahr im Sommer dort.«

Was damals eine gute Ablenkung von der Sache zwischen uns gewesen war.

Ich füge Sojasoße und das Kombu in die Mischung und drehe die Flamme runter. Dann decke ich die Pfanne zu, um das Gemüse garen zu lassen und erwidere Ibrahims eindringlichen Blick.

»Du warst nie dort, oder?«

»Zweimal. Beim ersten Mal war ich ein Baby und beim zweiten vier oder fünf. Die meisten unserer Verwandten sind jetzt hier, deswegen gab es nie wirklich einen Grund«, erzählt er mitteilungsdürftig.

»Würdest du hinfliegen, wenn deine Familie es planen würde?«, frage ich leise.

Er zuckt mit den Schultern. »Vielleicht. Sollte ich?«

»Zurück nach Pakistan?« Ich überlege einen Moment, während ich die Arbeitsfläche etwas aufräume. »Ja. Ich glaub schon. Ich glaub, wenigstens ein Mal sollten wir schon erfahren, wo unsere Wurzeln liegen.«

Das Wichtigste an den Ramen sind natürlich die Nudeln, also öffne ich unsere Kommode mit dem ganzen Vorrat, um erst drei, dann aber doch vier Instant-Packungen hervorzuholen.

»Wieso?«, fragt Ibrahim. »Was hat man davon, dort zu sein?«

Ich richte meine Brille zurecht. »Ich glaub, man erkennt Dinge, die einem sonst nie aufgefallen wären.«

»Zum Beispiel?«

»Zum Beispiel … okay, sehr random. Aber als ich letztes Mal dort war, waren wir in einer Foodstreet und ich hab gemerkt, dass unter den beliebtesten Gerichten nicht nur pakistanisches Zeug dabei ist, sondern auch Burger und Sandwiches. Und weißt du noch, wir haben mal darüber geredet, was mit Kulturen passiert, wenn sie kolonialisiert werden.« Ein passendes Thema für Mitternachtsgespräche wie diese, finde ich. »Und wie sich so vieles, was in Berührung mit dem Westen kam, komplett in seiner Struktur verändert hat – Sprache, Kleidung, Kultur, was auch immer. Und jede Veränderung war zum Schlechten, hat sich angefühlt, als hätte man den Leuten was weggenommen. Aber weißt du, was sich nicht zum Schlechten verändert hat? Essen.«

Ich stelle einen Topf mit Wasser auf den Herd und öffne die Ramenpackungen.

»Essen ist ein ganz anderes Thema. Da haben wir aus den ganzen europäischen Einflüssen was komplett Neues erschaffen. Statt das Essen europäischer zu machen, haben unsere Leute das europäische Essen südasiatischer gemacht. Sie haben sich auf dieser Art gegen die Einflüsse des Kolonialismus gewehrt. Wie cool ist das denn?« Ich halte inne und merke erst dann, wie laut und aufgeregt meine Stimme geworden ist. Meine Wangen werden warm und ich räuspere mich, zwinge mich, etwas runterzuschalten.

»Nope. Red weiter.« Ibrahim lehnt seine Wange an die Kühlschranktür und betrachtet mich viel zu intensiv. »Ich liebe es, dir zuzuhören.«

Früher reichte so ein Satz von ihm, um mich ellenlange Reden schwingen zu lassen. Aber jetzt? Nach allem, was passiert ist? Es ist schwer, auf sein Interesse zu vertrauen. »Ich wollte damit nur sagen, dass es mich beeindruckt hat, wie unsere Kultur sich dadurch was bewahren konnte. Sei es ›nur‹ Essen. Und das hat mich ein wenig daran erinnert, wie Kochen auch mein einziger Zugang zur Kultur war, während ich hier aufgewachsen bin«, beende ich leiser.

Während die Nudeln kochen, nehme ich den Deckel von der Pfanne und meine Brillengläser beschlagen mit dem Dampf, der augenblicklich rausdringt.

Früher habe ich alles, was mit Pakistan zu tun hatte, abgewehrt. Pakistanische Kleidung, Filme oder Serien, sogar auf Urdu zu reden wollte ich mir abgewöhnen, um möglichst europäisch zu werden. Damit ich reinpasste, weil ich aufgrund meiner sonderbaren Ticks ohnehin schon zu sehr auffiel. Immer zu laut, immer zu begeistert, immer zu sehr Sadia. Irgendwo mussten Kürzungen stattfinden, und dann war es eben meine Herkunft, die darunter litt.

Aber egal, wem ich alles entsagte, dem Essen konnte ich nie abschwören. Es war mein Komfort. Die Rotis meiner Mutter, der Geruch von Parathas zum Frühstück an den Wochenenden, der Nachmittagschai. Das ist nicht nur Essen, es sind Gespräche, geteilte Freuden und Leiden, es sind Momente. Meine Familie träumt seit Ewigkeiten davon, ein Restaurant zu eröffnen, und ich habe schon als Kind viele Stunden in der Küche mit meiner Mutter verbracht. Es war auch das Kochen, das mir später dabei geholfen hat, die Beziehung zu meinen Wurzeln wiederzufinden und zu heilen. Weil es der einzige Zugang war, der offen blieb, als alle anderen abgekappt waren.

»Über so was könntest du Bücher schreiben«, sagt Ibrahim nach einer Weile. »Das sind die Art von Geschichten, die in Bücher gehören.«

Meine Wangen werden warm. Mir wird erspart, etwas darauf erwidern zu müssen, weil das Essen langsam fertig wird.

Ich serviere das Ramen in zwei besonders schönen Schüsseln, während Ibrahim den Tisch deckt. Bevor ich das Essen zum Tisch trage, schieße ich ein Foto.

Als wir uns schließlich gegenübersitzen, starren wir uns einfach nur an. Es ist ein Uhr nachts und meine erste Vorlesung morgen beginnt um halb neun.

»Und jetzt?«, fragt Ibrahim.

Erklär mir, was damals passiert ist und warum dir das hier jetzt so leichtfällt. Das ist die Frage, die ich eigentlich stellen sollte. Aber das ist eine Konfrontation, für die ich immer noch nicht bereit bin, merke ich.

Also nehme ich stattdessen die Essstäbchen in die Hand und frage: »Was liest du gerade?«

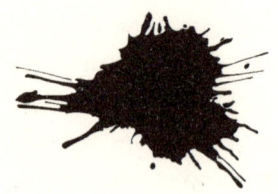

11. Kapitel

Ibrahim

Jemand muss mich verleumdet haben, denn ohne dass ich etwas Böses getan habe, ist mein Bruder von mir angepisst.

Nein, das stimmt nicht. Baba hat ihm erzählt, dass Geld aus seiner Tasche verschwunden ist, das ist der Grund.

Baba selbst ignoriert mich weiterhin, meinen Namen will er nicht aussprechen. Schon seit Monaten habe ich ihn nicht mehr aus seinem Mund gehört, stattdessen bin ich zu »diesem Jungen« oder »dein Sohn« oder »dein Bruder« degradiert worden. Nur wenn er keine andere Wahl hat und wir unter Leuten sind, lässt er sich dazu herab, mir etwas ins Gesicht zu sagen. Auch dann nur unbedeutende Sachen wie: »Setz dich gerade hin« oder »Deck den Tisch«, mehr nicht.

Also übernimmt Tariq das Zurechtweisen, und ich merke, dass ihn nicht nur mein Verhalten stört. Es nervt ihn auch, dass er kaum, dass er zurück ist, wieder in die Rolle des dritten Erziehers gezwängt wird.

Tariq wieder dazuhaben ergibt genauso viel Sinn wie Unsinn. Auf der einen Seite vergessen wir alle, dass er nicht mehr hier lebt, dass sich sein Leben in einem eigenen Universum abspielt. Seine Anwesenheit erscheint logisch im Kontext unseres Alltags. Dann erinnern wir uns, dass wir lange keinen Alltag mehr haben, und die Realisation ist wie ein Weckruf aus einer

Trance, man blinzelt, man erinnert sich: Bald haut er wieder ab, dieser Typ, der mal hierhergehört hat, Sohn, Bruder, Fremdkörper.

Jetzt steht er vor mir und fragt: »Was hast du mit dem Geld gemacht?«

Ein Verhör am Küchentisch, diesmal stehen keine warmen Tassen zwischen uns. Es ist viel zu früh für solche Gespräche. Es ist immer zu früh für solche Gespräche. Ich stütze meine Arme auf dem Tisch ab und reibe mir über meinen Kopf.

»Hab mir Drogen besorgt, was glaubst du?«

Die Erklärung zieht bei Tariq nicht, der glaubt nämlich, er weiß ganz genau, was in meinem Kopf abgeht.

»Wo warst du letzte Nacht?«, fragt er und starrt mich in den Grund.

Wie genau soll ich das jetzt beantworten, kann mir das jemand erklären?

Ich war bei einer … Freundin. Wir haben gekocht und bis zwei Uhr morgens geredet. Glaubst du mir das? Kannst du es fassen, dass das stimmt? Kann ich dir von ihr erzählen? Sie ist so verdammt hübsch, weißt du? Aber das merkt man kaum, weil sie immer Grimassen zieht. Ich glaub, sie checkt nicht mal, was für ein Gesicht sie gerade macht, das kommt einfach über sie. Sie verrät einem mit einem einfachen Augenbrauenheben und Lippenzusammenpressen alles, was sie gerade denkt. Ihre Lippen haben zwei Farben, die obere dunkler als die untere, und sie lächelt immer mit offenem Mund, sodass zwei Reihen gerader Zähne hervorblitzen. Und Alter, sie ist so eine Pragmatikerin und ein Ordnungsfreak. Ich glaub, ihr würdet euch gut verstehen.

Boah, Tariq, mir geht's schlecht, ich glaub ich könnte kotzen, wenn ich weiter an sie denke. Nicht weil's mir nicht guttut, sondern weil es so, so, so guttut. Checkst du das? Kennst du das? Wie fühlt's sich an, wenn du Arwa siehst?

»Abi? Abi!«

Mein Bruder schnippt vor mir herum und ich blicke durch den Schleier an Müdigkeit und Erinnerungen zu ihm hinauf.

»Hörst du zu?«

Ich habe keinen Bock mehr auf ihn und fasse genervt in meine Hosentasche, um das restliche Geld hervorzuholen, das ich noch bei mir trage. Es landet als zerknitterter Haufen zwischen uns auf dem Tisch.

Tariq gibt sich sichtlich Mühe, ruhig zu bleiben. Es ist eine Sache, zu wissen, dass der kleine Bruder Geld gestohlen hat, eine andere, den Beweis vor die Nase geworfen zu bekommen. Ein Muskel zuckt an seiner Wange.

Er nimmt die Scheine und glättet sie. »Das ist nicht alles«, sagt er schließlich.

Ich zucke mit den Schultern. »Verklag mich.«

Heute sind wir uns wieder vor der Haustür begegnet. Diesmal war er gerade von seinem perfekten Morgenlauf unter dem perfekten Sonnenaufgang zurückgekommen, während ich erneut von einem viel zu langen Nachtspaziergang das Haus erreicht habe. Direkt vom elften Bezirk – Sadias Bezirk – zum zweiundzwanzigsten. Fast vier Stunden durch ein Wien, das nach und nach seine Augen aufgemacht hat, die Bäckereien, aus denen der Duft von Brot strömte, die immer mehr werdenden Autos auf den Straßen, die Straßenlampen, die sich mit jedem weiteren Schritt ausgeschaltet haben.

Ich bin so fucking müde, aber auch so fucking voll und warm drinnen.

Tariq klopft gegen den Tisch. »Hör zu, ich will einfach nur wissen, warum du das Geld gebraucht hast.«

Weil ich sehen wollte, ob unser geliebter, geliebter Vater dann endlich mit mir redet. Fehlanzeige. Niemand ist so konsequent wie unser Baba, der ein schwarzes Mal auf seiner Stirn hat, weil er täglich seine Gebete einhält.

Ich grinse Tariq an, meine Augen sind aus reiner Willenskraft noch offen, ich könnte hier jeden Moment einpennen. »Wenn ich zu dir nach Tokyo komme, musst du dich jeden Tag damit rumschlagen, weißt du?«

Tariq hält das Geld hoch. »Ich bring das jetzt zurück. Wenn du noch mal so einen Mist durchziehst, während ich hier bin …«

Ja? Was dann? »Und was, wenn ich's mache, wenn du nicht mehr hier bist?«

Wortlos wendet er sich ab und lässt mich endlich allein.

Nachdem ich sicher bin, dass er sich auf den Dachboden verkrochen hat, gehe ich rauf in mein Zimmer. Nuh pennt noch immer auf meinem Bett. Ich kann's ihm nicht verdenken, wenn es eh immer leer ist.

»Kuckuck, Kuckuck, Kuckuck, du musst aufwachen«, rufe ich und lasse mich auf ihn zurückfallen. Zeit, die Schicht zu wechseln, er übernimmt das Leben tagsüber, ich warte wieder auf die Nacht.

Ein Kissen fliegt gegen mein Gesicht, dann höre ich Gemurmel und kurz darauf wird die Tür aufgemacht und zugeschlagen. Es ist verdammt hell im Zimmer, das Morgenlicht flutet durch die Rollos und taucht die Wand an meinem Bett in trübes Blau.

Sadias Zahnreihenlächeln blitzt vor meiner Sicht auf, ihr Brillenschlangengesicht und die Art, wie sie mit den Lebensmitteln umgeht, als wären sie heilig. Ich sehe, wie sie mich anblickt, überrascht, dass ich vor ihr stehe, und gleichzeitig voller Neugier und Vorsicht. Misstrauisch, aber auch waghalsig, sie kann beides sein, kann so viel sein, wenn sie es sich erlaubt. *Warum bist du eigentlich nicht wütend auf mich, Sadia?*

Mit ihrer Stimme in meinem Kopf drifte ich in einen fast schon komatösen Schlaf ab.

Als ich aufwache, steht ein Alien vor mir, und das Erste, was ich mir denke, ist: Danke, jetzt kann ich diese Scheißwelt endlich hinter mir lassen. Dann erinnere ich mich an Sadia und finde die Vorstellung doch nicht mehr so ansprechend. Bevor ich irgendwas tun kann, macht die grünhäutige Gestalt den Mund auf und brüllt mit der Stimme meiner Schwester:

»Du Mistkerl, das ist mein Gürtel!«

Sie nimmt ein Kissen und schlägt mir damit gegen die Beine. »Zieh ihn aus! Ich such den schon die ganze Zeit!«

»Boah, ey, Maya.« Ich rolle mich zur Seite und ziehe die Decke über meinen Kopf.

»Abi, zieh den Gürtel aus! Außerdem, steh endlich auf, es ist fast vier. Und kannst du dich nicht umziehen, bevor du schlafen gehst? Das muss ja voll ungemütlich sein!«

Vier Uhr am Morgen? Hab ich den ganzen Tag und die Nacht durchgepennt?

Ich setze mich ruckartig auf und blinzle gegen den Schlaf an. Draußen ist es noch hell, die Sonne scheint demonstrativ auf das Weizenfeld vor unserem Haus. Ich halte das Kissen fest, mit dem Maya mich attackiert, und reibe mir die Augen.

»Was soll die Maske, so kannst du Leute doch nicht aufwecken«, murre ich.

Abgesehen von ihren Lippen und Augen ist ihr ganzes Gesicht von einer pastellgrünen Schicht umhüllt, die an manchen Stellen bereits zu bröckeln beginnt.

»Gürtel«, sagt sie nur und hält mir ihre Hand hin.

Ich verdrehe die Augen. Insgeheim freue ich mich aber, wie normal sie mich gerade behandelt. In den letzten Tagen ist sie etwas vor mir aufgetaut. »Ich geb ihn dir gleich, okay? Chill dein Leben.«

Zur Antwort haut sie mir, diesmal mit der Hand, gegen den Schädel. »Ich geh duschen, wenn ich rauskomme, liegt der Gürtel in meinem Zimmer.«

Ich lasse mich zurück ins Kissen fallen und schließe gähnend die Augen. Nur um kurz darauf von einem lautstarken Bohren aufgeweckt zu werden.

Zu meinem größten Pech stehen heute wieder Bauarbeiten in der Küche an. Mehrere Typen gehen irgendwelche Pläne im Wohnzimmer durch. Meine Eltern selbst stehen daneben und diskutieren miteinander. Als sie mich erblicken, gönnt mir mein Vater lediglich einen herablassenden Blick – *schau an, wer beschlossen hat, sich zu den Lebenden zu gesellen* –, während das Gesicht meiner Mutter aufleuchtet. Weiß sie von der Sache mit dem Geld nicht oder was soll diese Reaktion?

»Abi, Schatz, hast du Hunger?«, fragt sie und streicht mir über meine Wange. Jap, sie hat keinen Plan. Ich weiche ihrer Berührung aus und zucke mit den Schultern.

Hinter uns fängt wieder jemand zu bohren an und das Geräusch gräbt sich tief in meinen Kopf. Ich verziehe das Gesicht zu einer Grimasse. »Was machen die?«

»Sie bauen heute die neue Geschirrspülmaschine ein!« Sie lächelt breit. »Sie ist so groß.«

Eine selbst designte Küche – dass sich meine Mutter so einen Luxus gönnt, sehe ich als Fortschritt. Wobei der Vorschlag von meinem Vater kam. Ich glaube, insgeheim versuchen sie damit klarzukommen, dass sie immer weniger für ihre Kinder tun können. Weil wir es nicht mehr zulassen, weil wir zu alt dafür sind, dass man uns noch die Schuhe zuschnürt oder Lunchboxen macht. Ich würde Ma aber gern sagen, dass ich zwar mit ihrer übermäßig bevormundenden Art nicht klarkomme, aber nichts gegen eine Lunchbox von ihr haben würde, egal wie alt ich bin. Aber das würde eine emotionale Reife erfordern, der ich mich nicht gewachsen sehe.

Heute trägt sie ein rotes Kopftuch zusammen mit einer Salwar Kameez voller Blumen drauf. Ihre Augen funkeln, während ihr Blick durch den zerstörten Wohnraum gleitet. Alle ihre Kinder sind zu Hause, sie bekommt eine neue Küche, alles klar bei ihr momentan. Kein Wunder, dass ihr Baba nichts von dem Geld erzählt hat. Die beiden werden von einem der Installateure abgelenkt und gehen zur Küche, um sich irgendwas genauer anzuschauen.

Ich beobachte sie eine Weile, bevor ich umkehre und rausgehe. Gähnend lasse ich mich auf der Bank vor dem Haus nieder und betrachte das Feld vor mir.

Mein Vater redet zwar nicht mehr mit mir, seit ich die Matura nicht geschafft habe, aber schon davor hat er sich immer mehr von mir abgewandt und lieber meine Geschwister vorgeschickt, um mich zurechtzuweisen. Ich bin ein Fehler hoch zwei, hoch drei, hoch vier. Manchmal ist er zugänglicher, meistens aber nicht – und egal, wie sehr ich ihn mit Aktionen wie dem Stehlen von Geld oder Aschenbechern provoziere, er bleibt stur. Wenn's nicht Tariq ist, der für ihn einspringt, dann Maya, wenn nicht Maya, dann Nuh, wenn nicht Nuh, dann meine Mutter, die mich in ihren Armen erstickt. *Sei ein guter Junge, Abi.* Und dann? Wird mein Vater dann mit mir reden? Auch als ich ein guter Junge war, war ich ihm nie genug. Mein Leben lang geht es nur darum, mit meinen Brüdern und meiner Schwester aufzuholen. Mein Leben lang geht es nur darum, anderen etwas zu beweisen.

Aber es war nie genug.

Jeder meiner älteren Geschwister ist eine Erfolgsgeschichte. Tariq verdient im sechsstelligen Bereich, Maya hat ihren Bachelor summa cum laude beendet, Nuh pendelt zwischen Wien und der Steiermark, um an riesigen Bauprojekten zu arbeiten.

Nur ich bin ich und ich bin ein Fehler.

Ich war immer ein Fehler. Von Anfang an ging diese Sache mit dem Lernen nicht. Während der Volksschulzeit wurden meine Eltern jede Woche zu einem Gespräch eingeladen, aber es war Tariq, der dann für mich einstehen musste und sich die

Beschwerden anhörte. *Unkonzentriert, abgelenkt, impulsiv, vergesslich, kein guter Einfluss auf seine Mitschüler.* Damals habe ich mich noch bemüht. Ich dachte, ich muss mich nur anstrengen, dann wird es schon gehen.

Aber meine Noten wurden nicht besser, meine Aufmerksamkeit dafür schlechter. Wenn ich meine Hausaufgaben machte, vergaß ich sie zu Hause. Wenn ich einen Test schrieb, dann kam mir nicht in den Sinn, die Seite umzudrehen, stattdessen gab ich das halb gefüllte Blatt ab. Ich vergaß meine Turnsachen in der Schule, sodass meine Mutter sie nicht waschen konnte, verlegte meine Bücher und manchmal auf den Heimwegen auch mich. Dann kam ich Stunden später nach Hause und meine Mutter saß heulend auf dieser Bank, nachdem sie und mein Vater die ganze Gegend nach mir abgesucht hatten.

»Wo warst du?«

»Ich wusste nicht, dass es so spät geworden ist. Ich wollte nicht ... ich hab nur –« Bäume erklettert. Ameisen betrachtet. Kieselsteine vor mir hergeschubst. Bin in Supermärkte gewandert oder war auf Parkplätzen und hab so getan, als würde ich ein Parcours rennen. Alles, um nicht nach Hause zu müssen, weil dann wieder die Fragen anfangen würden.

Wo bist du mit deinem Kopf, Abi? Wo ist die Unterschrift, Abi? Wo ist dein Zeugnis, Abi? Was machst du nur, Abi? Was ist jetzt mit der VWA, Abi?

Abi, Abi? Ibrahim!

Eine Erinnerung an Sadia im Büchercafé. Wir sortierten die Neuerscheinungen in die Regale und sie fragte mich, was genau mich davon abhalten würde, meine VWA fertig zu schreiben. So habe ich sie kennengelernt: Jemand, der konkrete Symptome sucht, um Diagnosen erstellen zu können. Probleme existieren nie ohne Ursachen und Ursachen kann man auf den Grund gehen.

»Was hilft dir, konzentriert zu bleiben?«

»Nichts. Mein Kopf ist ein Karussell.«

»Früher war mein Kopf auch ein Karussell«, gestand sie und fuhr mit ihrem Finger über die Buchrücken.

»Und was hat sich seitdem verändert?«

»Ich glaube, eigentlich ist es noch immer ein Karussell, aber ich zeig es nicht mehr, und jetzt habe ich mich daran gewöhnt.«

»Du hast dich daran gewöhnt, jemand anderes zu sein?«

Sie hielt inne und sah mich durch ihre Brillengläser an. »Das bin ich«, sagte sie, als würde sie sich selbst überzeugen wollen. »Also das hier, das ist niemand anderes, das bin immer noch ich.«

»Nur ein reduziertes Ich?«

Eine Antwort blieb sie mir darauf schuldig. Später steckte ich eine annotierte Fassung von Shel Silversteins Werken in ihre Tasche mit einem Eselsohr an diesem Gedicht, über einen Jungen und ein Mädchen mit blauer Haut. *Masks* heißt es.

Gestern hat sie mich gefragt, ob unser Zusammentreffen Schicksal oder Zufall ist. Aber wenn es nach Sadia ging, hat sich nie etwas wie ein Zufall angefühlt. Ich hole mein Handy hervor und schreibe ihr eine Nachricht.

Ibrahim: Darf ich heute wieder vorbeikommen?

Während ich auf ihre Antwort warte, geht die Haustür auf und meine Mutter tritt heraus.

»Abi, weißt du, wem diese Schuhe gehören?«, fragt sie und hält ein Paar neue Mokassins in die Höhe.

»Trägst du nicht solche Schuhe?«

»Aber ich hab doch keine neuen gekauft ...«

Sadia antwortet sofort. *Okay.*

»Vielleicht hast du es vergessen«, sage ich und stehe auf.

12. Kapitel

Sadia

Mitternachtstreffen auf dem Balkon. Fluoreszierende Lichter unter Küchenschränken, blaue Flammen auf dem Herd. Das Knistern von erhitztem Öl, der Geruch von karamellisierten Zwiebeln. Und dazwischen: Gespräche über Bücher, über alles, über nichts, über uns.

Heute ist das dritte Mal in fast zwei Wochen, dass Ibrahim aufgetaucht ist. Mittlerweile wartet er am Balkon auf mich, eine dunkle Gestalt unter dem Mondlicht, umgeben von langsam verwelkenden Blumentöpfen und der Wäsche, die meine Mutter zum Trocknen aufgehängt hat. Sie muss sie vergessen haben, es hat nämlich geregnet. Ich stelle mich vor die geschlossene Glastür und blicke hinauf durch die Regentropfen in sein Gesicht. Er betrachtet mich mit leicht schief gelegtem Kopf. Nach einer Weile legt er seine Hand gegen die Scheibe und mir wird wieder so unendlich warm im Bauch, ich will nicht wissen, wieso. Seine Stirn landet ebenfalls an der Tür und irgendwas in seinen Augen lässt mich einfach nicht los.

Sadia, meldet sich eine Stimme in meinem Inneren. *Sadia, pass auf.* Immerhin hat er mir immer noch nicht erzählt, was genau ihn dazu gebracht hat, sich nicht mehr zu melden.

Aber ich passe doch immer auf. Was, wenn ich einmal, nur

einmal unvorsichtig sein will? Ich lege meine eigene Hand auf das Glas, direkt über seiner.

Wie wir nach so einem Moment normal weitermachen können, ist mir selbst schleierhaft. Aber eine halbe Stunde später stehen wir vor dem Herd, auf dem heute Risotto kocht.

Auch die Stimmung ist eine ganz andere, denn ich bin dabei, Ibrahim davon abzuhalten, noch mehr Salz in die Pfanne zu hauen.

»Du hast gesagt, man kann nie genug Salz haben.«

»Aber da kommt noch Parmesan rein. Und die Brühe selbst war auch schon gesalzen. Du vergisst immer, erst abzuschmecken.«

»Ich hab abgeschmeckt. Es ist langweilig.«

»Es ist Risotto.« Ich schütte etwas mehr Wasser in die Pfanne.

»Können wir wenigstens noch ein bisschen Chili reintun?«, fragt Ibrahim und hält die Chiliflasche von Fawad in die Höhe, die seit dem Besuch der Familie Rahel in der hintersten Ecke des Kühlschranks schmort.

»Das würde ich nicht nehmen«, sage ich und schwenke den Reis. »Das ist viel zu scharf.«

Ich hätte wissen müssen, dass ich so etwas nicht vor Ibrahim sagen darf. Er nimmt ja schon gewöhnliche Aussagen als Herausforderung. Der Chilikommentar trifft ihn direkt in sein pakistanisches Herz.

»Als ob«, sagt er und holt einen Löffel hervor.

»Im Ernst«, warne ich. »Das ist kein normales Chili.«

Aber Gott bewahre, dass er auf einen Ratschlag hört. Er tröpfelt etwas auf den Löffel, sieht mich vielsagend an, dann stopft er es sich in den Mund.

Drei, vier Sekunden lang passiert natürlich gar nichts. Er ist schon dabei, zu grinsen, weil er meint, gewonnen zu haben. Dann weiten sich seine Augen, fast schon zeichentrickmäßig, und er holt mit einem Fluchen eine Milchpackung aus dem Kühlschrank hervor.

»Fuck, fuck, fuck.«

»Sei leise!«, flüstere ich.

»Was ist das bitte für ein Zeug?«

»Ich hab's dir gesagt.«

»Fuck«, wiederholt er viel zu laut, und ich trete näher, um ihm den Mund zuzuhalten. »Shhh!«

Seine Augen tränen, aber plötzlich ist er ganz, ganz ruhig.

»Shhh …«, wiederhole ich.

Sein warmer Atem trifft auf meine Handinnenfläche. Die Berührung gleitet mir durch die Finger über die Arme bis hin zu einem Punkt in mir, den ich nicht weiter erörtern will. Ibrahim fasst nach meinem Handgelenk und ich muss mich ziemlich zusammenreißen, um ihn mein Zittern nicht merken zu lassen. Bevor wir uns weiter mit unseren Augen aufessen, denn nichts anderes ist das hier, ertönt das Zuschlagen einer Tür außerhalb der Küche. Wir lauschen mit angehaltenem Atem.

Schritte draußen. Da ist gerade jemand aufgewacht.

»Oh f–« Ich reiße mich von Ibrahim los und gehe auf die Tür zu, um ein Ohr dranzuhalten. »Fuck!«, rufe ich so leise wie möglich. Ich richte mich auf und deute auf den Tisch. »Runter da!«, sage ich zu Ibrahim, der nur erstaunt dasteht, als hätte er vergessen, dass noch andere Leute in dieser Wohnung leben. Er blinzelt mich an, dann blinzelt er zum Tisch. »Da?«, fragt er irritiert.

»Jetzt! Sofort!«

Unsere Worte sind Zischgeräusche, die unter dem Blubbern des Risottos untergehen.

»Ibrahim!«, warne ich, als die Türklinke runtergedrückt wird. In der kurzen Sekunde, in der ich zurückweiche, kommt wieder Leben in seinen Körper, und er gleitet actionfilmmäßig unter den Tisch, in die Ecke der Küche. Durch die Stühle und

Tischbeine bemerkt man ihn auf den ersten Blick tatsächlich nicht mehr, aber ein besonders sicheres Versteck ist es nicht. Doch keine Zeit zum Reevaluieren, die Tür ist aufgegangen und Fawad steht plötzlich vor mir. Haare wirr vom Schlaf, lediglich in Boxershorts und weißes Shirt gekleidet. In der Kleidung sieht er erst recht wie ein Bär von einem Mann aus, riesig und vollgepumpt mit Muskeln.

Ich versuche normal zu wirken. Da mein Kopf allerdings gerade zu viele Gefühle auf einmal hintereinander durchlebt hat, weiß ich nicht mehr, wie das geht, also öffne ich wahllos eine Schublade und hole das Erstbeste raus, was meine Hände zu fassen bekommen.

Das Erstbeste ist, wie sich herausstellt, Verdauungshilfe.

»Mit wem redest du?«, fragt mein Bruder.

»Hm?« Ich öffne die Dose mit dem Hajmola und sofort steigt mir der penetrante Geruch von Tamarinde entgegen. »Mit wem soll ich denn reden? Ich koche gerade.«

»Ich hab Stimmen gehört.«

»Mein Hörbuch.« Ich zeige ziellos umher, irgendwo, wo ich vermute, dass mein Handy liegt.

»Hmpf …« Er reibt sich mit gerunzelter Stirn über den Bauch. Ich glaub, er ist zu müde, um mein seltsames Verhalten zu deuten. Jetzt stehe ich mit der Verdauungshilfe vor dem Risotto und weiß ehrlich gesagt nicht, was ich tun soll. Gähnend tritt Fawad näher und betrachtet die sehr klebrig aussehende Brühe auf dem Herd.

Gut. So sieht er nicht zum Esstisch hinüber.

»Was machst du überhaupt?«

»Risotto.«

Er schnuppert dran. »Riecht … anders.«

Ja, weil das Mittel in meiner Hand einen deutlich intensiveren Geruch verströmt. Ich schließe die kleine Dose wieder und lasse sie in die hintere Tasche meiner Jeans gleiten. Ich hatte bisher keine Zeit, mich umzuziehen und in meine Pyja-mahose zu schlüpfen, weil ich heute ziemlich spät von der Uni nach Hause gekommen bin.

Fawad, so unzivilisiert wie er ist, steckt plötzlich einen Finger in den Reis.

»Hey! Nimm dir einen Löffel, du Tier.« Zur Sicherheit drehe ich den Herd ab.

Unbeeindruckt steckt er sich den Finger in den Mund. Einen Moment lang scheint er sehr hart nachzudenken und sagt gar nichts. Mit jeder Sekunde, die er länger hier verbringt, werde ich nervöser. Möglichst unauffällig linse ich zum Tisch hinter uns, aber stelle mich sofort wieder kerzengerade hin, als Fawad spricht.

»Sadia«, sagt er mit einer ernsthaften Miene. »Das schmeckt scheußlich.« Und dann: »Es ist fast eins, geh schlafen.«

Damit verschwindet er endlich und ich blinzle seiner riesigen Gestalt hinterher. Es braucht einen Moment, bis ich die Geistesgegenwart zurückerlange, um die Tür zu schließen.

»Sadia?« Ibrahim kriecht zwischen den Küchenstühlen hervor.

Ich lasse mich vor ihm auf dem Boden nieder. »Oh Gott, sorry, dass du dich unterm Tisch verstecken musstest …«

»Ich mein, ich hatte keine Wahl, oder?« Er setzt sich vor mir hin. »Ich wäre übrigens nicht gekommen, wenn ich gewusst hätte, dass dein Bruder aussieht wie ein WWE-Fighter.« Er blickt kritisch auf seine sehnig muskulösen Arme herunter. »Der Typ könnte mich problemlos zerlegen, was macht er denn bitte?«

Ich verdrehe die Augen. »Er ist ein lieber Mensch. Außerdem wirkst du nicht so, als würde dir eine Schlägerei was ausmachen.«

»Ich schlag mich nur mit Typen in meiner Größe. Bin übermutig, aber nicht vollkommen gestört.« Kurz runzelt er die

Stirn. »Nicht immer zumindest. Und was hat er gegen mein Risotto?«

Meine Mundwinkel zucken. »Erstens, wie wäre es, sich gar nicht zu schlagen? Zweitens: Ich hab dir gesagt, das war zu viel Salz. Außerdem hast du es eben zu lang köcheln lassen.«

»Hast du es auch geschmeckt?«

Nein, aber man sieht es dem Essen an. Ich hole das Hajmola hervor. »Ich hätte gerade fast das reingetan.«

»Ey, das hab ich als Kind immer gegessen.« Er nimmt die Dose an sich und schüttelt sie, sodass die kleinen braunen Tabletten darin rascheln. »Die Dinger machen süchtig.«

»Ja, aber dann sitzt man im Nachhinein nur auf dem Klo.«

Eine Weile betrachten wir die Tabletten eingehend. »Mein Mund brennt immer noch«, sagt er dann.

»Ich hab's dir gesagt.«

Wir blicken auf, sehen uns an. Und plötzlich prusten wir los. Weil das alles einfach nur surreal und komplett unerwartet ist. Seine Anwesenheit hier, diese Nächte zusammen, dass wir überhaupt miteinander reden. Die Verdauungshilfe zwischen uns und das vergorene Risotto. Damals im Büchercafé haben wir Gespräche über Gott und die Welt geführt, Philosophen in der Ausbildung. Und jetzt kriegen wir uns wegen eines Hausmittels kaum vor Lachen ein, landen rücklings auf dem kalten Küchenboden.

»Das ist alles so verkehrt.«

Mein Magen gibt ein Grummeln von sich.

»Essen wird's heute nicht mehr geben«, seufze ich. In den letzten Tagen habe ich beim Abendessen deutlich kleinere Portionen zu mir genommen, damit ich Platz für unsere nächtlichen Aktionen habe. Noch merken meine Eltern nichts, auch nicht, dass ich mehr Mengen an Zutaten verbrauche als gewöhnlich. Aber ich fürchte, auf Dauer wird das alles nicht geheim bleiben können. Irgendwann wird ihn doch jemand hier erwischen, was machen wir dann? Wie lang sollen diese Mitternachtsreffen denn stattfinden? Und was, wenn wir daraus Tagsübertreffen machen?

Tagsübertreffen, Tagsüberessen, Tagsüberdates vielleicht?

Von denen hatten wir schon damals viel zu wenige, weil er immer die Frühschichten im Pflegeheim machen musste. Unser erstes »Date« außerhalb des Cafés haben wir in einer gemeinsamen Mittagspause gehabt. Das Büchercafé war ganz in der Nähe des Pflegeheims, aber viel mehr gab es eigentlich nicht in der Umgebung. Und für die halbe Stunde, die wir hatten, beschlossen wir das Erstbeste zu nehmen, was auf dem Weg lag: Eine Imbissbude. Mit je einer Nudelbox in der Hand saßen wir auf einem Bürgersteig, an dem nur Bahnen entlangfuhren, und beobachteten den regen Verkehr eine Straße weiter. Er in seiner Pflegeuniform und mit tiefen Augenringen, ich mit meinen vom Kellnern schmerzenden Beinen und losem Pferdeschwanz. Es war das Gegenteil von glamourös, aber unfassbar echt und witzig.

Jetzt stelle ich mir vor, wie ein typisches Date zwischen uns aussehen könnte. Candle-Light-Dinner in einem Fünf-Sterne-Restaurant. Mit Ibrahim? Geht klar, oder?

»Was?«, fragt er. »Worüber lachst du?«

»Würdest du je einen Anzug tragen?«, frage ich.

»Nur, wenn ich in einem Agentenfilm mitmache.«

»Hast du es je probiert?«

»Agent zu sein? Nee, ich hab mal probiert, mit einer Banane auf mein Spiegelbild zu schießen und so zu tun, als wäre ich in einem James-Bond-Intro. Aber ich krieg diesen Todesblick nicht so richtig raus.« Er guckt ernst. »Gibt mir echt Komplexe.«

Ich haue ihm gegen den Arm. »Ich mein, hast du je einen Anzug getragen?«

»Ja«, murrt er. »Bei der Hochzeit von meinem Cousin vor drei Jahren zum letzten Mal.«

Meine Augen funkeln. »Hast du Bilder?«

»Du willst ein Bild von mir?«

»Ich wollt eins sehen, nicht haben.«

Zumindest behaupte ich das mal.

Ibrahim setzt sich auch auf. Ich folge seinem Beispiel und wir nehmen die gleichen Sitzpositionen ein, die Knie angewinkelt und die Wangen darauf abgestützt. Wieder kann ich seinem Blick nicht entkommen, fühle mich eingenommen von seinen Augen. Was machen wir hier eigentlich? Ich lasse mich so bereitwillig auf seine Nähe ein, dabei vertraue ich ihr doch gar nicht. *Sollte* ihr nicht vertrauen. Als er in der ersten Nacht herkam, hat er behauptet, dass wir reden müssen, und wir haben ja auch seitdem geredet, drei Nächte lang haben wir bereits geredet, nur nie über die Dinge, über die wir reden sollten. Und wenn aus diesen drei Nächten fünf oder sieben oder endlos viele Nächte werden sollen und aus diesen dann fünf oder sieben oder endlos viele Tage, dann braucht es Klarheit zwischen uns.

Also nehme ich meinen Mut zusammen und öffne die Lippen.

Frage: »Warum hast du mich damals geghostet?« Aber nur in meinem Kopf.

Frage: »War es leicht für dich, mich auszuschließen?« Aber nur in meinem Kopf.

Frage: »Wie lief es eigentlich mit deiner VWA, hast du sie schon abgegeben?« Aber das auch in echt.

Ich presse die Lippen wieder zusammen. *Ach, Sadia.* Wie war das noch mal? Ich habe keine schüchterne Seele, sondern eine bequeme. Vielleicht ein bisschen zu bequem in ihrer Schüchternheit.

So oder so ist es trotzdem die falsche Frage, denn Ibrahims Miene wird schlagartig ernst. Mit gerunzelter Stirn betrachtet er seine Füße. »Gar nicht«, antwortet er und rappelt sich auf.

Er geht zum Fenster und tippt auf die Scheibe, schnuppert am Basilikumstrauch und berührt die kleine Keramikfigur, die dort liegt, ein pausbäckiger Koch mit viel zu großer Mütze.

»Wie meinst du, gar nicht?«

»Ich mache die VWA nicht mehr.«

Augenblicklich richte ich meinen Oberkörper auf, um ihn besser anzusehen zu können. »Wieso?«

»Es bringt nichts.«

»Aber du warst schon so weit!«

»Ich hatte nicht mal die Hälfte.«

»Aber …« Ich richte fahrig meine Brille zurecht und überlege krampfhaft, was ich dazu sagen soll, ohne dabei bevormundend zu klingen. »Willst du dein Reifezeugnis nicht?«

Er ist jetzt dazu übergegangen, die Magnete am Kühlschrank herumzudrehen. »Wenn es vom Himmel fliegen würde, würde ich es nicht weghauen, wenn du das meinst.«

»Nein, ich meine: Brauchst du es nicht mehr? Willst du … was willst du denn sonst machen?«

Seine Brauen gleiten hoch und er wirft mir einen amüsierten Blick zu, wobei seine Augen ein seltsames Glühen bekommen haben. In Momenten wie diesen erinnert er mich daran, dass dieses Unberechenbare in ihm schon immer da war, seit dem Tag, an dem wir uns begegnet sind. Er wirkt wie eine zu scharf geratene Kante eines Möbelstücks, ragt spitz in Menschenmengen hervor. Und trotzdem habe ich mich darauf eingelassen, ihn kennenzulernen.

Ihn hier reinzulassen.

»Ich meine, wenn du die Matura nicht hast, willst du also nicht studieren, oder? Was ist dann sonst der Plan?« Ich halte mich davon ab, am Ende des Satzes ein »Wenn ich fragen darf?« hinzuzufügen, weil ich finde, ich sollte solche Dinge fragen dürfen. Gerade, wenn ich ohnehin schon Schwierigkeiten damit habe, ernste Themen anzusprechen.

Ibrahim lässt von den Magneten ab. Er stopft seine Hände in die Taschen seines Hoodies und dreht sich zu mir um. Bisher hatte ich keine Chance, mich danach zu erkundigen, was er macht. Ich weiß, dass er im Laden seiner Eltern arbeitet, aber ich dachte, nur nebenbei.

»Wenn ich zur Uni gehe«, beginnt er. »Was sollte ich überhaupt studieren? Es gibt kein Fach, das zu mir passt.«

Ich schnaube ungläubig. »Ahm. Bücher?«, sage ich. »Ich mein, du weißt, wie ich das meine. Germanistik. Literatur. Irgendwas in die Richtung eben.«

»Bücher«, wiederholt er und lehnt sich zurück. »Was macht man denn mit *Büchern* genau?«

»So vieles! Das weißt du doch auch! Wir haben uns literally in einem Büchercafé kennengelernt, Ibrahim. Buchhandel, im Verlag arbeiten. Schreiben!« Ich ziehe meine Beine zu einem Schneidersitz zusammen und verschränke die Hände im Schoß, um gerade zu sitzen. »Oder du könntest – du könntest Lehrer werden.«

Sobald ich das ausgesprochen habe, kristallisiert sich ein klares Bild vor meinen Augen, und es fühlt sich an, als wäre ein Schloss eingerastet. Ibrahim, etwas älter in Hemden – in Blazern –, vielleicht sogar auch mit Brille und komplett verplant. Im ersten Moment wirkt es befremdlich, aber in meinem Kopf macht es Sinn. Er ist noch jung. *Wir* sind jung, und wenn ich in eine Anwältin reinwachsen kann, wieso er nicht ins Lehrersein?

Das Gespenst eines Lächelns gleitet über seine Züge, lässt ihn plötzlich viel zu alt und erschöpft wirken. »Dead Poets Society?«, fragt er.

Ich klopfe auf mein Knie, als hätte er die korrekte Antwort auf eine unausgesprochene Frage gegeben. »Ja!« Ich merke, wie der Enthusiasmus überhandnimmt, und zwinge mich, ruhiger zu werden. »Und dann wirst du das Leben so vieler junger

Menschen bereichern mit deinen Weisheiten.« Das sage ich mehr im Spaß als im Ernst, aber ein Kern Wahrheit scheint trotzdem durch.

Er bleibt nicht überzeugt. »Klar. Erinnerst du dich an das Ende des Filmes?«

Ich verdrehe die Augen. »Ja. Deswegen ist es ja nur ein Film. Die Realität wird nicht so dramatisch.«

Glaube ich. Hoffe ich. »Spricht dich das wirklich gar nicht an?«

Er fährt sich über den Buzzcut. »Nein. Ich bin nicht so eine Person, die das Leben von Menschen bereichert.«

»Aber du willst was beeinflussen können, oder nicht?«

»Wer hat dir das denn gesagt?«

»Man merkt's. Ich weiß, du tust die ganze Zeit so, als wäre dir alles egal, aber du kannst mir nicht sagen, dass du das System einfach so hinnimmst, wie es ist. Das kauf ich dir nicht ab.«

»Mir kann alles egal sein und ich kann das System trotzdem beschissen finden, das schließt sich nicht aus.«

»Schon. Aber wenn dir alles egal wäre, wärst du nicht immer sofort wütend, wann immer wir über das Thema reden.« Geredet haben. Immer noch reden, auch nach über einem Jahr noch.

Einen Moment lang erwidert er meinen Blick mit zusammengepressten Lippen und ich beginne, die letzten fünf Minuten zu bereuen. Warum habe ich nicht einfach die Klappe gehalten? Schließlich zuckt er mit den Schultern. »Im Endeffekt ist es sowieso egal«, sagt er. »Ich krieg nicht mal die VWA hin, wie kommst du drauf, dass ich studieren kann?«

Ich lecke mir über meine trocken gewordenen Lippen. »Aber was ist dann der Plan?«, kann ich mich nicht davon abhalten, weiter nachzuhaken. »Wie geht's sonst weiter?«

Er antwortet nicht und etwas leiser setze ich hinzu: »Ich will's nur verstehen, weißt du?«

Die gute Laune von vor wenigen Minuten ist wie weggeblasen. Sein sarkastisches Grinsen ist von einer unlesbaren Miene ersetzt worden. Ein aufgeladener Abstand zwischen uns und der rauchige Geruch vom Herd. Als bräuchte es nur mehr ein weiteres falsches Wort, um eine Explosion zu verursachen.

»Was ist mir dir?«, fragt er schließlich seelenruhig.

»Was soll mit mir sein?«

»Was machst du eigentlich?«

»Äh. Ich studiere?«

»Und dann?«

»Dann?« Ich ziehe meine Stirn zusammen. »Wie meinst du dann?«

»Was kommt nach dem Studium?«

»Na ja …« Jetzt zucke ich mit den Schultern. »Dann wahrscheinlich in einer Kanzlei arbeiten oder für eine Firma, irgendwas wird sich schon finden.«

»Und in welchem Bereich?«

Ich reibe meinen Handballen gegen mein Bein. »Wirtschaft wahrscheinlich.« Das war zumindest der Fokus, den ich mir in den letzten Jahren gesetzt habe. Oder auch gezielt Steuerrecht, was mir im Grunde egaler nicht sein könnte. Aber es ist eine Safe Bet, was meine Zukunft betrifft.

»Aha«, kommentiert Ibrahim.

»Was?«

»Und was kann man so am System verändern, wenn man im Wirtschaftsbereich arbeitet?«

»Ich – ich hab nie behauptet, dass das mein Ziel ist.«

»Nein? Aber wenn du über dieses beschissene System redest, wirst du auch echt wütend.«

Als ich daraufhin nichts sage, redet er einfach weiter. »Um Anwältin zu werden brauchst du die Staatsbürgerschaft. Macht dich das nicht wütend, dass du hier geboren bist und sie nicht hast?«

Doch. Natürlich macht mich das wütend. Aber was kann ich schon dagegen machen? »Also soll ich deiner Meinung nach in die Politik gehen?«

»Ich versuch's nur mit deiner Logik zu verstehen. Du sagst mir, dass ich, weil ich wütend werde, in einem Bereich arbeiten muss, wo ich was ändern kann. Aber du selbst schluckst deine Wut herunter und gehst den sicheren Weg?«

»Lehrer zu sein ist auch ziemlich sicher.«

»Nicht der Punkt.«

Ich stehe auf, um mich etwas zu fassen. Mit verschränkten Armen erwidere ich seinen glühenden Blick.

»Tut mir leid, wenn dich das jetzt aufgeregt hat. Das mit dem Lehrer war nur ein Vorschlag. Wie gesagt, ich wollte einfach wissen, was du jetzt machst und wie du dich damit fühlst«, sage ich. Und hasse mich ein bisschen dafür, weil ich damit nur wieder beweise, wie tief das People-Pleasing-Syndrom in mir geht. Mein ganzer Körper reagiert alarmbereit auf seine kühle Art, und mein Kopf will, dass er aufhört, wütend zu sein. Aber ich will mich nicht mit ihm streiten. Und vor allem will ich mir nicht solche Kommentare zu meinen Entscheidungen anhören. Ich weiß, was für ein Klischee es ist, als immigriertes Kind zweiter Generation so was wie Rechtswissenschaften zu studieren. Ich weiß auch, dass ich aktivistischer sein könnte, als ich bin. Aber ich finde nicht, dass es in meiner Verantwortung liegt, jemanden zu retten, und es war vielleicht etwas übereilig von mir, stattdessen diese Erwartung auf ihn zu projizieren.

Wir sind nicht auf dieser Welt, um kaputte Systeme zu richten. In ihnen zu überleben ist schon herausfordernd genug für Menschen mit Kopfkarussell.

Die Kälte weicht aus Ibrahims Miene. »Du machst das immer noch«, sagt er leise.

»Was?«

Er schüttelt den Kopf. »Du gibst immer noch nach.«

Autsch.

Er kommt näher, und einen Moment lang wirkt er so, als würde er mich berühren wollen. Sofort spanne ich mich an und halte gefühlt die Luft an. Aber dann verharrt er und zieht seine Kapuze über den Kopf. »Ich sollte gehen.«

Enttäuschung breitet sich in meinem Körper aus, jagt die Anspannung aus meinen Gliedern. Ich will etwas erwidern, darauf beharren, dass wir das Thema nicht einfach in der Luft stehen lassen können, weiß aber nicht, wie.

Mir kommt das Gespräch mit dieser Fremden im Klo in der Shishabar in den Sinn. Seitdem scheint ein ganzes Jahrzehnt vergangen zu sein, so entfernt ist mir diese Erinnerung. Aber jetzt kommt sie wieder hoch und ich muss an das Thema mit der Sprache denken. Wie man sich dafür entscheiden muss, sie gemeinsam zu lernen.

Ich merke, dass Ibrahim und mir diese Aufgabe unheimlich schwerfällt.

Was uns sonst auch schwerfällt: Abschiede. Keiner von uns beiden weiß bisher, was wir machen sollen, wenn er geht, weil sich keiner traut, dem anderen zu nahe zu kommen. Ich weiß nicht wieso. Oder vielleicht weiß ich es, und gerade daher die Unsicherheit.

Stattdessen nickt er mir nur zu und ich nicke zurück, und wir sind ganz verlegen und ganz angespannt, wir spiegeln uns, aber was wir nicht sind: synchronisiert. Damit schließt er leise die Tür hinter sich und ist im nächsten Moment verschwunden.

Wow. Das ist ja mal wunderbar gelaufen. Drei Nächte und unsere erste Auseinandersetzung. Das muss ein neuer Rekord sein.

Während unserer Büchercaféezeiten haben wir auch schon oft diskutiert. Ich denke, so sind wir beide eben, dass wir gerne alles zerlegen, zerdenken und jede Idee und Theorie im Kopf umdrehen und hinterfragen, bevor wir uns auf sie einlassen.

Allerdings sind die Gegenstände der Auseinandersetzungen nie so persönlich gewesen.

Das hier ist Neuland. Das hier ist zu privat.

Ich reibe mir über das Gesicht und lehne mich an den Tisch zurück. Dabei stoße ich etwas um und blicke auf Ibrahims halb kaputtes Handy herunter. Wenn ich jetzt auch noch dieses Ding zerstört habe, dann wäre das die Krönung dieses Abends. Ich klaube es auf und klicke an dem Knopf am Rand. Durch das zersplitterte Glas blickt mir der Startbildschirm entgegen.

Er zeigt diesmal keinen Sternenhimmel. Stattdessen zeigt er einen Vers aus Pablo Nerudas Gedicht *Tonight I Can Write (The Saddest Lines)*.

Ich weiß nicht warum, aber plötzlich erfasst mich das Gefühl, eine Chance verpasst zu haben. Ohne darüber nachzudenken, verlasse ich die Küche und eile zum Balkon. Ibrahim steht noch da, scheint es nicht eilig gehabt zu haben. Er blickt zum Himmel auf den Mond hinauf und wirkt ein wenig unreal in dem Licht. Als er mich anblinzelt, scheint er dasselbe über mich zu denken.

Ich halte ihm sein Handy entgegen. »Das hast du vergessen.«

Wortlos stopft er es sich in die Hoodietasche und klettert über das Geländer, wo er einen Moment lang verharrt.

Ich verschränke die Arme ineinander und will etwas sagen, will eigentlich unendlich vieles sagen, aber stattdessen schweige ich wieder.

»Lass uns woanders hingehen«, sagt er plötzlich.

Ich blinzle ihn an. »Jetzt?«

»Ja.«

Noch ehe er geantwortet hat, schüttle ich bereits den Kopf. »Ich hab morgen früh Uni«, versuche ich ihm zu erklären, warum das eine absolut unverantwortliche Idee ist. Davon abgesehen, dass es fast drei in der Nacht ist. Nach drei, habe ich aus Serien und Filmen und Büchern gelernt, passiert nichts

Gutes mehr, vor allem, wenn so viel Anspannung zwischen zwei Menschen herrscht.

Aber du kannst das doch nicht bewerten, ohne selbst deine Sammlung an Nach-drei-Uhr-Erfahrungen gemacht zu haben. Oh nein. Jetzt sollte sich bitte nicht auch mein eigenes Unterbewusstsein gegen mich wenden. Ich versuche einen kühlen Kopf zu bewahren und trete noch näher an das Geländer heran. »Außerdem kann ich nicht einfach so abhauen, Ibrahim.«

Dass er da so rumhängt, macht mich heute nervöser als sonst. Seelenruhig beugt er sich vor, sodass unsere Gesichter sich viel zu nah sind, und betrachtet konzentriert meine Züge. Meine Augen, meine Nase, meine Lippen. Ich spüre seinen warmen Atem auf meiner Haut, und ein Zittern überkommt mich.

»Ist alles okay?«, frage ich mit brennenden Wangen, weil er einfach nichts sagt.

Ich kann ihn gerade nicht einschätzen. Noch weniger als sonst. Einerseits wirkt er so, als könnte er jeden Moment hochgehen, auf der anderen Seite scheint auch plötzlich eine Ruhe seinen Körper erfasst zu haben, die noch weniger Sinn ergibt.

»Alles bestens.« Endlich lehnt er sich wieder zurück und ich merke ein paar Sekunden zu spät, wie ich ihm seiner Bewegung folgend entgegenkomme. Augenblicklich stoppe ich mich und stelle mich kerzengerade hin.

Ein viel zu herausforderndes Grinsen huscht über sein arrogantes Gesicht. Er weiß ganz genau, was er macht, und am liebsten würde ich ihn schütteln, damit er leichter lesbar wird. Aber dann, mir nichts, dir nichts, lässt er plötzlich das Geländer los und fällt vom Balkon. Ein Schrei entweicht mir, und ich stolpere nach vorn.

Da, auf der Wiese unten, liegt er plötzlich vollkommen ruhig da und starrt zu mir herauf. Ein kurzes, gut gelauntes Winken von ihm ist seine Bestätigung, dass er noch lebt und heil ist – meine, ihn zusammenzustauchen. Ein Schwall nicht jugendfreier Flüche entkommt mir und trifft ihn hoffentlich genau dort, wo es wehtut.

»Oha. Ma'am, ich wusste nicht, dass Sie so eine böse Zunge haben.«

»Was soll das, Abi!«

»Shhhh! Sonst wacht dein Bruder wieder auf.« Er rappelt sich auf und verzieht dabei die Miene.

»Geht es dir gut? Hast du dir wehgetan?«

Er reibt sich den Hinterkopf. »Es ist nur ein Stockwerk.«

»Trotzdem! Du kannst doch nicht …« Ich fasse mir an mein wild klopfendes Herz. »Du … mach das nie wieder!«

»Kann ich nicht versprechen.«

»Ich würde dir echt gern eine reinhauen gerade.«

»Dann komm runter.«

»Ibrahim!«

Oh, dieses gefährliche Funkeln in seinen Augen. *Trau dich doch.* Einen Moment lang überlege ich tatsächlich, ihm zu folgen. Was könnte passieren? So vieles. Nicht alles davon hässlich.

Aber auch Schönheit hat ihre scharfen Ecken und Kanten und es ist tatsächlich die Stimme meiner Mutter, die ich zu hören meine, während ich darüber nachdenke. *Sie kann auf sich aufpassen.* Das hat sie über mich zu ihrer neuen Freundin aus England letztens am Telefon gesagt. *Sie ist so selbstständig und verantwortungsbewusst.*

Immer so selbstständig und verantwortungsbewusst, Sadia. *Ein Mal kannst du dich doch treiben lassen, nur ein einziges Mal. Da wartet das Meer unter dir, du kannst lernen, im Sturm zu schwimmen.*

Ich schüttle entschieden den Kopf. Nein. Reiß dich zusammen. »Schreib mir, wenn du zu Hause bist«, sage ich zu Ibrahim und kehre um. Flüchte zurück in meine Sicherheiten, weil ich nun mal feige bin.

13. Kapitel

Ibrahim

Ich will schreiben.

Meine Hände kommen nicht zur Ruhe, ich brauch etwas zum Tippen oder einen Kugelschreiber, aber mein Handy bricht schon beim Chatten fast auseinander, und sonst trag ich nichts an mir. Außer einer Keramikfigur und einem Buch, das ich mir in die hintere Jeanstasche gestopft habe: ein Euro Flohmarktausbeute, Giovannis Zimmer von Baldwin. Baldwins Bücher haben neue Cover bekommen, weil alle paar Jahre deutsche Verlage darauf kommen, dass es nicht schadet, ihren Kanon zu erweitern; die Version, die ich habe, ist aber vom Jahr 1996 mit Notizen vom Vorbesitzer. Eine der Anmerkungen an der Seite lautet: *Männlichkeit ist ein Konstrukt, die Demokratie eine Lüge, wenn's um Sex und Liebe geht, muss man sich von den Fesseln der Gesellschaft befreien und in Anarchie leben.* Weiter unten steht: *Nur wenn man alles und nichts ist und alles und nichts liebt, kann man Freiheit erfahren.*

Der Kommentar prangt neben einer Stelle im Text, in der Giovanni über »den Gestank der Liebe« wettert. Alles bisschen zweideutig heute, was? Ich lehne mich im Sitz des Nachtbusses zurück und schnuppere an meinem Hoodie. Oregano und Thymian. Als Gestank würde ich das jetzt nicht bezeichnen.

Der Bus ist leer bis auf ein betrunkenes Paar, die beiden

Frauen liegen sich in ihren Gesichtern und kichern die ganze Zeit wie Schulkinder. Ich klappe das Buch zu und stopfe es in die Bauchtasche meines Hoodies, wo sich der kleine Koch aus Sadias Küche befindet.

Meine Beine vibrieren, ich kann nicht still sitzen. Baldwin starb an Magenkrebs, das weiß ich, weil das Erste, was ich lese, wenn ich die Lebensläufe von Schriftstellern auf Wikipedia überfliege, ihre Todesursache ist. Künstler machen gern Mythen aus sich, ob Baldwin auch so enttäuscht davon war, kein einzigartigeres Ende bekommen zu haben?

Der Bus hält an unserer Haltestelle an, die letzte Station der Linie. Das kichernde Paar bleibt sitzen, während das Fahrzeug seine Richtung ändert. Ich ziehe mir die Kapuze vom Kopf und blicke in den Himmel hinauf. Es nieselt, aber ich wünschte, es würde regnen. Vielleicht würde das Wasser helfen, die Erinnerungen an Sadia wegzuschwemmen.

Es wäre so leicht, sie zu berühren. Ihre Augen schreien mir die Erlaubnis mit jedem Mal lauter entgegen.

Aber wenn ich sie berühre, wie soll ich dann aufhören? Ich habe streng genommen keine Suchtpersönlichkeit, nur eine destruktive, so beschreibt sich eine Figur in einem Buch, das ich letztens gelesen habe. Damit trifft sie den Nagel auf den Kopf.

Schwer schluckend mache ich mich weiter auf den Weg Richtung unseres Hauses. Die Haltestelle liegt an einem Ort voller Wohngebäude und einem riesigen Spar mit einem noch riesigeren Parkplatz. Einmal haben Nuh und ich uns nachts in die Einkaufswagen gelegt und gegenseitig über das Gelände gejagt, bis wir zusammenkrachten und mit aufgeschürften Armen am Boden lagen. Die Erinnerung begleitet mich beim Vorbeigehen, ich meine, uns dort auf dem Boden lachen zu hören.

Bei der ersten Abbiegung erreicht man das Weizenfeld. Hier scheint die Welt aufzuhören, weil dort keine Wohnungen, geschweige denn andere Supermärkte und Geschäfte zu finden sind. Es gibt nur eine Reihe von Familienhäusern entlang des Feldes. An besonders klaren Tagen sieht man die Gebirge am Horizont, die von hier aus endlos weit weg wirken, mit dem Auto aber in weniger als einer halben Stunde erreichbar sind. Wenn wir mit der Volksschule wandern gingen, haben wir immer diesen Weg genommen. Jetzt sehe ich die Schar an Kindern, die in Zweiergruppen in die Richtung trottet. Und zwei Schlusslichter: Maya und ich. Bevor ich sitzen blieb, meinen ersten Fehler beging. Sie mit ihrem Sailor-Moon-Rucksack, ich mit meiner Spiderman-Tasche. Manchmal, wenn sie sich wieder beim Abendessen mit unserer Mutter gestritten hatte und mit traurig-wütenden Augen in den nächsten Tag startete, versuchte ich sie auf dem Schulweg zum Lachen zu bringen, indem ich so tat, als wäre ich ein Pantomime oder Magier. Ich lief ihr voraus und kniete mich vor sie hin, hielt ihr erst eine unsichtbare Blume entgegen und dann zog ich eine echte hinter ihrem Ohr hervor, einer der wenigen Zaubertricks, die ich mir beigebracht hab, als ich noch geglaubt hab, dass man das als Beruf ausüben könnte. Spätestens wenn wir im Bus Richtung Schule fuhren, vergaß Maya ihre Trauerwut endlich und packte ihre Kopfhörer aus, sodass wir zusammen Musik hören konnten.

Meine Kindheit war nicht nur Überforderung, meine Kindheit waren auch meine Geschwister, meine Cousins, meine Familie, Aslan – und die waren alles, was mir je was bedeutet hat, alles, was ich je enttäuscht habe.

Ein Auto rauscht an mir vorbei und hält ein paar Meter weiter am Straßenrand an. Die Tür geht auf und Tariq steigt aus.

Ich bleibe abrupt stehen. »Dein Ernst?«

Sein Ernst.

Er schließt die Autotür – Mayas Auto, nicht mehr seins – und beobachtet seelenruhig, wie ich auf ihn zukomme.

»Es ist ein Running Gag«, erkläre ich ihm, als ich ihn erreiche, zu aufgedreht, um die Klappe zu halten. »Hörst du den Lachtrack?« Scheiß-Sitcomleben.

Es ist verdammt still hier. Innerhalb der Stadt hört man auch um diese Zeit noch irgendwo Autos vorbeifahren oder trifft Clubgänger in Gruppen auf den Straßen. Am Weizenfeld sind wir aber allein mit dem Mond und dem gut gelaunten Weihnachtsmann auf unserem Dach.

Tariq sieht sehr müde aus. Eine steile Falte liegt auf seiner Stirn und er sagt kein Wort, während er sich umdreht und auf das Haus zugeht.

»Warst du bei Arwa?«, frage ich und jogge ihm hinterher. Dass er mal nicht mit einem Klugscheißerkommentar kommt, bekräftigt mich. »Wieso übernachtest du nicht die ganze Nacht bei ihr? Oder schmeißt sie dich immer raus? Brauchst du eine kalte Dusche?«

Vor dem Gartenzaun bleibt Tariq plötzlich stehen.

»Habt ihr gestritten?«, nerve ich weiter. Und weil er auch darauf nicht reagiert und generell nicht die Reaktion zeigt, die ich will, gehe ich in die Defensive. »Was guckst du so?«

Ob er heute Bock hätte, sich zu prügeln? Das würde grad echt helfen. Nach der ganzen Diskussion mit Sadia brauche ich etwas zum Runterkommen. Ich überlege, welche wunden Punkte ich noch ansprechen kann, damit er auf mich losgeht, aber er kommt mir zuvor.

»Lass uns rennen«, sagt er.

»Was?«

Er weist mit dem Kinn zum Ende der Straße. »Wer zuerst am Telefonmast ist.«

Dann wendet er sich ab und rennt einfach los.

Wie damals, wenn ich nicht schlafen konnte und nirgends abhauen konnte, um Ablenkung zu finden. Dann haben meine Geschwister mit mir Wettrennen gemacht, bis ich nicht mehr die Kraft hatte, zu stehen. Überschüssiger Energieabbau. Sie haben's sogar gemacht, wenn sie selbst todfertig waren. Ich blicke Tariq hinterher und sehe sein jüngeres Ich in der Art, wie er mir einen letzten Blick zuwirft.

Komm schon, Abi. Mir nach.

Und ich folge ihm. Ein Geheimnis: Ich würde Tariq überallhin folgen, wenn er es von mir verlangt. Weil meine Kindheit nicht nur Wut und Frust und Trauer war, sondern auch diese Momente und meine Geschwister in ihnen.

Keine Ahnung, wie lang wir laufen. Wir lassen das Feld und die letzten Häuser hinter uns, erreichen die Telefonmasten, aber hören nicht auf. *Er* hört nicht auf, also mache auch ich weiter.

Der Wind schlägt mir ins Gesicht und es fühlt sich an, als würde mein Kopf leer gefegt. Da ist nichts mehr als das Brennen in meinen Lungen und meine zitternden Beine. Als er endlich stehen bleibt, bin ich kurz vorm Kotzen. Aber die Welt fühlt sich mit einem Mal unheimlich klar und deutlich an.

»Scheiße«, stöhne ich. Ich lasse mich auf den Boden nieder und alles tut weh und alles fühlt sich richtig gut an.

Tariq liegt neben mir, auch ganz außer Atem.

»Wasser hast du keins dabei, oder?«, krächze ich.

»Hab nicht nachgedacht.«

»Das ist meine Charaktereigenschaft, nicht deine.«

»Du würdest dich wundern.«

Ich schnaube. »Wann war das letzte Mal, dass du nicht nachgedacht hast? Und ich mein bei einer ernsten Sache, nicht so was.«

Er überlegt eine Weile lang. »Als es um Arwa ging«, antwortet er schließlich. »Damals hab ich nicht viel nachgedacht.«

Ich sehe ihn an. Seine Haare fallen ihm in die Stirn, verdecken fast seine Augen. Auf seinem Gesicht ist immer noch ein seltsam verlorener Ausdruck, aber er wirkt um einiges wacher.

»Alles klar bei euch?«, frage ich, bevor ich mich abhalten kann. Ich erinnere mich an den Tag, als ich Arwa in unserem Badezimmer erwischt hab, wie sie mit ihm am Telefon gestritten hat. An ihren Blick, als er wieder zurück war. Ich habe Maya und Hama darüber reden hören, dass der einzige Grund, dass Tariq zurück ist, Schadensbegrenzung sein soll. Anscheinend durchleben die beiden zurzeit ihre erste richtige Krise. Weil er so weit weg lebt? Ist es die Distanz, die sie jetzt doch einholt?

Er seufzt. »Beziehungen sind nicht leicht. Aber wir kriegen's hin.«

»Klingt nicht vielversprechend.«

Sein Blick begegnet meinem und endlich zeigt er ein bisschen mehr Leben. Da ist plötzlich eine wilde Entschlossenheit in seinen Augen, die jede Sorge aus seinem Gesicht wischt. »Ich werde mein ganzes Leben mit dieser Frau verbringen«, sagt er. »Klingt das vielversprechend?«

»Es klingt unklug. Du kannst das Leben nicht voraussehen.«

Er zuckt bloß mit den Schultern, als wäre er nicht Tariq, der große Bruder, der verantwortungsbewusste Sohn, sondern einfach nur Tariq, der liebeskranke Vollpfosten.

»Manchmal muss man unklug sein.« Dann scheint er sich zu erinnern, mit wem er redet. »Manchmal«, betont er. »Aber eine Lebensphilosophie muss es nicht werden.«

Ich grinse. »Zu spät. In Zukunft geb ich dir die Schuld, wenn ich Scheiße baue.«

»Tust du's nicht schon?«, murmelt er und steht auf.

Augenblicklich werde ich ernst und setze mich auf. »Was soll das heißen?«

Tariq hält mir seine Hand hin. »Lass uns gehen.«

Ich betrachte seinen ausgestreckten Arm mit gerunzelter Stirn. Überlege, ob es sich lohnt nachzuhaken oder ob ich es auch fallen lassen sollte. Schließlich entscheidet die Müdigkeit für mich. Ich ignoriere seinen Arm, rapple mich aber auf.

»Müssen wir jetzt den ganzen Weg zu Fuß zurücklegen?«

»Nee, ich trag dich natürlich.«

»Du bist so witzig.«

Tariq gähnt. »Und nur für's Protokoll«, sagt er. »Sie schmeißt mich nicht raus. Ich gehe selbst, bevor ich gar nicht mehr ihr Zimmer verlasse.«

»Zu viel Information.«

Zu Hause ist mein Bett ausnahmsweise leer, aber nur weil Nuh auf einer Matratze am Boden liegt. Aus Gewohnheit lasse ich mich trotzdem auf ihn nieder und schubse ihn zu Boden.

»Was ist dein Problem?«, fragt er im Halbschlaf.

»Du bist so hässlich, da muss man einfach was machen.«

»Fick dich.«

»Nuh?«, frage ich, nachdem er mich zur Antwort von der Matratze geworfen und sich wieder in die Decken verkrochen hat. Er gibt einen undefinierbaren Laut von sich, den ich als Zustimmung werte. Ich warte, bis seine Atmung regelmäßiger wird.

»Manchmal will ich euch echt viel sagen, aber ich weiß halt einfach nicht wie«, flüstere ich. Meine Hand fasst in den Beutel des Hoodies, den ich wieder angezogen habe. »Ich schreib stattdessen diese Texte. Aber ich hatte echt lang nichts mehr rausgebracht, seit zwei Jahren eigentlich. Nach der Schule war's irgendwie so, als wären die Worte weg, weißt du? Oder eigentlich hat's ja schon mit der VWA angefangen, egal, wie oft ich es versucht hab, es war so, als könnte mein Hirn keine Sätze mehr bilden. Die Worte waren weg, alles war weg. Aber letztens, als Tariq wiederkam und ich Sadia getroffen habe, da war es plötzlich wieder da. Ich hab geschrieben. Weiß nicht, wie lang, aber ich hab geschrieben und vor allem wieder an euch geschrieben. Ich versteh nicht warum, weil ihr die Sachen eh nie lesen werdet. Aber früher war es das Einzige, was funktioniert hat. Das Schreiben, meine ich. Das klingt total dramatisch, aber manchmal war es das Einzige, was für mich Sinn ergeben hat, und das Einzige, das mir geholfen hat, zu erklären, was ich fühle. Ich glaub, das war's, was es so hart gemacht hat, diese Scheiß-VWA zu schreiben. Ich hab versucht, es weniger ernst zu nehmen, aber ich hab diese Krankheit, wo ich alles zu ernst nehme, auch wenn ich so tue, als ob es nicht so wäre. Bei mir muss jeder Satz zählen. Weil sonst eh nichts zählt, weißt du?«

Durch das Fenster scheint Mondlicht ins Zimmer und beleuchtet eine von Nuhs Dinosaurierfiguren.

»Weißt du, wie sich das Schreiben anfühlt? Wenn man's richtig macht, fühlt es sich auch wie Rennen an. Der Kopf wird leer gefegt und du spürst nichts und alles auf einmal. Autopilot. Da ist nur mehr der Text, nicht mal du existierst. Du wirst zum Text. Du wirst zu Worten. Weißt du, wie es sich anfühlt, zu Worten zu werden?«

Ein Schnarchen unterbricht mich und ich halte inne. »Nuh?«, frage ich, obwohl ich weiß, dass er schon längst wieder eingeschlafen ist. Wieder schnarcht er und ich drehe mich zur Seite, lehne die Wange an meine Hände.

»Es fühlt sich befreiend an.«

»Ich finde, Sie sollten mehr Deutsch mit ihm reden.«

Sie hatte knallrote Lippen und pechschwarz gefärbte Haare. Ihre Haut war zerknittert, als wäre ihre die Feuchtigkeit entzogen worden. Die vielen Linien und Falten glänzten unter ihrem teigigen Make-up, ihre langen Nägel klapperten auf der Mappe vor ihr auf dem Tisch.

Ich starrte in ihre großen dunklen Augen und weigerte mich, als Erstes wegzublicken.

Ihr Lächeln wurde ein Stück weit breiter.

»Wir reden aber nur Deutsch mit ihm.« Tariq saß neben mir und wirkte vor allem in ihrer Gegenwart viel zu jung und klein. Aber meine Eltern hatten keine Zeit. Bei fünf Kindern und zwei Geschäften muss man, wie sie sagten, Kompromisse machen.

Tariq hasste diese Kompromisse und hat sich den Weg hierher darüber beschwert, dass es kein Kompromiss sei, wenn nicht alle Parteien zufrieden seien. Unseren Eltern gegenüber beschwert er sich nie.

»Wenn du aufhören willst, rumgeschubst zu werden, musst du zurückschubsen«, habe ich ihm geraten, das neunjährige Großmaul, das ich war.

»Du hast gut reden, du bist der Zweitjüngste. Bei dir findet man's noch süß, wenn du zickig wirst.«

Für sich einzustehen heißt also zickig sein, lernte ich an diesem Tag.

»Wirklich?«, fragte Frau G. jetzt. »Sie reden wirklich Deutsch mit ihm?«

Manchmal sind Bösewichte im echten Leben genauso große

Karikaturen wie in Geschichten. Irgendwoher muss die Inspiration ja kommen. Wenn ich Frau G. jemandem beschreiben würde, würde ich erzählen, dass sie eine raue Stimme hatte und dass sie nur lächelte, wenn Erwachsene anwesend waren. Im Klassenraum herrschte ihr Eisesblick, die meisten trauten sich nicht, ihm zu begegnen. Ich tat es trotzdem. Ich starrte sie an, bis sie weguckte.

An den Tagen, an denen sie nicht weguckte, wurde sie aggressiv und fing an, mich zu kritisieren. Sie zählte meine Macken auf, sagte mir, ich sollte still sitzen, immer soll ich still sitzen, und verbesserte bei jedem Wort meine Aussprache. Wenn sie gute Laune hatte, tat sie aber übertrieben nett und tat so, als wäre ich drei. Wenn ich mich wehrte, verlangte sie süffisant: *»Es wird wieder Zeit, mit deinen Eltern zu reden.«*

Dann kam stattdessen mein ältester Bruder und ihr Lächeln verriet, wie sehr ihr das missfiel.

»Ja. Er ist nur mit Deutsch aufgewachsen. Unsere Eltern reden Urdu zu Hause, aber er liest auf Deutsch, er schaut Serien und Filme nur auf Deutsch und wir Geschwister reden auch nur Deutsch miteinander.«

»Interessant.« Ihr Blick war jetzt auf Tariq gerichtet und ich musste mich an den Lehnen des Stuhls festhalten, um nicht vor ihn zu springen, damit ich ihn vor ihren bösen Blicken schützen konnte. *Schau mich an*, wollte ich ihr sagen. *Schau mich an, schau mich an, schau mich an, ich hab keine Angst vor dir.* »Dann verstehe ich nicht, warum seine Sprachkenntnisse so zu wünschen übrig lassen.«

Woher wollte sie das bewerten? Ich redete nicht mehr mit ihr, weil sie mich früher bei jedem Satz unterbrochen hat. Sie suchte ständig nach einem Ausrutscher in der Art, wie ich Dinge formulierte, aber wenn andere Kinder dieselben Fehler machten, sagte sie nie etwas. Nur bei mir und gelegentlich bei anderen wie mir.

Manchmal, wenn sie nichts zum Kritisieren fand, beschuldigte sie mich, meinen Geschwistern die Hausaufgaben überlassen zu haben. Das haben meine Geschwister damals noch gar nicht, sie haben nur manchmal geholfen. Das Schummeln kam erst später in der Mittelschule, weil die Erwartungen der Erwachsenen schon feststanden, bevor sie mich kannten.

»Wenn er sich nicht mehr anstrengt, dann wird er die Klasse nicht schaffen. Und ans Gymnasium wird er erst recht nicht kommen bei den Noten.«

Ich hab keine Angst vor dir.

In Österreich bedeutet es alles, ob du auf ein Gymnasium kommst oder in die Mittelschule. Österreich sagt: Wir müssen die Ausländer besser integrieren. Nur um dann die Ausländer alle von den Inländern zu isolieren und sie an die schlechten Schulen zu schicken. Österreich sagt: Wir haben unsere Geschichte gut aufgearbeitet, gut daraus gelernt. Nur um dann weiterhin Strukturen aus den 1940ern aufrechtzuerhalten und die Schuldfrage zu umgehen. (Diesen Satz habe ich von meiner Schwester gestohlen.)

Österreich sagt: Ihr habt es hier gut, seid dankbar. Aber Österreich lebt in einem System, das Länder wie Pakistan ausbeutet. Euer Wohlstand ist unser Verderben und trotzdem verlangt ihr unsere Dankbarkeit.

Ich habe keine Angst vor euch.

Aber Tariq hatte Angst. Er hatte Angst um mich, um meine Zukunft, um den Status unserer Familie, um unsere Sicherheit. »Bitte haben Sie Nachsicht. Wie gesagt, wir haben mit ihm darüber geredet … Es wird nicht mehr vorkommen.«

»Das hoffe ich.« Frau G. setzte sich auf. »Aber für jetzt kann ich nichts machen. Ich wollte nur Bescheid geben, dass sich bisher nichts an seiner Leistung verbessert hat und wir in einer sehr«, sie sah uns ernst an, »sehr kritischen Lage sind.«

Ich könnte schreien. Einfach so. Hier und jetzt, ich könnte aufstehen und schreien, bis mir die Lungen brennen. Was könnten die schon dagegen tun? Was könnte sie schon dagegen tun? *Ich weiß, das ist hoffnungslos, du brauchst es ehrlich gesagt gar nicht mehr zu probieren*, sagte sie gestern zu mir. *Aber lass uns trotzdem mit deinen Eltern zusammensetzen, vielleicht finden wir eine Lösung?*

Sie dachte, sie tut mir einen Gefallen, indem sie so mit mir umgeht. In diesem Ton, als würde sie mit einem Kleinkind reden, die Lippen geschmollt.

Letzte Woche erzählte sie einer Mitschülerin mit Kopftuch noch, sie solle glücklich darüber sein, hier zur Schule gehen zu können, in ihrem Land würden sie die Kinder schlagen.

Ich verstehe dich, deine Situation muss nicht leicht sein, sagte sie immer. Und gleich darauf: Aber du musst dich trotzdem mehr anstrengen.

Was für eine Situation? wollte ich fragen. Und warum musste nur ich mich anstrengen, was war mit den anderen, die genauso mies waren?

Diese anderen hießen aber nicht Ibrahim.

Oder Abraham, so wie sie es immer aussprach. *Ups, entschuldige, Ibra-him.*

Ib-ra-hiem, korrigierte ich. So schwer war's nicht, Frau Kotz, ups, 'tschuldigung, Frau G.

Dabei lächelte sie doch so nett.

Sie redete noch über die bevorstehende Schularbeit und sagte zu Tariq, er solle doch mehr mit mir üben, als wäre das nicht ihr Job, und dann ließ sie uns endlich gehen. An der Bushaltestelle vor meiner Schule schaute Tariq missmutig auf die Straße, während ich an den Laschen meiner Schultasche spielte.

»Sorry«, sagte ich schließlich, weil ich nicht damit klarkam, wenn er mich anschwieg.

»Schon gut, ist nicht deine Schuld«, murmelte er automatisch, aber ich konnte es ihm nicht mehr abnehmen. Wessen Schuld war's denn sonst?

»Sie ist keine gute Lehrerin«, verteidigte ich mich. Deswegen fiel es mir schwer, auf sie zu hören, ihr die Genugtuung zu geben, besser zu werden. Ich wollte ihr klarmachen, dass sie keine Macht über mich besaß, was nur dazu führte, dass sie diese Macht erst recht demonstrierte.

»Ich weiß.«

»Sie antwortet nie auf Fragen und beschwert sich dann, wenn man nicht im Unterricht redet. Sie sagt dann immer, dass müssten wir schon selbst wissen, und übergeht einen. Und sie tut immer so, als wäre sie voll gut mit den Schülern befreundet, aber niemand mag sie.«

Aber sie lächelt doch so nett.

Tariq setzte sich auf die Wartebank und streckte die Beine aus. Ich rutschte neben ihn, meinen Schulrucksack auf meinem Schoß abgelegt.

»Und sie hat es auf mich abgesehen. Und auf ein paar andere. Wir haben Schüler, die noch schlechter sind, aber deren Eltern ruft sie nie her.«

»Ich weiß«, wiederholte Tariq.

»Und –«

»Ich weiß, Abi«, unterbrach er mich, begegnete endlich meinem Blick.

»Aber wir können nichts daran ändern.«

Da war was Flehentliches in seinem Blick. Was er eigentlich meinte: Ich hab nicht die Energie, für dich zu kämpfen, nicht noch mehr, bitte bring mich nicht dazu.

Und ich würde ihm gern sagen, dass er das auch gar nicht musste – für mich kämpfen, meine ich. Das war nicht sein Job, weil er doch selbst erst vierzehn war. In Büchern konnten Teenager vielleicht Revolutionen leiten und Welten retten, aber in Wirklichkeit war das eine viel zu große Last. Wenn

Kinder kämpften, war das nichts Bewundernswertes, es war ein Trauerbekenntnis, weil sonst niemand aufstand. Andere Lehrer, meine Eltern, die Direktion. *Was macht ihr überhaupt,* wollte ich sie fragen. *Eure Kinder rebellieren, was macht ihr überhaupt?*

Sie tackern Papiere zusammen und wollen Unterschriften von Erziehungsberechtigten, sie lächeln einen an und es soll nett wirken, aber in ihrem Blick ist nur Spott und Bevormundung. Sie wissen's ja besser, dass wir es immer besser haben, also sei still und mach deine Hausaufgaben. Wohlfahrtsstaat. Sei dankbar. Sensible Generation. Sei dankbar. Keine Kriege, sei dankbar.

Aber warum ist Dankbarkeit Stillstand? Warum ist Dankbarkeit für sie immer Schweigen?

Sie sagen: Du kannst nichts verändern. Du kannst nichts verändern, du kannst nie was verändern.

Tariq schließt die Augen und lehnt seinen Kopf zurück. Ich schlinge meine Arme fester um meinen Rucksack. Ich wünschte, ich könnte was verändern.

14. Kapitel

Sadia

Als ich von der Uni nach Hause komme, höre ich meine Mama im Wohnzimmer lauthals telefonieren. Sie redet wohl mit diesen Leuten aus England, von denen sie mir letztens erzählt hat. Seit einigen Tagen schreibt oder spricht sie mit der Mutter, und es würde mir ja Sorgen machen, zu sehen, wie blendend sie sich zu verstehen scheinen, wenn mich nicht andere Dinge beschäftigen würden.

Ich lasse meinen Rucksack und meine Schuhe am Eingang stehen und begebe mich zu ihr an den großen Esstisch. Während ich mir eine Traube aus dem Obstkorb in meinen Mund stecke, beobachte ich, wie meine Mutter ein Fake-Lachen von sich gibt. Dass es gefälscht ist, erkenne ich an der Länge. Ihr ehrliches Lachen ist kurzlebiger und schluckaufartiger, dieses hier aber ist aufgebläht, mit zu vielen Zähnen, die dazwischen hervorblitzen.

»Ach was!«, ruft sie in ihr Handy. »Du bist mir ja eine, Neha.«

»Du bist mir ja eine, Neha«, flüstere ich sie affektiert nach und wedle mit der Hand durch die Luft. »Ach was!«

Ohne mich anzusehen, versucht sie mir an den Hinterkopf zu hauen.

»Aber natürlich, Neha«, sagt sie immer noch lächelnd, während ich ihr ausweiche.

»Aber natürlich, Neha«, wiederhole ich und ahme ihr Lachen nach.

Keine Ahnung, warum ich das Bedürfnis habe, sie zu nerven. Aber wenn ich sonst nichts zu tun habe …

Seit drei Tagen warte ich darauf, dass sich Ibrahim wieder meldet, damit wir ein erwachsenes Gespräch führen können. Aber er hüllt sich in Schweigen. Am Tag nach unserer Diskussion über seine Zukunft war ich noch ein nervöses Wrack, das alle paar Sekunden auf das Handy schaute, um zu prüfen, ob er sich endlich gemeldet hat. Ich hatte Angst, dass er mich wieder ghostet. An Tag zwei, gestern, kam dann die Wut, ich habe ihm ellenlange Rants über sein Verhalten geschrieben – aber nie abgeschickt.

Heute, an Tag drei, habe ich beschlossen, dass mir alles egal ist. Ich will ihm nicht hinterherrennen. Stattdessen habe ich mir beim Nachhauseweg eine Playlist über miese Exfreunde aufgedreht und Entschlüsse gefasst. Kein Kopfzerbrechen mehr wegen ihm.

Was ich dabei bequemerweise ignoriere: Es ist nur eine halbe Stunde her, seit ich zuletzt sein Instagram gestalkt habe.

Jetzt wirft mir meine Mutter bitterböse Blicke zu, die ich ebenfalls versuche nachzuahmen.

»Neha, ich muss auflegen. Die Kinder.« Das Wort Kinder spuckt sie wie einen Fluch aus. Ich stütze mein Kinn auf der Hand ab und klimpere mit den Wimpern.

»Was ist?«, fragt sie, nachdem sie den Anruf beendet hat.

»Nichts«, antworte ich. »Mir ist langweilig.«

Ihre Augen werden schmal. Langeweile ist ein fremdes Konzept für meine Mutter, die ständig am Rumwerkeln ist. Wenn sie nicht kocht, macht sie Pläne mit anderen Leuten oder überlegt sich, wem sie wann ein aufwendiges Abendessen servieren kann, um damit anzugeben, wie gut sie ihr Leben im Griff hat. Oder aber sie kocht für Partys fremder Leute pakistanische Gerichte. Gerade ihre Samose sind sehr gefragt, sie hat sogar eine Facebookseite, auf der sie Bilder und Angebote teilt. Ein kleines Side-Business, um dem Wunsch eines eigenen Restaurants ein bisschen näher zu sein.

»Musst du nicht zu einer deiner Lerngruppen?«, fragt sie.

»War ich schon.«

»Warst du einkaufen?«

»Ja.«

»Hast du deine Wäsche –«

»Ja.«

»Und gegessen?«

»Schon längst.«

Wobei ich immer essen kann, siehe die Trauben, die stetig in meinen Mund wandern. Meine Mutter wirft die Hände in die Luft und steht mit einem dramatischen Luftaufstoßen auf. »Dann geh und nerv deinen Bruder. Aber verschone mich, ich hab keine Zeit für deinen Unsinn.«

Was für eine hervorragende Idee. Bei Fawad muss ich mich sowieso noch revanchieren, weil er gestern mal wieder seine Verlobte mitgebracht hat. Die Verlobte nenne ich gern nur »Verlobte«, weil ich insgeheim weiß, dass das nichts mit den beiden wird. Ihre Unterschiede sind zu groß, um sie überwinden zu können. Er ist ein Golden Retriever, der leicht zufriedenzustellen ist, und sie ein missgünstiger Mensch, der an allem etwas auszusetzen hat. Vor allem an dem Aussehen anderer Menschen. Allerdings redet mein Bruder nicht gern mit mir über sie, also bleibt mir nichts anderes übrig, als darauf zu hoffen, dass er selbst seiner Misere ein Ende versetzt.

Und ihn zu nerven natürlich. Das geht auch immer.

Ich gehe – oder rutschte eher auf meinen Socken über den glatt polierten Boden zu seinem Zimmer, bis ich seine Tür erreiche und diese, ohne anzuklopfen, aufstoße. Fawad sitzt an seinem Schreibtisch und lernt. Wie langweilig. So langweilig wie sein Zimmer, das voller Grau- und Rottöne ist und außer einem weinroten Teppich mit dem Logo Batmans sonst nichts Spannendes bietet.

»Was ist?«, fragt er und sieht auf. »Kannst du nicht anklopfen?«

»Kannst du nicht ausziehen?«

»Kannst du weniger hässlich sein?«

»Kannst du weniger peinlich sein?«

»Kannst du bessere Beleidigungen finden?«

»Kannst du einfach die Klappe halten?«

»Kannst du aus dem Fenster springen?«

»Okay, wow, das war jetzt ein bisschen too much.«

Er schüttelt nur den Kopf und widmet sich wieder seinen offenen Unibüchern zu. Ohne mich anzusehen, fragt er erneut, was ich denn hier will.

»Gehen wir raus«, schlage ich plötzlich vor. »Spazieren oder so.«

Er schnaubt. »Hast du keine Freunde?«

»Da kommt mal deine kleine Schwester zu dir, um Zeit mit dir zu verbringen und du …«

Kopfschüttelnd schlägt er seine Bücher zu und lehnt sich in seinem Stuhl zurück. Er gähnt und streckt sich. »Okay. Von mir aus. Ich brauch eh eine Pause.«

Ich klatsche in die Hände und laufe zurück, um meinen Rucksack in mein Zimmer zu legen und mein Handy ans Ladegerät zu stecken. Dass ich dabei zufällig einen Blick auf meine Benachrichtigungen erhasche, hat nichts zu bedeuten. Rein gar nichts.

Von ihm ist ohnehin keine neue Nachricht eingetroffen. Dafür hat meine Online-Freundesgruppe wieder für Spams gesorgt, und Amanat hat mir ein Video von einem Typen geschickt, der Jusstudierende nachahmt.

Ich schnaube, reagiere mit lachenden Emojis und frage sie

in einer spontanen Eingebung, ob sie Lust hat, am Wochenende etwas zu machen. Sie schickt mir sofort einen Screenshot von einem neuen Pixarfilm und beginnt eine Sprachmemo aufzunehmen. Da ihre Memos im Durchschnitt nie kürzer als fünfzehn Minuten sind, schreibe ich ihr, dass ich mich später noch mal melde, aber auch Bock aufs Kino hätte, und lege das Handy weg.

Als ich aus meinem Zimmer trete, ist Fawad noch im Bad, um sich umzuziehen. Er ist sehr sensibel, wenn es um sein Aussehen geht, und braucht doppelt so lang wie ich, um fertig zu werden. Gestutzter Bart, gestyltes Haar. Koordinierte Outfits mit silberner Halskette und teuren Boots. Wenn ich mich mal so herrichte, wie er es täglich tut, bekomme ich von meiner Mutter Kommentare wie »Gehst du lernen oder zu einer Fashion Show?« zu hören. Bei ihm sagt sie *Mashallah* und tätschelt ihm liebevoll die Wange. Ich verziehe angewidert das Gesicht, während ich die beiden beobachte, und ernte erneut bitterböse Blicke.

»Am besten nimmst du sie gar nicht mehr mit nach Hause«, sagt Mama zu Fawad. »Sie bringt mich noch frühzeitig um, so wie sie sich anstellt.«

Ich werfe ihr einen Luftkuss zu. Zur Antwort schmeißt sie ihr Dupatta dramatisch über die Schulter und verschwindet zurück ins Wohnzimmer. Fawad sieht mich fragend an.

»Warum bist du so hyper?«

»Ich bin nicht hyper«, erwidere ich, während ich mit den Hausschlüsseln rumklimpere, mit den Füßen scharre, überall hingucke.

Mein Bruder tippt mir an die Stirn und geht an mir vorbei durch die Haustür zum Flur hinaus. Wir wohnen im ersten Stockwerk eines mehrstöckigen Wohngebäudes in Simmering. Der Bezirk hat keinen sonderlich guten Ruf, weil der Ausländeranteil hier überwiegt. Wir wohnen am äußeren Ende in einer der ruhigeren, familienfreundlicheren Gegend, da aber die muslimischen Haushalte überwiegen, bekommen wir trotzdem die Sonderbehandlung ab.

Für meinen Part gibt mir kein Ort in Wien eine solche Sicherheit wie dieser. Der gepflasterte kleine Weg aus dem Hinterhof hinaus auf die Straße. Die Kinder unserer ägyptischen Nachbarin, deren Rufe man nachmittags vom Spielplatz zum Balkon hinauf hört. Die älteren Frauen in Kopftüchern, die auf den Bänken neben den Salbeisträuchern sitzen und auf Arabisch miteinander tratschen. Die Schulkinder, die mit ihren schweren Taschen zielstrebig den Asphalt entlangspazieren, die kleine Bücherei um die Ecke mit dem mehrsprachigen Logo am Schaufenster. All das ist Komfort für mich, und ich bin froh, dass die meisten Menschen bei Wien nur an das edle, herrschaftliche Wien denken. Daran sieht man, dass das nur Touristen sind und nie mehr sein werden. Das Wien der Leute hat mehr zu bieten als unethische Pferdekutschen und griesgrämige alte Männer.

Fawad erzählt mir von der Uni und dem neuen Fitnessstudio, das er besucht, aber ich registriere seine Worte kaum. Ich habe mir schon länger nicht mehr die Zeit genommen, gemächlich diese Straßen entlangzuspazieren, und meine Blicke bleiben immer wieder an Kleinigkeiten hängen. Auf eine seltsame Art und Weise macht es mich gerade sentimental, hier zu wohnen.

Oder vielleicht liegt das auch einfach daran, dass ich meine Tage habe. Ich kriege Flashbacks zu der Folge in Fleabag, in der die Hauptfigur in der Bahn sitzt und Sail im Hintergrund spielt. Selten so eine passende Darstellung weiblicher Hormone im Fernsehen gesehen.

An der Kreuzung, die uns zu einem der Tore in den Zentralfriedhof führt, machen wir kehrt und gehen zurück. Es ist ein kühler, angenehmer Nachmittag und der Himmel in goldrosafarbene Töne getaucht. Ich schaue hinauf zu den Wolken und sauge ihren Anblick in mich auf, während Fawad von seinen Plänen nach der Uni nächstes Jahr erzählt.

»Wenn Mama und Papa das ernst meinen mit dem Restaurant, dann …«

Beim letzten Part rückt mein Blick zu ihm und ich höre aufmerksamer zu. Fawad redet von Budgetplänen und Kreditanfragen, er klingt so, als hätte er sich kürzlich erst mit allem wieder auseinandergesetzt.

Aber sonderlich Hoffnung fasse ich trotzdem nicht durch seine Worte.

Der Grund, warum es für uns bisher nicht möglich war, ein eigenes Geschäft zu eröffnen, ist das Geldthema, und ich sehe nicht, wie sich das demnächst lösen ließe. Es hat sich ja nichts an unserer Situation geändert: Keiner von uns hat die Staatsbürgerschaft, wir beziehen Beihilfen und unseren Eltern fehlen in Österreich anerkannte Qualifikationsprofile.

Nichtsdestotrotz lasse ich mich auf Fawads Gedankenspinnereien ein und gemeinsam sinnieren wir darüber, welche Art von Menü eine Wiener Kundschaft am ehesten begeistern könnte.

Als wir wieder den Eingang der Bücherei erreichen, verstummt mein Bruder allerdings. Er wirft einen Blick hinein, dann schaut er mich wissend an. »Du willst da rein, oder?«

Ich grinse. Ehrlich gesagt war mir das selbst nicht klar, dass das der Fall ist, bis wir stehen geblieben sind. »Jap.«

Er verdreht die Augen, hält mir aber die Tür auf.

Frage: Kann ein vertrauter Ort jemals fremd für einen werden? Menschen können sich entfremden, das weiß ich viel zu gut. Aber ich habe es noch nie erlebt, dass ein Ort für mich unbekannt wurde. Egal, womit ich ihn assoziiere, im ersten Moment fühlt es sich immer so an, als wären die Räume in dichte Nostalgie getränkt, sodass man sich kaum vorwärtsbewegen kann. Genauso fühlt es sich an, wenn ich in die Bücherei komme und erst mal alles in mich aufnehmen muss, bevor ich weitergehe.

»Hi, Sadia! Dich hab ich länger nicht mehr gesehen«, begrüßt mich Anette, eine der Bibliothekarinnen.

»Es war viel los in letzter Zeit«, erkläre ich und stütze meine Arme auf dem Empfangstresen ab. Neben uns steht ein grauer Wagen mit zurückgegebenen Werken. Ganz oben blickt mir einer meiner Favoriten entgegen: Elizabeth Acevedos *Poet X*.

Anette sieht mich mitleidig an. »Uni?«

»Unter anderem.«

Hinter mir wirft Fawad ein Buch vom Schaufenster zu Boden und ich werfe ihm einen tadelnden Blick zu. Er hebt abwehrend die Hände hoch und weicht in eine andere Abteilung zurück.

»Ich muss auch zugeben«, fahre ich unbeirrt fort, »dass ich momentan voll Schwierigkeiten habe, mich zu konzentrieren. In letzter Zeit kriege ich es nur hin, Hörbücher zu hören. Lesen fällt mir so verdammt schwer wie lange nicht mehr.«

»Das Problem haben viele. Die Menschen haben immer geringere Aufmerksamkeitsspannen, ich merk das ja auch bei mir selbst.«

Wieder fällt was zu Boden und es folgt ein »'Tschuldigung, mein Fehler« aus dem Sachbuchbereich.

»Das ist so traurig«, sage ich. »Manchmal lese ich eine Seite eines Buches und weiß am Ende nicht mehr, was ich gelesen habe. Ich kann's nicht fassen, dass ich früher Nächte durchgelesen habe.«

Mit dem Licht von meinem Handy, das ich unter meinem Kissen versteckt habe. Wenn mich meine Mutter erwischt hat, hat sie es mir weggenommen, und ich habe dann durch das wenige Licht aus dem Fenster versucht, die Zeilen auf dem Papier zu entziffern. Ich glaube, das ist das Rebellischste, was ich je als Kind getan habe.

»Es ist wirklich schlimm geworden mit uns.« Anette schiebt ihre Brille zurecht. »Aber wenn du es probieren magst – wir haben letztens erst neue Bücher bestellt und ich glaube, wenn ich mich nicht falsch erinnere, sind auch einige deiner Wunschbücher dabei.«

Ich richte mich auf. »Wirklich?« Zwar erinnere ich mich nicht mehr, welche Wunschbücher es genau waren, weil ich bei jedem meiner Besuche ein Buch in die Liste reinschreibe, aber es schmeichelt mir, wenn sie auf meine Empfehlungen hören.

»Ja! Sie liegen auf dem Tisch neben –«

»Neben der Kinderbuchecke, ich weiß schon.«

Bevor ich dort hingehe, lege ich einen Zwischenstopp bei den Liebesromanen ein. Einfach nur, um sie kurz anzustarren. Zufrieden mit ihrem bloßen Anblick begebe ich mich zu den Kinderbüchern, während Fawad in der Ratgeberabteilung zum dritten Mal ein Buch zu Boden wirft und letztendlich beschließt, aufzugeben.

»Ich wart draußen auf dich«, ruft er und verschwindet. Kopfschüttelnd bleibe ich vor dem Tisch mit den Neuzugängen stehen. Die unterschiedlichsten Werke liegen vor mir, von Fantasyromanen über Memoiren bis hin zu Jugendbüchern. Aktuelles, neu aufgelegte Klassiker, Übersetzungen und Originale – die Bücherei hat ordentlich aufgestockt.

Mein Blick bleibt gleich zu Beginn auf einem graubeigen Taschenbuch hängen. *Zähne zeigen* von Zadie Smith. Das ist definitiv eines meiner Wunschbücher. Allerdings habe ich es vor Ewigkeiten mal angefragt, nachdem es mir empfohlen wurde.

Von Ibrahim.

Er hat damals nicht aufhören können, über das Buch zu schwärmen, es hat ihn richtig beeindruckt. Mit den Fingern fahre ich über das Cover und drehe das Buch um, um den Klappentext zu lesen. *Zähne zeigen*. Wie gut der Titel auch zu ihm passt.

Es gibt diesen Trend im Internet, wobei Leute nach einem miesen Beziehungsbruch ins Fitnesscenter gehen und bei jeder zweideutigen Sache an ihren Ex-Partner denken müssen. So fühle ich mich gerade, weil alles, was ich mache, irgendwie zu ihm zurückführt.

Während ich das Buch ausleihe – Anette nickt anerkennend, als sie meine Büchereikarte entgegennimmt –, denke ich an seine Worte über das Nachgeben zurück.

Ich will mir versprechen, diesmal stark zu bleiben. Eben für mich einzustehen. Aber etliche Stunden später um Mitternacht, nachdem ich den ganzen restlichen Tag nur damit verbracht habe, das Buch zu verschlingen, greife ich nach meinem Handy und öffne den Chat zwischen uns.

Wer sind wir im Zusammenhang mit unserem Umfeld?, tippe ich, aber schicke die Frage nicht ab. Ich stelle mir nur vor, was er antworten würde, und seufze, weil nach der Angst, nach dem Frust, nach der Gleichgültigkeit nun die Sehnsucht folgt.

Warum bin ich so mies darin, konsequent zu bleiben?

Und was meint er damit, dass ich immer noch nachgebe? Was würde seiner Meinung nach bedeuten, sich zu wehren? Wenn ich mich wirklich wehren würde, wüsste ich nicht einmal, wo ich ansetzen müsste.

Ich bin zufrieden mit meinem Leben. Manchmal einsam, aber alles in allem habe ich immer die richtige Entscheidung getroffen. Zumindest die Entscheidung, die man von mir erwartet. Meine Eltern mussten nie von mir verlangen, dass ich mir Nebenjobs suchen muss, weil sie es sich nicht leisten konnten, mir genügend Taschengeld zu geben. Ich habe es einfach getan. Meine Eltern mussten mir nicht sagen, dass sie sich für mich einen vielversprechenden Studiengang wünschen, ich habe es einfach getan und mich für Jura eingeschrieben. Die Auswahl war ohnehin gering: Wirtschaft, Medizin, Informatik, nur eine Handvoll von Studiengängen, die vor allem innerhalb unserer Community angesehen sind. Meine Eltern mussten mir nicht sagen, dass ich mich mehr anstrengen muss als Gleichaltrige, ich habe es einfach getan. Ich weiß schließlich, was meine Herkunft ist.

Ich hätte mich auch für eine Ausbildung zur Köchin entscheiden können. Aber ich bin die erste Frau in unserer Familie, die studiert. Meine Eltern, meine Großeltern, meine gesamte Familie, niemand von ihnen hat je ausgesprochen, was sie sich für mich wünschen, aber ich weiß, was sie stolz machen würde. Und ich weiß auch, dass all diese Dinge nie unbedingt meine Entscheidung waren.

Allerdings bedeutet das nicht, dass ich keine Freiheit habe. Mein Leben gehört immer noch mir.

Ibrahim kann es sich leisten, keine Entscheidung treffen zu müssen. Seine Eltern haben die österreichische Staatsbürgerschaft, sie haben ein Haus, ein eigenes Geschäft, höchstwahrscheinlich ein Vermögen angelegt. Er muss nicht studieren, weil seine Geschwister diese Titel für die Familie bereits erreicht haben – denn das ist das Ding: Ein Abschluss ist ein Statussymbol für die ganze Familie, nicht nur für eine einzelne Person.

Ich gebe also nicht nach. Ich habe einfach nur ein ganz anderes Leben als Ibrahim. Und ich frage mich zum ersten Mal, ob es das ist, was es uns erschwert, die richtigen Worte zwischen uns zu finden. Ich frage mich, wenn es weder das Spiegeln noch das Ausfüllen ist, was bleibt einem dann übrig – das Widersprechen?

Ich frage mich auch, warum das Universum es so hart machen muss, wenn man schon Seelenverwandte findet.

Es klopft an meine Tür. Ohne dass ich etwas sage, tritt meine Mutter ein, bereits in ihr Schlafgewand gekleidet. »Sadia, woher hast du eigentlich das Gemüse?« Sie hat einen Bund Koriander in der Hand und schnuppert dran.

»Äh …« Ibrahim hat es beim letzten Treffen aus dem Laden seiner Eltern mitgenommen, weil ich dachte, wir würden es brauchen. »Ahm. Das ist so ein Laden im zwanzigsten Bezirk – von der Familie Sadeem, wenn dir das was sagt?«

Ihre Augenbrauen schießen in die Höhe. »Ah. Ja, sagt mir was.« Nickend kehrt sie wieder um und ich lehne mich seufzend in mein Kissen zurück. Ich sagte ja: Er verfolgt mich heute überall.

15. Kapitel

Ibrahim

Das Problem ist mein Kopf. Das Problem ist immer mein Kopf.

Das Problem sind auch die Worte. Nicht die, die ausgesprochen werden, sondern die, die im Mund verbleiben, bis ihr Ablaufdatum erreicht ist. Ein ranziger Geschmack auf meiner Zunge, den ich runterwürge. Langsam gewöhne ich mich an ihn.

Ich weiß nicht, wie man jemandem in die Augen schaut und darüber redet, wie man sich fühlt. Ich weiß nicht, wie ich mich fühle. Ich weiß nicht, warum sich jemand dafür interessieren sollte, wie ich mich fühle.

Ich weiß, dass ich nichts weiß.

Ich weiß, dass ich niemals alles wissen kann.

Und trotzdem. Mein Kopf. Tausend Gedanken pro Sekunde, ein Marathon der Überlegungen. Akzeptanz kommt wohl nicht mit Erkenntnis.

Es sind vier Tage vergangen, seit ich Sadia zuletzt gesehen habe, und je länger ich es hinauszögere, ihr zu schreiben, umso schwieriger fällt es mir, die richtigen Worte zu finden. Ich habe mich bescheuert aufgeführt und will mich entschuldigen, aber ich habe Angst, ihre Reaktion zu sehen. Es sind immer die Reaktionen, mit denen ich mich nicht auseinandersetzen will.

Jetzt bin ich im Asialaden meiner Eltern, stehe an der Kasse und betrachte mein Handy. Es regnet in Strömen, und obwohl es mitten am Tag ist, sind die Lampen eingeschaltet. Ein Donnern ertönt und kurz flackert es an der Decke. Ma blickt hinauf und murmelt ein paar religiöse Worte. »Ich hoffe, das Licht fällt nicht aus«, sagt sie.

Ich ahme es ihr nach. Ich hoffe, mein Kopf implodiert.

»Und wo ist nur deine Schwester abgeblieben?«

Just in dem Moment geht die Tür mit einem Klingeln auf, aber anstelle von Maya tritt eine Frau etwa in dem Alter meiner Mutter ein. Auch sie trägt eine Salwar Kameez und die Aufdringlichkeit einer indisch-pakistanischen Mutter als Aura um sich. »Salam Aleikum!«

»Waleikum Assalam!«, begrüßen wir sie, ich mürrisch, meine Mutter freundlich.

Während Ma ihr tiefer in den Laden folgt, um ihr bei ihrem Einkauf zu helfen, beschließe ich, einen älteren Chat zwischen mir und Sadia zu lesen. In dem hier haben wir über erste Male geredet. Erste Jobs, erste große Buchliebe und erste Küsse. Ich: Asialaden. Sie: Kantine in einem Sommercamp. Ich: Der kleine Prinz. Sie: Die Bücherdiebin. Ich: Niemand. Sie: Wirklich?

Wirklich. Ich habe noch nie jemanden geküsst. Und ich habe auch nie jemanden küssen wollen. Bis ich Sadia kennengelernt habe. Erst seitdem stelle ich mir vor, wie sich das anfühlen könnte.

Wäre ich nicht so scheißsentimental, hätte ich mehrere meiner ersten Male längst hinter mir. Aber tief in meinem Inneren glaub ich trotzdem an richtige Momente und richtige Menschen. Kein Plan, woher das kommt, meine eigenen Eltern haben eine pragmatische Beziehung. Romantik war für sie immer nebensächlich. Nur jedes Jahr zu Geburtstagen oder ihren Hochzeitsfeiern lassen sie ihre Fassade fallen und tanzen zusammen vor den Leuten. Meine Mutter tut dann total beschämt und versucht ihn von sich zu scheuchen, aber er zieht sie weiter zur Tanzfläche und wir, die Kinder, haben immer so getan, als gäbe es nichts Witzigeres, als unsere Eltern flirten zu sehen.

Heutzutage bin ich viel zu selten bei diesen Feiern dabei, um ihre öffentlichen Liebesbekundungen mitzuerleben.

Die Romantik ist in unserem Blut, hat ausgerechnet Hama mal erzählt. Mitternachts in einer Shishabar, damals, als wir noch zusammen abhingen, Pre-Tariq-zieht-aus-Zeit. *Es ist witzig, dass wir uns überhaupt auf arrangierte Ehen einlassen. Das ergibt für unsere Natur eigentlich null Sinn. Sogar Abi wartet auf die Richtige, obwohl er emotional so viel Reife wie ein unfrittierter Pakora hat.* Ich habe sofort zurückgeschossen: *Sagt die mit der Bindungsangst.*

Es gab diese Zeit, in der ich ihr und Maya mein Herz ausschütten konnte. Maya ist auch die Einzige von meinen Geschwistern, die von Sadia weiß. Nicht viel, ich habe ihr von ihr erzählt, nachdem ich sie geghostet habe und meine Schwester wissen wollte, warum ich seit Wochen aussehe, als würde mich eine Regenwolke überall hin begleiten. Würden wir noch miteinander reden, würde ich sie um Rat fragen, was ich jetzt machen soll.

Ob ich überhaupt etwas machen sollte.

Als meine Ma mit unserer Kundin zurückkehrt, ist der Regen deutlich abgeschwächt. Sie plappern aufgeregt miteinander und tragen zwei rote Körbe voll mit Lebensmitteln mit sich. Die Frau hat eine Plattnase und einen strengen Zug um den Mund, als würde sie einem direkt durch den Bullshit blicken. Gerade lächelt sie aber und zeigt meiner Mutter irgendwas auf ihrem Handy.

»Das ist meine Tochter.«

»Mashallah, wie hübsch.«

»Sie studiert Jus.« Sie legt ihren Einkauf auf dem Fließband ab. Nach und nach scanne ich die Barcodes, während meine Mutter die Artikel zusammenpackt.

»*Acha!* Mein Ältester hat auch in die Richtung studiert. Wirtschaftsrecht.«

»Der, der im Ausland lebt?«

»Genau.«

»Und wann kommt er zurück?«

Meine Mutter seufzt. »Na ja. Kya batau. Aber …« Sie beugt sich vor und fügt verschwörerisch hinzu: »Er hat hier eine Freundin, also hoffe ich, dass er wiederkommen wird. Wozu sonst mit jemandem zusammen sein, oder?«

Ach, Ma. Ich werfe ihr einen Seitenblick zu, den sie geflissentlich ignoriert. Auf dem Gesicht unserer Kundin scheint sich plötzlich Enttäuschung breitzumachen.

Sie hört auf, die Süßkartoffeln einzupacken, die sie gerade in der Hand hält. »Er ist schon verlobt?«, fragt sie fast beleidigt.

Meine Mutter registriert diese äußerst kuriose Reaktion nicht. »Die Okra sind diese Saison wirklich gut«, murmelt sie und verpackt das grüne Gemüse in Papier.

»Was? Ja, ja, die Okras sehen wundervoll aus. Aber Nadia, ich dachte, deine Söhne sind alle noch Single!«

Überrascht blickt meine Ma auf. »Wirklich? Matlab, es wissen ja nicht viele. Nein, nein, fast alle meine Kinder sind unverlobt. Alle außer Tariq, der ist ja auch schon älter, deswegen. Verlobt ist der Herr nicht offiziell, dazu ist er zu modern, wenn du weißt, was ich meine. Bahut shauk jara hain inko, European man ne ka.«

»Ach … was du nicht sagst.«

Ich tippe an der Kassa rum, bis sie sich endlich daran erinnert, das Bund Koriander auf das Fließband zu legen. Kopfschüttelnd scheint sie sich zu besinnen.

»Du sagst das Richtige, Nadia«, erwidert sie. »Mein eigener Sohn hat auch Monate gebraucht, bis der Herr sich verlobt hat. Boyfriends, Girlfriends, Shirlfriends, kuch sada hi modern hogaye sab. Machen, was sie wollen, und gar keinen Respekt vor der Kultur.« Ihr Blick bleibt an meinem Tattoo am Handgelenk hängen und sie presst missbilligend die Lippen zusammen.

»Wem sagst du das«, stimmt meine Mutter, meine Frisur kritisch betrachtend, zu. Wo verdammt noch mal ist Maya abgeblieben? Endlich haben wir einen Korb abgehakt und widmen uns dem zweiten. Die Kundin, ein Prototyp pakistanischer Mütter, lächelt wieder. »Aber deine anderen Söhne, meintest du, sind noch frei ...?«

»Genau ... han, entschuldige bitte.« Ma fasst nach meiner Schulter und setzt ihr strahlendes Lächeln auf. »Das hier ist übrigens einer meiner Söhne, Ibrahim.«

»Oh.«

Und dieses Oh. Es sagt alles, was ich zu wissen brauche.

Meine Lippen verziehen sich automatisch zu einem Lächeln. Haifischgrinsen, hat Arwa mal dazu gesagt und mir ein passendes Bild dabei zugesteckt. *Du hast ein Haifischgrinsen.* Unser Prototyp pakistanischer Mütter schürzt die Lippen. »Nett, dich kennenzulernen«, sagt sie und wendet sich sofort wieder meiner Mutter zu. »Ist das der Jüngste?«

»Nein, das ist der Zweitjüngste. Zurzeit hilft er uns im Laden aus, aber bald wird er mit dem Studium anfangen ...«

Ach so? Gut zu wissen, hätte ich selbst jetzt gar nicht mitbekommen, dass ich das vorhabe. Wieder ignoriert meine Mutter meinen Seitenblick.

»Er will sich mit dem Familiengeschäft vertraut machen.«

Welch neue Seiten von mir ich heute kennenlerne. Ich wiege die Auberginen und werfe sie etwas zu aggressiv auf den Tresen.

»Tatsächlich! Wir wollen auch irgendwann, wenn wir das Geld dazu haben, ein Geschäft eröffnen ... also ein Restaurant, ich hoffe, unsere Kinder sind dann genauso motiviert.«

Meine Hand verharrt mitten in der Bewegung. Ich starre die Frau an. Eine Tochter, die Jus studiert und Pläne, ein Restaurant zu eröffnen. Sag bloß ...

»Sadia ist definitiv motiviert, sie ist unsere kleine Köchin. Fawad … Fawad redet in letzter Zeit mehr davon, was mich erleichtert. Davor hat er nie ein genaues Ziel verfolgt …«

Mir fallen die Scheißmangos aus der Hand.

»Oh nein! Wir bringen dir neue!«, ruft meine Mutter, als gäbe es nichts Schlimmeres, als Dellen an einer Mango zu bekommen.

»Nein, nein, alles gut …«

»Nein, Abi, bring bitte eine neue Mango. Leider sind die gar nicht in Saison. Aber süß sind sie trotzdem …«

Bevor sie weiterreden kann, nehme ich die Situation zum Anlass, von hier wegzukommen. Statt das Gemüse und Obst anzusteuern, biege ich in den Lagerraum ab und beschließe dort auszuharren, bis Sadias Mutter wieder geht. Wenn ich lang genug wegbleibe, vergessen sie mich schon und besorgen sich selbst eine neue Mango.

Fuck. *Ihre* Mutter. Deren Ernst?

Ich stelle mich auf die Kiste vor dem kleinen Fenster und hole eine Zigarette aus einer zerquetschten Packung hervor. So viel zu einem guten ersten Eindruck. Man hört von hier die Stimmen der beiden, das rapide Punjabi und ihr Gelächter.

So wie sie meine Mutter ausgefragt hat, war sie sicher nicht nur wegen der Lebensmittel hier. Das ist einer der Gründe, warum ich unsere Community wie die Pest meide. Es geht nur ums Heiraten. Darum, ein bestimmtes Familienbild aufrechtzuerhalten, darum, ein ganz bestimmtes Verhalten an den Tag zu legen, darum, immer respektvoll zu sein, egal wie wenig Respekt die Älteren uns gegenüber zeigen. Diese Sitten und Normen, diese Regeln, wie man sich zu benehmen hat. Ich kotze, wenn ich nur daran denke.

»Hauptsache Kinder bekommen«, sagt meine Schwester immer. »Aber für die Sicherheit der Kinder sorgen will niemand.«

»Im Ernst, Abi?« Wenn man von unserem perfekten Teufel

spricht. Ich blicke über meine Schulter zur Tür. Maya steht mit verschränkten Armen dort und sieht mich kopfschüttelnd an. Ich nehme einen tiefen Zug von meiner Zigarette, bevor ich sie in den Aschenbecher presse. Dann steige ich von der Kiste runter.

Meine Schwester sieht wieder mal aus wie ein Groupie aus den Neunzigern. Ein übergroßes Queens-Shirt, unter dem sie einen Rollkragenpulli trägt, und schwer aussehende Plattformstiefel.

»Sind die beiden weg?«, frage ich und weise mit dem Kinn zur Tür. Sie blickt sich im vollgepackten Raum um, bis sie den Wischmopp und Eimer entdeckt.

»Wer? Ma und diese Aunty da? Nee, sind noch da.« Sie verzieht das Gesicht. »Die hat mich wegen meiner Kleidung gerade so hart gejudged.«

Ich setze mich auf die Kiste. »Willkommen im Club.«

»Kennst du sie?« Sie manövriert sich vorsichtig durch die Kisten und Kartons zu den Reinigungsutensilien.

»Ich dachte, ich kenne sie nicht«, erwidere ich lediglich.

»Was soll das schon wieder heißen?«

»Wozu brauchst du den Wischmopp?«

»Der Boden ist so dreckig am Eingang. Alle laufen mit ihren nassen Schuhen rein und raus. Wir brauchen eine neue Fußmatte vor der Tür.«

Als sie die Sachen endlich zu fassen bekommt, klemmt sie sich den Besen unter den Arm und füllt den Eimer an dem Waschbecken neben der Tür auf. Ich betrachte ihren Rücken und bemerke, dass das das erste Mal in Monaten ist, dass wir ein normales Gespräch miteinander führen. So normal wie möglich zumindest. Sonst kamen bisher nur kurz angebundene und möglichst abwehrende Antworten von ihr. Ich kann nicht anders, als ihre gute Laune – ihre, die meiner Eltern auch und überhaupt die von allen – mit Tariqs Auftauchen in Verbindung zu bringen. Ich habe das Gefühl, Tariq muss nur existieren, um angebetet zu werden, und ich muss nur existieren, um eine Belastung zu sein.

Maya dreht sich wieder zu mir um und ich glaub, sie hätte gelächelt, wenn sie sich nicht erinnert hätte, dass ich es bin, der vor ihr steht.

»Alles … alles klar bei dir?«, fragt sie.

Ich zucke mit den Schultern, fahre mir über meinen Nacken, dort, wo das Alif-Tattoo prangt. »Ja«, antworte ich. Eine Silbe nur, weil mir keine weiteren einfallen. »Bei dir?« Wenn unsere jüngeren Ichs diese Szene hätten sehen können, was hätten sie gesagt? Wären sie enttäuscht über diese unangenehmen Pausen und die ausweichenden Blicke? Sicher würden sie uns auslachen, dass wir so tun, als wären wir Fremde. Sicher würden sie sich gegenseitig versprechen, nie so zu werden.

»Ja. Auch.« Meine Schwester holt tief Luft und sieht mich ernst an. »Kann ich dir was sagen?«

Ich reibe mit meinen Fingern über meine schwarze Jeans, als würde ich ein unangenehmes Gefühl loswerden wollen. Nein? Nicht, wenn sie so fragt. »Was?«

»Ich wollt mich entschuldigen.« Sie strafft die Schultern. »Ich war in letzter Zeit echt hart zu dir. Ich hab Angst, dass du glaubst, dass ich versuche, dich kleinzumachen, aber was du fühlst, es ist deswegen nicht unecht.«

Ich drücke meine Finger zu einer Faust zusammen und lasse sie gleich wieder locker. Mehrmals hintereinander wiederhole ich die Geste, um meine Konzentration auf einen unbestimmten Punkt zu lenken. Sonst würde ich sofort aufstehen und wegrennen.

»Ist schon gut«, murmle ich, ohne Maya anzusehen. »Ich weiß, du meinst es nicht … so.« *Ich weiß, du hast recht.*

Sie bewegt sich und ich glaube, sie würde mir gern näher kommen. Aber weil ich wegrutsche, stoppt sie sich im letzten

Moment, und ich muss alle Kraft aufwenden, um nicht in ihr Gesicht zu schauen. Um nicht den verletzten Ausdruck dort zu sehen.

»Ich mache mir nur Sorgen«, sagt sie leise. Man hört sie unter dem Regen, der durchs immer noch offene Fenster dringt, kaum.

»Ich weiß«, erwidere ich nur.

Einen Moment sagt keiner von uns beiden was und es wird immer unausstehlicher. Eine Stimme in mir schreit mich an, diese Chance zu nutzen und mit der Sprache rauszurücken, das hier zu richten, irgendwas von mir zu geben. Aber mein Mund ist voller ranziger Worte, die sich nicht aussprechen lassen.

»Okay«, sagt sie schließlich und es klingt nicht so, als wäre es an mich gerichtet. »Okay. Ich geh dann mal den Boden wischen.« Im nächsten Moment ist sie fort.

Von draußen hört man kein Gelächter mehr, es scheint, als wären sowohl meine als auch Sadias Mutter gegangen. Schwer schluckend stütze ich meinen Kopf an den Armen ab und fahre mir über das Gesicht. Gerade habe ich noch bewundert, dass es nicht mehr so unangenehm zwischen uns ist, und jetzt werden wir einander wahrscheinlich wieder für den Rest des Abends aus dem Weg gehen.

Mein Handy vibriert. Dankbar für die Ablenkung ziehe ich es hervor. Es ist nicht Sadia, wie erhofft, sondern mein Cousin Zayn aus Frankfurt. Noch so eine Person, die ich immer wieder weggeschubst habe, die aber trotzdem alle paar Wochen anruft, als würde ich wie durch ein Wunder abheben und ihr mein Herz ausschütten. Sehr, sehr selten habe ich es sogar getan. Das letzte Mal vor vier Monaten, als ich betrunken mit ein paar zwielichtigen Typen in einen Friedhof eingebrochen bin. Während sie satanistische Symbole auf die Wand sprühten, nahm ich seinen Anruf entgegen. »Was rufst du so spät an?«, lallte ich gut gelaunt neben einem Grabstein, auf dem »In jedem Ende liegt ein Anfang« stand. »Weil ich dich sonst nie erreiche«, antwortete er. Und weil ich keinen Bock darauf hatte, deswegen miese Laune zu bekommen, laberte ich ihn einfach zu. Über das Schreiben. Und über Sadia. Damit ist er die dritte Person in meinem Leben, die von ihr weiß. Die zweite ist Aslan.

Das bereue ich bis heute, und seitdem habe ich all seine Anrufe ignoriert. Unentschlossen starre ich jetzt auf das gesichtslose Profilbild auf meinem kaputten Bildschirm, auf seinen eingehenden Anruf. Als mir klar wird, dass die Alternative wäre, rauszugehen und mit Maya schweigen zu müssen, entscheide ich mich für das kleinere Übel.

»Schau mal an, wer sich endlich meldet«, dringt die kratzige Stimme meines Cousins durch die Leitung.

»Guten Tag, hier ist die Telefonseelsorge, wie kann ich Ihnen helfen?«

»Lass den Scheiß. Wie kommt's zu der Ehre?«

»Ach, weißt du. Ich wollt mal wieder von dir hören.«

Er schnaubt. »Hat dir jemand Schuldgefühle gemacht?«

»Ich hab keine Gefühle.«

»Okay, Edgelord. Aber hey«, seine Stimme klingt kurz so, als wäre sie weit entfernt, dann wird er wieder lauter. »Freu mich, dass du abhebst. Wie geht's dir?«

Wenn's mir darum gehen würde, über mich zu reden, hätte ich nicht abgehoben. Also frag ich ihn stattdessen, wie es meiner Schwägerin Shruti geht, und das reicht, um ihn auf Trab zu halten.

Shruti ist im zweiten Monat schwanger und es ist seltsam, mir die beiden als Eltern vorzustellen.

Ich muss daran zurückdenken, wie wir zu Zayns achtzehntem Geburtstag sein ganzes Zimmer mit Zayn-Malik-Postern drapiert haben und wie jung er dabei aussah, als er versucht hat, die Bilder wegzukratzen. Er ist kein Mensch großer Worte oder Reaktionen, unser Zayn. Aber zum ersten Mal seit Langem höre ich so was wie Nervosität aus seiner Stimme heraus.

»Wusstest du, dass den Frauen bei der Geburt die Beckenknochen brechen können?«, erzählt er mir.

Alles brauch ich halt auch wieder nicht zu wissen. »Musst du mir das erzählen?«

»Shruti tut so, als wäre alles kein Stress, aber weißt du, wie krass es ist, ein Baby aus dir rauszupressen?«

»Ich will mir das grad echt nicht vorstellen, wenn's recht ist.«

»Ich kann sie einfach nicht allein lassen. Sie steigt die ganze Zeit unsere Stiegen runter, das sind drei Stockwerke, um spazieren zu gehen.«

»Und das ist ein Problem, weil …?«

»Sie könnt ausrutschen!«

»Weißt du, wieso sie so chill darüber ist? Weil sie sich schon um ein Baby kümmern muss, und wenn sie auch noch ausrastet, habt ihr niemanden mehr bei euch, der klar denkt.«

»Ich will ja nur, dass sie aufhört, die Stiegen zu benutzen oder die Wände anzumalen. Unsere Wände sind schon angemalt!«

»Aber ich hasse die Farbe!«, höre ich eine weibliche Stimme im Hintergrund brüllen.

»Dann lass mich das machen und steig nicht auf die Leiter!«, brüllt Zayn zurück und ich muss mir das Handy vom Ohr weghalten.

»Ist das das Eheglück, von dem alle reden?«, frage ich.

Er murrt etwas Unverständliches, dann ändert er prompt das Thema. »Was gibt's bei dir Neues?«

Dass er auch nie lockerlässt. »Nichts.« Ich blicke mich um, draußen scheint plötzlich die Sonne durch die Wolkendecke und wirft einen schrägen Lichtschein vor meine Füße.

»Gar nichts?«, hakt er in einem Ton nach, der besagt, dass er ganz genau weiß, was alles abgeht. Wahrscheinlich bekommt er wöchentlich Berichte von meinen Geschwistern über alle meine Ausrutscher im Detail erzählt.

»Nichts, was dich zu interessieren hat, auf jeden Fall.«

»Komm schon, Abi.«

»Was, komm schon?«

Einen Moment lang scheint er sich zurechtzulegen, was er sagen soll, dann ändert er seine Strategie. »Hast du dich immer noch nicht mit deiner Freundin aus dem Café vertragen?«

Ich wünschte, ich könnte in die Zeit zurückreisen und dem betrunkenen Ibrahim von damals das Handy aus der Hand reißen. Warum ist Sadia heute überall? Warum ist sie immer überall? *Das ist der Teufel, der dich bezirzt,* höre ich die Stimme meiner Mutter. *Lass dich nicht verführen, Ibrahim.*

Aber wie soll ich mich nicht verführen lassen? Sadia ist eine einzige Verschwörung gegen mich.

»Doch«, verrate ich Zayn trotzdem, und in dem Moment wird mir klar, wie gern ich es am liebsten rausschreien würde. »Wir sehen uns wieder.« Ich will es wiederholen. Immer wieder. *Wir sehen uns. Wir sehen uns. Wir berühren uns nicht, aber wir sehen uns.*

»Im Ernst? Ihr trefft euch wieder?«

»Ja. Seit drei Wochen.«

»Krass. Wie kam's dazu?«

Viel zu spät bemerke ich die Gestalt, die anscheinend mitten in ihrer Bewegung vor der offenen Tür Halt gemacht hat. Als Maya merkt, dass ich sie entdeckt habe, versucht sie so zu tun, als hätte sie nichts mitbekommen. Sie bringt den Wischmopp und den Eimer zurück und stellt beides hinter der Tür ab.

»Was?«, höre ich die Stimme meines Cousins aus dem Handy.

»Ich muss auflegen«, murmle ich. »Haben Kunden.« Er sagt mir, ich soll mich die Tage wieder melden, und wir verabschieden uns.

Maya wühlt durch einige Kartons, um Zeit zu schinden. Sie reißt die Klebebandstreifen ab, die ein schmatzendes Geräusch verursachen, und holt eine Kiste mit Shaheen-Gewürzmischungen hervor.

Als sie sich räuspert, ohne aufzublicken, rüste ich mich innerlich.

»Du hast dich wieder mit deiner Bücherfreundin vertragen?« Ich zögere. Maya zögert. Dann begegnen sich unsere Blicke, und ich denke an diese Zeiten zurück, als wir noch über solche Dinge miteinander reden konnten, ohne diese Bedeutungsschwere in der Luft. Als wir noch stundenlang Radfahren waren und uns in den Supermärkten Wassereis gekauft haben. Dann saßen wir auf den Parkplätzen und beobachteten die Leute um uns herum. Damals hat Maya mir in den Bauch gezwickt, um mich auf schöne Mädchen aufmerksam zu machen. »Schau, ihre Haare!«, hat sie gesagt oder »Ich liebe ihr Outfit«. Wenn ich den Mädchen genau das zugerufen habe, ihnen gesagt habe, *meine Schwester findet dich hübsch,* hat sie sich hinter ihren klebrigen Händen versteckt, weil's ihr peinlich war.

Und als ich ihr zum ersten Mal von einem Mädchen erzählt habe, das mein Interesse wecken konnte, hatte ich ebendieses schon längst aus meinem Leben ausgeschlossen. Jetzt würde ich ihr gern verraten, dass wir uns wieder vertragen haben. Mehr oder weniger. Davon, wie Sadia drauf ist, dass sie zum Beispiel immer alles ordentlich aufreiht, ohne es zu bemerken. Davon, wie ihre Augen glänzen, wenn sie über Essen spricht. Davon, dass allein der Gedanke an sie sich auch wie ein Bauchzwicken anfühlt.

Ich denke an unsere Wassereiszeit zurück und entsperre mein Handy.

»Sadia«, sage ich und zeige Maya ein Foto. Sie kommt näher, um es sich genauer anzusehen. Ich fühle mich wie Sadias Mutter vorhin, als sie meiner Mutter ein Bild von ihrer Tochter gezeigt hat. Auf dem hier habe ich sie in der Küche erwischt, ihr Blick viel zu ernst und ihr riesiges geliebtes Messer in der Hand.

Ein zaghaftes Lächeln schleicht sich auf Mayas Lippen. »Viel zu hübsch für dich.«

»Find ich auch.«

»Irgendwoher kenne ich sie aber.«

»Unwahrscheinlich.«

Dann erinnere ich mich an die Donauinsel. Sadia hat mir erzählt, dass sie wegen Amanat dort war. Sie ist meiner Schwester bereits begegnet, aber Maya scheint sich nicht mehr zu erinnern.

Ihr Lächeln wird breiter, als sie wieder mich ansieht. Sie dreht eine der Kisten um und setzt sich mir gegenüber hin, direkt vor den Sonnenstrahl. Er leuchtet ihr ins Gesicht, trifft auf ihren goldenen Nasenring und bescheint das Muttermal über ihren Lippen.

»Magst du sie?«, fragt sie, und ich komme mir tatsächlich wieder vor wie ein kleiner Junge.

Meine Hände drehen das Handy in der Hand herum und ich betrachte Sadias Gesicht genauer. Ob ich sie mag? Ob ich sie mag – was soll ich schon darauf antworten? Ich mag das Essen meiner Mutter. Ich mag es, mir Wikipedia-Artikel von toten Autoren durchzulesen. Ich mag die Bücher von Kamila Shamsi und ich mag den Regen. Aber ob ich Sadia mag? Kann man das überhaupt vergleichen?

»Ich weiß nicht«, antworte ich schließlich und verrate damit irgendwie trotzdem alles, was Maya wissen will. Plötzlich gerät ihr Lächeln ins Wanken.

»Abi«, beginnt sie und ich habe das Gefühl, mich ducken zu müssen. War ich grad zu verletzlich? Jetzt kommt's, gleich wird sie es mich bereuen lassen. »Glaubst du, es ist gut, dass du dich gerade mit ihr triffst?«

In den letzten Monaten hat es sich angefühlt, als würde jedes Gespräch mit meiner Familie ein unerwartetes Duell wie aus einem dieser Westernfilme sein. Man plänkelt erst rum, lacht sogar miteinander und tut so, als gäbe es nichts zwischen den Zeilen. Dann, ganz plötzlich, bricht die Pianomusik ab, alle halten den Atem an und verschließen ihre Fenster. Noch ehe ich den Stimmungswechsel verarbeiten kann, holt mein Gegner seine Pistole hervor und zielt auf mich. *Bang, Bang.* Zu langsam. Jetzt bluten die Wunden, die ohnehin nie heilen.

»Was soll das heißen?«, frage ich monoton.

Dachte ich wirklich, ich kann noch über solche Themen mit ihr bonden? Hatte ich vergessen, dass wir keine Kinder mit wassereisverklebten Händen mehr sind?

»Ich frag mich nur, ob du bereit bist. Du hast echt viel zu verarbeiten momentan, und ich will, dass du auf dich aufpasst.« *Und auf Sadia auch,* ist die unausgesprochene Ergänzung.

Vielleicht ist das der Grund, warum ich mich immer mehr von meiner Schwester entfernt habe. Weil Maya stets die Wahrheit ausspricht, die man nicht hören will.

Das Ding ist, wenn man mir sagt, dass ich etwas nicht machen soll, dann hat das meistens den gegenteiligen Effekt. Rational weiß ich, dass ich mich aus Sadias Leben raushalten sollte. Irrational gesehen will ich gerade genau in diese Richtung, sonst nirgends hin.

Wortlos stehe ich auf und gehe aus dem Lagerraum. Ich bin angepisst. Auf Maya, weil sie es einfach nicht hinbekommt, Dinge fallen zu lassen. Auf Sadias Mutter, die mich angestarrt hat, als könnte sie sich niemand Schlimmeren für ihre Tochter vorstellen. Auf meine Mutter, weil sie Lügen über mich erzählt. Und weil ich ihnen allen einen metaphorischen Mittelfinger zeigen will, schreibe ich eine Nachricht an Sadia. *Darf ich vorbeikommen?*

16. Kapitel

Sadia

Während unserer Mitternachtssession habe ich die Portionen auf meinen Tellern beim Abendessen halbiert, um genug Platz für das Essen mit Ibrahim zu haben. Obwohl er seit einigen Tagen nicht mehr da war, habe ich trotzdem nicht damit aufgehört, und langsam beginnt meine Familie misstrauisch zu werden.

»Bist du auf Diät?«, fragt Fawad. »Brauchst du nicht, du bist eh normal.« (Was auch immer das heißen soll.)

»Bist du gestresst?«, fragt mein Vater. »Ist es die Uni?« (Mein beschwichtigendes Lächeln trägt nicht sonderlich zu seiner Beruhigung bei.)

»Es ist eine Phase«, sagt meine Mutter. »Das passiert manchmal, dass man keinen Hunger hat.« (Dann gibt sie noch ein Löffel voll Saag auf meinen Teller, ganz nebenbei.)

»Ich esse grad zu so komischen Zeiten zwischen meinen Vorlesungen und Seminaren, da hab ich einfach keinen Hunger am Abend«, ist die einzige Erklärung, die ich zu geben bereit bin und die auch gar nicht so abwegig klingt.

Ich fühle mich komisch, meinen Eltern etwas vorzumachen. Ich mache ihnen, ob man es glauben mag oder nicht, sonst nie etwas vor. Wenn ich darüber nachdenke, habe ich sie auch noch nie wegen etwas Ernstem angelogen. Nur Lügen als Kind wie *Ja, ich habe meine Hausaufgaben schon erledigt* oder *Ich werde gleich mein Zimmer staubsaugen*. Aber doch nicht, dass ich mich nachts mit einem Jungen treffe und deswegen nicht esse.

Und das ausgerechnet in ihrer Küche.

Aber mein schlechtes Gewissen ist nicht groß genug, um es mit der Ehrlichkeit zu probieren. Also bleibt es bei den halben Portionen auf meinem Teller.

Ibrahims neueste Nachricht lese ich nach dem Abendessen, und obwohl mein verräterisches Herz kurz einen Aussetzer erlebt, werde ich auch wütend. Was glaubt er, wer er ist, dass er sich tagelang nicht meldet und dann plötzlich fragt, ob er vorbeikommen kann?

Er kann nicht immer weglaufen, wenn Dinge schwierig werden. Egal wie wir zueinander stehen. Das und noch tausend Dinge mehr schreibe ich ihm, beschwere mich über seine Undurchschaubarkeit und darüber, dass er in mir komische Gefühle hervorruft und wie mich das von den wesentlichen Dingen in meinem Leben ablenkt. Natürlich schicke ich den ellenlangen Rant nicht ab – mein dritter mittlerweile in den letzten Tagen –, sondern tippe einfach nur ein »Okay«.

Ich sollte auch mir gegenüber ehrlicher werden, wie es scheint. Seufzend lege ich mein Handy auf meine Brust und starre an die Decke hinauf. Ich liege in meinem Bett und kann mich mit gar nichts ablenken. Nicht einmal mein Hörbuch hilft, das im Hintergrund läuft, denn die ganzen romantischen Szenen füttern nur meine Tagträume.

Randnotiz: Ich glaub, Ibrahim und ich hatten das längste Vorspiel aller Zeiten.

Um Punkt Mitternacht endet das Buch und ich starre eine Zeit lang weiterhin in die Luft. Minutenlang wähne ich mich in diesem nachhallenden Zustand, der mich erfasst, wenn ich ein Buch beende, als Ibrahims nächste Nachricht eintrifft.

Er stehe am Balkon, schreibt er mir. Er warte, schreibt er. Ob ich komme?, schreibt er.

Was, wenn nicht?, schreibe ich zurück.

Ibrahim: Dann geh ich wieder
Sadia: Einfach so?
Ibrahim: Soll ich läuten und deine Eltern aufwecken?
Sadia: Dann müsste ich sie zumindest nicht länger anlügen
Ibrahim: Ich wäre jetzt nicht so gern dabei, wenn du ihnen dein Herz ausschütten willst
Sadia: Weil du ein Feigling bist …
Ibrahim: Hab nie etwas anderes behauptet
Ibrahim: Kommst du oder nicht?
Sadia: Erzähl mir, wo du die letzten Tage über warst, dann vielleicht
Ibrahim: Ich hab im Laden meiner Eltern gearbeitet. Ich war mit meinem Bruder nachts rennen. Ich hab mit meinen anderen Brüdern gezockt. Ich hab mit meinem Cousin telefoniert und ich hab meiner Mutter beim Kochen geholfen.
Sadia: Und in all dieser Zeit konntest du mir keine einzige Nachricht schreiben?
Sadia: (was hast du gekocht?)
Ibrahim: Doch, aber ich hab mich davon abgehalten
Ibrahim: (Achar Chicken)
Sadia: Wieso?
Sadia: (Nice)
Ibrahim: Weil ich Angst hatte, nicht mehr aufhören zu können
Sadia: Und jetzt bist du doch hier
Ibrahim: Ja
Ibrahim: Weil ich akzeptiert habe, dass ich nicht aufhören kann

Man kann von mir nach so einer Nachricht nicht erwarten, dass ich ihn weiter allein am Balkon stehen lasse. Und als ich ihn in der sicheren Dunkelheit des Wohnzimmers erblicke, hat mein Hirn sowieso einen Kurzschluss.

Da ist er also in seinem kuratierten Bad-Boy-Look unter dem Mondschein. Er schreitet hin und her, fährt sich über seinen Kopf, holt sein Handy heraus und steckt es wieder weg, bis ich mich erbarme und endlich aufschließe. Sein Blick trifft meinen und etwas in seinen dunklen Augen gibt mir das Gefühl, einem Tier auf Raubzug in die Falle gegangen zu sein. Ein Schaudern gleitet über meinen Körper und ich schließe meine Arme um die Brust.

Ibrahim kommt auf mich zu, lauernd, still, plötzlich von einer Ruhe erfasst, die mich noch nervöser macht. Ich hebe meinen Kopf, um in sein Gesicht zu blicken, und mir schwirren die dramatischsten Zitate aus dem Buch vorhin durch den Kopf. Ich denke: Nah, aber nie nah genug. Und vor allem: eine Handbreit voneinander entfernt. Mir wird bewusst, wie viel zwischen uns wort- und berührungslos passiert. Auch damals im Café. Wie sehr wir auf jede Bewegung voneinander reagieren, als wären wir durch einen Faden miteinander verbunden.

Mir wird auch bewusst, dass ich eine Entscheidung getroffen habe. Es ist eine Entscheidung, die mit einem Risiko kommt. Aber nicht ohne Klarheit.

Als Ibrahim mich fragt: »Wollen wir rein?«, zögere ich nicht, den Ärmelzipfel seiner Lederjacke zu erfassen und ihn reinzuziehen. Nicht in die Küche.

Sondern in mein Zimmer.

Es ist, als hätte ich ein Kind nach Disneyland gebracht, so sieht er in diesem Raum aus. Er hat wie immer unaufgefordert seine Schuhe am Balkon gelassen und heute wirkt er in seinen Socken irgendwie noch anziehender als sonst. Es sind nicht die Füße oder die Socken – es sind die Quallen auf seinen Socken.

Er hat mal erzählt, dass er seine Kleidung meist von seinen Geschwistern zusammenstückelt.

Mit einem mir unbekannten Glanz in seinen Augen wandert sein Blick über die Plastikküche auf dem Kleiderschrank zu meinem geordneten Bücherregal bis hin zu dem lilafarbenen Teppich aus meiner Bratzphase mit zehn Jahren. Ein aufgeregtes Lächeln erfasst seine Lippen.

»Ich liebe es, wie unvorhersehbar du bist.«

Es ist ein Kompliment, das ich nicht nachvollziehen kann, aber das mir dennoch viel zu gut gefällt. Ibrahim wirft sich auf mein Bett und bleibt dort mit ausgestreckten Beinen liegen.

Ich setze mich mit reichlich Abstand von ihm auf eine Ecke der viel zu weichen Matratze. »Ich find es komisch, dass mir das hier nicht peinlicher ist«, sinniere ich laut.

»Warum sollte es überhaupt peinlich sein?«

»Ähm …« Ich weise zu den ganzen immer noch nicht weggeräumten Büchern und dann in Richtung meines Kleiderschranks, an dessen einem Ende ein lang vergessener Pappaufsteller von Ian Sommerhalder hervorlugt. Er muss verrutscht sein, normalerweise ist er tief in die Ecke verfrachtet, sodass man ihn nicht sieht. Jetzt erkennt man aber seinen Kopf, und zwar nur den Kopf. Ein zutiefst beunruhigender Anblick.

Ibrahims Augenbrauen schießen in die Höhe. »Ist das …«

»Es war ein Geschenk«, verteidige ich mich.

»Von wem?«

»Meine Freunde von den Fanfiktion-Seiten …«

Weil er wissend grinst, werfe ich ein Kissen nach ihm, das er mühelos fängt. Er versucht sich hinzulegen, aber etwas scheint ihn dabei zu stören. Als er hinter seinen Rücken fasst, zieht er einen weißen Teddybären mit roter Fliege hervor.

»Das ist Lars«, stelle ich die beiden höflichkeitshalber vor. »Der kleine Eisbär.«

»Freut mich, dich kennenzulernen, Lars. Schicke Fliege.«

Ibrahim zieht an einer seiner Pfoten und stellt Lars dann neben sich auf dem Bett ab.

Wir betrachten ihn eine Weile schweigend, ehe ich meinen Mut zusammennehme. »Wollen wir reden?«

Er weicht meinem Blick aus. »Worüber?«

»Zum Beispiel, warum du aufgehört hast, mir zu schreiben?«

Augenblicklich verkrampft er sich, und ich wappne mich für alles. Dass er sich aufrichtet und mir den Rücken zukehrt. Dass er das Thema wechselt. Dass er vielleicht sogar beschließt, doch wieder zu gehen. Was ich nicht erwarte, ist, ein so endlos langes Ausatmen aus ihm hervorbrechen zu hören, dass es sich anfühlt, als würde er die Last einer ganzen Welt gerade aus seiner Brust ziehen.

»Das ist wichtig, oder?«, fragt er. »Das müssen wir beantwortet haben.«

»Ich denke, vielleicht ist das gerade die wichtigste Frage, die wir beantwortet haben müssen.«

Er nickt. Bleibt liegen und betrachtet die Decke über sich. »Mir fällt's nicht leicht.«

Ich rutsche näher an ihn heran. »Darüber zu reden?«

»Über mich zu reden. Über Gefühle. Darüber, warum ich etwas mache.«

»Das ist okay. Aber ich brauch es, dass du es wenigstens versuchst, weißt du?«

»Ja«, flüstert er. »Ich weiß.« Schwer schluckend erwidert er endlich meinen Blick. »Ich versuch's«, sagt er zögernd.

Erleichterung durchflutet mich. Erst jetzt merke ich, wie sich die Nervosität der letzten Tage, die sich wie immer unter meiner Brust versammelt zu haben scheint, langsam auflöst. Ich lege mich neben ihn auf ein Kissen und verschränke die Hände unter meiner Wange.

Weil er Schwierigkeiten damit zu haben scheint, überhaupt anzufangen, versuche ich es ihm mit Fragen einfach zu machen. »Wofür hast du dich bei deiner letzten Nachricht entschuldigt?«

Er zuckt mit den Schultern. »Wahrscheinlich, dass ich es dir nicht erklären konnte, warum ich dich blockiere.«

»Ist irgendwas an dem Tag passiert, was dich dazu gebracht hat?« Tatsächlich ist das hier nicht das erste Mal, dass ich mit jemandem rede, der mich von einem Tag auf den anderen blockiert hat. Ich hatte mal eine Freundin, die das auch gelegentlich tat. Meistens, wenn sie sich selbst nicht mehr ausstehen konnte und dann alle Menschen von sich schubste. Als wäre es ihr zu viel, zu wissen, dass andere Menschen sie kennen. Das ist der Grund, warum meine Wut bisher immer mit Nachsicht kam. Ich bin mittlerweile sicher, dass es nicht an mir gelegen haben muss, dass er verschwunden ist, finde aber wichtig, ihm zu erklären, wie ich mich damals gefühlt habe.

»Ich dachte, ich habe etwas falsch gemacht.«

Sofort schüttelt er den Kopf, ein entschlossener Ausdruck auf seinem Gesicht. »Nein. Überhaupt nicht, Sadia.« Dann fährt er sich über sein Gesicht und wirkt endlos müde. »Es war eine Kurzschlussreaktion. Oder, keine Ahnung … vielleicht hat es sich über die Monate aufgebaut«, beginnt er zögernd.

»Was genau hat sich aufgebaut?«, hake ich nach.

»Wut. Frust. Keine Ahnung. Alles.« Wieder schluckt er schwer. »Das war an meinem letzten Tag im Pflegeheim.«

»Ich erinnere mich.« Noch ziemlich genau.

Er nickt langsam.

»Ich hatte einen Streit mit meinem Vater, weil ich einen Schlüssel vom Laden verloren habe, und er kam wieder mit seiner ganzen Ansprache, wie sinnlos ich eigentlich bin. Er redet nicht mit mir, außer wenn ich einen Fehler mache. Wobei, dazu sagt er jetzt auch nichts mehr. Aber an dem Tag hat er es getan und mir irgendwie den Rest gegeben«, erzählt er. »Ich war ohnehin fertig mit allem. Ich wusste nicht, was ich machen soll, wenn der Zivildienst vorbei ist. Die VWA kam nicht voran und generell war es scheiße, dort zu arbeiten. Ich weiß, meistens habe ich dir nur von den coolen Leuten erzählt. Aber es gab auch Leute, die ... speziell waren.« Seine Stimme wird leiser. »Es sind alte Leute. Und die haben halt eine andere Weltsicht.«

»Wie meinst du das?«

»Kein Plan.« Er runzelt die Stirn. »Wir hatten zum Beispiel diesen Typen, der sich von mir nie hat anfassen lassen, okay? Und er war nicht der einzige Rassist dort, aber der Schlimmste von allen. 'ne Woche vor dem Ende des Zivildienstes hat er einen Ausbruch gehabt. Er hat die ganze Zeit rumgebrüllt und die anderen nervös gemacht hat. Wir waren im Therapieraum und ich war nur kurz dort zum Aufpassen, weil die Therapeutin irgendwas von unten besorgen musste. Ich hab versucht, ihn zu beruhigen, aber er hat nicht aufgehört. Also musste ich ihn irgendwie aus dem Zimmer schaffen. Aber als ich versucht hab, ihn dazu zu bringen, sich auf den Rollstuhl helfen zu lassen, ist er komplett durchgedreht und hat mir gedroht, die Polizei zu rufen.«

Ich setze mich ein wenig auf, spüre meinen Puls schneller schlagen. »Weil du ihm geholfen hast?«

»Weil ich ihn kurz angefasst habe.«

Ich verenge meine Augen zu Schlitzen. Eine Welle brennender Wut schwappt über meinen Körper, bringt mich zum Erzittern. »Was für ein ...«

»Er war alt.«

»Trotzdem!«

Ibrahim brummt nur. »Es war nichts, was ich nicht gewohnt gewesen wäre, aber trotzdem anstrengend, alle paar Tage so einen Mist zu erleben, weißt du? Aber ...« Er räuspert sich. »Aber wenn ich dann im Café bei dir war, war es sowieso egal, was vorher passiert ist.«

Oh, Ibrahim. »Wieso hast du nie davon erzählt?«

»Weil ich keinen Bock hatte. Weil ich nie Bock drauf hab, über solche Sachen zu reden. Es ist so viel und es hört nicht auf«, gesteht er. »Die Arbeit war schon hart genug, mich hat's schon mental abgefuckt, an so einem traurigen Ort zu arbeiten, und dann wurde man nicht mal wie ein Mensch behandelt. Und als ich nach Hause kam, war da mein Vater und seine Scheiße. Ich hab das Gefühl gehabt, ich ersticke.«

»Hab ich dir das Gefühl auch gegeben?«, frage ich, einfach um sicherzugehen.

»Nein.« Er schüttelt vehement den Kopf. »Nie. Du warst … du warst immer zu gut für mich.« Bevor ich ihm widersprechen kann, hält er seine Hand hoch. »Sag nicht, dass es nicht stimmt, Sadia. Wir wissen beide, du verdienst jemand besseren.« Seine Stimme wird ganz sanft, als hätte er das Schicksal akzeptiert und würde nur darauf warten, dass ich seinem Beispiel folge.

Aber was für einen Mist er von sich gibt. »Was heißt überhaupt *besser?*«, frage ich wieder wütend. Weil er glaubt zu wissen, was ich denke und verdiene und was nicht. »Ich dachte, du hasst Klischees. Woher kommt dann so ein Bullshit?« *Ich bin nicht gut genug für dich?* Solche Aussagen dürfen in der Regel nur Vampire in Filmen und Serien von sich geben.

Einen Moment lang schweigt er, als würde er seine Worte abwägen. Ich habe ihn noch nie so gesehen. Weil er in der Regel immer sagt, was ihm in den Sinn kommt oder das Thema wechselt. Dieser angestrengte, nachdenkliche Ausdruck auf seinem Gesicht, dass man regelrecht sieht, wie er Sätze in seinem Kopf zerteilt, ist absolutes Neuland für mich.

»Bei dem Streit mit meinem Vater«, fährt er schließlich fort, »hat er wie gesagt wieder dieselben Sachen rausgehauen. Er sagte, dass ich ein Nichtsnutz sei, dass ich ihn beschäme, dass ich nie etwas auf die Reihe kriegen werde. Typische Sachen eben. Aber dann bin ich in mein Zimmer und hab mein Handy rausgeholt und da waren neue Nachrichten von dir. Ein Selfie mit einem Cupcake, weiß nicht, ob du dich noch daran erinnerst, aber es war verbrannt –«

»Ich hab die Cupcakes im Ofen vergessen«, gestehe ich, weil ich es ernst meine damit, dass ich mich genau an den Tag erinnere. »Deswegen koche ich, statt zu backen.«

Ein Schnauben von ihm. »Ja. Es war trotzdem ein schönes Bild. Du hast glücklich ausgesehen.« Er verstummt. Seine Finger fahren den Stoff eines Kissens nach und er scheint wieder nicht weiterzuwissen.

Allerdings verstehe ich ihn diesmal auch, ohne dass er sich weiter erklärt. Ich habe glücklich gewirkt und er hatte Angst, dass er in meinem Glück keinen Platz findet.

In mir ringen etliche Emotionen miteinander, von Zuneigung bis hin zu Ungläubigkeit darüber, wie sein Gehirn funktioniert. »Darf ich dich was fragen?«

»Klar«, antwortet er tonlos, scheint sich für alles Mögliche zu wappnen.

»Ist dir nie in den Kopf gekommen, dass ich wegen *dir* glücklich war?«

Er zieht scharf die Luft ein. Als hätte ich tatsächlich eine Offenbarung gemacht, mit der er niemals gerechnet hätte.

Aber es stimmt. Ich habe ihn so gern getroffen. Mit ihm geredet, mich auf unsere Mitternachtstreffen gefreut.

Mein Leben lang hatte ich das Pech gehabt, immer nur die berüchtigte *dritte* Freundin zu sein. Die, die hinter den anderen läuft, wenn der Bürgersteig zu schmal wird. Die, bei der sich eine beschwert, wenn sie Probleme mit der anderen hat. Nur um dann schnell wieder vergessen zu werden, sobald der Konflikt gelöst wurde.

Die, die sich selbst an jedem Geburtstag ein bisschen zu sehr bemüht, andere glücklich zu machen, an ihrem eigenen aber vernachlässigt wird.

Die einzigen Menschen, mit denen ich mich jemals ernst-haft verstanden habe, habe ich online kennengelernt. Amanat ist eine absolute neue Ausnahme, was das betrifft. Davor hatte ich schon lange gemerkt, wie es nicht mehr reichte.

Ich schreibe noch heute mit einigen von den Leseforum-Mädels, und treffe sie, wenn wir in unseren jeweiligen Heimat-städten zu Besuch sind. Aber wir sind älter geworden – jede von uns wünscht sich eine Community in ihrer unmittelbaren Nähe. Eine meiner intensivsten Freundschaften ist nur daran gescheitert, dass wir die Distanz nicht mehr aushielten. Kurz darauf habe ich Ibrahim getroffen, und bevor überhaupt der Gedanke ans Verliebtsein aufkeimen konnte, war da das Ge-fühl des Verstandenwerdens. Zwei junge Menschen mit Karus-sellköpfen, die Bücher lieben und die Welt nicht kapieren. Er hatte scharfe Kanten und Ecken und ich hatte Sorgen, mich an ihnen zu schneiden. Trotzdem zog es mich zu ihm. Dass es am Ende aber seine Trauer sein würde, die mich verletzte, hätte ich niemals ahnen können.

»In meinem Kopf«, flüstert er jetzt, »dachte ich mir immer, ich werde mich bei dir melden, wenn ich ein bisschen geheilt bin, weißt du?«

Daraufhin weiß ich nicht, ob ich lachen oder heulen soll. »Du kannst nicht für mich entscheiden, ob ich dich in meinem Leben haben will oder nicht. Egal, wie es dir geht.«

Er schließt die Augen. »Ich wollte dich nicht verletzen. Ich verletze immer Leute um mich, aber ich wollt's bei dir richtig machen.«

»Und dann hast du mich doch verletzt.«

»Tut mir leid.«

Ich wage es, meine Hand nach ihm auszustrecken und seine Wange zu berühren. Alles an ihm hält plötzlich inne, als hätte er Angst, mich zu verschrecken, wenn er ausatmet. Ich rutsche noch näher an ihn heran und er hebt die Lider.

Wir sind uns so nah, dass ich seinen warmen Atem auf meiner Haut spüre. »Danke«, sage ich. »Dass du ehrlich warst.«

Er sagt nichts. Ich fahre mit den Fingern seine Augenbrauen nach. Spüre, wie sich mein Herzschlag beschleunigt und irgendwo in meinem Hinterkopf ein entfernter Alarm klingelt. Wir sind hier in meinem Zimmer, das sich seit meiner Jugend kaum verändert hat und nur einen Raum von meinen Eltern entfernt ist.

Aber all das hat mich ja auch nicht davon abgehalten, ihn überhaupt herzubringen.

»Was denkst du?«, fragt er.

»Ich denke, ich könnte dich die ganze Zeit anstarren, und ich kann immer noch nicht glauben, dass du neben mir liegst«, entkommt es mir.

Er dreht sich zu mir, streckt seinerseits die Finger aus und streicht mir eine Strähne aus dem Gesicht. Ich spüre ein Schaudern an meinen Armen entlanggleiten bis hin in meine Zehenspitzen. »Vielleicht muss ich was Bestimmtes tun, damit du es glaubst.«

»Vielleicht.«

Und so einfach kann die gemütliche Atmosphäre eines Zimmers zu einer verruchten werden. Eine kleine Berührung und ein viel zu intensiver Blick, mehr braucht es nicht.

Plötzlich beugt er sich über mich. Sein Körper berührt nicht meinen, einer seiner Arme dient ihm als Stütze, aber seine Finger fahren immer noch meine Haut entlang. Genau genommen fahren sie die Konturen meiner Lippen nach. Genau genommen fahren sie *fast* die Konturen meiner Lippen nach, ich erahne die Berührung mehr, als dass ich sie spüre. Genau genommen bin ich gerade innerlich am Sterben.

»Ahm«, sage ich und spüre, wie meine Wangen brennen.

»Bist du noch sauer auf mich?«, fragt er viel zu ernst.

»Ich – ich glaube nicht?«

Er beugt sich noch tiefer runter. »Wenn du dir unsicher bist, dann sollte ich vielleicht gehen, damit –«

»Nein!«, schreie ich fast. Seine Augen blitzen, die Düsternis weicht aus seinen Zügen und macht einem herausfordernden Glanz Platz. Verlegen räuspere ich mich. »Nein. Nein, du bleibst hier. W-worüber haben wir gerade geredet?«, hake ich unsicher nach.

Er legt den Kopf leicht schief. »Wie ich dir beweisen kann, dass ich hier bin.«

»Genau. Das war's. Also.« Ich lecke mir über meine Lippen, und wenn ich dachte, vorher was Raubtierhaftes an ihm gesehen zu haben, dann ist das nichts im Vergleich zu dem Glühen, das sein Gesicht jetzt erfasst. »I-Ich denke, du müsstest etwas machen, was du vielleicht schon mal gemacht hast«, beginne ich und spüre Hitze über meine Wangen gleiten, diesmal aber nicht aus Wut. »Mit jemand anderem. Oder vielen anderen, keine Ahnung. Vielleicht hast du sogar nicht nur eine Sache mit ihnen gemacht, sondern mehrere, und wir müssen natürlich nicht alle davon tun, um unseren Punkt zu prüfen, aber ... vielleicht ein paar davon. Oder auch nur eins. Wie du meinst ...« Mein Mund weiß nicht mehr, wie man die Klappe hält, und erst sein Seufzen bringt mich dazu, still zu werden. Es ist ein ergebenes Seufzen, voller Widersprüche. Spiegelt sich in seinem Inneren das gleiche Gefühlschaos wie bei mir? Denkt er sich gerade auch: Keine gute Idee. Und gleichzeitig: Beste Idee ever?

»Sadia.« Seine Stirn berührt meine und ich erstarre. Er riecht entfernt nach Rauch, aber vor allem nach Safran und Kümmel. Gewürze, die ich überall wieder erkennen würde, die mir sofort ein Gefühl von Heimat geben.

»Ich hab noch keine einzige dieser Sachen mit irgendwem gemacht«, gesteht er. »Und das weißt du auch.«

Nein. Ich *wusste* es einst, aber ein Jahr kann einiges verändern.

»Ich … ich hab schon mal jemanden … geküsst.« Das letzte Wort spreche ich laut und schnell aus, damit er nichts hört. Da wir aber so gut wie aufeinanderliegen, versteht er es glasklar und deutlich. »Ich weiß.«

Es war auf einer unbedeutenden Party während der Schulzeit mit einem unbedeutenden Typen, und ehrlich gesagt erinnere ich mich an gar nichts mehr von diesem Abend, weswegen es für mich kaum zählt.

»Und seitdem?«, fragt Ibrahim. »Hattest du seitdem jemanden?«

»Nein«, antworte ich sofort. »Nichts mit niemandem.«

»Obwohl du Erotikromane liest?«, neckt er mich.

Ich frag mich, wie er darauf reagiert hätte, wenn es doch jemanden gegeben hätte. Ist das ein unkluger Gedanke?

»Es sind Liebesromane.« Nicht nur unsere Atemzüge sind mittlerweile im Rhythmus, alles scheint sich zusammenzufügen, desto länger wir hier liegen. Es ist aufregend und beängstigend und verwirrend zugleich.

Ibrahims Blick verhakt sich mit meinem. Dann, mit einer viel zu rauen Stimme: »Ich muss dich jetzt küssen, sonst dreh ich durch.«

Was für eine verdammt gute Idee. »Okay.«

Er erhebt sich etwas und betrachtet mich einfach, statt seine Worte in die Tat umzusetzen.

»Also?«, frage ich.

»Ich stelle es mir gerade vor«, sagt er. »Und ich glaube, ich werde das nicht überleben.«

Ich schnaube, und ohne darüber nachzudenken, lege ich meine Hände um seinen Nacken und ziehe ihn zu mir runter.

Ein Kuss ist ein Kuss ist ein Kuss, außer wenn der Kuss die Welt erschüttert. Ich weiß nicht, wie ich mich jemals wieder davon erholen soll.

Während seine Lippen sich auf meinen bewegen, denke ich

mir, wie kann das hier gerade wirklich passieren, und ich denke mir, wie können wir reale Menschen sein, und vor allem denke ich mir, hör nicht auf, hör nicht auf, hör nicht auf.

Seine Zähne an meiner Unterlippe, und ich ertrinke. Seine Zunge an meiner, und ich ertrinke. Seine warmen Hände auf meinen Hüften unter meinem Shirt, und ich ertrinke.

»Sadia«, seufzt er und ich will es nicht sagen, weil es so unfassbar kitschig ist, aber: Mein Name hat sich noch nie so schön angehört wie in diesem Moment. Schließlich liegt seine Stirn wieder auf meiner und ich bin dankbar, nicht die Einzige zu sein, die kaum Luft bekommt.

Was machen wir hier? Tief in meinem Inneren ist mir klar, dass das hier eine unheimlich miese Idee ist. Er hat mir gerade gestanden, warum ihm der Kontakt mit mir so schwerfiel, und ich weiß, wir sollten das Ganze noch mal reflektieren. Aber dann nimmt er meine Hände in seine und schiebt sie über meinen Kopf. Danach zählt sowieso nichts mehr außer unserem Jetzt.

Plötzlich bewegt er sich und sein ganzes Gewicht landet auf mir. Instinktiv schlingen sich meine Beine um seine Hüften und er drückt sich noch fester an mich.

»Oh, Fuck«, fluchen wir gleichzeitig, als unsere Körper sich auf eine Art und Weise zusammenschließen, die sich viel zu gut und in diesem Moment mehr als verboten anfühlt.

Vielleicht ist es ja das, was man unter Synchronisieren versteht. Ich weiß nicht, wie lange wir in dieser Position verharren, unsere Lippen immer noch aufeinandergedrückt, bevor er sich erneut bewegt und damit einen neuen Rhythmus für uns ansetzt. Seine Hüften heben und senken sich und in meinem Bauch baut sich Druck auf, bis ich diesem Gefühl immer näher komme, das sonst nur durch die Hilfe meiner Finger erreicht wird.

»Ich glaub, ich halt das nicht aus«, flüstere ich.

Er bedeckt meine Wangen, meinen Nacken mit Küssen, schiebt mein Oberteil zur Seite und beißt mir in die Schulter. *Ich halt das definitiv nicht aus.*

»Halt's für mich aus«, sagt er, sein Mund wieder über meinem. »Bitte.«

Und so eine Bitte soll ich abschlagen? Ich weiß nicht, wie lange wir uns so aufeinander bewegen, es fühlt sich zu schnell und viel zu langsam zugleich an, aber in beiden Fällen unfassbar gut.

Sein erster Kuss? Bullshit. Seine ersten Berührungen? Alles Bullshit. Seine ersten Male? Bullshit. Er scheint viel zu gut zu verstehen, was er da mit mir macht, und ich muss alles dafür geben, leise zu sein.

Aber als der Höhepunkt kommt, mich komplett überschwemmt, muss er mich wieder und wieder küssen, damit ich nicht die ganze Wohnung aufwecke.

Ich ertrinke nicht mehr.

»Ich bin ertrunken«, hauche ich, Worte, die sich wie ein weiterer Kuss anfühlen, weil unsere Lippen sich gemeinsam mit ihnen bewegen. *Ich bin zu Wasser geworden.*

Schwer atmend und zitternd liegen wir immer noch aneinandergepresst und mir wird bewusst, dass ich zwar gerade auf meine Kosten gekommen bin. Aber er definitiv nicht. Ich räuspere mich und versuche, zu sprechen, bringe aber nur ein Wimmern hervor. Er hebt seinen Kopf von meinem Nacken und stützt sich auf seine Ellbogen.

»Hey«, sagt er in einer rauen Stimme.

»Hi«, krächze ich.

Ein zaghaftes Lächeln umspielt seine Lippen. »Du bist wunderschön.«

Meine Wangen brennen. »Du siehst auch nicht so übel aus.«

Sein Lächeln wird ein Stück weit breiter. »Ich würde echt gern hierbleiben.«

»Ich würd auch gern wollen, dass du hierbleibst.«

»Aber ich sollte jetzt echt dringend weg.«

Meine Beine, die immer noch um seine Hüften geschlungen sind, fallen zur Seite. »Aber …«

Er zieht sich augenblicklich weg und rutscht vom Bett herunter. Direkt vor mir verharrt er einen Moment lang auf seinen Knien und betrachtet mich mit diesen glühenden Augen. Warum sieht er so aus, als würde er beten? Ich trage zwar noch meinen Pyjama, fühle mich jedoch seltsam entblößt. Lars, der Bär, starrt uns mit seinen kleinen Augen an. Da er schon Zeuge von meinen eigenen nächtlichen Selbstbefriedigungsaktionen gewesen ist, sollte ihn das hier nicht zu sehr beeindrucken.

Ist das wirklich gerade passiert?

Ibrahim rappelt sich auf und geht rückwärts auf die Tür zu, ohne den Blick von mir zu nehmen.

»Warte!«

Er verharrt mit der Hand auf der Türklinke. »Ich mein's ernst«, sagt er. »Ich sollte echt weg.«

Aber sollen wir nicht über das, was gerade passiert ist, reden? Oder vielleicht … na ja. Es wiederholen? »Du kannst wirklich hierbleiben.« Ich rutsche vor und lasse meine Beine auf den Teppich sinken. »Ich kann dich morgen rausschmuggeln und …«

Mit einem Mal ist er wieder vor mir, und ehe ich reagieren kann, liegen seine Lippen erneut auf meinen. Ich schlinge meine Arme um ihn und versuche ihn aufs Bett zu ziehen, aber so schnell, wie er bei mir war, befreit er sich auch schon wieder aus meinem Griff und steht erneut mit reichlich Abstand zwischen uns an der Tür.

Seine Lippen sehen geschwollen aus und er atmet heftig ein und aus. Der Anblick killt mich ein bisschen.

»Benimm dich«, warnt er mich.

Ich? Ich soll mich benehmen? Dieser elendige Heuchler.

Ibrahim schaltet das Licht aus und die Dunkelheit ist einerseits eine gute Taktik, um sich nicht mehr ansehen zu müssen, andererseits fördert sie ganz eigene Fantasien.

»Gute Nacht, Sadia.«

»Kannst du wirklich nicht bleiben?«

»Ich will … aber kann nicht.« Er räuspert sich. »Ich kann grad *echt* nicht.«

Oh.

Oh. Okay. Ich schlinge meine Arme um meinen Körper. »Ruf mich morgen an.«

Er atmet aus. »Mache ich.«

Versprochen? »Schlaf gut.«

»Du auch.«

Dann geht er und ich blinzle ihm hinterher.

Frage mich, was verdammt noch mal gerade passiert ist.

Und was das für unsere Zukunft zu bedeuten hat.

Interludium

Ibrahim

Einmal angefangen, ist es schwer aufzuhören, das haben Berührungen an sich.

Wenn man so lange gehungert hat, reichen Krümel nicht, aber alles reicht auch nicht. Du willst in die andere Person reinkriechen und in ihrer Wärme zergehen, bis du selbst nicht mehr bist. Lippen und Zähne, Hände in Haare, Arme um Nacken, Brust an Brust, Herzschlag an Herzschlag, näher, näher, näher, näher, näher, nicht nah genug.

Beim Küssen vergisst man, wo man ist und wie viel Zeit vergeht, man hat manchmal eindringliche Gedanken wie: da streicht eine fremde Zunge an meiner; und manchmal, dass wir hier nichts anderes tun, als unsere Münder aufeinander zu bewegen, und trotzdem fühlt es sich zu gut an, es fühlt sich viel zu gut an, weil sie es ist und niemand anderes.

Einmal angefangen, ist es schwer, aufzuhören, das haben Süchte so an sich.

Je mehr ich mich kennenlerne, umso mehr wird mir klar, wie wenig ich mich kenne. Je mehr Sadia mich kennenlernt, umso mehr wird mir klar, wie viel ich von mir noch kennenlernen kann. Ihre langen Finger, die unter meiner Kleidung über meinen Bauchnabel hinauf- oder hinunterstreichen, ihre Lippen, die von meinen Lippen hinauf- oder hinuntergleiten.

Wenn sie meine Nasenspitze und meine Stirn küsst, erinnert sie mich an meine Verletzlichkeit, wenn sie mir über meine Brust oder meinen Hüftknochen leckt, erinnert sie mich an meine Ergebenheit. Und wenn ihre Hände sich um meine pochenden Stellen schließen, ihr Ohr auf meiner Brust zum Ruhen kommt, wenn sie mir in die Augen blickt, jedes Mal, wenn die Überschwemmung kommt, dann erinnert sie mich daran, dass Verdrängen so viel süßer als Verarbeiten ist.

Einmal angefangen, ist es schwer aufzuhören, das hat Kontrollverlust so an sich.

Wir sehen uns tagsüber, die Nächte reichen nicht mehr. Sadia zeigt mir die Bücherei an der Ecke auf ihrer Straße, und wir setzen uns unter den neugierigen Blicken der Bibliothekarin auf den Boden zwischen verschiedenen Regalen und lesen einander Zitate aus unseren Lieblingsbüchern vor. Ich sage zu ihr: »Für immer setzt sich aus allen Jetzt zusammen.« Und sie erwidert: »Ich kann dich nicht verstehen.«

Sie zeigt mir ihr Zimmer, Blumentapeten, Plastikküche auf dem Kleiderschrank und ein uraltes Tagebuch, das batteriegesteuert ist. »Hi, wie geht es dir heute?«, ruft es in einer brüchigen Stimme, als sie es einschaltet und mir ihre ersten selbst geschriebenen Reime vorliest, die uns so zum Lachen bringen, dass wir Bauchschmerzen bekommen. Sie fragt mich nach meinen Geheimnissen, ich sage, die dürfe ich nicht laut aussprechen, also bittet sie mich darum, sie leise zu sagen. Ich lege meine Lippen an ihren Hals, führe sie zu ihren Ohren, ihren Armen, ihren Händen und hinterlasse Lügen auf ihrem Körper.

Worte auf ihrer Haut, Worte auf meiner Haut, wir sind die Geschichten, die wir erzählen, die Gedichte, die wir rezitieren.

Mitternachtsessen, gestohlene Blicke und Wiens eisiger Winter. Glühweinstände, von denen wir dampfende Kakaobecher kaufen, und Nachtfahrten mit der U-Bahn.

Sadia fragt mich an einem Abend auf der Donauinsel, was wir eigentlich sind, zwei Wochen nach dem Ersten Kuss.

Wir sind uns einig, den Ersten Kuss in Großbuchstaben zu schreiben, weil wir uns auch einig sind, dass es selten so gute Erste Küsse gibt.

»Sind wir ein Paar?«, fragt sie.

»Ich labele Sachen nicht gern«, sage ich, nur um sie zu nerven.

»Das find ich nicht gut. Ich brauch ein Label, sonst …«

»Sonst machst du Schluss?«

»Wir können nur Schluss machen, wenn wir ein Paar sind.«

»Wie stehst du zu offenen Beziehungen?«

»Ibrahim! Nimm das ernst!«

»Ich mein's ernst.« Mein Gesicht bleibt neutral.

»Wirklich?« Ihre Augen werden comichaft groß.

»Ich mein, ich find so was obviously okay, aber persönlich bin ich da eher …«

Als sie das Zucken meiner Mundwinkel bemerkt, rappelt sie sich von den Stiegen auf und stampft davon. Ich hole sie unter einer Brücke ein und halte sie an ihrer Taille fest. Unsere Hände sind eisig kalt und die Wangen ganz rot. Vor uns ruht die Donau und über uns rauschen Autos vorbei.

»Sadia Amar«, sage ich in einem ernsten Ton. »Willst du mit mir zusammen sein?«

Sie lächelt nicht. Stattdessen zieht sie eine ihrer berüchtigten Grimassen. »Ist dir das nicht zu früh?«

»Es ist mir sogar zu spät.«

»Ich weiß, ich tu so, als wäre ich total cool mit dem Thema, aber das wäre meine erste richtige Beziehung …«

»Ist okay. Meine auch«, flüstere ich. »Und ich bin cool genug für uns beide.«

Und sie kann sich nicht entscheiden, ob sie lachen, mich schlagen oder küssen soll. Also tut sie alles, und ich weiß nicht, ob sie es weiß, aber ich könnte sie für immer so festhalten, egal wie kalt es ist.

Denn einmal angefangen, kann man ihn nicht mehr stoppen, das hat ein Fall so an sich.

17. Kapitel

Sadia

Der Kuss ist eine Dauerwerbesendung in meinem Kopf, er spielt ununterbrochen. Der Kuss ist auch ein Momentum, dessen Wellen sich in meinem ganzen Leben ausbreiten. Der Kuss ist ein Ausgangsknopf aus meinem Alltag, und danach fühlt es sich an, als wäre ich in einem anderen Film, auf einer anderen Zeitebene. Alles passiert plötzlich und ich fühle mich wie berauscht. Unsere nächtlichen Treffen werden zu Tagsübertreffen, zu Tagsüberdates, zur Tagsüberrealität. Unter dem Sonnenlicht fühlt sich dieses *uns* zwischen ihm und mir nicht mehr wie ein großes Geheimnis an.

Es gibt tausend Dinge, über die ich mir klar werden muss, tausend mehr, über die er sich klar werden muss, und trotzdem ist es schwer, rational zu bleiben. Alles, woran ich denken kann, ist, wo wir uns als Nächstes sehen, Nächstes berühren, Nächstes mitnehmen wollen. Zum ersten Mal erlaube ich es mir, das Risiko zu wählen.

Heute sind wir in meiner liebsten Vintage-Buchhandlung in der Innenstadt und ahmen auf meinen Wunsch hin ein Meet-Cute nach. Es verläuft wie folgt: Ich komme in die Buchhandlung, heute in einem schwarzen engen Kleid mit einer Bluse darunter und kniehohen Stiefeln, als wäre ich eine sexy Akademikerin aus einem Pinterestboard und blicke mich erst mal mit einem verträumten, unsicheren Blick um. Ich streiche mir die offenen Haare hinters Ohr und gehe auf das Regal mit den Büchern aus dem 20. Jahrhundert zu. Vergilbte Ausgaben von Toni Morrisons Werken, einzigartige Sammlungen von Murakami Ryûs Kurzgeschichten und in Originalhandschrift abgedruckte Briefwechsel zwischen Virginia Woolf und ihrem Geliebten. Der Raum riecht nach Kerzenwachs und alten Polstern, nach Geschichten, die Jahrzehnte überlebt haben, und Fingerabdrücken auf Worten. Ein Buch, dessen Titel ich nicht erkenne, aber das mit seinem rosafarbenen Buchrücken besonders hervorsticht, lenkt meine Aufmerksamkeit auf sich. Ich strecke den Arm aus, stelle mich sogar auf Zehenspitzen, erreiche aber das dazugehörige Regal nicht. Just in dem Moment, wie vereinbart, spüre ich die Anwesenheit einer anderen Person hinter mir. Ibrahim kommt problemlos an das Buch heran und zieht es für mich hervor, um es mir zu reichen. Ich blicke zu ihm auf, ohne mich umzudrehen.

»Hi.«

»Hey.«

Im Hintergrund läuft sogar Jazzmusik.

Das Buch, das er rausgezogen hat, ist ein Ratgeber für schwangere Frauen aus den Siebzigern mit einem gruselig aussehenden Baby auf dem Cover. Wir starren eine Weile auf das Buch, brauchen einen Moment, um das Gesehene zu verarbeiten. Dann schauen wir einander wieder an. Einige Sekunden lang schaffen wir es, ernst zu bleiben, bevor sich plötzlich die Ladentür öffnet und ein älterer Herr lautstark hereinspaziert.

»Hearst Oida, heit san die Leit a wida komplett deppad drauf.«

Und wir prusten beide los. Es ist romantischer als in all meinen Fantasien.

Später sitzen wir mit einen Stapel Büchern auf der Couch in

einer Ecke des Ladens und lesen die ersten Sätze wahllos ausgesuchter Bücher laut vor.

Ibrahims Kopf liegt auf meinen Schoß, wie damals im Büchercafé, als er mir Edgar Allan Poes Gedichte vorgelesen hat, und ich kriege dieses verliebte Grinsen nicht aus meinem Gesicht, das auch meiner Familie bereits aufgefallen ist. »Du siehst unheimlich aus«, hat Fawad gemeint. Ich konnte es nicht mal als Beleidigung auffassen. Ich bin nun mal glücklich.

»Bluets«, sagt Ibrahim. »Maggie Nelson. Bester Einstieg, wie sie damit beginnt, dass sie sich in eine Farbe verliebt hat.«

»Erinnert mich an die Bücherdiebin.«

»Stimmt. Auch ein Banger. Was ist mit: Archiv der Träume. Die Erzählerin sagt, sie liest Vorworte nie. Und dann beginnt es mit einem Vorwort.«

»Liebe so was. Da fragt man sich: Verarscht die Autorin sich selbst oder die Leser oder beide?«

»Wahrscheinlich beide.«

»Hunger Games' erster Satz ist auch iconic mittlerweile.«

»Dann aber auch Twilight.«

»Mach dich nicht lustig«, warne ich.

»Immer wenn ich jetzt an den Anfang von Twilight denke, muss ich an diesen Parodiefilm denken, wo Bella einen riesigen Kaktus mit in ihr neues Zuhause nimmt. Im Original war es so ein winziges Ding, glaub ich.«

Wir versuchen uns jetzt an die absurdesten Filmanfänge zu erinnern. Die Besitzer des Ladens, ein altes Ehepaar, das mich mittlerweile gut kennt, gucken vom anderen Raum zu uns rüber und lächeln. Manchmal geben sie mir gratis Bücher mit oder vermindern den Wert des Einkaufs, wenn man viele Sachen auf einmal kauft. Ich liebe diesen Ort von ganzem Herzen und noch mehr liebe ich es, ihn mit Ibrahim teilen zu können. Er setzt sich auf und lehnt sich neben mir an die Couch zurück. Überall um uns herum liegen gebrauchte Bücher, und wo keine Bücher liegen, liegen Boxen mit Büchern oder alten Fotos und Briefen. Ich lehne meinen Kopf an seine Schulter, während er sein Handy hervorzieht. Eine neue Nachricht ist auf dem zersplitterten Bildschirm erschienen. *Neue Staffel Stranger Things am Start. Watchparty bei mir. Kommst du?*

»Aslan«, erklärt er. Sein bester Freund aus der Schulzeit. »Nervt mich die ganze Zeit schon.«

Ohne zu antworten, stopft er das Handy wieder zurück. Ich hebe den Kopf. »Willst du nicht hin?«

»Kann nicht.«

»Wieso?«

»Weil ich mit dir hier bin.«

»Wer sagt, dass ich nicht mitkommen kann?«

Gewagt, sehr gewagt, Sadia. Aber ich nehme es nicht zurück. Weil ich tatsächlich gern mitkommen will. Seine Freunde kennenlernen will. Und irgendwann auch seine Familie. Denn obwohl unsere Treffen nicht mehr nachts stattfinden und dadurch weniger versteckt sind – sie sind immer noch ein Geheimnis. Ein kleineres Geheimnis als zuvor, aber trotzdem wissen meine und seine Eltern nichts von all dem hier.

»Ich hab dir gesagt, Aslan und ich kommen grad nicht gut klar.« Ibrahim blättert in einem Gedichtband von Rabindranath Thakur rum.

»Warum schreibt er dir dann?«

Er klappt das Buch zu und zuckt mit den Schultern. »Weil er gern nervt. Und sowieso – es wird langweilig für dich.«

»Es geht mir nicht darum, die beste Zeit meines Lebens zu haben«, sage ich, während ich mich aufsetze und dranmache, meine Bücher zusammenzusuchen. Er macht es mir nach und gemeinsam stehen wir auf, um mit unserer Ausbeute zu dem alten Ehepaar zu gehen.

»Ich will einfach gern deine Freunde kennenlernen. Und irgendwann auch mal deine Geschwister? Ist das seltsam?«

»Nein«, antwortet er widerwillig. »Natürlich nicht.« Wir reichen die Bücher an der Kassa weiter. »Aber ich glaub trotzdem, du erwartest dir zu viel davon.«

»Ich erwarte mir gar nichts. Wir sehen uns seit über einem Monat. Und kennen tun wir uns schon länger. Ich will nur … ich will, dass wir auch an unserem jeweiligen Alltag teilhaben können, weißt du?« Plötzlich erscheint es mir sehr unbedacht, ausgerechnet an der Kassa so ein Gespräch zu führen. Ich lächle den älteren Herrn vor mir verlegen an und wühle in meiner Tasche nach meinem Geldbeutel. Ehe ich ihn zu fassen kriege, hat Ibrahim mich mit seiner Hüfte sachte zur Seite geschubst und reicht einen Zwanziger weiter. »Passt schon so«, sagt er und winkt das Wechselgeld ab. All die Bücher, die wir ausgesucht haben, kosten aufgrund ihrer Gebrauchsspuren nur einen bis drei Euro.

»Das hätte ich schon selbst – «, protestiere ich.

»Lass es«, unterbricht er mich und nimmt die in Papiertüten eingepackten Bücher entgegen.

Kopfschüttelnd gehe ich voraus, um für ihn die Tür aufzuhalten. »Danke.«

Draußen nehme ich ihm die Tüten ab, damit er in seine Lederjacke schlüpfen kann.

»Das sind deine Optionen«, greife ich das Thema wieder auf. »Du sagst mir, warum du mit Aslan nicht redest, oder wir gehen ihn besuchen.«

»Ich rede nicht mit ihm und den anderen, weil ich mich wie ein Loser unter ihnen fühle«, antwortet er, ohne zu zögern. Überrascht halte ich inne.

Ibrahim legt den Kopf in den Nacken und blickt zum Himmel hinauf. Es ist später Nachmittag und die Sonne geht langsam unter. Goldrosafarbene Lichtstreifen heben die scharfen Konturen seines Gesichts hervor, untermalen die Schatten unter seinen Augen. »Es ist nicht leicht, wenn deine ganzen Freunde einfach so weiterleben, wie sie es alle geplant haben, während du auf der Stelle trittst«, erklärt er. »Ich bin kein eifersüchtiger Typ, Aslan verdient's, dass es bei ihm gut läuft, aber ich hab das nicht ausgehalten, dabei zusehen zu müssen. Wie sie zur Uni gehen, verreisen, Praktika machen, eben das, was man so nach der Schule alles erlebt. Macht mich wahrscheinlich zu einem Arschloch, dass ich so denke, aber das ist ja nichts Neues.«

»Du bist kein Arschloch.« Wären meine Hände nicht von den Papiertüten eingenommen, hätte ich ihn berührt, um diesen verwundbaren Ausdruck aus seinem Gesicht zu wischen. »Und du bist auch kein Loser. Ich glaub, so würde jeder bis zu einem gewissen Grad empfinden.« Ich stelle mich ganz nah vor ihn hin. Er senkt seinen Blick vom Himmel auf mich herunter und lächelt müde. Sanft streicht er mir eine Haarsträhne aus der Stirn.

»Sei nicht so hart zu dir«, flüstere ich.

Er stupst mit seiner Nase meine an, drückt mir einen zaghaften Kuss auf die Lippen, dann nimmt er mir die Tüten aus den Händen und schreitet an mir vorbei. Am Horizont hinter ihm sieht man die Sonne zwischen den Gebäuden versinken, als würde auch sie sich zwischen die Straßen drängen und auf den Heimweg machen wollen.

»Willst du wirklich nicht zu Aslan?«, hake ich nach.

Ibrahims Blick haftet an dem Stand vor dem Eingang des Buchladens. Dort stehen jene Bücher, die ganz besonders beschädigt sind und deswegen zur freien Entnahme hierhergelegt wurden. Wie automatisch treten wir beide näher ran und betrachten die Auswahl genauer. Ich ziehe ein Reclamheft mit einem umgeknickten Cover und fast auseinanderfallenden Seiten hervor.

»Vielleicht wäre das Leben einfacher, wenn wir akzeptieren würden, dass jeder Fehler hat und macht«, murmle ich in einem Anflug philosophischer Eingebung.

Ibrahim schnaubt. »Vielleicht.«

Ich lege das Buch wieder zurück und sehe ihn an. »Vermisst du sie denn gar nicht? Deine Freunde?«

Einen Moment lang betrachtet er weiterhin die mit Dellen und Rissen gekennzeichneten Werke. Dann erwidert er meinen Blick. »Doch. Tue ich.«

Ich nicke, weil ich mir das schon gedacht habe. »Ich will dich nicht drängen«, sage ich. »Aber ich finde es nicht gut, wenn du die Leute immer von dir schubst, die eigentlich für dich da sein wollen. Das hat schon einmal nicht so gut funktioniert.« Ich mache eine Geste, die uns beide einschließt. »Und die Lösung war da ja auch, miteinander zu reden. Also ich glaub zumindest, es geht dir seitdem besser damit, kann auch sein, dass ich damit falschliege …«

Bilde ich mir das ein, oder zucken seine Mundwinkel? »Glaub, da liegst du schon richtig.« Er weicht von dem Stand zurück und betrachtet mit zusammengekniffenen Augenbrauen die Straße vor uns.

Seufzend presst er die Augen zusammen. »Und du würdest echt mitkommen wollen?«, fragt er leise nach.

Sofort nicke ich, vielleicht etwas zu enthusiastisch. »Ja. Wenn das für dich auch okay ist.«

Er öffnet die Augen und sieht mich an: »Okay.«

Okay? Okay!

Ich muss mich davon abhalten, einen Luftsprung zu machen. Es ist schwer zu erklären, warum mich das so glücklich macht. Vielleicht, weil ich das Gefühl habe, dass er es wirklich, wirklich versucht mit uns. Weil er endlich mit mir kommuniziert und sich bemüht und all meine Sorgen darüber, die falsche Entscheidung getroffen zu haben, sich bisher nicht bewahrheiten.

Kurz flackert trotzdem Sorge in mir auf, weil ein nicht sonderlich kleiner Stapel an Hausaufgaben auf meinem Schreibtisch liegt. Momentan dränge ich all meine To-dos partout von mir, weil ich mir nur dieses eine Mal erlauben will, zu tun und zu lassen, was ich möchte.

»Irgendwann will ich auch, dass du meine Eltern kennenlernst«, erzähle ich, während wir uns auf den Weg Richtung U-Bahn machen.

Sein Lächeln wankt ein wenig. »Bist du dir sicher?« Bevor ich darauf reagieren kann, ändert er das Thema und ich merke mir diesen Kommentar für ein anderes Mal.

Knapp eine Stunde später stehen wir vor Aslans WG und ich spüre Nervosität in mir aufkommen. »Wie sehe ich aus?«, frage ich Ibrahim, der immer noch unsere Papiertüten voller Bücher hält. In meinen Händen liegt währenddessen eine Schachtel baklava und eine Cola, weil die Stimme meiner Mutter in meinem Kopf nachgeklingelt hat. *Gäste, die ohne Beigaben auftauchen, gehören zum Abschaum dieser Welt.* Eine maßlose Übertreibung, die sich aber in mir verankert hat.

»Du siehst wunderschön aus.«

Meine Wangen werden warm. Fahrig streiche ich mit den Fingern meine Haare glatt und lächle Ibrahim an, der mich amüsiert beobachtet. »Muss ich irgendwas tun oder sagen, das mich besonders cool macht, oder wie soll ich mich geben?«

»Einfach so, wie du bist, Sadia.«

Bevor ich nachhaken kann, was genau »einfach so, wie du bist« bedeutet, geht die Tür vor uns auf und ein hochgewachsener junger Mann steht vor uns. Er starrt von mir zu meiner Begleitung und dann wieder zurück.

»Hi«, sagt Ibrahim und stellt uns kurz und bündig vor. »Sadia, Aslan. Aslan, Sadia.«

Ich habe einen Kurzschluss. »Eine Freundin. *Seine* Freundin. Sadia«, erkläre ich unnötig kompliziert.

Aslan blinzelt. »Seine *was?*«

Wortlos reiche ich ihm das baklava und die Colaflasche, was er beides verwirrt entgegennimmt.

Ein guter erster Eindruck, finde ich.

Ibrahim räuspert sich und erklärt noch einmal, wer ich bin. Nachdem Aslan sich von seiner Überraschung erholt hat, bittet er uns herein und wir lassen unsere Schuhe am Eingang stehen, bevor wir ihm in die Wohnung hinein folgen. Aslan sieht mich an, als wäre ich ein Alien, aber das tut er bei Ibrahim auch. Auch der Rest der Truppe zeigt sich ähnlich schockiert. Ich habe mit einer Bande Lederjacken tragender, tätowierter und gepiercter Männer gerechnet, stattdessen werde ich von einer Gruppe Kerlen in Stranger-Things-T-Shirts begrüßt, die ein D&D-Brettspiel am Tisch ausgebreitet haben.

»Ibrahim? Eine Freundin? Seit wann? Und wie bei dieser Fresse?«, rufen sie ungläubig in die Runde.

Trotz des Triezens merkt man, wie sehr sie sich freuen, ihn zu sehen. Sie haben alle etwas zutiefst Grundanständiges an sich, etwas, was mich an Fawad und seine Freunde erinnert. Etwas, das man bei Ibrahim nicht spürt, weil er auch unter ihnen wie ein Warnhinweis hervorsticht.

Während er von allen Seiten anvisiert wird und sich die Lebensupdates der anderen anhört, setzt sich Aslan zu mir auf die Couch.

»Hier.« Er reicht mir einen Teller mit dem baklava und anderen Snacks. »Bist du das Büchercafé-Mädchen?«

Überrascht sehe ich ihn an. »Er hat dir davon erzählt?«

»Manchmal hat er diese Momente, wo er doch mal auf meine Nachricht reagiert.«

Ich frage mich, was genau er von unseren Begegnungen damals berichtet hat. Und ob sonst noch jemand davon Bescheid weiß. Ich habe es ein paar meiner Online-Freunde erzählt, aber meine Familie wusste nichts davon und war demnach auch ziemlich ratlos, als ich zum ersten Mal Trennungsschmerz erlebte. Wie sie wohl Ibrahim aufnehmen würden? Ich kann mir vorstellen, dass meine Mutter nicht sonderlich positiv reagieren wird, weil er nicht dem Idealbild eines Schwiegersohns entspricht. Aber wenn sie wüsste, dass es mir ernst ist, würde sie ihm eine Chance geben. Bei Fawad habe ich keinen Plan, wie er dazu stehen würde, dass ich einen Freund habe, und bei meinem Vater bin ich sicher, dass er Ibrahim mögen wird.

Und wie wäre es dann umgekehrt? Wenn ich seine Familie kennenlerne? Es ist ein wichtiger Punkt in unserer Kultur, wie man sich mit der Familie des jeweils anderen versteht. So gern ich diesen Schritt machen und seine Familie kennenlernen will, kommen mir zum ersten Mal Zweifel. Was, wenn sie mich nicht mögen? Wenn ich mich gar nicht mit seinen Geschwistern verstehe? Ich erinnere mich an Maya und ihre einschüchternde Art. Keine Ahnung, wie ich da mithalten soll.

»Danke, dass du ihn mitgenommen hast«, sagt Aslan und reißt mich aus meinen Gedanken.

Mein Blick wandert zu Ibrahim, der gemeinsam mit zwei anderen Typen gerade Münzen mit seinen Fingerknöcheln schnippt, als wären sie zehn und auf einem Pausenhof.

»Wieso hast du eigentlich nie aufgehört, ihm zu schreiben?«, frage ich neugierig.

Er zuckt mit den Schultern. »Weil er auch immer zu mir gestanden hat während der Schulzeit. Wenn die Lehrer scheiße waren, hat er nie die Klappe gehalten und sich für alle eingesetzt. Und ich durfte immer zu ihm nach Hause kommen, wenn es Stress mit meinen Eltern gab.« Aslan lehnt sich zurück und beobachtet die anderen mit amüsierter Miene. »Weiß nicht, ob das jetzt voll der seltsame Vergleich ist, aber ich hab vor allem in den letzten zwei Jahren gemerkt, dass Leute immer mit Kleingedrucktem in dein Leben kommen. Kennst du das bei Verträgen, diese versteckten Fallen am Seitenende? Ich hab echt das Gefühl, viel zu viele Leute haben auch solche Fußnoten in ihrer Freundschaft. Aber wenn du dann mal Leute hast, bei denen es diese Klauseln nicht braucht, dann gibst du dir auch Mühe, sie zu behalten. Ibrahim ist so eine Person für mich. Ich weiß, wenn es je darauf ankommt, dann *ist* er da. Ohne was zurückzuverlangen. Und ich hoffe, er weiß, das trifft auch auf mich zu.«

Die Dimensionen einer Beziehung, ob freundschaftlich oder romantisch oder familiär, sind so vielseitig und tiefgehend. Ich verstehe, warum wir endlos viele Geschichten darüber schreiben können und weiterhin schreiben werden. Wann bestimmt man, welche Menschen bleiben müssen? Und wann bestimmt man, sie loszulassen? Das sind Fragen, die ich zu diesem Zeitpunkt nicht zu beantworten wüsste, aber bald.

Nachdem die Jungs mit ihren Spielen aufgehört haben – Ibrahim hat bei den Runden mit der Schmerzverträglichkeit gewonnen, beim Kräftemessen hat er heillos versagt –, verschwinden Aslan und er auf dem Balkon, während die anderen die Serie einschalten.

Als die beiden nach der ersten Episode wieder zurückkommen, setzt sich Aslan zum Rest und mein Freund – *mein Freund* – zieht mich still und im Geheimen aus dem Wohnzimmer in Richtung Bad.

Ich habe keine Zeit, ihn zu fragen, worüber er mit Aslan geredet hat, im nächsten Moment hat er mich gegen die Tür gedrängt und küsst mich.

Seufzend ergebe ich mich, weil mein Widerstand zurzeit ohnehin nicht existent ist.

In meinen Vorstellungen habe ich meine ersten sexuellen Erfahrungen an besonderen Orten gehabt, in fremden Ländern, in weichen Betten, mitten im Regen, in einem schäbigen Motel, als ob es so was in Österreich gäbe – irgendetwas Filmreifes. Nicht etwa in meinem Kinderzimmer. Und ganz bestimmt nicht im Badezimmer einer mir komplett fremden WG. Aber wahrscheinlich hätte es nie anders für uns sein können. Es ist immerhin ein unerwartet sauberes Bad, so sauber, als hätte vor Kurzem jemand ordentlich durchgewischt. Zitrusgeruch hängt in der Luft und der Spiegel, in dem ich unsere verschlungenen Körper sehe, blitzt in dem hellen Licht.

Plötzlich ist sein Oberteil weg und meine Fingernägel schaben sachte über seine nackte Brust. Dann folgt mein Kleid, er öffnet meine Bluse und ich flüstere: »Nicht hier. Oder?«

Und er antwortet: »Nicht hier«, aber sein Daumen gleitet durch die Unterseite meines BHs, ein mädchenhafter BH mit einer Schleife in der Mitte, und sein Mund drückt sich auf die Kuhle zwischen meinem Hals und meiner Brust. Und wir wiederholen unser »Nicht hier« wie ein Gebet, obwohl wir uns doch in Sünde begeben. Wenn man berauscht ist, dann erscheint einem jede Idee wie eine gute, dann fragt man sich nicht »Wo sonst? Wann sonst?«, sondern »Warum nicht hier, warum nicht jetzt, warum nicht sofort?«.

Seine Hand zieht meine Strumpfhose bis zu meinen Knien und dann spüre ich seine Finger, kühl und fest. Ich wimmere, schlinge meine Arme um seinen Hals und will, dass er mich nicht mehr loslässt, einfach nie wieder loslässt. Er hebt mich an, ich schlinge meine Beine um seine Hüften und er drängt mich auf die Waschmaschine, bevor seine Hand zurück zwischen meine Beine gleitet, während die andere meinen Mund zuhält.

So eine pflichtbewusste, verantwortungsvolle, gut integrierte Tochter, diese Sadia. Wenn die Auntys und Uncles aus der Community nur wüssten.

Gier und Begierde: meine größten Laster. Und Ibrahim meine größte Sünde.

»Hör nicht auf«, flüstere ich an seinem Ohr, meine Wange an seiner. Hör einfach nie wieder auf. Und ich glaube nicht, dass ich nur seine Hand damit meine, aber seine Bewegungen werden schneller.

Später, als ich schwer atmend die Punkte vor meinen Augen wegblinzle, knöpft er meine Bluse zu. Einen Moment lang verharrt er zwischen meinen Beinen und wir sehen uns an. Seine Augen wirken tiefschwarz, aber da ist eine Zärtlichkeit in seiner Miene, die ich immer noch nicht gewohnt bin. Er wirkt fast erstaunt, als könne er nicht glauben, dass er hier ist. Bei mir.

Das war nicht das erste Mal, dass wir so weit gegangen sind – beim ersten Versuch hat es deutlich mehr Anleitung gebraucht –, aber ich merke, wie es immer seltener reicht.

Ich nehme sein Gesicht zwischen meine Hände und lächle ihn scheu an. »Ich glaube, wir sollten wieder zurück.«

Meine Stimme ist rau und leise.

Er nimmt meine rechte Hand und zieht das Haargummi, das ich dort am Gelenk übergezogen habe, über meine Finger, um es sich überzustreifen, bevor er zurückweicht.

Weil nicht hier, nicht jetzt, aber irgendwann.

18. Kapitel

Ibrahim

Es waren einmal vier Kinder, die hießen Tariq, Maya, Nuh und Ibrahim. Dann gab es noch ein fünftes, Uzair, aber Gott allein weiß, wo der sich heutzutage herumtreibt. Vielleicht ist er derjenige, der sich im Wandschrank versteckt hat und jetzt in einem verzauberten Land von der Eiskönigin entführt wurde. Müssen wir ihn retten? Müssen wir uns retten? Wenn man sich unsere Küche ansieht, muss tatsächlich die Apokalypse nah sein. Alles liegt brach, einer der Bauarbeiter hat irgendwas falsch montiert und jetzt mussten sie mehrere Kommoden wieder aus den Wänden ziehen.

Um den Küchentisch herum hocken trotzdem meine drei älteren Geschwister und spielen Uno. Wie drei Figuren aus einem Endzeitfilm, die versuchen, die Ruhe zu bewahren, jeweils eine Tasse dampfende Chai vor sich. Ich setze mich zu ihnen und Nuh zeigt mir seine Karten.

»Nice«, sage ich und linse auf Mayas Züge. Bei der Auswahl ziemlich sicher die Verliererin. Heute trägt sie einen Beanie, ein altrosafarbenes Netzshirt, dessen Ärmel über ihre Finger gezogen sind, und darüber eine eng anliegende Lederjacke.

Tariq sitzt mir gegenüber und blickt ernst über den Rand seiner drei Karten hinweg.

Nuh legt eine 2+ auf den Stapel in der Mitte. Dabei lächelt

er Maya übermäßig freundlich an, während sie zweimal und dann noch einmal ziehen muss.

»Fuck off«, sagt sie und wirft all ihre Karten auf den Tisch. »Ich hab eh verloren.«

Tariq und ich buhen sie aus, wie früher, wenn sie lieber das Spielbrett umgeschmissen hat, statt ihr Verlieren zu akzeptieren. Für einen Moment begegnen sich unsere Blicke und es fühlt sich nicht so bedeutungsschwer an wie sonst. Er lächelt und legt seine nächste Karte auf den Tisch. Eine Retoure. Dann legt er die nächste drauf, eine weitere Retoure, sagt Uno und wirft die letzte drauf. »Uno-Uno.«

Nuh verdreht die Augen. Ein Dinosaurierkopf und ein Bleistift lugen aus der Hemdtasche seines Holzfällerhemds hervor. Seit Neuestem trägt er eigentlich Kontaktlinsen, hat heute aber seine riesige Hornbrille auf, die er fahrig richtet. »Einmal«, murrt er. »Nur einmal will ich, dass du kein Glück hast.«

»Mein Pech hab ich aufgebraucht, indem ich als Erster geboren wurde«, erwidert er.

Maya scrollt auf ihrem Handy rum und schnaubt. »Mein Pech habe ich aufgebraucht, indem ich als einzige Frau geboren wurde.«

»Mein Pech«, setzt Nuh fort. »Habe ich aufgebraucht, indem ich überhaupt geboren wurde.«

Untypisch düster für seine Standards, aber passend zynisch. Sie werfen mir alle erwartungsvolle Blicke zu und es tut gut, mit ihnen allen sein zu können, ohne dass es mich erstickt. »Mein Pech«, sage ich. »Habe ich noch nicht aufgebraucht.«

Jetzt buhen sie mich aus, weil die Aussage das Muster durchbricht. Ich grinse nur.

»Noch 'ne Runde?«, fragt Nuh und sammelt die Karten ein. Expertenhaft mischt er sie durch und legt den Stapel wieder in die Mitte.

Tariq schüttelt den Kopf. »Ich treff mich gleich mit Bảo, er will diesen neuen Marvelfilm sehen.«

»Und ich treff mich mit Hama, wir gehen unsere Nägel machen«, verkündet Maya.

»Ich wollt auch gleich raus … jemanden zum Essen sehen«, gebe ich zu.

Jetzt schauen wir alle erwartungsvoll zu Nuh, der sich seine Locken aus der Stirn streicht. »Was? Sophia ist noch in der Steiermark und sonst hat heute auch niemand Bock auf mich.«

Aus Prinzip buhen wir ihn auch dafür aus.

»Willst du mit ins Kino?«, fragt Tariq dann aber, während ich das letzte bisschen Rest Chai aus dem Topf am Herd in eine Tasse gieße und in der Mikrowelle aufwärme.

»Oder hast du Bock, deine Nägel zu färben?« Die Frage kommt von Maya.

»Nee«, antwortet Nuh und betrachtet den einen Nagel an seinem Daumen, denn er geschützt vor den Blicken unserer Eltern immer in neuen Farben malt. »Aber Hunger habe ich schon ein bisschen …«

Alle Blicke liegen erneut auf mir, als ich mich mit der aufgewärmten Tasse setze. Mein zweitältester Bruder lächelt mich genauso übermäßig freundlich an, wie Maya vorhin.

»Schön für dich«, sage ich und nehme einen Schluck.

»Wo geht ihr denn essen?«, fragt meine Schwester und legt ihr Handy weg.

Ich zucke mit den Schultern. »Irgendwo im elften …«

»In die Richtung muss ich auch«, sagt Tariq. »Zum Wienerberg.«

»Was für ein Zufall.«

Nuh nickt einen Tick zu begeistert und sieht fragend zu Maya. »Wo ist denn das Nagelstudio?«

Maya sieht mich amüsiert an. »Schon weiter weg, aber ich mein, wir kennen auch ein richtig gutes im elften.«

»Ihr könnt nicht mit zum Essen«, sage ich zwischen zusammengebissenen Zähnen. »Man muss vorher reservieren.« Das ist nicht mal eine Lüge. Wenn Sadias Küche eins ist, dann exklusiv.

Nuh sieht gespielt nachdenklich drein. »Vielleicht haben die ja noch einen Extratisch frei und wir können schnell anrufen …«

»Oder wir gehen einfach, die werden schon was frei machen für uns.«

Tariq nickt. »Ich mein, wie gesagt, am Ende gehen wir ja fast alle in dieselbe Richtung.«

»Ihr seid solche Nervensägen«, beende ich das Gespräch und stehe auf.

Klar können die alle mitkommen und Sadia kennenlernen. Gar kein Problem für mich. Warum laden wir nicht auch gleich unsere Eltern mit ein? Am besten noch den Rest der Familie und Hama auch.

»Ey, Abi, bleib hier!«

»Hey, wir machen nur Witze!«

Nuh hat angefangen, einen alten Bollywoodsong über neu gefundene Liebe zu summen. Ich geh zurück und haue ihm gegen den Hinterkopf, dann nehme ich Mayas Handy und halte es von ihr weg. »Du kannst auch nie was für dich behalten, oder?«, frage ich, während sie über den Tisch hinweg nach meinem Arm langt.

»Hey! Irgendwann hätte es eh jeder gecheckt! So wie du drauf bist in letzter Zeit …«

Nuh singt jetzt lauthals, und Tariq sitzt mit verschränkten Armen und einem arroganten Grinsen auf seiner Fresse da. Jetzt wissen sie es also alle. Es stört mich nicht so sehr, wie ich gerade vorgebe. Eigentlich find ich es sogar gut so. Fast aufregend. Ich weiß nicht, warum.

»Wie bin ich denn drauf?«, frage ich und werfe das Handy

meinem ältesten Bruder zu. Er fängt es mühelos auf und hält es ebenfalls von Mayas Reichweite weg.

»Du grinst die ganze Zeit«, erklärt Nuh. »Siehst aus wie der Joker.«

»Man riechts an deiner Kleidung ...« fügt Maya hinzu und rangelt mit Tariq. »Das sind definitiv Frauenparfums. Und manchmal sieht man auch Lippenstiftspuren ...«

Der Älteste unter uns wirft das Handy dem Zweitältesten zu. »Und du bist netter drauf, ob du's glaubst oder nicht.«

»Okay, gebt ihr mein Handy endlich zurück?« Unsere Schwester stützt ihre Arme in ihre Hüften und guckt streng, während Nuh ein Selfie von sich schießt. Dann rennt er um den Tisch herum, um Maya zu entkommen, und schießt dabei weitere Bilder.

»Wie bin ich netter drauf?«, frage ich und mache eine Joker-Grimasse in die Kamera.

Daraufhin reden alle durcheinander: von wegen weniger sarkastisch, du hörst mehr zu, musst nicht ständig alles verfluchen.

»Du sitzt hier. Mit uns«, beendet Maya, nachdem sie ihr Handy wieder zu fassen bekommen hat. »Wann ist das in letzter Zeit vorgekommen?«

»Das war nicht meine Schuld.« Ich deute auf Tariq. »Er war nie da.«

»Stimmt nicht.« Nuh setzt sich ebenfalls und legt seinen rechten Fuß auf sein linkes Knie. »Er ist seit über 'nem Monat hier und das ist das erste Mal, dass wir alle zusammen sind ohne Ma und Baba.«

Und bald reist Tariq wieder ab, er war nur für die Weihnachts- und Sylvesterzeit hier. Trotzdem. Ich glaub, niemand von uns hat gecheckt, was dieses Zusammensein eigentlich bedeutet, bis es Nuh ausgesprochen hat. Davon abgesehen, dass Tariq nicht mehr hier lebt – wann war das letzte Mal, dass nur wir Geschwister unter uns waren? Wirklich nur wir und niemand anderes, nicht unsere Eltern, keine Freunde, keine Freundinnen, kein weiteres Familienmitglied. Uzair fehlt, aber so fies es klingt, Uzair fehlt oft. Der hängt sowieso lieber mit unseren jüngsten Cousins ab, die altersmäßig näher an ihm dran sind.

Maya scheint dieselben Gedankengänge zu haben. »Ich glaub, das letzte Mal waren wir zusammen, kurz bevor Arwa zum ersten Mal nach Pakistan gereist ist. Da waren wir bei dem Inder essen …«

Das war vor drei Jahren. Mehr als drei Jahren. Seitdem war Arwa mehrmals in Pakistan gewesen und es hatte sich so gut wie alles verändert. Tariq ist weggezogen, Nuh hat die Uni beendet, ich hab den Abschluss nicht geschafft, aber dafür Sadia kennengelernt. Und dann wieder kennengelernt. Und jetzt sehen wir uns jeden Tag.

»Krasse Sache.« Nuh fährt sich durch seine Locken »Hat sich seitdem gefühlt nichts geändert.«

Tariq hebt die Augenbrauen. »Bist du sicher?«

Wir schauen auf die kaputte Küche um uns herum, auf die Unokarten zwischen uns, auf die leeren Chaitassen. Wenn man schnell genug blinzelt, könnte man für einen Herzschlag die Kinderversionen von uns an diesem Tisch sehen.

»Jap.« Nuh legt seine Hände auf den Tisch und setzt sich aufrecht hin. »Nichts geändert.«

Ich weiß nicht, was er damit meint. Es hat sich alles verändert. Ob zum Guten oder Schlechten, das ist die Frage.

Aber es ist spät und ich habe ein *Date* vor mir, keine Zeit für philosophische Auseinandersetzungen.

»So«, sage ich und klopfe mir auf den Oberschenkel, der perfekte Österreicher, der ich bin. »War wie immer schön mit euch, sollten wir in der Zukunft wiederholen, aber ich habe jetzt was Besseres vor.«

Sofort attackieren sie mich alle drei zugleich, wie Geier, die ihre Beute anvisieren.

Ich find es nicht schlimm, dass sie jetzt darüber Bescheid wissen. Aber ich bin noch nicht bereit, Sadia meiner Familie vorzustellen. Noch nicht. Aslan und der Rest waren schon eine herausfordernde Annäherung, aber hiervor wird es noch etwas mehr Zeit brauchen. Ich weiß nicht, warum. Wahrscheinlich, weil sich meine Familie noch immer wie eine andere Welt anfühlt und Sadia wie eine Flucht aus ebendieser. Ich will es nicht riskieren, beides zu vermischen, solange ich nicht weiß, wie es mit meiner Zukunft weitergehen soll.

Die Rufe meiner Geschwister ignorierend, gehe ich zur Garderobe und ziehe mir Mantel und Schuhe an. Ich trete hinaus und mein Atem formt Rauchwolken vor meinem Gesicht. Als ich die Treppen vor der Haustür runtersteige, bemerke ich einen gelben Stich aus dem Augenwinkel.

Uzair sitzt auf der Bank vor dem Haus, seine gefütterte Jacke ist wie ein fehlerhafter Pinselstrich auf der grauweißen Landschaft. Er hat die Arme um seine Beine geschlungen und die Wange auf den Knien abgelegt, sodass ich sein Gesicht nicht sehen kann. Auf seinen Ohren stecken riesige Kopfhörer, die doppelt so groß wie sein Gesicht wirken.

»Hey«, rufe ich.

Er hört mich nicht. Ich trete näher und halte eine der Ohrmuscheln von seinem Ohr weg.

Er zuckt zusammen und blickt auf. Augenblicklich versteife ich mich, als ich seine rot geränderten Augen bemerke.

»Hey, Abi!« Er versucht krampfhaft zu lächeln.

»Was ist los?«

»Nichts.« Er fasst nach seinem Rucksack und will aufstehen, aber ich schiebe ihn an der Schulter zurück.

»Und wieso heulst du dann?«

»Ich heule nicht!«, ruft er, aber seine Stimme bricht.

Ich überlege, ob es sehr erbärmlich wäre, wenn ich wieder reingehe, um einen der anderen zu rufen. Jeder wäre eine bessere Person als ich, um mit so einer Situation klarzukommen. Aber dann erinnere ich mich plötzlich an das Gespräch zwischen mir und Sadia über meinen möglichen Werdegang. Ich fand es lächerlich, dass sie meinte, ich könnte es als Lehrer bringen.

Und trotzdem. Verschwunden ist der Gedanke lange nicht.

Seufzend lasse ich mich neben meinem kleinen Bruder nieder. »Spuck's aus. Was ist los?«

Sofort höre ich Mayas Ermahnung, sensibler zu sein. Sehe Tariqs und Sadias strenge Blicke. Aber ich bin keiner von ihnen. Wenn ich schon die Initiative ergreife, dann auf meine Art oder gar nicht.

Uzair zieht an den Trägern seiner Tasche rum und ich merke, wie sein rechtes Bein anfängt zu zittern. Aber statt der Frage weiter auszuweichen und Ausreden zu suchen oder Witze zu reißen, wie ich es wahrscheinlich tun würde, antwortet er einfach. Ich weiß nicht, wieso mich das überrascht.

»Ich hab von meiner Mathelehrerin eine Frühwarnung bekommen.«

Am liebsten würde ich sofort wegrennen, ohne Scheiß. Das Wort triggert mich bis aufs Innerste. Eine Frühwarnung bekommt man, wenn dein Notenstand in einem Fach so mies ist, dass man als Risikofall gesehen wird. Das heißt, man könnte einen Fetzen bekommen. Österreichisch für: Nicht genügend. Bei zwei Fetzen im Zeugnis muss man die Klasse wiederholen.

»Okay«, sage ich nach einem Moment, indem ich krampfhaft die richtigen Worte gesucht habe. »Aber es ist erst Jänner. Das kannst du noch richten, oder?«

Uzair sieht auf seine Schuhe runter.

»Uzair?«

Seine Atmung beschleunigt sich und mir krampft sich bereits der Magen zusammen, noch bevor er weiterspricht. »Ich –

ich hab letztes Jahr eine Fünf in Mathe gehabt. Und mein Lehrer meint, seitdem bessert sich nichts, deswegen …«

Überrascht starre ich ihn an. »Du hattest eine Fünf?«

Davon hätte ich gewusst, oder nicht? Zugegeben, ich war nicht oft da, aber so was hätte doch irgendwann mal von den anderen erwähnt werden müssen? Das Problem ist, man fliegt nicht nur bei zwei Fetzen durch, sondern auch bei einem wiederholten. Wenn Uzair letztes Jahr bereits ein Ungenügend in Mathe hatte und dieses Jahr wieder eins bekommt, dann bleibt er sitzen.

»Hey«, sage ich, um ihn dazu zu bringen, mich anzusehen. »Wenn du schon eine Fünf hattest, warum hast du dann keine Nachhilfe mehr?«

Uzair verkrampft die Hände ineinander. »Weil Mama und Baba nichts davon wissen.«

»Sie haben dein Zeugnis nicht gesehen?«, frage ich.

Zu meiner Zeit haben sie das Zeugnis verlangt, kaum dass ich durch die Haustür getreten bin.

Mein kleiner Bruder zieht die Schultern hoch. »Doch. Ich hab die Note gefälscht.«

Auf dieses Geständnis hin folgt in meinem Kopf erst mal nur ein lang gezogenes Fuck. »Uzair …«, stöhne ich.

»Es tut mir leid, ich hatte nur voll Schiss, ihnen die richtigen Noten zu zeigen!«

Seine Worte stolpern übereinander, verheddern sich und er atmet schneller. Hektisch versucht er mir zu erklären, was er sich bei dieser Aktion gedacht hat, aber ich versteh ihn kaum, weil seine Stimme sich durch seine Tränen zusammenzieht.

»Hey!«, rufe ich. »Hey! Beruhig dich, okay?«

Er beruhigt sich nicht. Ich glaub, er redet sich gerade in Panik. Ich hocke mich vor ihn hin und fasse nach seinen kalten Händen, versuche ihn aus seinem Kopf rauszuholen, indem ich seinen Blick zu halten versuche.

»Uzair«, sage ich. »Bleib ruhig, okay? Wir kriegen das hin, aber du musst jetzt ruhig bleiben und mit mir reden. Sag mir, was für ein Lied grad läuft.«

Augenblicklich hält er inne und blinzelt mich an. »Das Lied?«, fragt er und runzelt die Stirn.

»Das grad aus deinen Kopfhörern spielt, ja.« Ohne ihn darauf hinzuweisen, nehme ich tiefe, langsame Atemzüge, damit er es sich abgucken kann. Er fokussiert seinen Blick auf meine Brust und auf seine Hände, die in meinen liegen, schluckt schwer.

»*I will survive*«, flüstert er den Songtitel.

Ich schnaube. »Seit wann hörst du so altes Zeug?«

»Hab ich von Maya.« Er wischt sich mit dem Ärmel über seine Wange.

»Ah. Aus welcher Playlist?« Unsere Schwester hat ein Archiv voll mit Playlists, für jede Facette eines Gefühls etwas Eigenes.

»Die höre ich, wenn's mir scheiße geht.«

»Und wie heißt sie?«

Er murmelt etwas, was ich nicht verstehe. »Hm?«, hake ich nach.

»What doesn't kill you makes you stronger«, wiederholt er.

Ich zwinge mein Gesicht zu einer neutralen Miene. »Und hilft's, so was zu hören?«

Er wird knallrot. Fucking Uzair mit seinem Herzensbrecherlächeln und seinen großen Augen. »Manchmal schon«, nuschelt er und scheint sich, wenn auch nicht vollständig, etwas beruhigt zu haben.

»Dein Musikgeschmack ist noch beschissener als der von Maya.«

Das bringt ihn dazu, kurz und schnaufend aufzulachen. Nur für eine Sekunde, es ist mehr ein erleichtertes Ausatmen als alles andere, aber ich nehme, was er mir geben kann. Ich lasse seine Hände los und setze mich wieder neben ihn auf die Bank.

»Warum hast du nie was gesagt?«, frage ich. »Wegen der

Note? Ich mein, zu uns, nicht zu Baba oder so? Wir hätten da schon eine Lösung gefunden.« Oder Maya oder Tariq hätten es getan.

»Ich wollt euch nicht auch noch damit nerven. Und ich hatte Angst, dass es Baba dann doch erfährt,«, flüstert er.

Ich seufze. Das mit Baba verstehe ich. Was soll man einem Vater auch von den eigenen Lernproblemen erzählen, wenn dieser daraufhin nur sagt, man solle sich mehr bemühen. Aber wie genau bemüht man sich mehr? Das konnte mir nie irgendein Erwachsener beantworten.

Im Großteil aller Fälle sind Kinder nicht von Grund auf gegen die Schule. Ich selbst wollte schon als Kleinkind zur Schule, und Uzair auch, weil wir unsere älteren Geschwister dabei beobachtet haben, wie sie jeden Morgen hingingen und jeden Abend nach Hause kamen, von Freunden erzählten oder coolen Projekten, von Ausflügen und von all den neuen Sachen, die sie erfuhren. *Jedes* Kind lernt gern.

Aber kein Kind lernt gern, wenn Lernen bewertet wird.

Ich fahre mir über meinen Buzzcut und betrachte einen Moment lang Uzairs zusammengesunkene Gestalt. Dann treffe ich eine Entscheidung. »Ich fälsch dir Babas Unterschrift für die Frühwarnung.«

Eine Entscheidung heißt nicht die beste Entscheidung.

Auf dem Gesicht meines Bruders kämpft Hoffnung mit Unsicherheit. »Bist du sicher?«

»Ja. Aber … mehr kann ich nicht machen. Wegen der Note – red mit Maya oder Tariq, okay? Sag ihnen, dass du ihre Hilfe brauchst, um dich zu verbessern.«

»Ich frag doch sonst eh immer«, erwidert er. »Aber in letzter Zeit waren alle so beschäftigt und ich wusste nicht, zu wem ich gehen soll.« Er reibt sich erneut über das Gesicht. »Arwa konnte mir keine Nachhilfe mehr geben im letzten Jahr, und Maya ist auch … Maya wollt ich auch nicht nerven.«

»Du nervst nicht. Wir wollen dir helfen, Zair. Wir wollen, dass du es schaffst.« Jetzt muss ich plötzlich mein eigenes, nun wieder zitterndes Bein zur Ruhe zwingen. »Aber du musst halt mit uns reden.«

Heuchler. Ich dränge die Stimme zurück, die mir das Wort entgegenschleudert.

Uzair holt den Bescheid aus seinem abgetragen wirkenden Rucksack hervor und reicht mir einen Stift. Ich fordere ihn auf, sich umzudrehen, damit ich seinen Rücken als Schreibunterlage benutzen kann, und lehne das Papier an ihn.

»Aber mach das nie selbst«, murmle ich, während ich unterschreibe. »Das ist grad nur eine Ausnahme ...«

Er nickt heftig, als ich ihm den Brief wieder zurückreiche. Mit einer perfekten Kopie von der Schrift meines Vaters, jahrelange Übungssache.

Uzair steht auf, zieht sich seinen Rucksack über und wischt sich ein letztes Mal über die Augen. »Danke Abi«, murmelt er und drückt sich kurz an mich.

»Schon gut.« Ich klopfe ihm auf den Hinterkopf und räuspere mich. »Und du machst nichts falsch, okay? Du gibst eh dein Bestes, mach dich deswegen nicht fertig.«

Kein Plan, warum sich bei den Worten was in mir zusammenkrampft. Aber als er mich endlich loslässt und reingeht, mache ich mich daran, so schnell wie möglich wegzukommen von hier.

19. Kapitel

Sadia

»Natürlich, Nadia, ich geb dir Bescheid!«

»Ich dachte, deine Freundin aus England heißt Neha«, bemerke ich, nachdem meine Mutter den Anruf beendet hat. Wir sind in der Küche und ich mache ein Impromptu-Dessert: zerstückelte Mandeln, Erd-, Wal- und andere Nüsse, die ich gemeinsam mit Sesamkörnern in Ghee und Honig anbrate. Ich liebe den Geruch von Geröstetem und schließe einen Moment die Augen, um tief einzuatmen. Meine Mutter kümmert sich währenddessen um das Chai.

»Die aus England heißt auch Neha«, bestätigt sie und wirft grünes Kardamom in den Topf vor sich. »Das eben war Nadia aus Wien.«

»Welche Nadia aus Wien?«

Meine Mutter ist mir, was Freundschaften betrifft, ähnlich: Entweder hat sie Saisonfreundschaften, das heißt neue Bekanntschaften, mit denen sie sechs Monate lang so tut, als wären sie Seelenverwandte, weil sie sich genau wie ich gern überstürzt in etwas reinwirft. Oder sie hat ihre richtigen Freunde, die aber alle zu weit weg leben, um sie regelmäßig zu sehen. Deswegen kenne ich in der Regel jede Aunty, mit der sie sich abgibt. Eine Aunty Nadia kann ich nirgends zuordnen gerade.

»Nadia Sadeem aus dem Asialaden«, erklärt sie.

Ich verbrenne mich fast, als ich ohne hinzugucken, die Nüsse in der Pfanne schwenke.

»Nadia Sadeem?«, hake ich nach.

»Ja. Wundervolle Frau. Wundervolle Familie!«

Es gibt nur einen guten Grund für meine Mutter, sich mit den Sadeems anzufreunden, und der Grund präsentiert sich auch sofort auf einem Silbertablett, als sie ungefragt weiterredet. »Wusstest du, dass sie vier Söhne haben?«

Ich schalte den Herd ab und unterdrücke ein Seufzen. Ach, Ma.

»Wobei, einer von ihnen ist schon so gut wie verlobt. Der andere noch ein Kind und einer …« Sie verzieht das Gesicht. »Der gefällt mir nicht so gut.«

»Welcher? Wieso?«, frage ich, bevor ich mich abhalten kann.

Meine Mutter bemerkt meinen beleidigten Ton glücklicherweise nicht. »Aber vielleicht kann man darüber hinwegsehen, wenn man sich die Familie ansieht … und sie haben auch einen Sohn, nicht so viel älter als du, der hat Architektur studiert. Oh, und wusstest du, dass sie zwei verschiedene Läden hier in Wien haben? Sie sind schon ewig im Geschäft und ich habe darüber nachgedacht, ob sie …«

Ich fasse es nicht, dass sie gerade ernsthaft über Ibrahim und seine Brüder redet. Und das ausgerechnet in so einem Kontext. Ich glaube, es wird Zeit, ihr zu gestehen, dass ich keine Lust mehr auf den Deal habe, den wir ausgemacht haben. Es ist falsch, wenn ich – ich! – doch längst einen Freund habe.

Während meine Mutter weiter von der Familie Sadeem und deren Geschäfte prahlt, überlege ich, wie ich das am besten angehen könnte. Dann hole ich tief Luft und beschließe, fuck it, besser Pflaster ab, als sich weiter zu quälen. »Mama, ich hab nachgedacht wegen dem Deal und – «

Es klirrt, als meine Mutter den Löffel, mit dem sie eben eine Geschmacksprobe machen wollte, in den Topf fallen lässt.

»Ich wusste es!«, ruft sie aufgebracht. »Ich wusste, du würdest dich nicht daran halten. Das machst du immer. Du kannst dich überhaupt nicht entscheiden, was du eigentlich willst, Sadia.«

Woah, woher kommt denn diese Reaktion? »Ich darf doch wohl bei solchen Themen meine Meinung ändern. Ich hab dir von Anfang an gesagt, dass ich unsicher bin«, verteidige ich mich.

»Du bist dir aber bei allem unsicher!« Sie wirft ihr Dupatta über ihre Schulter und rührt wieder im Chai rum, diesmal heftiger. »Du wusstet nicht einmal, was du studieren sollst!«

Ich drehe die Herdflamme ab und verschränke die Arme vor der Brust. Mir scheint, es geht hier um etwas anderes als um unseren Deal. »Ich hab mich dann aber entschieden, oder?«

»Oder wenn es um deine Kleidung geht, änderst du auch ständig deine Meinung ...«, ignoriert sie den Einwand und meint damit meine Teenagerphase, in der ich ständig Klamotten aussortiert habe, weil ich jede Woche eine neue Identität an mir anprobieren musste. Das war noch, bevor ich mich mit meiner Gewöhnlichkeit abgefunden hatte.

»Ich hab schon echt lang nichts mehr zurückgegeben –«

»Und dein Zimmer! Es sieht immer noch so aus wie ein Kinderzimmer, weil du dich nicht entscheiden kannst, wie du es sonst dekorieren sollst!«

»Oh mein Gott, du bist nicht besser! Du hältst doch auch lieber an deinem Komfort ...« Langsam bin ich echt beleidigt. Sie tut so, als würde sie unter meiner Unentschlossenheit leiden, dabei bin ich die Einzige, die davon genervt sein kann.

Auch sie schaltet ihre Herdflamme ab. Sekundenlang verweilt sie in Stille, während sie vier Tassen aus dem Schrank holt und auf einem Tablett abstellt. Bei jeder Tasse ertönt ein hörbarer dumpfer Laut, der sich wie eine stumme Anklage anfühlt. »Manchmal mache ich mir Sorgen um dich, Sadia.«

Ich blinzle sie an. »Weswegen?«

»Darüber, dass du nie für dich selbst lebst.«

Aus irgendeinem Grund fühle ich mich ertappt. Ich zupfe an meinem Zopf und runzle die Stirn. Fasse nach der Pfanne und schwenke sie herum. »Wie meinst du das?«, frage ich schließlich.

Sie seufzt. »Bist du zufrieden?«, fragt sie. »Dein Vater hat mich das gefragt. Ob ich glaube, dass du zufrieden bist. Und ich wusste nicht, was ich ihm sagen soll. Bei Fawad weiß ich es. Aber bei dir verstehe ich es nie. Also.« Ein prüfender Blick. »Bist du zufrieden?«

»Wirke ich unzufrieden?«, hake ich nach. Was für ein absurdes Gespräch das auch ist.

Meine Mutter überlegt eine ganze Weile. Sie gießt das Chai durch ein Sieb in die Tassen und ich erwarte beinahe gar keine Antwort mehr, als sie endlich spricht. »Weißt du noch, wie du dich während der Schulzeit immer von deinen Freunden hast rumkommandieren lassen?«

Danke für die Erinnerung. Man denkt immer gern an die eigenen Tiefpunkte zurück. »Aber jetzt bin ich erwachsen. Und habe andere Freunde.«

Sie legt das Sieb weg und rührt in ihre und meine Tasse noch zusätzlichen Zucker rein. »Aber da hat es schon angefangen«, sagt sie. »Sie mussten nur andeuten, dass sie etwas an dir nicht mögen, und du hast dich sofort angepasst.«

Bevor ich etwas darauf erwidern kann, zählt sie mir an ihren Fingern Situationen auf, in denen das passiert ist.

Wie ich aufhörte meine Lieblingsjeans zu tragen, weil sich Sana in der vierten Klasse darüber lustig gemacht hat, wie dick ich darin wirke. Danach habe ich meine Mutter zum nächsten Klamottengeschäft geschleppt und mir einen Haufen Skinny-Jeans gekauft, die allesamt unfassbar ungemütlich waren, aber der damaligen Mode entsprochen haben. Wie ich kurz davor war, eine Volleyballmannschaft in der Fünften für unsere Stufe zusammenzustellen, weil unsere Schule nicht ausreichend Sportgruppen für die Mädchen angeboten hat. Aber dann meinte Sissi aus der Nebenklasse, ich soll mich nicht immer in den Mittelpunkt drängen.

Wie meine Deutschlehrerin mich dazu eingeladen hat, Teil eines Redewettbewerbs zu werden, weil sie meine Texte gut fand. Ich war so stolz, bis Johanna und die anderen aus meiner damaligen Gruppe sich seltsame Blicke zuwarfen, als ich ihnen davon erzählte. »Aber wozu willst du das machen? Außerdem sind wir ja nicht dabei.« Und ich dachte mir: *Ja, wozu will ich das dann machen?*

Ich weiß nicht, warum ich mein Leben lang das Pech hatte, nur mit Menschen umgeben zu sein, die nicht wissen, was es heißt, Leidenschaften zu haben. Mittlerweile ist das nicht mehr so. Mittlerweile kenne ich Menschen, die es nachvollziehen können, warum ich laut und aufgeregt werde, wenn ich über etwas rede, das mir viel bedeutet. Die meine Begeisterung spiegeln können oder sie vervollständigen. Amanat. Und Ibrahim. Und meine Familie. Und meine Online-Freunde.

Und ja. Braucht man mehr?

»Ich *bin* zufrieden«, sage ich meiner Mutter. »Und ich mein das ernst mit dem Deal. Das ist auch eine Entscheidung, die ich für mich selbst treffe, und ich hätte es gern, wenn du das respektierst.«

Damit lade ich das Chai und das Dessert auf ein Tablett. Ich meine ein fast beeindrucktes Flackern in den Augen meiner Mutter zu sehen. Schließlich nickt sie langsam.

»Okay. Wenn du das sagst.« Sie nimmt mir das Tablett ab. Misstrauisch beobachte ich, wie sie aus der Küche tritt. Das war's? Eine ellenlange Ansprache über all meine Fehler, und jetzt geht sie einfach?

Ich folge ihr zum Wohnzimmer, in dem sich Fawad und

Papa gerade über irgendwelche Pläne beugen, die aussehen wie Grundrisse von Wohnungen.

»Aber die Familie aus England würde trotzdem kommen, ich kann ihnen nicht mehr absagen«, sagt meine Mutter plötzlich, und endlich klärt sich meine Verwirrung.

Als ob sie so leicht nachgeben würde.

Den ganzen restlichen Abend über geht mir das Thema nicht mehr aus dem Kopf und mir kommen noch mehr Situationen in den Sinn, die ich eigentlich allesamt verdrängt hatte. Es begann mit kleinen Dingen, diese Furcht davor, nicht reinpassen zu können. Ich war an Schulen, wo der Ausländeranteil nicht sonderlich hoch war, weil meine Eltern versucht haben, mir die bestmögliche Bildung zu bieten. Warum das eine das andere ausschließt, versteht sich wahrscheinlich von selbst.

An diesen Schulen fiel allein mein Gesicht wie ein Mahnmal auf. Ich bekam ständig Kommentare zu meiner Nase, meinen Lippen, man fasste meine Haare ohne meine Erlaubnis an und fragte mich, ob meine Familie in Pakistan in Zelten in der Wüste schläft.

Kann man es mir also wirklich vorhalten, dass ich krampfhaft darauf achtgegeben habe, nicht negativ aufzufallen? Oder überhaupt aufzufallen? Oder die Freunde, die ich gewinnen konnte, nicht zu verlieren? Denn allein zu sein hätte auch bedeutet, bemerkt zu werden. Und ich wollte mich integrieren.

Aber will ich das immer noch? *Mache* ich das immer noch so krass, dass es auffällt?

Ich weiß es nicht, aber es scheint, als würde in letzter Zeit jede Person mir genau das versuchen zu sagen. Als würde ich auf eins dieser Bilder voller Gegenstände starren und krampfhaft nach einem bestimmten Symbol suchen, auf das alle hinweisen, ich es aber trotzdem nicht sehe.

Ob ich zufrieden bin? Wieso sollte ich nicht, wenn ich zum ersten Mal in meinem Leben in einer Beziehung bin?

Heute treffe ich Ibrahim wieder um Mitternacht am Balkon. Es sind Wochen seit dem Ersten Kuss vergangen und wir haben uns seit einer Weile nicht mehr bei mir getroffen.

Als er kommt, ziehe ich ihn sofort durch unsere dunkle Wohnung in mein Zimmer, wo wir prompt auf meinem Bett landen und ich alle meine Sorgen und Zweifel von seinen Küssen verdrängen lasse. Eine bessere, süßere Ablenkung hat es nie gegeben und das Gespräch mit meiner Mutter ist wie fortgewischt. Es zählt nur mehr, ihm so nah wie möglich zu sein.

Ich schubse ihn von mir, sodass er auf dem Rücken liegt, und setze mich rittlings auf ihn. Sachte ziehe ich mit meinen Fingern die Konturen seines Gesichts nach, präge mir jede Unebenheit, jede noch so kleine Narbe ein. Manchmal erscheint es mir so unwirklich, dass er real ist, dass ich durch meine Berührungen sichergehen muss. Ich schiebe seine Mundwinkel rauf und runter, ziehe an seinen Wangen und halte seine Nase zu, bis er nicht mehr ausatmen kann und lachend meine Hand wegschubst.

»Du bist so seltsam.« Er zieht mich an den Hüften auf seinen Körper. Ich stütze mich auf meine Arme neben seinem Kopf und beuge mich vor, um ihm zwanzig kleine, kurze Küsse auf die Lippen zu drücken.

»Für jedes Jahr, in dem wir nicht zusammen waren«, sage ich zwischen jedem Kuss.

»Wir sind zweiundzwanzig.«

Also drücke ich noch einmal, etwas länger als zuvor, meine Lippen auf seine.

»Du hast geraucht«, stelle ich fest.

»Schuldig«, murmelt er und fährt mit seiner Hand unter mein Top.

Ich setze mich auf und schaue streng auf ihn hinunter. »Was ist los?«, frage ich.

»Was soll los sein?«

»Du rauchst nur, wenn dich irgendwas stresst.«

Er ignoriert mich, seine Hände gleiten weiter meinen Bauch hinauf. Ich fasse nach seinen Armen und ziehe sie hervor.

»Ibrahim?«

Diesmal hält er inne. Er streicht sich über sein Gesicht und seufzt.

»Abi?« Ich beuge mich vor. »Was ist denn los?« Er regt sich nicht. Ich nehme seine Hände vom Gesicht, damit er mich ansieht. »Rede mit mir? Bitte?«

»Es ist nichts«, murrt er und ich mache mir ernsthaft Sorgen, weil seine Miene endlos erschöpft wirkt.

»Es geht nur um meinen jüngeren Bruder«, gibt er dann doch nach, und ich atme erleichtert aus, weil er nicht länger abblockt.

Nachdem er mir aber von der Situation mit Uzair erzählt hat, kann ich mich nicht entscheiden, ob ich ihn an mich drücken oder meine Hände über dem Kopf zusammenschlagen soll.

»Du hast die Unterschrift gefälscht?«, platzt es aus mir heraus. Das ist es nicht, was er von mir hören will, und seine Augen werden schmal.

»Ja.«

Ich beiße mir auf meine Unterlippe und wäge meine nächsten Worte genau ab. »Meinst du, das war die beste Lösung?«

»Es war die einzige Lösung.«

»Aber …« Ich rutsche von ihm runter und lasse meine Füße zu Boden gleiten, um aufrecht zu sitzen. »Vielleicht hätte man mit deinen Eltern reden können? Ich meine, wäre es insgesamt nicht besser, wenn sie darüber Bescheid wüssten?«

Plötzlich wird seine Miene unlesbar. Die Mauer, die er in

letzter Zeit runtergelassen hatte, verhärtet mit einem Mal seine Gesichtszüge und lässt mich zusammenzucken.

»Kennst du meine Eltern besser als ich?«, fragt er.

»Das meinte ich nicht. Ich – ich versuch das alles nur besser zu verstehen.« *Ich versuch dich besser zu verstehen. Bitte erlaub es mir doch.*

»Meine Eltern checken doch gar nichts.« Kurzerhand steht er vom Bett auf und geht im Zimmer auf und ab. »Ich hab's dir doch erzählt. Mein Vater hat keinen Plan von irgendwas. Er glaubt, man muss sich nur anstrengen, dann geht alles. Und man soll bloß keine Probleme haben. Meine Mutter ist mehr der emotionale Manipulationstyp. Die verstehen nicht, warum uns das runterzieht. Für die sind ihre Kinder wie Trophäen, unsere Leistung bestimmt darüber, was wir wert sind, verstehst du?«

»Ja«, flüstere ich. »Ich verstehe das. Ich weiß, was du meinst.«

»Ich denke nicht. Deine Eltern sind nicht so. Ich glaub nicht, dass du das wirklich verstehen kannst.«

Ich muss mich daran erinnern, tief Luft zu holen, bevor ich wieder rede. Sonst wäre mir gerade ein gehässiger Kommentar entkommen. *Ja, so wie du nicht weißt, wie es ist, die eigene Wut regulieren zu müssen und nicht ausrasten zu dürfen, wann immer man will.*

Er ist verletzt, rufe ich mir in Erinnerung. Er ist verletzt und er meint es nicht so, und ich weiß, dass ich diese Dinge auch nicht so meine.

»Tut mir leid«, sage ich. »Ich sehe, wie schwer sie es dir machen, ich sehe es wirklich. Aber ich will dich auch nicht anlügen. Ich find's nun mal nicht gut, dass du die Unterschrift gefälscht hast.«

»Was hätte ich sonst tun sollen?«, fragt er, etwas zu laut.

Besorgt blicke ich zur Tür und hoffe, meine Familie liegt im Tiefschlaf.

»Ich kann ihm nicht helfen. Ich kann sonst gar nichts machen, oder?«

»Stimmt nicht«, versuche ich zu ihm durchzudringen. »Schon allein, dass du ihm zuhörst und ihn nicht verurteilst, ist so viel wert!«

»Zuhören«, schnaubt er nur und weiß augenscheinlich nicht, was er mit seinen Händen machen soll. Er zupft an dem Ärmel seines langärmligen Shirts herum und meidet meinen Blick.

Wie konnte die Stimmung so schnell so sehr kippen? Lagen wir nicht Minuten zuvor noch auf meinem Bett und haben über die Jahre geredet, die wir aufholen wollen?

»Ich kann gar nichts richtig machen«, murmelt er mehr zu sich selbst als zu mir.

»Das stimmt nicht«, widerspreche ich wieder.

Er presst die Lippen zusammen. Sein Blick schweift durch mein Zimmer, verharrt an dem Bücherregal. »Doch. Doch, es stimmt.«

»Ibrahim«, sage ich, um seine Aufmerksamkeit zu erlangen. »Ich weiß nicht, was in deinem Kopf gerade vor sich geht, aber das stimmt alles nicht, hörst du? Ich glaub, das mit Uzair triggert dich gerade nur, aber das hat nichts mit dir zu tun.«

Sein Blick landet wieder auf meinem Gesicht. Er betrachtet mich, als hätte er für einen kurzen Moment vergessen, dass ich wirklich vor ihm sitze. »Glaubst du?«, fragt er ruhig nach. »Dann sag mal, was du auch glaubst, was passieren wird, wenn ich deine Familie kennenlerne?«

Ich will sofort zur Antwort ansetzen, aber irgendetwas hindert mich daran. Ich will ihm sagen, dass meine Mutter altmodisch denkt, aber sie würde ihm eine faire Chance geben, das weiß ich. Ich will ihm sagen, dass er sich mit Fawad und meinem Vater verstehen wird.

Aber plötzlich bin ich mir selbst unsicher. Ich habe noch nie einen Freund mit nach Hause gebracht, das allein wird bereits den Beschützerinstinkt meiner Familie wecken. Und wenn es dann ausgerechnet Ibrahim mit seinem Buzzcut, den Tattoos, seinem scharfkantigen Grinsen ist?

Ich kann nicht behaupten, dass es einfach wird. Aber wenn er dem Ganzen nur eine Chance gibt, nur etwas Geduld zeigt, dann wird sich schon alles richten. Davon bin ich überzeugt.

»Dachte ich mir«, sagt Ibrahim, der mein Schweigen falsch deutet. »Weißt du, was meine Schwester gesagt hat, als sie erfahren hat, dass wir uns sehen? Dass das keine gute Idee ist.«

Mein Herzschlag fühlt sich gerade viel zu laut in meinem Kopf an. »Dann wusste sie nicht, wovon sie redet.«

Aufregung macht sich in meinem Körper bemerkbar, Kribbeln in meinen Wangen. Ich habe das Gefühl, die Kontrolle über etwas zu verlieren, von dem ich nicht gewusst habe, dass ich darauf achtgeben muss.

Seine Augen verengen sich kaum merklich. »Sogar meine eigene Familie ist dagegen, dass ich andere Leute mit mir vergifte.«

»Ibrahim.« Ich verliere langsam meine Geduld. »Hör auf, so über dich zu reden.«

Sekundenlang starren wir uns einfach nur an, er mit diesem herzbrechenden Funkeln in den Augen. Und ich frustriert davon, dass er abblockt, obwohl wir doch mittlerweile so weit waren. Schließlich schüttelt er den Kopf und tritt näher. Seine Miene wird weicher, als er sich vorbeugt und einen federleichten Kuss auf meine Stirn drückt. Die Geste ist so zärtlich, dass ich innerlich zergehe und meine Hand nach ihm austrecke.

Er weicht zurück. »Ich sollte nach Hause.«

»Nein.« Ich schüttle den Kopf. »Du musst erst mit mir reden.«

»Morgen, okay?« Vorsichtig öffnet er die Zimmertür und tritt hinaus.

»Aber –«

»Schlaf gut.« Damit geht die Tür wieder zu, ehe ich überhaupt sein Fortgehen verarbeiten konnte.

Sekundenlang blicke ich ihm hinterher, unfähig zu verstehen, was gerade passiert ist. Mein ganzer Körper zittert, ob aus Wut oder Trauer, kann ich nicht mehr differenzieren. Schließlich lasse ich mich zurück auf mein Bett fallen und stöhne in mein Kissen hinein. Etwas pikt mir in den Rücken und ich ziehe Lars, den Eisbären, unter mir hervor. Er starrt mich aus seinen viel zu dunklen Augen an, als könne er meine Seele lesen. Seufzend ziehe ich seine Schleife zurecht und setze ihn neben mich.

Vielleicht waren das zu viele gute Tage hintereinander. Ein schlechter unter etlichen guten bedeutet nicht den Weltuntergang. Ibrahim kriegt sich wieder ein und dann können wir über Kommunikation miteinander reden. Und darüber, dass jedes Mal abzuhauen, wenn es unangenehm wird, eben nicht die Lösung ist. Missmutig fasse ich nach meinem Handy und öffne den Chat zwischen uns. *Ruf mich an, wenn du zum Reden bereit bist.*

20. Kapitel

Sadia

Am drauffolgenden Freitag im Lateinunterricht bin ich noch abgelenkter als ohnehin in diesem Kurs. Dabei redet unser Deutsch hassender Dozent ausnahmsweise über den Stoff. Er versucht uns durch Wort- und Geschichtswitze die vielen Wunder der lateinischen Sprache näherzubringen, aber ist nicht sonderlich erfolgreich darin, weil niemand seine Insider versteht. Die hinteren Reihen sind wie immer spaced out und die vorderen schrecken jedes Mal auf, wenn er mit jemandem Blickkontakt aufbaut. Dann lächeln sie verkrampft und nicken so heftig wie diese Figuren mit den wackelnden Köpfen, damit er sie schnell wieder in Ruhe lässt. Ich stelle mir vor, wie ein Meer aus Köpfen wie eine Lawine auf den Dozenten fliegt, und grinse in mich hinein, bevor ich mich daran erinnere, dass ich schlechte Laune habe.

Die Lippen zusammenpressend, öffne ich meinen Collegeblock und zwinge mich dazu, konzentriert zu bleiben. Nicht auf den Kurs, sondern auf die Hausarbeit, die ich versuche zu lösen. Ein Zettel voller Übungsfälle zum Eigentumsrecht. Die Abgabe wäre gestern gewesen, aber ich habe mir ein paar Tage mehr Zeit erbettelt. In den letzten Wochen habe ich die Uni ziemlich vernachlässigt. Schuld daran ist einzig und allein diese Blase, die jedes Mal mein Leben einhüllt, wenn ich mit

Ibrahim zusammen bin. Die war schon damals zu unseren Büchercafézeiten da, und auch jetzt taucht sie immer auf, wenn er bei mir ist.

Da er sich aber nun seit fünf Tagen nicht meldet, ist die Blase kleiner geworden, die Außenwelt näher herangerückt. Jetzt machen sich meine vergessenen Verpflichtungen bemerkbar und das stresst mich.

So sehr, dass ich nichts erledigt bekomme.

Die Stirn zusammenziehend tippe ich mit meinem Kugelschreiber auf dem Blatt vor mir herum. Ich lese die Worte, ohne sie aufzunehmen, denke an Probleme, die nichts mit Sachmängeln oder Kaufverträgen zu tun haben.

Noch mehr als meine liegen gebliebenen Hausaufgaben stresst mich der letzte Streit zwischen Ibrahim und mir.

Ich frage mich, ob ich anders hätte reagieren sollen. Hätte ich nichts zu der Unterschrift sagen sollen? Hätte ich einfach für ihn da sein sollen, ohne meinen Input zu geben? Oder hätte ich erst fragen sollen, was er in dem Moment brauchte? Sonst überlege ich doch auch immer, bevor ich etwas sage.

Aber es kann nicht sein, dass ich in solchen Situationen jedes Wort erst abwägen muss, bevor ich es ausspreche, aus Angst davor, dass er sonst geht. Nicht bei ihm, niemals bei ihm. So funktioniert das in einer Beziehung einfach nicht. Oder sollte es zumindest nicht.

»Alles okay?« Amanat legt ihren Kopf auf ihre Arme am Tisch und betrachtet mich fragend.

Ich höre auf, mit meinem Kugelschreiber gegen das Übungsblatt zu tippen, und nehme ihn stattdessen zwischen meine Hände. Rolle ihn hin und her. »Na ja«, antworte ich. »Geht.«

Heute trägt sie einen Kapuzenpullover und Jeans, untypisch leger für sie. Auch auf Make-up hat sie verzichtet und wirkt generell etwas erschöpft.

»Und bei dir?«, frage ich.

»Na ja.« Schulterzuckend richtet sie ihr weißes Kopftuch an der Stirn zurecht. »Geht.«

Nicht nur die Uni, auch die Freundschaft zu Amanat hat in letzter Zeit den Kürzeren ziehen müssen. Ich habe ein schlechtes Gewissen deswegen, weil ich mehrere ihrer Einladungen abgesagt habe, selbst aber nicht mehr auf sie zugegangen bin.

Jetzt ahme ich ihre Sitzposition nach und lege meine Wange auf den Armen ab, damit wir uns besser verstehen. Überlege, ob ich ihr von Ibrahim erzählen soll, traue mich aber dann doch nicht, weil ich es bereits viel zu lang geheim gehalten habe.

»Warum nur ›geht‹ bei dir?«, hake ich stattdessen nach.

Während ich selbst ein paar Anläufe brauchen würde, um mit der Sprache rauszurücken, lässt sich Amanat nicht zweimal darum bitten. »Meine Schwestern«, brummt sie. »Ich komme nicht zum Schlafen, weil wir uns ein Zimmer teilen.«

Amanat hat zwei Schwestern: Hama, die ich in der Shishabar damals kennengelernt habe, und Kaynat, die Älteste. Letztere hat seit Kurzem eine hässliche Scheidung hinter sich, und nach einem Streit, in den angeblich Pflanzentöpfe und Ambulanzen involviert waren, ist sie wieder bei den Eltern eingezogen. Das Problem dabei: Hama und Kaynat haben keinen sonderlich guten Draht zueinander.

»Heute Morgen haben sie das Bad versperrt und sich wegen dem Glätteisen fast zusammengehauen.«

Ich blinzle. »Ich glaub, ich hänge immer noch bei dem Pflanzentopf fest.«

»Es war nur ein kleiner, deswegen ist nichts passiert«, beruhigt sie mich. »*Inshallah* zieht dieses Monster bald wieder aus. Beide am besten.«

Sie redet von den teils aggressiven Aussetzern ihrer Schwester in einem steifen Berichterstattungston, als würde sie von einer Kausalität erzählen, die sie nicht betrifft. Ich presse die Lippen zusammen, um nicht versehentlich loszulachen.

Amanat bemerkt meine zuckenden Mundwinkel. »Lach nur«, sagt sie und nimmt einen tiefen Schluck aus ihrem Starbucks-Becher. »Ich überleb das alles auch nur mit Humor.«

Ein hilfloses Schnauben bricht aus mir hervor. »Tut mir leid«, bringe ich heraus. »Das kam nur alles grad sehr unerwartet. Geht es deinen Schwestern gut?«

»Nein.« Sie sieht mich seelenruhig an. »Nein, tut es nicht.« Dann scheint sie sich schlecht zu fühlen, nur Negatives berichtet zu haben, und fügt hinzu: »Aber meistens hat man die beste Zeit mit den beiden, wirklich. Nur ein Zimmer will ich nicht teilen müssen.«

»Ist eine größere Wohnung keine Option?«, frage ich und hoffe, das klingt nicht unsensibel.

»Schwierig bei unserem jetzigen Vertrag.«

Plötzlich fühle ich mich unendlich dankbar für die Privatsphäre, die ich in unserer Wohnung schon immer hatte. Nicht nur, dass es mir dadurch innerhalb meines Zimmers erlaubt ist, zu tun und zu lassen, was ich will, anders hätten diese Treffen mit Ibrahim nie stattfinden können.

»Wenn's dir zu viel wird, kannst du zu mir kommen«, biete ich Amanat an. »Auch zum Übernachten, mein Zimmer ist ziemlich groß.«

Sie lächelt, auf diese Art, in der sie ihre Nase kraus zieht und die Augen zusammenkneift. Amanat hat eins dieser immer unschuldig wirkenden Gesichter, auch wenn sie ernst guckt, aber ganz besonders, wenn sie es eben nicht tut. »Danke. Vielleicht komme ich wirklich darauf zurück«, sagt sie und lehnt sich wieder auf ihre Arme. »Aber jetzt du. Was ist bei dir so los?«

Ich blicke zum Dozenten hinunter, der wieder mit seinen Händen rumfuchtelt, während er Witze über Päpste und Rom reißt. Dabei fasst er sich an den Lippen, bevor er bei der Pointe die Arme nach vorn schwingen lässt. Als müsste er die Worte persönlich aus seinem Mund ziehen und dann ausholend in den Raum werfen, damit man sie in jeder Ecke des Saals zu hören bekommt.

»Ahm ...« Wieder rollt der Kugelschreiber in meinen Händen hin und her, bis ich mich zwinge, stillzuhalten. Wie genau beginnt man so ein Gespräch eigentlich? *Hey, ja, also. Ich hab einen Freund. Seit einigen Wochen schon. Und du kennst ihn sogar! Es ist Ibrahim. Sadeem? Ibrahim Sadeem. To be fair, ich bin ihm schon vor zwei Jahren begegnet. Dann hat er mich aber geghostet. Jetzt auch. Zum dritten Mal seit wir uns kennen. Aber ja. Surprise?*

Ich wiederhole diese Worte mehrmals in meinem Kopf, schiebe ihre Anordnung hin und her und probiere mich durch verschiedene Stimmlagen – berichtet man über so was in einem glücklichen, neutralen oder traurigen Ton? –, bevor ich wieder Amanat ansehe, den Mund öffne. Und einfach nur Folgendes sage: »Ich bin verliebt.«

Wären wir in einem Bollywoodfilm, würde jetzt ein Gitarrensolo im Hintergrund zu spielen beginnen. Irgendwoher würde plötzlich ein starker Wind wehen und sich alles ein klein bisschen langsamer bewegen. Wären wir in einem Bollywoodfilm, würden die Studierenden inklusive des Dozenten anfangen synchron zu tanzen und ich würde mich auf meinen Tisch stellen, um eine Liebesballade zum Besten zu geben.

Aber wir sind nicht in einem Film, wir sind im hässlichsten Unigebäude Wiens, unser Lateinlehrer zitiert mittlerweile Shakespeare, *et tu, et tu*, und Amanat starrt mich einfach nur an.

Dann weiten sich ihre Augen, sie setzt sich auf, den Oberkörper in meine Richtung geneigt und wirkt mit einem Mal hellwach. »In wen?«, fragt sie.

Ich weiß nicht, warum es mir so unangenehm ist, über meine Gefühle zu reden. Aber gerade steigt mir Hitze die Wangen hoch und ich räuspere mich, um meine Stimme wiederzufinden. Als wäre es kindisch, sich zu verlieben. Als müsste ich es besser wissen. Dabei wirkt Amanat nicht verurteilend, sondern einfach nur überrascht.

Ich zwinge mich, seinen Namen auszusprechen. Leise und zögerlich, weil es ein wohlbehütetes Geheimnis ist, das ich nur in einer gemäßigten Stimmlage weiterverraten darf. »Ibrahim«, antworte ich. »Es ist Ibrahim. Sadeem. Ibrahim Sadeem.«

Amanat guckt schockiert. Für einen Moment scheint sie nicht einmal mehr zu blinzeln, als hätte jemand einen Pausenknopf gedrückt. Jeder Muskel in ihrem Gesicht wird reglos, und wenn ich es nicht besser wüsste, dann würde ich glauben, dass sie den Atem anhält.

»Ähm.« Ich überlege, vor ihren Augen zu schnipsen, als sie endlich aus ihrer Trance aufwacht.

»Ibrahim?«, wiederholt sie laut. Einige Köpfe drehen sich zu uns um und ich lächle entschuldigend in die Runde.

»Ja. Ibrahim. Sadeem. Ibrahim Sadeem.«

Sie braucht noch einen zusätzlichen Moment, um diese folgenschwere Info zu verarbeiten. Wendet sich langsam wieder dem Dozenten zu, scheint ihn aber nicht wirklich zu sehen. Dann schlägt sie ihr offenes Lateinbuch mit einem lauten Klatschen zu – wieder lächle ich die in Hörweite sitzenden Kommilitonen entschuldigend an –, bevor sie eine ernste Miene aufsetzt.

»Okay«, sagt sie. »Ich will *alles* wissen.«

Und so unangenehm mir das Besprechen meiner Gefühle auch ist, merke ich trotzdem, wie erleichtert ich bin, endlich jemandem davon erzählen zu können. Von den letzten Monaten, den letzten zwei Jahren, die einen Wendepunkt in meinem bis dahin unromantischen Leben markieren, von schlichtweg allem. Die Worte rollen mir regelrecht über die Zunge und hören nicht mehr auf.

Ich fange ganz von vorn an. Ich erzähle von dem Büchercafé,

als Ibrahim jeden Abend nach seiner Schicht vom Pflegeheim kam und sich an den Platz am Schaufenster setzte. Bücher, Stifte und einen Notizblock vor sich, aber meistens beobachtete er nur die Leute. Ich erzähle ihr von den Blicken, die wir uns zuwarfen, erst versehentlich, peinlich berührt, dann mit Absicht, einkalkuliert. Ich erzähle ihr von unseren viel zu echten Dates und der Intensität jeden Moments unter uns. Dieses wortlose Miteinander in der Kennenlernphase und später unsere wortreichen Mitternächte in der Erkanntwerdenphase.

Es kam nicht leicht, das Vertrauen. Ich war skeptisch, er war müde. Aber ich glaube, dass Menschen, die sich tagtäglich in fiktive Geschichten verlieben, mitunter zu den einsamsten auf der Welt zählen. Ich glaube, wir ergreifen jede Chance, in der wir das ändern können, und lassen dann nur mühsam wieder los.

Ich erzähle Amanat auch von dem Danach, meinem ersten Herzschmerz und schließlich von seiner Rückkehr. Wie ich immer noch skeptisch war und er immer noch müde, aber ich glaube, keiner von uns besonders willensstark. Ich erzähle ihr von unseren Diskussionen und seinen Reaktionen, aber vor allem von den schönen Tagen, und spüre ein Kribbeln in meinem Bauch, wenn ich an den Ersten Kuss zurückdenke.

Als ich endlich im Jetzt angekommen bin, lehne ich mich erschöpft zurück und genehmige mir einen tiefen Schluck aus meiner Wasserflasche. Mein Mund fühlt sich trocken an und mein Kopf schwirrt voller Erinnerungen.

Aber gleichzeitig fühle ich mich, als wäre mir eine Last genommen worden.

»Okay«, sagt Amanat langsam.

Die zweieinhalb Lateinstunden sind fast zu Ende.

»Okay, okay, okay.« Sie nickt, verschränkt ihre Hände auf dem Tisch, nickt noch etwas mehr, und dann, ein bisschen zu laut: »What the fuck?«

Ich kann nicht anders, ich muss lachen.

Amanats Sitznachbar bittet sie darum, etwas leiser zu sein, sie antwortet, er solle selbst leise sein, und sieht mich kritisch an. Hat sie nicht mal gemeint, sie sei schüchtern vor Fremden? »Wie heftig«, sagt sie.

Ja, denke ich mir. Wie heftig einfach nur.

Nach der Einheit sitzen wir draußen vor dem Juridicum auf einer steinernen Treppe, die vor einem der Nebeneingänge liegt, und knabbern an den Zimtkeksen, die ich gestern Nacht gebacken habe. Amanat hat sich von ihrem Schock erholt und versucht die ganze Situation nüchtern zu betrachten.

»Ibrahim. Unser Ibrahim und du«, sagt sie ungläubig.

Wie das klingt. Ihr Ibrahim. Und Sadia. Als wären wir von zwei verschiedenen Planeten.

»Erzähl mir von eurem Ibrahim«, bitte ich sie. Erzähl mir von den Teilen an ihm, die ich noch nicht kenne.

Sie überlegt eine ganze Weile und schlürft dabei an ihrem Automatenkaffee – Kaffee Nummer vier heute. Es ist eisig kalt mittlerweile und wir sind in mehrere Schichten Kleidung eingepackt. Jacken, Pullover, Handschuhe. Ich reibe mir meine kalt gewordene Nasenspitze, um Gefühl in sie zurückzubringen, und knöpfe den obersten Knopf meines Mantels zu.

»Ich weiß nicht«, beginnt sie schließlich. »Ich hab nie besonders viel Zeit mit ihm verbracht. Aber ich weiß, dass er gerne Leute verarscht, vor allem so Onkel und Tanten. Ich weiß, dass er sich oft prügelt, keine Ahnung mit wem, aber ich sehe ihn immer wieder mit blauen Flecken auftauchen. Und ich weiß, dass er der totale Chaot ist …« Sie zieht entschuldigend die Schultern hoch, als sie merkt, dass sie nur negative Punkte aufzählt. »Aber er ist auch witzig und liebt seine Familie zu Tode, vor allem seine Geschwister, und wenn's drauf ankommt, hilft er einem aus.«

Ich nicke langsam. Nichts von all dem kommt als Überraschung für mich, aber es ist trotzdem spannend, das alles von einer anderen Person zu hören.

»Oh, und er liest gerne. Nur war mir selbst nicht klar wie gern. Aber typisch. Die Sadeems sind alle richtige Bücherwürmer.«

»Die ganze Familie?«, hake ich nach.

Amanat nickt. »Sogar der Jüngste. Ist so ihr *Ding*. Die super gebildeten Sadeems halt. Klar, Abi hat die Matura nicht, aber so insgesamt kennt man sie trotzdem dafür, wie krass sie bildungsmäßig unterwegs sind. So wie das Ding meiner Familie ist, Straftaten zu vollführen, ohne erwischt zu werden. Uns ruft man nicht, wenn man Ratschläge braucht, sondern wenn man Ratschläge ignorieren will.«

Ich würde gern mal Amanats Familie in Aktion sehen, klingt so, als würde man die beste Zeit seines Lebens mit ihnen haben. Außerdem muss ich gerade überlegen, was das Ding meiner Familie sein könnte, und ich glaube, es ist tatsächlich Essen. Meine Eltern ruft man, wenn man ein Festmahl braucht oder eine Feier hosten will. Das find ich gut. Essen ist ein gutes »Ding«.

»Wie sind Ibrahims Eltern so drauf?«, frage ich Amanat weiter aus.

»Die sind total okay. Etwas altmodisch, vor allem wenn's um Geschlechterthemen geht, aber das sind meine Eltern auch. Sonst superlieb. Dawud Uncle ist einer der wenigen Onkel, die mir nicht die Creeps geben oder denen man eine reinhauen will, weil sie ihre Klappe nicht halten.« Das klingt tatsächlich nicht übel. Dann überlegt sie und setzt nach: »Wobei sie früher viel strenger waren. Also ich glaub, sie sind bei jedem Kind ein bisschen lockerer geworden.«

Ich versuche das in Einklang mit den Dingen zu bringen, die mir Ibrahim von seinen Eltern erzählt hat. Der Druck, den sein Vater auf ihn ausübt, und die Bevormundung seiner Mutter. Vielleicht lassen sie diese Seiten vor anderen Leuten nicht so sehr durchscheinen?

»Und wie sind seine Geschwister?«, frage ich weiter. Ich fühle mich schlecht, so schamlos in seinem Leben herumzustochern, aber nicht so schlecht, wie ich neugierig bin. Außerdem würde ich auch ihn direkt fragen, wenn er nicht beschlossen hätte, mir wieder einmal die kalte Schulter zu zeigen.

»Seine Geschwister sind auch cool. Tariq war der Langweiligste, aber seit er in Tokyo lebt, redet jeder über ihn. Und seit er mit Arwa zusammen ist.«

»Warte«, unterbreche ich sie. »Mit wem ist er zusammen?«

»Arwa. Sie war damals auf der Donauinsel. Richtig lieb, aber todschüchtern.«

Ich denke an diesen Abend zurück und die Frage, die ich Ibrahim gestellt habe. *Zufall oder Schicksal?* All diese Variablen einer einzigen Nacht, die zu diesem Resultat hier geführt haben. Kosmische Fügung könnte man sagen. Oder auch: Man interpretiert dort das hinein, was man möchte, weil man überall Muster finden will.

»Es war jeder an dem Abend da. Nuh auch, hast du ihn getroffen?«, fragt Amanat.

Auf mein Kopfschütteln hin fährt sie fort, von den Geschwistern zu erzählen. »Der ist ein Weirdo, wobei eigentlich … in letzter Zeit ist er ziemlich normal drauf. Na ja, auch voll lieb. Und, eh. Uzair ist der Jüngste, der ist einfach voll frech. Aber auch süß. Und – und, am wichtigsten: Maya. Die hast du ja getroffen. Sie ist meine Lieblings-Sadeem.« Amanat lächelt selig. »Sie ist wie die große Schwester, die ich nie hatte. Weil Hama und Kaynat halt bisschen gestört sind, weiß nicht, ob ich die überhaupt zählen darf.«

»Du kennst seine Familie gut«, stelle ich fest und spüre einen Stich, wo keiner sein sollte.

»Ich kenne sie ja auch schon seit ich sieben oder acht war. Irgendwas in der Richtung. Seit Hama und Maya sich im Gymnasium kennengelernt haben, auf jeden Fall.«

Was für neue Verknüpfungen und Offenbarungen mir hier gerade dargelegt werden. Ich zupfe ein paar Kekskrümel von meiner Jeans und speichere all diese neuen Informationen ab. »Sorry, dass ich dich so ausfrage«, sage ich.

Amanat zuckt mit den Schultern und nimmt sich noch einen Keks aus der Tupperdose. »Ich würd an deiner Stelle auch alles über meinen Geliebten wissen wollen.«

»Bitte nenn ihn nicht so.«

»Ist Jaan-e-mann besser?«

»Definitiv nicht.«

»Liebe deines Lebens? Traummann?«

Augenverdrehend packe ich die leere Dose weg.

»Und jetzt meldet er sich seit einigen Tagen nicht mehr?«, fragt sie, nachdem wir unsere Kaffeebecher in den Müll geworfen und beschlossen haben, wieder ins Juridicum reinzugehen.

»Ja …«

In fünfzehn Minuten muss ich ins Kellergeschoss zu einem Seminar zum Thema Digitalisierte Arbeit und Amanat hat gleich eine Vorlesung in der Hauptuni. Trotzdem verharren wir bei den Stühlen in der Eingangshalle, die an einen Flughafenwarteraum erinnern und lassen uns auf einer Bank nieder, ganz kurz nur, um uns aufzuwärmen.

»Und das ist schon das dritte Mal, dass er das macht?«

Ich hebe zögerlich eine Schulter und nicke gleichzeitig.

Amanat öffnet ihre gefütterte Jacke und zieht ihre Beine zu einem Schneidersitz hoch. Aus ihrer Miene ist kein Urteil herauszulesen, aber ihre Stirn scheint sich durch die Gedanken, die dahinter herumschwirren, immer mehr zusammenzuziehen. »Weißt du noch, wie wir über dieses Seelenverwandtschaftsthema geredet haben?«, fragt sie schließlich.

»Ja, voll.« Auch ich öffne meinen Mantel und setze mich bequemer hin. Ich glaube, ganz kurz wird das hier alles doch nicht.

Amanat scheint sich ihre nächsten Worte gut zu überlegen und ich fummle an meinen Handschuhen rum. Ich kann mir schon denken, was sie sagen wird. Dass ich zu leicht nachgegeben habe jedes Mal, dass ich es mir nicht gefallen lassen sollte, wenn er sich so aufführt. Dass ich mich gegen meinen inneren People-Pleaser richten und für mich einstehen soll. Ich weiß das. Natürlich weiß ich das. Aber es gibt so viele Nuancen in unserer Beziehung, von denen ich noch gar nicht erzählt habe. Sie weiß nicht, dass er in den letzten Wochen versucht hat, besser zu werden. Dass wir gerade lernen, miteinander zu reden, und dass ich es verstehe, warum er manchmal so reagiert, wie er reagiert. Auch wenn es mich verletzt, es ist bisher nie etwas Persönliches gewesen, oder?

»Darf ich ehrlich sein, Sadia?«

»Immer«, antworte ich sofort, weil ich ihre Aufrichtigkeit trotzdem schätze.

»Weißt du, wie man bei uns sagt, wenn sich ein Junge schlecht aufführt und nicht erwachsen wird, soll man ihm eine Frau suchen.«

Alle Ausreden, die in meinem Kopf parat lagen, verklingen mir im Mund. Ich sage gar nichts, aber sie redet weiter.

»Denn wenn sich die Mütter nicht mehr um ihre Söhne kümmern können, brauchen diese neue Mütter. Also muss eine Ehefrau her. Damit wird nicht nur gesagt, dass Männer immer kleine Jungs bleiben, sondern auch, dass es unsere Rolle ist, sie zu erziehen.«

Aus irgendeinem Grund baut sich Anspannung unter meiner Brust auf und ich schlinge meine Arme fest um mich.

»Ich frage mich, wie tief wir das eigentlich alles verinnerlichen, weißt du?«

»Wie meinst du das?«

»Ich meine, meine Schwester, Kaynat zum Beispiel. Sie hat ja diesen Typen geheiratet, und es war ihre eigene Entscheidung.

Gleichzeitig ging es auch von unseren Eltern aus – und seinen, sie wollten ihm so schnell wie möglich eine Frau gesucht haben, weil er ein bisschen … er war ein Fuckboy, okay? Und ich sag nicht, meine Schwester wäre nicht toxisch – ist sie. Aber sie hatte schon ganz gute Gründe, seinetwegen irgendwann auszurasten. Er hat ihr vor der Hochzeit keine Ahnung was alles versprochen, dass er sich ändert und dass er es ernst meint, dass er sich bemühen wird. Und dann war trotzdem sie es, die ihm ständig hinterhergerannt ist, die Wohnung sauber halten, kochen, hinter ihm herräumen, alles planen. Obwohl sie selbst einen Job hat. Einfach, weil er unfähig ist, sein Leben zu managen – hat ja immer jemand anderes für ihn gemacht. Das Ding ist nur, meine Schwester lässt sich sonst nie was von irgendwem gefallen. Aber als sie mit diesem Typen zusammen war, hat sie jedes Mal nachgegeben.«

Amanat wirkt ernster, als ich es je an ihr gesehen habe, und dabei auch seltsam erwachsen. Es scheint ein Thema zu sein, über das sie sich viele Gedanken gemacht hat, und ich höre ihr wie gebannt zu.

»Manchmal glaub ich, der einzige Grund, warum sie sich das angetan hat, war, weil sie Angst hatte, sonst niemanden zu finden. Er kommt halt aus einer Mittelschichtfamilie wie unsere, ist Inder, Schiit und eben in ihrem Alter. Und wie schlimm wäre es, wenn sie für immer Single bleibt, oder?«

Sie schüttelt den Kopf. »Irgendwie kann ich es ihr nicht mal verdenken, weil wir, seit wir Kinder waren, überall erzählt bekamen, wie wichtig es ist, zu heiraten und Kinder zu kriegen. Nicht nur in unserer Kultur. Ich kann dir etliche Filme und Serien aufzählen, wo die Männer keine Liebesgeschichte brauchen, um sich zu entwickeln, am Ende sogar als Single glücklich bleiben. Aber nenn mir eine weibliche Geschichte, in der das passiert? Ich bete zum Beispiel die ›Natürlich-blond‹-Filme an. Aber hat sie am Ende den Kerl echt gebraucht? War das relevant für die Story? Ich mein, es war cute, ich mag den Typen, aber wieso dürfen Frauen nicht einfach single bleiben?«

Mittlerweile redet sich Amanat in Rage und ich will etwas Kluges auf ihr Gesagtes erwidern, aber mir fehlen schlichtweg wieder mal jegliche Worte.

»Weißt du, was Kaynat immer gesagt hat, wenn wir uns über ihre Beziehung lustig gemacht haben? Sie sagte immer: *Ja, ihr werdet schon sehen, wenn ihr selbst einen Mann heiratet. Männer halt.* Und wir? Was sind wir? Sind wir nur geboren, um Mütter zu sein, oder wie? Aber das ist so unlogisch. Like, obviously wenn du einem Jungen immer alles durchgehen lässt, wird er dann als Erwachsener nie Verantwortung tragen lernen. Obviously werden Mädchen, denen man sagt, sie sollen nach den anderen aufräumen, People-Pleaser werden. Das ist alles angelernt.«

»Ich gebe dir zu hundert Prozent recht«, unterbreche ich sie, weil mein Herz angefangen hat, schneller zu schlagen, und ich schon ahne, in welche Richtung das alles geht. »Aber ich … also, wenn du das wegen Ibrahim sagst. Ich hatte nie das Gefühl, dass ich auf ihn aufpasse oder …« Ihm hinterherrenne.

Ich habe mich doch auch selbst schon lustig darüber gemacht, wie meine innere Feministin verstummt, sobald es um ihn geht. Mir war jederzeit klar, was für eine Dynamik zwischen uns herrscht. Oder? »Ich war mir immer klar, was passiert zwischen uns.«

»Das glaub ich dir total. Aber, Sadia«, erwidert sie. »Ich erzähl das alles nur, weil ich nicht erwartet habe, dass meine eigene Schwester in so einer Art Beziehung landen wird, weißt du? Und ich glaub, die checkt immer noch nicht, was genau abgegangen ist. Und das hat mir nur gezeigt, dass das vielleicht jeder von uns passieren kann. Einfach weil uns das, seit wir kleine Mädchen waren, so gesagt wird. Dass Jungs länger brauchen, um mitzuhalten, dass wir für sie mitdenken sollen. Das ist ja auch unfair gegenüber den Jungs. Es ist allen gegenüber unfair. Und ich glaub, wir müssen das echt hart reflektieren lernen, um diese Muster zu erkennen, wenn wir erwachsen werden. Ich glaube, egal, wie gesund unsere Beziehung wirkt, wir sind halt mit diesen patriarchalen Werten aufgewachsen, was echt scheiße ist. Aber um sie zu ändern, muss man sich immer wieder fragen, ob wir dieses System unbewusst aufrechterhalten oder aktiv dabei helfen, es zu verändern.«

Die Angespanntheit unter meiner Brust wird zu einem Knoten, der sich immer fester zuzieht. Ich spüre, wie sich meine Wangen wärmen und meine Hände schwitzig werden. »Ich weiß. Ich weiß das alles, du hast total recht. Aber es ist nicht so wie bei deiner Schwester.«

»Das war nur ein Beispiel«, beeilt sie sich hinzuzufügen und fasst nach meiner Hand. »Aber ich sage nur. Wenn ein Typ jedes Mal, wenn ich die kleinste Kritik an ihm übe, mich hängen lässt oder einen Temper Tantrum hat ... Ich weiß nicht. Hört sich anstrengend an.«

»Er hat keinen ... er benimmt sich nicht wie ein Kind.«

Amanat sieht mich lange an. Nicht abschätzig oder mitleidig, aber besorgt. Alle ihre Worte brennen sich auf meine Haut, die sich viel zu eng anfühlt. Ich drücke meine Hände gegen meine warmen Wangen und nehme einen tiefen Atemzug.

»Es geht ihm nicht gut, Amanat«, sage ich, weil mir nichts Besseres einfällt. Weil ich Argumente suche, ihr erklären will, dass er sich bemüht, dass es nicht immer so kompliziert ist, dass ich daran glaube, dass wir eine gemeinsame Sprache finden können. Aber all das klingt sogar in meinem Kopf wie Ausreden. Genau die Art von Ausreden, die man Frauen immer machen hört, bei denen man sich fragt, warum sie ihren Freund so sehr in Schutz nehmen.

»Ich weiß das, Sadia. Ich weiß, dass es Abi nicht gut geht.

Aber ich hab mir nur gerade Sorgen gemacht, dass es auch dir nicht gut gehen könnte, und das ist genauso wichtig.«

Mir fällt es schwer, ihren Blick zu erwidern. Ich versuche mich auf meine Atmung zu konzentrieren, um mich zu beruhigen. Amanat rückt näher ran und legt ihren Arm über meine Schulter, während sich für mich gefühlt die Welt zu schnell dreht.

»Ich wollte dir nicht das Gefühl geben, dass du was falsch gemacht hast. Und ich sage überhaupt nicht, dass Abi genauso schlimm ist. Aber das war der Typ von meiner Schwester anfangs auch nicht und es wurde nur immer schlimmer, egal, wie oft er sich entschuldigt hat. Ich glaube, dass wir uns manchmal so sehr wünschen, jemanden zu finden, dass wir dabei unsere Grenzen ignorieren.« Sie lächelt mich an auf diese viel zu gutherzige, mitfühlende Art von ihr. »Ich will nur, dass du weißt, dass du unfassbar cool und witzig und intelligent bist und jemanden verdienst, der das auch wertschätzt.«

Ich schlucke schwer. »Weißt du, dass du viel zu schlau bist?«

Sie nickt ernst. »Ich lerne aus den Fehlern meiner Schwestern.«

Ich schnaube, dabei merke ich zum ersten Mal, dass mir die Augen prickeln. Amanat schaut schuldbewusst drein und drückt mich an sich. »Ich wollt dich nicht zum Weinen bringen.«

»Hast du nicht. Ich muss das alles nur erst mal verarbeiten.« Und mir in Ruhe über einige Dinge klar werden.

Später während des Seminars schreibe ich eine Nachricht an Ibrahim, in einem Chat voller unbeantworteter Nachrichten:

Ich hoffe, es geht dir gut.

21. Kapitel

Ibrahim

Alle Kinder außer mir werden erwachsen.

Alle Kinder außer mir verlassen das Nimmerland.

Und ich träume und träume und träume, dabei habe ich längst nichts zum Träumen mehr übrig. Was mache ich hier eigentlich?

Die Tage nach dem Streit mit Sadia verbringe ich bei Marc und seinen Freunden, drifte an Orte außerhalb meines Kopfes ab.

Ich erscheine nicht zur Arbeit im Asialaden und ignoriere die Anrufe meiner Schwester, weil ich nicht will, dass man mit mir redet, so wie ich gerade bin.

Wie ich gerade bin: eine offene Wunde mit verstreutem Salz.

Sadia behauptete, mich habe vielleicht das Gespräch mit Uzair getriggert, aber das kann nicht sein, weil ich längst über die Schule hinweg bin und mir ohnehin alles egal ist.

Ich rede es mir ein, doch meine schwitzenden Hände, meine zugeschnürte Kehle, meine nervösen Blicke bezeugen das Gegenteil. Ich werde erst über die Schule hinweg sein, wenn ich diesen bescheuerten Abschluss habe und endlich weiß, was ich mit mir anfangen soll. Erst dann kann ich mir wieder etwas zutrauen, mir selbst vertrauen, nicht ständig meine Unfähigkeit betrauern.

Aber ich weiß nicht, wie ich es hinbekommen soll. Egal wie oft ich versuche, mich an meine VWA zu setzen, es funktioniert nicht. Ich schaffe es nicht, konzentriert zu bleiben oder die richtigen Worte zu finden, was mich allein schon lähmt. Das größte Hindernis ist aber, dass die Arbeit in meinem Kopf schon längst geschrieben ist, weil ich so oft an sie gedacht habe.

Früher, wenn ich Hausaufgaben nicht zu Ende gemacht oder gar nicht erst mit ihnen angefangen hatte, lag das nicht daran, dass ich nicht wollte, sondern weil mein Hirn schneller dachte, als ich reagieren konnte. Und sobald mein Hirn etwas fertig gedacht hat oder wusste, wie etwas in der Theorie aussieht, weigerte sich mein Körper, die Sache tatsächlich zu erledigen. Die Prioritäten verschoben sich.

Eine Erinnerung aus meiner Kindheit kommt hoch, meine Mutter reicht mir eine Salatschüssel, damit ich sie auf den Tisch stellen kann. Aber weil ich in meinem Kopf bereits dabei bin, den Wasserkrug zu holen, stelle ich sie am Tischrand ab, wo sie umkippt und am Boden zerschellt.

Ibrahim, donnerte die Stimme meines Vaters, während ich die Scherben aufklaubte. *Kannst du gar nichts richtig machen?*

Nein, wollte ich erklären. Alles, was ich anfasste, wurde zu einem Fehler, ob zerschellte Salatschüsseln, unvollendete Abschlüsse oder gefälschte Unterschriften.

Was machte ich hier überhaupt?

In einem Theaterstück, das ich vor Kurzem gelesen hab, sagt eine Figur zu einer anderen, dass sie nicht mehr denkt, sondern nur mehr träumt, den ganzen Tag nur mehr träumt, weil der Kopf so müde ist. Die Textstelle läuft in Dauerschleife durch mein Hirn, sie läuft, während ich nächtelang U-Bahn fahre, sie läuft, während ich auf fremden Böden schlafe, sie läuft, während ich mit glasigem Blick in der Bücherei sitze, in die unsere Mutter uns früher immer geschleppt hat. *Dein Kopf ist so müde, so unendlich müde.* Auf dem fusseligen Teppich in der

Kinderbuchabteilung lese ich zum hundertsten Mal Peter Pan und wünsch mir nichts mehr, als in ein Nimmerland fliehen zu können, irgendeins, wo die Zeit stehen bleiben kann, damit es mir nicht mehr so vorkommt, als hätte ich meine Jahre verschwendet.

J.M. Barrie bekam die Inspiration für das Buch durch den Tod seines Bruders, der seine Familie nachhaltig prägte, und später vermachte er alle Rechte an der Geschichte einem Kinderkrankenhaus in London. Er sollte selbst nicht nur erwachsen werden, sondern auch an einer Lungenentzündung sterben, da half ihm keinerlei Feenglanz.

Es ist auch kein Feenglanz, den mir Marc bei meinen Besuchen reicht, aber er gibt mir trotzdem das Gefühl, zu fliegen. Zu fallen. Alles dasselbe.

Als ich eine Woche später Sadias neueste Nachricht lese, will ich mein Handy gegen die Wand donnern. Wenn Mitgefühl ein Virus ist, dann sind Sorge und Empathie ein direkter Killer.

Trotzdem pocht mein Herz schmerzhaft gegen meine Rippen. Es pocht in Sehnsucht nach ihr.

Das Problem ist, dass es in meinem Leben immer nur darum ging, anderen etwas beweisen zu müssen. Hoch zwei, hoch drei, hoch vier. Das Problem ist, dass ich nur eins beweisen konnte: dass ich es nicht wert bin.

Und trotzdem. Trotzdem lese ich Sadias Nachricht wieder und wieder, bevor ich mich aufrappele und nach Hause gehe.

Weil ich trotz allem ein Egoist bin. Weil ich trotz allem noch daran glauben will, dass das nicht alles sein kann.

Und weil ich sie vermisse.

Ich bereue meine Entscheidung, heimzukehren, kaum dass ich durch unsere Eingangstür getreten bin. Anspannung so dickflüssig wie Sirup liegt in der Luft. Ich überlege, was ich wieder ausgefressen haben könnte, und mir kommt nur die Unterschrift in den Sinn. Haben sie es schon jetzt rausgefunden oder wie?

Das lachsfarbene Haus ist eine Bar in einem Westernfilm, jeder duckt sich, als ich eintrete, außer meinem Vater. Dieses Mal gibt es kein Vorgeplänkel, schon beim Eintreten richtet er seine Waffe auf mich.

»Wo warst du?«, fragt er, während ich meine Stiefel abstreife. Ich blinzle ihn durch den Schleier aus Müdigkeit an.

Wie komme ich zu dieser Ehre, dass er mit mir spricht?

Langsam, sehr langsam, ziehe ich meine Jacke aus und hänge sie auf. Dann gehe ich auf die Treppe zu, ohne ihm zu antworten. Eine Hand an meiner Schulter, und ich zucke zurück.

»Wo warst du?«, fragt Baba erneut.

»Geht dich nichts an.«

»Ibrahim.«

Meine Mutter taucht zwischen uns auf. Ich merke, dass die meisten unserer Familienmitglieder sich immer zwischen mich und meinen Vater stellen, wenn sie uns gegenüberstehen sehen. Oder zwischen mich und Tariq.

»Abi«, sagt sie und beim Klang ihrer tränenerstickten Stimme geht ein Ruck durch meinen Körper.

»Was ist los?«, frage ich. »Ist was passiert? Wo sind die anderen?« Mein Blick gleitet durch den Raum zu den Treppen und zum Wohnzimmer.

»Abi, du musst mir etwas sagen und du darfst mich nicht anlügen.«

Mein Vater schnaubt. »Genau deswegen erlaubt er sich, was er will. Verhätschelst ihn wie ein kleines Kind. Musst du noch fragen? Als ob wir die Antwort nicht schon wüssten.«

Wovon redet er? Ich beiße die Zähne zusammen und zwinge mich, weiterhin meine Mutter anzusehen. Sie legt ihre Hand an meine Brust, beinahe flehentlich, und ich schüttle den Kopf. »Was ist los?«

»Jemand hat den Laden ausgeraubt. Das Geld aus der Kassa war weg, und die Regale wurden ausgeräumt und umgeworfen.«

Einen Moment lang herrscht absolute Stille in meinem Kopf. Dann betrachte ich die verzweifelte Miene meiner Mutter, bevor ich den kalten Blick meines Vaters erwidere. Es macht Klick in meinem Kopf. »Und ihr glaubt, ich war das?«

Sofort schüttelt meine Mutter den Kopf. Sie trägt ein graues Kopftuch und eine schwarze Abaya, in dessen Stoff sie ihre Hände krallt. »Nein, es ist nur –«

»Es war dein Schlüssel«, unterbricht sie mein Vater. »Die sind nicht eingebrochen, die haben einen Schlüssel benutzt.«

Meine Brust krampft sich zusammen. An meinem rechten Ohr beginnt es zu pochen und meine Finger werden taub. Ich drücke sie zusammen und strecke sie, um das Gefühl in ihnen nicht zu verlieren. »Das war nicht – ich hab den Schlüssel noch.«

Ich fasse nach meiner Jacke und suche die Taschen ab. Taste an meiner Jeans rum und schließlich ziehe ich mein zersplittertes Handy hervor, um hinter der Handyhülle nachzusehen.

Der Ersatzschlüssel des Ladens, den ich sonst immer bei mir trage, ist verschwunden.

Wärme nimmt meine Wangen, meinen Nacken ein. Ich traue mich nicht, den Blick zu heben, um zu meinen Eltern zu sehen.

»Und?«, fragt mein Vater. »Wo ist der Schlüssel? Nicht mehr da, oder? Man kann dir gar nichts anvertrauen.« Und dann wechselt er mit einem Mal von der ersten zur dritten Person, als wäre ich Luft. »Ich weiß nicht, was wir machen sollen. Ich dachte, wenn ich ihn zwinge, im Laden zu arbeiten, reißt er sich irgendwann zusammen, wächst in die Arbeit rein und macht etwas mit seiner Zukunft. Stattdessen schläft er, wo er will, kommt nach Hause, wann er will, und treibt sich mit solch einem ehrlosen Pack rum. Was kann dieser Junge überhaupt? Kann er denn überhaupt etwas richtig machen?«

»Das reicht jetzt.« Die Hand meiner Mutter an meinem Arm, aber ich bin so erstarrt, dass ich sie nicht wegstoße.

Mein Mund fühlt sich zu voll an, um etwas sagen zu können. Zu voll mit Worten, die nie aus mir herauskommen.

Im Pflegeheim fragten mich meine Kollegen manchmal, ob ich überhaupt Deutsch spreche, weil ich selten etwas sagte. Das Schweigen jeder anderen Person ist nur ein Schweigen, aber das Schweigen eines Ausländers wird zur Unfähigkeit, eine Sprache zu beherrschen.

Ich antwortete manchmal in besserem Deutsch als sie und manchmal in Kanakendeutsch. Es machte beides keinen Unterschied, weil alle immer genau wissen, wer ich bin und woran ich glaube, wo ich hingehöre.

Nur ich weiß nichts. Ich weiß nie etwas, am wenigsten, was ich hier mache.

Worte, denke ich mir. Wo sind deine Worte? Du hast vier Sprachen in deiner Brust: Deutsch, die Muttersprache ohne Mutter, Urdu, die Muttersprache deines Vaters, Punjabi, die Muttersprache deiner Großmutter, Englisch, die Muttersprache der Kolonien, aus denen du stammst.

Du kannst arabisch lesen, hattest Spanisch der A2-Stufe an der Schule. All diese Worte sind in deinem Mund und du sprichst sie einfach nicht aus. Kannst du überhaupt etwas richtig machen, Ibrahim?

»Ibrahim«, sagt meine Mutter. »Hör nicht auf deinen Vater. Ich weiß, das war bestimmt ein Fehler, aber du musst verstehen …«

Ich stolpere zurück, schüttle den Kopf, weil ich weder weiß, was ich sagen soll, noch, ob es überhaupt etwas zu sagen gibt. *Du bist ein Fehler, du bist ein Fehler, du bist ein Fehler hoch unendlich.*

Mein Vater brüllt immer noch, während sich der Raum um mich einengt. Ich ziehe meine Schuhe über und stoße die Tür auf, um das Einzige zu machen, was ich doch kann: weglaufen.

22. Kapitel

Sadia

Ich lese Fanfictions und Romance-Bücher, seit ich dreizehn war. Bollywoodfilme habe ich noch früher angefangen zu sehen, weil sie manchmal in Dauerschleife auf unserem Fernseher liefen, wenn meine Mutter den B4U-Channel einschaltete. In den meisten dieser Geschichten ging es um Seelenverwandtschaft. Und in all den anderen Geschichten, die nicht die Liebe im Mittelpunkt hatten, machten diese zum Nebenplot oder deuteten zumindest darauf hin. Dadurch war er immer allgegenwärtig, der Wunsch nach einer Bindung, die tiefer geht als alles andere.

Ich verstehe das. Liebe spielt eben eine große Rolle auf dieser Welt und wir könnten noch jahrhundertelang über ihre vielen Seiten philosophieren. Aber zum ersten Mal in meinem Leben frage ich mich, ob es auch einen Überkonsum von Liebe geben kann.

Junge Mädchen sollten schließlich auch Geschichten konsumieren, in denen es um andere Gefühle geht. Junge Mädchen fühlen nämlich auch andere Gefühle. Junge Mädchen haben vielleicht gar keinen Drang danach, die Liebe zu erfahren, aber glauben, sie müssten es, weil sie überall ist. Und weil junge Mädchen mit diesen Geschichten aufwachsen, werden sie zu jungen Frauen, die an nichts anderes als die Liebe denken, und alles, was sie machen, läuft darauf hinaus, dass sie die Liebe finden müssen. Ihr Aussehen. Ihre Genügsamkeit. Ihr Anpassen. Alles für die Liebe.

Alles für die Männer? Alles für die Erwartung anderer.

In der Theorie weiß ich das. Natürlich weiß ich das. Es ist das Einmaleins feministischer Rhetorik.

In der Praxis überlege ich gerade, wann ich aktiv etwas dafür getan habe, diese Denkweise aus meinen Verhaltensmustern zu entfernen. Und ich stelle mir eine weitere sehr wichtige Frage: Wenn Ibrahim eine Frau wäre und wir keine romantischen Gefühle füreinander hätten, wie hätte ich in all diesen Situationen reagiert, in denen er meine Grenzen gepusht hat?

Es ist ein Minenfeld der Gedanken, das sich in meinem Kopf ausbreitet, und jede neue Frage fühlt sich wie eine kleine Explosion an.

Ich liege in meinem Bett und kann nicht einschlafen. Stattdessen google ich nach Filmen, Serien und Büchern, in denen die weiblichen Figuren am Ende glücklich und ohne Mann dastehen, und bisher sieht die Liste absolut erbärmlich aus im Vergleich zu jener mit Männern. Es ist absurd. Frauen wurden in früheren Medien ohnehin oft verteufelt. Aber Gott bewahre, dass eine Frau single ist. Kreuzigt sie, die kein romantisches Interesse zeigt!

Ich fühle mich von der Gesellschaft verarscht, die es erfolgreich hinbekommen hat, dass jede Story, die keine Liebe enthält, für mich automatisch weniger ansprechend ist. Und ich fühle mich verarscht, weil ich, seit ich denken kann, mir wünsche, verliebt zu sein, aber nie innegehalten habe, um mich zu fragen, ob ich das denn wirklich brauche oder will.

Und klar, wenn es passiert, passiert es eben. Nur, wenn es passiert und man dann aber diese Strukturen wiedergibt, von denen Amanat erzählt hat – was bedeutet das für die Beziehung, die man führt?

Meine Augen brennen vor Müdigkeit. Seufzend lehne ich den Kopf in die Kissen zurück, während ich weiter mein Handy anstarre. Ich bin gerade bei der Wikipedia-Seite von bell hooks gelandet und lese mir ihre Bibliografie durch, als plötzlich ein eingehender Anruf auf dem Bildschirm erscheint.

Sofort setze ich mich auf und hebe ab.

»Bist du hier?«, frage ich Ibrahim. Es ist eine Stunde nach Mitternacht.

»Sadia.«

Beim Klang seiner Stimme breitet sich Gänsehaut über meinen Armen aus. Er klingt weit entfernt und gequält, aber vor allem unfassbar erschöpft.

Stirnrunzelnd stehe ich auf und ziehe mir den dunkelblauen Pullover von heute über mein T-Shirt. Etwas in seinem Ton setzt mich sofort in Alarmbereitschaft.

»Ibrahim? Bist du hier?«, wiederhole ich meine Frage und klemme mir das Handy zwischen Ohr und Schulter, um in eine Jeans zu schlüpfen.

»Nein«, nuschelt er. »Ich – ich hab vergessen, wie ich zu dir komme.«

Ich stopfe mir meinen Schlüssel in die Tasche und schleiche mich auf Zehenspitzen aus meinem Zimmer hinaus ins Vorzimmer.

»Wo bist du jetzt?«, frage ich noch mal in einem möglichst sanften Ton und schlüpfe in meine Stiefel, dann in meinen Mantel.

»Keine Ahnung. Bahnhof?«

»Bei mir in der Nähe?«

»Hm … ich wollt die Straßenbahn nehmen, aber sie ist ausgefallen und die nächste kommt in einer Stunde.«

»Bleib, wo du bist, okay?«

Der Bahnhof, eigentlich nur eine größere Haltestelle für mehrere Öffis, ist zu Fuß vierzig Minuten von unserer Wohnung entfernt. Aus meiner Richtung fährt um die Zeit nur der Nachtbus, den ich zwar noch erwische – aber trotzdem fühlt sich die Fahrt viel zu lang an und ich werde zunehmend nervöser. Ich weiß nicht, was mich erwarten wird, wenn ich Ibrahim finde, ahne aber nichts Gutes.

Es ist außerdem befremdlich, um so eine Uhrzeit allein hierherzufahren. Wegen den Straßenlampen, die ihre warmen Lichter auf den Asphalt werfen, und die dunklen Bäume, die wie Schemen auf einer Leinwand aufragen, wirkt die gesamte Szenerie unecht, beinahe wie in einem Bühnenstück. Zwanzig Minuten später steige ich mit einem mulmigen Gefühl im Bauch an der Simmeringer-Haltestelle aus und scanne die Gegend ab.

Ich entdecke Ibrahim an der Kreuzung am Bürgersteigrand sitzen. Den Kopf auf den Knien abgestützt und wie immer vollkommen in Schwarz gekleidet. Mit wild pochendem Herzen laufe ich zu ihm.

Er blickt nicht auf, als ich vor ihm in die Hocke gehe, ist wie erstarrt in seiner seltsamen Gebetsposition. Erst als ich meine Hand auf seine Schulter lege, zuckt er zusammen.

»Abi …«

Er sieht absolut fertig aus. Seine Pupillen sind geweitet und dunkel, und er sieht mich an, als wäre er nicht sicher, ob ich wirklich da bin. Ein blaues Auge schmückt sein eingefallenes Gesicht, unter seinen Lidern liegen tiefe Schatten und die Wangen sind von Bartstoppeln übersät. Obwohl Minusgrade herrschen, trägt er weder eine Jacke noch einen Pullover, sondern nur ein dünnes Shirt. Er wirkt wie ein Zombie, weder wach noch im Schlaf, und seine Hand greift langsam nach meinem Gesicht. Ich nehme sie und verschränke unsere kalten Finger ineinander.

»Was ist los?«, flüstere ich. Ein Auto fährt viel zu dicht an uns vorbei und ich stehe auf, um ihn vom Bürgersteigrand wegzuziehen.

»Ich hab dich nicht finden können …«, wiederholt er nur, ohne sich zu regen.

»Jetzt bin ich hier, okay? Jetzt musst du mit mir kommen, wir müssen dich irgendwo warm unterbringen.«

Reinste Panik macht sich in mir breit, aber ich zwinge mich, einen kühlen Kopf zu behalten. Wenn mir einmal meine Fähigkeit, Rollen zu spielen, zugutekommen sollte, dann ist es in diesem Moment. Ich stelle mir vor, jemand Selbstbewussteres zu sein, jemand, der Kontrolle ausüben und Ruhe bewahren kann. Trotzdem zittern meine Finger. »Bitte steh auf, Abi.«

»Sadia.« Wieder seufzt er meinen Namen nur hingebungsvoll, es klingt wie ein Gebet und Fluch zugleich. »Ich weiß nicht, was ich machen soll.«

»Du sollst aufstehen«, sage ich. »Du sollst mit mir mitkommen. Es ist kalt hier draußen und du trägst keine Jacke.«

Er rappelt sich endlich schwankend auf, aber folgt mir nicht. Sein ganzer Körper zittert, nur ist dieses Zittern nicht allein der Kälte geschuldet. Es ist ein Zittern, das seine Haut durchdringt, von innen aus ihm hervorbricht. Ich lege meine Hände an seine Wangen und flüstere ihm zu, auf mich zu hören, bitte komm mit, bitte sieh mich an, bitte. »Bitte, Ibrahim …«

Ein Teil von mir, den ich ebenfalls versuche wegzuschieben, fragt sich gerade, was hier soeben passiert. Lag ich nicht wenige Minuten zuvor noch in meinem Bett und habe mir alte Filmszenen angeschaut? Kann ich zu diesem Moment zurück, am besten in einer Version, in der Ibrahim dort neben mir liegt und seine Haut sich warm und lebendig anfühlt?

Jetzt lehnt seine Stirn plötzlich an meine, unsere Lippen sind nur Zentimeter voneinander entfernt. Er riecht nach Zigarettenrauch und Alkohol, nach endloser Erschöpfung und Wienstadtgestank.

»Sadia«, flüstert er wieder. »Ich weiß nicht, wie lang ich es durchhalte.«

Ich erstarre. *Bleib ruhig*, rede ich mir gut zu. *Bleib ruhig.* Du bist nicht du, du bist jemand anderes und diese andere Person kennt sich mit solchen Situationen aus. Er redet nur irgendwas daher. Er meint es nicht so.

Ich greife nach seinen Handgelenken, um ihn weiter vom Straßenrand wegzuziehen. Aber er will sich einfach nicht von der Stelle bewegen.

»Ich hab's wirklich versucht«, sagt er leise. »Wirklich, wirklich. Ich hab mich angestrengt, aber es hat nichts gebracht und jetzt weiß ich nicht mehr, was ich machen soll.«

»Du sollst mit mir kommen. Bitte, Ibrahim. Wir können über alles reden, wenn wir im Warmen sind, aber bitte komm mit.«

»Mein Kopf ist kaputt«, sagt er. »Ich kann einfach nichts klar sehen. Die Buchstaben …« Er macht eine kreisförmige Bewegung mit der Hand. »Die Sprachen. Ich weiß nicht, wie man Deutsch spricht, glaub ich.«

Er stellt sich gerade hin und tritt einen Schritt zurück. »Ich bin so dumm.«

»Bist du nicht.« Ich fasse nach seinem Shirt.

»Dumm und unnötig«, murmelt Ibrahim. »Ich bin dumm und unnötig, und ich versteh nicht, was du hier machst.«

Meine Zunge klebt an meinem Gaumen fest, meine Lippen sind wie zugenäht. Ibrahim macht einen Schritt vom Bürgersteig runter auf die Straße. Ich will zu ihm, fühle mich aber wie am Boden festgemeißelt. Für einen Moment kann ich nichts tun, außer ihn anzusehen. Seine rot geränderten Augen, sein mittlerweile leicht ausgewachsener Buzzcut. Seine zu Fäusten geballten Finger. Und dieser leere Blick in seinem Gesicht. Der ist es, der ein Schaudern in mir auslöst.

Ibrahim tritt noch weiter zurück. »Ich wünschte ich könnte funktionieren und so sein wie … wie meine Geschwister. Weißt du? Einfach runterschlucken und anpassen und alles machen, was einem gesagt wird. Ich wünschte, ich könnte das, aber ich weiß nicht, wie.«

»Bleib stehen«, flüstere ich, unfähig meine Stimme zu erheben.

Er sieht zur Seite auf die Straße hinunter. Ich löse mich aus meiner Starre, und trete näher an ihn heran.

»Ibrahim.«

»Es ist echt keine Absicht. So bin ich einfach, glaub ich. Gibt keine Heilung. Manche Menschen sind so, dass ihnen alles um sie herum dabei hilft zu leben, und andere sind schon falsch für diese Welt geboren.«

Ein Auto fährt viel zu dicht an ihm vorbei, ein Hupen erschüttert die Nacht. Er blinzelt nicht einmal, scheint einfach komplett weg zu sein.

»Abi, komm von der Straße runter.«

Es ist nicht viel los und die Autos würden im Notfall stehen bleiben, oder? Sie würden nicht darauf warten, dass er erst wegspringt. Oder?

Ein weiteres Auto rauscht hupend an ihm vorbei. Inzwischen steht er mitten auf der Straße. Die Anspannung, die ich vorhin auf der Fahrt gespürt hatte, ist nichts im Vergleich zu der, die mich jetzt erfasst. Ibrahim sieht mich an, ohne mich sehen zu können, viel zu weit weg von mir auf allen Ebenen. Wieso ist er so tieftraurig immer noch so schön?

»Ich dachte nur …«, murmelt er, so leise, dass ich ihn kaum verstehe. »Ich dachte nur, vielleicht hättest du mich diesmal auffangen können?«

Es ist kein Geheimnis, dass ich schon viele Liebesgeschichten gelesen habe. In den meisten, die ich bisher konsumiert habe, ist der Grund, warum jemandem das Herz gebrochen wird, ein Akt der Untreue oder weil die Loyalitäten sich verschieben. Ein verpasster Anruf, ein gebrochenes Versprechen. Die Erkenntnis, dass man sich zu sehr verändert hat und deswegen nicht mehr zusammenpasst. Irgendwas in dieser Art.

Mein Herz bricht allerdings, als Ibrahim mich ansieht, als hätte ich ihn im Stich gelassen. Mir werden mit einem Mal drei Dinge schmerzhaft bewusst:

Erstens: Ich kann ihn nicht retten.

Zweitens: Ein Teil von mir dachte, ich kann es.

Drittens: Ich muss ihn von der Straße wegbringen.

Das Scheinwerferlicht eines Lastwagens erfasst ihn, und ich weiß nicht, ob der Fahrer anhalten wird, aber ich lasse es nicht mehr darauf ankommen. Stattdessen renne ich auf ihn zu und schlinge meine Arme so fest um seinen Hals, dass er zurücktaumelt. Wir stolpern auf die andere Straßenseite, aber nicht, weil ich so viel Kraft aufwende und ihn zurückdränge, sondern weil er selbst nach hinten läuft. Ein Ruck geht durch seinen Körper und er zieht mich auf den Bürgersteig, stößt dann ruckartig meine Arme von seinem Nacken. Der Lastwagen rast an uns vorbei, und der Wind schlägt mir die offenen Haare ins Gesicht. In der Eile habe ich mir keinen Zopf gebunden, weil ich ihn nicht warten lassen wollte. Weil ich hier sein wollte, ihn aufsammeln musste.

Ibrahims Hände liegen schraubstockartig um meinen Armen. »Mach das«, er schüttelt mich, »nie wieder. Nicht wegen mir.« Er spuckt das letzte Wort regelrecht aus.

Nach dem Schock kommt die Wut. Weil er glaubt, einfach so rumstehen und mir Sachen an den Kopf werfen zu können. Und weil er mir erklären will, dass ich etwas falsch gemacht haben. Ich reiße mich von ihm los und schubse ihn.

»Aber du wolltest gerettet werden, oder?«, frage ich und schlage auf seine Brust ein, bis er meine Arme wieder erfasst und mich umdreht, mein Rücken an seine Brust gepresst.

Wie oft ich in den letzten Wochen in seinen Umarmungen verweilt habe. Was ich nicht alles dafür geben würde, mich auch jetzt einfach zurückzulehnen und mich in ihn hineinfallen zu lassen. Sein Atem streicht über meinen Nacken und ich spüre seine Lippen viel zu nah an meinem Ohr. Ich höre auf, mich zu winden und lasse das Gefühl über mich ergehen. Von seiner Stirn an meiner Schulter, von seinen Fingern zwischen meinen. Es ist nur eine Geschichte, sagt eine Stimme in mir. Du erlebst gerade eine schwierige Szene. Die Figur erlebt gerade eine schwierige Szene. Es ist nichts passiert, was mit dir zu tun hat.

Aber dann wird mir mit aller Klarheit bewusst, dass hier alles mit mir zu tun hat, und ich hole tief Luft. Augen zu, einatmen, wir sind beide heil, ausatmen. Einatmen, ich spüre seinen Herzschlag, spüre seine Wärme, ausatmen. Einatmen, ich hab keine Panik, ich hab keine Panik, ich hab keine …

Ich löse mich aus seinem Griff, drehe mich um, fahre über seine Brust zu seinem Gürtel, bis ich in der Tasche seiner Jeans sein Handy zu fassen kriege. Er wehrt sich nicht, als ich es raushole, entsperre und durch seine Kontakte gehe. Er starrt mich nur an. Als wäre ihm auch erst jetzt bewusst geworden, was gerade passiert ist.

Die oberste Nummer ist ein verpasster Anruf von seinem ältesten Bruder Tariq, den er unter Tamara gespeichert hat. Das hat er mir mal erzählt, nachdem ich einen eingehenden Anruf von Tamara gesehen hab. Wir haben dann für alle unsere Geschwister neue Namen gesucht. Wie weit entfernt diese Erinnerung jetzt ist, als ich auf das Telefonsymbol tippe.

Tariq hebt nach dem ersten Klingeln bereits ab. »Wo bist du?«, fragt er in einem harschen Ton.

»Hi. Ich bin Sadia, eine Freundin von Ibrahim«, antworte ich und erwidere den unlesbaren Ausdruck von ihm mit möglichst genau derselben Ruhe. Es herrscht Stille am anderen Ende der Leitung. Dann: »Geht es ihm gut?«

»Nein«, erwidere ich nur. »Wir sind an der Simmeringer Haltestelle im elften. Könnt ihr ihn abholen?«

Tariq sagt mir, er brauche zwanzig Minuten, und legt auf. Ich reiche Ibrahim wortlos sein Handy zurück, aber er nimmt es nicht an sich. Er sieht mich nur weiter an. Unter all der Undurchschaubarkeit erkenne ich allerdings eine Regung in seiner Maske. Als wäre er verletzt. Weil ich gerade ohne seine Erlaubnis unsere Welten zum Berühren gebracht habe? Es ist mir egal. Es ist mir egal, weil mir noch etwas klar geworden ist.

All die Male, in denen er meinte, ich gäbe zu leicht nach, nur um heute eine endgültige Grenze zu ziehen: »Ich brauche Abstand von dir.«

Sein Bruder muss hergerast sein, er erscheint weniger als zwanzig Minuten später. Ibrahim sitzt wieder am Boden, so wie ich ihn vorhin gefunden habe, allerdings weiter vom Bordstein entfernt. Seine Arme sind auf die Knie gestützt, sein Kopf in den Händen und er ist wie erstarrt. Eine wunderschöne, scharfkantige Eisskulptur. Wie gern ich ihn berühren will. Wie gern ich nie wieder in seiner Nähe sein will.

Wir haben kein einziges Wort mehr zueinander gesagt, und ich weiß gerade nicht, ob es überhaupt was zu sagen gibt. Alles, was ich weiß, ist, mich daran zu erinnern, ein- und auszuatmen und an nichts zu denken, außer daran, dass wir jetzt nach Hause ins Warme müssen. Ich kann nicht stillstehen. Ich gehe auf und ab, blicke immer wieder die Straße hinauf und hinunter. Sie kommen aus Richtung Innenstadt, also der entgegengesetzten Seite meiner Wohngegend. Endlich, ein schwarzes Auto, das an der Haltestelle immer langsamer wird, bevor es vor uns anhält.

Man erkennt die Ähnlichkeiten zwischen den Brüdern sofort, allerdings sieht Tariq weicher und auch etwas unscheinbarer aus, mit seinen dichten Haaren und ohne Tattoos oder anderen hervorstechenden Merkmalen. Alles andere an ihm, von seinem Auto über seinen Mantel bis zu seinen Stiefeln, wirkt schnörkellos. Nur die Schatten unter seinen Augen scheinen Geschichten zu erzählen. Sein Blick schießt, sobald er aussteigt, sofort zu seinem Bruder, der sich immer noch nicht regt. Auch die Tür auf der Beifahrerseite geht auf und eine junge Frau mit riesiger Lockenmähne steigt aus.

Das muss Arwa sein. Sie hat große, geschwollen wirkende Augen und geht in ihrer hellblauen Jacke fast unter. Ich wäre aufgeregter, meine ehemalige Klobekanntschaft wieder zu sehen, wenn in mir gerade nicht so eine Leere herrschen würde.

Zögerlich winkt sie mir zu, ehe sie zu Ibrahim blickt. Tariq hockt sich vor ihm hin.

»Abi.« Sein Bruder legt ihm eine Hand ans Knie, und er zuckt zurück.

»Fass mich nicht an«, faucht er und für eine Millisekunde scheint ein verletzter Ausdruck über Tariqs Gesicht zu huschen, ehe es sich in eine neutrale Maske zurückzieht. »Abi. Steig ins Auto.«

Die beiden Brüder starren sich an. Etwas bauscht sich zwischen ihnen auf, was tiefer geht als reiner Geschwisterzwist, ein nonverbaler Machtkampf. Ich weiß nicht, wer gewinnt, aber am Ende ist es Ibrahim, der auf die schlimmste Art und Weise schnaubt und sich dann aufrappelt. Er ignoriert Arwas suchenden Blick komplett, ignoriert mich und steigt ein. Der Hall der zufallenden Autotür lässt uns alle zusammenzucken. Tariq fährt sich über das Gesicht. Plötzlich spüre ich eine Hand an meinem Arm und blicke in Arwas große braune Augen.

»Hey. Alles okay bei dir?«, fragt sie.

Diese Frage. Diese Offenheit in ihren Augen. Die Tatsache, dass er endlich im Warmen sitzt und außer mir noch jemand hier ist, um zu helfen. Plötzlich kann ich nichts mehr dagegen tun und breche in Tränen aus.

Ich gehe in den Bahnhof hinein, um von ihm wegzukommen, will nicht, dass er meinen Ausbruch sieht. Tariq bleibt zurück, aber Arwa folgt mir. Sie diktiert mich sanft zu einer Sitzbank und hält meine Hände in ihren, die voller Farbflecken sind. Es fällt mir schwer, mich von einer Fremden beruhigen zu lassen, aber sie versucht ihr Bestes. Sie holt mir eine Wasserflasche aus einem Automaten, reicht mir Taschentücher und sagt mir immer wieder, dass »*alles gut wird*«.

»Kannst du mir sagen, was passiert ist?«, fragt sie in ihrer viel zu sanften Stimme, als ich mich halbwegs beruhigt habe.

Das Wiederholen der letzten Stunde hämmert mir noch einmal rein, was für eine absolute Scheiße Ibrahim mit mir abgezogen hat. Neben der Panik, der Erleichterung, dass nichts Schlimmeres passiert ist, und der Trauer ist da eine sengende Wut, die sich in meine Brust frisst. Ein rationaler Teil in mir weiß, dass sein gesamtes Verhalten ein einziger Hilfeschrei ist. Der irrationale denkt sich aber trotzdem, dass niemand so eine Art von Schrecken verdient hat. Wenn ich nicht zu ihm gerannt wäre, was wäre passiert? Wie lange hätte er auf der Straße gestanden? Hätte wirklich niemand gebremst? Was, wenn ich ihn nicht hätte wegziehen können? Was hätte ich gemacht, wenn …

Während meiner inkohärenten Erzählung merke ich eine Veränderung in Arwas Körper. Sie wirkt plötzlich alarmiert, angespannt. Ihr Griff um meine Hände wird fester.

»Du hast nichts falsch gemacht«, sagt sie mit entschlossener Miene. »Es ist okay und völlig normal, in so einer Situation nicht zu wissen, wie man damit umgehen soll. Ich bin dir dankbar, dass du Tariq angerufen hast. Das war die richtige Entscheidung.«

Es ist unnatürlich hell hier in der Bahnhofshalle, in dem Licht sieht jeder viel zu blass und ausgemergelt aus. Arwa ist so viel kleiner und dünner als ich, aber gleichzeitig wirkt sie seltsam groß und ruhig.

»Können wir dich nach Hause fahren?« Die Vorstellung in einem Auto mit ihm zu sein, und sei es nur für zehn Minuten, lässt alles in mir verkrampfen.

»Oder ich setze dich erst ab? Hab vor Kurzem meinen Führerschein gemacht.« Ich muss das Gesicht verzogen haben, denn sie fügt hinzu: »Ich will einfach nur nicht, dass du gerade allein bist, weißt du?«

Das will ich auch nicht. Ehrlich gesagt, macht mir gerade nichts mehr Angst, als allein in mein Zimmer zurückzukehren und mich hinzulegen.

Ich hole tief Luft und wische mir über meine Wangen. Erinnere mich plötzlich an meinen Vater und was er immer zu mir gesagt hat, wenn ich mich auf dem Spielplatz verletzt habe und heulend zu ihm kam. Er sagte, ich solle erst zu Ende weinen, damit ich es nicht in mir aufstaue. Dann setzte er sich im Schneidersitz vor mich hin und wartete geduldig darauf, bis ich fertig war. Aber dem eigenen Vater ins Gesicht zu heulen war schon absurd, als ich ganz klein war, und irgendwann wurde aus den Schluchzern Gelächter. Schließlich hat er mich ins Bad mitgenommen und die Verletzung an meinem Bein genau inspiziert. »Als Nächstes«, hat er gesagt, »machen wir die Wunde sauber.« Er klebte mir ein Pflaster drauf und zum Schluss nahm er mich ganz fest in die Arme. »Alles Schritt für Schritt, Sadia«, sagte er mir ins Ohr. Alles Schritt für Schritt. Ausgeheult, Wunde gesäubert, Zeit für den nächsten Schritt.

Ich wische meine Brille sauber und schiebe meine Haare hinters Ohr. »Okay«, nehme ich Arwas Angebot an und fasse mir unbewusst ans Herz. »Bitte fahr mich nach Hause.«

23. Kapitel

Ibrahim

Auf der Fahrt nach Hause sagt niemand was. Tariq sagt nichts. Arwa sagt nichts. Ich sage nichts. Mein Bruder hat auch die ganze Zeit, während Sadia und Arwa im Bahnhof waren, nichts gesagt. Er saß einfach nur am Steuer, während ich auf der Rückbank hockte und nach draußen starrte. Auf den immer heller werdenden Himmel und auf die Vögel am Horizont. Auf meine Reflexion im Fenster neben mir. *Ich brauche Abstand von dir.*

Mein Inneres ist Eis, Taubheit auf meiner Haut.

Vor der Haustür steige ich wortlos aus und laufe ins Weizenfeld hinaus. Arwa folgt mir. Tariq folgt mir nicht.

»Abi, bitte bleib stehen. Du solltest jetzt nicht allein sein«, ruft sie mir hinterher.

Lass mich in Ruhe, lass mich in Ruhe, lasst mich doch alle einfach in Ruhe.

»Ibrahim, bleib stehen!«

Rückartig wende ich mich zu ihr um. Hinter ihr sehe ich Tariq langsam auf uns zukommen. Er selbst hätte mich ziehen lassen, aber seiner Freundin muss er immer nachrennen. Arwa sieht mich mit ihren großen Augen und rosigen Lippen an. Das erste Mal, als ich sie gesehen hab, dachte ich mir, sie ist zu hübsch für meinen Mistkerl an Bruder. Es fühlt sich wie Betrug an, solche Gedanken zu haben, wenn es Sadia gibt.

Ich brauche Abstand.

Mein ganzer Körper juckt. Alles reißt und zieht und zerbröckelt, ich spüre den Wind, ich spüre gar nichts, ich spüre zu viel, ich hasse alles, ich hasse sie nicht, ich will doch nur.

Ich will doch nur.

Was willst du, Ibrahim?

Ich will doch nur einen Grund, aufzuwachen.

Während mein Bruder auf uns zu stampft und Arwa mich darum bittet, zurück zum Haus zu gehen, kehrt Ruhe in mir ein. Ich sehe sie immer noch wortlos an und dann, plötzlich, weiß ich ganz genau, was ich machen muss, damit das Zittern, das Zerreißen aufhört.

Ich trete näher an Arwa heran.

Sie verstummt. Ich trete noch näher heran. Tariq ist nicht mehr weit von uns entfernt. Er verharrt einen Moment, zögert. Beobachtet uns. Arwa betrachtet mein Gesicht, als verstehe sie mich nicht, als könnte sie Menschen nicht wie ein offenes Buch lesen. Ich trete noch näher ran. Sie sagt nicht, dass ich aufhören soll, sie schubst mich nicht weg, sie tut rein gar nichts, außer mich mit ihren viel zu großen Augen anzustarren. Wahrscheinlich ist sie zu schockiert, um zu reagieren. Ein kleiner Teil in mir fragt sich, ob sie neugierig ist. Außer einem einzigen Menschen haben wir noch nie jemanden anderes so nah an uns rangelassen, da sind wir uns ziemlich ähnlich, Arwa und ich. Menschenscheu, vorsichtig, wenn es darum geht, verletzt werden zu können.

Aber ich weiß, dass es einen großen Unterschied zwischen uns gibt: Im Gegensatz zu mir braucht sie keinen Adrenalinkick, um sich lebendig zu fühlen, und kurz bevor sich unsere Lippen begegnen, weicht sie zurück und gibt mir eine Ohrfeige.

Der Schmerz brennt sich durch mein Gesicht. Tariq hat sich wieder in Bewegung gesetzt. Und ich grinse.

Arwa starrt auf ihre Hand, als könne sie nicht fassen, was gerade passiert ist.

»Ist das das erste Mal, dass du jemanden geschlagen hast?«, frage ich und fühle mich wie der größte Müll auf der Welt.

Bevor sie antworten kann, hat uns ihr Freund erreicht, und wenn ich damit aufgewachsen bin, meinen Bruder wütend zu sehen, dann ist das nichts im Vergleich zu dem, was jetzt auf seinem Gesicht lodert.

»Tariq …«

Er ignoriert sie. Sein Blick ruht auf mir.

»Tariq …« Panik erfasst sie. Sie versucht sich zwischen uns zu drängen. »Tariq, lass uns reingehen, bitte …«

Stattdessen legte er seine Hände auf ihre Arme und zieht sie sanft zur Seite, ohne seine Augen von mir zu wenden.

Mein Grinsen wird breiter. »Jetzt endlich Lust sich zu prügeln, Bruderherz?«

Statt einer Antwort holt er einfach aus. Sein erster Schlag bringt mich dazu, kurz schwarz zu sehen. Man darf Tariqs Stärke nicht unterschätzen, er war schon immer sportlich unterwegs. Er wirkt viel zu brav, um einer Fliege was zuleide zu tun, aber ich weiß, dass es einen Schalter in ihm gibt. Er ist immerhin der Sohn unseres Vaters.

Sein zweiter Schlag lässt mich Blut schmecken, weil meine Zähne sich in die Wangen verbeißen. Ich höre Arwa seinen Namen schreien und aus dem Augenwinkel erkenne ich, dass sie nach seinem Arm greift, aber er ist verloren.

Ich wehre mich nicht. Ich brauch einfach nur den Schmerz. Ich will etwas fühlen, was nicht in mir drinnen ist. Ich will nichts fühlen, nicht sein, nicht mehr denken, nicht mehr.

Nicht mehr.

Es folgt kein dritter Schlag. Ich rutsche auf meine Knie und atme schwer. Tariq starrt mich nur einen Moment an, dann dreht er sich um. *Nein.* Nein. Fuck, bleib hier.

»Das war's?«, brülle ich.

Er verharrt. Mitten auf diesem kargen Weizenfeld, vor dem wir alle aufgewachsen sind. Ein Sonnenaufgang über uns und absolute Stille um uns herum. Nicht einmal Arwa weiß mehr, was sie sagen soll, die Gute.

»Ja«, dringt die Stimme meines Bruders zu mir durch. »Das war's. Aber wenn ich dich hier wieder sehe, dann kannst du gleich vor ein Auto springen.«

Und das, meine Damen und Herren, war der dritte Schlag. Jegliche Luft entweicht meinen Lungen, und ich stütze meine Hände auf dem Dreck vor mir ab, spüre plötzlich alles: die Angst, die Trauer, die Verzweiflung. Hier, jetzt hast du's endlich: *Dein eigener Bruder gibt dir die Erlaubnis, dich in Luft aufzulösen. Jetzt hast du nichts mehr zu verlieren, oder?*

Tariq sieht zu seiner Freundin.

»Kommst du?«

Arwa schüttelt den Kopf. »Tariq, wir können nicht …«

»Kommst du?«, unterbricht er sie barsch. Ich habe noch nie miterlebt, dass er so mit ihr umgeht.

»Red nicht so mit mir«, sagt sie leise und mit überraschend fester Stimme. Er gibt nur einen Laut von sich, der sich beinahe wie ein Grollen anhört, und stampft davon.

Arwa steht wieder vor mir. Keine Anklage in ihrem Gesicht, rein gar nichts von dem, was ein normaler Mensch jetzt eigentlich empfinden sollte. Nein, unsere Heilige guckt mich besorgt an.

»Abi – bitte komm mit rein, ich kann dich nicht einfach hier allein lassen, okay?«

Ach, Arwa.

»Bitte, bitte, komm rein.«

Sie zieht mich zur Bank vor dem lachsfarbenen Haus, über uns der grinsende Weihnachtsmann.

Dort verharre ich und spüre eine so endlose Müdigkeit, dass

ich nicht mehr weiß, wie ich mich fortbewegen soll. Arwa sagt, ich solle hier warten, sie rufe jemanden, und dann ist sie fort. Ich höre Tariq und noch mehr Stimmen. Nuh? Mein Vater?

»Du kannst ihn doch nicht schlagen, wenn er so drauf ist«, brüllt Nuh, und ich zucke zusammen.

»Warum setzt du dich immer nur für ihn ein?«, erwidert Tariq.

»Ich weiß, dass er Scheiße baut, Tariq! Aber ich versuch doch nur irgendwie 'nen Zugang zu ihm zu finden, es muss doch andere Lösungen geben!«

»Es ist nicht mein verdammter Job, Zugang zu ihm zu finden, er ist kein scheiß Kind!«

»Aber er benimmt sich wie eins und niemand fragt sich, warum. Hast du schon mal daran gedacht?«

»Ich kann ihn nicht vor sich selbst retten.« Diesmal übertrifft Tariqs Stimme alle anderen in der Lautstärke.

So wütend kenne ich sie nicht. So kenne ich die beiden nicht.

Es ist mein ältester Bruder, der das knisternde Schweigen durchbricht. »Es ist … es ist nicht meine Schuld. Es kann nicht immer nur meine Schuld sein«, flüstert er.

Vielleicht war das der letzte Schlag. Ich blinzle gegen die Dunkelheit vor mir an und schmecke Blut in meinem Mund. Plötzlich hellwach.

Was machst du hier, Ibrahim?

Mit zitternden Fingern hole ich mein Handy hervor und rufe Zayn in Frankfurt an.

»Kannst du mir ein Gefallen tun?«, frage ich, kaum dass er abgehoben hat.

24. Kapitel

Sadia

Mein Vater klopft an meine Tür und kommt rein, ohne eine
Antwort abzuwarten. Ich bleibe in meinem Bett liegen, schaue
ihn nicht an. Um mich herum herrscht ein einziges Chaos. Ich
weiß nicht, wann mein Zimmer zuletzt so unordentlich war.
Nie? Aber statt dass es mich nervös macht, lässt es mich unberührt.

Ich fühle mich uralt und kaputt. Mein Hals und meine Augen schmerzen vom vielen Weinen, und ich habe noch nichts
gegessen. Geschlafen habe ich auch nicht. Nachdem mich
Arwa zu Hause abgesetzt hat, habe ich es gerade so in unsere Wohnung geschafft. Ich habe überlegt, sofort zu meinen
Eltern oder meinem Bruder zu flüchten, aber als ich vor der
dunklen Garderobe stand, dachte ich daran, wie diese Räume
mittlerweile mit Ibrahim verbunden sind. Wie er überall ist, im
Wohnzimmer, in der Küche. Und vor allem in meinem Zimmer. Assoziationen, die ich nie wieder loswerde. Ich hatte das
Gefühl, zu ersticken.

Ich ging in mein Zimmer und wie auf Autopilot holte ich
eine riesige Tasche aus dem Kleiderschrank, um wahllos Dinge
reinzuwerfen. Bücher, die mich an ihn erinnern, Lars, den Bären, die Poster an meiner Wand, all diese Relikte meiner Kindheit. Weil ich mit der Vergangenheit abschließen will, weil ich

mich sonst nicht vorwärtsbewegen kann. Weil es gerade nur darum geht: Schritt für Schritt vorwärts.

Als das gesamte Zimmer nackt war – die Wände, zum Teil die Regale und mein Bett –, ließ ich mich auf die Matratze fallen und machte mich ganz klein. Ich zog meine Beine an und krümmte mich in Embryohaltung zusammen. Versuchte einzuschlafen, um jedes Gefühl zum Verstummen zu bringen. Aber ich schlief nicht ein, stattdessen beobachtete ich den Sonnenaufgang durch mein Fenster und fror stumm vor mich hin. Irgendwann kam meine Mutter, und ich tat so, als wäre ich nicht wach.

»Oh!«, rief sie. »Was ist denn hier passiert?«

Ich presste die Augen zusammen. Sie legte ihre Hand an meine Stirn, murmelte irgendwas und breitete eine Decke über mich aus. Dann ging sie wieder, die Tür hinter sich schließend.

Kurz darauf schrieb mir Arwa eine Nachricht, um mich zu fragen, wie es mir geht, und um mir Bescheid zu geben, dass Ibrahim nach Frankfurt zu einem seiner Cousins gefahren ist. Keine Ahnung, woher sie meine Nummer hat, ich will es auch gar nicht wissen. Abstand nehmen, schrieb sie mir. *Ist besser so.*

Ich presste mein Gesicht ins Kissen und atmete die letzten Spuren seiner Gegenwart ein. Dabei fühlte ich mich so erbärmlich, dass ich wieder losheulte. Ich wünschte, er hätte mich auf eine Weise verletzt, die mich wütend macht. Ich wünschte, ich könnte ihn hassen und aus meinem Leben streichen. Stattdessen schlang ich meine Arme um mich und versuchte, mich ein letztes Mal an seine Berührung zu erinnern.

Stunden später setzt sich mein Vater neben mir auf die Matratze. Seine Hand legt sich auf meinen Arm, aber ich rege mich nicht. Ich habe die Augen weiterhin geschlossen und mich zur Seite gewandt.

»Sadia?«

Er streicht mir über den Oberarm. »Sadia, Schatz. Ist alles okay?«

Und ehe ich mich versehe, kommen sie wieder, diese beschissenen Tränen.

»Hey. Hey.«

Oh Gott. Ich setze mich auf und versuche mich zusammenzureißen, aber es funktioniert nicht, mittlerweile brechen heftige Schluchzer aus mir hervor. Mein Vater legt seinen Arm um meine Schulter und zieht mich an sich.

»Hey. Alles gut, alles gut, ich bin ja hier.«

Ich presse mein Gesicht an seine Brust und drücke mich ganz fest an ihn. Wie damals, wenn er mich getröstet hat. Ich will erklären, was los ist, aber ich kriege es nicht hin. Und er fragt auch gar nicht. Stattdessen umarmt er mich fest und flüstert beruhigende Floskeln in mein Haar.

Die Tür öffnet sich und erneut tritt meine Mutter ein. Sie hat ein Tablett mit süßlich riechendem Brei dabei und eine dampfende Tasse. »Ich hab Dalia gemacht, mit ganz viel Zimt –« Als sie bemerkt, in welchem Zustand ich mich befinde, verharrt sie im Türrahmen und blinzelt irritiert.

»Weint sie etwa?«, fragt sie mit einer schrillen Stimme.

»Fatimah!«, empört sich mein Vater. »Sei leiser.«

Und ich kann nicht anders, als mitten in einem weiteren Schluchzen kurz aufzulachen. Tatsache: Ich kann mich nicht an das letzte Mal erinnern, dass ich vor meinen Eltern so geheult habe. Gerade in den letzten Jahren habe ich mich schon oft gefragt, ob etwas in mir kaputt ist, da ich die traurigsten Bücher lesen kann, aber absolut keinerlei körperliche Reaktionen gezeigt habe. Sogar letztes Jahr, als Ibrahim mich geghostet hat und es mir sichtbar mies ging, habe ich nicht geweint.

Jetzt weiß ich, dass ich bisher nur dachte zu wissen, wie es sich anfühlt, das Herz aus der Brust gerissen zu bekommen. In Wirklichkeit ist der Schmerz derart unausstehlich und real, als hätte man wortwörtlich meine Organe attackiert, ohne mir etwas zu geben, um die Blutung zu stillen, und ich weiß nicht, wie ich jemals damit klarkommen soll.

Meine Mutter legt das Tablett auf meinen Nachttisch und setzt sich auf die andere Seite von mir.

»Hör auf zu weinen«, sagt sie todernst und wieder ruft mein Vater ihren Namen, wieder schnaube ich auf.

Kopfschüttelnd wischt sie mir fest über meine Wangen und drückt mich – deutlich aggressiver als mein Vater – an sich, um mir auf den Rücken zu klopfen. »Jetzt beruhig dich doch«, sagt sie, aber ich habe mich eigentlich schon beruhigt, der Schluckauf, der mich überfällt, hat eher was mit hysterischem unterdrückten Lachen zu tun.

»Fatimah! Geh bitte und hol ein Glas Wasser«, ruft mein Vater.

Es ist, als hätte sie nur darauf gewartet, dass jemand sie wieder wegschickt, sofort lässt sie von mir ab und steht auf. Sentimentalitäten sind nicht unbedingt ihre Stärke. Mein Vater seufzt und blickt ihr hinterher.

»Deine Mutter«, sagt er. »Hat die emotionale Reife einer Kaktee.«

Ich lächle schwach, werde aber sofort wieder ernst. Meine Aufregung legt sich, und ich warte, dass mein Vater endlich Fragen stellt. Aber das tut er nicht. Stattdessen betrachten wir schweigend die Kartons und Taschen, die wild im Zimmer verteilt herumliegen.

»Ich bin stolz auf dich«, sagt er plötzlich. »Ich weiß nicht, ob es das ist, was du gerade hören musst, aber ich kann es nicht oft genug sagen.«

Gerade als ich dachte, das Brennen in den Augen unter Kontrolle gebracht zu haben, sagt er so etwas, und ich muss fest an mich halten, um nicht wieder loszuweinen. »Danke«, krächze ich. Mein Blick schweift wieder über das Chaos, verweilt bei dem absurden Ian Sommerhalder-Pappaufsteller, auf meinem fast leer geräumten Bücherregal, auf den tausend Kissen. Was meinte meine Mutter vor Kurzem? Dass ich es nicht hinbekomme, mich zu entscheiden? Vielleicht hat sie mich besser durchschaut, als ich zuzugeben bereit war.

Schritt für Schritt. *Du wirst dich daran gewöhnen. Er sucht sich jetzt hoffentlich Hilfe und du … du hast Dinge zu erledigen.* Es wird okay. Es wird okay, es wird okay und es wird nicht immer so wehtun.

»Du siehst so müde aus«, murmelt mein Vater.

»Ich bin auch sehr müde«, erwidere ich und lehne mich tiefer in seine Berührung. »Ich bin einfach unheimlich müde und brauch eine Pause.«

2. Teil

Vergebung

Erste Woche

Man muss wohl erst ganz unten ankommen, um zu checken, dass man nicht unten ankommen will. Das hat der Selbsthass so an sich.

»Hey, Abi.«

Erst, wenn du ganz unten ankommst, ganz, ganz unten, wird dir klar, dass du keine Erleuchtung brauchst. Erleuchtungen können alles sein: Gott, Therapie oder eine neue Sucht, deine erste große Liebe. Vor allem sind sie aber Geschichten. Und wie es mit Geschichten so ist, benötigt man immer eine Portion Hoffnung, um an sie zu glauben. Was du eigentlich brauchst, was du eigentlich verstehen musst, ist: Du bist der Einzige, der die Macht hat, Entscheidungen zu treffen. Es dauert aber manchmal etwas, bis sich das in dein Hirn reinhämmert.

»Komm schon, Ibrahim. Wach auf.«

Master of my own mind, captain of my own soul. Du kannst nichts kontrollieren, du kannst nichts ändern. Das Universum ist dir einen Scheiß schuldig und du bist niemandes Mittelpunkt.

Du bist bedeutungslos.

Du bist bedeutungslos.

Du bist so bedeutungslos und trotzdem bist du hier und du willst auch hier sein, du willst bleiben, du verlangst mitsamt deiner Bedeutungslosigkeit zu bleiben.

»Wenn du nicht in den nächsten fünf Minuten aufwachst, schütte ich einen Eimer Wasser auf dir aus.«

Um an einen Gott zu glauben, musst du erst lernen, an dich zu glauben, um eine Therapie zu wagen, musst du erst den Willen dazu haben. Und um die Liebe zu behalten? Was muss man dafür machen?

»Ich mein's ernst, Ibrahim.«

Eine männliche Stimme, vertraut und weiter weg. *Ich bin niemandes Mittelpunkt.*

»Was murmelt er da?« Eine andere Stimme, weiblich, näher. Nicht die Stimme, die ich eigentlich hören will.

Ich bin bedeutungslos.

»Irgendeinen Namen ...«

Aber ich will bleiben. Ich will bleiben, ich will bleiben, ich will's noch mal versuchen.

»Wer ist denn Sadia?«

Brillenschlangengesicht. Ein lockerer Pferdeschwanz, ein viel zu strahlendes Zahnreihenlächeln. Sie fragte mich mal, warum es mir nie langweilig wird, sie anzusehen, und ich antwortete, weil ich die Sekunden ausgleichen muss, in denen ich sie eben nicht ansehen kann. Sie hat gelacht. Ihr Lachen ist total ansteckend, weil sie nicht versucht, leise zu sein oder gut auszusehen, sie lässt einfach die Freude über sich kommen. Dann sind da ihre Grimassen, ihre ausdrucksstarken Augenbrauen, ihre hochgezogene Nase, ihre verdammt schönen helldunklen Lippen.

»Sadia ...« Vielleicht kann sie mir sagen, wie man die Liebe behält. Vielleicht kann sie mir sagen, wie man an sich selbst glaubt, sie scheint's ja gut hinzubekommen. Eine weitere Erinnerung: Sadias verheultes Gesicht, wie sie mich anschreit, wie sie vor mir zurückweicht. »Ich brauche Abstand von dir.«

Ich kann dich gerade nicht ertragen. Ich brauch Abstand. Ich bin nicht deine Erleuchtung. Ich kann dich nicht retten.

Ein Strahl Wasser trifft mein Gesicht und ich schrecke auf. Zayn steht über mir, einen leeren Eimer in seiner Hand.

»Hab dich gewarnt«, sagt er, während ich die Tropfen von meinen Augen wische. Es ist zu hell und zu laut, alles viel zu real. Shruti steht im Türrahmen und telefoniert mit jemandem, sie winkt mir zu und dreht sich um. Zayn stellt den Eimer ab und hockt sich vor mich hin. Ich habe Schwierigkeiten, mich auf ihn zu konzentrieren.

»Du hast fast über vierundzwanzig Stunden durchgeschlafen«, sagt mein Cousin. »Du solltest jetzt mal was essen und an die frische Luft gehen.« Er rümpft die Nase. »Und duschen vielleicht auch.«

Eine blitzblanke, mit weißen Möbeln ausgestattete Küche. Cremefarbene Stühle um einen gläsernen Tisch, ein kahler Baum vor dem Fenster, eine Schale Brei aus Linsen und Reis vor mir. Shrutis schwangere Form am Herd beim Eierbraten und das Rauschen des Wasserkochers. Meine Umgebung ist ein Fremdland, ich bin ein Einsiedler ohne Heimat. Ich starre stumm auf mein Essen und kann mich nicht regen. Zayn kommt mit einer Zeitung in die Küche und setzt sich mir gegenüber.

»Iss«, sagt er.

Langsam hebe ich den Löffel an und schaufle was von dem gelbweißen Zeug. Normalerweise macht man Kitchari nur, wenn jemand krank ist. Shruti stellt einen Becher Joghurt vor mich hin, an ihrem Ohr klemmt ein Handy. Sie plappert munter vor sich hin, während ihre Hand flüchtig über meinen Kopf streicht. Ich erstarre und Zayn beobachtet mich. Shruti hat sich längst wieder abgewandt, aber ihre beiläufige Berührung brennt auf meiner Haut nach.

»Iss«, wiederholt mein Cousin, diesmal sanfter. Ich atme tief durch, hebe den Löffel und nehme einen Bissen. Erst dann merk ich, dass mir Tränen über die Wangen gleiten. Zayn sagt nichts. Ich wische mir mit dem Handgelenk über das Gesicht und esse weiter. Mein Magen ist ein Loch, ich habe seit Tagen nichts Anständiges gegessen. Aber die Tränen hören nicht auf zu fließen, es folgen nicht mal Schluchzer oder ein Wimmern, sie kommen einfach stumm und fallen in mein Essen. Sofort schaufle ich sie auf, damit keine Beweise übrig bleiben. Aber es sind zu viele und irgendwann sehe ich den Reis nicht mehr.

Jemand reicht mir ein Taschentuch, ich presse meine Hände an den Kopf und versuche das Heulen zu unterdrücken.

»Fuck«, sage ich. »Fuck, fuck, fuck.«

»Hey.« Shruti ist plötzlich wieder bei mir, will ihre Arme um mich legen, aber ich weiche zurück. Der cremefarbene Stuhl quietscht über den Boden, als ich aufstehe und aus der Küche zurück in das Zimmer renne, in dem ich übernachtet habe.

Es ist komplett leer. Nur eine Kommode und eine aufgeblasene Matratze mitsamt Decken und Kissen, sonst gibt es nichts. Ich schlage die Tür zu und setze mich auf den Boden. Es gibt zwei Fenster, durch die warmes Morgenlicht hereinscheint. Draußen sieht man nur Baumkronen, nur Natur und einen weißen Himmel. Ich versuch mich auf die Krähen zu konzentrieren, die in Schwärmen vorbeifliegen, aber die Tränen wollen nicht verebben. Alles an mir zittert, die Erinnerungen an die letzten Tage stürzen wie eine Welle über mich. Sadia, Tariq, Arwa, Baba. Uzair, Nuh, Maya, Ma, Aslan, alle Teile meines Lebens in Bruchstücken.

Da ist nur mehr ein Geheimnis, das kein Geheimnis mehr ist. »Ich weiß nicht, ob ich das schaffe.«

Keine Ahnung, wie lang ich brauche, um mich zu beruhigen. Aber irgendwann rapple ich mich auf, um zurück in die Küche zu gehen. Zayn ist nicht mehr da, aber Shruti sitzt am Esstisch und schaut sich etwas auf dem iPad an. Vor ihr liegen eine Reihe verschiedener Farbstreifen.

»Hey.« Sie lächelt mich an. Kein Urteil in ihrem Blick. Keine Bemerkung über meinen Ausbruch gerade. Sie weist mit dem Kinn zum Herd. »Wenn du noch was essen magst, es ist noch was vom Kitchari übrig. Sonst haben wir was vom Koreaner im Kühlschrank.«

Ich räuspere mich. »Danke.« Meine Hände fassen nach der Rückenlehne des Sessels vor mir. »Auch fürs … Aufnehmen.«

Shruti winkt ab. Sie trägt einen fliederfarbenen Cardigan über einer grünen Bluse, ihr Bauch ist schon ziemlich geschwollen. Es ist das erste Mal, dass ich sie sehe, seit sie schwanger ist. Der Anblick ist ungewohnt, aber sie wirkt glücklich. Ihre Wangen sind rosig und ihre Augen leuchten.

»Nimm dir was zu trinken und setz dich zu mir, wenn du magst«, bietet sie an. »Ich suche grad die perfekte Farbkombination für das Kinderzimmer aus.«

Sie hält einen orangen Streifen mitsamt eines schwarzen in die Höhe. »Was meinst du – Tigerlook zu exzentrisch für ein Baby?«

Gegen meinen Willen spüre ich meine Mundwinkel zucken. »Es ist immerhin dein Baby, oder?«

»Meine Rede!«

Den restlichen Tag verbringe ich damit, mich von ihr zulabern zu lassen. Shruti fragt rein gar nichts, was mit mir zu tun hat, und manchmal kommt mir der Gedanke, sie zu provozieren. Aber dann fehlt mir schlichtweg die Energie, ich fühl mich komplett ausgelaugt und leer. Ich schaffe es nicht, viel zu essen, und ich schaffe es noch weniger, präsent zu bleiben. Mein Kopf pocht und mein Körper fühlt sich steif an. Ständig driften meine Gedanken ab, bis ich mich erneut in das Gästezimmer einsperre und auf die Baumkronen starre. Der Anblick des komplett leeren Zimmers beruhigt mich. Ich lege mich auf den Boden und streiche über das Holzparkett, spreche manchmal die Namen meiner Familie und Freunde hintereinander und manchmal nur Sadias Namen, und manchmal erinnere ich mich daran, dass ich bedeutungslos bin, dass ich hier bin, dass ich hier sein will.

Als Zayn von der Arbeit nach Hause kommt, ist es längst dunkel draußen. Er und Shruti stehen im Gang und flüstern miteinander. Über mich? Über etwas anderes, nur für sie Bestimmtes? Was auch immer es ist, sie verstummen, sobald sie mich sehen. Shruti lächelt strahlend und tätschelt mir die Wange im Vorbeigehen, während Zayn mir zunickt.

»Warst du heute draußen?«, fragt er.

Ich schüttle den Kopf, hab meine Zunge verschluckt.

»Dann komm, lass uns einen Spaziergang machen.«

Und weil es rein gar nichts gibt, was ich sonst tun könnte, folge ich ihm.

Shruti und Zayn leben in einer stillen, von Hausreihen, Bäumen und Wiesen umgebenen Gegend. Es ist zum Teil so, als wären wir noch in Österreich, dann taucht der erste Edeka auf und ich krieg Kopfschmerzen allein beim bloßen Anblick. Zu verstehen, dass ich hier bin, ist schwierig, aber die schwierigere Angelegenheit ist, nicht mehr dort zu sein.

»Ich find's gut, dass du hergekommen bist.« Zayns Stimme klingt weit entfernt.

»Die meisten würden es als Bürde sehen.«

Mein Cousin zuckt mit den Schultern.

»Weißt du, Abi, ich hab gemerkt, das muss auch so sein.« Zayn betrachtet nachdenklich den Weg vor uns. Er ist ein paar Monate jünger als Tariq, sieht in dem Moment aber älter aus. »Ich glaub, Familie kann nicht anders als eine Bürde sein.«

»Das sind ja mal gute Neuigkeiten.« Auch nach allem kann ich nicht anders, als ich selbst zu sein.

Zayn bleibt stehen. Wir haben eine Runde durch die Gegend gedreht und sind wieder in seiner Straße angelangt. Ich betrachte die Fenster, in denen noch Licht leuchtet, und jene, die dunkel sind. In einem anderen Leben würde ich jetzt an die tausend Geschichten dahinter denken. In einem anderen Leben hätte ich keine aufgesprungene Lippe, kein blaues Auge und einen Bruder, der mich nicht mehr hasst als alles andere. In einem anderen Leben wäre ich eben nicht ich.

Scheiße, bin ich sentimental heute.

»Abi.« Zayn sieht mich ruhig an. Ich frag mich, wie viel er bereits weiß von dem, was passiert ist. Ich frag mich, wie es meiner Familie geht. Und vor allem, wie es Sadia geht.

»Was willst du jetzt machen?«

Ich blinzle ihn an. »Keine Sorge. Ich werde euch nicht länger belagern als nötig.« Irgendwie schaffe ich es, die Angst aus meiner Stimme fernzuhalten. Ich weiß nicht, wohin ich sonst gehen soll.

»Das mein ich nicht. Du kannst bleiben, solang du willst, das Zimmer steht frei. Ich will nur wissen, was du jetzt, in dieser Sekunde als Nächstes machen willst.« Er klingt so ernst. Viel zu ernst. Ich fahre mir über meinen Kopf, weiche seinem Blick aus, spüre ein Jucken auf der Haut.

»Wir wollten zu dir nach Hause gehen, du Genie.«

Zayn nickt. »Okay. Und dann? Was willst du dann zu Hause machen?«

Zu Hause. Der größte Scam der Geschichte. Ich blicke umher, würde gern weglaufen, hätte ich genügend Kraft dazu. »Ich muss schlafen«, antworte ich schließlich, weil er nicht aufhört mich anzustarren.

»Musst du oder willst du?«

Scheiße, was ist sein Problem?

»Ich will, ich … bin müde.«

Er nickt wieder. »Ich auch.«

»Gut, dann gehen wir, oder? Oder willst du noch was sagen?«

»Willst du noch was hören?«

Ich zupfe an dem Haargummi an meinem Handgelenk rum. »Was laberst du, Zayn? Was willst du von mir? Sag's einfach.« Sag einfach, was für eine absolute Enttäuschung eines Menschen ich bin.

Mein Cousin schüttelt lediglich den Kopf. »Ich hab dir nichts zu sagen, was du nicht schon tausendmal gehört oder gedacht hast. Mir geht's momentan nur darum, dir zuzuhören. Also wann immer du bereit bist. Weißt ja, wo ich bin.«

Damit lässt er mich zurück und biegt in die nächste Gasse ein. Ich starre ihm hinterher. Es ist Halbmond, der Himmel ohne Sterne. *Ich bin bedeutungslos. Aber ich bin hier. Weil ich hier sein will.*

Tief durchatmend folge ich ihm.

Nachts ist es viel zu still. Ich hatte vergessen, dass Nuh in den letzten Wochen in meinem Zimmer gelegen hat. Manchmal redet er im Schlaf, oder er schnarcht, eine konstante Erinnerung daran, dass ich nicht allein bin. Aber jetzt ist da niemand außer mir, und ich habe nicht einmal ein Handy, um irgendetwas einzuschalten, weil ich es in Tariqs Auto vergessen habe. Nur dieses Zimmer und ich. Ich fühle mich, als würde mich die Dunkelheit jeden Moment verschlucken, und richte mich auf. Rutsche vom Bett, setze mich auf den Boden. Die Baumkronen vor dem Fenster rascheln leise. Ich halte mir die Ohren zu, weil die Stille zu laut ist, ich hör sie aber immer noch, hör sie noch mehr, wenn ich allein mit meinem Kopf bin. Ich rapple mich auf und gehe aus dem Zimmer in die Küche. Minuten-, sekunden-, vielleicht sogar stundenlang stehe ich einfach da und starre auf gar nichts. *Was willst du jetzt machen*, höre ich Zayns Stimme in meinem Kopf. Ich bin hier. Ich will hierbleiben. Ich öffne den Kühlschrank und hole ein paar Zutaten raus.

Zweite Woche

Denken ist nicht gut. Allein sein ist nicht gut. Zu viel Stille ist nicht gut, die Dunkelheit ist nicht gut. Reden Shruti und Zayn täglich mit meiner Familie, berichten sie über alles, was ich so treibe? Es müssen kurze Anrufe sein, weil ich nichts mache.

Ich weiß nicht, wie. Manchmal vergehen Stunden, während ich auf der Matratze liege, ohne mich zu bewegen. Man kennt mich nicht so, da ich mich sonst konstant bewege. Ich bin das Klischee von dem Jungen, der überall hinaufklettert, mit dem Stuhl kippelt, alles anfasst. Aber jetzt bewegt sich nicht einmal mein kleiner Finger, als lägen Betonklotze auf meinem Körper.

Wenn ich dann doch aufstehe, weil der Druck in meiner Blase zu groß wird oder meine Kehle vor Trockenheit schmerzt, tut mein Rücken weh und die Welt dreht sich für einen Moment. Abends zwingt mich Zayn, mit ihm rauszugehen. Manchmal tu ich es. Manchmal steht er neben meinem Bett und ich höre ihn nicht. Manchmal steht ein Teller mit kalt gewordenem Essen auf dem Boden. Manchmal koche ich. Ist es schon fünf Uhr abends? Drei Uhr morgens? Ist es schon zehn? Zwölf?

Was macht meine Familie, wie geht es ihnen? Wie geht es *ihr?*

Ich bin hier, ich will hierbleiben. Ich fühle mich wie eine ausgewaschene Kopie meines Selbst.

An einem Tag lassen mich die beiden allein in ihrer Wohnung. Die Leere schleicht aus meinem Zimmer hinaus in die anderen Räume, die Stille beginnt in meinen Ohren gefährlich zu knistern. Ich öffne die Schubladen und starre die Messer und Scheren in ihnen an. Soll es wehtun? Es soll nicht wehtun. Ich will nicht, dass es wehtut. Ich will nur, dass ich einschlafe. Und dann einfach nicht mehr aufwache. Ist das zu viel verlangt? Ist es zu viel verlangt, nichts mehr fühlen, denken, sein zu müssen? Ruckartig schließe ich die Schubladen wieder. Ich denke daran, wie sich die Tage wiederholen. Ich denke daran, meine Familie nie wieder zu sehen, und es tut so weh, dass ich mir ans Herz fasse, weil es sich so verkrampft. Ich denke an den Morgen und den Morgen darauf und nichts erschöpft mich mehr als der Gedanke, dass das immer so weitergehen wird, immer weiter. Und doch, warum auch immer, ist das Nächste, was ich mache, zurück ins Gästezimmer zu gehen und auf die Baumkronen zu starren.

Dritte Woche

Drei Wochen lässt er mich in Ruhe, bis Zayn endlich eine Entscheidung trifft. Er kommt in die Küche und wirft mir mehrere Broschüren entgegen. Ich starre auf eine, aus der mir die Gesichter glücklich wirkender junger Menschen entgegenlachen, ihre Augen leer und ohne Leben. »Therapie?« steht in Großbuchstaben daneben. Ich blicke zu meinem Cousin auf.

»Nein.«

Er setzt sich mir gegenüber hin, verschränkt die Hände vor sich und sieht mich wortlos an. Wir sind in der Küche und ich habe so lang in die Luft gestarrt, dass meine Cornflakes durchweicht sind. Draußen geht die Sonne unter, ich hab das Licht nicht eingeschaltet. Frühstück? Abendessen? Wie spät ist es? Ich will Schnurrbärte auf die Broschürengesichter malen.

Ich warte auf Zayns Predigt. Ich warte lange. In der anbrechenden Dunkelheit werden seine Züge immer schwieriger zu erkennen. Im Winter gibt es kaum Sonne, es gibt nur lange Nächte. Mir fällt ein Zitat von Camus ein, über den Sommer, den man in sich findet, und ich frag mich, wie ein Typ, der das Leben sinnlos fand, so was von sich behaupten konnte. Er fand's sinnlos und wollte trotzdem existieren. Das ist seine Philosophie. *Ich bin bedeutungslos. Und ich will bleiben.*

Camus starb bei einem Autounfall, bei dem er eigentlich nicht einmal dabei sein sollte. Eigentlich sollte er in einem Zug nach Paris sitzen, ein passend absurder Abschied.

Mit ausdrucksloser Miene schiebe ich die Broschüre von mir weg.

»Ich geh zur Therapie. Shruti auch«, sagt mein Cousin plötzlich.

Mein Blick schießt zu ihm, ungläubig. Er zuckt mit den Schultern.

»Ich find, jeder Mensch sollte zur Therapie. Weißt du, warum wir weggezogen sind?«

Er wartet keine Antwort ab. »Damit wir von unseren Eltern wegkommen. Ich liebe meine Eltern und unsere ganze Familie, Abi, aber irgendwann habe ich erkannt, wenn ich selbst Kinder will und diesen ganzen Mutter-Vater-Kind-Scheiß, dann muss ich Abstand nehmen und endlich diesen Traumamist in mir verarbeiten. Und glaub mir, von außen wirken die Sadeems wie eine Vorzeigefamilie, aber es hat sich über die Jahre einiges angesammelt. Wir haben nicht unbedingt die beste Familiengeschichte.«

Ja. Nicht die beste Familiengeschichte. Angeblich war meine Großmutter eine Kinderbraut. Angeblich hatte sie etliche Fehlgeburten. Angeblich sind sie und mein Großvater von einer Nacht auf die andere spurlos verschwunden.

Nicht die beste Familiengeschichte fasst es nicht annähernd zusammen.

Zayn zieht die Broschüren zu sich, stapelt sie aufeinander und legt sie ordentlich vor sich hin. »Ich war ja letztes Jahr Tariq in Japan besuchen«, erzählt er. »Weißt du, dein Bruder tut immer so, als hätte er alles im Griff. Aber nicht mal er ist immun gegen Einsamkeit. Ihm ging's zu der Zeit nicht so gut. Er mochte es dort, er mochte seine Arbeit und seine Freunde. Mag es auch jetzt noch. Aber er vermisst euch. Ich glaub, das war der Moment, als er gecheckt hat, dass er irgendwann zurück nach Wien will. Zurück nach Hause, zu seinen Leuten.«

Ich will nicht über Tariq reden, ich will nicht an ihn und diese Nacht denken. »Und du? Willst du irgendwann zurück? Nach Hause?«, frage ich.

Zayn lächelt. »Mein Zuhause ist genau hier«, sagt er. »Es ist genau dort, wo Shruti ist.«

Ich mache Würggeräusche, eine automatische Reaktion.

»Halt die Fresse, es stimmt halt. Shruti ist …« Er seufzt. »Du weißt, ich krieg es nicht so gut mit den Worten hin wie du. Aber ich fühl mich im Moment richtig angekommen. Wien war nie mein Ding. Frankfurt ist kein Tokyo, ein Flug bis Wien dauert nicht einmal zwei Stunden. Außerdem –« Sich zurücklehnend lässt er seinen Blick zum Fenster gleiten. »Außerdem habe ich nicht das, was du und deine Geschwister miteinander haben, Abi. Ich werd's dir ehrlich sagen, ob du es hören willst oder nicht, aber egal, wohin du gehst – das ist dein Zuhause. Deine Geschwister sind es. Das Problem ist, es kann kein Zuhause sein, wenn du hier hockst und mit keinem von ihnen redest. Auch nicht, wenn du dort bist und sie nicht reinlässt. Damit nimmst du dir am meisten was weg. Und ich weiß, dass ihr Abstand braucht. Jetzt musst du dich entscheiden: Wie willst du diesen Abstand nutzen? Willst du je wieder nach Hause gehen?«

Er schiebt den Stapel Broschüren wieder zu mir. »Oder ist das hier besser?« Er zeigt um uns herum auf die dunkle Küche, die matschigen Cornflakes, die Stille.

Jedes einzelne seiner Worte fühlt sich wie ein warmes, kleines Kohlestück an. Es brennt. Es tut weh. Es tut nicht genug weh.

»Es geht ihnen besser ohne mich«, sage ich. »So sind sie besser dran.«

Der Selbsthass ist eine innere Blutung, die sich nicht behandeln lässt, man kann ihn nicht lokalisieren, er ist überall.

Mein Cousin ist weiterhin unbeeindruckt. »Ja«, sagt er. »So tust du ihnen nicht gut. Aber du tust dir auch selbst nicht gut.«

Ich halt's nicht länger aus, ich stehe auf. »Das wird mir nichts bringen.« Ich zeige auf die Therapieblätter. »Außerdem habe ich kein Geld.«

»Darum mach dir keine Sorgen.«

Ich stöhne genervt. Kann er mich nicht in Ruhe lassen?

»Das kann ich nicht annehmen, Alter.«

»Sieh es als deine Miete, solang du hier bist.«

»Miete heißt, ich muss dir was zahlen, nicht umgekehrt.«

Zayn zuckt mit den Schultern. »Ich weiß, ich kann dich nicht zwingen. Aber wie gesagt, ich bin jederzeit hier.« Er fährt sich über seine Wangen. »Was willst du jetzt machen?«

Diese beschissene Frage. Er stellt sie mir immer wieder. Dabei will er nur wissen, was ich als Nächstes machen will, nie was danach kommt. Meine Antworten bestanden bisher aus: schlafen, essen, ihn bestehlen, fernsehen, die Wohnung in Brand setzen, aus dem Fenster springen und ihn ignorieren. Je nachdem, wie ernst ich ihn nehmen konnte. Diesmal nehme ich ihn aber zu ernst, also lasse ich ihn zurück, ziehe mir Schuhe und eine ausgeliehene Jacke über, um spazieren zu gehen.

Es könnte leicht sein, den nächsten Club oder Ort voller Junkies zu finden. Mich mit einem Marc/Matt anfreunden und eine neue Gruppe an kaputten Menschen aufklauben. Aber bisher habe ich es nicht aus der Gegend rausgeschafft, hab mich in einem kleinen Radius um die Wohnung herum bewegt. Es wird Zeit, was daran zu ändern. Ich könnte zur Bushaltestelle gehen und in den nächsten Bus Richtung Innenstadt steigen.

Ich könnte. Aber als der Bus vor mir hält, ist eine solch gewaltige Erschöpfung in mir, dass ich es nicht packe, von der Bank aufzustehen. Die Türen schließen sich und der Wagen fährt weiter, während ich regungslos verharre. Brummen im Kopf, ein Druck hinter den Lidern. Ich zupfe an dem Haargummi um mein Handgelenk, das immer da ist, seit ich hier bin. Ich denke an das, was Zayn über zu Hause gesagt hat. Irgendwann stehe ich auf und gehe zurück.

Vierte Woche

Die Borschüren verbleiben an ihrem Platz am Esstisch, während die Welt um mich herum so eng geworden ist, dass ich glaube, nicht mehr hineinzupassen. Niemand stellt mir unnötige Fragen, niemand zwingt mich, nervt mich, zählt meine Fehler auf, schreit mich an, niemand berührt mich. Die Kälte des Winters ist die Kälte auf meiner Haut, kein Sommer in mir drinnen, nur Eiszeit. *Was hast du zu verlieren?*, fragt eine Stimme in mir, jedes Mal, wenn ich die Broschüren sehe. Was kann ich noch gewinnen?, frage ich zurück. Ich bin ein Loser, ich habe alles verloren.

Aber du hast die Macht, es zu ändern.

Meine Geschwister versuchen Kontakt aufzubauen. Sie rufen Shruti an und wollen mit mir reden. Nuh als Erster, dann Maya, Uzair. Mein Vater nicht, meine Mutter schon. Tariq nicht. Sadia auch nicht.

Bisher habe ich sie alle abgeblockt.

Als Shruti aber wieder einmal an meine Tür klopft und mir ihr Handy entgegenhält, starre ich eine Weile darauf, bevor ich es ihr abnehme.

»Hi«, sagt Nuh.

Seine Stimme zu hören schlägt die Luft aus meinen Lungen raus, und ich lehne mich an die Wand zurück.

»Hörst du mich?«, fragt er, weil ich nichts sage.

Ich gebe ein Geräusch von mir, das sich beinahe wie ein Wimmern anhört. Nuh schweigt. Ich versuche etwas zu sagen, aber Worte. Da sind einfach nie die richtigen Worte. Schließlich beginnt er zu reden, ohne Fragen zu stellen. Ich sitze mittlerweile am Boden und habe das Handy fest umklammert. Er redet von seinem Alltag, ist anscheinend wieder in der Steiermark, erzählt von einem Ritterfest, das er besucht hat, und den Brücken, an deren Bau er zurzeit beteiligt ist. Am Ende sagt er: »Es wird wieder, okay? Stress dich nicht.«

Meine Augen prickeln. Ich hasse es, wenn meine Augen prickeln.

»Hören wir uns die Tage wieder?«

Irgendwie kriege ich es hin, Ja zu sagen.

Fünfte Woche

Mein Vater hat seine Eltern früh verloren. Lange Zeit wussten wir Kinder nichts über sein Leben in Pakistan. Erst in den letzten Jahren erzählte unsere Mutter davon. Mein Vater selbst äußert sich kaum dazu, als wäre es ihm unangenehm, über seine Vergangenheit zu sprechen. Um es kurz zu fassen: Sein Leben war beschissen. Er musste als Zwölfjähriger Teppiche weben, um Geld zu verdienen, eine giftige und für einen so kleinen Körper mehr als anstrengende Arbeit. Er wollte schon immer auswandern, weil er wusste, dass er als Waise in einem Land, in dem man nur durch verwandtschaftliche Beziehungen weiterkam, keine Möglichkeit finden würde, sich und seine Brüder aus ihrem Armutsloch rauszukriegen. Er hat hart gearbeitet, sich einen Pass verschafft und dann ist er mit Zügen, Bussen und Autos nach Europa gekommen. In Russland war er, in Rumänien. Das Ziel war Deutschland, aber in Österreich ist sein Visum abgelaufen und er durfte nicht weiterreisen. Mit nichts in der Geldtasche und ohne seine eigenen Leute hier waren die ersten Jahre im Fremdland heftig. Asyl, kleine Zimmer mit Dutzenden Männern, Hungerlohnarbeit. Und trotzdem hat er sich Stück für Stück ein beneidenswertes Leben aufgebaut.

Haus am Weizenfeld, seine ganze Familie hergeholt, zwei Geschäfte. Vorhang zu, Applaus.

Halt. Nein. Die Kinder. Die Kinder, mit denen hat er nicht gerechnet. Er dachte, sie würden es wertschätzen, dass er jahrelang Blut in Teppichfasern gewebt hatte. Er dachte, sie würden ihn respektieren und von ihm lernen, seine Ambition haben. Er dachte, ein lebenswertes Land wie Österreich, das kann nur die beste Option für sie sein. Er hatte nicht damit gerechnet, dass, egal was er macht, egal wie groß sein Sicherheitsnetz ist, er manchmal den Fall doch nicht abmildern kann.

Ich stelle mir vor, wie das für ihn gewesen sein muss, die Entscheidung zu treffen, Pakistan zu verlassen. Als er noch ein Teenager war und mit zwei Brüdern, die er hätte zurücklassen müssen. War die Entscheidung tatsächlich selbstlos? Oder hatte er einfach genug gehabt? Für wen hat er sich sein Leben eigentlich aufgebaut, wusste er immer schon, dass es mich und meine Geschwister geben wird?

Am Ende steckt hinter all dem nur ein Gedanke: Es war seine Entscheidung. Mit allen Risiken und allen Barrieren war jeder Schritt dennoch seine Entscheidung. Und solche Entscheidungen trifft man nicht nur für andere. Man trifft sie auch, weil ein mickriger Teil in einem an sich selbst glaubt.

Und wenn mein beschissener Vater trotz seines tragischen Lebens noch an sich glauben konnte, warum nicht ich? Warum verdammt noch mal nicht ich?

Ich nehme die Broschüren mit in mein Zimmer.

Sechste Woche

Meine Eltern sind Widersprüche, weil jeder Mensch ein Widerspruch ist. Dadurch versteht man nichts und niemanden besser. Aber diese Erkenntnis ist trotzdem nicht unwichtig.

Als ich an diesem Morgen in die Küche trete und mich vor Zayn hinsetze, fühle ich mich widersprüchlich. »Ich find deine Broschüren scheiße«, sage ich zu ihm, während er in seiner Zeitung blättert. »Such mir jemand anderen.« Und mein Mistkerl an Cousin grinst selbstzufrieden.

Achte Woche

Zayn findet einen Therapeuten für mich, oder auch: Er hatte schon längst einen gefunden, sogar der Termin steht fest.

»Hab meinen eigenen gefragt, ob der jemanden kennt, gleich an dem Tag, an dem du gekommen bist.«

»Warum kann ich nicht deinen haben?«

»Weil er meiner ist.«

Wir sind in seinem Auto auf dem Weg in die Innenstadt.

»Und die Borschüren?«, hake ich nach.

Er zuckt mit den Schultern. »Wollt dir trotzdem die Möglichkeit geben, selbst zu gucken.«

»Worüber redest du mit deinem Therapeuten? Hast du schon die große Erleuchtung bekommen?«

»Ich glaub nicht, dass es darum geht.«

Er hält an einer Ampel an. Bisher habe ich nur den äußeren Teil von Frankfurt gesehen, der viel zu ruhig ist. Aber tiefer drinnen leben außer Gespenstern auch richtige Menschen. Büromenschen, graue Anzugmenschen, Handy-am-Ohr-Menschen. Wolkenkratzer, zwischen denen immer wieder Denkmäler wie Risse auf einer neuen Tapete hervorblitzen, Menschenschwärme an Kreuzungen, dichter Verkehr. Die Häuser sind nicht wie in Wien mit Statuen oder schönen Türen geschmückt, sondern sehen einfach wie Häuser aus – und das verwirrt mich manchmal, weil ich zwischen dem Blinzeln immer noch vergesse, nicht mehr dort zu sein.

Frankfurt ist die Stadt der Buchmessen und ein Kulturzentrum, innen drinnen deutsch, alle restlichen Teile haben ihre eigenen unsichtbaren Abgrenzungen. Shruti hat mir von einem südasiatischen Gebiet erzählt, es ist zwar kein Chinatown oder Jackson Heights, sagte sie, aber ist nah dran. Dort reihen sich indische Boutiquen und afghanische Juweliere neben pakistanischen Restaurants und bengalischen Nachbarschaften.

Laut Internet ist Frankfurt die asozialste Großstadt in Deutschland. Mein Cousin sagt aber, er mag die pakistanische Community hier.

Ich frag mich, ob Frankfurt auch so stark zwischen »guten« und »schlechten« Schulen trennt wie Wien. Ich frage mich, wie hoch der Ausländeranteil an den »schlechten« Schulen ist. Ich frage mich, warum ich solche Fragen stelle. Ich tippe sie in mein Handy. Und speichere sie unter dem Titel »Recherche VWA« ein.

Aber das Wichtigste ist: Hier hat einmal Goethe gelebt. Ob's dazu eine Inschrift gibt?

»Das Goethedenkmal«, erklärt mir Zayn.

Ich grinse in mich hinein. Die Vorhersehbarkeit von Großstädten: ein privater Witz für mich.

Das Gebäude, in dem ich gegen eine Geldleistung mein Herz ausschütten und meine Seele ausziehen soll, sieht unspektakulär aus. Der Himmel, heute weiß und wolkendicht, sieht unspektakulär aus. Die Leute, die reingehen oder rauskommen, die schon drinnen sind, sie sehen allesamt unspektakulär aus. Währenddessen fühle ich mich, als müsste ich jeden Moment kotzen.

Am Tresen in der Praxis sitzt eine streng aussehende Dame, die auf einer Tastatur eines PCs rumhämmert. Zayn räuspert sich.

»Wir sind für ein Erstgespräch hier«, sagt er und hält mich fest, weil ich diskret versuche, mit dem Hintergrund zu verschmelzen. Sie hört auf zu tippen, blickt auf, mustert uns. Ohne eine Miene zu verziehen, reicht sie uns einen Stapel Papiere weiter. »Bitte füllen Sie das hier aus.«

Wieso lächelt sie nicht? Ich dachte, in solchen Einrichtungen lächelt jeder, alle tanzen glücklich im Kreis rum und tragen Blumenkronen. Aber die Dame hat sich längst wieder ihrem Laptop gewidmet, tippt ungerührt weiter.

»Komm«, sagt Zayn und setzt sich auf die lederne Bank im Wartebereich. Er reicht mir einen Kugelschreiber. »Willst du allein sein zum Ausfüllen?«, fragt er.

Mein rechter Oberschenkel zittert im Millisekundentakt. »Nein«, maule ich und reiße den Stift aus seiner Hand. Er hebt abwehrend die Hände und lehnt sich zurück. Als wüsste er, dass mein Nein nur Trotz ist, holt er seine Kopfhörer hervor und schaltet ein Cricketmatch auf seinem Handy ein. Beschäftigt genug, um mir nicht auf die Pelle zu rücken, aber immer noch da.

Ich schlucke schwer und atme unmerklich durch. Dann lese ich mir die erste Seite durch. *Allgemeine Angaben zur Person.* Easy enough. Denk ich zumindest, aber ich vergesse zum hundertsten Mal, dass ich nicht mehr in Österreich bin und muss die Adresse durchstreichen, die ich als Erste reingeschrieben habe. Stattdessen gebe ich Zayns Adresse, im Nummernfeld dann seine Telefonnummer an. Bei »Partnerbeziehung« und »aktuelle Wohnsituation« zögere ich wieder. Feste Beziehung, keine Beziehung, lebe mit Familie, lebe allein, scheiße, wieso nervt das alles jetzt schon so? Ich übergehe die Beziehungsfrage und entscheide mich für »Lebe mit Familie«. Bei der nächsten Frage muss ich erneut die Zähne zusammenbeißen: Höchster erreichter Schulabschluss.

Zayn scheint meine Anspannung zu bemerken. »Alles klar?«
»Ja.«

Ob ich eine Ausbildung habe? Und wenn ja, welche, ob ich

schon gearbeitet habe, ob ich mit meiner beruflichen Situation zufrieden bin, wenn nicht, warum nicht … Ich halt's nicht aus, ich lasse den Kugelschreiber los und stehe auf.

»Ich kann das nicht«, sage ich zu Zayn. Die Dame an der Rezeption hört nicht auf zu tippen. Mein Cousin zieht einen Kopfhörer aus seinem Ohr.

Über uns hängt richtig hässliche moderne Kunst. Alles hier ist viel zu hell, die Möbel, die Wände, der Boden. Ich fahre mir über mein Gesicht, bin unendlich müde. Gestern Nacht habe ich wieder gekocht, statt zu schlafen, mittlerweile hofft Shruti darauf, dass sie aufwacht und ihr Frühstück bereits vorfindet. *Ein verstecktes Talent*, hat sie zu mir gesagt. Aber es ist kein Talent, es ist alles gelernt, und meine Lehrerin ist der Grund, weshalb ich ständig an dem Haargummi an meinem Gelenk zupfe.

»Willst du nach Hause gehen?«, fragt mich mein Cousin.

Ich schaue ihn an, dann das hässliche Gemälde über ihm. Wahrscheinlich soll es eine Blume sein, rosafarben und aufgeplustert. Schließlich schaue ich wieder auf die Blätter am Tisch und ich denke an das leere Gästezimmer und daran, dass jetzt zwei Monate vergangen sind, seit ich hier bin. Es ist mir nicht aufgefallen. Ich habe kein Gefühl mehr für Zeit, es wirkt so, als wäre die Nacht mit Sadia erst gestern passiert und seitdem nur ein viel zu langer Tag vergangen. Die Vorstellung, dass dieser Tag niemals aufhören könnte, dass sich Frankfurt weiter um mich einengen könnte, bringt mich dazu, mich doch wieder zu setzen.

»Nein«, sage ich zu Zayn. »Ich will bleiben.«

Die Fragen werden nicht einfacher. Ich soll die Beziehung zu jedem meiner Geschwister kurz erklären. *Kompliziert.* Ich soll schreiben, ob und wie mich meine Eltern bei Ungehorsam oder Missgeschicken bestraft haben. *Ignorieren. Anschweigen, mich unsichtbar machen oder mir einreden, dass ich nicht so fühlen darf, wie ich mich fühle. Bevormunden, kleinreden, jeden Fehler dreifach betonen.* Ich versuche nicht zu lang bei den Fragen zu verharren, gehe schnell drüber, schreibe irgendwas, um mich davon loszureißen.

Mein Bein vibriert, meine Hand zittert. Ich spüre manchmal Zayns Blick auf mir, meistens ist er aber in das Cricketspiel versunken. Die Frau am Tresen telefoniert leise, als ich zu dem Punkt komme, bei dem ich auf einem Balken ankreuzen soll, wie sehr ich mich mag. Gar nicht, trauriger Emoji, sehr, lächelnder Emoji.

»Wirke ich selbstbewusst und glücklich auf dich?«, frage ich Zayn.

Mein Cousin nickt. »Bist Sonnenschein in Person.«

Ich kreuze den traurigen Smiley an.

Je mehr ich nachdenke, desto größer wird der Fluchtinstinkt, es schreit ohnehin schon alles in mir, wegzulaufen. Also zwinge ich mich, den Kugelschreiber weiterziehen zu lassen, bis ich die letzte Seite erreicht habe und einen so tiefen, frustrierten Atemzug von mir gebe, als hätte ich gerade eine Prüfung überstanden. Aber das war ja nur die erste Hälfte. Zayn und ich geben die Blätter an der Rezeption ab, ein Blick auf die Uhr zeigt, dass wir mehr als eine Stunde hier saßen. Ich frag mich, ob das normal ist. Ich frag mich, warum keine anderen Leute hier sind. Ich frag mich, wer seine Wände pissgrün anmalt.

Fünfzehn Minuten später öffnet sich eine der vielen Türen und eine hochgewachsene Schwarze Frau tritt heraus. Sie trägt weite Stoffhosen und eine weiße Bluse, ihre welligen Haare fallen ihr beinahe bis zu den Knien. »Ibrahim Sadeem?«, fragt sie.

Ich starre sie an. Ich hatte damit gerechnet, eine weiße Person vorzufinden, einer der tausend Gründe, warum ich mir nichts von dem Mist hier erwartet habe. Auf den Broschüren, die mir Zayn gegeben hat, klangen die Namen alle weiß, und diejenigen, die ihre Fotos draufhatten, waren's halt auch. Ich weiß, dass das ein gängiges Problem in dem Bereich ist. Maya, die Psychotherapie studiert, hat uns schon oft damit zugelabert. Ich merke, dass sich beim Anblick der Frau definitiv etwas in mir verändert. Es ist nicht so, dass ich plötzlich heilfroh bin, hier zu sein. Aber irgendein kleiner Teil von mir beruhigt sich.

Meine zukünftige Therapeutin stellt sich als Stella Makumbi vor und fragt mich direkt, was ich bevorzuge, das Siezen oder Duzen.

»Siezen.« Ich räuspere mich. »Bitte.«

Das Zimmer, in das sie mich führt, besteht aus Bücherregalen, die ich sofort anvisiere, einem Teppich mit orientalischen Mustern und zwei sich gegenüberstehenden Ledersesseln. Ein Sofa gibt es auch, es steht in einer Ecke direkt unter dem Fenster. Ich muss daran denken, wie ich dort rumliege und sie ihre Freud'schen Spielchen an mir auslebt. Freud starb an Kieferkrebs, sah echt nicht mehr gut aus am Ende, und die Debatte steht offen, was seine bevorzugte Art zum Verrecken gewesen wäre.

»Wie geht es Ihnen heute?«, fragt die Therapeutin und ich reiße meinen Blick vom Sofa los. Auch hier ist es hell, aber nicht wegen dem Weiß, sondern wegen dem Licht, das durch die beiden Fenster hereinscheint. Es ist ein schönes, warmes Licht, fällt direkt auf meine rechte Hand und mein zitterndes Bein.

»Ich weiß nicht«, antworte ich. Sie hat die Blätter von vorhin in der Hand und ich fühl mich wieder so, als müsste ich kotzen.

Zayn, das Arschloch, hat mich nicht mal angeguckt, als ich reinging. Kein letzter motivierender Blick, nur ein gemurmeltes »Bis später«. Was macht er überhaupt hier?

Sichergehen, dass du nicht wegläufst.

Ich seufze und fahre mir über die Augen.

»Das war ein tiefer Atemzug.« Stella lächelt nicht, aber wirkt dadurch nicht weniger freundlich. »Was hat ihn denn hervorgerufen?«

Ich starre sie stumm an. Sie schlägt ihre Beine übereinander und legt die Blätter zur Seite. Wartet. Statt nachzuhaken, stellt sie schließlich eine andere Frage.

»Wollen Sie mir erzählen, was Sie hierhergebracht hat?«

»Eigentlich nicht«, stolpert es direkt über meine Lippen. Nichts an ihrer Haltung oder ihrem Gesicht verrät, wie sie die Antwort findet.

»Was wollen Sie dann?«, fragt sie und ich glaube, ich hasse in dem Moment nichts mehr, als diesen Ton, diesen netten, kalkulierten Heuchlerton.

»Ich kann diese Frage nicht ausstehen«, erwidere ich. »Ich kann Fragen nicht ausstehen.«

»Dann wird das hier sehr schwer für Sie sein, oder?«

Sekundenlang sagt keiner von uns etwas, und ich muss ihrem Blick immer wieder ausweichen, weil ich es nicht länger als drei Sekunden durchhalte, ihn zu erwidern. Irgendwann zeige ich auf das Sofa.

»Sind Sie ein Fan von Freud?«, frage ich.

Sie hebt eine Augenbraue. »Nein. Sie?«

»Würde ich nicht so sagen.«

Und sie lächelt. Ich dachte immer, das dürfen Therapeuten nicht, und fühle mich, als hätte ich Bonuspunkte bei irgendeinem Spiel erzielt. Das Lächeln verweilt aber nicht lange und schon ist die Maske zurück.

»Herr Sadeem«, sagt sie, und ich verziehe angewidert mein Gesicht.

»Ibrahim«, korrigiere ich. »Nennen Sie mich Ibrahim.«

Bei uns auf Urdu duzt man in der Regel nur gleichaltrige oder jüngere Leute. Ältere, auch in der Familie, werden gesiezt, wobei trotzdem der Vorname benutzt wird.

Stella akzeptiert das ohne weitere Fragen. »Ibrahim. Wären Sie bereit, mit mir über die von Ihnen ausgefüllten Fragebögen zu reden?«

Ich schlucke schwer. »Dachte, das müssen wir so oder so.«

»Ich habe durch Ihre Antworten den Eindruck gewonnen, dass das nicht so leicht für Sie ist. Sie haben auch länger gebraucht, um fertig zu werden. Also möchte ich Ihnen gerne entgegenkommen. Sie müssen nichts, was Sie nicht wollen.«

Ich rutsche auf meinem Sitz herum. »Müssen Sie keine Diagnose oder so machen?« Sollte nicht das der Sinn und Zweck dieses Erstgesprächs sein?

»Eine Einschätzung«, nickt sie. »Deswegen auch die Fragebögen. Ich persönlich finde, eine richtige Diagnose stellt sich erst im Laufe der Zeit heraus. Und für bestimmte Angelegenheiten gibt es noch ausführlichere Tests.« Sie verschränkt ihre Hände auf ihrem Knie. »Manche Patienten verzichten auf Diagnosen komplett.«

Patienten. Ich muss an mich halten, um mir nicht die Ohren abzureißen.

Weil ich nichts darauf sage, fährt sie fort: »Sie sind laut Ihren Angaben in Wien geboren. Sind Sie mit Ihrer Familie nach Frankfurt gezogen?«

»Die sind noch dort. Ich bin erst vor Kurzem hergekommen.« Bilder jener Nacht vor meinem Abgang schießen mir durch den Kopf und meine Finger verkrampfen sich auf den Couchlehnen.

»Was war der Anlass?«, fragt sie.

Das Der-kleine-Prinz–Tattoo blitzt unter meinem dunklen Pullover am Handgelenk hervor. »Ich wollte Auslandserfahrung machen. Neue Kultur und Sprache lernen und so.« Ich strecke die Beine aus. »Der ganze Zwanzigermist.« Kurz überlege ich. »Darf ich eigentlich fluchen?«

»Gerne«, antwortet sie freundlich. »Und Deutschland bietet Ihnen bestimmt eine große Abwechslung zu Österreich.«

Ich grinse. »Ja. Ist um einiges dreckiger hier. Waren Sie schon mal in Österreich?«

»Ja. Ist um einiges einfältiger dort.«

»Einfältig?«, hake ich nach.

Sie nickt. »Ich habe den Eindruck bekommen, dass die Menschen dort andere Kulturen deutlich weniger willkommen heißen.«

Ich blinzle sie an.

»Finden Sie nicht?«, fragt sie.

»Keine Ahnung. Kenne es nicht anders. Wien ist schon …« Ich überlege, welches Wort es am besten beschreibt, und muss dann das eine nehmen, welches ich angefangen hab, ziemlich nervtötend zu finden. »Divers.«

»Haben Sie Ihre Umgebung so beim Aufwachsen wahrgenommen? Divers?«

»In meinen Klassen waren mindestens die Hälfte Ausländerkinder.« Ich rutsche wieder in dem Sessel rum. »In der Mittelschule waren es noch mehr – Mittelschulen sind bei uns immer so. Aber das … ich mein klar, stimmt schon, es war …« Ich unterdrücke ein Augenverdrehen. »Es war ›vielfältig‹. Aber nicht wenn's um die Lehrer ging.«

Das ist der Moment, in dem sie endlich eine Art Mappe vom Tisch nimmt, aufmacht und einen Kugelschreiber klicken lässt. Was schreibt sie da? Am liebsten würde ich aufspringen und nachgucken.

»Wie haben Sie Ihre Lehrer wahrgenommen?«, hakt sie nach.

Ich habe keinen Plan, wo ich anfangen soll. Ich denk an all die Scheiße, die mir von meinen Lehrern schon gesagt wurde. An die wenigen, die ich mochte, weil sie so gewirkt haben, als würden sie sich für uns interessieren. Und Frau G, deren Name ich aus meinem System gelöscht hab. So ein Mensch verdient keinen Namen.

Gleichzeitig frag ich mich, ob ich nicht nur übertreibe. Was war überhaupt so schlimm? Warum kriege ich Panik, wenn ich an die Schule erinnert werde?

»Ich habe die Schule gehasst«, platzt es aus mir heraus. »Ich hasse sie immer noch.« Und klinge wie ein Kind, als ich das sage.

Wieder notiert sie etwas. Wieder muss ich mich an der Couch festhalten, um nicht aufzuspringen.

»Wieso denn?«

»Weil ich kein Lerntyp bin.«

»Können Sie das näher erläutern?«

»Ich tue mir dabei schwer, mich zu konzentrieren.«

Stella blinzelt mich an. Ich erwarte, dass sie noch mal nachhakt oder was anderes fragt, aber sie starrt mich einfach nur an.

Eine ganze Weile halte ich es aus, die Stille zu ertragen, bevor ich breche. Es ist nicht so, als würden ihre Tricks bei mir funktionieren, ich beschließe nur, von mir aus etwas zu sagen, damit es nicht weiter unangenehm bleibt, vor allem für sie.

Ich erzähle ihr alles Mögliche, was mir in den Sinn kommt, um die Stunde hinter mich zu bringen. Davon dass ich es nicht hinbekomme, sechs Stunden oder mehr in einem Klassenraum zu sitzen und fokussiert zu bleiben. Dass ich schon nach wenigen Minuten etwas anderes tun musste, sonst wurde ich nervös. Und wie sich das bei allem zeigt, nicht nur beim Lernen.

Ich erzähle ihr, wie ich Action- oder andere solche Filme oder Bollywoodromanzen problemlos angucken konnte, obwohl sie drei Stunden lang waren, weil alle fünf Minuten jemand rumbrüllt, heult oder laute Musik tönt. Ein Sinnesspektakel, das mich vollkommen einnehmen konnte, während Sitcoms oder langsame Serien überhaupt nicht funktionieren. Nicht zuletzt, weil ich sofort das Ende wissen wollte und es lieber googelte, als zehn Staffeln durchzuschauen.

Ich rede davon, wie viel Zeit ich beim Überfliegen von Wikipedia-Artikeln verbringe, wie rapide ich von Fakt zum nächsten Fakt springen kann, als wäre es ein Marathon, weil ich nicht schnell genug Wissen in mir aufladen kann. Aber einen Beitrag von Anfang bis Ende zu lesen, kann ich nicht. Das war schon bei Schultexten so. Ich konnte nie etwas von Punkt A nach B machen, sondern musste nach A zu D und dann zum Ende springen, bevor ich zurück zu B kam. Das ist vor allem ein Problem, wenn man aufbauend lernen muss, aber ich kann nichts aufbauend, sondern nur quer.

Aus ähnlichen Gründen lese ich auch ein Dutzend Bücher auf einmal, nicht nur eins, und die letzten Sätze kenne ich, noch bevor ich die ersten aufgeklappt habe. Ich brauche zwar mehrere Monate für die Bücher, aber immerhin lese ich, oder? Und ich lese gern. Mein Lieblingsbuch, Der kleine Prinz, hat kaum achtzig Seiten. Vielleicht ist es deswegen mein Lieblingsbuch. Vielleicht auch, weil das Buch keinen Regeln folgt. Es ist einfach ein Gefühl, keine durchgeplottete, ausgeklügelte Geschichte, bei der man jede Wendung erwartet und die Figuren sofort durchschauen und in eine Schublade stecken kann. Das sind meine liebsten Bücher. Gefühlsbücher.

Ich merke, wie ich bereits bei der Art, wie ich davon erzähle, vom einen Punkt zum anderen springe und vieles dazwischen vergesse zu erwähnen. Ich rede ohne Plan, wohin mich die Sätze führen sollen, und verstumme plötzlich.

Wenn niemand redet, ist es viel zu ruhig in diesem Raum, weil man weder vom Wartezimmer noch vom Fenster her was hört. Nur mein Ein- und Ausatmen, während ich den Wortmüll betrachte, der mir gerade aus dem Magen gewürgt kam und zwischen mir und Stella auf dem flauschigen Teppich liegt.

Würde ich das Innere meines Kopfes visualisieren, wäre es genau das: ein verhedderter Buchstabenball.

»Das klingt so, als würden Sie sehr gerne Dinge lernen und erfahren. Und dass Sie kreativ sind. Nur das System, wie es jetzt gestaltet ist, trifft nicht auf Ihren Lerntyp.«

Ich schnaube. »Sie meinen, ich gehöre in eine Sonderschule.«

»Das meine ich nicht, aber das muss auch nichts Negatives sein.«

»Für meine Eltern wäre es etwas Negatives.«

Weil es nichts Schlimmeres gibt, als anderen Eltern erzählen zu müssen, dass sie nicht ausreichen. So sehen sie es nämlich, wenn ihre Kinder scheitern. Dass es ihre Schuld ist. Und als deren Kinder muss man sich wiederum schuldig fühlen, ihnen Schuldgefühle gemacht zu haben – ein Kreislauf, der sich über Generationen zieht, weil es meistens unglückliche Menschen sind, die Kinder bekommen. Weil alle glauben, Kinder zu bekommen wäre die Lösung. Aber was genau ist das Problem? Können wir darüber reden, bevor wir Lösungen suchen?

»Und für Sie?«, fragt Stella.

»Hm?«

»Ist es etwas Negatives für Sie, wenn Sie eine andere Schulform gebraucht hätten?«

Ich zucke mit den Schultern. »Die Mittelschule war auch ›anders‹.«

Wieder schweigt sie eine ganze Weile, bis ich von selbst anfange noch mehr zu erzählen. »Lernen war nie einfach nur Lernen«, sage ich. »Es war aufstehen, frühstücken, zur Schule gehen. Sich daran erinnern, dass man irgendwas unterschrieben hat oder nicht, ob man alle Hausaufgaben dabeihat oder überhaupt gemacht hat, mit anderen reden, den richtigen Bus erwischen und zu einer ganz bestimmten Zeit dort sein. Als meine Schwester mit mir zur Schule ging, war es noch einfacher, weil sie an alles gedacht hat, und ich hab mich halt an sie drangehängt. Ab der vierten, nachdem ich sitzen geblieben bin, wurde es schlimmer.«

»Weil Sie sich nicht mehr an jemandem orientieren konnten?«

»Ja. Keine Ahnung. Später hatte ich meine Freunde, vor allem Aslan, und das hatte auch geholfen.« Ich fühle mich erst recht wie ein Sonderfall, als ich das sage, und versuche es besser zu erklären. »Es klingt komisch, aber in jeder Aufgabe war immer so eine mentale Vorbereitung involviert, verstehen Sie? Deswegen hat's geholfen, wenn mich quasi jemand an die Hand genommen und ja – weiß nicht – abgeschirmt hat. Ich musste zum Beispiel, bevor ich in ein Klassenzimmer ging, mir selbst sagen: *Hey, du gehst jetzt in dein Klassenzimmer, dann setzt du dich an den Schreibtisch.* Aber ich weiß, dass sich das andere nicht erst selbst sagen müssen, um es zu machen. Andere gehen einfach ins Zimmer und setzen sich. Punkt. Aber ich denke an die Schritte. Warum denke ich an die Schritte? *Habe* gedacht. Warum dachte ich damals an die Schritte, jetzt ist es eh egal, aber als ich ein Kind war … da war nie etwas egal.«

Stella beugt sich vor. »Und woran liegt es, dass es heute nicht mehr so ist?«

Ich reibe mir über die müden Augen. »Wahrscheinlich hab ich mich irgendwann daran gewöhnt.«

»Woran genau?«

»Ans Gestörtsein.«

Sie presst die Lippen zusammen und ich grinse träge.

Wenn ich es ernst nehme und darüber nachdenke, warum es irgendwann aufgehört hat, dann muss ich daran denken, wie ich in der Mittelschule krampfhaft versucht habe, immer witzig zu sein. Dann bin ich in eine Rolle geschlüpft und war nicht mehr Ibrahim, der mit dem nervösen Herzen, sondern Ibrahim, der Rebell. Ich konnte so besser entscheiden, was die Leute über mich dachten – hatte Kontrolle über die Wut, die von den Erwachsenen kam, weil ich ja wusste, was ich da mache. Es ist das Gleiche mit den Aschenbechern und meinem Vater. Ich lege sie dorthin, weil ich weiß, dass er sie wegwirft.

Kontrolle. Darum scheint es zu gehen – und ich wusste nicht, wie sehr.

Aber ist das alles nicht auch irgendwie eine Maske, die ich mir aufsetze? Was für ein Heuchler, Ibrahim. Hast du zu Sadia nicht genau das gesagt? Dass sie alles runterschluckt und nur so tut, als ob? Sagst du das nicht zu deinen Geschwistern auch? Und selbst machst du gar nichts anderes.

Heuchler, Heuchler, Heuchler. Das sind meine Erkenntnisse von meiner ersten Therapiestunde. Dass ich in die Sonderschule gehöre und ein noch größerer Heuchler bin, als ich von mir dachte.

Nachdem die Stunde endlich endet und ich Stellas Hand zum Abschied geschüttelt habe, flüchte ich regelrecht aus dem Zimmer. Sie sagt, sie meldet sich telefonisch in den nächsten drei Tagen und reicht mir noch einen Fragebogen, den ich zu Hause ausfüllen kann, wenn ich will. Da ich nicht will, werfe ich ihn vor dem Gebäude in die nächste Mülltonne und steige zu Zayn ins Auto.

Ich fühle mich ausgelaugt. Zayn fragt mich, wie es war, und ich gebe nur ein Brummen von mir. Ich lehne mit der Wange am Fenster auf der Beifahrerseite und es fühlt sich an, als hätte jemand eine Naht geöffnet, bevor die Wunde heilen konnte, und in meinen Organen rumgestochert. Dabei war ich der Einzige, der geredet hat.

»Ich will nicht, dass man in mir rumstochert«, flüstere ich.

»Ja, ist schon unangenehm«, gibt mein Cousin zu, der mich gehört hat. »Aber anders findet man nicht heraus, welche Stelle genau geheilt werden muss.«

»Die meisten Ärzte«, erwidere ich, ohne meine Wange vom Fenster zu lösen, »fragen erst, was die Symptome sind, bevor sie das Messer rausholen.«

»Die meisten Ärzte«, sagt er, »behandeln Körper, keine Seelen.«

Zehnte Woche

Zayn sagt, Therapie sei keine Lösung, sondern ein Teil davon, sich ein gutes Leben aufzubauen, jeder solle eine Form des mentalen Ausgleichs haben und so ein Hippiemist. Ich mach ihn zur Schnecke, weil er so redet wie ein Flowerpowerboy aus den Achtzigern, aber er nimmt es ziemlich gechillt hin. Generell ist er etwas lockerer drauf, seit ich zu Stella gehe. Zweimal wöchentlich, monatlicher Psychiatertermin inklusive. Psychotherapeuten dürfen einem nämlich keine Medikamente aufschreiben, das machen nur Fachärzte. Es hat nur drei Sitzungen gebraucht, dann hatte ich bereits eine Zuweisung von Stella, mit der dringenden Bitte, den frühestmöglichen Termin zu buchen. Das war, nachdem ich ihr von der Aktion mit Sadia erzählt habe, und zum ersten Mal wirkte sie wirklich alarmiert.

Zum Psychiater sage ich: »Ich bin nicht suizidgefährdet. Ich hab nur einen Hang zum Drama und ein Aufmerksamkeitsproblem.« Er lacht noch weniger als Stella.

»Die meisten Menschen, die suizidgefährdet sind, möchten Aufmerksamkeit, das Problem sind nicht Sie, sondern die Leute, die eben nicht aufmerksam werden. Aber da Sie hier sitzen, hoffe ich, man hat Ihnen zugehört?«

Scheißpsychologen, Scheißpsychiater und all die Scheißseelenklempner. Er fragt mich nach meinen Symptomen und ich labere was von Trägheit, kann nicht aufstehen, verrotte in meinem Bett und hasse die Nähe anderer Leute.

»Drogen tun mir meist nicht gut«, erkläre ich. »Also nur zur Info. Ich glaub, ich sollte gar nicht hier sein.«

Ungerührt reicht er mir einen Zettel. »Probieren Sie anfangs kleine Dosierungen, dann schauen wir weiter.«

Die ersten Medikamente sind eine Katastrophe. Statt mich zu beruhigen, fördert das Schlafmittel Albträume, und statt mich zum Aufwachen zu motivieren, bringt mich das Antidepressivum dazu, paranoide Gedanken zu haben. Wenn ich Albträume habe, sehe ich richtig abgefucktes Zeug, Menschen ohne Gesichter, abgetrennte Gliedmaßen, Familie und Freunde, die auf die brutalste Art sterben. Ich glaub, der negativste Teil meiner selbst hat absolut keine Chills übrig – Hoffnungslosigkeit de luxe. Wir setzen die Medikamente ab und machen einen neuen Termin aus, ich begrüße meinen Psychiater wie einen alten Kumpel.

»Hab's doch gesagt«, erzähle ich gut gelaunt. Er verschreibt mir was Neues, während ich ihn darüber zulabere, wie die Pharmawelt das größte organisierte Kriminalgeschäft der Welt ist, und ihn frage, ob er es ethisch verantworten kann, diesen Job auszuüben.

»Machen Sie an der Rezeption bitte ein Termin für nächsten Monat aus«, verabschiedet er sich nur unbeeindruckt.

Nächster Monat. Wie kann's sein, dass ich schon Termine hier mache? Wie kann's sein, dass ich seit über zwei Monaten hier bin? Wenn ich zu viel darüber nachdenke, kriege ich Kopfschmerzen. Oft sitze ich noch immer in meinem Zimmer und starre aus dem Fenster. Die Namen meiner Familie auf den Lippen, Sadias Namen im Herzen.

Ob ich sie vermisse? Ob es scheiße wehtut, an sie alle erinnert zu werden? Ob ich manchmal kurz davor bin, zurückzufahren?

Immer. Und dann erinnere ich mich an Tariqs Gesichtsausdruck, als er mir eine reingehauen hat. Nicht seine Wut. Sondern der Schmerz. Und obwohl Stella mir sagt, dass regelmäßigen Kontakt mit meiner Familie aufzubauen, während ich hier bin, keine miese Idee sei, steht eine Sache fest für mich: Ich muss es erst wert sein, um den Kontakt zu vertiefen. Und das kann noch lange dauern.

Die neuen Medikamente wirken besser, ihr Effekt zeigt sich schon nach zwei Wochen. Es ist fast unmerklich und natürlich: Das Aufstehen und die Welt so zu betrachten, als wäre sie nicht hundertprozentig scheiße, sondern nur achtzig. Anscheinend wird's immer besser, aber wer's glauben mag.

Aktiver zu werden bedeutet, mehr Bedürfnisse zu haben, etwas zu tun, den Impuls, Energie loszuwerden. Also helfe ich Shruti mit dem Kinderzimmer. Ich baue das Gitterbett auf, streiche den Rest der Wände – oder passe auf sie auf, während sie es macht – und hänge Sternenmobiles an die Decke. Sie hat sich doch gegen das Tigermuster entschieden und will sich an einem Winterwunderland versuchen. Ihre Hormone sind grad so abgedreht, dass sie wahrscheinlich bis nächste Woche wieder ihre Meinung ändert.

Es ist mir egal. Ich muss was tun. Vor allem diese Art von Handarbeit, die mich komplett aus meinem Hirn rauszieht, brauch ich. Ich brauch sie so sehr, dass das Kinderzimmer irgendwann nicht mehr reicht und ich anfange, Jobs zu suchen.

»Eh besser«, sagt Zayn. »Dann hast du 'ne Versicherung und die Medikamente kosten nicht mehr so viel. Und die Therapiestunden können wir auch absetzen.«

Er verrät mir nicht, wie viel Geld er bereits in mich investiert hat, und ich fühle mich beschissen. Vielleicht sind es auch eher die Schuldgefühle, die mich dazu bringen, auf Jobsuche zu gehen. Allgemein ist die Vorstellung anziehend, etwas allein zu tun. Nicht im Laden meiner Eltern und ohne irgendwen um mich, den ich kenne. Einfach nur eine Arbeit, um zu arbeiten. Keine Bedeutung dahinter, kein Zukunftsplan drangehängt. Ich brauche Geld, also besorge ich Geld. Das ist komisch befreiend.

Arbeit in Großstädten finden sollte nicht sonderlich schwer sein. In einer Bibliothek, nicht weit von Shrutis und Zayns Wohnung, hängen im Eingangsbereich Flugblätter, Anzeigen und Flohmarktzettel. Ich sammle die Jobangebote ein, und statt mir den Kopf an einem Computer zu zerbrechen, indem ich einen beschissenen Lebenslauf und eine noch beschissenere Bewerbung reintippe, gehe ich einfach in die Geschäfte und halte die Blätter den Mitarbeitern hin.

»Ihr braucht noch jemanden?«, frage ich und die meisten schicken mich zurück, ich soll meine Unterlagen mitbringen. Andere machen Impromptu-Bewerbungsgespräche, in denen ich Lebensbiografien fabriziere, und speichern dann meine Telefonnummer ein.

Meistens ist die Nummer auch erfunden, weil die Leute mich während des Gesprächs so dermaßen langweilen, dass ich keinen Bock mehr auf sie habe. Sonst nenne ich ihnen Shrutis Nummer, aber bisher hat sich niemand gemeldet.

»Lass mich dir ein Handy kaufen«, bittet meine Schwägerin. »Sieh es als vorzeitiges Geburtstagsgeschenk. Wobei – hab ich dir letztes Mal was geschenkt?«

»Ich kauf mir eins, wenn ich einen Job hab«, erwidere ich nur. Und dann, ich schieb die Schuld auf die Medikamente: »Ich weiß nicht, wie ich euch jemals für all das danken soll.«

»Werde Schriftsteller«, sagt sie. »Und denk an uns, wenn du berühmt wirst.«

Anscheinend hat ihr Zayn erzählt, dass ich Geschichten liebe. Aber schreiben funktionierte noch nie gut für mich, weiß sie das nicht? Dass mir die Worte fehlen, immer die Worte fehlen?

Nuh ruft weiterhin regelmäßig an, aber er redet nie von unserer Familie. Mit Maya tut das Reden am meisten weh, weil wir beide eine Distanz aufrechterhalten, als hätten wir Angst, einander zu verletzen. Laut Nuh hat sie die ganze Situation am schlimmsten mitgenommen, und ich würde mich gern entschuldigen. Aber was bringen Entschuldigungen, wenn man nicht sicher ist, ob sich was ändert oder nicht?

Die Gespräche mit Uzair sind kurz, dafür leichter. Er entschuldigt sich jedes Mal, weil er glaubt, er sei mit daran schuld, dass ich weg bin. Anscheinend ist die gefälschte Unterschrift aufgeflogen und Baba war nicht glücklich. Aber immerhin bekommt er wieder Nachhilfe von Arwa.

»Warum hat sie damals überhaupt aufgehört damit?«

»Weil alle dachten, ich brauch's nicht mehr, und sie hat ja dann in dem Kinderheim gearbeitet und weniger Zeit gehabt.«

»Ach so.« Ich schlucke schwer. Ich will fragen, wie es Tariq geht, traue mich aber nicht.

Aber meist habe ich Glück, und es ist meine Mutter, die mir berichtet, was mein ältester Bruder so macht. Sie erzählt von seinen Reisen nach Singapore, nach Korea, sogar Pakistan.

Letzteres lässt mich innehalten. Fast schon neidisch, weil ich an Sadias Worte in ihrer Küche denken muss, als sie meinte, einmal solle man zurückkehren, dort, wo die Wurzeln liegen. Ich dachte zu jener Zeit, dass es cool wäre, mit meinen Geschwistern so eine Reise zu planen. Aber das war vor dieser Nacht, die alles verändert hat.

Meine Mutter berichtet mir von allen, auch von meinem Vater, seiner Gesundheit und dem Laden, in dem der Schaden nach dem Einbruch nicht allzu groß war. Sie hat nie gelernt, von sich zu reden, ohne sich zu schämen. Wie auch, wenn sie nie jemand gefragt hat. Ich spiegle diese Angewohnheit, indem ich auch mehr von Zayn und Shrutis Leben erzähle als von mir. Es gibt aber auch nicht viel von mir zu erzählen.

Nur die Nächte sind relevant.

Kurz vor Mitternacht schleiche ich mich in die Küche und reihe Lebensmittel auf dem Tresen auf. Während ich Zwiebeln hacke, Knoblauch zu einer Paste presse und Teig rolle, spüre ich Sadias Anwesenheit neben mir. Sie erklärt mir, warum man in der Regel das Gemüse immer erst anbrät, bevor man Wasser zum Eintopf gibt, und dass ich die Reste für Suppenbrühen behalten soll. Das Haargummi an meinem Handgelenk ist mit ihrer Erinnerung verbunden. Es ist auch da, wenn ich es nicht trage, eine rote Spur auf der Haut.

Einundzwanzigste Woche

Ich widerstehe dem Drang, jemanden in Wien danach zu fragen, ob sie wissen, wie es Sadia geht, und stalke stattdessen täglich ihr inaktives Instagram. Finde nebenbei einen Job in einer Dönerbude, Luxus pur. Die Mischung aus Medikamenten und drei Tagen Arbeit, die aber nur meinen Körper erfordert, kein Denken, und zwei Tagen Therapie, die mein Denken erfordert, aber nicht den Körper, macht etwas Seltsames mit mir. Ich fühle mich nie überfordert, weil es gar nicht zu diesem Punkt kommt. Ich habe das Gefühl, mit jedem Tag immer mehr und mehr die Augen zu öffnen und die Welt klarer zu sehen, weiß aber nicht, ob ich das so gut finde, weil ich immer noch alles hasse, jetzt eben in HD. Ich treffe die Leute von der Arbeit auch außerhalb, aber nie zum Clubben, dafür in Bars mit direkten Verbindungen zu Zayns Wohnung.

Sicherheitsvorkehrungen. Manchmal gehe ich zu Fuß von der Bar zu ihm nach Hause, Google Maps in meiner Hand. Frankfurt bei Nacht ist schäbiger, lauter, dickflüssiger als Wien. Mir fehlt die Donau, der Main macht's einfach nicht, und mir fehlt das Österreichisch, was ich nie laut zugeben würde. Der deutsche Akzent rollt weniger und manche Wörter klingen wie zusammengeschweißt, fast unnatürlich.

Es ist okay hier, denke ich mir. Es ist aber nicht Wien.

Siebenunddreißigste Woche

Meine Therapeutin blickt für einen Sekundenbruchteil zu der Wanduhr hinter mir, um einzuschätzen, wie lang sie sich meinen Scheiß noch anhören muss. Das macht sie heimlich, sie dabei zu erwischen fühlt sich an, wie wenn ich sie zum Lächeln bringe: ein kleiner Triumph. Ich lerne ihre Ticks kennen, versuche sie zu durchschauen, weil ich an den Punkt kommen will, wo sie mir Dinge sagt, die ich eins zu eins so erwarte. Denn mittlerweile hat sie mich schon ein paarmal kalt erwischt.

Sie klickt mit ihrem Kugelschreiber und notiert sich was in der Mappe vor sich.

Ich mag ihre Kugelschreiber. Sie hat immer dieselben silbernen, die unnötig edel wirken. Man kann gut mit ihnen schreiben, ihre Spitze rollt problemlos über die Oberfläche und die Tinte ist dicht und dunkel. Ich weiß das, weil ich schon zwei mitgehen lassen habe. Es waren die, die nicht sonderlich teuer wirkten.

»Wollen wir heute noch mal über das Thema Impulsivität reden?«, fragt sie mich.

Ich zucke mit den Schultern. »Keine Ahnung, wollen wir?« Dass ich mich besser fühle, bedeutet nicht, dass ich weniger zum Arschloch geworden bin.

Damit wird man laut Walter Moers geboren. Walter Moers lebt noch, obwohl seine Bücher so alt aussehen, dass man nicht genau einschätzen kann, aus welchem Zeitalter sie stammen. Aber wichtig bei ihm ist, zu verstehen, dass er eine seltsame Einstellung zu Nazis hat. Dunklen Humor nennen's die einen, die anderen sagen Ausrede dazu.

»Sie meinten letztes Mal, Sie hätten sich schon während der Schulzeit oft mit Ihren Mitschülern geprügelt?«, übergeht Stella meinen Kommentar.

»Die haben auch viel Scheiße gelabert.«

»Aber war das die einzige Möglichkeit, die Sie sahen, einen Konflikt zu lösen?«

»Hätte ich mit ihnen reden sollen?«

»Haben Sie es denn probiert?«

Ich lege meinen Kopf in den Nacken. Wenn mir der Blickkontakt zu ihr zu viel wird, starre ich lieber die Decke an und das hilft dabei, klar zu denken.

»Manchmal«, beginne ich. »Nein, echt oft in meinem Leben war es so, dass ich etwas sagen will. Im Nachhinein weiß ich auch immer ganz genau, was ich sagen wollte, aber in dem Moment, wenn die Wut oder der Frust da ist, gibt es kein Denken mehr. Oder eher, meine Gedanken sind noch wirrer als sonst, ich versuche etwas zu sagen, aber es kommt nichts raus, und dann …« Dann kommen die Fäuste ins Spiel. »Ich bin jetzt nicht unbedingt stolz darauf oder so.«

»Dieses Gefühl, etwas nicht sagen zu können, haben Sie schon einmal beschrieben, als Sie von Ihren Eltern erzählt haben.«

Ich erinnere mich. Weil Stella meinte, mich mit einer Frage komplett aus der Fassung bringen zu müssen: *Wann war das letzte Mal, dass Sie nicht das Bedürfnis hatten, Ihren Eltern oder anderen Leuten etwas erklären zu müssen?*

Ich hatte keine Ahnung. Weil es immer nur darum ging, anderen etwas zu beweisen.

»Mir kommt gerade ein Gedanke«, sagt Stella und ich höre, wie sie auf ihrem Sitz vorrutscht. Wenn sie mit diesen Worten beginnt, weiß ich, dass jetzt entweder eine Bombe kommt oder sie mich gleich auf meine Heuchlerei aufmerksam machen wird. Sie hat ganz besonders Spaß daran, meinen Bullshit aufzuzählen, aber im Nachhinein fühle ich mich trotzdem immer gut gelaunt auf dem Heimweg.

Ich drehe den Kopf wieder zu ihr und lege meine Arme an der Couchlehne ab.

»Sie sprechen ja vier Sprachen fließend, oder?«

»Ja. Urdu, Deutsch, Punjabi, Englisch.«

Sie nickt. »Sie haben davon erzählt, wie Ihnen die ›Worte ausgehen‹, was ich hier nie so erfahren habe. Es lässt mich die Frage stellen, was passieren würde, wenn Sie in einer ganz anderen Sprache reden würden als in der, die Ihnen als Erstes in den Sinn kommt.«

Ich runzle die Stirn. »Wie meinen Sie das?«

»Zum Beispiel vor Ihren Eltern. Sie reden Urdu mit ihnen, oder? Also versuchen Sie in diesen Extremsituationen auf Urdu zu kommunizieren, was Sie fühlen, nur funktioniert es nicht. Was, wenn Sie versuchen würden, stattdessen auf Deutsch zu reden?«

»Dann würden meine Eltern mich nicht besonders gut verstehen. Ich mein, schon, aber …«

»Aber würde es Ihnen leichter fallen?«

»Ich hab's nie probiert.«

»Oder wie wäre es gewesen, wenn Sie vor Ihren Lehrern und diesen Leuten aus dem Pflegeheim, von denen Sie erzählt haben, auf Urdu geredet hätten?«

»Die hätten das ja erst recht nicht verstanden.«

»Natürlich nicht. Aber, und entschuldigen Sie, wenn das zu persönlich wird, in mir hat sich ein Gedankenspiel festgesetzt in den letzten Monaten. Was ich aufnehme, wenn Sie mir von Ihrer Kindheit erzählen, dann höre ich von einem Jungen, der immer wieder versucht hat, den Erwachsenen um sich herum zu erklären, was seine Bedürfnisse sind. Aber die Erwachsenen haben ihn abgeblockt. Auf der einen Seite war Ihr Vater, der Sie an den Maßstäben Ihrer Geschwister gemessen hat und

Ihre Lernprobleme als Faulheit und Widerwillen übersetzt hat, ohne nach der richtigen Bedeutung zu fragen. Und Sie haben immer Urdu miteinander geredet.«

Ich nicke langsam, ein bisschen überfordert von dem plötzlichen Redeschwall.

»Das heißt, Ihnen wurde auf der einen Seite diese Sprache erschwert. Auf der anderen haben Sie erzählt, dass Sie in der Schule Lehrer hatten, die Ihnen von Anfang an gesagt haben, dass Sie nichts zu sagen hätten, keinen Raum einnehmen dürfen, keine Emotionalität zeigen sollen. Und was Ihnen noch vermittelt wurde, um es in Ihren Worten zu sagen: dass Deutsch nicht *Ihre* Sprache ist.«

Ihre Miene verhärtet sich. Sie streicht ihre langen Haare zur Seite, als würden sie ihrer Rede im Weg liegen, während ich keinen Plan habe, was ich dazu sagen oder wie ich reagieren soll. Ihre Worte ergeben auf eine Art und Weise Sinn, die mich mein Leben anzweifeln lassen und ich weiß nicht, wie ich dazu stehe.

»Also hat man Ihnen eine weitere Sprache erschwert. Urdu und Deutsch, die zentralen Sprachen Ihrer Kindheit, und beide wurden Ihnen, ja, fast schon weggenommen. Sie haben auch erzählt, dass Sie und Ihre Geschwister viel auf Englisch miteinander reden, oder? Das Phänomen beobachte ich unter vielen Migrantenkindern. Wenn die Muttersprache genommen wird, sucht man andere Sprachen, um sich auszudrücken. Deswegen bin ich kein Fan von diesen Leuten, die sich über das jugendliche Denglisch beschweren. Als wäre es Absicht, dass man so redet, und nicht ein Versuch, wenigstens eine Sprache für sich beanspruchen zu können.« Stella schüttelt den Kopf. »Deswegen habe ich Sie gerade gefragt, wie es gewesen wäre, wenn Sie mit Ihren Eltern statt auf Urdu deutsch geredet hätten und mit Ihren Lehrern auf Urdu. Natürlich hätten dann die Erwachsenen Sie nicht gut verstanden. Aber ich habe mich nur gefragt, ob Ihnen dann die Worte weggeblieben wären? In diesem Fall wäre die Kontrolle ja bei Ihnen geblieben, weil Sie bestimmt hätten, wie und *ob* man Sie versteht.«

Meine Hände haben sich an der Lehne verkrampft und mein Hals fühlt sich trocken an. Ich nehme das Glas vor mir, schlucke den Inhalt in einem Zug runter, räuspere mich, stelle das Glas wieder ab und zerre an dem Haargummi an meinem Handgelenk. Stella beobachtet all diese Regungen ganz genau, und sonst würde das reichen, um mich zur Ruhe zu zwingen, aber gerade versuche ich ihre Worte zu verarbeiten, die für Aufruhr in mir sorgen.

Ich wage zurück zu dem Tag zu gehen, als ich den Schlüssel verloren habe. Laut Nuh war der Schaden im Laden im Nachhinein ja nicht allzu groß, aber der Schaden in der Familie anscheinend irreparabel.

Ich stelle mir vor, wie ich meinem Vater auf Deutsch erklärt hätte, was ich in dem Moment gefühlt habe, als er mir vorwarf, nichts hinzubekommen. Ich stelle mir all die Situationen vor, in denen mir vielleicht eine andere Sprache mehr geholfen hätte als die, die als Erstes gefordert wurde. Ich sehe mich als Kind vor Erwachsenen stehen, die gegen meinen Willen versuchen, mir die Worte aus dem Mund zu reißen.

Zum ersten Mal, seit ich die Therapie begonnen habe, empfinde ich fast so etwas wie Mitleid für dieses Kind damals, diesen Jungen, der vieles zu sagen, aber keine Stimme hatte.

Keine Stimme mehr hat. Was für ein Mindfuck.

»Ibrahim.« Stellas Miene ist wieder undurchdringlich. »Habe ich Sie überrumpelt? Entschuldigen Sie, ich bin selbst etwas emotional geworden.«

»N-nein. Alles gut. Ich … ja.« Am liebsten würde ich aufstehen und mich durch den Raum bewegen. Mein Blick schweift umher, zu den Büchern, dem Sofa, dem Fenster, als Stella noch einen drauflegt:

»Ich wollte Sie zudem noch etwas fragen, was vielleicht mit all dem zusammenhängt.« Sie lehnt sich zurück und schlägt die Beine übereinander. »Haben Sie sich schon mal mit dem Thema ADHS auseinandergesetzt?«

3. Teil

Heimkehr

25. Kapitel

Sadia

Es war reinste Absicht.

Die Sache mit den Engländern meine ich. Ob ich Gnade hätten walten lassen sollen? Natürlich. Aber ich bin darüber hinweg, nachsichtig zu sein. Sogar die Besten unter den Besten erreichen irgendwann ihr Limit. So was lehrt das Leben einen nun mal. Viel wichtiger ist doch, dass niemand verletzt wurde. Dann glauben unsere Gäste eben, unsere Wohnung wird von Geistern heimgesucht, alles halb so schlimm. In einigen Wochen werden sie es bereits vergessen haben und sich darüber amüsieren.

Oder auch nicht. Überleben tun sie es auf jeden Fall.

Während ich am Balkon stehe und der vierköpfigen Familie hinterherwinke, die gehetzt ihre Koffer aus dem Hinterhof hinauszieht, stellt sich Fawad zu mir. »Drei, zwei …«

Ein Knall ertönt und sie zucken alle zusammen. Hektisch blicken sie umher, während unsere Eltern, die ihnen beim Tragen ihrer Taschen helfen, flüchtige Blicke in unsere Richtung werfen.

Wir lächeln brav, winken brav. Ich kann von hier aus das kritische Stirnrunzeln meiner Mutter sehen, aber für unsere Gäste reißt sie sich zusammen und redet gut auf sie ein.

Erst als sie außer Sichtweite sind, lassen wir die Arme sinken.

»Hab's dir gesagt, eine Woche maximal«, sagt Fawad.

»Acht Tage waren's.«

»Aber sieben Nächte.«

Und was für eine Woche das war. Ich lasse mich auf die Schaukel nieder und strecke mich gähnend.

Fawad setzt sich neben mich. Ohne ersichtlichen Grund schnippt er mir an die Stirn, direkt zwischen die Brauen. Zur Antwort hebe ich mein Bein, um meinen Fuß auf sein Gesicht zu pressen. Einen Moment lang mühen wir uns beide damit ab, einander zu überrumpeln, und die Schaukel quietscht gefährlich, bevor wir mitsamt dem Sitzpolster zu Boden rutschen und loslachen.

»Mistkerl.«

»Hexe.«

Ich lasse meine Haare über meine Schulter fallen und bausche sie mit den Fingern an den Seiten auf. »Und stolz drauf.«

Mein Bruder sucht sich eine bequemere Position für seine langen Beine und blickt selig in den Himmel hinauf. Hellblau und wolkenfrei, wahrscheinlich einer der letzten warmen Septemberabende. »Fazit der Woche«, sagt er. »Kann mir eine Karriere in einer Geisterbahn vorstellen.«

»Ja, Mann«, stimme ich grinsend zu. »Vielleicht hätten wir das mit dem Restaurant noch mal überdenken sollen.«

Um unsere Gäste zu verjagen, haben wir unsere größten Horrorfantasien ausgelebt und die Wohnung zu einem heimgesuchten Ort par excellence umfunktioniert. Es begann sehr simpel. Wir ließen Türen mysteriös zufallen, brachten Lichter zum Flackern und erzählten schaurige Geschichten vom Zentralfriedhof, der ja passenderweise in der Nähe liegt. Die Krönung von allem war aber diese Puppe, die bei meiner Aktion, mein Zimmer aufzuräumen, hinter meinen Kleiderschrank gefallen war und vor Kurzem wieder aufgetaucht ist. Fawad meinte, es wäre witzig, wenn wir sie jeden Tag an einem neuen

Ort in der Wohnung ablegen würden. Und wenn wir, wenn sie jemandem auffiel, besorgt miteinander flüstern würden, als wäre ihre Erscheinung eine böse Voraussagung. Das machte unsere Gäste zunehmend nervöser, bis die Geisterpuppe letzte Nacht auf dem Bett lag, in dem Neha Aunty und Sharif Uncle schliefen. Alle Bilder in dem Raum waren umgedreht und der Geruch von verwesendem Fleisch – beziehungsweise abgelaufenem Thunfisch – lag in der Luft. Keine halbe Stunde später hatten sie ihren Rückflug gebucht und die Sachen gepackt.

»Keine Ahnung, woher Mama diese Leute immer anschleppt«, murmelt mein Bruder jetzt. »Aber sie übertrifft sich echt jedes Mal.«

»Sie hat null Menschenkenntnis«, sage ich. Und nicht nur sie, wenn ich an meine Schulzeit zurückdenke.

»Glaubst du, sie lässt dich jetzt mit dem Thema in Ruhe?«

»Sie lässt mich doch eh meist in Ruhe.«

Mein Bruder sieht mich vielsagend an. »Sadia«, sagt er in einem tadelnden Tonfall. *Weißt du es denn nicht längst besser?*

Seufzend richte ich das braunrote, von Mustern übersäte Dupatta zurecht, das über meiner Schulter liegt.

Die ganze Woche über habe ich nur pakistanische Kleidung getragen, was daran lag, dass die Sharifs überhaupt nichts von traditionellem Gewand halten.

Das war das größte Problem mit ihnen: ein Wertekonflikt. Sie sind die Sorte von Asiaten, die alles, was mit ihrem Herkunftsland zu tun hat, als zurückgeblieben betrachten, während sie den Westen für jede Kleinigkeit glorifizieren.

Wie mittlerweile bekannt ist, bin ich keine Person, die Konflikte sucht. Normalerweise. Aber ich weiß nicht, ob sich was über das letzte Jahr hinweg verändert hat. Oder ob mich die Engländer einfach an meine Grenzen brachten. Aus irgendeinem Grund war meine Toleranz für ihren Bullshit von Anfang an gering.

Bereits an ihrem ersten Abend hier brachten sie ihre ausgeklügelten Theorien aufs Tapet und prahlten mit ihrer Weltfremdheit. Die Mutter, Neha Aunty, versuchte uns zu erklären, wie man anstandsgemäß isst, also ausschließlich mit Besteck. Sie behauptete, es sei unhygienisch, mit den Fingern zu essen, und zeigte uns mit ihrer Gabel, wie man es richtig macht.

Aber das ist umständlicher, unterbrach ich sie, selbst überrascht von meiner Kühnheit, *unsere Gerichte sind so angelegt, dass es einfacher ist, sie mit den Händen zu sich zu nehmen.* Und die Sache mit der Hygiene sei auch eine Lüge, das wisse jeder, der jemals in einer Küche gearbeitet hat. *Kaum etwas ist so sauber wie eine Hand, die man immer wieder gründlich wäscht.*

Das erklärte ich ihnen zwar, aber hören wollten sie davon nichts. Stattdessen sprachen sie von Etikette und zivilisiertem Benehmen, von Fortschritt und modernen Gesellschaften.

Daraufhin schnaubte ich, nahm mir einen Teller und füllte ihn mit Daal und Reis. Bevorzugt esse ich eigentlich Salan – der Begriff, den wir für das benutzen, was man hierzulande Curry nennt – jeder Art von Roti, aber ich hatte ein Statement zu machen. Vor den angeekelten Blicken der Sharifs begann ich das dampfende Mahl mit bloßen Händen in meinen Mund zu schaufeln.

Das Daal rann warm über meine Finger und ich kaute genüsslich. Fehlte nur noch, dass ich mein Bein hob und auf dem Sessel abstützte, um meinen Teller für einen besseren Zugang auf dem Knie abzulegen. So wie es Leute in Südasien tun, wenn sie am Boden essen. Aber ich denke, der Punkt kam auch so gut rüber.

Selten habe ich mich derart selbstbewusst und cool gefühlt wie in diesem Moment. *Ist das das neue Ich, auf das ich schon die ganze Zeit warte?*, wunderte ich mich. Bin ich jetzt endlich in meiner Vergeltungsära?

Wohl kaum. Wenn dem so wäre, hätte ich gar nicht erst zugestimmt, dass die Sharifs uns besuchen.

»Du musst Nein sagen«, rät mir Fawad jetzt. »Ein für alle Mal. Ich weiß, Mama ist manchmal echt penetrant, aber wenn du für dich einstehst und nicht wie immer rumdruckst, dann wird sie aufhören.«

»Ich hab mich nicht nur ihretwegen darauf eingelassen«, widerspreche ich. Ein Marienkäfer krabbelt über meine weiße Kurta und ich hebe den Saum an, damit er nicht zu Boden fällt. »Ich ... wollte selbst jemanden kennenlernen.«

Schweigen. Ich meide seinen Blick und lasse den Käfer auf meinen Finger gleiten.

Seit Ibrahim nach Frankfurt gezogen ist, sind acht Monate vergangen. Seitdem habe ich alle Phasen der Trauer erlebt: Ungläubigkeit, Wut, Depressionen.

Nur die Akzeptanz hat lange auf sich warten lassen.

Ich hörte auf, Dinge zu tun, die normalerweise meinen Alltag prägten. Ich kochte nicht mehr, las nicht mehr, ich aß kaum und zur Uni ging ich auch nicht. Burn-out haben es die Ärzte schließlich betitelt und mir erlaubt, von der Uni ein Semester Beurlaubung zu bekommen. Burn-out, wenn man sein Leben lang die gute, traditionsbewusste, zugleich gut integrierte Tochter spielt, ohne Fragen zu stellen oder den eigenen Widersprüchen Raum zu geben. So erklärte sich das meine Familie. Burn-out, aber da gab es noch ein anderes Wort, das in mir nachhallte: *Liebeskummer.*

In Wahrheit war es beides, wahrscheinlich noch mehr als das, ein ganzes Bataillon von jahrelang unterdrückten Gefühlen, aufgebrochen durch eine einzige Nacht. Ein Lastwagen, seine kalte Haut, eine bis auf uns leere Bahnhofsstation. Egal, wie sehr ich mich bemühe, dieser Moment wiederholt sich bis heute noch immer und immer wieder vor meinem inneren Auge, bis ich mein Handy nehme und ihn anrufe.

Es geht jedes Mal auf die Mailbox, weil er jetzt eine neue Nummer hat. Ich weiß nicht, wieso ich trotzdem nicht aufhöre. Aber es ist seltener geworden. Meist schreibe ich mittlerweile Arwa, um nach ihm zu fragen. Sie ist die Einzige, bei der ich mich das traue. *Es geht ihm besser*, erzählt sie mir, aber erst seit Kurzem. Davor war es ein *Er kämpft sich durch*.

Es geht ihm besser. Er kämpft sich durch. Er hat Hilfe. Er nimmt sie an. Es geht ihm besser.

Mir ging es lange nicht besser. Ich habe mich auch durchgekämpft. Ich brauchte keine Hilfe. Ich nahm sie trotzdem an.

Passend zum Frühling, als die Blätter begannen aus den Bäumen zu brechen und die Nächte wieder kürzer wurden, änderte sich etwas. Ich weiß nicht, was. Eine Last, die von mir weicht, eine neuentdeckte Wärme auf der Haut, ein weniger düsterer Kopf. Zeit, sagt man, heilt Wunden, aber ich glaube vielmehr, Zeit hilft dabei, dass der Schmerz zur Gewohnheit wird.

Es geht ihm besser. Und mir? Mir sollte es auch besser gehen. Vielleicht war das auch mit ein Grund, warum ich, als meine Mutter mich fragte, ob sie die Sharifs noch einladen solle, einfach zustimmte.

»Ich dachte, ich wäre bereit, jemand Neues reinzulassen«, gestehe ich Fawad. Wir sitzen noch immer auf dem Balkon und beobachten, wie sich der Himmel langsam gold verfärbt. Der Marienkäfer auf meiner Hand verharrt auf meinem Zeigefinger.

Fawad streicht sich durch seine dichten gestylten Haare. »Tja«, brummt er und sagt dann eine ganze Weile nichts. Ich weiß, dass er weiß, dass viel mehr hinter allem steckt als arbeitsbedingte Erschöpfung. Dass er sich schon etwas zusammengereimt haben muss, dass es vielleicht mit einem Jungen zu tun hat. Aber er hat mich bisher nie danach gefragt. So was macht er nicht. Er glaubt daran, dass Menschen aussprechen, was sie aussprechen wollen, wenn sie sich mit jemandem wohlfühlen und bereit dazu sind. Und er hat nicht ganz unrecht. Ich war nur noch nicht bereit dazu und merke, dass ich es immer noch nicht bin. Aber weil er nicht weiß, was mir konkret helfen würde, versucht er mich auf seine typische Weise, die einfach Fawad ist, zu trösten:

»Es ist auch deine Schuld, weißt du? Weil du so hohe Maßstäbe setzt. Gibt einfach zu viele Lackaffen dort draußen. Irgendwann kommt sicher einer, der gut ist. Aber ob jemand jemals gut *genug* für dich sein wird? Keine Ahnung, Sadia, schwierig.«

In diesem Moment ist er mein absoluter Lieblingsmensch.

Nachdem Ibrahim nach Frankfurt verschwunden war, war es, als würde sich meine ganze Welt zusammenziehen und durch ein Loch in den Boden gezogen werden. Übrig blieb nur mehr ich in einem leeren Raum. Und ich weiß jetzt, dass es eben nicht nur an meinen Gefühlen für ihn lag. Es lag daran, dass sich etwas in mir aufgebaut hatte, eine Reihe an Erkenntnissen, die mit einem Schlag über mich zusammenbrachen.

Ich fragte mich zum ersten Mal in meinen zweiundzwanzig, mittlerweile dreiundzwanzig Jahren ernsthaft, wie viel von meinen Leben überhaupt mir gehört. Eine Aufrechnung mit einer mickrigen Zahl am Ende. Alles in allem war ich ein Produkt meines Umfelds. Alles in allem habe ich mir einiges gefallen und sagen lassen. Alles in allem hatte ich schon immer viel zu viel Angst davor, für mich einzustehen, wenn es wirklich darauf ankam.

Und ich wollte nicht mehr diese Person sein. Ich wollte von null an neu beginnen, weil ich damals noch dachte, so könnte ich den Schmerz weit von mir schieben und so tun, als würde es ihn nicht geben.

So wie ich immer das Kochen genutzt habe, um negative Emotionen zu verarbeiten. Aber das ging ja nicht mehr, weil Kochen jetzt eine Assoziation war, weil Lesen eine Assoziation war, weil alles, alles, alles in meinem Zimmer, in unserer Wohnung, in meinem Leben eine Assoziation mit ihm war.

Also räumte ich auf das Radikalste aus. Ich riss die Blumentapete von der Wand, haute meine Bücher, meine Plüschtiere in Kartons, räumte beinahe meinen ganzen Kleiderschrank aus und war bereit, all mein Spielzeug zu spenden, hätte meine Mutter mich nicht überredet, sie stattdessen im Keller aufzubewahren. In dem Fall kickte bei ihr größere Nostalgie ein, sie schien beinahe beleidigt zu sein, dass ich meine Plastikküche weggeben wollte.

Nachdem also alles weg und verstaut war, stand ich in diesem leeren Raum – metaphorisch und wirklich – und betrachtete, was übrig blieb.

Was übrig blieb: Wehmut und Sehnsucht und Wut und Trauer und der Schmerz, der sich einfach nicht in einen der Kartons stopfen ließ. Ich presste meine Arme um meine Taille und ging auf die Knie.

In solchen Momenten erschien es mir, als würde es nie wieder besser werden. Ich war überzeugt, dass es mein Schicksal sein würde, nur mehr so zu empfinden, und plötzlich ergaben all diese dramatischen Liebeslieder, all diese Songs über zerbrochene Beziehungen mehr Sinn als jemals zuvor.

Aber jeder Sturm legt sich irgendwann, das weiß ich jetzt. Es wurde besser. Mit dem spät eintreffenden Frühling, mit der Pause, die ich vom Alltag nahm, mit der Hilfe meiner Familie, die gar nichts verstand, aber immer bei mir blieb. Mit Amanats zwanzigminütigen Sprachmemos, in denen sie mir von jedem Detail ihres Unialltags erzählte, um mir das Gefühl zu geben, dass alles beim Alten war, mit den Nachfragen von Arwa, ob es mir gut gehe, und vor allem: mit einem Hoffnungsschimmer.

Dieser präsentierte sich in Form eines Traums, der zur Wirklichkeit wurde. Denn während ich im vergangenen Jahr im Winter in meiner kleinen Mitternachtsblase mit Ibrahim gefangen war, drehte sich das Leben außerhalb zügig weiter. Ohne dass ich etwas mitbekommen hatte, waren meine Eltern dabei, ihren jahrelang gehegten Wunsch, in die Gastronomie einzusteigen, Schritt für Schritt zu verwirklichen.

Fawad erzählte es mir an einem der ersten Tage, in denen ich es schaffte, aus der Wohnung zu kommen, etwa zwei Monate nach dieser Nacht.

Auch wenn es nur für einen Spaziergang bis zum Friedhof war, verbuchte ich es als Erfolg. Sonst habe ich meistens in meinem Bett gelegen und durch mein Handy gescrollt oder Serien und Filme gebinged.

Die Welt wirkte unecht und plastisch auf mich, nachdem ich so viele Stunden nur auf Bildschirme gestarrt hatte. Ich blinzelte und versuchte anhand der Details um uns herum, die Wirklichkeit zu fassen. Die Schülergruppe, die in Zweierreihen zwischen uns hindurchlief. Die Fahrradfahrer mit ihren klingelnden Glocken. Die Schriftzeichen an dem Schaufenster unserer Bücherei an der Ecke, die ich seit Ewigkeiten nicht mehr betreten hatte. Alles wie immer, außer mir.

»Sadia«, begann mein Bruder. »Wir eröffnen nächsten Frühling ein Restaurant.«

Das sagte er einfach so. Ich starrte ihn an. Plötzlich fand mein wegdriftender Blick den Fokus wieder und die Konturen seines Gesichts wurden schärfer. »Was hast du gesagt?« Man musste mir ansehen, wie fertig ich war, eine ältere Dame aus der Nachbarschaft begrüßte uns beim Vorbeigehen und sah mich mitleidig an. Ich trug Leggings mit einem ominösen Fleck am Oberschenkel, der von dem Eis stammen musste, das ich in mich gestopft hatte, und eine Kapuzenjacke. Missmutig zog ich den Reißverschluss bis hinauf zum Kinn und schob meine Haare vor.

Fawad wiederholte seine Aussage und spulte für mich zurück, um mich in jene Folgen unserer Familiensitcom einzuweihen, die ich anscheinend verpasst hatte. Er erzählte mir von all den Details, die sich im Nachhinein wie Puzzleteile zusammenfügten: Meine Mutter, die sich mit den Sadeems angefreundet hat. Mein Bruder, der immer öfter darüber geredet hat, was er nach dem Studium machen will. Mein Vater, der manchmal mit Raumplänen beim Frühstück saß.

Ohne dass ich die geringste Ahnung hatte, hat meine Familie ein neues Leben für uns ausgearbeitet, und als ich sie danach fragte, warum sie mich nicht mit einbezogen hatten, antworteten sie, dass ich noch abwesender gewirkt hätte als jemals zuvor. Sie wollten mich weder von der Uni ablenken noch sonst wie belasten.

Dabei war ich einfach nur verliebt gewesen.

Wie es dazu kam, dass sie ihren Traum nun verwirklichten, fragte ich meine Mutter, als Fawad und ich wieder zu Hause waren. Die Sadeems, erklärte sie mir und vertrieb damit das letzte bisschen Erschöpfung aus mir.

Mit einem Mal erschien ein neues Ziel vor meinen Augen. Eine neue Zukunft. Besagter Hoffnungsschimmer.

Die Sadeems haben zwei Geschäfte in Wien und sind seit Jahren erfolgreich selbstständig, erzählte meine Mutter weiter. Außerdem sind sie innerhalb der Community hoch angesehen und wissen einfach, wie die Dinge laufen. Es war Fawad, der die Idee hatte, dass man sich jemanden als Bürge suchen könnte, um einen Kredit zu bekommen. Und wer käme besser infrage als Ibrahims Familie? Also freundete sich meine Mutter mit ihnen an, erst einmal nur, um einzuschätzen, ob die Chemie zwischen ihnen stimmte. Und sie stimmte – in Nadia Aunty fand meine Mutter nicht nur eine Unterstützerin, sondern allem voran eine neue Freundin.

Die Sadeems, so sagt man, seien bekannt dafür, dass sie andere Menschen unterstützen, wenn sie nach Hilfe fragen. Die größte Ironie daran ist, dass sie einen Sohn haben, der sich ungern helfen lässt.

Ich fragte mich, ob das die Art des Universums war, mir Schadenersatz zu bieten. Oder ob es eher als Witz gemeint war.

Ich weiß, dass sich zu beurlauben bedeutet, endlich runterzuschalten und sich treiben zu lassen, sich Zeit zum Heilen zu nehmen. Aber das habe ich zwei Monate lang getan und länger ertrug ich es nicht, mein Leben auf Stillstand zu stellen. Ich musste etwas tun, etwas, das mich ablenkte und mir sinnvoll erschien.

Das Restaurant, um es dramatisch zu sagen, war meine Rettung. Der einzige Nachteil: Dass die Sadeems zu einem immer größeren Teil unseres Alltags wurden und sich das unfair anfühlte, wo Ibrahim doch nicht mehr hier war.

Wer hätte gedacht, dass nicht er, sondern seine Familie zu einer Konstante für mich werden sollte? Variable, Zufälle, Schicksale, alles sinnlos, wenn das Leben seine Spielzüge nach Lust und Laune würfelt. Ich zwinge mich, mir nicht zu sehr den Kopf darüber zu zerbrechen, und konzentriere mich auf diese Chance, die mir angeboten wird. Auf diesen Neubeginn, der nicht in einem leeren Zimmer beginnt, sondern auf einem neuen Pfad.

Es ist ein Prozess.

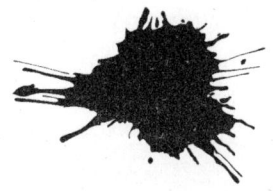

26. Kapitel

Sadia

Wir benennen unser Restaurant nach einem Sufi-Poeten: Bulleh Shah. Die Räume, die wir zur Miete bekommen haben, sind zwar billig, aber auch unfassbar renovierungsbedürftig. In den letzten drei Monaten packte meine ganze Familie an, um den Laden geschäftsfähig zu machen, und mittlerweile haben wir die größten Hürden – hoffentlich – überwunden. Von schräg gelegenen Decken, die gerichtet werden mussten, über fehlende Sicherungen bis hin zu den Böden, die wir komplett ausgewechselt haben, nimmt das Restaurant mit jedem Tag mehr und mehr Form an. Das meiste machen wir selbst, nur bei den komplizierten Dingen kommen Handwerker und Zimmerer, weil wir im Budget bleiben wollen. Es ist harte Arbeit, die vor allem den Körper beansprucht, aber gerade das ist das Gute daran, denn die Erschöpfung sorgt dafür, dass ich am Ende des Tages ins Bett falle und in Sekundenschnelle ins Traumland abdrifte. Nur um am nächsten Morgen, ausgeruht und mit neuer Energie wieder in den zweiten Bezirk zu fahren, wo das Bulleh Shah liegt. Tatsächlich nur zwei, drei Straßen von dem Asialaden der Sadeems entfernt. Was dazu führt, dass nicht nur Ibrahims Familie immer mal wieder vorbeischaut, sondern auch Leute, mit denen sie sich umgeben: Arwa und ihre Tante, Hama und ihre Schwestern,

Leute aus der Community, die uns aushelfen, und Freunde von den Geschwistern.

Unser Restaurant wird bereits zu einem Hotspot, bevor es überhaupt eröffnet hat, und das treibt uns an. Auch der Eröffnung im Frühling sollte gar nichts im Weg stehen, vielleicht würden wir es noch eher schaffen.

Nur dass meine Beurlaubung zu Ende ist und das neue Semester begonnen hat. Eigentlich würde ich gerade lieber meine Tage nur im Bulleh Shah verbringen, statt mich mit den Rechtswissenschaften auseinanderzusetzen.

Aber ich habe einiges nachzuholen. Nicht nur, dass ich ein Semester beurlauben musste, ich habe auch meine Prüfungen von dem davor nicht mehr geschafft. Jetzt muss ich vom letzten Jahr an alles neu durcharbeiten und es ist, gelinde gesagt, verdammt anstrengend. Sogar den Lateinkurs muss ich wiederholen, diesmal ohne Amanat, die längst damit fertig ist. Nichtsdestotrotz hat sie heute beschlossen, mir Gesellschaft zu leisten, wofür ich ihr endlos dankbar bin.

»Um der Tradition willen«, sagt sie zu mir.

Es hat sich auch hier nichts verändert. Der Lateinlehrer, immer noch derselbe, beschwert sich wieder über die deutsche Sprache und die Studierenden um uns herum bleiben weiterhin verwirrt. Auch das Juridicum hält wacker seinen Spot als hässlichstes Unigebäude Wiens und die Atmosphäre bleibt weiterhin witzlos. Irgendwie angenehm zu wissen, dass alles noch an seinem rechtmäßigen Platz ist.

Heute hat Amanat keinen Kaffee dabei, weil ich uns Kashmiri Chai mitgebracht habe. Ich wollte ihre Meinung zu dem Geschmack und habe das Getränk noch kochend in zwei Behälter gegossen. Dampf steigt jetzt aus den offenen Metallbechern und ich streue etwas von den Mandelblättchen rein, die ich ebenfalls eingepackt habe.

Wir haben es uns in der hintersten Reihe des Saals an unserem Stammplatz gemütlich gemacht und sogar eine Tupperdose mit Kreuzkümmelkeksen aus dem Asialaden der Sadeems zwischen uns liegen.

Ich glaube nicht, dass ich jemals mit der Intention hergekommen bin, zu lernen.

Amanat trägt heute einen dunkelblauen Hijab mit einem braunen Rollkragenpullover und einem langen Rock mit Tartan-Muster, wieder mal die Epitome einer romantisierten Gelehrten. Sie schnuppert an dem rosafarbenen Milchtee und seufzt.

»Weißt du, was auch eine eigene Sprache für sich ist?«, frage ich einem spontanen Gedanken folgend.

»Essen?«, erwidert sie sofort.

»Jap.« Unten schreibt der Dozent gerade die Deklination des Verbs legere auf und drückt die Kreide so fest an die Tafel, dass sie unangenehme Geräusche verursacht. Warum ist er eigentlich immer so wütend? »In letzter Zeit denken wir oft synchron, oder?«

»Wir sind mental verbunden.« Sie zeigt auf ihre Stirn und dann auf meine. »Wir verstehen uns auf einer anderen Ebene.«

Ich schnaube, weil ich mittlerweile meine Zweifel an diesem Konzept des kosmischen Verstandenwerdens habe.

»Jedenfalls ist essen die älteste Form der Kommunikation. Und damit auch des Geschichtenerzählens.«

Sie schlürft von ihrem Chai, laut und lang, wie es sich gehört, wenn man Chai trinkt, und lässt anschließend ein langes Seufzen von sich hören. »Muss grad an die Boston Tea Party denken.«

»Genauso mein ich das! Essen und Getränke, Lebensmittel an sich haben einfach so viel zu erzählen.«

»Mhm. Hast du dich auch nur ein bisschen auf die Stunde konzentrieren können oder denkst du die ganze Zeit schon über essen nach?«

Ertappt nehme ich ebenfalls einen langen, schlürfenden Schluck und zucke mit den Schultern. »Ich kann nie aufhören, an essen zu denken.« In meinen Träumen kreiere ich das perfekte Menü für das Bulleh Shah und stelle mir vor, wie ich unseren zukünftigen Gästen aus einer edlen Kanne Kashmiri Chai in eine altmodische Tasse gieße und dabei eine historische Anekdote über die Herkunft der Teeblätter von mir gebe.

»Was ist also damit«, zieht Amanat mich aus diesem seltsamen Tagtraum hervor und hält ihren Becher hoch. »Kashmiri Chai. Erzähl mir eine Story darüber.«

Ich stelle mein eigenes Getränk auf dem Tisch ab und klatsche aufgeregt in die Hände. Kashmiri Chai, ein durch Natron verfärbter und mit Salz gewürzter schwarzer Tee, gilt als einer der intensivsten Chaisorten überhaupt und ich überlege schon seit einiger Zeit, ob wir ihn im Bulleh Shah anbieten wollen.

»Es gab einen österreichischen Diplomaten, der in Kashmir war und diese Chaisorte in seinen Tagebüchern erwähnt hat.«

»Einen Österreicher?«, hakt sie überrascht nach.

»Jap. Er hieß Carl von Hügel. Er reiste fünf Jahre durch die Länder Südasiens bis nach Ozeanien und über das Kap der Guten Hoffnung wieder zurück nach Europa.« Angeblich lag das daran, das er Liebeskummer hatte und Ablenkung brauchte. *Ich auch, Carl. Ich auch.* »Kashmir hat ihm am besten gefallen, darauf basieren seine vier Bände ›Kaschmir und das Reich der Siek‹.«

Kashmir ist einer der mit Abstand schönsten Orte dieser Welt, wird aber momentan von Indien belagert, worüber man absolut gar nichts in den Nachrichten mitbekommt. Das ist der Grund, warum unsere Familie aufgehört hat, Bollywoodfilme im Kino zu sehen oder extra dafür zu zahlen, da sie weiterhin ihre Szenen dort drehen, als wäre nichts dabei. (Wobei ich manchmal doch schwach werde.) Und woher auch die Idee herkommt, diese Chaisorte auf die Karte zu schreiben.

Der Plan wäre nämlich, das Geld von jedem Kauf als Spende für die Kashmiris zu sammeln. Grund für die Belagerung ist das fruchtbare Land, welches einen großen Wirtschaftsaspekt Indiens beeinflusst.

»Tee ist politisch«, stelle ich fest. »Wenn man einen Herz- und Angelpunkt aussuchen müsste, um den sich die Welt dreht, dann ist es …«

»Liebe und Sex«, unterbricht mich Amanat.

Meine Mundwinkel zucken. »Ich wollte Lebensmittel sagen.«

»Das auch. Urinstinkte, oder? Essen und lieben. Ist das nicht dieser Eisberg in uns, mit dem Ich und Über-Ich?«

»Ja … denke schon?« Irgendwie nimmt unser Gespräch gerade eine sehr seltsame Wendung. Und der Lateinlehrer hat aufgehört zu reden. Er betrachtet den Saal vor sich, als würde er ihn zum ersten Mal sehen, und wirkt erstaunt über seine Entdeckung. »Weißt du, was mir auffällt?«, frage ich.

»Hm?«

»Überraschend viele Konversationen des Alltags führen zu Freud zurück.«

»Dann hat er ja alles richtig gemacht beim Menschenverstehen, wenn Menschen alles mit ihm verstehen.«

»Wie poetisch.«

»Keine Ahnung, was ich gerade gesagt hab, aber danke.«

So sind die Gespräche zwischen uns: einfach nur absurd. Und ich liebe es. Schweigend trinken wir unseren Tee weiter und ich betrachte den Terminplan, den ich rausgeholt habe, um mir einen Überblick über meine kommenden Wochen zu verschaffen. Allein der Anblick sorgt dafür, dass mir der kalte Schweiß ausbricht.

Seufzend lehne ich mich zurück. Amanat wirft ebenfalls einen Blick auf den Plan. »Darf ich dich was fragen?«

Meist kommt nichts Gutes dabei raus, wenn Menschen

erst nachfragen müssen, ob sie etwas fragen dürfen. Trotzdem nicke ich zögernd.

»Wieso studierst du eigentlich Jus?«

Ich stöhne. Genau das meine ich. Keine Ahnung, wie ich ihr darauf antworten soll.

»Nein, ich mein, klar«, redet sie schnell weiter. »Ich weiß, okay? Ich weiß. Migrantenkinder, Erwartungen, was auch immer. Ich verstehe es. Aber ich meine, ich höre dich die letzten Monate nur über das Restaurant und über Essen reden und man merkt, dass Kochen deine Leidenschaft ist. Ich dachte, wenn deine Eltern jetzt diesen Laden eröffnen, wäre das die Chance für dich, einen neuen Berufsweg einzuschlagen, oder?«

Ich rücke meine Brille zurecht. »Ich kann das Studium nicht abbrechen«, widerspreche ich.

»Wieso denn nicht?«

»Weil es der letzte Abschnitt ist. Ich habe schon über vier Jahre hinter mir. Ich höre bestimmt nicht so kurz vor dem Ende auf.«

Langsam nickt meine Freundin und ihr Blick wandert wieder nach unten, wo der Typ immer noch so durch die Gegend blickt, als hätte er erkannt, in der Matrix zu sein. Er hat eine Aufgabenstellung auf die Tafel geschrieben und wandert jetzt durch die Sitzreihen, um Fragen von den wenigen Leuten zu beantworten, die sich noch bemühen.

»Was ist mit dir?«, frage ich Amanat, weil ich das Zukunftsthema so schnell wie möglich hinter mir haben will. Ich habe Angst, wenn ich es zu sehr analysiere, doch noch alles infrage stelle – und das habe ich letztes Jahr über bereits mehr als ausreichend getan. »Weißt du schon, wie es bei dir weitergeht?«

»Ich?« Sie überlegt. »Also ich bleib auch dran. Es ist gar nicht so schlimm, nur viel halt. Und ich glaube, ich will mich aufs Völkerrecht konzentrieren. Du hast Arwas Tante kennengelernt, oder? Sie arbeitet ja im Migrationszentrum, und ich hab sie gefragt, ob ich ein Praktikum bei ihr machen kann. Wenn das klappt und es mir gefällt, dann ist das vielleicht das Richtige.«

»Das klingt echt perfekt für dich«, stimme ich zu und bewundere, dass sie überlegt, diesen Weg einzuschlagen. »Richtig stark von dir.« Mir kommt das Gespräch mit Ibrahim in den Sinn, darüber, ob man etwas ändern möchte am System oder nicht. »Ich bin irgendwie nicht sonderlich aktivistisch, oder?«, frage ich nach einer Weile, bereue es aber sofort, weil es so klingt, als würde ich mich vergleichen. Was ich ja auch tue, aber sie sollte sich deswegen nicht irgendwie schlechter fühlen.

Amanat schüttelt aber sofort den Kopf. »Du bist schon mit deiner Existenz in der Uni *und* im Gastrowesen ein einziger aktivistischer Akt, weißt du?«, sagt sie. »Und hey, versteh mich nicht falsch, aber wäre ich an deiner Stelle, würde ich gar nicht hier sitzen.«

Ich blinzle sie an. »Du würdest echt das Studium abbrechen?«

»Jap. Würde eine Ausbildung zur Köchin anfangen und mich in Sterneküchen hinarbeiten.«

»Sternenküchen sind ziemlich overratet«, bedenke ich, weil ich schon mal in einer Küche mit einer Haube gearbeitet habe. Deren Highlight war ein Acht-Euro-Käseteller, der mit einem Stück fingerbreitem Gruyère, einem Streifen Brie, etwas Cheddar und einer halben Feige dekoriert war. »Reiche Menschen haben andere Probleme, die finden jede Ausrede, mehr Geld ausgeben zu müssen, ich sag's dir.«

»Ich würde genau deswegen dort arbeiten wollen, damit ich mich dann auf Social Media über die lustig machen kann.«

Ich schnaube und betrachte wieder meinen Terminplan. »So eine Ausbildung wäre echt cool«, gestehe ich ehrlich. »Aber ich würde ohne Witz Panik kriegen, wenn ich jetzt aufhöre. Ich kenne mich ja. Ich würde denken, ich hab mein ganzes Leben verschwendet, weil ich plötzlich doch was anderes mache.

Ich weiß, das ist nicht gesund. Aber es ist nur dieser letzte Abschnitt. Ich pack das schon.«

Es ist die Stimme, die Erwartungen erfüllen will, immer diese Stimme, die von mir will, dass ich besser sein muss, mich beweisen soll, dass ich eine Rechtfertigung brauche, warum ich überhaupt existiere.

Ich weiß nicht, ob ich jemals an den Punkt komme, wo das weggeht, aber momentan bin ich zu fragil, um solche folgenschweren Entscheidungen zu treffen. Aber was funktionieren kann: Kompromisse. Immer Kompromisse, auch mit sich selbst.

»Weißt du was«, sage ich. »Mir kommt grad so eine Idee in den Kopf. Ich will dieses Studium definitiv beenden, aber ich glaube nicht, dass es mir wichtig ist, es noch in regulärer Zeit fertig zu schaffen.«

Amanat zieht die Augenbrauen hoch. »Wie meinen?«

»Ich habe die ganze Zeit mein Semester so geplant, als wäre das mein Vollzeitjob. Aber wie soll ich das machen, wenn ich auch im Bulleh Shah arbeiten will?«

»Ähm, gar nicht?« Ungläubig reißt sie mir meinen Plan aus der Hand und betrachtet die minutiös durchgeplanten Tage. »Ist dir klar, dass du auch schlafen musst?«

»Ja. Genau das meine ich, das ist zum Beispiel eins der Probleme.«

Sie lacht kopfschüttelnd. »Girl.«

Ich nehme den Plan wieder an mich. Wenn ich sage, ich mach's nur Teilzeit, und Teilzeit arbeite ich im Restaurant, dann sieht das alles schon weniger einschüchternd aus. Deutlich weniger. Und vielleicht hilft genau das langfristig dabei, näher an die österreichische Staatsbürgerschaft zu kommen, was immer noch ein Ziel von mir ist. Davon erzähle ich Amanat auch und wir googeln auf unseren Handys wie so oft die Bedingungen, um den Antrag stellen zu können. *Nachweis be-*

ruflicher Integrität in den letzten sechs Jahren für mindestens 36 Monate. Was auch immer das heißen soll.

»Wie ist das bei deinen Eltern, planen sie nicht, den Antrag zu stellen?«, fragt Amanat nachdenklich.

»Mein Vater könnte, aber …« Ich lehne mich zurück und unterdrücke ein Gähnen. »Sorry. Also, meine Eltern könnten, aber die wollen ihren pakistanischen Pass nicht aufgeben.«

Seufzend legt sie ihr Handy mit der immer noch offenen Stadt-Wien-Seite weg. »Meinen Eltern geht es genauso. Wobei mich das bei meinem Vater schon sauer macht …«

Das kann ich verstehen. Amanats Vater scheint sich allgemein wenig daran zu beteiligen, die Familie über Wasser zu halten, da wäre es das Mindeste, wenn er ihnen wenigstens diese Sicherheit anbieten würde.

Bei meinen eigenen Eltern finde ich die Entscheidung, ihren Pass nicht aufgeben zu wollen, nicht so schlimm, weil sich die beiden sonst nie priorisieren. Klar, das bedeutet, dass Fawad und ich uns im Nachhinein selbst darum kümmern müssen. Aber das ist nicht ihre Schuld, sondern die von diesem System.

»Macht dich der Gedanke auch fertig, diesen ganzen Prozess machen zu müssen?«, frage ich. »Erst mal Monate warten, bis man einen Termin bekommt, dann darauf schwören, dass man Österreichs Werte vertritt – welche überhaupt? –, und was weiß ich, was man noch alles machen muss.«

Genau hier, bei diesem Thema, hat es für mich viel zu jung schon angefangen. Sich beweisen, die eigene Existenz rechtfertigen zu müssen.

»Es ist nicht nur anstrengend, mir macht's sogar Angst.« Amanat macht eine Handbewegung, um ihren Hijab zusammenzufassen. »Dieser Look kommt nicht so gut bei denen an.« Missmutig betrachtet sie den Rest ihres Outfits. »Dabei gebe ich mir so viel Mühe, gut auszusehen.«

Unwillkürlich lachen wir beide. »Na ja«, sagt sie dann. »Ge-

nau solche Themen motivieren mich, dieses Studium fort-
zusetzen. Ich hab echt keinen Plan, ob ich irgendwas bewirken
werde. Aber ich versuch's. Und du machst auch alles richtig,
weil es am Ende nur darum geht, dass wir Spaß an dem haben,
was wir machen. Sogar uns ist das erlaubt, weißt du?«

Bevor ich etwas darauf erwidern kann, steht ganz plötzlich
der Lateinlehrer vor uns. Überrascht blicken wir zu ihm auf.
»Meine Damen«, sagt er und betrachtet kritisch unser kleines
Picknick auf dem Tisch. Räuspernd hält Amanat die Tupperdose hoch. »Kekse?«

An diesem Abend sitze ich in meinem Zimmer und fühle mich
seltsam erholt. Ich weiß nicht, wie ich es erklären soll, aber ich
habe das Gefühl, mit jedem Tag scheint mir mein Leben klarer und, ja, vielleicht auch einfacher. Obwohl sich an meinem
Arbeitspensum nichts geändert hat, obwohl ich Ibrahim noch
immer vermisse.

Ich betrachte meine nackten Wände und habe das Gefühl,
mich entschuldigen zu müssen. Und zwar bei mir selbst. Dafür, dass ich so wütend über eine Situation war und alles an mir
selbst ausgelassen habe. Ich dachte, ich muss meine Vergangenheit ausradieren und neu ansetzen. Ich dachte, ich muss die
Sadia von früher, das Kind, das viel zu viel Angst davor hatte,
nicht hineinzupassen und gleichzeitig voller Energie sprühte,
in den Keller verfrachten. Dachte, ich muss Sadia, die Teenagerin, dieses awkward Mädchen, das sich Chamäleonhaut
überzog, wenn sie in Gruppen unterwegs war, in eine Kiste
wegstecken. Nur zu Hause, in der Küche, in Onlineforen oder
zwischen Büchern habe ich mich jemals frei bewegen können.

Ich verstehe jetzt, dass man einen Neuanfang nicht bewirken kann, indem man alle Fäden abschneidet. Sondern vielmehr, indem man sie zurückverfolgt und noch einmal neu an-
knüpft.

Ich bin bereit, mich überall frei zu bewegen, nicht nur in Büchern und zu Hause.

Also gehe ich in den Keller und hole einzelne Sachen zurück. Mein digitales Tagebuch, ein Plastikgeschirrset aus meiner Plastikküche, einige meiner Lieblingsbücher – allesamt von oder über starke Frauen. Von der Bücherdiebin über die Gedichte von Safia Elhillo bis hin zu Virginia Woolfs Essays, alles kommt mit rauf. Sogar die Gestaltwandlerreihe packe ich mit ein, weil sie voller weiblicher Hauptcharaktere ist, von denen ich mir noch eine Scheibe abschneiden kann.

Und Lars, den Bären, nehme ich auch mit.

Ich treffe Entscheidungen. Bauchgefühlentscheidungen, nicht Kopfzerdenkentscheidungen, und es ist zugleich befremdlich wie auch erleichternd.

Ich streiche meine Wände in einem Beigeton, den man kaum bemerkt, besorge mir ein Haufen neuer Kissen und einen Haufen Pflanzen – weil Pflanzen das Sinnbild eines neuen Erblühens sind – und ersetze mein riesiges Bücherregal durch ein kleineres, überschaubareres. Weil mein Bücherregal mich widerspiegeln soll und nicht, was ich glaube, gelesen haben zu müssen.

Ich schaffe mehr Weiß – sowohl in meiner Kleidung als auch in der Umgebung –, eine Farbe, die ich eigentlich aus meinem Schrank verbannt hatte, nachdem mir jemand in der sechsten gesagt hatte, ich würde darin viel zu breit aussehen. Aber jetzt ist es mir egal, jetzt gibt mir genau diese Farbe – oder Nichtfarbe – am meisten Komfort, keine Ahnung wieso. Sie lässt mein Zimmer hell und ordentlich wirken, und ich merke, dass ich das mag, hell und ordentlich.

Eine Woche nach dem Gespräch mit Amanat über unsere Zukunft habe ich auch einen neuen Schreibtisch gekauft und aufgebaut, und meine Arbeitsecke sieht mit den ganzen Pflanzen und zusammenpassendem Schreibzeug pinterestwürdig aus. Außerdem hängt an der Decke eine Prismakugel, die Regenbogenstreifen auf die Wände malt, wenn die Sonne durchs Fenster scheint.

Anschließend lege ich Lars inmitten der Kissenhaufen auf mein Bett und trete zurück, um alles zu betrachten. Das bin ich, denke ich mir und drehe mich um meine eigene Achse. Vieleicht ein wenig vorhersehbar und klischeehaft, aber hell und ordentlich und die kleinen Dinge im Leben liebend. Außerdem ein bisschen nostalgisch, ein bisschen verpeilt und immerzu bemüht, mich besser kennenzulernen.

Und vielleicht, ganz vielleicht kann ich diesem Ich mit jedem Tag ein wenig mehr ver- und zutrauen.

27. Kapitel

Ibrahim

Ich könnte darüber reden, wie es ist, ganz unten angekommen zu sein, ich könnte philosophieren und tote Autoren zitieren, dann sind wir genau dort, wo wir angefangen haben, full circle moment. Oder wir können auch einfach direkt zum Punkt springen. Das hat mir eine Lehrerin unter einen Text geschrieben, für den sie mir wegen der Rechtschreibfehler ein Minus geben musste. Sie sagte zu mir: Manchmal ist weniger mehr und manchmal ist mehr weniger, aber seien wir ehrlich, hier an dieser spezifischen Stelle, da brauchst du das Wenigste. Das Wenigste zurzeit ist: Ich bin wieder in Wien.

Ich bin wieder in Wien und es ist eine Woche vergangen, seit ich wieder in Wien bin. Außer Aslan und seinem derzeitigen Mitbewohner, in deren Wohnung ich untergekommen bin, wusste niemand Bescheid. Zayn und Shruti haben mir versprochen, nicht zu petzen. Aber einer von den beiden muss das Versprechen gebrochen haben, irgendjemand muss es nicht ausgehalten haben, denn vor meiner Zimmertür steht Arwa Malik.

Ich reibe mir die Augen, um sicherzugehen, dass ich nicht träume. Sie ist immer noch da und immer noch real. Vielleicht bin ich der Unreale von uns beiden.

Ich starre sie wie ein Zombie an, mit halb offen stehendem Mund und vom Schlaf noch getrübtem Blick. Genau eine Minute vorher bin ich erst aufgewacht, als jemand an meine Zimmertür gehämmert hat. Ich dachte, irgendwo muss Feuer ausgebrochen sein, so heftig schlug Aslan gegen das Holz.

Ein Feuer ist es nicht, dafür verbinde ich zu kalte Farben mit Arwa. Eher ein drohender Gewittersturm.

Durch das gekippte Fenster hört man den Verkehr von der Straße und die Krähen am Dach. Ich trete aus meinem Zimmer und ziehe die Tür hinter mir etwas zu, sodass Arwa das Chaos nicht sieht. Aber ihr Fokus liegt ohnehin nur auf mir.

Aslan sieht mich entschuldigend an. »Sie stand vor der Haustür und ich konnte sie ja nicht einfach so wegschicken ... sorry, Bro.«

Ich habe meine Zunge verschluckt. Ich weiß nicht, was ich tun soll, aber vor allem weiß ich nicht, was ich fühlen soll. Arwa sieht aus wie immer, nur nicht mehr so müde. Sie steht mit erhobenem Kinn vor mir, die Hände in einer Art umgekehrtes Gebet zusammengeschlossen. Ihre langen Locken fallen wie Tintenflecke auf ihren rosafarbenen, viel zu weich aussehenden Pullover und sind zur Hälfte hochgebunden am Hinterkopf.

»Hi, Abi«, sagt sie und ich spüre Gänsehaut über meine Haut kriechen. Ihre Stimme ist bestimmt, aber sanft und klar, sie schießt mir wie eine Kugel in die Brust, und ich weiche zurück. Meine Hand verkrampft sich am Türrahmen, um Halt zu finden.

Ich räuspere mich. Ich will was sagen, aber die Worte wollen nicht. Wie immer nicht.

Mit einem Mal schießt jene Nacht vor fast einem Jahr in meinen Kopf. Das karge Weizenfeld, das lachsfarbene Haus und Tariq, der auf uns zukam. Tariq, der auf uns zukommt – mein Blick schießt augenblicklich von Arwa zu Aslan und dann weiter den Gang entlang, um nach meinem Bruder Ausschau zu halten.

»Ich bin allein hier«, sagt Arwa und ich sacke zurück.

Scham kriecht mir die Wangen hoch, weil ich meine Angst davor, ihm zu begegnen, so offensichtlich gemacht habe. Scheiße, ich bin null vorbereitet auf das hier.

Ich versuche wieder die Lippen zu öffnen, aber sie fühlen sich verklebt an. Ich wünschte, ich hätte mir wenigstens die Zähne putzen können. Oder aus dem Fenster springen, wenn ich gewusst hätte, wer vor der Tür steht.

Aslan scheint die unangenehme Stille nicht auszuhalten. »Arwa, willst du was trinken? Çay oder so? Du, Abi? Kaffee?«

»Nein, danke«, sage ich.

Arwa lächelt ihm freundlich zu. »Sehr gerne çay, bitte.«

Mein Freund sieht mich entschuldigend an, bevor er die Flucht ergreift. Kann's ihm nicht mal übel nehmen.

»Tut mir leid, dass ich so reinplatze«, sagt unser Gast leise. »Aber ich würde gern mit dir reden. Wäre das okay für dich?«

Mir ist zu warm in meinem Körper. Ich versuche ruhig zu atmen und ihren Blick zu erwidern, starre aber stattdessen knapp an ihrem Kopf vorbei auf einen unsichtbaren Punkt an der Wand. Stelle mir vor, ein Loch würde aus dem Nichts auftauchen und ich könnte reinspringen. Am besten ein Zeitloch, das mich zurückversetzt. Zu dem Punkt, an dem ich alles ruiniert habe.

Meinen Geburtstag meine ich damit.

Ibrahim, tadelt mich Stellas Stimme. *Bitte nett zu dir selbst sein.*

War nur ein Witz. Wäre sie wirklich hier, würde ich ihr ein Peace-Zeichen geben.

Aber sie ist nicht hier, Arwa ist hier, und die wartet immer noch auf eine Antwort.

Ich nehme einen tiefen Atemzug, ehe ich die Optionen durchgehe, die ich habe. Runter ins Wohnzimmer gehen: Fehlmeldung. Aslan ist da und es könnte jederzeit einer der anderen Jungs auftauchen. Hier stehen bleiben: Fehlmeldung, das ist für uns beide nicht besonders gemütlich. Die Tür vor ihrem Gesicht zuschlagen: Fehlmeldung. Habe ich schon mal gemacht und war nicht unbedingt die produktivste Lösung.

Also bleibt mir nichts übrig, als zur Seite zu treten und sie mit einer Handbewegung hereinzubitten.

Mein Zimmer ist ein Durcheinander, aber ich weiß nicht, ob mir die Unordnung peinlich ist oder dass kaum was vorhanden ist, es aber trotzdem so aussieht. Die einzigen Sitzoptionen sind die Matratze und ein unbequemer Holzstuhl, der vor einem kleinen Schreibtisch steht. Ich hebe die paar Bücher auf, die auf dem Stuhl liegen, und lege sie am Boden neben den Tischbeinen ab. Wortlos schiebe ich den Stuhl in Arwas Richtung und sie lässt sich dankend darauf nieder.

Mein Laptop liegt neben der Matratze auf dem Boden, ich klappe ihn zu, um ihn zur Seite zu schieben, damit man – ich – nicht drauftritt. Er ist nicht der teuerste, aber ich habe ein ganzes Monatsgehalt gebraucht, um ihn zu besorgen. Sogar die Scheißdecke falte ich schnell zusammen und klaube zusammengeknüllte Papierkugeln auf. Dann lasse ich mich Arwa gegenüber auf mein Bett nieder.

Sie lässt ihren Blick durch das Zimmer schweifen, und ich muss mich zurückhalten, um nicht vor die Wand zu springen, an die ich Zitate, Bilder und verschiedenes Zeug geklebt habe. Von ihrem Platz aus wird sie nichts lesen können, aber ich find's schon zu krass, dass sie es überhaupt sieht.

Dass sie hier ist.

Dass ich hier bin.

Dass sie mich ansieht. Und vor allem, dass sie mich anlächelt.

»Wie geht es dir?«, fragt sie.

In meinem Hirn ist nur ein lang gezogenes Geräusch wie auf den Monitoren in Krankenhäusern, wenn jemand stirbt. *Doktor, Doktor. Dem Patienten fehlt es an Rückgrat und er bekommt keinen einzigen Satz mehr hervor.*

Warum lächelt sie mich immer noch an? Es ist kein aufdringliches Lächeln, aber auch kein vorsichtiges. Vielmehr eine Wärme, die ihr ganzes Gesicht einnimmt.

»Wie geht es *dir*?«, gebe ich zur Antwort ihre Frage zurück.

Das Licht vom Fenster fällt ihr direkt ins Gesicht, weswegen sie mit zusammengekniffenen Augen den Stuhl etwas zur Seite schiebt. »Mir geht es gut.« Ich versuche rauszuhören, ob da irgendeine unterschwellige Botschaft versteckt ist, aber stelle überrascht fest, dass es ehrlich klingt. »Wirklich gut«, fügt sie hinzu, aber es klingt nicht so, als würde sie es zu mir sagen, sondern als würde sie es für sich selbst festhalten.

Ich blinzle sie wortlos an. Als ich Arwa zum ersten Mal kennengelernt habe, hat sie mich an eine Maus erinnert. Mit diesen hochgezogenen Schultern, den tiefen Schatten unter den Augen und dem Meiden von Blickkontakt. Sie hat sich immer zusammengekrümmt, egal was man gesagt hat. Ich dachte damals, so ein Mauerblümchen, das sich rumschubsen lässt, wäre die perfekte Wahl für meinen Bruder, der sich nicht gern herausfordern lässt. Aber es war ein vorschnelles Urteil. Je mehr ich Arwa kennengelernt habe, desto mehr hat sie mich überrascht. In meinen letzten Therapiesitzungen habe ich viel über sie und jene Nacht geredet. Darüber, wie oft sie angeboten hatte, mir zuzuhören, wenn ich gewollt hätte. Wie's mir aber Angst gemacht hat. Und dass ich etwas in ihr sehe, was mich an mich selbst erinnert. An eine bessere Version meiner selbst.

»Weißt du, dass ich mal neidisch auf dich war?«, frage ich.

Sie sieht mich überrascht an. »Wieso denn das?«

»Weil ich es nicht verstanden hab. Warum du so viel Hoffnung hast.«

Da, ich habe es gesagt. Wenn es eins gibt, was mich an anderen Leuten einschüchtert, dann ist es ihre Hoffnung. Woher nehmen sie die Kraft und Energie, positiv über die Zukunft zu denken? Vor allem, wenn die Vergangenheit bisher nichts Gutes zu bieten hatte?

Arwa ist mit neunzehn von ihrem toxischen Vater abgehauen und hat seitdem alles gegeben, um mit ihren Depressionen und Angstzuständen klarzukommen. Trotz Rückfällen habe ich miterlebt, wie sie immer weitergemacht hat, Monat für Monat. Ich verstehe es nicht. Was erwartet sie davon? Dieselbe Frage könnte ich auch mir selbst stellen und ich wäre genauso verwirrt.

Arwa überlegt einen Moment lang, dann zieht sie ihre Beine hoch, um es sich in einem Schneidersitz gemütlicher zu machen. Ihr Pullover ist so groß, dass er sie dabei fast komplett verschluckt.

»Kennst du dieses Gedicht … ich weiß nicht mehr, ob es ein Gedicht ist, ich hab es nur irgendwann zufällig im Internet gesehen. Aber dass man, wenn eine Blume eingeht, nie der Blume die Schuld dafür gibt, sondern ihrer Umgebung, die für sie nicht geeignet war? Ich hab mich jahrelang selbst dafür fertiggemacht, nicht aufblühen zu können, aber dann bin ich hierhergekommen.« Sie macht eine Handbewegung, um das Zimmer einzuschließen. »Habe Menschen kennengelernt, die es verstehen, wenn einem alles zu viel wird. Und du kennst sicher diese Stimme in deinem Kopf, die dir einredet, dass du alles nur falsch machst? Nichts hilft mehr gegen sie, als wenn du Leute um dich hast, die dir das Gegenteil sagen.« Sie legt den Kopf schief. »Es ist wichtig, diesen Leuten dann aber auch zuzuhören.«

Ich erwidere seelenruhig ihren Blick. »Vergleichst du mich mit einer Blume?«, frage ich, alles andere ignorierend.

Arwas Lächeln wird breiter. Als wüsste sie ein Geheimnis, das mir nicht bewusst ist. »Ich hab über mich gesprochen.«

»Der Subtext war zu offensichtlich.« Ich schlucke schwer. »Außerdem weißt du noch gar nicht, wie's mir geht. Ob ich …« – ich mache imaginäre Anführungszeichen in die Luft – »schon blühe.«

Ich winkle meine Beine an und stütze meine Hände an den Knien ab, zwinge mich, sie ruhig zu halten und nicht an irgendwas zu zupfen, zu zerren, rumzudrücken.

»Dann erzähl mir, wie es dir geht. Wie waren die letzten Monate für dich, Abi?«

Da hat jemand keinen Bock auf Small Talk.

Ich kaue auf der Innenseite meiner Wange und betrachte eindringlich den Parkettboden. »Warum bist du nicht wütend?«, ignoriere ich ihre Frage wieder.

Arwa zuckt mit den Schultern. »Ich mag es nicht, wütend zu sein. Das nimmt einem viel zu viel Energie, und ich muss schon sagen, davon habe ich meistens eh kaum was übrig.«

»Ich mag's, wütend zu sein«, erwidere ich. »Das ist manchmal das Einzige, was mir Energie gibt.«

Ich weiß nicht, ob das stimmt. Ich merke, wie ich anfange Dinge zu sagen, die ich auch früher genauso ausgesprochen hätte, ohne genau zu wissen, ob ich sie wirklich so meine. Ob das daran liegt, dass ich mit Arwa rede? Dass ich viel zu oft vor ihr diese Rolle gespielt habe und jetzt vielleicht gar nicht mehr anders weiß?

»Wut kann total inspirierend sein«, stimmt sie mir überraschend zu. »Aber ich glaube, Wasser noch etwas mehr.«

Überrascht sehe ich sie an. »Bist du jetzt zu Onkel Iroh geworden, seit ich weg bin?«

»Wohl kaum. Ich warte noch immer auf meinen Tee.«

»Keine Ahnung, was Aslan treibt«, murre ich und linse zur Tür.

»Ich hab's eh nicht eilig.« Arwa zupft einen Fussel von ihrer Jeans.

»Du bist wirklich nicht wütend?«, frage ich leise nach.

»Nein, Abi«, bestätigt sie. »Was du gemacht hast, war ziemlich beschissen. Aber du hast es getan und jetzt sind wir hier. Wenn du dich besser damit fühlst, dich zu entschuldigen, werde ich dich nicht davon abhalten. Wütend bin ich trotzdem nicht.«

Sie spricht noch immer sanft und ruhig, dennoch klingen ihre Worte wie Tadel auf mich. Ich fühl mich klein, und um es in den Worten meines Vaters zu sagen, auch dumm. Ich weiß, dass es nicht an ihr liegt. Das ist einfach diese Stimme, von der Arwa eben gesprochen hat. Zumindest sagt Stella, ich soll es wie eine andere Stimme betrachten und nicht wie mein ganzes Selbst. Aber das war mir zu abstrakt, stattdessen sehe ich immer meinen Erzeuger vor mir, wenn diese kritischen Gedanken kommen. *Du verstehst aber auch gar nichts*, sagt er mir jetzt.

Ich blinzle die Erinnerung an ihn weg. »Es tut mir leid«, bringe ich krächzend hervor. »Es tut mir leid wegen dieser Nacht. Und dass ich dich immer ignoriert und angefahren hab.«

Ihre Züge scheinen, wenn möglich, noch etwas mehr zu erweichen, und plötzlich sind da die schlimmsten Emotionen, die man mir entgegenbringen kann, die Killergefühle: Mitgefühl, Empathie, Sympathie. Ich will, dass sie mich anschreit. Ich bin nicht bereit dafür, aber ich will es, weil ich das besser ertrage als die Sanftheit. Meine Atmung beschleunigt sich und ich wünschte, ich hätte die Papierkugeln nicht aufgeklaubt, um was zu tun zu haben. Stattdessen beginne ich Fäden aus den Rändern der Bettwäsche zu ziehen.

»Danke dir«, sagt sie.

Schwer schluckend rolle ich einen losen Faden um einen Finger, bis er rot anläuft. »Ich wollte nicht … ich wollt dich nicht wirklich – ich wollte nur ihn wütend machen …«

Weil ich nicht fortfahre, nickt sie kurz. »Ich weiß.« Aus dem Augenwinkel sehe ich, wie sie sich etwas vorbeugt. »*Er* ist auch wütend.«

Ich lasse den Faden los und sofort schießt wieder Blut in meinen kleinen Finger. »Ist er gerade in Wien?«

»Nein. Er ist etwa eine Woche, nachdem du weggefahren bist, zurück nach Japan.«

Das weiß ich, aber es zu glauben, fällt mir schwer. Maya hat mir davon erzählt, auch davon, dass Nuh viel öfter von zu Hause weggeblieben ist. Ich weiß schon, warum meine Mutter beinahe verzweifelt klingt, wenn sie mit mir telefoniert. Ihrer Kinder sind fort – dabei hatte sie nie geplant, überhaupt eins von ihnen loszulassen.

Ich frage mich auch, warum Arwa allein hier ist. Ohne Tariq. Müsste er nicht an diesem Gespräch beteiligt sein? Außer sie wären nicht mehr zusammen. Darüber habe ich mit niemandem geredet, weil ich mich nicht getraut habe. Es lief ja ohnehin nicht gut zwischen ihnen, und dann kam diese Nacht, in der ich mich wie der größte Mistkerl aufgeführt habe – was ist danach zwischen den beiden passiert?

»Ist alles …« Ich räuspere mich. »Ist alles okay bei euch?«

Arwa scheint überrascht von dieser Frage. Die Überraschung könnte von *Weißt du es noch nicht* bis hin zu *Ja, wieso?* alles bedeuten, also weiß ich nicht, wie ich darauf reagieren soll. Schließlich steht sie auf, um sich neben mich auf die Matratze zu setzen, und ich bin zu überfordert, um irgendwas zu sagen.

»Ist das okay?«, fragt sie.

»Äh. Ja. Denk schon«, murmle ich.

Sie lächelt wieder, diesmal aber fast schon verlegen. Bevor ich irgendeinen kohärenten Gedanken aussprechen kann, hält sie mir ihren Handrücken vors Gesicht.

Irritiert starre ich darauf. Es braucht einige Sekunden, bis ich den kleinen, feinen silbernen Ring an ihrem Finger bemerke. Er hat einen kaum merklichen Diamantstein.

Sie zieht ihre Hand wieder runter und sieht mich erwartungsvoll an.

Mein Kopf ist wie leer gefegt. »Nein«, flüstere ich.

Sie beißt sich auf die Lippe. »Doch.«

»Aber, wie ... Seit wann ...«

»Ich war diesen Sommer in Tokyo, weil ich eine Stelle gefunden habe, um Deutsch und Kunst in einem Sommercamp zu unterrichten. Es war so schön. Wir waren auch die Orte besuchen, die die Studio Ghibli-Filme inspiriert haben, und irgendwo dazwischen hat er mich dann gefragt. Aber es wussten erst mal nur die Engsten, Maya, Bảo, Nuh und ...« Sie unterbricht sich und weicht meinem Blick aus. »Sie haben's dir wahrscheinlich nicht erzählt, weil sie das uns überlassen wollten. Euren Eltern haben wir es auch erst vor Kurzem gesagt. Wir wussten, sie würden sofort ausrasten und damit anfangen, die Hochzeit zu planen. Aber Tariq wollte erst total sicher sein.«

»Sicher sein?«, wiederhole ich. Klar verletzt es mich, dass sie mir nicht sofort Bescheid gegeben haben, aber wie hätten sie auch? Wahrscheinlich hätte ich es damals nicht mal geschafft, mit den beiden ein Wort zu wechseln, zu groß waren die Schuldgefühle.

»Sicher sein, dass er wieder nach Österreich zieht.«

»Er zieht zurück?«

Ich bin zu schockiert, um die Aufregung runterzuschalten. Tariq und Arwa. Heiraten? Mein Bruder?

»Erst in einem Jahr, aber das ist der Plan. Er hat diesen Deal, den er noch abarbeiten muss, deswegen kann er nicht früher zurück. Will er glaub ich auch gar nicht.«

Ich habe keine Ahnung, wie ich auf all das reagieren soll. »Ich dachte, es lief nicht so gut bei euch«, stottere ich und versuche mich an die Interaktionen zwischen den beiden vom letzten Jahr zu erinnern. Ich habe nicht viel mitbekommen, weil ich die meiste Zeit mit Sadia verbracht hatte, aber es schien trotzdem so, als hätten sie ihr Ablaufdatum erreicht.

Arwa dreht gedankenverloren an ihrem Ring herum. »Also wir hatten ein paar Stolpersteine, sagen wir so.«

»Weil er nicht hier gelebt hat, oder?«, hake ich nach.

Verwirrt blinzelt sie mich an. »Was? Nein. Nein, wer hat dir das denn gesagt?«

»Ich dachte nur …«

»Nein. Nein, die Distanz war manchmal echt hart, ja, aber deswegen haben wir uns nie gestritten. Darüber haben wir sehr …«, sie nimmt einen tiefen Atemzug und lässt ihn beim nächsten Wort wieder raus, »sehr viel diskutiert, bevor er nach Tokyo gezogen ist. Es war ehrlich gesagt ein bisschen meine Schuld, dass es kritisch wurde.« Arwa beißt sich kurz auf ihre Lippe. »Ich wollte mit ihm Schluss machen.«

Ich starre sie an. »Ich fühle mich, als hätte ich drei Staffeln eines Dramas verpasst.«

Sie schnaubt. »Sorry, wenn das zu viel auf einmal ist. Aber eigentlich läuft es zwischen uns gerade ziemlich glatt. Mir ging's letztes Jahr einfach nicht so gut.«

Ich nicke langsam, erinnere mich an ihr blasses Selbst letzten Winter.

»Es lag an den üblichen Dingen«, erklärt sie weiter. »Ich habe ja letztes Jahr wieder angefangen zu studieren und … keine Ahnung. Ich dachte, dass es beim zweiten Mal einfacher wird, vor allem, weil ich mich vorher richtig krass informiert hatte. Aber ich … ich bin nicht fürs Lernen geschaffen. Deadlines und Prüfungen und was weiß ich. Ich hab mich ein bisschen fertiggemacht dafür, dass ich mal wieder nicht mit Dingen klarkam, die andere Leute so einfach schaffen, und hab das … ich hab es ein wenig an Tariq ausgelassen.«

Kenne ich doch alles von irgendwoher.

»Ich … äh, das war kein stolzer Moment, aber ich hab aufgehört meine Medikamente zu nehmen, weil ich dachte, ich sei …« Sie verdreht die Augen. »Ich dachte, ich sei geheilt.«

Eine Weile sagen wir beide nichts. Arwa, weil sie sich zurückzuerinnern scheint. Ich, weil ich mich ertappt fühle. Auch ich habe schon darüber nachgedacht, wann ich genug geheilt sein werde, um nicht mehr diese Drogen nehmen zu müssen. Auch ich komme manchmal in Versuchung, es einfach ohne zu probieren.

Sie seufzt schließlich. »Manchmal macht mir die Vorstellung Angst, dass ich immer davon abhängig sein werde, weißt du?«

Und auch das: Kenne ich doch von irgendwoher.

Momentan nehme ich immer noch nur das Antidepressivum, aber wenn das mit dem ADHS feststeht, kommen dann zusätzliche Medikamente hinzu.

Es scheint alles darauf hinzudeuten, dass ich nicht einfach faul und gestört bin, sondern dass mein Gehirn tatsächlich anders gebaut ist. Eine fucking Erleuchtung, mit der ich nicht gerechnet habe. Die einzigen Diagnosen, die ich bisher gemacht habe, waren unprofessionelle Online-Tests, und einmal habe ich mit einer Unifakultät in Deutschland geschrieben, die sich mit dem Thema auseinandersetzt. Danach schien keine Frage mehr offen zu bleiben, für sie stand fest, dass ich ADHS habe, aber da alles immer noch über das Internet ablief, reichte es nicht, um mir Medikamente verschreiben zu dürfen.

Um eine offizielle Bestätigung zu bekommen, brauche ich die Hilfe meiner Familie. Einer der Gründe, warum ich wieder zurück in Wien bin.

Der zweite ist purer Egoismus. Ich habe sie vermisst. Ich vermisse sie immer noch, alle von ihnen. Auch Sadia, der zu schreiben ich immer wieder kurz davor bin, dann aber doch Panik kriege.

»Ich will dir übrigens nicht mit solchen Themen irgendwie zu nahe treten«, sagt Arwa jetzt. »Sag mir, wenn's dir zu viel wird.«

Es ist mir zu viel. Es ist alles zu viel. Diese Infos über meine Familie, ihre Nähe und die Art und Weise, wie sie mit mir redet. Als wäre ich noch ein ganz normaler Teil der Sadeems und als wäre sie nur für einen Plausch kurz vorbeigekommen.

»Warum wolltest du mit Tariq Schluss machen?«, lenke ich sie davon ab, mir ein Loch in Herzform in die Seele zu brennen, so nett, wie sie mich anguckt.

Sie zieht die Beine an den Oberkörper und legt ihr Kinn auf den Knien ab. »Ich dachte, er wäre ohne mich besser dran. Ich dachte, er sollte sich lieber eine funktionsfähigere, glückliche Freundin suchen. Und dass er sich selbst bremst, wenn er mit mir zusammenbleibt. Hab ihn total fertiggemacht, ihm gesagt, dass er sie nicht mehr alle hat.«

Und noch mal und noch mal und noch mal: Das kenne ich doch alles von irgendwoher. Fast will ich lachen, weil ich genau aus demselben Grund Sadia beim ersten Mal geghostet und sie danach immer wieder weggestoßen habe. Wie voraussehbar Menschen doch einfach sind.

Arwa verzieht den Mund. »Wie gesagt. Mir ging's nicht besonders gut. Hab ihm auch immer seltener auf seine Nachrichten geantwortet und mich sogar tagelang nicht gemeldet.«

Es ist so leicht, eine Beziehung von außen zu bewerten. So leicht, Menschen von außen zu bewerten. Plötzlich ergibt es Sinn, dass Tariq damals einfach so in der Shishabar aufgetaucht ist. Natürlich ist er aufgetaucht. Er wollte mit ihr reden. Wahrscheinlich gemeinsam Lösungen finden, total optimistisch auf die Kraft der Konfrontation und Reflexion vertrauen.

»Und jetzt geht es euch besser?« Hatte er recht und es hat genau so funktioniert? Sind die beiden jetzt durch die Kraft der Liebe geheilt? Arwa scheint meine Gedanken zu erraten.

»Wir haben viel miteinander geredet. Als er hier war und auch als ich dann in Tokyo bei ihm war. Wusstest du, dass Beziehungen zu fünfzig Prozent aus Meinungsverschiedenheiten, Kompromissen, Lösungen finden und Geduld bestehen?«

»Ja«, sage ich, ohne eine Miene zu verziehen. »Deswegen bin ich Single.«

Ein wissendes Funkeln in ihren Augen. Zum ersten Mal, seit sie vor meinem Zimmer aufgetaucht ist, frage ich mich, ob sie seit jener Nacht Kontakt mit Sadia hatte. Wie ich Arwa kenne, hat sie ihr bestimmt geschrieben, um nachzufragen, wie es ihr geht.

»Man kann's lernen«, sagt sie. »Man kann sich dafür entscheiden, es lernen zu wollen. Sonst wäre ich auch noch Single.«

Es braucht alle Kraft der Welt, um mich davon abzuhalten, Sadias Namen auszusprechen. »Warum kann's nicht weniger anstrengend sein?«

»Was?«

»Zu leben.« Ich zucke mit den Schultern. »Zu sein.«

»Ich weiß nicht, ob es was bringt, sich solche Fragen zu stellen.«

Ich fahre mir über mein Gesicht, spüre plötzlich endlose Müdigkeit in mir. Was für ein Start in den Tag. »Wird's aber einfacher? Nur ein bisschen?«, hake ich nach, und wieder fühle ich mich klein und kindisch, naiv und dumm.

»Nein«, antwortet sie wieder auf diese sanfte Art, die mir unter die Haut kriecht. »Ich glaube, eine kleine Sache reicht oft schon als Trigger. Aber das ist okay.«

»Es ist okay?«, frage ich und muss daraufhin ein Gähnen unterdrücken.

Bisher bin ich immer noch in einer seltsamen Zwischenphase, ich bin nicht mehr in Frankfurt, aber auch nicht in Wien angekommen. Alles ist trüb und blau, als wäre die Stadt in einen nicht endenden Morgen getaucht. Ich fühle mich, als würde ich auf der Türschwelle stehen, aber mich nicht trauen hinauszutreten, um der Realität gegenüberzustehen.

»Es ist okay, wenn du nicht die Menschen wegschubst, die für dich da sein wollen. Die Probleme werden nicht einfacher, aber erträglicher«, erklärt Arwa. »Und darum geht's am Ende. Dass du nicht allein damit bist.«

Ich presse die Augen fest zusammen. Sadias verheultes Gesicht und Tariqs versteinerte Miene blitzen vor mir auf. Maya, wie sie mich enttäuscht nach Hause fährt, meine Mutter, die mir besorgt nachblickt. »Was, wenn man den Menschen wehtut?« Meine Stimme ist kaum ein Flüstern.

»Das muss man akzeptieren.«

Ich erinnere mich an ein Zitat von Antoine de Saint-Exupéry. Dass man andere immer verletzt und auch selbst immer verletzt wird. Und dass das nun mal das Sein ausmacht. Um den Frühling zu erfahren, braucht es den Winter, um die Gegenwart zuzulassen, muss man auch Abwesenheit akzeptieren.

Es ist absolut sentimentaler Bullshit, der mir trotzdem Gänsehaut beschert, wenn ich daran denke.

Ich suche Arwas Blick. »Was ist der Sinn?«, frage ich sie. Es ist keine ernste Frage, aber zugleich die ernsteste, die ich stellen kann. Bücher haben mir Tausende von Antworten gegeben. Stella hingegen hat mir nur eines gesagt: *Was immer Sie zum Sinn machen wollen.* Zayn sagte: Familie, die man sich selbst aussucht. Aber Arwas Antwort ist tausendmal simpler.

»Gutes Essen«, sagt sie. »Donuts, Briyani, Golgappe. Alles geil.«

Ich warte darauf, dass sie noch eine ernstere Antwort anhängt, aber es wird nur besser. »Oder wenn man sich mit jemandem über irgendetwas Bescheuertes totlacht.« Sie streckt ihre Beine aus und stützt ihre Arme an der Matratze ab. »Oder wenn man die ganze Zeit im Kopf einen Song hört und nicht herausfindet, wie er heißt, und es einem dann ganz plötzlich einfällt. Das ist auch ein richtig gutes Gefühl.«

Und statt es zu hinterfragen, beschließe ich einfach mitzumachen. »Musik generell«, sage ich. »Kann ziemlich nice sein.«

Sie nickt aufgeregt. »Und Anime.«

»Filme. Serien.«

»Popcorngeruch.«

»Das fällt unter Essen.«

»Umarmungen auch. Und Küsse … und so weiter.« Eine leichte Röte überkommt ihre Wangen, aber sie räuspert sich und fährt fort: »Kunst.«

»Van Gogh.«

»So ein trauriger Kerl.«

»Hat sich vielleicht oder vielleicht nicht selbst erschossen.«

Arwa schweigt einen Moment. Dann stellt sie wieder ihre Frage von vorhin, die verhassteste Frage von allen. »Wie geht es dir, Abi?«

Ich antworte nicht sofort.

Die Anspannung von vorhin hat sich aufgelöst, und ich merke, dass ich mich einfach hinlegen und weiterschlafen will, bevor am Abend meine Spätschicht in dem Café anfängt, in dem ich zurzeit kellnere. Aber das hat nichts mit meinem mentalen Zustand zu tun, merke ich. Nur damit, dass ich eben nicht ausgeschlafen bin, weil mein Rhythmus ein anderer ist.

Ein Rhythmus. Ich habe so was wie einen *Rhythmus*. Wie krass ist das denn? »Gut«, sage ich schließlich. »Mir geht's gut.«

Arwa lächelt mich wieder auf ihre creepy Art an. »Das find ich schön.« Sie richtet sich auf. »Also. Wann kommst du wieder?«

Ich runzle die Stirn. »Wie meinst du?«

»Wann kommst du nach Hause, Abi?«, erläutert sie. »Deine Familie vermisst dich.«

Da ist Wehmut und Sehnsucht, Trauer und Freude. Da ist ein Cocktail aus den verschiedensten Gefühlen in meiner Brust.

»Ich …« Atme tief durch. Es ist keine unberechtigte Frage. Ich bin nicht grundlos wieder in Wien. Ich hatte einen Plan. Er bestand darin, dass ich mich so lange in Aslans Wohnung verkrieche, bis er mich rausschmeißt. Hat niemand gesagt, dass es der beste Plan sein würde, aber bisher hat er funktioniert.

»Ich weiß nicht. Ich weiß nicht, was ich machen soll, wenn ich bei ihnen bin. Ich hab Angst, weiter ihr Leben zu ruinieren.«

Aus irgendeinem Grund wirkt Arwa beeindruckt von meiner Aussage. »Wow«, sagt sie. »Das ist das erste Mal, dass ich verstehe, wie sich Tariq und Maya immer fühlen müssen, wenn ich so was sage. Es klingt echt bescheuert.«

Meine Mundwinkel zucken unwillentlich. »Ich konnte dich mehr ausstehen, als du eine graue Maus warst.«

»Das stimmt nicht und du weißt es.« Sie strahlt. »Du musst nach Hause kommen, es geht gar nicht anders. Im Februar holen wir unsere Verlobungsfeier nach und du musst dabei sein.«

Mein Körper verspannt sich wieder. »Und danach?«, frage ich. »Wie wird's danach weitergehen?«

»Das kannst du nur herausfinden, wenn du zurückkommst.«

»Und Tariq wird auch da sein?«

»Es ist ja auch seine Verlobung, wenn du weißt, was ich meine.«

Ich seufze und vergrabe mein Gesicht in den Händen.

»Ist das ein Ohrring?«, fragt Arwa plötzlich. Sie scheint für sich den ernsten Part des Gesprächs abgeschlossen zu haben. Ich zupfe an dem Ring an meiner Ohrmuschel.

»Ein Helix«, nuschle ich.

»Und deine Augenbrauen sehen auch anders aus …«

»Ist ein Eyebrow Cut.«

»Jap. Deine Mutter wird sich vor Freude echt nicht einkriegen.«

In dem Moment kommt Aslan wieder. Entweder er hat das Gespräch belauscht und darauf gewartet, dass die Zone gesichert ist. Oder er hat ein Gespür für gutes Timing.

»Tee?«, fragt er gut gelaunt.

28. Kapitel

Ibrahim

An dem Abend, nach dem Flug von Frankfurt zurück nach Österreich, saß ich in der S-Bahn eingequetscht zwischen einem schreienden Baby und einer laut telefonierenden Mutter, als am Praterstern ein Typ mit einer weißen Perücke einstieg. Er trug einen roten Mantel mit goldenen Knöpfen und schwarze Stiefel. Aus der Seitentasche seines Rucksacks ragten Flyer des Wiener Hofburg Orchesters hervor. Scheißmozart, dachte ich mir. Überall Scheißmozart. Und gleichzeitig, mit dem Babygeschrei und den fremden Sprachen um mich herum: *Willkommen zurück in Wien.*

Aber erst der einäugige Weihnachtsmann über dem lachsfarbenen Haus macht mir wirklich bewusst, dass ich wieder da bin.

Du bist zu Hause, sagt er mir, *du bist hier.*

Ein schwarzes Loch dort, wo sein zweites Auge sein sollte, und die Botschaft wirkt beinahe wie eine Drohung.

Ich bin zurück, widerspreche ich ihm, aber das heißt nicht, dass ich zu Hause bin.

Seit Minuten stehe ich am Gartentor und visiere das Gebäude an. Arwas Besuch ist drei Tage her – so lang habe ich gebraucht, um den Mut zu fassen, endlich auf ihren Ratschlag zu hören und herzukommen. Ich weiß nicht, ob das eine gute Entscheidung war.

Mit zitternden Händen betrachte ich den Eingang, eine weiße Tür mit einem quadratischen Fenster auf der oberen Hälfte. Das Glas darin zeigt lediglich verzerrte Schemen, aber auch nur, wenn innen das Licht an ist. Heute ist es nicht an.

Was, wenn die unheimliche Stille, die mich schon den ganzen Weg über von der Bushaltestelle bis hierhin begleitet hat, bedeutet, dass niemand zu Hause ist?

Hoffentlich. Vielleicht. Hoffentlich nicht.

Erinnerungen an meine letzten zwei Tagen hier kommen wie Brechreiz hoch. Das Weizenfeld, Tariq, mein Vater. Ich schaudere, drehe um, atme durch und dann drehe ich mich wieder zurück.

Die Schultern straffend, gehe ich schnell auf die Treppen zu und verharre vor der Tür. Hebe meine Hand, aber klingle nicht, sondern lausche. Das Klappern von Geschirr aus der Küche und eine Stimme. *»Tenu kisne dasya?«* Es ist meine Mutter. Sie macht abschätzige Geräusche und lacht. Klingt so, wie sie immer klang, wenn sie mit ihren Freundinnen oder unseren Tanten telefonierte. Alltäglich und glücklich.

Automatisch zucke ich von der Tür zurück.

Alle sagen mir ständig, ich soll nach Hause kommen. Arwa, Zayn, Shruti, Stella und Aslan, alle sind überzeugt davon, dass es das es das Beste für mich sei.

Aber was ist mit meiner Familie? Hat irgendwer meine Eltern gefragt, ob sie das auch wollen? Ob das der beste Weg für sie ist? Was, wenn ich hineingehe und meine Mutter aufhört zu lachen? Was, wenn ich hineingehe und mich meine Vergangenheit erstickt?

Ich kann das nicht. Ich kann das hier einfach nicht. Aber die Entscheidung, ob ich es kann oder nicht, wird mir in dem Moment genommen, als die Tür plötzlich von selbst aufgeht und Maya vor mir steht.

Sie hat einen Teil ihrer Haare rosa gefärbt. Das ist das Erste, war mir auffällt. Dann all die Dinge, die sich nicht verändert haben: ihre Augenringe, das Nasenpiercing, die Lederjacke.

Wir starren uns an. Verwirrt, geschockt, skeptisch, nervös, aller Worten beraubt. Meine in Sekunden abwechselnden Gefühle spiegeln sich in ihren dunklen Augen wider, bis reine Erleichterung zurückbleibt.

»Abi«, flüstert sie.

Dann kommt sie auf mich zu und fällt mir heftig um den Hals. Meine Arme schlingen sich instinktiv um ihre Taille und ich presse meine Füße gegen den Boden, damit wir nicht umfallen.

Mein Herz rast wie wild, jeder Gedanke ist wie weggeblasen. Maya. Das ist Maya. Die wichtigste Orientierungsperson meiner Kindheit und Jugend – bis ich anfing, sie von mir zu stoßen. Maya, die ständig Diskussionen mit unseren Eltern und anderen Leuten über ihre Werte führt und sich nie kleinkriegen lässt. Maya, die nie aufgehört hat, mir ihre Hand anzubieten. Die ich so gut wie nie weinen gesehen hab, die jetzt aber an meiner Schulter schluchzt. Mit tränennassem Gesicht löst sie sich von mir.

»Du Arschloch«, sagt sie, nachdem sie mich von oben bis unten durchgecheckt hat, als suche sie nach Beweisen, dass tatsächlich ein Jahr vergangen ist. Als sie sicher ist, dass es mir körperlich gut geht, haut sie mir gegen den Arm. »Du fucking Arschloch.«

Sie schlägt mir noch ein paarmal mit der flachen Hand gegen die Schultern und Arme, dann umarmt sie mich wieder.

Ich will nicht, dass sie loslässt. Ich will, dass sie nie wieder loslässt. Ich vergrabe mein Gesicht in ihren Haaren und drücke sie ganz fest an mich, versuche so zu sagen, was ich mit meinen Worten nicht schaffe.

Als wir uns diesmal voneinander lösen, merke ich, wie eingefroren ich mich vorher gefühlt habe. Mir ist nicht bewusst gewesen, wie taub meine Arme und Beine waren, bis ich Mayas Wärme spürte. Sie hält meine Hände in ihren, drückt fest zu. »Sag was.«

Mühsam ziehe ich die einzigen Worte aus mir hervor, die ich zu fassen kriege. »Es tut mir leid. Alles. Es tut mir wirklich leid.«

Ihre Züge werden, wenn möglich, noch weicher, und sie nickt. »Ich weiß.«

Eine absolute Ruhe kehrt in mir ein, die ich nicht erklären kann. Mein vor Panik erstarrtes Herz fühlt sich leichter an, als wäre ihm eine Last entnommen. Egal, was ich erwartet habe, welche Ängste durch meinen Kopf gespukt sind, egal, wie die anderen reagieren werden, jetzt bin ich hier und Maya umarmt mich. Und alles wird gut und alles wird gut und alles kann nur gut werden, wenn zumindest sie da ist.

Meine Schwester wischt sich über ihre Wangen und drängt mich ins Haus. Wider Erwarten ist es drinnen nicht lauter als draußen – die Stimme meiner Mutter ist das einzige Geräusch im ganzen Haus.

»Es ist sonst niemand da«, erklärt Maya.

Weil Tariq in Tokyo ist und Nuh meistens in der Steiermark. Und ich war in Frankfurt. Noch nie war unser Heim so unbewohnt wie im letzten Jahr, noch nie war es so ein Gespensterhaus.

»Und Uzair?«, frage ich.

»Er ist bei Freunden.«

Ich blicke zum Wohnzimmer, dort, wo die Stimme meiner Mutter zu hören ist.

»Komm«, sagt meine Schwester und hält mir ihre Hand hin.

Zögerlich fasse ich nach ihr und lasse mich tiefer ins Haus ziehen.

Rapides Punjabi entflieht meiner Mutter, während sie über Kopfhörer mit ihrer Schwester telefoniert und Teig für Rotis knetet. Alltäglich und glücklich, wie sie lacht und mit dem Handrücken eine Strähne aus ihrer Stirn streicht.

Nur die Küche ist anders. Hochmodern, viel Stahl und Glas, keinerlei Erinnerungen an mich und meine Geschwister aus der Kindheit.

Als meine Mutter mich erblickt, erstarrt sie in ihrer Bewegung. Ihr Lächeln schwindet und ihre Augen werden groß. Ohne etwas zu sagen, beendet sie den Anruf und wäscht sich die Hände. »Ibrahim?« Sie klingt, als würde sie ihren Augen nicht trauen.

Im nächsten Moment hat sie mich fest in ihre Arme geschlossen. Sofort beginnt sie zu heulen und nimmt mein Gesicht zwischen ihre Hände, küsst mir die Stirn und die Wangen. »Wo warst du nur? Ein Jahr, Ibrahim? Ein Jahr hast du gar nicht mehr an uns gedacht? Warst du so sauer?«

In unseren Anrufen hat sich Ma nie anmerken lassen, wie es ihr geht, wahrscheinlich aus Angst, mich zu verschrecken. Jetzt spüre ich die Schwere ihrer Gefühle in ihrer Umarmung. Meine Mutter war nie gut darin, ihre Kinder gehen zu lassen. Aber ich merke, dass ich heute besser damit klarkomme, weil ich weiß, dass es am Ende trotzdem immer meine Entscheidung ist. Die Wut, die ich auf ihre einengende, überfürsorgliche Art hatte, ist in der Zeit verraucht, in der sie gar nicht mehr in meinem Leben war.

Nachdem sie sich etwas beruhigt hat, legt bei ihr der Redeschwall los. Sie fragt mich mehrmals, ob ich Hunger habe, hört aber meine Antwort nicht. Ich blicke mich nach Maya um, die im Türrahmen steht und mich zögerlich anlächelt. *Alles okay?*, formt sie mit ihren Lippen. Ich nicke und frage mich, warum sie nicht reinkommt.

Aslan, der auf eine Nachricht von mir wartet, um sicherzugehen, ob ich klarkomme oder nicht, schreibe ich eine kurze Nachricht, dass alles hier in Ordnung sei und ich den Abend über bleiben werde. Er schickt ein Daumen-hoch-Emoji und dann, nach einem Zögern, dass ich auf mich stolz sein könne. Die Nachricht ruft ein reflexartiges Würgen hervor, das ich als Husten kaschiere, um keinen Zusammenbruch bei meiner Mutter zu verursachen, die jede meiner Bewegungen beobachtet.

Es gibt schwarzes Dal zum Essen, auch bekannt als das Unterschichtessen, das sich zu einem festen Bestandteil pakistanischer Küche entwickelt hat. Ich weiß nicht, welches Gericht besser zu meiner Heimkehr hätte passen können. Der Geruch von geröstetem Kümmel und Zwiebeln ist eindringlich. Maya ist verschwunden, vielleicht will sie uns Zeit geben. Vielleicht braucht sie aber auch selbst Zeit für sich.

Ich wünschte, sie wäre geblieben.

Es klingelt, und Ma eilt wie von einer Tarantel gestochen zur Haustür.

Wenn ich später an diesen Abend zurückdenken werde, wird alles trüb und verschwommen auf mich wirken. Mir werden nur die Schlüsselmomente in Erinnerung bleiben, weil das die Momente sind, in denen sich alle Härchen auf meinen Armen aufstellten:

Der Moment, in dem ich nach einem Jahr meinem Vater wieder gegenüberstehe.

Er tritt ins Wohnzimmer, als wären wir in einem Theaterstück, in dem auf die Sekunde genau vorgegeben ist, wann welche Person die Bühne zu betreten hat. Alle Lichter auf ihn und Stille.

Mein ganzer Körper ist verkrampft. *Wenn er auch nur eine falsche Sache sagt, haue ich ab.* Das ist mein erster Gedanke, als ich seine überraschte Miene sehe. Die Brillengläser, in denen sich das Wohnzimmer reflektiert, seine gerunzelte Stirn. Der zweite Gedanke ist: Ich bin so froh, dass er gesund aussieht.

Sein Blick zuckt nur kurz zu mir und dann weg, als würde ihm mein Anblick unangenehm sein. Er sieht stattdessen Ma an, die flehentlich guckt. Den Atem anhaltend warten wir alle, was er machen wird, und ich rüste mich auf, Schicht um Schicht baue ich eine Barrikade über meine wunden Gefühle, aber als es so weit ist, bleibt der Schuss aus. Baba strafft lediglich seine Schultern und geht zur Küche, um sich die Hände zu waschen, bevor er sich seelenruhig an den Esstisch setzt.

»Salam Aleikum«, sagt er.

In meiner Brust blubbert ein hysterisches Lachen. *Kannst du überhaupt etwas richtig machen?* Ich höre seine Stimme in meinem Kopf, als müsste mein Hirn kompensieren, dass er mich nicht beleidigt.

»Wa aleikum assalam«, erwidere ich.

Dann fragt er mich, als wären wir zwei alte Bekannte, die sich zufällig über den Weg laufen, wie es mir geht, seit wann ich wieder in Wien bin, was ich so treibe. Höflich und distanziert.

Er fragt mich, wie es mir geht.

Ich antworte: Gut, mir geht's gut. Und: Seit fast zwei Wochen jetzt. Und: Dir?

Er sieht mich kaum an, starrt stattdessen auf seinen Teller hinunter. Bas, sagt er. Bas, alles gut, alhamdulillah.

Ma räuspert sich, ihr Blick schwingt zwischen mir und meinem Vater hin und her, bevor sie wieder mit ihrem Redeschwall fortfährt. Sie füllt unsere Teller auf, holt den Korb mit Roti und setzt sich. »Esst, bevor es kalt wird.«

Ich kriege kaum einen Bissen runter, aber zwinge mich dazu. Für den Rest des Abends schweigt Baba. Erst als er fertig ist, verabschiedet er sich – er müsse noch beten –, immer noch höflich, immer noch distanziert, und geht hinauf in sein Zimmer. Während er verschwindet, sieht ihm meine Mutter fast ein wenig verzweifelt nach. Sie trägt eine alte, verblasste Salwar Kameez mit rosafarbenen Blumen und sieht seltsam jung und alt zugleich darin aus.

»Du bleibst die Nacht, oder?«, fragt sie mich.

Instinktiv will ich Nein sagen, aber ihre flehentliche Miene hält mich davon ab. Ma und ich haben eine innige Beziehung gehabt, bevor ich auch sie in den letzten Jahren von mir gestoßen habe. Wenn es darauf ankam, stand ich in Streitereien immer auf ihrer Seite, schon als ich ein kleiner Junge war. Wenn mein Vater ihr gegenüber laut wurde, was nicht oft vorkam, dann wurde ich ihm gegenüber laut und habe sie verteidigt. Jedes Mal, wenn wir zu einem Fest gefahren sind und sie sich besonders hübsch gemacht hat, Baba aber keinen Kommentar dazu abgab, machte ich es mir zur Aufgabe, sie mit Komplimenten zu überhäufen.

Ich habe immer schon mehr für sie als für meinen Vater gefühlt, manchmal sah ich sie an und sah auch nur eine Person, die der Kontrolle und Macht anderer unterliegt. Trotzdem konnte auch sie mir zu viel werden, und ich weiß nicht, was ich ihr jetzt antworten soll.

Du kannst immer weg, rufe ich mir in Erinnerung. Du musst nicht bleiben, wenn du nicht willst. Also sage ich *Ja, ich bleibe die Nacht.*

Bevor ich in mein altes Zimmer raufgehe, kommt Uzair nach Hause.

»Bin da!«, ruft er, weil er seine Ankunft immer ankündigt, und kommt ins Wohnzimmer. Er wirft seinen Rucksack aufs Sofa und schüttelt den Kopf, um seine lang gewordenen Haare aus der Stirn zu werfen. Als er mich sieht, erstarrt er kurz. »Abi?«

»Hey.«

Dann schießt er plötzlich auf mich zu und wirft sich mit aller Wucht gegen mich. Seine Umarmung ist knochenbrechend und ich lache, während ich seinen Kopf tätschle.

Später, als ich auf meinem alten Bett sitze, fühle ich mich einerseits ausgelaugt, andererseits immer noch unter Strom, weil jeder Raum in diesem Haus eine Welle an Erinnerungen hervorruft, und nicht alle davon will ich wieder erleben.

Es hat sich nichts verändert. Von den Dinosaurierfiguren auf den Fensterbänken über den Keramikkoch auf meinem Nachttisch zu den überall verstreuten Bücherstapeln liegt alles noch an seinem Ort.

Es klopft und meine Mutter kommt mit frisch bezogenen Decken und Kissen rein. »Reicht dir eine Decke? Und im Schrank liegt noch deine Kleidung, wenn du was zum Schlafen brauchst. Und hier ist auch eine neue Zahnbürste. Wenn du noch Hunger kriegst, dann – «

»Ma«, unterbreche ich sie. »Ich komme schon klar.«

Zögerlich legt sie die Decke aufs Bett und setzt sich zu mir. Sie öffnet ihren Mund, schließt ihn wieder. Nimmt stattdessen meine Hand in ihre.

In meinem Hals steckt ein Kloß. Ich erwidere ihren Händedruck. Keiner von uns beiden sagt was. Wir betrachten unsere verschränkten Hände und da ist verdammt viel, was wir sagen könnten, sagen müssten vielleicht sogar. Aber wir schweigen zusammen, und für heute ist das, glaube ich, mehr als genug.

Als sie geht, merke ich, wie ich es in dem Zimmer kaum aushalte allein. Das Bett, in dem ich an manchen Tagen während der Schulzeit stundenlang rumgelegen habe, mich nicht einmal dazu aufraffen konnte, aufs Klo zu gehen oder Wasser zu trinken, die zerquetschte Packung Zigaretten in der Nachtschublade. Alles ist unberührt.

Die einzige Sache, die nicht von mir stammt: Mein kaputtes Handy auf meinem Schreibtisch. Ich hab's in der Nacht damals in Tariqs Auto vergessen. Ich drücke mit wenig Hoffnung auf den Powerbutton. Ein grüner Bildschirm, dann nichts mehr. Natürlich ist der Akku leer. Ich stecke das Handy an und warte ein paar Minuten, bis ich es erneut probiere. Diesmal klappt es, aber es braucht ewig, bis alles lädt. Letztendlich erscheinen die

Nachrichten im Sekundentakt. Aslan, Maya, Nuh, Arwa, Tariq. Verpasste Anrufe, auch von meinen Eltern, von Uzair. Die Mehrheit davon ist von der Nacht damals.

Und die Anrufe danach: Von Sadia.

Ungläubig starre ich darauf, bevor ich das Ding wieder ausschalte und weglege.

Das packe ich grad alles nicht. Unruhig stehe ich auf und fahre mir über den Kopf, blicke mich um. Wieso habe ich zugestimmt, hier zu schlafen?

Ich hab das Gefühl, die Decke wird jeden Moment auf mich fallen, und beschließe, runterzugehen. Ich überlege, irgendetwas zu kochen, aber ein ungutes Kribbeln überkommt mich. Um diese Zeit sind ohnehin alle in ihren Zimmern, aber es ist fast so, als wäre die Leere der letzten Monate in die Fasern des Gebäudes gedrungen, und überall verbergen sich Gespenster.

Statt hier länger zu verharren, ziehe ich mir Schuhe und Jacke über und trete aus dem Haus. Neben dem Eingang auf der Bank sitzt Maya, und ich atme dankbar aus.

Sie hat sich umgezogen, trägt jetzt eine Salwar und ein T-Shirt mit Tupac-Lyrics drauf. Ein Buch liegt auf ihren angezogenen Knien und auf ihren Ohren riesige Beats. Als hätte sie mich erwartet, breitet sie die Decke aus und ich lasse mich neben ihr nieder.

»Hi«, sagt sie.

Ich zupfe an dem Haargummi an meinem Handgelenk. »Hey.« Der Himmel ist voller Sterne, die auf das Weizenfeld runterblinzeln. Es ist kalt und leicht windig.

»Was liest du gerade?«, frage ich.

Maya klappt das Buch zu und zeigt mir das Cover. Ein Gedichtband von Audre Lorde.

»Ist es gut?«

»Ihre Texte sind immer gut. Hast du schon mal was von ihr gelesen?«

»Ich kenne ein Zitat. Zählt das?«

Sie legt das Buch zur Seite, lehnt ihre Wange an die Knie und sieht mich fast amüsiert an. »Welches?«

»Das mit dem Starksein.«

»Wenn man sich erst mal traut stark zu sein, wird es immer weniger wichtig, ob man Angst hat oder nicht. Oder so ähnlich.« Sie lächelt müde. »Ist eine gute Stelle. Du solltest den ganzen Text lesen.«

Ich brumme als Zustimmung und lehne mich zurück. Maya blickt nach vorn zum Weizenfeld, rosa Strähnen umrahmen ihr Gesicht. Kein blasses Rosa, eher altrosa. Die Farbe hebt ihren dunklen Hautton hervor.

»Wie geht's dir?«, frage ich sie plötzlich. »Wenn ich fragen darf.«

Ein Grinsen auf ihren Lippen, das ihr Muttermal fast unsichtbar macht. »Seit wann fragst du, ob du etwas darfst oder nicht?«

»Seit ich gemerkt habe, dass die Arschlochnummer ein bisschen alt wird.«

»Die war schon alt, als du damit angefangen hast.«

»Aber man lernt nur aus Fehlern.«

»Ja, das stimmt. Damit habe ich so meine Probleme. Ich würde gern alles können, ohne Fehler zu machen.«

»Weil du eine Perfektionistin bist.«

»Auch so eine Nummer, die langsam alt wird.«

»Vielleicht. Aber vielleicht muss man sich nicht unbedingt in eine Schublade stecken.«

»Sagt der Typ, der wie ein Bad Boy aussieht.«

»Sagt die Hardcore-Feministin mit den rosa Haaren.«

Ihr Grinsen wird breiter und sie hebt den Kopf. »Wie findest du's?«

»Es sieht krass gut aus. Aber wie hast du Mas Reaktion überlebt?«

Sie zuckt mit den Schultern. »Ich hab keinen Bock mehr, auf ihre Gefühle zu achten. Was ist mit deinem Ohrring?«, fragt sie, bevor ich nachhaken kann.

Ich fasse nach der Helix am rechten Ohr. »Steht's mir? Hab auch ein neues Tattoo.« Ich zeige ihr mein rechtes Handgelenk, auf dem seit einigen Monaten ein Zitat von Goethe prangt. Um mich an meine Zeit an Frankfurt zu erinnern. *Man kann die Erfahrung nicht früh genug machen, wie entbehrlich man in der Welt ist.*

»Du bist so ein Emo, Abi.«

Jetzt grinse ich und zucke mit den Schultern. »Es spricht mir aus der Seele.«

»Goethe war ein Mistkerl.«

»Hatte aber einen sehr friedvollen Tod.«

»Und wem gehört das?« Sie zupft an dem Haargummi.

Sofort ziehe ich die Hand fort. »Niemandem.«

Meine Schwester sieht mich einen Moment lang wortlos an. Dann lässt sie ihre Beine zu Boden sinken und setzt sich aufrecht hin. »Hattest du Kontakt zu Sadia?«

Ihren Namen aus Mayas Mund zu hören, und das in einer so absolut ruhigen Tonlage, lässt mich stocken. Sie spricht »Sadia« nicht so aus, als wäre das jemand, den sie über mehrere Ecken kennt. Sie spricht »Sadia« so aus, wie sie Arwa oder Hama aussprechen würde. Als würde sie den Namen öfter gebrauchen und mittlerweile an seinen Klang gewöhnt sein.

Auf mein überraschtes Schweigen hin redet sie weiter. »Ihre Eltern haben jetzt ein Restaurant.«

Langsam nicke ich. »Ja. Habe ich auf ihrem … Insta-Account gesehen.«

Maya lässt ihre Hände auf der Bank zwischen ihren Beinen ruhen, tippt mit ihren langen Nägeln auf dem Holz rum. »Du hast also wirklich noch keinen Kontakt zu ihr aufgebaut?«

»Nein.«

»Und, hast du's vor?«

Ich zucke mit den Schultern. »Es ... also keine Ahnung, was du alles weißt ...«

»Alles.«

»Alles?«, hake ich nach.

»Alles Wichtige. Amanat hat's Hama erzählt, und Hama kann sowieso nie was für sich behalten. Und von der Nacht ...« Maya unterbricht sich und man sieht ihr nichts an, aber ich glaube, sie nimmt innerlich einen tiefen Atemzug. »Da war ja Arwa dabei.«

Mein Magen verknotet sich. Es vergehen einige Sekunden, bevor ich zum Weiterreden ansetzen kann. »Dann weißt du, dass ich es ziemlich versaut habe.«

Maya schnaubt, aber ihre lockere Miene ist fort. »So kann man es auch sagen.«

»Ich – ich wollte ihr nie wehtun. Ich war nicht bei mir.«

Sie unterbricht mich. »Was in dieser Nacht passiert ist, dort am Bahnhof.« Jetzt nimmt sie doch einen sichtbaren Atemzug. »Das verzeih ich dir sogar, Abi. Ich verstehe, dass man so was nicht macht, wenn man sich dagegen wehren könnte. Aber es geht mir darum, was danach passiert ist – mit Arwa. Und wie du mit Sadia davor schon umgegangen bist.«

Der Beinahe-Kuss im Weizenfeld. Und wie oft ich Sadia abgeblockt habe. »Ich hab mit Arwa geredet.«

»Ich weiß. Sie ist gerade auch so auf Wolke sieben, die würde dir nicht einmal böse sein, wenn du ihre Katzen verletzt. Aber dafür bin ich da. Von allem, was du je getan hast, Ibrahim, ist das mitunter wahrscheinlich die beschissenste Sache überhaupt.«

Dass sie meinen vollständigen Namen benutzt, lässt mich gerader sitzen und mein Fluchtinstinkt lässt sich kaum noch unterdrücken. Ich will wieder rein, oder am besten komplett weg von hier, vom Weizenfeld, aber ich weiß, dass ich das hier durchstehen muss. Dass sie mit allem recht hat. Bereits in Therapie, wenn ich darüber geredet habe, ist mir aufgefallen, wie fucked up das alles im Nachhinein ist. Stella hat mich nie verurteilt, aber ich habe an dem Zusammenpressen ihrer Lippen gemerkt, wie wenig sie von meinen Aktionen hielt.

»Du hast Arwa benutzt, um dich an Tariq auszulassen«, spricht Maya die hässliche Realität aus. »Und du hast Sadia das Gefühl vermittelt, als wäre sie für dein Wohlbefinden zuständig. Obwohl ihr beide in einer Beziehung wart und beide genauso viel Verantwortung für den jeweils anderen getragen habt.«

»Ich weiß«, sage ich, meine Wangen plötzlich unfassbar warm. »Ich weiß –«

»Wirklich? Weißt du das alles wirklich?« Meine Schwester schiebt ein Bein auf die Bank und dreht ihren Oberköper zu mir, um mir fest in die Augen zu sehen. »Abi, ich will wissen, ob dir klar ist, dass du dir all diesen Scheiß mit Sadia und Arwa nur leisten konntest, weil du keine Frau bist. Verstehst du das? Ist dir klar, was für einen patriarchalen Bullshit du ausgelebt hast?«

Wenn sie es so sagt, dann Nein. Nein, es war mir nicht klar. Gegenwehr kribbelt auf meiner Zunge. Ich will mich verteidigen und erklären, dass ich meistens keinen Plan hatte, was ich da mache, dass es nie Absicht war, und betonen, dass ich niemandem wehtun wollte. Aber ich halte mich auf und versuche ihre Worte in mir sacken zu lassen. *Du hast dir das nur leisten können, weil du keine Frau bist.* Gänsehaut breitet sich auf meinen Armen aus.

Ihren Blick meidend, nicke ich. Wenn es um so was geht, ist Maya immer die erste Person, um mich und meine Brüder zurechtzuweisen. Und das ist auch gut so.

Aber dadurch ist es nicht leichter, damit klarzukommen. »Ich weiß nicht, was ich sagen soll, außer dass ich es besser machen will.«

»Ich hoffe, das stimmt.« Kein: *Das ist schon mal ein erster Schritt.* Oder: *Ich glaube dir.* Solche Vertrauensvorschüsse gibt es für mich nicht mehr.

Eine Zeit lang schauen wir beide auf das Weizenfeld hinaus und mich erfasst eine Welle des Respekts und der Zuneigung für meine Schwester. Weil sie trotzdem hier bei mir sitzt und ihre Ehrlichkeit auch eine Form der Ermutigung ist. Sie greift nach meiner Hand und drückt sie. Ich drücke zurück.

»Es ist möglich, Trauer und Wut auszuleben, ohne Menschen um sich herum zu verletzen«, sagt sie.

Und ich will lernen, wie.

Wir sind müde, und die letzten Monate waren lang. Danach reden wir eine Weile über weniger anstrengendes Zeug. Ich erzähle ihr von Frankfurt und sie mir von dem Praktikum, das sie in einem Therapiezentrum macht. Bei unseren Telefonaten haben unsere Gespräche immer unangenehme Pausen und verzweifelte Stille mit sich getragen. Nicht aber heute, es scheint eine Blase geplatzt zu sein, die etwas von der Schwere der letzten Jahre mit sich genommen hat.

Auch von unserem Vater und seiner seltsamen Reaktion erzähle ich ihr, woraufhin sie nur seufzt – was Maya selten tut und einen entsprechend kalt erwischt. »Er ist in letzter Zeit generell so. Still und in sich gekehrt.«

Wieso? Das kann sie mir auch nicht beantworten.

Schließlich steht Maya gähnend von der Bank auf und nimmt eine Tasse vom Boden. »Ich bin froh, dass du wieder da bist«, sagt sie und hält mir das Buch von Audre Lorde hin. »Aber mach keine Notizen oder Eselsohren rein.«

Müde lächelnd nehme ich den Gedichtband entgegen. Sie wendet sich der Haustür zu, hält aber bei der kleinen Treppe inne.

»Übrigens – Arwa hat dir von der Verlobungsfeier erzählt, nicht?«

Ich lehne den Kopf an die Hauswand zurück. »Übernächsten Monat, oder?«

»Ja. Und hat sie dir auch gesagt, wo wir feiern?«

Ich runzle die Stirn. Ich dachte, sie fragt mich gleich wegen Tariq oder dergleichen aus, und schüttle den Kopf.

Maya verzieht das Gesicht zu einer Grimasse. »Im Bulleh Shah. Das Restaurant von Sadias Eltern.«

29. Kapitel

Sadia

Es ergab von Anfang an Sinn, dass Arwa und Tariq ihre Verlobungsfeier im Bulleh Shah feiern sollten. Meine Eltern sahen das als die perfekte Neueröffnung. In ihrer Logik ist das Versprechen einer Ehe der größte Segen, den man bekommen kann, und immerhin handelt es sich um den ältesten Sohn der Sadeems.

Allerdings findet die Feier bereits in über einem Monat statt und das Restaurant gleicht weiterhin einer Baustelle. Die größten Probleme sind zwar behoben – die alte Geschirrspülmaschine und all die anderen größeren, nicht mehr funktionstüchtigen Geräte ersetzt, das Klo komplett saniert, und ich war mit meiner Mutter Geschirrsets aussuchen auf einem riesigen Markt –, aber es stehen immer noch tausend kleine Aufgaben an. Sobald man eine Sache erledigt hat, kommt bereits die nächste.

Heute bin ich nach der Uni direkt hergekommen, um dabei zu helfen, die Löcher und Risse in unserem zukünftigen Büro zuzuspachteln. Das ist der Raum, der noch am meisten Arbeit benötigt. Meine Arme schmerzen, und der Geruch von der Füllmasse und den Chemikalien, die durch den Putz entstehen, lassen meinen Kopf schwirren.

Aber gleichzeitig fühle ich mich so lebendig wie schon lange nicht mehr.

Im Hintergrund läuft die Gestaltwandlerreihe, die ich letztens zum zweiten Mal begonnen habe, und ich bin wieder total in dieser Welt versunken.

Nachdem ich mein Zimmer umgekrempelt habe, tastete ich mich erneut ans Lesen heran und habe beim Suchen nach Leseinspirationen schnell gemerkt, dass es mich immer noch zu den Herzschmerzgeschichten zieht. Ich habe erwartet, dass ich jetzt darüber hinweg bin und nie wieder eine Romanze anrühren würde. Dass ich aufgrund der Reflexion, die ich über das ganze letzte Jahr zu dem Thema gemacht habe, nun zu sehr diese Muster in Liebesgeschichten durchschauen würde, um sie genießen zu können.

Aber anscheinend kann man kritisch denken, ohne dem Spaß abzuschwören. Und anscheinend kann man seine eigene Realität von der fiktiven ausreichend abgrenzen, sodass es nicht zu sehr wehtut, wenn man von dem Happy End anderer liest oder hört.

Nur ein bisschen vielleicht. Ein bisschen tut es schon weh.

Gerade bin ich bei dem zwölften Teil der Reihe und ich glaube, das könnte mein Favorit sein. Wenn man all die creepy Tropes aus den frühen 2010er-Jahren ignoriert, wie das obsessive Verhalten mancher Männer oder die Schicksalsergebenheit der Paare, halten sich diese Bücher eigentlich ganz gut. Sie sind politischer, als ich erwartet habe – es geht um Umwelt und Communitys und Revolutionen –, und auf ihre Art und Weise seltsam philosophisch – die Frage nach dem »perfekten Menschen« wird gelegentlich aufgeworfen, was man nicht unbedingt von jedem Erotikroman erwartet.

Und explizit bleiben die Geschichten auch weiterhin. Das Paar steht unter der Dusche, und es ist alles sehr intensiv und sinnlich. Als die weibliche Hauptfigur auf ihre Knie sinkt, geht natürlich die Tür zum Büro auf, und ich habe natürlich wieder keine Kopfhörer auf.

Ich lasse die Spachtel zu Boden fallen und springe regelrecht zur anderen Ecke des Zimmers, wo mein Handy liegt.

»Sadia, alles klar hier?«, fragt mein Vater, während ich auf Pause drücke. Er bleibt mit der Türklinke in der Hand am Eingang stehen und sieht sich im Raum um.

»Ahm, ja. Alles Roger hier.«

»Roger? Was heißt Roger?« Er macht eine wegwerfende Handbewegung. »Ich brauch's nicht zu wissen. Du hast Besuch.« Er zeigt auf den Gang hinaus, aus dem leise Gesprächsfetzen dringen. Ich höre meine Mutter lachen und kurz darauf erscheint Arwa vor dem Zimmer. Sofort rapple ich mich auf und streiche meine Kleidung glatt. Ich sehe so fertig aus mit meinem zerrupften Zopf und in dem blauen Overall, der von weißen Flecken übersät ist.

Arwa hingegen ist in einen weißen Mantel eingepackt und trägt hohe Boots voller rosafarbener Blumen. Ihre Locken umrahmen kunstvoll ihr blasses Gesicht, ihre Nase und Wangen sind von der Kälte gerötet. Ich schiebe unsicher meine Brille zurecht und erwidere ihr Lächeln.

»Ich muss kurz nach etwas sehen«, murmelt mein Vater und lässt von der Tür ab. Auch er trägt Arbeitskleidung voller Farbflecken und hat tiefe Schatten unter den Augen. »Wenn ihr Kaffee oder Chai wollt, gebt Bescheid!«

Arwa nickt und tritt in den leeren Raum, wobei die Plastikplanen unter ihr knistern.

»Achtung!«, warne ich sie. »Sonst wird deine Kleidung dreckig.« Ich wische meine Hand an einem Tuch ab und stecke mein Handy ein. »Lass uns lieber rausgehen.«

Wir setzen uns an den einzigen, provisorisch aufgestellten Tisch im zukünftigen Gästebereich des Restaurants, direkt neben einem Schaufenster. Um uns herum eilen neben meiner Familie auch Handwerker umher, die sich in der Küche mit ihren Werkzeugen austoben.

Arwa betrachtet den chaotischen Raum mit besorgter Miene, als ich mit zwei Pappbechern Kaffee zurückkomme. »Schafft ihr das bis zur Verlobung?«, fragt sie zweifelnd.

Ich stelle die Becher vor uns ab und setze mich ihr gegenüber auf einen ungemütlichen Stuhl. »Ich glaube, offizielle Eröffnung können wir frühestens im März machen, weil wir vorher noch die Küche austesten und das Menü zusammenstellen wollen. Aber für euch wird es im Februar bereit sein.«

»Eigentlich können wir die Feier auch im Haus der Sadeems veranstalten. So viele Gäste haben wir sowieso nicht. Also wenn es sich bei euch nicht ausgeht, dann kein Stress, ja?«

»Ich weiß. Aber ich fände es echt cool, wenn es klappen würde.«

»Ich auch.« Arwa legt ihre Hände um den Becher und beugt sich etwas vor. Ihr Lächeln, das sonst selten aus ihrem Gesicht schwindet, weicht mit jeder Sekunde mehr, in der sie mich ansieht. »Also ich bin eigentlich wegen etwas anderem hier …«

Ich weiß nicht, wieso, aber plötzlich macht sich eine Anspannung in meiner Magengegend bemerkbar. »Wenn es um die Deko geht, ich hab meine Mutter überzeugt, dass wir keine Luftballons bestellen«, witzle ich, aber es scheint bei keinem von uns beiden zu wirken.

Eine Vorahnung meldet sich, klopft höflich gegen meine Gedanken. Ich weigere mich, sie einzulassen.

Arwas Blick wird schuldbewusst, und das ist der Moment, in dem ich weiß, was sie gleich sagen wird. Ich weiß es und will mir am liebsten die Ohren zuhalten, weil ich nicht bereit dazu bin, mich damit auseinanderzusetzen. Dann hat sie es schon ausgesprochen und ich fühle mich, als hätte mir jemand meine Lungen zusammengedrückt.

»Ibrahim ist wieder in Wien.«

Die Worte sind wie der Stich einer Schreibfeder in mein

Herz. Ich merke, wie sich Tinte ausbreitet, ein dunkles Blau, das mich ertränken will.

Arwas Augenbrauen sind eng zusammengezogen. Sie wartet, dass ich etwas sage, aber ich weiß nicht was. »Wie ist das für dich?«, fragt sie schließlich.

Ich lecke mir über meine trockenen Lippen und schlinge meine Hände ebenfalls um den Kaffeebecher, um mir die Illusion eines Halts zu geben. »Ich würde mich grad sehr gerne unter dem Tisch verkriechen«, antworte ich so, wie mein Instinkt von mir verlangt.

Das Mitgefühl in ihren Augen ist unerträglich. »Ich weiß nicht, ob du dich dort vor deinen eigenen Gefühlen verstecken kannst.«

»Seit wann …« Meine Stimme ist plötzlich rau und ganz trocken. Ich räuspere mich. »Seit wann ist er zurück?«

»Seit fast einem Monat?«

»Oh.« So lange sind wir also schon in einer Stadt. Sehen denselben Himmel, fahren mit den gleichen Bahnen, den gleichen Bussen. Wir hätten uns über den Weg laufen können. Vielleicht waren wir schon kurz davor, uns wiederzusehen. Was hätten wir dann getan? Wie hätten wir reagiert?

Ich hatte viel Zeit, mir unser Zusammentreffen vorzustellen, und jedes Mal sah ich nur eine Version meiner selbst, die nachgibt, nicht eine, die für sich einsteht. Wenn Ghosten dein Selbstvertrauen anknacksen kann, dann ist Ghosting so was wie Selbstbetrug. Man ghostet schließlich immer aus einem bestimmten Grund, nur erkennt man diesen manchmal erst, wenn es längst zu spät ist. Und als ich in dieser einen Nacht vor dem Bahnhof zu Ibrahim sagte, dass ich Abstand von ihm will, gab ich damit auch zu, dass ich bisher gelogen hatte. Ich habe mich darauf eingelassen und willentlich alle Zeichen ignoriert, die mir gesagt haben, dass ich lieber aufhören und auf mich aufpassen sollte. Bis es zu spät war.

Und jetzt, sowohl mit angeknackstem Selbstvertrauen als auch selbstbetrügerischen Sehnsüchten, weiß ich nicht, was passieren wird, wenn ich ihm wieder begegne. Ich mag die Version, in die ich mit jedem Tag reinwachse, aber das heißt schließlich nicht, dass ich ein komplett neuer Mensch bin.

»Ich hab ihn besucht. Vor zwei Wochen«, erzählt Arwa.

Scharfe Krallen der Eifersucht, die sich in meine Haut bohren.

Als mir Arwa von Ibrahims Aktion im Weizenfeld erzählt hat, habe ich zum ersten Mal verstanden, warum immer nur Frauen gehasst werden, wenn es um Betrug geht.

Mein erster Gedanke war nämlich, dass es ihre Schuld sein müsste, denn er würde mich niemals auf diese Weise verletzen.

Es waren Gedanken, wie man sie viel zu oft als junges Mädchen aufschnappt – dass es ja nur an ihr liegen kann, dass er überhaupt in Versuchung kommt, dass man sich überhaupt mit ihr vergleicht; und gleichzeitig diese Zweifel, die man sein Leben lang an dem eigenen Aussehen und somit am eigenen Wert hegt.

Es ist so erbärmlich, dass wir darauf konditioniert sind, immer erst die Frau zu hassen – sowohl die andere als auch sich selbst –, bevor man sich die Frage stellt, was er dabei für eine Rolle gespielt hat. Ich weiß nicht, ob das bei jedem so ist, aber mich hat es selbst in diesem Moment kalt erwischt, und ich habe mich gedanklich sofort korrigiert.

Dabei ergibt es Sinn, dass ausgerechnet Ibrahim so was machen würde. Es hatte am Ende des Tages rein gar nichts mit mir oder Arwa zu tun, sondern alles mit ihm und seinem Bruder und diesem Machtkampf, den die beiden austragen.

Männer. Je mehr ich in dieses neue Ich von mir reinwachse, desto weniger Toleranz scheine ich für das andere Geschlecht aufbringen zu können. Und ich finde das gar nicht so schlimm. Es sei denn, ein ganz bestimmtes Mitglied dieses anderen Geschlechts entscheidet sich, wieder in meinem Leben aufzutauchen.

»Wie geht's ihm?«, frage ich, bevor ich mich abhalten kann.

Sie nimmt einen Schluck von ihrem Kaffee, bevor sie antwortet. »Echt gut, ehrlich gesagt.«

Nicht *Besser.* Echt gut, ehrlich gesagt.

Widersprüche in mir, die wie Bälle in diesen Gewinnspielen in einem Glas herumgewirbelt werden. Erleichterung, wenn nicht gar Freude, diese Worte zu hören. Aber auch Trauer – darüber, dass ich absolut gar nichts mehr über sein Leben weiß. Als die Bälle zur Ruhe kommen, rollt ein ganz bestimmtes Gefühl in den Vordergrund: Zuneigung für einen Menschen, von dem ich dachte, ihn am liebsten in die Hölle wünschen zu wollen.

»Das klingt gut«, murmle ich und blinzle etwas zu schnell.

Arwa scheint darüber nachzudenken, ob sie nach meiner Hand greifen soll oder nicht. Ich nehme ihr die Entscheidung ab, in dem ich die Arme vom Tisch ziehe. Wenn sie mich jetzt anfasst, bricht der Damm, dabei habe ich gerade meinen längsten Streak an heulfreien Tagen aus diesem Jahr am Laufen.

»Also …« Sie streicht sich eine Locke hinters Ohr. »Also, der Grund, warum ich hier bin. Ich … ahm. Ich hatte ihn eigentlich zur Verlobungsfeier eingeladen.« Die letzten Worte spricht sie schnell und hektisch aus, als würde sie eine bittere Medizin runterwürgen.

»Hatte?«, frage ich und klinge dabei überraschend tonlos.

»Ja. Also, ich hab ganz vergessen, dass du … damals war noch nicht klar, dass wir hier feiern werden.«

»Du willst seine Einladung zurücknehmen?«

»Nein. Ja. Na ja. Mir ist in diesem Fall eben schon wichtiger, dass du dich wohlfühlst.«

»Er ist Tariqs Bruder«, murmle ich. »Er hat ein Recht, dabei sein zu dürfen.«

»Und das wäre okay für dich, wenn ihr beide da seid?«

Nein. Es wäre alles andere als okay. Aber ich kann doch nicht verlangen, dass sie auf meine Bedürfnisse statt die ihrer Familie achten.

Außerdem will ein nicht so kleiner Teil in mir ihn ja auch wiedersehen. Oder auch nicht. Ich weiß es nicht.

»Ich weiß nicht, wie es für mich wäre.« Hilflos zucke ich mit den Schultern. »Ich bin ehrlich gesagt gerade ziemlich überfordert, Arwa.«

Ihr Blick wird weicher. Sie schiebt ihre Hände etwas weiter vor, als wolle sie mir noch mal anbieten, sie zu erfassen. Einen Moment starre ich auf ihre blassen Finger, dann gebe ich nach. Ihre Haut ist eisig, aber die Berührung tut dennoch gut.

Ich muss an den Abend in der Shishabar denken. Arwa hatte mich nicht wiedererkannt, wie auch, aber als ich ihr davon erzählt hatte, war sie unheimlich verwirrt, weil solche Zufälle nicht in ihre Glaubenswelt hineinpassen. »Vielleicht eher Schicksal«, meinte ich dann unernst und sie wirkte nur noch nachdenklicher.

Seit wir uns kennen, habe ich sie aber auf Abstand gehalten. Ich habe ihre Nähe nicht ertragen, sie hat mich zu sehr an diese Nacht vor einem Jahr erinnert. Dabei hätte ich gerade von ihr den Trost gebrauchen können, weil sie als Einzige neben Tariq und Ibrahim dabei gewesen ist.

»Was in jener Nacht passiert ist, also vor dem Haus der Sadeems, ich weiß, ich hab's dir schon mal gesagt, aber es hatte nichts zu bedeuten.«

Ich weiche ihrem Blick aus. »Ich weiß.«

»Ich sehe ihn als Teil der Familie. Er ist eben Tariqs kleiner Bruder. Und in seinen besten Tagen war er auch ein guter Freund für mich.«

»Er hat so seine Seiten, ja.« Ich seufze müde. »Aber hat er sich bei dir entschuldigt?« Denn das ist das Wichtigste.

»Ja, hat er. Mehrmals.«

Ich nicke. Ich hoffe, er ist sich klar geworden, wie unnötig die Aktion war, und bereut es. Ich hoffe, er weiß, dass er falsche Entscheidungen treffen und daraus lernen kann, ohne seinen Selbsthass zu nähren.

Ich hoffe, wenn Arwa davon spricht, ihm gehe es gut, dass sie damit meint, dass er gut zu sich selbst ist.

Ich lasse meinen Blick aus dem Schaufenster gleiten. Das Bulleh Shah steht inmitten einer vollgepackten Stadtecke voller Wohnungen, kleiner Geschäfte, einem Friseur, einer Bäckerei und sogar einem Reisebüro. Dazwischen liegt eine immerzu befahrene Straße, und beim Vorbeirauschen eines besonders schnellen Autos reiße ich mich von dem Anblick los.

»Also, wie fühlst du dich?«, fragt mich Arwa erneut. »Wie sieht der Plan aus?«

Ich fahre mir über mein Gesicht, den Geruch von Chemikalien an meinen Händen, und seufze. »Kannst du mir seine neue Nummer geben?«

Niemand ist so überrascht wie ich von dieser Frage.

Arwas Augenbrauen schießen in die Höhe. »Ibrahims?«

Ich zucke mit den Schultern, nicke gleichzeitig. »Ja? Wenn's für ihn okay ist.«

»Ahm, klar? Ich kann ihn fragen und sie dir dann schicken.«

Langsam nicke ich. »Ja, bitte. Ich berede die Sache mit ihm persönlich.«

»Okay …« Sie wirkt in gleichem Maß unsicher wie auch beeindruckt. »Das find ich gut. Kommunizieren ist immer gut. Aber pass auf dich auf?«

»Mache ich doch immer«, erwidere ich trocken.

Arwa lächelt auf ihre sanftmütige Art und zieht ein paar flauschige Fäustlinge aus ihrer Manteltasche hervor. »Ich hab gleich eine Verabredung mit meiner Tante. Aber ich schicke dir dann später die Nummer und du … schreibst mir, wenn etwas ist?«

Wir stehen beide auf. »Jap. Passt.«

Sie nickt und für einen Moment zögern wir beide, weil ein Teil dieser undefinierten Freundschaft zwischen uns die Frage inkludiert, wie wir mit Körperkontakt umgehen. Letztendlich schlucke ich die Peinlichkeit runter und frage einfach: »Umarmung?«

Arwas Lächeln wird breiter. »Von dir immer gern.«

Später auf der Heimfahrt im Auto meines Vaters erreicht mich eine Nachricht von Arwa mit einem geteilten Kontakt.

Wir fahren über die Autobahn, um den dichten Verkehr der Innenstadt zu vermeiden, und so kommt es kaum zu Unterbrechungen. Bei diesem stetigen Rhythmus nimmt mich immer mehr die Erschöpfung ein, und ich könnte jeden Moment einschlafen. Wäre mein Kopf nur gerade nicht am Durchdrehen. Ich starre auf die Nummer auf dem Bildschirm vor mir und weiß nicht, was ich machen soll.

Eine kluge Person würde das Handy jetzt wegstecken und sich erst morgen darum sorgen, wie es weitergehen soll, wenn sie ausreichend Kapazität dafür hat. Sie würde zu Hause duschen, sich bettfertig machen und dann in einen tiefen Schlaf sinken, um Energie zu tanken, bevor sie überhaupt daran denkt, die Konfrontation zu suchen.

Allerdings steht eins fest: Wenn es um diesen Mistkerl geht, dann bin ich alles andere als klug. Trotz der Müdigkeit, die mich regelrecht anbettelt, meine Augen zu schließen, öffne ich den Chat mit Ibrahim. *Bringen wir es hinter uns.* Mit einem höher werdenden Puls tippe ich die erstbeste Nachricht, die mir kommt.

Sadia: Wir müssen reden

Ich starre auf die Worte, die ich bereits abgeschickt habe und dann, aus einem Grund, der mir selbst auf ewig schleierhaft bleiben wird, schicke ich ein Punkt hinterher. Einfach nur

einen Punkt. *Wir müssen reden* und dann in einer separaten
Nachricht: .

Oh mein Gott. Ich bin kurz davor, das Fenster aufzureißen
und das Handy rauszuschmeißen. Dann erinnere ich mich,
dass ich die Nachricht löschen kann, solang er sie nicht gelesen
hat, und bin gerade dabei, genau das zu machen, als sein Status
sich zu online ändert.

Ibrahim: Sadia?

Hat er den Punkt jetzt gesehen oder nicht? Und war es doch
besser, den Punkt dazulassen? Denn dieses *»Diese Nachricht
wurde gelöscht«* ist irgendwie nicht besser.

Irgendwer muss etwas tun. Irgendwer muss mich abhalten
weiterzumachen, ich bin gerade alles andere als zurechnungs-
fähig und ich weiß, ich bin sauer auf ihn, und ich weiß, ich bin
verwirrt und unentschlossen, und ich weiß, was gut für mich ist
und was nicht.

Aber gerade schreibt er mir. Wir reden miteinander. Da ist
Ibrahim, und ich habe ihn so, so, so vermisst.

Ja, ich bin's, schicke ich mit wild klopfendem Herzen.

Er schreibt, hört auf, tut gar nichts, dann schreibt er wieder.
Und hört wieder auf. So geht das ein paar Minuten lang, bis ich
es nicht länger aushalte.

Sadia: Es geht um die Verlobungsfeier

Endlich antwortet er: Ich komme nicht zur Verlobung

War ja klar. Er ist ein zu großer Feigling, um sich zu stellen. Trotzdem macht mich seine Nachricht aus irgendeinem
Grund sauer. Sie klingt so – gefühllos. Meine zwar auch, aber
bei mir ist es aus Absicht. Vielleicht bei ihm auch. Keine Ahnung. Was ist eigentlich sein Problem?

Sadia: Wieso?

Ibrahim: Ich will nicht, dass es unangenehm für dich wird

Sadia: Ich glaube, ich kann ganz gut für mich selbst bestimmten, was mir unangenehm ist und was nicht

Was denkt er sich eigentlich? Was macht er gerade? Wo ist er? Kann ich ihn fragen, ob er mir ein Bild von sich schicken kann, damit ich eine Bestätigung habe, dass es ihm wirklich gut geht? Kann ich ihn durch den Bildschirm hindurch durchschütteln und anschreien wegen allem, was geschehen ist?

Sadia: Du solltest kommen. Es ist deine Familie, nicht meine

Ibrahim: Aber es ist euer Restaurant

Sadia: Ja, ich weiß

Sadia: Deswegen komme ich ja auch

Ibrahim: Auch wenn ich da bin?

Sadia: Tut mir leid, wenn es dich überrascht, aber für manche Leute geht das Leben weiter, egal wo du bist

Kaum, dass ich die Nachricht abgeschickt habe, bereue ich sie schon. Gerade noch habe ich mich über seine Gefühlskälte beschwert, und jetzt bin ich nicht ansatzweise besser.

Ibrahim: Ich weiß. Habe ich nie behauptet oder verlangt

Ibrahim: Okay

Ibrahim: Ich werde dich auch nicht ansprechen oder sonst wie nah kommen

Würde ich nicht gerade im Auto mit meinem Vater und Bruder sitzen, würde ich fast auflachen.

Wieso?, frage ich ihn. Wieso willst du mich vermeiden? Wieso bist du wieder da? Wieso bist du erst jetzt wieder da?

Ibrahim: Um dich nicht zu nerven

Und wenn ich genau das will? Einen Moment lang schließe ich die Augen und wähne mich in diesen Erinnerungen, die gerade hochkochen. Sein Gesicht, seine Berührungen, seine Worte, das Gefühl, wenn ich mit den Fingern über seinen kurz rasierten Kopf gefahren bin. Es tut weh, so unfassbar weh, dass mir die Luft wegbleibt, wenn ich daran zurückdenke, was wir einmal hatten und jetzt nicht mehr.

Als ich die Lider wieder hebe, ist eine neue Nachricht von ihm eingetroffen.

Ibrahim: Wie geht es dir?

Zur Antwort sperre ich mein Handy und werfe es in meine Handtasche. Nope. Nicht heute, nicht jetzt.

30. Kapitel

Ibrahim

Ein Punkt. Sie hat einen Scheißpunkt geschickt und ihn dann gelöscht.

Ich kann dich anhand deiner Zeichensetzung lesen, habe ich ihr mal gesagt, und dieser Punkt war nichts als reine Provokation. Dann hat sie es sich doch anders überlegt und die Nachricht gelöscht. Sadia, glaubst du, ich bin ein Clown?

Sadia, glaubst du, ich versteh's nicht?

Sadia, glaubst du, ich bin nicht nervös?

Ich will kotzen, so nervös bin ich. Ich hyperanalysiere jede Nachricht zwischen uns, bleibe die Nächte wach, weil ich an nichts anderes denken kann. In den folgenden Tagen muss ich mich zusammenreißen, um nicht noch mehr Nachrichten zu schicken. Sie hat keinen Bock auf mich. Sie will, dass ich sie in Ruhe lasse, sie ist sauer, so verdammt sauer.

Und das ist okay. Das ist vollkommen okay.

Ich brauche Abstand von dir.

Immer noch, Sadia? Für immer?

Ich liege in Aslans WG im Wohnzimmer auf dem Boden und stelle mir eine Version meines zukünftigen Ichs vor, das längst über sie hinweg ist und sein bestes Leben lebt.

Ich hasse diese Version. Sie macht mich misstrauisch und unbequem.

Aber die Version der Gegenwart, die gerade die Decke anstarrt, auf der seit einer halben Stunde regungslos eine Fliege
hockt, ist mir auch nicht geheuer.

Seufzend drehe ich meinen Körper wie eine Raupe und
presse meine Stirn auf den kühlen Boden. Um den Gedanken
Einhalt zu bieten, hebe ich meinen Kopf und schlage die Stirn
sachte gegen die Fläche. Mehrmals hintereinander. »Au. Au.
Au.«

»Du weißt schon«, fragt Aslan seelenruhig vom Sofa aus.
»Dass ich auch noch hier bin, oder?«

Ah ja. Da war ja was.

Mein Freund sitzt vor dem Couchtisch, tausend Unibücher
vor sich. Als ich aufgetaucht bin, hat er nur einen Blick in meine Richtung gebraucht, um zu sehen, in welcher Laune ich bin.
»Nicht jetzt«, hat er mein Klagelied unterbrochen und seine
Kopfhörer gesucht. »Ich lieb dich, Bruder, aber nicht jetzt.«

Seit mir Sadia geschrieben hat, labere ich ihn mit meinen
Gedanken zu. Es sind höchstwahrscheinlich die Medikamente,
die mich so gesprächig machen. Es sind *definitiv* die Medikamente, anders kann ich mir das Herzausschütten nicht erklären. Und vielleicht schwingt auch ein wenig Verdrängung mit:
Entweder ich zerbreche mir den Kopf wegen Sadia. Oder ich
zerbreche mir den Kopf damit, mir vorzustellen, wie das Zusammentreffen mit Tariq sein wird.

Nur mehr zwei Wochen, bis die Verlobungsfeier stattfindet,
und meine Brüder, sowohl der älteste als auch Nuh, haben beschlossen auf den letzten Drücker zu kommen. Als würden sie
es nicht eine Sekunde länger im lachsfarbenen Haus aushalten.
Bei Tariq verstehe ich es – wahrscheinlich hat er auch maximal
keinen Bock, meine Fresse zu sehen, aber warum sich Nuh so
beschäftigt gibt, weiß ich nicht. Als ich ihm erzählt habe, dass
ich wieder bei meinen Eltern war, mich mehr oder weniger
vertragen habe, schien er seltsam erleichtert.

»Hab dir doch gesagt, dass alles gut wird«, sagte er bei unserem letzten Videocall. Er saß an seinem Schreibtisch, die lockigen Haare wieder kurz geschnitten, sodass seine ganzen Muttermale am Nacken zu sehen waren. In einem Hoodie und mit Hornbrille saß er in der Dunkelheit seines mit Büchern, Modellen und Plastikfiguren vollgestopften Zimmers, eine verschlafene Miene im Gesicht.

»Aber Baba redet nicht mit mir.«

Nuh zog seine Beine auf seinen Drehstuhl hoch und stützte die Arme an den Knien ab. »Gar nicht? Oder nur auf seine typische Art?«

»Nur so höflich, als wäre ich ein Gast.«

Er verzog das Gesicht. »Er ist wie ein Kind manchmal.«

Das brachte mich zum Grübeln. »Er erinnert mich an die alten Leute aus dem Pflegeheim. Die waren auch an manchen Tagen passiv-aggressiv drauf, haben sich geweigert, einfach zu sagen, was sie wollten.« Dann haben sie einen entweder ignoriert oder aber Kritik geübt, die nichts mit ihren eigentlichen Problemen zu tun hatte. Manchmal waren sie schlecht gelaunt, weil sie Hunger hatten oder ihnen etwas wehtat, dann beschwerten sie sich bei ihren Mitbewohnern, dass sie zu laut seien, oder wurden sauer, weil man kurz innehielt, statt zu arbeiten.

Das, was sie störte, war aber nicht nur ein Hungergefühl oder ein lokalisierbarer Schmerz. Es war vielmehr ein allgemeiner Frust auf die Welt oder eine allumfassende Wehmut. Aber sie wussten nicht, wie man solche Gefühle ausdrückt, geschweige denn verarbeitet, also haben sie sich aufgeführt wie eben Kinder.

Seit ich mich mit dem Thema ADHS auseinandersetze, frage ich mich, wie viele dieser Menschen eigentlich nie diagnostiziert wurden. Nicht nur darauf, sondern zu allem Möglichen. Wie viele von ihnen hatten gelernt, ihre Symptome als Kinder zu unterdrücken, sodass es jetzt alles im hohen Alter herausbricht? Ich frage mich, ob man auch ihnen ihre Worte verweigert hat und sie deswegen nicht erfahren haben, welche Sprache ihre ist.

Ich frage mich, ob das alles auch auf meinen Vater zutrifft.

»Typ ignoriert mich einfach«, reißt mich Aslan aus der Erinnerung heraus. »Nervt mich die ganze Zeit mit seinem Scheiß und dann ignoriert er mich.«

Ich liege noch immer mit der Stirn an den Boden gepresst. Mit einer fließenden Bewegung drehe ich mich auf den Rücken und hebe den Kopf. Von meiner Position neben dem Couchtisch sehe ich gerade mal das Gesicht meines Freundes.

»Darf ich wieder reden?«, frage ich scheinheilig.

Er verdreht die Augen. »Ja, du darfst jetzt wieder reden.« Er lehnt sich zurück und streckt gähnend seine Arme in die Luft. »Außer du laberst von den Grimassen deiner Ex, ich schwör dir, das hält niemand länger als fünf Minuten aus.«

Ich blinzle irritiert. »Ich mag ihre Grimassen halt«, erwidere ich leicht defensiv. *Und hör auf, sie meine Ex zu nennen.*

Jetzt wo er mich daran erinnert hat, warum ich eigentlich am Boden liege – metaphorisch und körperlich –, erscheinen mir tatsächlich wieder Sadias Grimassen vor dem inneren Auge und ich seufze. Ich seufze nicht oft, aber wenn es um Sadia geht, kann ich nur ständig seufzen. Ich denke an ihre Anrufe auf meinem Handy und diesen beschissenen Punkt. An alles, was mit ihr zu tun hat, wirklich.

In letzter Zeit fallen mir verdammt viele Details ihres Verhaltens ein, die ich beinahe vergessen hätte. Weil sie immer in Bewegung ist und ständig einen neuen Gesichtsausdruck zur Schau trägt, vergisst man manchmal die Momente, in denen sie auch mal stillhält. Wenn sie zum Beispiel eine Kostprobe ihres Essens macht. Dann hält sie die Hand hoch, als würde sie einen zum Schweigen bringen wollen, blickt unfassbar ernst drein und schiebt den Löffel oder die Gabel langsam in ihren

Mund. Während sie kaut oder schluckt, kann man bei Gott nicht sagen, wie sie es findet. Dann, mit einem Mal kehren die Bewegungen zurück, sie schmeißt den Löffel fort, streicht sich die Haare aus dem Gesicht, runzelt die Stirn oder lächelt oder macht beides. Und murmelt vor sich hin: »zu wenig« oder »bisschen mehr« oder »mhm«, bevor sie die Gewürzkommode aufreißt. Kein Plan, was *zu wenig*, oder was *bisschen mehr* oder ob das *mhm* was Positives ausdrückt, aber ich könnte mein Leben lang dabei zuhören, wie sie diese Laute von sich gibt.

Sadia, denke ich mir. *Ich vermiss deine »mhms«.*

Aslan wirft ein Kissen nach mir. Es landet auf meinem Gesicht und ich blicke völliger Dunkelheit entgegen. »Danke«, murmle ich.

»Gerne.«

Ich höre, wie er aufsteht und Richtung Küche geht, um den Wasserkocher aufzufüllen. »Hast du Hunger?«, fragt er.

Missmutig schiebe ich das Kissen weg.

Ob ich Hunger habe? *Ich?* Nee.

Aber mein Herz schon.

Würde ich mit Sadia noch Kontakt haben, würde ich ihr genau das schreiben und dann noch ein heulendes Emoji dransetzen. Sie würde angewidert reagieren und ich würde immer kitschigere Anmachsprüche suchen, bis sie ausrastet.

Ich hab's geliebt, wenn sie leidenschaftlich wurde. Ich hab's geliebt, wenn sie mich mit glühenden Augen ansah. Ich hab's geliebt, wenn wir in ihrem Bett saßen und über Gott und die Welt redeten und sie es sich immer bequemer machte, ihr Oberteil manchmal verrutschte und mein Blick an ihrer nackten Haut hängen blieb. Bis sie es bemerkte und zu mir krabbelte, sich auf meinen Schoß setze, ihre Hände an meinen Wangen legte und meinen Blick hob.

»Da sind meine Augen«, hat sie geflüstert und mich dann geküsst.

422

Ich will meine Haut aufkratzen und zurück in die Version meines Körpers, der diesen Moment durchlebt hat. Nur um mir dann selbst eine Ohrfeige zu verpassen, bevor ich alles vermassle.

»Hey, Mann!« Aslan steht jetzt über mir und schaut beleidigt auf mich herunter. »Kannst du antworten? Was behandelst du mich wieder wie eine Nebenfigur, du Scheißer?«

»Ich vermisse sie«, ist das Einzige, was ich dazu zu sagen habe.

»Ja, ich weiß. Aber weißt du, was ich immer noch nicht weiß?« Er wirft seine Hände in die Luft. »Ob du Hunger hast, Junge!«

Ergeben setze ich mich auf. »Wenn ich irgendwann ein Buch schreibe, erwähne ich dich nicht in meiner Dankesrede«, sage ich.

Er hält mir seine Hand hin, und ich ergreife sie, um mich hochziehen zu lassen. »Labert über Dankesreden und hat ein Loch im Shirt.«

Ich zupfe an dem Loch am Saum meines Shirts. Arschloch.

»Was gibt's zu essen?«, frage ich.

»Was immer du für uns machst.«

Klar. Seit Aslan weiß, dass ich mich in der Küche auskenne, kocht er gar nichts mehr. Aber ich übernehme es gern, weil ich sonst nicht weiß, wie ich mich bei ihm für all das hier bedanken soll. Dass er auch nach dem Ghosting und dem ständigen Wegschubsen sofort eingewilligt hat, mich bei sich wohnen zu lassen, werde ich nie verstehen. Er wollte nicht mal Miete, aber da hat es für mich mit der Gutgläubigkeit aufgehört. Nur weiß ich nicht, wie es danach weitergehen soll. Ich habe das Zimmer, in dem ich aktuell wohne, beziehen können, weil sein dritter Mitbewohner im Ausland ist. Wenn er im Sommer wieder zurück ist, brauche ich eine neue Bleibe.

Zurück zu meinen Eltern werde ich sicher nicht mehr gehen, das steht fest. Denn all der Mist mit den Blumen, den Arwa von sich gegeben hat, stimmt irgendwie halt schon. Und sosehr ich meine Familie liebe, viel blühen werde ich im lachsfarbenen Haus nicht.

Aslan folgt mir in die Küche zum Kühlschrank. Ich reiße die Tür auf, um die Lage zu checken. Einen Moment lang starren wir wortlos den Käseblock, das Sucuk und die Eier drinnen an. Dann nehme ich alles raus.

»Ich mach uns Eier mit Sucuk.«

»Lieben wir«, sagt er begeistert.

Ich hole eine Schüssel aus dem Hängeschrank, um die Eier darin aufzuschlagen und mit Salz, Pfeffer und Chili zu verrühren. »Hättest du aber auch selbst machen können, ist nicht so schwer.«

»Alles schmeckt besser, wenn andere es für einen machen.«

Ich denke an Sadia und bin sofort wieder deprimiert.

Aslan bemerkt die Stimmungsschwankung sofort. »Dein Ernst?«

»Hätte ich mich vorher bei ihr melden sollen?«, ignoriere ich seinen Kommentar. »Schon als ich zurückgekommen bin?«

Statt wieder genervt zu reagieren, zögert er diesmal und scheint einen Moment ernsthaft zu überlegen. »Keine Ahnung«, sagt er schließlich. »Ich war noch nie in so einer Position.«

Wie seltsam wehmütig er dabei klingt. »Aber einer von euch hätte immer den ersten Schritt machen müssen, oder? Dann war sie es halt. Macht am Ende keinen Unterschied. Geht doch viel mehr darum, was dabei rauskommt.«

Und was genau ist dabei nun rausgekommen? Ein gelöschter Punkt.

Als die Pfanne aufgewärmt ist, füge ich erst die Wurst und nach etwa einer Minute die Eier hinzu. Während sich der deftige Geruch von Fett, Knoblauch und gebratenem Fleisch in der Küche ausbreitet, lehne ich mich am Tresen zurück, wobei ich immer wieder mal das Ei an den Rand der Pfanne gleiten lasse und zurückschiebe, damit es von allen Seiten gut durch ist.

Ich betrachte den Raum um uns, während sich Aslan um den Tee kümmert. Der Keramikkoch steht mittlerweile hier und nicht mehr in meinem ehemaligen Zimmer im Haus meiner Eltern. Er hat schon mehr von Wien gesehen als manche Bewohner hier.

Nach meiner ersten Nacht bei meiner Familie habe ich das Haus zum ersten Mal so gut wie leer erlebt. Alle waren weg: Maya ging zu ihrem Praktikum, Uzair in die Schule und Baba zur Arbeit. Nur Ma saß im Wohnzimmer und hat Quran gelesen, als ich spät am Morgen reinkam. Durch das Gespräch mit Maya konnte ich endlich schlafen, weil die Erschöpfung so groß war, und ich fühlte mich am nächsten Tag seltsam geerdet. Bis die Stille im Haus anfing, meine Haare an den Armen aufzustellen. Ein Gespensterhaus voller Gespensterräume, an jeder Ecke die Kindheit, die ich nie vergesse.

Meine Mutter winkte mich zu sich, während sie weiterhin stumm mit ihren Lippen die arabischen Worte formte. Ich setzte mich und sie pustete mir ins Gesicht, ein Zeichen des Segens. Meine Mundwinkel zuckten. Weil sich alles verändern konnte, nur das hier nicht: meine Mutter, die sich ständig um unsere Sicherheit sorgt.

Sie klappte das Buch zu und legte es zur Seite auf ein Tuch, damit es keine alltäglichen Oberflächen berührte. Dann fuhr sie mir über meinen Buzzcut und ich zwang mich, nicht zurückzuzucken. Ihr Blick blieb auf meinem Goethe-Zitat am Arm hängen und sie verzog das Gesicht. Das einzige Mal, dass meine Mutter mich jemals angeschwiegen hat, war, nachdem ich mir mein erstes Tattoo habe stechen lassen. Danach hat sie eine Woche lang kein Wort mit mir geredet, war wirklich sauer gewesen. Aber bei den späteren Tattoos war ihr das auch wieder egal geworden. Auch diesmal behielt sie ihre Meinung für sich.

Ich betrachte ihr gealtert wirkendes Gesicht, das Muttermal über ihren Lippen, die paar Härchen, die unter ihrem lose auf den Kopf gelegten Dupatta hervorblitzen. In dem Moment empfand ich so eine heftige Zuneigung für sie wie lange nicht mehr.

Mir wurde bewusst, dass meine Mutter diese Stille, diese Gespenster im Haus schon gekannt hat, bevor ich weggegangen bin – schon damals waren wir alle morgens nicht mehr hier und sie blieb als Einzige zurück. Wie hielt sie das aus? Ich nahm ihre Hand in meine und legte unsere verschränkten Finger an meine Brust über meinem Herzen. Das habe ich als Kind manchmal gemacht, meistens, wenn wir in der Bücherei waren und sie mir etwas vorlas, keine Ahnung wieso. Als müsste ich ihr versichern, dass ich wirklich existiere. *Hörst du meinen Herzschlag?*, fragte ich stumm. Ihre Augen begannen zu glänzen, und sie lächelte. *Immer, meri jaan.*

Wir saßen noch eine ganze Weile so da, bevor es klingelte und Afia Aunty vor der Tür stand. Ich verabschiedete mich, nachdem ich sicher war, dass meine Mutter nicht mehr allein sein würde, wobei es ziemlich hart war, ihr zu erklären, dass ich nicht vorhabe, wieder einzuziehen. Aber seitdem rufe ich sie jeden Morgen an, wenn ich nicht gleich vorbeikomme.

»Ich glaub, das ist fertig«, sagt Aslan und nimmt die Pfanne vom Herd. Er sieht mich leicht amüsiert und gleichzeitig frustriert an. »Wach auf, Mann. Bleib im Jetzt. Was passiert ist, ist passiert. Du kannst nur schauen, wie es weitergeht.«

Es ist eine der tiefsinnigsten Sachen, die mein Freund jemals von sich gegeben hat. Er ruiniert den Moment allerdings gleich darauf, als er versucht, das Ei zu wenden. Es klatscht mit einem unspektakulären Laut auf den Boden.

Wir starren beide auf den gelben Fleck hinunter.

Ich räuspere mich. »Was passiert ist, ist passiert«, sage ich und hole mehr Eier aus dem Karton.

Die zwei Wochen bis zur Verlobung fühlen sich wie ein Sprung an, die Tage dazwischen fächern sich zusammen, bis sie nicht mehr voneinander zu unterscheiden sind. Ich weiß noch immer nicht, was mich mehr stresst: auf Tariq zu treffen oder auf Sadia. Beides macht mich gleich nervös, scheißnervös, ich-will-weglaufen-nervös.

Ich laufe aber nicht weg. Ich nehme brav meine Medikamente, lege mich zu sinnvollen Zeiten ins Bett, habe meine Therapiestunden mit Stella über Zoom und nähere mich jeden Tag meiner Familie an. Dann sind da die nächtlichen Gespräche mit Maya auf der Bank, manchmal gesellt sich Arwa dazu, manchmal Uzair, die Videocalls mit Nuh und Zayn, höfliche Floskeln von meinem Vater und Brettspielabende mit Aslan und unseren alten, seinen neuen Freunden. Und zwischendrin kellnere ich in einem Wiener Kaffeehaus, weil ich die Art von Klischee bin, die hinter der Bartheke Gedanken auf Servietten kritzelt.

Plötzlich, grundlos wirklich, sind wir am Vorabend der Verlobung und ich kann wieder mal nicht schlafen.

Meine Mutter hat für meine Brüder und mich einheitliche Sherwanis besorgt, damit man erkennt, dass wir zusammengehören. Jetzt hängt das cremeweiße Kleidungsstück an der Tür von meinem Ex-Zimmer, in dem ich heute wieder liege, und Mondlicht bescheint die goldenen Knöpfe.

Ich wälze mich hin und her, presse die Augen zu und reiße sie wieder auf. Wie kann das die Realität sein? Wie kann das ganze letzte Jahr Realität sein? Ich weiß immer noch nicht, wo ich bin. Hier, in meinem Zimmer? In Frankfurt in der Dönerbude? In Stellas Therapieraum? In Aslans WG? Auf der Straße, während ein Lastwagen auf mich zurast?

Mit rasendem Herzen setze ich mich auf. *Das hast du getan. Du hast das fast getan. Du kannst dir nicht vertrauen. Du bist hier, aber du bist auch dort. Wie lang hältst du diese Routine durch? Wie lang, bis du wieder ausbrechen willst? Wie lang, bis die Hässlichkeit wieder hervorkommt?*

Sie sind doch alle besser dran ohne mich.

Stella sagt, wenn solche Gedanken aufkommen, tue ich mir selbst den größten Gefallen, wenn ich aufstehe und als Allererstes die Küche ansteuere. Anscheinend hat mein Körper dank Sadia Kochen als Verarbeitungsmechanismus akzeptiert, weil es mir damit hilft, etwas zu tun, was nichts mit meiner Zukunft zu tun hat, sondern nur mit dem Jetzt. Und *jetzt* brauche ich Ablenkung.

Ich ziehe mir einen Sweater über und gehe auf Zehenspitzen raus, um keine Geräusche zu verursachen. Ich weiß immer noch, an welchen Stellen der Dielenboden knarrt, weiche ihnen geschickt aus, bis ich die Treppe erreiche.

In dem Moment öffnet sich die Haustür und ich verharre auf der obersten Stufe. Es ist fünf Uhr am Morgen und mein erster Gedanke ist »Einbrecher!«, was in dieser Gegend absolut absurd ist. Vielleicht sind es die ganzen Gespenster?

Dann erkenne ich die Gestalt, die gerade eintritt.

Nuh.

Er schleicht sich mit einem schweren Rucksack ins Haus, so leise, als würde er niemanden über seine Ankunft alarmieren wollen. In der Dunkelheit kann ich kaum was ausmachen, aber seine lockigen Haare erkenne ich. Seine schlaksigen Arme und Beine.

Ich beobachte, wie er so vorsichtig wie möglich seine Stiefel auszieht und dann die Träger seiner Tasche über seine Schulter zieht. Dann bleibt er einfach stehen und sieht sich um.

Nuh, der Zweiälteste, der durch Maya von seiner Position gedrängt wurde und vielmehr irgendwo in der Mitte liegt. Der

Bruder, über den wir uns als Kinder am meisten lustig gemacht haben, den wir manchmal absichtlich nicht einluden, weil wir keinen Bock darauf hatten, dass er unsere so viel cooleren Freunde mit seinem Nerdgelaber langweilte. Nuh, der sich irgendwann nur mehr Noah nannte, weil er sich am wenigsten mit seinen Wurzeln identifizieren konnte. Ich habe ihn nie gefragt, wie es für ihn in der Schule war. Hatte er Lehrer wie ich oder wie Tariq, der immer noch von seiner Deutschlehrerin schwärmt?

Und was soll ich ihm nach all der Zeit sagen, wenn wir uns endlich gegenüberstehen?

»Hat sich nichts verändert«, sind meine ersten Worte.

Augenblicklich zuckt er zusammen und sein Kopf schnellt herum. Ich steige die restlichen Stufen hinunter und bleibe vor ihm stehen. Durch das Haustürfenster scheint blasses Morgenlicht herein, ich sehe die Müdigkeit auf seinem Gesicht. Er trägt ein E.T.-Shirt unter einer Fleecejacke und klobige Boots.

»Hey«, sagte er, als er seine Sprache wiederfindet. »Lang nicht mehr gesehen.«

Ich stecke meine Hände in die Taschen meiner Jogginghose und lehne mich mit dem Rücken etwas zurück. Ich wirke ruhig, bin es aber nicht. In Wirklichkeit kann ich ihm kaum in die Augen sehen. Plötzlich wallt Scham in mir auf. Ich krümme meine Schultern etwas und schaue auf meine nackten Füße hinunter. Sekundenlang sagt keiner von uns beiden was.

Ich glaube, er wollte erst mal ankommen, bevor er sich mit irgendwem aus der Familie auseinandersetzt. Ich bereue, mich sichtbar gemacht zu haben, aber anders hätte ich es auch nicht ausgehalten. Jetzt, wo ich vor ihm stehe, spüre ich wieder, wie krass ich ihn eigentlich vermisst habe.

Ich will ihn fragen, warum er all die Monate von zu Hause weggeblieben ist, aber trau mich nicht. Warte, dass er zuerst zu reden anfängt. Unterdrücke die Katastrophengedanken in meinem Kopf, die mich weglaufen lassen wollen. Auch die Stimme, die sagt: *Sag ihm, dass du zur Therapie gehst! Sag ihm, dass du Medikamente nimmst! Sag ihm, dass alles besser wird! Vielleicht glaubst du es dann selbst.*

Ein Kloß in meinem Hals.

Scheiße. Nuh. Das ist Nuh vor mir.

Eine Faust erscheint vor meinem Gesicht. Ich habe den Kopf immer noch gesenkt, um ihn nicht ansehen zu müssen. Mit gerunzelter Stirn hebe ich den Blick. Mein Bruder zieht erwartungsvoll die Augen hoch.

»Guck mal«, sagt er und ich schaue wieder auf seine Faust runter. Er dreht sie um und offenbart mir die winzigste Plastikfigur, die ich jemals gesehen habe. Es ist ein Haifisch.

Entgegen aller Hoffnung zucken meine Mundwinkel. Ich greife nach der Figur und sehe meinen Bruder an.

»Ich hab nichts für dich«, gestehe ich.

Er fährt sich durch seine Haare und lächelt schwach. »Du bist hier, oder?«, sagt er.

Und dann umarmen wir uns. Einfach so. Länger, als wir brauchen, länger, als Männer wahrscheinlich tun sollten.

Ich merke, wie sich Dinge in mir zusammensetzen, von denen ich nicht wusste, dass sie heilbar sind.

Stunden später herrscht Chaos im Haus. Fast die gesamte Sippschaft ist hier und es ist so laut wie auf einem Rummelplatz, ein Kontrastprogramm zur Stille der letzten Wochen.

Das Highlight des Tages ist weniger die Verlobung als Shrutis und Zayns Tochter, Meera, deren Geburt ich noch in Frankfurt miterlebt habe, eine Erfahrung, die ich nie vergessen werde. Ich weiß nicht, ob mich Meera wiedererkennt, aber als sie sich mit ihrem kleinen Kopf an mich schmiegt, fühlt es sich fast so an, als hätte ich im Leben gewonnen.

Tariqs Flug landet jeden Moment und ich merke wieder, wie die Nervosität steigt. Irgendwann sperre ich mich im Badezimmer ein und versuche runterzukommen. Wir haben uns umgezogen, der gold-weiße Sherwani passt mir perfekt, fühlt sich aber trotzdem fremd an. Es ist lange her, seit ich pakistanische Kleidung getragen habe. Oder weiße Kleidung.

Ich habe mir meine Piercings für meine Mutter abgenommen und fühle mich seltsam jung und nackt. Im Spiegel versuche ich die Veränderungen der letzten Monate zu erkennen, aber ich sehe nichts außer der steigenden Panik. Was wäre schlimmer? Mit Tariq konfrontiert zu werden oder Sadia wiederzusehen?

Irgendwer hämmert gegen die Tür. Ich verlasse das Bad und mein jüngster Cousin Rizwan flitzt an mir vorbei nach drinnen.

»Kannst du nicht warten?«, murre ich.

Zayn kommt gerade mit einem Schnuller in seiner Hand die Treppen runter. Er wirkt müde, aber nicht unglücklich. Auch er trägt den gleichen Sherwani wie ich.

»Hey«, rufe ich ihm zu. »Ich wollt noch mit dir reden.«

Wir treten aus dem Haus zu der Bank, Zayn fragt mich nach einer Zigarette, ich hole eine Packung hervor und wir rauchen. Das macht Zayn seit der Geburt von Meera wieder und es scheint ihn fertigzumachen. »Alles, was man macht, könnte am Ende das Kind traumatisieren«, sagt er. »Ich will wirklich nichts falsch machen. Wirklich nichts.«

»Du machst nichts falsch.«

»Woher willst du das wissen?«

»Weil das Wichtigste, was Eltern machen können, ist, sich zu entschuldigen.«

Das bringt ihn lange zum Schweigen und wir starren auf das Weizenfeld hinaus. Ich denke in letzter Zeit oft darüber nach, was es für mich als Kind gebraucht hätte. Erst mal, dass man früher eine Diagnose gestellt hätte, schätze ich. Und dass man meine Symptome nicht mit meiner Herkunft verwechselt.

431

Dass man mich wie einen Menschen behandelt und respektiert. Das wäre mir alles wichtig gewesen und es ist verdammt traurig, weil: Wie kommt's, dass das nicht normal ist?

»Das wird schon«, versuche ich Zayn zu beruhigen. Weil er schon mal die wichtigsten Voraussetzungen erfüllt. »Ihr beiden kriegt das hin.«

Zayns Vater tritt aus dem Haus, entdeckt uns, gibt eine Rede über schlechte Angewohnheiten von sich und konfisziert meine Zigaretten und das Feuerzeug, bevor er uns ins Haus scheucht. Er selbst aber bleibt draußen, natürlich um zu rauchen, und ist damit das perfekte Sinnbild für die sadeemsche Heuchlerkunst.

»Ich wollt noch mit dir reden«, sage ich zu Zayn, während wir ins Wohnzimmer gehen. »Wegen der Therapiestunden. Ich kann vielleicht demnächst mal anfangen, dir was zurückzuzahlen?«

Er meidet meinen Blick. »Ich hab dir doch gesagt, ich will davon nichts hören.«

»Ist mir egal. Ich will es dir trotzdem zurückgeben.« Keine Diskussion darüber für mich.

»Abi«, seufzt er und blickt zu Shruti, die gemeinsam mit ihrer Freundin Papita und Arwas Tante Asma über Meeras Gesichtsausdrücke lacht.

»Wie viel kostet denn so 'ne Stunde?«, hake ich weiter nach. »Sag einfach.«

Er stützt seine Arme in die Hüften und sieht mich an. »Ich hab ihm versprochen, es nicht zu sagen, aber ich hab ihm auch genug Zeit gegeben, es selbst zu tun«, sagt er, aber zu wem, weiß ich selbst nicht.

Verwirrt runzle ich die Stirn. »Was?«

»Ich zahl dir gar nichts, Mann. Tariq übernimmt die Stunden.«

31. Kapitel

Sadia

Meine Mutter ist krank, aber ihre Prioritäten hat sie sortiert. Egal, dass ich offensichtlich mit meinen Nerven am Ende bin, Hauptsache, ihre Agenda kommt durch. »Ein bisschen mehr Make-up würde dir nicht schaden«, sagt sie und versucht einen tiefroten Lippenstift an meinen Mund zu pressen. »Jetzt hab dich nicht so, Sadia! Die Farbe lenkt dann von deinen Augenringen ab!«

Wir stehen im Gästeklo des Bulleh Shah vor dem riesigen Spiegel mit Goldrahmen. Die Wände sind altrosa und die Kabinen von dunklem Holz umgeben.

Bei der Gestaltung wollten wir passend zum Restaurantnamen und dem Menü das Thema »16. Jahrhundert Südasiens aus der Sicht der Adelsfamilien« durchziehen und ich bin ziemlich zufrieden mit dem Resultat. Auch wenn das Ganze einen orientalistischen Nachgeschmack hat. Aber genau das zieht europäische Kundschaft an, je stärker das Tausend-und-eine-Nacht-Flair herauskommt, umso attraktiver ein Lokal. Den Trick spielen selbst Geschäftsleute in Pakistan an Touristen aus, demnach bleiben die Gewissensbisse bei mir aus. Mehr als die Hälfte der Möbel stammt ohnehin von Ikea und vermittelt nur durch von uns selbst hinzugefügten kleinen Details den Eindruck eines Palastes. Goldene Handknäufe, Perserteppiche und überall aufgehängte Lampen, die aufgrund ihres Designs Schattenornamente auf die Wände malen. Flohmarktausbeute kombiniert mit Massenproduktion, alles mit einem überschaubaren Budget umgesetzt, jede Kleinigkeit bedachtsam ausgewählt und zusammengefügt. Die richtige Eröffnung ist erst in zwei Wochen, aber es sieht schon jetzt ziemlich perfekt aus.

Außer mir, denn ich bin absolut an meinen Grenzen.

Körperlich, mental – aber allen voran emotional.

Seufzend betrachte ich die tiefen Schatten unter meinen Augen. Vielleicht hat meine Mutter recht. Vielleicht hilft etwas Lippenstift, um weniger wie eine Leiche zu wirken.

Jetzt gerade schnäuzt sie sich die Nase und labert mich über die Gäste zu. Genau genommen zählt sie mir jeden unverheirateten Sohn in meiner Altersklasse auf, der heute anwesend sein wird. Und ich hatte mich schon gewundert, warum sie mir ins Klo gefolgt ist. Prinzipiell drängt sie mich nicht mehr, mich erneut auf eine Erfahrung wie jene mit den zwei potenziellen Schwiegerfamilien einzulassen. Aber eine Chance wie heute kommt halt auch nicht jeden Tag, und sie kann sich das nicht entgehen lassen.

»Nur für den Fall«, sagt sie und zupft an meinen Haaren.

»Ich hab dir gesagt …«, beginne ich.

»Nur für den Fall!«, wiederholt sie. »Ich mache nichts, aber vielleicht siehst du ja jemanden und … ja, es macht klick, weißt du?«

Ich unterdrücke ein Schnauben und lasse sie weitermachen. Sehen werde ich definitiv jemanden, aber ich weiß nicht, ob es klick machen wird. Vielmehr macht es dann bumm, weil mein Herz grundlos rast bei dem Gedanken an Ibrahim.

Ich habe mir so oft vorgestellt, wie es sein würde, wenn wir uns wieder gegenüberstehen. Bei all diesen Vorstellungen fließen Tränen, alles ist viel zu dramatisch und ich halte es gar nicht mehr aus, sondern laufe weg, wie damals auf der Donauinsel.

Nur hätten wir diesmal ein ganzes Publikum, um Zeuge meiner Verzweiflung zu werden, und allein bei dem Gedanken schaudere ich. Ich habe das Ganze nicht gut genug durchdacht. Ich hätte nicht kommen sollen.

»Was? Ist dir kalt?« Meine Mutter presst ihre Hand auf meine Stirn. »Du wirst jetzt aber nicht auch noch krank, oder?«, fragt sie mit ihrer von der verstopften Nase gedämpften Stimme. Sie hätte auch lieber zu Hause bleiben sollen. Meine ganze Familie hätte zu Hause bleiben und sich etwas Auszeit gönnen sollen, so überarbeitet, wie wir alle sind.

»Nein, aber komm ruhig näher ran, das wird sicher helfen«, sage ich und weiche mit dem Kopf von ihr zurück.

»Du fühlst dich auf jeden Fall nicht warm an«, ignoriert sie meine schnippische Bemerkung.

Genervt schubse ich ihre Hand weg. »Ich geh mal nachsehen, ob alles passt.«

»Und deine Haare?«

»Was ist mit denen?« Ich streiche sie mir an einer Seite hinters Ohr und betrachte mein Spiegelbild. Ich habe sie geglättet, was bei meinen ohnehin glatten Haaren kaum eine Wirkung zeigt. Aber der Gedanke zählt.

»Du könntest –«, beginnt meine Mutter.

»Nein.«

»Aber –«

»Nope.«

»Aber wenigstens der Lippenstift, Sadia!«

Ich trage heute wieder Weiß, eine kurze cremefarbene Kameez mit Hosen in derselben Farbe. Das Highlight dieses Outfits ist der riesige schwarze Schal, der voll mit goldenen Ornamenten bestickt ist. Ich lasse ihn so über eine Schulter fallen, dass er meinen rechten Arm bedeckt. So sieht man die Muster besser. All das kombiniert mit hochhackigen schwarzen Riemchensandalen und kleinen Goldohrringen schien mir festlich genug für heute. Dann hat mir Amanat ein Bild von sich in ihrem dunkelgrünen Lehenga geschickt, ergänzt mit goldenen Jhumkas, Armreifen und Maang Tikka. Sie sah tatsächlich wie ein Mitglied aus einer Adelsfamilie aus, was man von mir nun mal nicht behaupten kann.

»Es wird eh niemand auf mich schauen«, versuche ich sowohl mich als auch meine Mutter zu überzeugen. »Ich bin nicht die zukünftige Braut.«

»Noch nicht!«

»Und vielleicht sogar nie.« Ich tätschle ihr die Wange, bevor ich, ihr Nörgeln ignorierend, rausgehe.

Die Verlobungsfeier beginnt in etwas weniger als einer Stunde, aber ein paar Kleinigkeiten sind noch zu erledigen, deswegen ist der Gästebereich voller emsiger Helfer. Ich weiche einer jungen Frau aus, die ein Bouquet so groß wie ihr Kopf an mir vorbeiträgt, und zwei Kellnern, die eine Leiter Richtung Abstellkammer tragen. Neben den Blumengirlanden an den Wänden – auf Arwas Wunsch hin Rosen – und den Kerzen, die in kleinen Behältern inmitten von goldenen Platten auf den Tischen liegen, haben wir uns an etwas Kreativem probiert: mitternachtsblaue Stoffe, die von der Decke herunterhängen, und davor eine Reihe an Lichterketten, um den Nachthimmel zu spiegeln. Ich war mir nicht sicher, ob es funktionieren würde, und den Stoff aufzuhängen war echt kein Spaß, aber alles in allem sieht es richtig hübsch aus. Richtig Desi. Auf den Tischen liegen Golgappe-Shots, ein Willkommenssnack für die Gäste, und an dem Platz, an dem das Paar dann die Ringe austauschen soll, haben wir einen Rosenkranz aufgehängt. Inmitten des Kranzes stehen in goldener Schrift die Buchstaben A&T für Arwa und Tariq.

Ich kann mich nicht entscheiden, ob ich das alles unausstehlich süß oder einfach nur unausstehlich finde.

»Schon ein bisschen kitschig, oder?« Fawad, in Hemd und

schwarzer Hose, tritt neben mich. Für ihn sind seine Haare das wichtigste Accessoire und er stand heute eine ganze Stunde im Bad, um für diesen kuratiert Old-Hollywood-Look zu sorgen, den er jetzt in der Reflexion des Schaufensters neben uns noch mal überprüft.

»Ein bisschen«, erwidere ich und zwinge mich, von dem A&T wegzugucken.

Eine Erinnerung, die hochkommt. Vor etlichen Ewigkeiten saß ich einmal mit Ibrahim an der Donau auf einer dieser Treppen, an denen wir uns wiedergefunden hatten. Ich hatte das Kinn an seiner Schulter abgestützt, während er zwischen meinen Beinen eine Stufe unter mir saß und mir von toten Autoren erzählte, seine morbide Art des Dirty-Talks. Er hat dieses Tattoo auf seinem Nacken, den arabischen Buchstaben *Alif*, der mich schon immer fasziniert hat. Während der Wind uns dazu brachte, dichter aneinanderzurücken, fuhr ich mit dem Finger die Tintenlinien entlang. *Alif* ist der Buchstabe, mit dem sein Name beginnt, aber auch der erste Buchstabe im Alphabet. Mein Name wird mit *Seen* geschrieben, was ironisch ist, weil es sich wie das Wort Sehen auf Englisch anhört. Und gesehen zu werden, wirklich gesehen zu werden, das war doch am Ende des Tages alles, was ich mir jemals gewünscht habe. Und ich dachte, dass diese Sehnsucht nun erfüllt gewesen sei, und presste meine Lippen an seinen Hals, fragte an seiner Haut, ob er mein *Seen* neben seinen *Alif* hängen könnte, ob das nicht schön beieinander aussehen würde.

Ich habe nur einen Witz gemacht. So wie man eben Witze über Dinge macht, die einem das Herz mit Wärme füllen.

Er nahm meine Finger in seine Hand und küsste die Knöchel. »Machst du's dann auch?«, fragte er und drehte seinen Kopf zu mir.

Ich weiß nicht, wieso mir mein Lächeln dann verging. Ich weiß nicht, warum manchmal solche Witze zwischen uns so ernst werden konnten, nur weil wir uns dabei in die Augen sahen. Vielleicht, weil man nicht Witze über die Ewigkeit machen sollte? Und ein Tattoo ist eben nichts anderes als das Versprechen einer Ewigkeit. Ich bin ihm damals eine Antwort schuldig geblieben. Und jetzt haben wir uns seit über einem Jahr nicht mehr gesehen.

Alif und Seen. ألف und س

Es würde wirklich schön aussehen.

Ich beiße mir auf die Lippen und schüttle leicht den Kopf. *Reiß dich zusammen, Sadia.* Wenn ich schon bei der Deko sentimental werde, wie soll ich dann den Rest des Abends überstehen?

Fawad stupst mich an. Er ist manchmal wie eine Katze und spürt sofort, wenn sich meine Stimmung wandelt.

Ich pflastere ein Lächeln auf mein Gesicht und wuschle ihm durch seine durchgestylten Haare, um ihn abzulenken.

»Alter, Sadia!«

Hinter uns geht die Eingangstür auf. Mein Vater kommt herein, den Kopf über die Schulter gedreht, weil er mit irgendwem hinter sich redet.

Jemand, ich glaube meine Mutter, ruft meinen Namen, aber ich bin wie erstarrt.

Und dann macht's klick. Oder bumm. Beides. Klick und bumm. Klick in meinen Ohren, als würden alle Geräusche verstummen, bumm in meiner Brust, als würde mein Herz implodieren.

Nach allem, was ich erfahren habe, weiß ich nicht, wie sehr ich noch an Seelenverwandtschaft glauben darf, ob vom Schicksal bestimmte Beziehungen existieren, ob es einen überbordenden Plan des Universums gibt. Ob man eine gemeinsame Sprache erfinden kann oder ewig in Missverständnissen miteinander kämpfen muss.

Aber ich habe mal von dieser Theorie gelesen, dass man sich

ab irgendeinem Punkt im Leben so sehr mit einem Menschen vertraut macht, dass man seine Anwesenheit *spüren* kann. Vielleicht riecht man ihn, im Endeffekt sind wir ja auch nur eine Art von Tier, vielleicht stellen sich einem die Härchen auf der Haut auf, vielleicht sind da einfach diese Wellen, die man aufnimmt. Oder vielleicht ist man manchmal so darauf eingestellt, ihm zu begegnen, dass es gar nicht anders geht. Man weiß einfach, wenn es so weit ist.

Und ich dachte, wenn ich es weiß, würde ich umdrehen und weglaufen. Stattdessen mache ich genau das Gegenteil: Ich gehe auf ihn zu.

Ibrahim

Als es um die Frage ging, ob ich zu Hause auf Tariq warte oder schon mal zum Restaurant vorausgehen will, habe ich nicht eine Sekunde gezögert, mich für Letzteres zu entscheiden. Ich weiß nicht mehr, ob das die richtige Wahl war. Ich weiß nicht, ob überhaupt eine von ihnen richtig wäre.

Aber was ich erfahre, ist, dass man für manche Momente im Leben nie vorbereitet sein kann, egal, wie sehr man sich zuvor den Kopf darüber kaputt macht.

Es war Nuh, der angeboten hat, dass wir vor den anderen ins Restaurant gehen, weil es ohnehin nicht genug Platz in den Autos geben wird. Wir fuhren in unseren Sherwanis und Mänteln mit den Öffis, ganz casual und unbeeindruckt, nahmen einen Weg, der uns erst zum Asialaden führen würde. Spontan, vielleicht mit Absicht, vielleicht beides, auch wenn's keinen Sinn ergibt, habe ich meinen Bruder überredet, mit mir dem Asialaden einen Besuch abzustatten. Er liegt nur einige Straßen vom Bulleh Shah entfernt. Zufall oder Schicksal?

Ich war nicht mehr im Geschäft unserer Eltern, seit ich aus

Wien abgehauen bin. Seit der Sache mit dem Schlüssel, seit dieser Nacht, seit allem. Es hat sich auch hier nichts geändert. Fast habe ich damit gerechnet, leere Regale und kaputte Möbelstücke wiederzufinden, aber die Spuren von dem Einbruch waren lange beseitigt worden. Jetzt war alles wie immer. Derselbe quietschende Fußboden, dieselben gelben Wände, dieselben Gerüche. Nuh und ich starrten auf unsere Namen auf dem Tresen, fuhren mit den Fingern über die Erinnerungen. Es war so still, man hätte eine Nadel fallen hören können. Deswegen klang meine Stimme auch so laut wie ein Knall.

»Ich will nicht mein Leben lang hier arbeiten.«

Denn das war es, was immer zwischen mir und meinen Eltern mitgeschwungen hat. Sie erwarteten nichts mehr von mir, also trafen sie Entscheidungen für mich. Aber gefragt haben sie nie, was ich denn eigentlich wollte. Auch wenn ich keine Antwort gehabt hätte – ist das nicht normal mit zwanzig, einundzwanzig, zweiundzwanzig? Warum darf man in der Philosophie meiner Eltern niemals irren und sich umentscheiden? Warum sind sie immer so konsequent?

Mein Bruder schaute mich eine ganze Weile nicht an. Ich wappnete mich für das Schlimmste, weil, auch wenn es Nuh war, er immer noch Teil meiner Familie ist, und diese liebte es, mich in meine Schranken zu weisen.

Schließlich nickte er und sah auf. »Das musst du auch nicht.«

Und das war's. Für's Erste zumindest.

Wir blickten uns ein letztes Mal um, durchquerten die Gänge, suchten Snacks und Energydrinks, die überall versteckt lagen und ich schaute auf das Regal im Lagerraum. Der Aschenbecher war immer noch da und auch meine Zigaretten lagen unberührt an derselben Stelle. Wieso hat mein Vater die Sachen nie weggehauen?

Als wir eine halbe Stunde später rausgingen, begegnete uns ein hochgewachsener Mann in Hemd und Anzugshose vor dem Eingang und telefonierte. Überrascht legte er auf und begrüßte uns.

»Wer seid ihr denn?«, fragte er. »Ich dachte, der Laden ist heute zu?«

»Salam Aleikum.« Nuh hielt ihm seine Hand hin. »Er ist auch zu. Wir haben nur kurz was erledigt. Wir sind die Söhne des Inhabers.«

»Die Söhne!«, rief er plötzlich aufgeregt. »Schön, dass wir uns endlich mal kennenlernen!«

Er stellte sich als Geschäftsführer des Restaurants Bulleh Shah vor, und in dem Moment, in dem mir klar wurde, dass er Sadias Vater ist, ging's los: Eine Stoppuhr in meinem Kopf. Ihr Ticken begleitet mich den ganzen Weg über vom Asialaden bis zum Restaurant, und mit jeder Sekunde werde ich unruhiger.

Die vorbeirauschenden Autos auf der Straße werden plötzlich leiser, die Stimmen meiner Begleiter gedämpfter. Alles, was ich wahrnehme, ist nur diese Stoppuhr in meinem Kopf, viel zu klar, viel zu deutlich. Jeder Schritt ein Pulsieren, jeder Herzschlag ein Trommeln.

Das Bulleh Shah sieht von außen unscheinbar, fast exklusiv aus, verdunkelte Fensterscheiben, ein Schild in goldenen Lettern über dem Eingang. Drinnen erinnert es fast an einen Saal aus einem Mogulpalast. Tapeten mit Ornamenten, bestickte Kissen, das Gefühl, als würde hier immer Nacht herrschen.

Aber wen interessiert's? Wen interessieren die Scheißblumengirlanden und die übertriebenen Tischdecken und das duftende Essen? Wen interessieren die Lichterketten oder das riesige A&T an der Wand, wenn das Ticken beim Eintreten alles ist, was ich noch höre, und sich alle meine Organe gefühlt zusammenziehen? Wenn interessiert's, wenn ich weiß, dass sie hier ist?

Als ich sie sehe, geht ein Alarm in mir los. Nur für einen Moment. Weil danach die Zeit anhält.

Sie kommt näher. Unverändert und gleichzeitig eine ganz andere Person, ich kann's nicht beschreiben. Keiner von uns sagt was.

Ein ewiger Herzschlag zwischen uns. Wo sind die Scheinwerfer, warum dimmt niemand das Licht? Nur Musik. Musik gibt es. Bollywoodklassiker neu gecovert. *Wieso hat Gott dich eigentlich so wunderschön gemacht?*

Da ist also Sadia vor mir. Sadias lange Haare, Sadias dunkle Augen, Sadias offen stehende Lippen. Es ist ihr Blick, der mich entwaffnet. Ihre Augenbrauen ziehen sich zusammen, für einen Moment sieht sie aus, als würde sie losheulen, dann ändert sich ihre Miene, und ich sehe Wut und Erleichterung in einem. All das passiert so schnell, kaum jemand hat Zeit, zu reagieren. Als sie endlich aus ihrer Schockstarre erwacht, tritt sie noch einen Schritt näher. Und ich weiche zurück, aus Angst, sie zu berühren. Sie zu kontaminieren, wenn sie in diesem Weiß doch so unschuldig wirkt. Für den Bruchteil einer Sekunde huscht ein verletzter Ausdruck über ihre Züge und ich halt es nicht aus. Ich halt's einfach nicht aus. Mit einer gemurmelten Entschuldigung drehe ich um und stolpere wieder aus dem Restaurant.

Ich spüre mehrere Blicke in meinem Rücken brennen. Aber wen interessiert's?

32. Kapitel

Sadia

Ich war schon immer fasziniert von den Beschreibungen »vergessen zu atmen« oder »Atem rauben«, solche wie »Herz aussetzen« oder dieses »Stolpern in der Brust«. Das alles macht was mit mir. Biologisch allesamt unwahrscheinlich, aber trotzdem irgendwie poetisch, dass man manchmal meint zu vergessen, wie man das Herz oder die Lungen benutzen soll, nur weil man ein vertrautes Gesicht sieht.

Nichts davon traf auf mich zu, als ich ihn sah. Tatsache ist eigentlich, dass ich in jenem Moment so von Emotionen überwältigt war, dass ich das Atmen erst recht nicht vergessen konnte. Ich spürte Wärme auf meinen Wangen, ein beinahe schmerzhaftes Ziehen in der Brustgegend. Die Umgebung um mich herum hatte ich nicht vergessen – stattdessen ist sie mir regelrecht in die Augen gesprungen. Der mitternachtsblaue Möchtegernhimmel mit den Möchtegernsternen über uns, die rosafarbenen Chrysanthemen, die irgendein Mitarbeiter an uns vorbeitrug, seine dunklen Augen, sein scharf geschnittener Kiefer. Diese Augen, dieser Körper, dieses Wir in einem Raum.

Wie kann es sein, dass so viel Zeit hinter uns liegt? Wie kann es sein, dass er so unverändert und doch wie eine vollkommen neue Person aussieht? Wie kann überhaupt etwas sein, wenn man so viel fühlt, das man gar nicht sein mag?

Ich bin so sauer. Ich weiß nicht, auf wen genau, aber ich bin einfach sauer. Und trotzdem, während ich jetzt in der Küche auf und ab gehe, will ich nichts mehr, als einen Blick nach draußen riskieren.

Es ist eine halbe Stunde vergangen, seit er regelrecht vor mir geflohen ist, und mittlerweile höre ich deutlich mehr Gesprächsfetzen und Gelächter aus dem Gästebereich. Ich sollte hinausgehen und alle begrüßen, aber ich kann mich nicht dazu aufraffen, nicht, nachdem mein Vater und mein Bruder diese seltsame Interaktion zwischen mir und Ibrahim mitbekommen haben. Ich glaube, für Fawad ist heute einiges klar geworden über mein Verhalten des letzten Jahres.

Um nicht vollkommen die Nerven zu verlieren, versuche ich mir Arbeit zu suchen. Es beginnt damit, dass ich jedes dreckige Geschirr wasche, das ich auftreiben kann – was nicht viel ist, weil das meiste bereits in der Spülmaschine trocknet. Dann poliere ich noch mal die bereits polierten Gläser, schmeiße alle Fetzen in die Waschmaschine, staubsauge das Büro, weil warum auch nicht, und sortiere die Mappen und Dokumente, die auf dem Tisch liegen. Erst dann sucht mich meine Mutter und fragt, was ich hier treibe, warum ich nicht die Gäste begrüße.

»Gleich, ich muss nur noch das hier fertig machen ...« Bei »das hier« zeige ich auf unsichtbare Objekte in der Luft.

Glücklicherweise ruft jemand den Namen meiner Mutter. Ein warnender Blick in meine Richtung, dann lässt sie mich wieder allein.

Währenddessen öffne ich den Kühlschrank, um die wenigen Lebensmittel darin zu sortieren.

Was machst du hier, Sadia? In den Kühlschrank kriechen wollen, sieht man doch.

Ich schließe den Kühlschrank wieder – ein bisschen zu heftig – und blicke mich um. Was jetzt? Was jetzt, was jetzt, was jetzt?

Ich kann und will nicht rausgehen, ich kann nicht, aber will ihn noch mal sehen, ich kann nicht, ich will nicht, ich kann, ich will.

Ich weiß nicht was.

Also fange ich an, den neuen Herd sauber zu machen. Während ich ein bisschen zu aggressiv an einem kaum bemerkbaren Fleck rubble und mir vorstelle, damit auch die Erinnerungen an Büchereibesuche, arabische Buchstaben und Mitternachtsessen auszuradieren, erklingt plötzlich ein Räuspern hinter mir.

»Sadia …?«

Es ist Arwa. Ertappt lasse ich den Lappen in meiner Hand los und streiche mir die Haare aus dem Gesicht. Bei dem Anblick unseres Ehrengastes verschlägt es mir fast die Sprache.

»Wow.«

Sie sieht aus wie eine Fee. In dem weißsilbernen Lehenga könnte sie aber auch heute schon als Braut durchgehen. Verlegen streicht sie ihren voller Diamanten funkelnden Rock glatt, der ihr bis zu den Füßen reicht. Sie trägt keinen Schmuck und kaum Make-up, dafür aber Henna von den Händen bis zu ihren Ellbogen und, überraschenderweise, roten Lippenstift. In ihren Haaren, die sie offen gelassen hat, stecken winzige Sterne, die im Küchenlicht funkeln.

»Du siehst so krass aus«, sage ich.

Arwa verschränkt lose ihre Arme vor dem Bauch. »Ehrlich gesagt fühle ich mich gerade sehr unwohl. Das Oberteil juckt schon die ganze Zeit und ich kann kaum den Rock anheben, aber …« Sie schüttelt den Kopf, als ermahne sie sich. »Sorry, ich hab meiner Therapeutin versprochen, nicht mehr so auf Komplimente zu reagieren. Dank dir. Du siehst auch richtig hübsch aus.«

Oh ja, ich sehe wundervoll aus, gerade jetzt, wo ich die Haare provisorisch zu einem Knoten gebunden, die Ärmel hochgekrempelt und Schaumspuren an den Händen runtertropfen habe. Vielleicht hätte ich doch auf meine Mutter hören und den bescheuerten Lippenstift auftragen sollen. »Danke«, erwidere ich trotzdem.

»Ich hab draußen auf dich gewartet, alles okay hier?«

Diskret ziehe ich mit meiner sauberen Hand das Haargummi aus meinen Haaren und schüttle sie aus, um etwas weniger chaotisch auszusehen. »Äh. Ja. Ja, total. Alles super. Ich musste nur noch bisschen sauber machen.«

»Oh, okay.« Arwa betrachtet den sauberen Herd, den funkelnden Kühlschrank und den blitzblank polierten Tresen. »Meinst du, es wäre möglich, den Rest nach der Feier zu machen?«

»Ahm.« Ich spüre, wie es in meinem Magen rumort. »Also ich …«

Sie zieht ihre Augenbrauen zusammen. »Ist es wegen Ibrahim?«, fragt sie direkt heraus. »Fühlst du dich unwohl?«

Dieses Zurückweichen, als ich seinen Namen höre. Ich hasse es. Hilflos zucke ich mit den Schultern. »Es ist schon okay«, murmle ich. »Ich brauch nur etwas, um mich zu fassen, glaub ich.«

Aus irgendeinem Grund landet meine Hand an meiner Brust. Ich massiere die Stelle, die mir seit Monaten immer wieder wehtut, aber es ändert nichts an dem Schmerz. Ich fühle mich verunsichert von meiner eigenen Reaktion, weil ich dachte, dass ich besser gerüstet bin. Sonst hätte ich wohl kaum zugestimmt, heute dabei zu sein. Aber ich hab mich falsch eingeschätzt. Ich wusste, dass ich ihn vermisst habe. Doch wie sehr, wurde mir erst klar, als er vor mir stand. Und das macht mir Angst.

Arwa tritt etwas näher. »Kann ich irgendwas tun?«, fragt sie. »Irgendwas, das es einfacher macht?«

Seufzend lehne ich mich an den Herd zurück. »Nein … ich

bin nur … es ist so …« Und als wäre der Tag ohnehin nicht schon nervenraubend genug, beginnen plötzlich meine Augen zu prickeln.

»Hey.« Sofort landet Arwas Hand an meinen Arm. »Ich kann ihn wegschicken, wenn dir das lieber ist, okay? Oder wenn du gehen willst, dann versteh ich das auch total. Sag mir nur, was du brauchst.«

»Ich weiß es nicht«, flüstere ich. Den Kopf in den Nacken gelegt, versuche ich die Tränen wegzublinzeln. Als ich glaube, mich wieder eingekriegt zu haben, erwidere ich Arwas sorgenvollen Blick mit einem müden Lächeln. »Ich bin so eine Dramaqueen.«

»Bist du nicht.«

»Ein bisschen schon.«

»Fühlst du dich besser, wenn ich dir zustimme?«

Ich schnaube, aber Arwa bleibt ernst.

»Du musst dich nicht um mich kümmern. Du hast bestimmt tausend andere Dinge im Kopf.«

»Ja, aber du bist eines dieser Dinge.«

Bevor ich etwas darauf erwidern muss, geht die Küchentür auf und Amanat kommt herein. In echt sieht ihr Aufzug noch tausendmal beeindruckender aus und der Teil in mir, der nicht aufhören kann, über das Bulleh Shah nachzudenken, speichert gerade einen neuen Gedanken in meinem Ideenfach für das Restaurant. *Wie cool wäre es, wenn wir Bilder von den Gästen in dieser Kleidung machen, während sie unser Essen probieren?* Die Resultate könnte man auf Social Media posten.

»Hey! Ich such dich die ganze Zeit schon!«, ruft Amanat. »Hab dich sogar angerufen und dir geschrieben.«

»Und du kommst erst jetzt drauf, in der Küche nachzuschauen?«, frage ich.

Sie sieht mich stirnrunzelnd an. »Wenn du abhauen willst, es gibt hier in der Nähe so ein Hipstercafé, und ich liebe es in so einer Kleidung durch Wien zu spazieren, die Leute starren einen dann immer bescheuert an.«

Entgegen meinem Willen zucken meine Mundwinkel. »Ich will nicht abhauen.« Glaube ich zumindest.

»Ist Ibrahim …« Ich beiße mir auf die Lippe. Noch ungewohnter, als seinen Namen laut ausgesprochen zu hören, ist es, ihn zu sagen. »Ist er wieder zurück?«

»Nope«, antwortet sie prompt. »Hab ihn vorhin draußen die Straße auf und ab wandern gesehen, als hätte er sie nicht mehr alle.«

Ich weiß nicht, ob ich daraufhin lachen oder weinen soll. Amanat stützt ihre Arme in die Hüften. »Also? Was ist der Plan?«

Ich betrachte ihre und Arwas erwartungsvollen Mienen, dann seufze ich. Irgendwann muss ich ja wieder raus, also besser, ich bringe es hinter mich, während er noch nicht hier ist. »Lasst uns reingehen.«

»Da bist du ja endlich!«, ruft meine Mutter sofort, als wir aus der Küche treten. »Komm, begrüß die Gäste!«

Ich bin so angespannt wie die Sehne eines Bogens und mein Kopf ruckt bei jedem noch so verdächtigen Geräusch zum Eingang, um zu prüfen, ob jemand reingekommen ist. Trotzdem zwinge ich mich zu bleiben und hake im Schnelldurchlauf meine Salams und den Small Talk ab.

Wenn man bei uns von einer kleinen Runde spricht, meint man damit alles zwischen fünfzig und hundert Leuten. Wir befinden uns am unteren Ende dieses Spektrums, was zwei Vorteile hat: Ich habe einen guten Überblick über die Menge, kann mich notfalls aber auch verstecken.

»Lass uns was snacken«, sagt Amanat irgendwann, während ich wieder sehr offensichtlich die Tür anstarre. Wo ist er? Will er den ganzen Abend draußen verbringen?

»Essen kann Probleme lösen.«

»Wirklich?«, frage ich abwesend.

»Nein, aber während man isst, kann man die Probleme ignorieren.«

»Verdrängen also. Lieblingstaktik.«

»Golgappe?«, fragt sie.

Wir hatten für jeden Gast einen dieser Bälle gemeinsam mit einem Minibecher Minz- und Tamarindesauce vor dem Sitzplatz stehen gehabt, ein Golgappe-Shot, den man zum Auftakt der Feier essen durfte. Mittlerweile sehe ich keine der Shots an den Plätzen mehr, aber es gibt noch eine halb volle Schüssel am Büfett.

Ich schüttle den Kopf. »Das wird mein Magen heute nicht vertragen.« Was mir in der Seele wehtut, weil Golgappe meine absolut liebsten pakistanischen Snacks sind.

»Sicher?« Amanat steckt sich bereits den zweiten Shot in den Mund. Der Trick bei Golgappe – oder Pani Puri, wie ein Großteil Südasiens lieber sagt – ist, dass man erst mit dem Finger ein kleines Loch in die frittierten Bällchen drückt, aber so vorsichtig wie möglich, weil sie sehr zerbrechlich sind. Dann gibt man seine bevorzugten Zutaten rein – Kichererbsen, klein geschnittene und gekochte Kartoffeln, Salat, Granatapfelkerne, was auch immer man mag – und tunkt den Ball in das gewürzte Wasser. Da der Teig so dünn und fragil ist, sickert die Flüssigkeit sofort wieder raus, deswegen muss man sich das ganze Ding so schnell wie möglich in den Mund stecken und einfach die Geschmacksexplosion genießen, ohne nachzudenken. Daher der Name: Golgappa-*Shot*.

»Eins vielleicht«, murmle ich doch, als Amanat bereits ihr viertes Stück nimmt.

Sie grinst wissend und reicht mir einen Teller. Das Problem mit Golgappe ist, wenn man einmal angefangen hat, will man nicht mehr aufhören, und ehe ich mich's versehe, bin ich in einen Wettkampf gegen Amanat geraten, in dem jede von uns versucht, den jeweils anderen mit der Anzahl der Shots zu übertreffen, die wir in uns hineinstopfen.

»Oh, Mann.« Amanat atmet schwer und leckt sich über ihre Lippen. Wenn man so viele auf einmal isst, beginnt man die Schärfe zu spüren. Auch meine Lippen brennen und ich muss mir die Nase schnäuzen. »Wer ist jetzt eigentlich weiter?«, frage ich.

»Ahm. Hast du nicht mitgezählt?«

»Ich dachte, du zählst.«

Wir betrachten die fast leere Schüssel zwischen uns, dann einander, bevor wir in Lachen ausbrechen.

Als wir uns beruhigt haben und nachzählen, wie viele Golgappe übrig sind, kommt Hama auf uns zu.

Ihr schwarzer Saree ist ein bisschen bauchfrei, ein bisschen rückenfrei, ein bisschen zu gewagt und sexy für eine Feier in unseren Kreisen. Und gleichzeitig wirkt sie darin trotzdem wie die selbstbewussteste Person im Raum, als sie ihr rapunzellanges Haar über ihre Schulter wirft.

»Hi, Sadia«, begrüßt sie mich mit ihrer rauchigen Stimme. Dann dreht sie sich um und präsentiert uns ihren nackten Rücken. »Das Ding fällt auseinander«, sagt sie zu Amanat.

Sarees sind nicht leicht zu tragen, das kann ich aus den drei Malen, in denen ich sie bereits probiert habe, bestätigen. Irgendwo muss es auch ein Bild von einer Hochzeit geben, wie mir der Rock auseinanderfällt, während ein paar Tanten neben mir tratschten. Gott sei Dank hatte ich Leggings darunter an.

Amanat zupft an den Trägern der Bluse herum. »Ich glaub, du musst sie neu binden.«

»Okay, dann komm mit aufs Klo und hilf mir.«

»Nee, zieh dich doch gleich hier aus.«

»Darüber würde sich nicht jeder beschweren …« Bilde ich mir das ein, oder hat sie gerade kurz zu Fawad geschaut?

»*Sharam karo!*« Amanat macht tadelnde Geräusche mit ihrer Zunge. Und an mich gewandt: »Kommst du mit?«

Ich nicke. Bevor ich den beiden Richtung Klo folge, gleitet mein Blick wieder mal zur Tür. Aber wie die ganze letzte Stunde bereits, bleibt diese geschlossen.

33. Kapitel

Ibrahim

Ich traue mich nicht wieder rein und ich weiß nicht, ob das out- oder in-character von mir ist. Und wo ist die Entwicklung? *Therapie macht mich nicht selbstbewusster, es macht mich zu einem immer nervöseren Wrack*, schreibe ich Stella. *Brauchen Sie eine Sitzung?*, schreibt sie sofort zurück und ich reagiere mit dem Totenschädel-Emoji. Ich glaube, ich werde ein bisschen zu komfortabel mit ihr. Sie reagiert auf ihre typisch professionelle Weise: *Bitte schreiben Sie mir nur in Notfällen, Ibrahim. Wenn Sie keine Sitzung heute brauchen, sehen wir uns am Mittwoch, hier schon mal der Link für unseren Termin. lg*

Ich stecke das Handy weg und spaziere weiter in der Gegend rum. Einmal schaut Nuh nach mir und begleitet mich, während er über Fossilen labert, wahrscheinlich um mich abzulenken. Ich hab zunehmend das Gefühl, dass er heute mein zugewiesener Babysitter aus meiner Familie ist, und weiß nicht, wie ich das finde. Später ist es Tariqs bester, momentan rothaariger Freund, der mich bei einer Runde um den Block herum begleitet, und ich frage ihn, ob mein Bruder sauer auf mich ist.

Nicht wirklich, ich frage nicht wirklich, ich probe es nur in meinem Kopf. Stattdessen erzählt er mir von seinen Beziehungsproblemen mit seinem derzeitigen Freund und ausnahmsweise höre ich aufmerksam zu, vielleicht nimmt man ja den einen oder anderen Tipp mit, versteht sich. Danach meldet sich Aslan am Handy und wir telefonieren, während ich den Augarten durchquere.

Er liegt an der Grenze zwischen dem zwanzigsten und zweiten Bezirk, so ziemlich zwischen dem Bulleh Shah und unserem Asialaden. Um die Parkanlage vollständig zu umrunden, braucht man eine halbe Stunde. Ich laufe schon zum dritten Mal durch, als Aslan mich zurechtweist. »Geh einfach«, sagt er. »Du wirst sie so oder so irgendwann treffen, besser du bringst es jetzt hinter dich.«

Meint er mit »sie« Tariq und Sadia oder nur Sadia?

Es wird zunehmend dunkler, im Park selbst kann man kaum noch die Gesichter der anderen Spaziergänger erkennen. Die kahlen Bäume um mich herum ragen schattenartig in den Himmel, wie Kinderalbträume, die ihre Finger nach den Leuten ausstrecken. So habe ich immer die Erwachsenen früher wahrgenommen. Schwarze, verzerrte Schemen, die ihre Macht ausüben.

Vor dem Restaurant angekommen, verharre ich eine ganze Weile am Eingang, bevor ich mich an das Schaufenster anlehne und die Zigarettenpackung hervorziehe, die ich vorhin mitgehen lassen habe. Ich drehe die Schachtel hin und her und überlege, was ich machen soll, als Hama aus dem Restaurant tritt. Sie verharrt in der Tür, als sie mich sieht, und scheint sich unsicher zu sein, ob sie bleiben soll oder nicht. Dann fällt ihr Blick auf die Zigarettenpackung in meinen Händen und sie gesellt sich zu mir.

»Opportunist«, sage ich und halte ihr die geöffnete Schachtel hin.

»Geschäftsfrau«, erwidert sie, zieht eine Tschick hervor und holt ein Feuerzeug heraus.

Während wir den Rauch in den kalten Februarabend blasen, dringt aus dem Restaurant gedämpft Musik nach draußen. *Es wird immer schwieriger, die Nächte ohne dich zu überstehen.* Auf Urdu oder Punjabi klingt immer alles viel zu poetisch und intensiv.

Ich versuche mir vorzustellen, was das Schlimmste wäre, was passieren könnte, wenn ich mich stelle. Dass sie nie wieder ein Wort mit mir wechseln werden, zum Beispiel. Dass sie mich hassen, dass sie mich aus ihrem Leben für immer ausschließen. Dass sie sich in ihrem glücklichen Leben von mir gestört sehen könnten.

Aber warum sonst würde mir Tariq meine Scheißtherapie sponsern? Warum sonst würde er sich noch immer in mein Leben einmischen und zu helfen versuchen? Warum würde er nichts davon erzählen?

Und warum hat mich Sadia nicht direkt angeschrien, als wir uns gegenüberstanden? Warum hat sie mich so angesehen, als ob – als ob da noch was übrig wäre zwischen uns. Hoffnung? Erwartung? Ein winziger Traum? Nicht alles kaputt, kaputt, kaputt.

Wenn man vom Schlimmsten ausgeht, hat Stella mal zu mir gesagt, lohnt es sich auch, an das andere Extrem zu denken. Was wäre das Beste, was geschehen könnte?

Dass sie mir verzeihen und noch eine letzte Chance geben. Ich will's diesmal besser machen. Ich weiß nicht wie, aber ich will nicht wieder unten ankommen.

Hama schubst mich mit ihrer Schulter an. Sie hebt kurz die Augenbrauen, als wollte sie fragen, ob alles okay ist.

Ein zögerliches Schulterzucken. Keine Ahnung. Theoretisch spinnt mein Hirn die größten Katastrophen zusammen, aber praktisch stehe ich gerade nur eine Wand von meiner Familie, von Sadia entfernt. Es ist kein Weltuntergang. Egal was passiert, immerhin habe ich sie alle gesehen, bin sicher, dass es ihnen gut geht, oder nicht?

»Wird schon«, sagt Hama. Mit der Zigarette in der Hand,

den roten Lippen und der schwarzen Saree erinnert sie an eine Hauptfigur aus einem künstlerischen Indie-Film.

»Was genau?«, hake ich nach.

»Familie.« Sie nickt Richtung Eingang. »Tariq und du. Ältere Geschwister verzeihen einem alles.«

Ich lehne den Kopf zurück. »Sicher?«

»Können sie gar nicht anders, glaub mir. Hab schon so oft Scheiße gebaut, aber Kaynat ist trotzdem immer da, wenn's drauf ankommt. Und bei Tariq wissen wir ja, wie er zum Thema Familie steht.« Sie nimmt einen letzten Zug und lässt den Zigarettenstummel zu Boden fallen, bevor sie ihn mit ihren High Heels zerdrückt und aufhebt. »Mach dir keinen Stress.«

»Zu spät.«

»Dann mach dir nicht mehr Stress als nötig. Du kannst nicht kontrollieren, was schon längst feststeht.«

»Und was ist mit Sadia?«, frage ich. »Soll ich da auch keinen Stress machen?«

Ich weiß, dass so gut wie die Hälfte der Leute, die heute hier sind, von Sadia und mir Bescheid wissen. Nachdem ich abgehauen bin und das Bulleh Shah zum allgemeinen Thema in unserer Community wurde, wurde die Beziehung zwischen mir und Sadia von Geschwister zu Cousin zu Freunden weitergeleitet, als würden die Leute verrecken, wenn sie es geheim hielten.

Aber nur die wenigsten wissen von dieser Nacht. Ich weiß nicht, ob Hama zu ihnen zählt.

Sie zieht einen Lippenstift aus ihrem Dekolleté hervor – was sonst soll sie machen? – und brummt.

»Willst du auch?«, fragt sie, ohne ihren Mund zu bewegen, während sie das Rot auf ihren Lippen nachzieht.

»Danke, bin versorgt.«

»Wie's mit Sadia sein wird, kann ich dir nicht sagen«, sagt sie. »Ich weiß nicht genug von eurer Situation.« Sie lächelt ihre

Reflexion im Schaufenster an, bevor sie sich wieder mir zuwendet. »Aber es wird dir auch da nichts bringen, hier rumzustehen und in die Luft zu starren.«

Alles, was je aus Hamas Mund kommt, klingt wie eine Aufforderung zum Krieg. Das war schon immer so, aber heute ganz besonders. Missmutig starre ich sie an, während sie selbstgefällig grinst.

Die Tür zum Bulle Shah geht wieder auf und diesmal tritt Sadias Bruder heraus. Sein Blick verharrt auf uns und eine tiefe Furche bildet sich zwischen seinen Augenbrauen. Seine Arme haben gefühlt den Durchmesser meines Kopfes und ich hatte vergessen, wie groß der Typ eigentlich ist. Hama macht Anstalten, mich allein zu lassen.

»Wohin gehst du?«, frage ich alarmiert.

»Äh, rein?«, antwortet sie und starrt Fawad an.

Sie ist nicht viel kleiner als er und erwidert seine ausdruckslose Miene mit einer angewiderten. »Darf ich vorbei?«

»Nur zu«, sagt er, ohne sich wegzubewegen.

Augenverdrehend schubst sie ihn zur Seite und geht hinein. Ich weiß, dass Hama und mich keine Loyalität mehr verbindet, aber ich fühle mich gerade trotzdem von ihr betrogen.

Fawad stellt sich seelenruhig zu mir, die Schulter an das Schaufenster gelehnt und rollt den Ärmel seines Hemdes rauf. »Du bist der Typ, der immer in unserer Küche war, stimmt's?«, fragt er.

Ich schlucke schwer. Als ich die worst cases dieses Abends aufgezählt habe, ist mir ein Punkt entgangen: von Familienmitgliedern zusammengestaucht zu werden.

»Stimmt's?«, hakt er lauter nach und ich stelle mich kerzengerade hin.

»Ja.«

Einen Moment lang betrachtet er mich von Kopf bis Fuß, bevor er näher tritt. »Keine Ahnung, was sie in dir sieht«, sagt

er. »Aber zeig gefälligst ein bisschen Rückgrat und geh rein.«
Damit zieht er meine Tschick aus meiner Hand und knackst
sie um.

Sadia

Tariq sieht absolut fertig, zugleich aber auch umwerfend aus.
Was daran liegen könnte, dass ich eine Schwäche für junge
Männer in pakistanischer Kleidung habe. Noch unausstehlicher als sein gutes Aussehen sind aber seine Blicke zu Arwa.
Mit diesen komme ich gar nicht klar und ich muss mich immer
wieder davon abhalten, die beiden zu lange anzustarren. Nur,
wenn ich nicht sie anstarre, dann starre ich zu dieser bescheuerten Tür, durch die mittlerweile mehr Leute hinaustreten, aber
durch die nie jemand reinzukommen scheint.

Falls Ibrahim heute gar nicht mehr kommen will, dann
wünschte ich mir, er würde Bescheid geben. Das würde mir
einige Nerven ersparen.

Plötzlich steht Maya auf, die in ihrem rosafarbenen Sharara
ebenfalls umwerfend aussieht, und klopft mit einem Löffel gegen ein Glas, um für Aufmerksamkeit zu sorgen. »Meine Damen und Herren«, beginnt sie in einem besonders höflichen
Urdu, während die Gespräche verstummen. »Die Ringe werden jetzt ausgetauscht!«

Sofort herrscht Aufregung und alle reden durcheinander,
während Arwa und Tariq sich vor das riesige A&T stellen. Normalerweise tauscht man bei uns keine Ringe – das ist eine aus
dem Westen übernommene Tradition, weswegen sie auch nicht
auf der eigentlichen Hochzeit stattfindet, sondern heute als öffentliche Bekanntgabe ihrer bevorstehenden Hochzeit.

Arwa ist total rot im Gesicht, die ganze Aufmerksamkeit ist
ihr eindeutig zu viel. Zugleich wirkt sie auch unendlich glück-

lich. Die Ringe liegen in kleinen Samtboxen auf einem Tablett, das Maya dem Paar entgegenhält. Sie strahlt die beiden an und selbst ich kann nicht anders, als zu lächeln. Die Augen von Nadia Aunty glitzern. Die meiner Mutter auch.

Tariq nimmt Arwas Hand in seine und sieht sie ernst, aber voller Zuneigung an.

Während ein viel zu intensiver Song aus den Lautsprechern dringt, das Paar die Ringe austauscht und mein Herz sich schmerzhaft zusammenkrampft, während ich nicht aufpasse, die Tür für einige Sekunden vergesse, weil ich ironischerweise zu sehr an ihn, an das *Alif* seines Namens denke, genau da passiert es. Ein Kribbeln in meinem Nacken. Und ich muss mich nicht umdrehen, um zu wissen, dass er wieder hier ist.

Einen Moment lang schließe ich die Augen und atme tief durch. Ich stelle mir vor, wie ich mich umdrehe und gar nichts fühle, ich wünsche es mir regelrecht herbei. Damit es weniger wehtut, mich weniger zerstört.

Aber als ich die Augen wieder öffne und seinem Blick begegne, durchläuft mich noch immer ein Schauder. Wie sehr kann man einen Menschen vermissen, der direkt vor einem steht?

Er bleibt im Hintergrund an die Wand gelehnt. Sieht kurz zu seinem Bruder, dann wieder zu mir. Alles an seinem Körper scheint danach zu schreien, wieder fliehen zu wollen, aber er ballt die Hände zusammen und bleibt.

Ich habe gar nicht gemerkt, dass ich näher getreten bin, als plötzlich Nadia Aunty zwischen uns erscheint. Sie redet auf Ibrahim ein und greift nach seinem Arm, um ihn an mir vorbeizuschieben. Er dreht den Kopf nach mir um, aber zur selben Zeit spüre ich ebenfalls eine Hand an meinem Arm, die mich in die entgegengesetzte Richtung zieht.

Es ist mein Vater, der mich sanft zu einem Tisch voller Onkels dirigiert.

Auf einmal sind alle Gäste wieder in Bewegung, die meisten

strömen zum Paar, um Glückwünsche, Segen oder Geschenke zu überbringen, während es sich andere hinten gemütlich machen und wahrscheinlich darauf warten, dass sich die Aufregung legt, bevor sie selbst nach vorn gehen.

Papa legt seine Hände an meine Schultern und setzt mich auf einen Stuhl. »Da!«, ruft er. »Das hier ist meine Tochter, Sadia.«

Verwirrt begrüße ich jeden am Tisch höflich. Es sind unter anderem unbekannte Gesichter, aber auch Ibrahims und, ich glaube neben ihm, Arwas Vater sind dabei. Letzterer sieht deutlich jünger aus, als ich erwartet habe, und er trägt als einer der wenigen einen Anzug statt Salwar Kameez. An seinem Handgelenk funkelt eine neu wirkende Uhr. Eine *teure, teure* Uhr.

»Sadia«, fährt mein Vater fort und schwingt seine Hand kreisförmig herum, um den Raum mit der Geste einzuschließen. »Hat ganz allein das Konzept hier entworfen. Ich habe nur beim Zusammenbauen geholfen und den Fahrer gespielt. Aber die wichtigste Arbeit kam von ihr, meiner Frau und meinem Sohn. Sie hat auch unser Menü zusammengestellt und die Testküche, die Mitarbeitersuche – die leider ein bisschen schwieriger vorankommt –, alles läuft über sie und Fawad. Und Social Media – wie sagt man? Ihr wisst schon, sie postet Bilder und macht Werbung. An so was hätten wir gar nicht erst gedacht ohne sie!«

Oh, Papa. Plötzlich spüre ich einen Kloß in meinem Hals, den ich mühsam runterschlucke. »Aber du hast bei allem mitgeholfen«, sage ich. »Es war Teamarbeit.«

Er gibt einen abwehrenden Laut von sich, während sich Dawud Uncle vorlehnt und mich lobt. »Ich habe nur eben deinem Vater gesagt, wie beeindruckend ich finde, was ihr hier zusammengestellt habt in so kurzer Zeit.«

Ich sinke tiefer in meinem Sitz zurück und muss mich zwingen, auch die Komplimente der anderen auszuhalten.

Arwas Vater, der im Vergleich zu seiner Tochter in allen Belangen wie das absolute Gegenteil wirkt, unterbricht mich, als ich gerade auf die Frage zum Thema, woher wir unsere Produkte beziehen, antworte. Er will wissen, was ich studiert habe oder überhaupt noch studiere. Er scheint generell großes Interesse an meinen Noten, meinen früheren Jobs, all meinen Leistungen zu haben.

»Ja«, seufzt er schließlich. »Ich glaube, Wien macht euch alle ein bisschen ambitionierter. Arwa hat nie Interesse an solchen Dingen gezeigt. Nicht mal fürs Studieren. Sie ist sehr … träge, weißt du, was ich meine? Auch absolut gar kein Geschäftssinn bei ihr.« Er macht eine wegwerfende Handbewegung. »Aber wenigstens heiratet sie in eine gute Familie, oder?« Er lacht, woraufhin einige der anderen Onkel mit einstimmen.

»Das ist das Wichtigste«, kommt es von einem älteren Herrn mit schütterem Haar. »Dass die Töchter ein Zuhause finden. Alles andere ist Nebensache, wenn du mal einen Mann und Kinder hast.« Er zwinkert mir zu und ich spüre Ekel in mir aufkommen.

Mein Vater legt seine Hand auf meine Schulter, als würde er spüren, was für Gedanken mir gerade hochkommen wollen. Aber bevor ich sie aussprechen kann, kommt mir Dawud Uncle vor.

»Arwa ist ein gutes Kind«, sagt er. »Sehr kreativ und talentiert. Sie macht Workshops für die Kinder aus der Community, in denen sie ihnen das Malen beibringt.«

»Und sie hat eine Ausbildung zur Pädagogin begonnen«, füge ich hinzu. Es ist eine gekürzte, dafür praxisorientierte und zeitintensivere Ausbildungsform, die ihr unheimlich viel Spaß macht und einer der weiteren Gründe ist, warum es ihr zurzeit so gut geht.

»Ja.« Ein Augenverdrehen ihres Vaters, das meine Wut nur noch steigert. »Mal sehen, ob sie das überhaupt durchzieht.«

Es ist wieder Ibrahims Vater, der reagiert, ehe ich auch nur ein Wort sagen kann. »Wird sie. Wenn nicht, dann findet sie trotzdem ihren Weg.«

Und das kommt ausgerechnet von ihm? Ich frage mich, ob er die Doppelmoral seiner Worte bemerkt, und betrachte seine ernste Miene genau. Sein Blick scheint auf einen Punkt hinter mir gerichtet zu sein und ich folge ihm – nur um Ibrahims scharfkantiger Gestalt inmitten der Menge zu begegnen.

Sofort drehe ich mich wieder um. Auch Dawud Uncle blinzelt und die Furche zwischen seinen Brauen scheint tiefer zu werden.

Vielleicht merkt er es ja tatsächlich.

Später nach dem Abendessen verabschieden sich die Erwachsenen, um den »Kindern« das richtige Feiern zu überlassen. Beinahe alle, auch meine Eltern fahren zum lachsfarbenen Haus und lassen den Abend bei einer Tasse Chai ausklingen. Währenddessen werden hier die Tische zur Seite geschoben, um die Fläche in der Mitte frei zu machen, und die Musik wird lauter gedreht.

Ich flüchte bei jeder Chance, die ich erhalte, in die Küche, um das Risiko zu mindern, Ibrahim ansehen zu müssen und nicht mehr aufhören zu können. Es passiert trotzdem immer wieder, viel zu oft, und lässt mich jedes Mal atemlos zurück. Ich kann seine Miene nicht deuten und meine Gefühle erst recht nicht.

Also bin ich erneut in der Küche und putze schon zum tausendsten Mal den sauberen Herd, bis ich eine emotionale Bindung zu dem Stofftuch in meiner Hand aufgebaut habe.

Draußen johlen und lachen alle. Die Lichter werden ausgeschaltet und durch einen kleinen Projektor ersetzt, der Sterne an die Wände zeichnet. Nur hier in der Küche. Hier bleibt es viel zu hell.

Ein Kribbeln in meinem Nacken. Denn egal, wie sehr ich

es versuche. Weglaufen kann ich dem hier am Ende des Tages nun mal nicht. Ich drehe mich um, und da steht er dann vor mir. Ibrahim. Und ich weiß nicht, ob ich ihn genauso ansehe, aber er schaut unheimlich verunsichert zurück.

Dass er heute auch noch diese Sherwani trägt, finde ich einfach nur unfair.

»Sadia«, sagt er. Dann eine ganze Weile nichts mehr.

Wortlos starre ich ihn an.

Er ist immer noch er, denke ich mir, immer noch lost und müde und mit diesem wilden Funkeln in den Augen.

Gleichzeitig ist in ihm aber auch eine Vorsicht aufgetaucht, die ich bisher nicht kannte. Sie drückt sich in dem Abstand aus, den er von mir hält. In der Art, wie er meinen Blicken ausweicht.

In meinem Kopf kristallisiert sich, wie dieses Gespräch verlaufen könnte, ich sehe unseren Dialog regelrecht vor meinen Augen. Höre meine Trauer und höre seine Reue, höre die Entschuldigungen und Erklärungen, die leeren Versprechen. Sehe bereits all diese Gefühle in seinem Gesicht. Und mich ergreift eine so heftige Erschöpfung, dass ich am liebsten vorspulen will. Zu einem Punkt, wo die Anspannung fort ist. Zu einem Punkt, wo es weniger wehtut, weniger unsicher zwischen uns ist.

Aber um diesen zu erreichen, weiß ich plötzlich ganz genau, was ich zu tun habe. Denn das, was ich gerade von ihm brauche, sind keine Rechtfertigungen. Ich brauche einfach nur, dass er zuhört. Mehr nicht.

»Ich hab dich immer gefragt, ob es dir gut geht, oder?«, frage ich.

Er blinzelt verwirrt. »Was?«

»Ich habe immer wieder gefragt, oder?«, hake ich nach.

Zögerlich nickt er. »Ja …«

»Ich habe immer wieder gefragt, was du brauchst. Ich hab gefragt, ob du über irgendwas reden magst, ich hab dir angeboten, zuzuhören, ich hab dir angeboten, dir zu helfen. Ich hab versucht, Lösungen zu finden. Ich wollte Kompromisse machen. Ich habe versucht, für dich da zu sein.« Ich blicke ihm fest in die Augen. »Oder? Hab ich das alles nicht gemacht?«

Seine Hände ballen sich zu Fäusten zusammen. Fast erwarte ich, dass er wegrennt, dass er sich weigert, dass er in alte Muster verfällt. Stattdessen nickt er nur wieder. »Doch. Hast du.« Und dann: »Aber ich habe nichts davon zugelassen. Ich hab abgeblockt. Es war nie deine Schuld. Nichts davon war jemals deine Schuld, Sadia.«

Ich habe Flashbacks zu dem Moment, in dem er mich in seinen Armen hielt, kurz nachdem ich ihn von der Straße geschubst habe. Alles in mir verkrampft sich und gleichzeitig spüre ich zum ersten Mal seit jener Nacht, als würde etwas an seinen rechtmäßigen Platz rücken. Ich merke, wie sehr ich es von ihm gebraucht habe, dass er all diese Dinge anerkennt. Weil irgendwo in meinem Kopf noch heute eine Stimme war, die mich vom Gegenteil überzeugen wollte. Die sich gewundert hat, was ich anders hätte machen können, die den Fehler nur bei mir gesucht hat. »Du hast mich an mir selbst zweifeln lassen«, flüstere ich.

Für einen Moment schließt er seine Augen und wirkt so, als hätte er Schmerzen. Dann öffnet er sie wieder. »Es tut mir so fucking leid«, sagt er. Sein Gesicht sieht vollkommen verwundbar und viel zu nackt aus.

Mit einem Mal ertrage ich es selbst nicht, ihn anzusehen, und verschränke die Arme vor der Brust. Draußen tanzen und singen die anderen immer noch, als wäre nichts dabei. Als würde hier gerade nicht ein kleines Erdbeben stattfinden. Wahrscheinlich, weil wir die Einzigen sind, die erschüttert sind. Schließlich bin ich es, die diesmal nickt.

Wieder stehen wir wortlos voreinander, wieder schwingen die unterschiedlichsten Gefühle zwischen uns.

Vor allem: ganz, ganz viel Sehnsucht. Ich will ihn fragen, wie er sich gerade fühlt. Ich will wissen, ob er weiß, dass es am Ende des Tages gar nicht um Schuld geht. Dass wir einfach nur sehr menschlich sind und dass das okay ist, solange wir bereit sind, dazuzulernen. Und ich will ihn berühren, so unfassbar gerne berühren. Aber das geht nicht, das wäre viel zu viel, für beide von uns. Wir brauchen einen neuen Beginn.

Also gehe ich zum Kühlschrank und hole zwei Dosen Softdrinks heraus. Ich setze mich mit beiden auf den Tresen und halte ihm eine entgegen. »Erzähl mir von Frankfurt?«, frage ich und weiß selbst nicht, ob das das Richtige in diesem Moment ist. Aber es ist das Einzige, das mir richtig erscheint.

Ibrahim setzt sich zu mir, weder zögerlich noch gedankenlos. Einfach in seinem eigenen Tempo. Er nimmt das Getränk an sich, fährt mit dem Daumen über das Kondenswasser. Und nach einigen Sekunden beginnt er zu erzählen.

ش

34. Kapitel

Ibrahim

Ich erzähle Sadia von den Worten, die ich nicht aussprechen kann, und sie erzählt mir von denen, die man gemeinsam lernen muss zu verstehen. Es gibt ein arabisches Zitat, das mir das Internet einmal entgegengeworfen hat: dass man Menschen finden soll, die dieselbe Sprache sprechen, damit man nicht lebenslang die eigene Seele übersetzen muss. Aber vielleicht ist nicht das Übersetzen das Problem, sondern das Ablehnen von allem, was einem unbekannt ist.

Sprache ist Syntax, Semantik, Identität und ständig im Wandel, unsere Identität ist ständig im Wandel und somit unsere Beziehungen und die Menschen um uns herum auch. Ein Wort kann Tausende Bedeutungen haben, heute kann morgen werden und morgen ist unbestimmt.

Was zählt, ist nur dieser Moment. Dieser Moment unter dem viel zu hellen Küchenlicht. Dieser Moment, in dem Musik durch die geschlossenen Türen in den Raum dringt. Dieser Moment, in dem Sadia leuchtet.

Von innen heraus nach außen leuchtet sie – mehr als ich es jemals zuvor bei ihr gesehen habe, und das merkt man vor allem, wenn sie redet. Sie beugt sich weniger zusammen, reckt ihre Brust vor, sucht den Blickkontakt und entschuldigt sich nicht mehr dafür, wenn sie länger spricht.

Ehrfürchtig beobachte ich, wie sie mir in Bruchstücken von ihrem letzten Jahr erzählt. »Ich hab dich angerufen. Auf deiner alten Nummer.«

Mein Herz schmerzt. Aber auf eine gute Art. »Ich hab's gesehen«, sage ich. »Ich hab dir Mails geschrieben. Aber sie nie abgeschickt.«

»Was hast du in den Mails geschrieben?«, fragt sie leise.

Dass ich nicht glaube, dass du mir jemals verzeihst. Dass ich gern alles von vorn machen würde, aber diesmal richtig. »Wie meine Tage aussehen. Und mich gefragt, wie deine aussehen.«

Sie streckt ihre Beine aus und betrachtet die schwarzen Riemchenschuhe an ihren Füßen. Mir ist jeder Millimeter Abstand zwischen uns bewusst. »Sie waren ziemlich vollbepackt«, verrät sie. »Meine Tage, mein ich. Zumindest in den letzten paar Monaten. Davor ... nicht so sehr.«

»Was war davor?«

Sie schüttelt den Kopf. »Noch nicht.«

Noch nicht. Alles zu seiner Zeit. Aber heißt das, irgendwann schon? *Heißt das, du redest morgen auch noch mit mir, Sadia?*

»ADHS also?«, kommt sie auf ein anderes Thema zurück.

»Anscheinend.«

»Und wie wäre das für dich, wenn du eine offizielle Diagnose hast?«

»Gut, glaube ich.« Ich zucke mit den Schultern. »Dann hat's wenigstens einen Namen.«

»Was genau?«

»Mein Problem mit dieser Welt.«

Sadia betrachtet mich eingehend. Einen Herzschlag lang bin ich sicher, dass sie die Hand nach mir ausstrecken wird, und ich weiß nicht, ob ich darauf vorbereitet bin, ihre Berührung zu spüren. Ich glaub, ich bin's nicht. Ich glaub, ich werde umfallen, wenn sie es macht. Ich glaub, ich kann manchmal echt dramatisch sein.

Aber dann vergeht der Moment und sie räuspert sich, die Hände fest um den Thekenrand gedrückt. »Du siehst … anders aus«, sagt sie. *Du auch. Tausendfach schöner als in meinen Tagträumen nämlich.*

»Schlecht anders?«, hake ich nach.

Sie schüttelt den Kopf. »Gut anders.«

Unter all den Worten, die wir austauschen, sind lange Leerzeichen, wenn wir in Schweigen verfallen. Alles fühlt sich surreal an, und wenn ich später an diesen Moment zurückdenken werde, werde ich mich immer wieder fragen, ob's doch nur ein Tagtraum war. Die Musik aus dem Gastbereich, die helle Küche, die Softdrinks zwischen uns. Manchmal fühlt sich die Realität so echt an, dass sie fast schon unecht wirkt.

Später werden wir von Amanat unterbrochen, die mich ansieht, als hätte ich vor ihren Augen Arwas Katzen ermordet. Sie will nachsehen, ob alles okay ist, und ich nehme das als Zeichen, nach Hause zu gehen. Weil ich verdammt müde bin und auch Sadia so aussieht, als würde sie jeden Moment einschlafen.

Das Bedürfnis, ihr die Haare aus der Stirn zu streichen, ist so intensiv, dass ich meine Hand zur Faust ballen muss. Wir verabschieden uns, ohne zu wissen, wie wir uns verabschieden sollen. Blicke, die aufeinandertreffen und auseinanderfallen. Ich zupfe an dem Haargummi an meinem Handgelenk, aber nur, wenn sie nicht hinsieht.

Schließlich strafft sie die Schultern. »Schreib mir?«, fragt sie. »Wann auch immer du dich bereit fühlst.«

Ich fühle mich bereit. Aber: Leerzeichen, Worte, Leerzeichen. *Bleibst du noch? Nein, du? Ja. Okay. Okay. ~~Ich vermisse dich.~~ Pass auf dich auf. Du auch. Bis dann.*

Alles tut weh und alles ist okay. Alles ist immer ein Widerspruch.

Ich gebe Maya Bescheid, dass ich zu unseren Eltern fahre,

und sie will mir sofort ein Uber buchen. »Ist das okay?«, fragt sie, während sie einen Fahrer auswählt. Ihr Daumen verharrt über dem Bildschirm, bevor sie die Fahrt bestätigt. »Ich will nicht, dass du allein gehst.«

Sie trägt ein rosafarbenes Sharara passend zu ihren neuen Haaren und atmet schwer von der Tanzeinlage mit den anderen. Wir stehen draußen vor dem Eingang des Restaurants, Autos an uns vorbeirauschend, die uns immer wieder mit ihren Scheinwerfern beleuchten.

»Ja«, antworte ich leise. »Ist okay. Danke.« Und dann: »Ist es auch okay, wenn ich um eine Umarmung bitte, bevor ich gehe?«

Das macht sie sprachlos. Noch nie habe ich von mir aus darum gebeten, Trost zu bekommen. Sie blinzelt, wischt sich mit dem Finger etwas aus den Wimpern, dann schüttelt sie den Kopf und breitet wortlos ihre Arme aus.

Auf der Fahrt nach Hause lehne ich mit der Wange am Fenster und starre auf die Stadt hinaus. Wien bei Nacht ist eine andere Welt als Wien tagsüber. Die Nebenstraßen sind leer, die Hauptstraßen weiterhin voll, aber in dieses warme Licht getaucht, das von den Straßenlampen auf den Asphalt geworfen wird. Am Himmel, zwischen Wolken und einer sternenlosen Nacht, scheint der Mond, weder leer noch voll. In meinem Kopf schwirren Erinnerungsfetzen, vermischt mit Visionen von mir, wie ich nachts durch die Stadt wandere. Ich sehe den zehnten Bezirk, den elften, den zweiundzwanzigsten, ich sehe Sadia und Nuh und Maya, ich sehe Tariq, der mich den ganzen Abend über ignoriert hat. Scheiß drauf, dass er meine Scheißtherapie zahlt, dass wir uns nach über einem Jahr wiedersehen, hat mich hoffen lassen, dass doch noch alles gut gehen könnte.

Als ich eine halbe Stunde später aus meinem Uber vor dem Weizenfeld aussteige, erwarte ich trotzdem fast, seine joggende Gestalt auf mich zukommen zu sehen. Er hat sich längst mit Arwa verabschiedet, als ich weggefahren bin. Aber ich finde nicht ihn vor dem Haus auf der Bank, sondern unseren Baba.

Einen Moment halte ich am Gartentor inne und beobachte meinen in die Jahre gekommenen Vater. Die ergrauten Schläfen, die tiefer werdenden Falten auf seiner Stirn. Die geschlossenen Augen und seine verschränkten Arme, als würde er Wache halten. Meine Lider fühlen sich schwer an, hinter meiner Stirn pocht es. Es ist fast ein Uhr nachts und unsere Gäste sind anscheinend fort.

Ich schiebe das Tor auf und räuspere mich. Mit einem Zucken wacht er aus seinem Dösen auf und blinzelt mich an.

»Ibrahim?«, fragt er.

Ich erstarre. Es ist das erste Mal seit über drei Jahren, dass er meinen Namen ausgesprochen hat. Ich weiß nicht, wie ich darauf reagieren soll.

Baba setzt seine Brille ab, um die Gläser mit dem T-Shirt, das er mittlerweile trägt, abzuwischen. »Setzt dich zu mir«, sagt er.

Ich rühre mich nicht vom Fleck. Unschlüssig beobachte ich, wie er seine Brille wieder aufsetzt und neben sich klopft.

Schwer schluckend reiße ich mich zusammen und lasse mich neben ihm nieder. Vorsichtig, fluchtbereit. Alles in mir ist in Alarmbereitschaft.

In den letzten Monaten habe ich oft mit Stella darüber geredet, dass dieses Problem, keine Sprache zu finden, nicht nur mich betrifft. Mein Baba hat auch nie gelernt auszudrücken, was er fühlt, so wurde er nicht erzogen. Ich erwarte also keinerlei Sentimentalitäten. Keine Entschuldigung, keine Wiedergutmachung, keinen Versuch, etwas zu richten. Aber ich weiß auch sonst nicht, was ich erwarten soll, weil er sich, seit ich zurück bin, so undurchschaubar verhält.

»Du arbeitest, hat deine Mutter erzählt?«, fragt er nach einer

Weile etwas vollkommen Belangloses. Klar. Arbeit. Das Thema geht immer, auch heute noch.

Ich sitze leicht breitbeinig da, die Arme auf den Knien abgestützt, und lasse meine Daumen umeinander kreisen. Rechne fast mit dem Kommentar, dass ich nicht rumzappeln und mich gerade hinsetzen soll, aber es kommt keiner.

»In einem Café«, erzähle ich. Und um die Stille zu füllen: »Ich hatte in Frankfurt einen Job in einer Dönerbude und mein Chef dort kannte hier jemanden und irgendwie bin ich so dazu gekommen.«

»Er hat dich weitergeleitet?«

Ich nicke.

»Das heißt, er muss deine Arbeit gemocht haben.«

Schulterzuckend werfe ich ihm einen Blick zu, aber kann immer noch nichts aus seiner Miene herauslesen. Einen Moment lang sagt keiner von uns beiden etwas und wir beobachten das stille Weizenfeld vor uns.

In mir steigt der Drang auf, mich zu entschuldigen. Mir kommt unser letztes Gespräch in den Sinn, der verlorene Schlüssel, die Schäden im Laden, die gefälschte Unterschrift auf Uzairs Frühwarnung. All die Schlüssel, die ich zuvor schon verloren habe, jedes kaputt gegangene Geschirr oder beschädigte Möbelstück, jede Herdplatte, die ich angelassen habe, weil ich so in meinem Kopf lebe, jeder Termin, den ich verpasst, jede Deadline, die ich nicht erreicht, jeder einzelne Fehler, seit ich auf dieser Welt bin, alles rast im Schnelldurchlauf durch meinen Kopf.

Ich will ihm sagen, dass ich nie jemanden verletzen wollte. Das will ich jedem von ihnen erklären: dass es keine Absicht ist, dass ich manchmal nicht weiß, wie ich reagieren soll. Aber gleichzeitig will ich auch, dass sie verstehen, dass ich trotzdem verdiene, wie ein fucking Mensch behandelt zu werden.

Ich darf Sachen fühlen, Baba, will ich sagen. Ich darf fühlen und Fehler machen und bescheuert sein und mich entschuldigen und dazulernen, und ich finde, du darfst das auch.

All diese Gedanken kommen mir nicht auf Urdu in den Sinn. Sie erscheinen auf Deutsch glasklar und deutlich vor meinen Augen: *Mir ist klar, dass du nicht vorbereitet darauf warst, ein Kind wie mich zu haben. Es ist nicht deine Schuld, dass ich so bin, wie ich bin. Aber auch nicht meine. Ich war immer bereit, dir zuzuhören – aber ich wünschte, du hättest auch mich reden lassen, wenn es darauf ankam.*

All diese Sätze, all diese Worte hallen in mir nach und ohne dass ich sie aussprechen muss, erden sie mich. Mein wieder mal zitternder Oberschenkel kommt zur Ruhe, die kreisenden Daumen halten inne. Ich blinzle meinen Vater an und merke, dass ich gar nicht das Bedürfnis habe, von ihm gehört zu werden.

Ich brauche das nicht mehr von ihm. Er hat seine Chance vertan. Oder vielleicht bekommt er irgendwann noch mal eine, aber gerade in dieser Sekunde reicht es mir zu sehen, dass er sich auf seine komische Art und Weise bemüht. Ich musste nur verstehen, was in mir vor sich geht, wenn ich mit ihm rede. Warum ich so fühle und immer gefühlt habe als Kind. Alles andere kommt mit der Zeit.

»Woran schreibst du immer?«, fragt er plötzlich.

Ich lehne mich zurück und strecke die Beine aus. Fühle mich noch erschlagener als zuvor. Was für ein endlos langer Tag. »Was meinst du?«

»Seit du klein warst sehe ich dich Worte sammeln. In Büchern, in Notizblöcken, auf deinem Handy, auf dem Laptop«, erklärt er. »Schon als Kind hast du immer geschrieben. Aber wofür? Was machst du mit diesen Worten heute?«

Müdigkeit liegt wie eine warme Decke auf mir, die meine Glieder schlapp macht, die Lider schwer und meinen Atem langsamer. Er meint all diese Texte, die ich für ihn, für meine

Familie geschrieben habe, wenn nichts anderes ging. »Ich …
sammle Geschichten«, erkläre ich leise. Wind durchzieht die
Straße vor uns und lässt mich schaudern. »Einfach nur Geschichten, glaub ich.«

Baba legt seine Hand auf meine Schulter und ich halte inne.
»Es ist gut, dass du wieder hier bist«, sagt er.

Stunden später liege ich mit dem Handy auf meiner Brust
im Halbschlaf auf meinem alten Bett, als sich eine Gestalt auf
mich wirft.

»Payback Bitch«, murrt Nuh und schubst mich zu Boden.
Ich rapple meine Decken und Kissen auf und schmeiße mich
auf ihn. Wir drängen uns gemeinsam auf die Matratze, Rücken
an Rücken, bis unser Atem langsamer wird. Keine Ahnung,
ob ich schon zu Hause bin. Aber ich fühle mich endlich angekommen.

Am nächsten Morgen wache ich von lautem Gelächter auf, bin
wieder allein im Zimmer. Keine Gespenster mehr im Haus,
meine ganze Familie ist zurück. Ich strecke mich, gähne, starre eine ganze Weile an die Decke und fühle mich, als wäre ich
tausend Jahre alt.

Ich bin hier, denke ich mir. *Ich bin hier und ich bleibe hier.*

Schließlich rapple ich mich auf und gehe runter. Alle meine
Geschwister minus Uzair sind um den Esstisch in der Küche
versammelt. Tariq, Maya, Nuh. Hellwach und anscheinend
ausgeschlafen, jeweils mit einer Tasse dampfender warmer
Milch vor sich.

»Guten Morgen, Schlafmütze«, begrüßt mich Maya viel zu
gut gelaunt.

»Warum seid ihr so munter?«, murre ich.

Sie müssten alle nach mir nach Hause gekommen sein.

Tariq stellt wortlos eine Tasse vor mir ab. Milch mit viel Honig, kein Zimt.

»Danke.« Ich schlinge die Hände um das warme Getränk und suche seinen Blick. Vergeblich. Er streicht sich seine wirren Haare, die ihm ins Gesicht fallen, zur Seite und dreht sich um, um sich einen Joghurt aus dem Kühlschrank zu nehmen. Nuh neben mir, in einem verwaschenen ACDC-Shirt, legt sich mit dem Oberkörper auf den Tisch und gähnt ausgiebig, was auch mich und Maya ansteckt. Unsere Schwester, die ihren Hoodie über ihre Knie gezogen hat, tippt auf ihrem Handy rum, bevor sie aufsieht.

»Wie geht's dir?«, fragt sie mich.

Ich zucke mit den Schultern. Sollte die Frage nicht eher an Tariq gerichtet sein? Wie geht's ihm nach dem gestrigen Tag? Und wie geht's Arwa?

Gestern Abend habe ich die beiden kurz zu einem Song aus dem Film Tamasha tanzen gesehen. Körper an Körper im langsamen Rhythmus, als wären sie eine Person.

Es war zum Kotzen.

Ich nehme einen Schluck von der warmen Milch und verbrenne meine Zunge.

»Ist noch warm«, bemerkt Nuh.

»Ach was.«

»Okay.« Maya legt ihr Handy hörbar auf dem Tisch ab. »Sind alle versammelt?«

»Versammelt wofür?«, frage ich.

»Wir machen eine Intervention.«

»Ein was?«

»Intervention«, erklärt Nuh geschäftlich und setzt sich aufrecht hin. »Wir packen das Ganze jetzt endlich an.«

»Was anpacken? Was redet ihr?«

»Ein Plan, Mann«, sagt er. »Wir machen jetzt einen Plan für dich, damit du eine Vorstellung davon hast, wie es weitergehen soll.«

Ich starre sie alle an. Keiner außer mir scheint überrascht, nicht mal Tariq, der gemächlich seinen Joghurt löffelt. »W-wie-so?«

»Weil du unser kleiner Bruder bist und wir uns Sorgen machen und sehen, dass du dich bemühst«, erklärt Maya. »Es wird Zeit, Entscheidungen zu treffen, Abi. Wir können's diesmal nicht wieder so weit kommen lassen …« Sie unterbricht sich. Der Griff ihrer Finger um den Stift in ihrer Hand wird fester.

Ich fahre mir über meinen Buzzcut, weiß nicht, was ich von all dem halten soll. Was heißt, einen »Plan« machen?

»Wir gehen's Punkt für Punkt an«, sagt Nuh und Maya holt einen Notizblock aus ihre Hoodietasche, um mitzuschreiben. »Erstens, Mental Health. Zweitens, Beruf. Drittens, Wohnen.«

Meine Schwester blickt auf. »Was noch?«

»Was – was redet ihr?«, frage ich wieder. »Was meint ihr, könnt ihr mich erst mal aufklären?«

»Wir wollen mit dir herausfinden, wo du in all diesen Punkten stehst. Und eine Lösung finden, wenn etwas nicht passt«, erklärt Nuh.

»Wenn das okay für dich ist!«, fügt Maya sofort hinzu. »Es ist nur, damit wir auch sicher sein können, dass es dir gut geht. Aber wenn du nicht willst, dann musst du nicht.«

Ich weiß nicht, was ich will. Ich versuche noch immer Tariqs Blick zu finden und zugleich die Situation zu verarbeiten. Schließlich schmeißt er seinen leeren Joghurtbecher weg und beugt sich vor, die Hände auf den Tisch gestützt. Er nickt Richtung Maya und ihrem Notizblock. »Also gehen wir es an oder nicht?«

Ja. Nein. Keine Ahnung. Zögerlich zucke ich mit den Schultern. »Ich hab keine Ahnung, wie ihr das meint.«

»Okay, schau.« Nuh zieht Maya den Block aus der Hand und zeigt auf die vier Punkte, die in ihrer krakeligen Schrift draufstehen. »Punkt eins: Mental Health. Wir wüssten gern, wie's bei dir in der Therapie läuft und ob wir dich da irgendwie unterstützen können?«

Wieder schießt mein Blick zu Tariq, bevor ich mich zwinge, die Liste anzuvisieren. *Noch* mehr Unterstützung? Nachdem der Mistkerl bereits alles bezahlt?

»Ich zahl dir alles zurück«, sage ich, ohne ihn anzusehen. »Das Geld wegen der Therapie, ich zahl alles zurück.«

Kurz herrscht Schweigen am Tisch. Dann verdreht ausgerechnet Nuh die Augen. »Ja, okay, wenn's dich stört, dann mach das so, aber weißt du eigentlich, wie viel das Arschloch verdient?«

Er wirft unserem ältesten Bruder einen auffordernden Blick zu. »Zeig ihm deinen Kontostand.«

Tariq, der alles mit einer beinahe ausdruckslosen Miene beobachtet, zückt tatsächlich sein Handy und tippt drauf herum. Dann schiebt er es zu mir und bei dem Anblick der Zahl, die mir entgegenleuchtet, schwindet mein schlechtes Gewissen.

»Fuck«, sage ich. Ich wusste, es geht ihm in der Hinsicht gut, aber wie gut, merke ich erst jetzt.

»Jap«, bestätigt Maya. »Er wird später unser aller Vorsorge übernehmen.«

Augenverdrehend steckt Tariq sein Handy wieder zurück. »Du musst nichts zurückzahlen«, sagt er. »Nimm's einfach an, okay?«

Ich wünschte, mein Stolz wäre so groß wie der meines Vaters. Dann würde ich jetzt trotzdem darauf rumreiten und beharren. Aber Tatsache ist: Ich bin kein stolzer Typ. Wenn, dann eher ein bequemer.

Nur wenn ich schon nichts zurückzahle, dann will ich irgendwas anderes machen. Ohne Stella und die Therapie wäre ich noch eine Ewigkeit in Frankfurt geblieben, bevor ich mich wieder nach Wien getraut hätte. Kein Plan, wie ich jemals ausdrücken soll, wie wichtig mir das alles ist.

»Okay. Anyway, das war gar nicht der Punkt.« Maya nimmt den Notizblock wieder an sich und wedelt damit in der Luft. »Mental Health. Wie geht's dir mit der Therapie und brauchst du irgendwas von uns?«

»Was ist mit der ADHS-Diagnose«, fragt Nuh, bevor ich etwas sagen kann. »Wie ist das, hast du schon nachgeschaut, wo man sie machen lassen kann?«

Sie sind so hyperaktiv. Voller Tatendrang und Motivation. Woher kommt das? Woher kommt dieser Glaube, dass ich es packen kann?

Ich räuspere mich. Verstehe nicht, warum sie sich alle das hier gerade geben, merke aber, wie mich ihre Aufregung trotzdem … ansteckt.

»Das kriege ich schon selbst hin«, sage ich und umklammere die warme Tasse vor mir mit meinen Händen. »Also ich muss einen Termin machen. Aber ihr müsst dann wahrscheinlich Fragebögen beantworten, sonst funktioniert das mit einer Diagnose nicht. Man braucht Erfahrungsberichte von Familienmitgliedern. Eigentlich auch von Ma und Baba, aber keine Ahnung.«

»Das ist kein Problem«, sagt Maya. »Wir können das dann mit Ma und Baba zusammen machen.«

»Aber ich … also, die beiden müssen nicht … Ich mein, ich will sie nicht damit nerven oder so.«

»Sie machen's«, sagt Nuh. »Keine Sorge. Das nervt niemanden. Wegen dem Deutsch helfen wir ihnen einfach.«

Ich presse die Lippen zusammen, um nicht erneut zu widersprechen.

»Okay, also mehr brauchst du nicht?«, hakt Maya nach. »Du suchst dir selbst dann einen Psychiater, der darauf spezialisiert ist, oder wie wird das funktionieren?«

»Ja, genau.« Mein jetziger neuer Psychiater ist nicht geschult in dem Thema und kann mir weder eine Diagnose erstellen, noch kann ich ohne diesen Befund Medikamente bekommen. Und um die Medikamente geht es vor allem, erkläre ich ihnen.

»Aber du nimmst jetzt auch schon welche, oder?«, fragt Tariq, der weiterhin so tut, als wäre das hier ein Geschäftsmeeting und hätte nichts mit seiner Familie zu tun.

Ich nicke. »Ja, das müssen wir dann anpassen oder mit was anderem kombinieren.«

»Okay.« Maya hakt den Punkt Mental Health ab, schreibt aber irgendwas daneben, das ich von hier aus nicht sehe.

»Weiter«, sagt Nuh. »Wohnung? Du hast gemeint, du kannst bei Aslan nur bis zum Sommer bleiben?«

Ich nicke. »Dann kommt sein Mitbewohner zurück.«

»Bảo hat ab Oktober ein Zimmer frei.« Tariq zieht wieder sein Handy hervor und beginnt bereits darauf zu tippen. »Kannst du dir vorstellen, in seine WG zu ziehen?«

Keiner schlägt vor, dass ich hier ins Haus zurückziehen soll. Es scheint unausgesprochen klar zu sein, dass das keine gute Idee wäre, und ich spüre Erleichterung durch meinen Körper fahren.

Bei Tariq waren meine Eltern noch verdammt streng, was das Thema betraf, aber ich glaube, langsam checken sie, dass es nicht anders funktionieren kann. Sosehr sie sich dieses Leben erträumt haben, in dem wir alle später auch mit Ehepartnern und Kindern hier leben sollten, so unrealistisch ist diese Vorstellung für unsere Generation. Wir brauchen ein Umfeld, das uns nährt, nicht uns die Energie abzieht, wie Arwa predigen würde. Blumen und Blühen, Blumen und Blühen.

»Wenn's für Bảo okay ist«, antworte ich, »können wir es probieren, klar.«

»Hab ihm geschrieben. Hast du seine Nummer? Dann mach mit ihm auch gleich ein Treffen aus.«

Ich nicke und hole mein Handy raus, um mir eine Erinnerung zu speichern.

Plötzlich fühle ich mich auch hellwach und munter. Pläne kristallisieren sich in meinem Kopf. In den Wochen, seit ich hier bin, habe ich mich nicht getraut, über den nächsten Tag hinauszudenken. Aber in letzter Zeit war da wieder eine Stimme, die sich über das Danach Gedanken gemacht hat. Die gefragt hat, was jetzt genau kommen soll, und ich wusste es nicht, weil mich die Frage allein unter ihrem Gewicht erdrückt hat.

Jetzt zerlegt sich die Zukunft aber plötzlich in kleinere, überschaubare Stücke. Einzelne Schritte für ein großes Ganzes. War das immer schon so?

»Beruf«, liest Maya den nächsten Punkt vor. »Bist du zufrieden mit dem Kellnerjob?«

Ich zucke mit den Schultern. »Es stört mich nicht.«

»Aber bist du zufrieden?«

Jetzt schauen sie mich alle an. Die Frage ist auf etwas Größeres bezogen und der Griff um die Tasse vor mir wird fester.

»Ich will die VWA doch schreiben«, sage ich. Ein Entschluss, den ich vor meinem Zurückkehren gefasst hatte. Ich weiß nicht, ob studieren für mich eine Option ist oder nicht, aber ich will zumindest meinen Abschluss. »Aber ich brauch eben erst die Diagnose und dann die passenden Meds, weil ich weiß nicht, ob ich es ohne schaffe. Und keine Ahnung, ob ich sie überhaupt noch nachreichen kann?«

Maya nickt sofort. »Das ist noch möglich, ich hab bei deiner Schule nachgefragt. Aber die nächsten Termine zum Abgeben sind entweder diesen Februar, im Juni oder im Herbst.«

Ich schüttle den Kopf. »Bis dahin habe ich sicher keine Diagnose. Das kann noch Monate dauern.«

Nachdenklich betrachten wir diese neue, seltsam fremde Küche um uns und sagen eine ganze Weile nichts. Schließlich spricht Tariq. »Glaubst du echt, du schaffst es nicht so? Du hättest bis September Zeit, das sind mehr als sechs Monate.«

Unwillkürlich schnaube ich auf. »Ich hab's in vier Jahren nicht geschafft. Es geht nicht darum. Ich ...« Versuche zu erklären, was das eigentliche Problem ist, aber kriege es wieder mal nicht hin. »Also ich glaub, Medikamente würden helfen. Vielleicht, ich weiß nicht.«

Meine älteren Geschwister werfen sich gegenseitig vielsagende Blicke zu. Und auch wenn wir uns alle über ein Jahr lang nicht mehr gesehen haben, weiß ich sofort, was für Nachrichten sie gerade telepathisch rumschicken.

»Ich schreibe sie selbst«, sage ich. »Niemand sonst.«

»Aber –«

»Nein.« Ich schüttle vehement den Kopf. »Danke, aber nein.« Ich setze mich auf, meine Hände um der Tasse verkrampfen und lösen sich. Ich zwinge mich, es noch mal zu probieren, zu erklären, was gerade in meinem Hirn passiert.

»Ich muss das selbst schreiben, weil ich mich sonst hassen werde, okay? Es ist ein Egoding. Es ist bescheuert, ich weiß, aber ich brauch's für mich, dass ich das selbst mache, egal wie lang es dauert.«

Das Schweigen, das die Küche jetzt erfüllt, ist so laut, dass es in meinen Ohren knistert.

»Abi«, beginnt Maya schließlich. »Du musst niemandem – *niemandem* – etwas beweisen, wenn es das ist. Es gibt tausend Dinge, die du machen kannst, auch ohne Abschluss.«

»Ich weiß«, sage ich. »Ich weiß.« Scheiße, ich hab sogar über eine Kochausbildung nachgedacht. Mir ist klar, dass es Optionen gibt. Aber: »Ich will es nur einmal noch versuchen, okay? Für mich. Weil ... ich find das Thema wichtig. Es geht um mich. Es geht nicht um den Abschluss. Ich will das Ding schreiben. Ich will – ich will einfach schreiben.«

Langsam nicken sie alle und Maya scheint auf dem Notizblock den Punkt VWA hinzuzufügen. »Okay, Abi.« Sie lächelt nicht, aber ihre Miene ist weicher geworden. »Dann probier's, wie auch immer es für dich funktioniert. Wenn du Hilfe brauchst …«

»Meld ich mich«, beende ich ihren Satz. Ich *hoffe*, ich melde mich.

Großes Nicken. Große Entschlüsse. Und unfassbar viel Erleichterung und Verunsicherung in mir.

»Danke«, sage ich viel zu leise, weil ich keine Ahnung hab, wie ich es besser ausdrücken soll. »Also wirklich. Ich … danke.«

Bevor jemand etwas darauf erwidern kann, kommt Uzair verschlafen ins Wohnzimmer. Seine Haare stehen ihm wie wild vom Kopf ab und er kratzt sich den Bauch, während er lauthals gähnt.

»Hey, was macht ihr da?« Sein Blick klärt sich ein wenig und er setzt sich zu uns. »Ihr behandelt mich wieder wie einen Außenseiter, oder?«

Maya versucht seine Haare platt zu drücken. »Machen wir nicht. Du bist der Nächste, der eine Intervention kriegt, wenn du wieder dein Zeugnis fälschst.«

Beleidigt richtet er sich auf. »Ich mach's nicht mehr, hab ich doch gesagt!«

»Ich hoff's für dich«, brummt Tariq und wärmt für ihn auch eine Tasse Milch auf – Hafer wie bei Maya und Nuh.

»Glaubt ihr, ich hab trotzdem noch Chancen, ein Haustier zu bekommen?«, fragt unser jüngster Bruder und rührt Zimt in sein Getränk.

»Träum weiter«, schnaubt Maya.

»Oh.« Nuh scheint etwas eingefallen zu sein. Er fasst in die Tasche seiner Jogginghose und mir nichts, dir nichts, holt er einen schlafenden Hamster hervor.

Maya erstarrt, schließt die Augen und nimmt einen tiefen Atemzug. »Nuh«, sagt sie. »Ist das dein fucking Ernst?«

»Ich babysitte nur«, wehrt er sich. »Und sei leiser.«

Er hält das orange-weiße Vieh, das aussieht wie ein Fellball, in meine Richtung. »Hör mal«, sagt er.

»Nein, danke.«

»Komm schon.«

Seufzend beuge ich mich vor und er hält den Hamster ganz nah an mein Ohr.

»Shhh…«, sagt er zu den anderen.

Einige Sekunden vergehen, ohne dass ich verstehe, was er mir zeigen will. Dann nehme ich es wahr: der winzigste Herzschlag, der mir jemals untergekommen ist.

»Schön, oder?«, fragt Nuh lächelnd.

»Sehr«, bestätige ich und sehe sie alle an. Maya, die ihre Augen verdreht, Tariq, der eine milde, amüsierte Miene zur Schau trägt, Uzair, der jetzt darauf beharrt, den Hamster in die Hand nehmen zu wollen. Ich weiß nicht, ob ich jemals in Worte fassen werde, was ich für diese Menschen empfinde.

»Haben wir alle wichtigen Punkte durch?«, fragt meine Schwester.

»Für's Erste«, antworte ich und nehme einen letzten Schluck aus meiner Tasse.

Dann fällt mir Sadia ein. Nicht, weil sie auch ein Punkt wäre. Viel mehr, weil ich das Bedürfnis habe, ihr von diesem seltsamen Morgen zu erzählen. Was ich auch kann, wenn ich will. Sie meinte, ich soll mich melden, oder nicht? Ist es zu früh? Ist über ein Jahr zu früh, um wieder Kontakt zu haben?

Ich weiß nicht, aber nachdem wir uns gegenseitig verabschiedet haben, um unserem eigenen Kram nachzugehen, hole ich im Bus Richtung Arbeit mein Handy hervor und öffne den Chat zwischen uns. Mit wild klopfendem Herzen tippe ich eine neue Nachricht.

35. Kapitel

Sadia

Es ist seltsam, aber es fühlt sich so an, als wäre das Jahr zwischen uns nicht passiert. Ich weiß, dass das kein gutes Zeichen ist. Das bedeutet nämlich, dass wir es überstürzen. Dabei haben wir uns seit der Verlobungsfeier vor einer Woche nicht mehr gesehen.

Nur geschrieben haben wir. Viel geschrieben. Über alles, worüber wir schon früher geschrieben haben, Bücher, die wir lesen, Essen, das wir kochen, Gedanken, die uns während der Bahnfahrten kommen.

Er schickt mir Selfies von sich in seiner Kelleruniform inmitten des altmodischen Cafés, in dem er arbeitet, und bei dem Anblick muss ich kurz das Handy an meine Brust drücken und mein Herz zur Ruhe zwingen. Im Gegenzug schicke ich ihm ein Bild von mir in Kochschürze aus dem Bulleh Shah, müde, aber lächelnd, und er antwortet eine ganze Weile nicht, bevor er mir einen Haufen Ausrufezeichen sendet und schreibt, dass er gern eine Warnung hätte beim nächsten Mal, es sei nicht nett, ihn so zu überrumpeln mit meinem atemraubenden Anblick. Er trägt extra dick auf und es ist so typisch sein Humor, so typisch unsere Leichtigkeit, so typisch wir, dass es beängstigend ist.

Neu ist zwischen uns nur diese Bedachtsamkeit, die sich manchmal in unsere Gespräche schleicht. Er fragt mich, ob es okay ist, wenn er diese oder jene Frage stellt, ob es okay ist, dass er mir so spät noch schreibt, ob es okay ist, dass er sich so früh meldet. Dabei bin ich ganz und gar nicht okay, weil ich diese neue vorsichtige, sanfte Seite an ihm einfach nicht kenne und ihm am liebsten durch den Bildschirm hindurch um den Hals fallen will. Es ist okay, antworte ich stattdessen nur. *Und ist es auch okay, wenn du mir mehr von deiner Therapie erzählst? Ist es okay, wenn ich mehr von deinen Frankfurttagen erfahre? Ist es okay, zu fragen, wie es dir geht?*

Ja, ja, ja. Alles ist okay. Alles ist wirr und keine Ahnung, wie es weitergehen wird: Aber es ist okay.

So sehr, dass der Eröffnung des Bulleh Shahs nichts im Weg zu liegen scheint. Weil ich aber nun mal Perfektionistin bin, stresse ich mich natürlich trotzdem.

Deswegen sieht unsere Küche momentan auch wie ein Labor aus. Überall liegen Küchenutensilien, Testproben, Notizen und ausgedruckte Rezepte und Fotos von Essen. Unser Hauptmenü steht zwar fest, nur mit den Optionen für die Desserts bin ich nicht zufrieden.

Fawad meint, ich übertreibe und solle aufhören, bevor ich noch anfange, mit Pinzetten und Spritzen zu handwerken, wir seien schließlich keine Sterneküche. Aber er versteht auch nicht, wie wichtig es sein kann, die perfekten Esskombinationen zu erstellen. Ein harmonisches Menü ist eine Wissenschaft für sich und ich will nichts unversucht – oder ungeschmeckt – lassen.

Gerade bin ich dabei, auf Instagram meine Lesezeichen durchzugehen, um gespeicherte Dessertreels und -bilder durchzuscrollen. Nicht nur pakistanische Süßspeisen, sondern allgemein, man kann schließlich nicht wissen, wo die Inspiration einen erwischt. Das Bild einer dreistöckigen Buttercremetorte mit weißen und grünen Blumen aus Marzipan springt mir entgegen, weil sie so edel aussieht. Die orangebraune, glitzernde

Soße fließt an den Rändern so herab, dass es aussieht, als würde sie schmelzen. Ich klicke auf den Account, der das Bild gepostet hat, und lande auf der Seite vom Prisma, einem Restaurant, das in einer Küstenstadt in England liegt und eine meiner sehnlichsten Wunschdestinationen ist. Die haben neuerdings ihr Social-Media-Game hochgeschraubt und die Bilder sehen extrem professionell aus. Um zu analysieren, was diese orangebraune Flüssigkeit ist, zoome ich noch mal auf die Torte, die vor dem Hintergrund einer steinernen Wand steht, dann lese ich die Caption: *Mit Rosenwasser aufgepeppter, karamellisierter Zuckersirup ...*

Wäre ich in einem Comic, würde jetzt eine Glühbirne über meinem Kopf erscheinen.

Manchmal sieht man tatsächlich den Wald vor lauter Bäumen nicht. Eins der bekanntesten Desserts Pakistans sind die mit Rosenwasser zubereiteten Gulab Jamun, die nicht nur perfekt zu der Ästhetik vom Bulleh Shah passen, sondern auch eine Variation zu den Optionen bieten, die wir zurzeit auf der Karte stehen haben.

Als ich diese frittierten Bällchen zum ersten Mal gemacht habe, sind sie angebrannt, und beim zweiten Mal waren sie viel zu trocken. Entschlossen, es noch mal zu probieren, beginne ich nach Zutaten zu suchen. Nur um festzustellen, dass wir weder Rosenwasser noch Milchpulver übrig haben. Missmutig betrachte ich den Boden einer Nido-Dose, in der gerade mal ein Löffelvoll von der gelblich weißen Substanz ist.

»Sadia?« Fawad steckt seinen Kopf in die Küche. »Wir fahren jetzt nach Hause.«

Ich werfe einen Blick zur Wanduhr. Es ist fast acht Uhr abends. Momentan sind Semesterferien, weswegen ich auch mal länger hierbleibe. Außerdem bin ich angefixt. Ich will diese Gulab Jamun machen, sonst wird mein Kopf die ganze Nacht keine Ruhe mehr geben.

»Ihr könnt vorgehen, ich komme dann später allein nach.«

»Aber mach nicht wieder zu lang!«

Es gibt zwei Optionen, um an die fehlenden Zutaten zu kommen: Ich renne schnell zum Asialaden und hoffe, dass noch jemand da ist, bevor sie schließen.

Oder. Oder ich gehe ein Risiko ein. Denn sobald ich die leere Michpulverdose gesehen habe, spielte mein Kopf einen ganz eigenen Film ab. Wieder hole ich mein Handy hervor, diesmal um den Chat zwischen mir und Ibrahim zu öffnen. Lippenkauend betrachte ich unsere letzten Nachrichten, die keine Stunde zuvor abgeschickt worden sind. Er hat ein Zitat von Ngũgĩ wa Thiong'o geteilt, über Geschichten von Gerichten, die keinen Geschmack bekommen, wenn man sie nicht lang genug garen lässt. Ich hab ihm daraufhin das Bild von dem Eintopf geschickt, den ich letzte Woche gemacht habe, Nihari, stundenlang auf dem Herd gekocht.

Es wäre unbedacht, ihn herzurufen, oder?

Es ist zu früh, zu viel, zu schnell. Es ist aber auch so, dass ich mir gerade nichts mehr wünsche, als dass er hier wäre. Dass wir viel reden – nicht nur schreiben. Es ist so, dass ich meine Grenzen mittlerweile kenne und mir vertraue. Vor allem diese Erinnerung gibt mir einen Schubs und ich schreibe ihm.

Sadia: Bis wann geht deine Schicht heute?

Er antwortet sofort.

Ibrahim: Gerade beendet. Fahr jetzt zurück zur WG
Ibrahim: Wieso?
Sadia: Bist du zufällig in der Nähe vom Asialaden?
Ibrahim: Schon ...?
Sadia: Tust du mir ein Gefallen?
Ibrahim: Jeden

Sadia: Jeden?

Ibrahim: So gut wie jeden

Sadia: Gefährlich

Ibrahim: Immer

Sadia: Dein Glück, dass ich keine Niere brauche oder so

Ibrahim: Ich war schon dabei, mich von allen meinen Organen zu verabschieden

Sadia: Allen?

Ibrahim: Mein Herz gehört dir ja bereits, daher …

Ibrahim: Spaß! Ich mach nur Spaß

Ibrahim: War das gerade zu viel?

Ibrahim: Sorry

Ibrahim: Manchmal reagiere ich schneller, als ich denke

Sadia: Hab ich gar nicht mitbekommen

Sadia: Nein, war nicht zu viel

Sadia: Alles gut <3

Das tippe ich, als hätten seine Worte gerade nicht fast einen Meltdown bei mir verursacht.

Ibrahim: Okay … was brauchst du denn?

Sadia: Also FALLS du nicht zu müde von der Arbeit bist und Zeit hast

Sadia: Kannst du mir ein paar Sachen vom Asialaden besorgen?

Sadia: Wir haben eine offene Rechnung bei euch laufen

Sadia: Und dann halt generell, wenn du willst, herkommen zum Bulleh Shah und bleiben? Ich wollte ein altes Rezept neu ausprobieren

Eine ganze Weile reagiert er nicht mehr. Mir kommen tausend Zweifel in den Kopf, warum das hier keine gute Idee ist und dass ich alles zurücknehmen sollte, bevor er sich bedrängt fühlt.

Aber ich zwinge mich, rational zu bleiben. Ich habe ja nur gefragt. Wenn er nicht bereit ist – oder wenn ich feststelle, dass ich nicht bereit bin –, dann müssen wir uns zu gar nichts zwingen. Alles unter Kontrolle. Das wiederhole ich immer wieder: Alles unter Kontrolle zwischen uns.

Endlich erscheint eine neue Nachricht auf meinem Handy.

Ibrahim: Bist du sicher?
Sadia: ~~Nein.~~
Sadia: Ja.
Ibrahim: Okay. Was brauchst du vom Laden?

Während ich einige Minuten später auf seine Ankunft warte, gehe ich in der Küche auf und ab, bringe das gröbste Durcheinander in Ordnung und räume so weit wie möglich auf. Nicht, weil es mir unangenehm wäre, wenn er das Chaos sieht, in das ich mich zurzeit freiwillig begebe, sondern weil ich etwas brauche, um mich abzulenken.

Mein Herz pocht wie wild und ich betrachte mich ständig in der Spiegelung des Kühlschranks. Ich muss daran denken, wie er damals, als wir Aslan besucht haben, zu mir sagte, dass ich einfach so sein soll, wie ich immer bin. Und wie ich nicht wusste, was er damit meinte.

Heute ist es eher umgekehrt: Ich weiß, wer ich bin, zumindest im Kern. Aber diese Erkenntnis kommt mit einer Reihe eigener Unsicherheiten.

Mir bleibt nicht viel Zeit, um jede Facette meiner Identität zu zerdenken, denn er hat mir wieder geschrieben, diesmal, um Bescheid zu geben, dass er vor dem Restaurant steht. Ich gehe – gehe, nicht renne, was ich ziemlich beeindruckend von mir finde – aus der Küche zum Eingangsbereich, um aufzuschließen, verharre aber mit der Hand am goldenen Knauf, als sich unsere Blicke durch die dunklen Glasscheiben begegnen. Er trägt seine Lederjacke und einen Rucksack und erinnert mich fast schmerzhaft an sein Selbst damals aus dem Büchercafé. Sogar die Papiertüte passt, weil er mir schon damals Lebensmittel aus dem Laden besorgt hat, wenn ich ihn darum gebeten habe.

Nur diese leichte Verunsicherung in seinem Blick ist neu. Ob sie sich auch in meinem Gesicht spiegelt? Ich nehme meinen Mut zusammen und öffne endlich.

»Danke«, sage ich zur Begrüßung und nehme ihm die Tüte ab. Weil ich plötzlich nicht weiß, was ich sonst sagen soll.

Er auch nicht. Er zupft an einem Armband an seinem Handgelenk, bevor er sich zu ermahnen scheint und sich über den Buzzcut fährt. Macht den Mund mehrmals auf und wieder zu, ohne etwas rauszubekommen.

»Der Laden«, sagt er schließlich nur. »Sieht gut aus.«

Ich streiche mir eine Strähne aus der Stirn. »Danke«, wiederhole ich und dann atme ich tief durch. *Alles unter Kontrolle, alles unter Kontrolle, alles …* aber warum reicht es, dass er vor mir steht, um mir das Gefühl von Kontrollverlust zu geben? Räuspernd zeige ich Richtung Küche. »Gehen wir?«

Ja, wir gehen, aber schweigend, fast schon peinlich berührt. Wir sind nicht synchron, wir sehen uns zwar, aber ich frage mich, wie sehr wir einander noch verstehen. Ich hole am Küchentresen Milchpulver und Rosenwasser hervor und Ibrahim zieht seine Jacke aus. Darunter trägt er ausnahmsweise kein schwarzes, sondern ein olivgrünes Shirt. Mein Blick verharrt einen Moment zu lang auf seinem Alif-Tattoo, bis er sich umdreht und ich mich räuspernd wieder der Aufgabe vor mir widme.

»Ich mache Gulab Jamun«, erkläre ich.

»Cool«, sagt er und nimmt die Nido-Dose in die Hand. »Was ist überhaupt Trockenmilch?«

»Hast du das noch nie probiert?«

Er schüttelt den Kopf. Ich öffne die Dose und lasse ihn an

dem Pulver schnuppern. Angewidert verzieht er das Gesicht. Grinsend besorge ich ihm einen Löffel. »Koste mal.«

Er probiert ganz wenig, und in der halben Minute, in der er den Geschmack auf der Zunge zergehen lässt, sehe ich Misstrauen, Ekel und schließlich Überraschung über sein Gesicht huschen. »Ich weiß nicht, ob ich es hasse oder nicht. Aber ich will es noch mal probieren.«

Ich nicke. »Ja. Das ist Trockenmilch. Zumindest diese Marke schmeckt so. Hab noch nie eine andere probiert.«

Okay. Der beste Weg, um die Stimmung zwischen uns aufzulockern, ist, indem ich anfange zu kochen. So haben wir es damals in der Küche meiner Eltern hinbekommen. Vielleicht bekommen wir es diesmal auch so hin. Als Erstes erwärme ich ganz viel Zucker zusammen mit ganz viel Wasser auf dem Herd.

»Das wird der Sirup«, erkläre ich und lasse den Zucker schmelzen, bevor ich ein wenig Safran, grünes Kardamom und die wichtigste Zutat, Rosenwasser, hinzufüge.

Ibrahim, der noch instinktiv weiß, wann ich ihn brauche und wann er mir Raum geben soll, nickt. Sein Blick wandert von meiner Hand, die die Flüssigkeit umrührt, über meinen Arm bis hin zu meinem Gesicht. Ich weiß das, weil ich seine Blicke immer spüre, die kurzen, die langen, aber vor allem die sehnsüchtigen.

Ich schiebe die Ärmel meines roten Pullis hoch und will gerade meine Haare zusammenbinden, als mir auffällt, dass ich meine Haarklammer verlegt habe. Ehe ich mich nach ihr umsehen kann, hält er mir ein Haargummi entgegen.

»Hier.«

Verwundert betrachte ich das Ding in seiner Hand, dann ihn. Ich habe noch nie gesehen, dass er rot im Gesicht wird. Aber so verlegen wie er jetzt schaut, kommt das wahrscheinlich am Nächsten dran.

»Es ist deins«, erklärt er.

Mir bleibt die Luft weg. Sofort fällt mein Blick auf sein Handgelenk, wo ich vorhin ein Armband geglaubt habe zu sehen. Jetzt ist da nur ein Abdruck übrig. Woher hat er das Ding? Und vor allem: Wie lange trägt er es bei sich?

Vorsichtig nehme ich ihm das Haargummi ab und binde mir einen Zopf. Dabei muss ich mich anstrengen, das Zittern meiner Hände zu verbergen.

»Was jetzt?«, lenkt er ab und schaut sich fahrig in der Küche um. »Soll ich einen Topf rausholen oder …«

»Eine Schüssel«, erwidere ich so leise, dass ich mich selbst kaum höre. Ich räuspere mich und wiederhole die Worte. »Sie sind hinten in dem Regal. Eine von diesen silbernen mit flachem Boden reicht.«

Er kehrt mit der Schüssel zurück, während ich die Flamme unter dem Topf, in dem der Sirup köchelt, ausschalte. Wir stoßen beinahe zusammen, als ich mich wegdrehen will.

Unsere Bewegungen sind abgehackt, nicht aufeinander abgestimmt. Damals in der Küche meiner Eltern hatten wir den gleichen Rhythmus gefunden, wir bewegten uns in einem Takt, den unsere Körper vorgaben. Ich holte ihn vom Balkon ab, er ließ seine Schuhe zurück, wir eilten zur Küche, er schloss die Tür hinter sich und drängte mich an den Kühlschrank, wir küssten uns, küssten uns, küssten uns, dann drehte ich mich um, öffnete die Kühlschranktür und reichte ihm ein paar Lebensmittel, Tomaten, Paprika, Chilischoten, jeden Abend etwas anderes. Er reihte alles auf den Tresen, ich besorgte Töpfe, Schüsseln, Kochlöffel. Das Licht unter den Kommoden flirrte, das am Herd knisterte, und wir redeten, redeten, redeten. Das waren wir, Vergangenheitsform: mit einem Faden verbunden, um eine Achse tanzend, die sonst niemand sah. Um uns herum ein kleiner Raum, aber einer, in dem man sich weder verirren noch verlieren konnte.

In der Gegenwart sind wir in einer viel zu hellen, viel zu großen Küche, sodass der Abstand zwischen uns sich zu real anfühlt. Wir irren umher und vor allem verlieren wir uns immer wieder. Da ist keine Achse, um die sich unsere Welt dreht, wir sind zu zwei Planeten mit eigenen Monden geworden. Und ich weiß nicht, was wir machen können, um das hier einfacher zu machen.

»Weißt du, wie es war, als wir uns begegnet sind?«, frage ich ihn plötzlich und nehme ihm die Schüssel ab.

Er lehnt sich an den Tresen neben mir und streckt die Arme, schiebt sich leicht hin und zurück. »Ich glaub nicht, dass ich das vergessen kann«, sagt er.

Ich beginne das Milchpulver mit Wasser zu vermischen, um es zu einer festen Masse zu kneten. »Es hat geregnet – «

»Tagelang«, ergänzt er.

»Und du warst der letzte Gast im Café. Wir waren kurz davor zu schließen.«

Ibrahims Züge sind unlesbar, aber seine Augen funkeln bei der Erinnerung. »Vier Minuten.«

Ich spüre meine Mundwinkel zucken. »Vier Minuten«, wiederhole ich und beginne die Masse noch mal feiner durchzukneten, damit keine Unebenheiten übrig bleiben.

»Ich habe im letzten Jahr viel über das Thema Variable nachgedacht«, murmele ich. »Irgendwie habe ich das Gefühl, an und für sich besteht das Leben aus einer Grundlage, auf der alles existiert, aber die Details üben den größten Einfluss aus.«

»Inwiefern?« Er steht plötzlich sehr nah bei mir und ich muss mich zwingen, konzentriert zu bleiben.

»Wenn es nicht vier Minuten, sondern drei gewesen wären, was hätte sich geändert?« So viel zum Thema, alles langsam angehen zu wollen.

Ist es okay, dass ich darüber rede? Ich will aber gerade über nichts anderes reden. Ich will mit ihm so sein, wie ich immer

in meinen besten Momenten mit ihm gewesen war: unredu-
ziert.

»Wenn's drei statt vier Minuten gewesen wären«, wiederholt
er und seine Stimme fährt tief in mich, denn jedes Wort von
ihm erinnert mich daran, wie lange ich ihn nicht mehr reden
habe hören. »Dann hätte ich schon meine Sachen zusammen-
gepackt. Ich hatte nicht vor, zu überziehen. Ich wusste, dass ihr
gleich schließt.«

Ich reiche die Schüssel an ihn weiter. Er hat eben die Hände
gewaschen, weil er diese Schritte unserer Prozedur kennt. Was
er auch noch weiß: Wenn ich ihm etwas reiche, dann muss er
nicht nachfragen, sondern macht die Bewegungen nach, die
ich ihm vorgeführt habe. Mit seinem Handballen drückt er die
Masse so sorgfältig wie möglich. »Und wenn es zwei Minuten
gewesen wären?« Wir stehen uns jetzt noch näher. Ich will sichergehen, dass er es richtig macht, deswegen. Meine Hand
schwebt über seiner, aber ich muss ihn gar nicht dirigieren.

Sprich, ich muss ihn nicht berühren.

»Dann hätte ich dich eine Minute weniger angeschaut.«

Eine Gänsehaut fährt mir über die Arme. »Und eine Minute?«

»Dann wäre ich schon auf dem Weg nach draußen gewesen,
als du meinen Tisch erreicht hast.«

»Und wenn es Ladenschluss gewesen wäre …«

»Dann hätten wir uns verpasst.«

Oder wir hätten uns an den nächsten Tagen wiedergesehen.
Aber wäre dann alles so, wie es ist? Wären die Dinge genauso
abgelaufen?

Er hört auf. »Passt das so?«

Ich nicke, ohne meinen Blick zu heben, spüre seinen Atem
an meiner Schläfe. »Mehl«, murmle ich und zwinge mich, zurückzuweichen. Wir wiederholen dieselbe Aktion mit dem
Mehl, diesmal ohne zu sprechen.

Für viele Menschen ist es ja die Hölle, gemeinsam zu kochen, weil sie lieber die Kontrolle über alles haben wollen. Aber seltsamerweise war das nie so bei mir, obwohl Kontrolle gerade alles ist, worum ich mich bemühe. Vielleicht, weil Kochen immer schon tief verwoben mit meinem Verständnis von Beziehung und Familie war.

In Pakistan haben sich meine Tanten und Cousinen manchmal ganze Tage nur solchen Dingen gewidmet: in Massen Lebensmittel konserviert, getrocknet, zu Achar gemacht. Sie haben Gemüse gewaschen und geschnitten, Reis gesäubert. Unsere Familien in der Heimat sind so viel größer, dass es auf jede helfende Hand ankommt. Ich erinnere mich genau an diese Momente im Innenhof meiner Oma, wo alle Frauen auf einer riesigen Decke ausgebreitete Erbsen gezupft haben, so wie es meine Mutter und ich im kleinen Rahmen immer machen.

Dabei geht es nicht darum, dass ihnen der Zugang zu modernen Geräten fehlt, die ihnen die Arbeit erleichtern würde. Es geht darum, Zeit miteinander zu verbringen und das Community Feeling zu stärken. Nur dass die Männer nie mitmachen müssen, ist mein einziges Problem damit. Aber sonst? Ich habe es geliebt, auch wenn wir später dann in den viel zu engen Küchen gekocht haben.

Und irgendeine Wirkung zeigt es ja anscheinend auch jetzt noch, denn ich merke, wie Ibrahim und ich immer mehr in unseren alten Rhythmus zurückkehren. Wir kneten die Masse, bis der Teig nicht mehr an den Händen kleben bleibt, und ich füge etwas Natron hinzu, bevor wir uns die Hände waschen. Danach lassen wir den Teig eine Weile stehen und mir kommt in den Sinn, dass Ibrahim gerade von der Arbeit gekommen ist.

»Du musst Hunger haben.«

»Irgendwie nicht.«

»Sicher? Ich kann dir was aufwärmen – also wir haben nur Reste hier, aber ich kann auch was bestellen.«

»Alles gut, Sadia.«

Mein Name von seinen Lippen so glatt und weich wie der cremige Teig. Wir stehen uns gegenüber am großen Tresen inmitten der Küche.

Ich habe keine Antworten. Das erkenne ich gerade. Was ich hier mache, fühlt sich nicht falsch an. Aber ob es sich richtig anfühlt, kann ich auch nicht beurteilen. Ich weiß nur, dass ich mich freue, ihn zu sehen.

»Ich hab dir ja mal gesagt, dass ich mich schwer damit tue zu erklären, was ich fühle«, sagt er plötzlich und trommelt mit seinen Fingerknöcheln auf dem Tresen herum.

»Das hätte ich fast nicht gemerkt, so eloquent, wie du dich meistens ausdrückst.«

Jetzt erscheint doch ein Lächeln auf seinem viel zu ernst wirkenden Gesicht und macht seine Züge weicher. Es ist aber ein traurig wirkendes Lächeln. Eins voller Reue und Bitten. »Vielleicht hab ich gedacht, wir haben etwas, was auch ohne Worte funktioniert«, gesteht er mir leise. »Ich weiß, es ist bescheuert, aber ich dachte … keine Ahnung. So funktioniert das mit Seelenverwandten.«

In meiner Brust sticht es, nicht nur schmerzhaft, sondern auch als Erinnerung. »Das dachte ich auch«, gestehe ich.

Er schluckt schwer. Wir betrachten uns eingehend in diesem hellen Licht und mir wird klar, dass ich mich trotz der Schwere unseres Gesprächs beruhigt fühle. Weil er sich überhaupt darauf einlässt, statt das Unangenehme zu übergehen.

Ich glaube, er möchte wissen, wie echt das zwischen uns beiden eigentlich gewesen ist. Und ich verstehe das, weil ich mich schon oft genau dasselbe gefragt habe. »Ich hab mich in letzter Zeit gewundert, wann man Menschen loslassen sollte – und wann sie bleiben dürfen.«

»Ja?«, fragt er und bemüht sich, jegliche Emotion aus seiner Stimme rauszuhalten. »Und hast du eine Antwort gefunden?«

Seufzend schüttle ich den Kopf. »Nein. Ich habe nur noch mehr Fragen.«

Ibrahim berührt das Kleine Prinz-Tattoo an seinem Handgelenk. Berührt die Stelle, wo das Haargummi war. »Hast du Angst?«, fragt er.

Es ist unendlich still hier und unsere Stimmen unendlich laut. Der Geruch von in Zucker gekochtem Rosenwasser in der Luft und ein stetiges Pulsieren in meiner Brust. »Ein bisschen. Du?«

»Sehr viel sogar.«

Und vielleicht ist das auch okay so. Weil die Angst immer bleibt, egal was geschieht.

Danach machen wir weiter, als wäre nichts dabei gewesen. Wir rollen den Teig zu kleinen Bällchen, lassen sie wieder, diesmal unter einem nassen Tuch, stehen, während ich ihm zumindest einen von Fawads Proteinjoghurts in die Hand drücke, damit er irgendwas in den Magen bekommt. Nachdem wir die Jamun, die »Beeren« frittiert haben, versenken wir sie in den Sirup, um daraus Gulab Jamun, also Rosenbeere zu machen.

»Mmh«, seufze ich, als ich die erste Geschmacksprobe mache. Und aus irgendeinem Grund bringt ihn das zum Grinsen.

Als es schließlich kurz vor Mitternacht ist, beschließen wir, dass es Zeit wird, sich zu verabschieden.

»Ich will dich irgendwie nicht allein gehen lassen«, sage ich, während er seine Jacke überstreift.

»Ich schreib dir, wenn ich zu Hause bin«, verspricht er und steckt die Gulab Jamun, die ich für ihn in eine Dose eingepackt habe, in seinen Rucksack.

Dann steht er vor mir, den Rucksack auf eine Schulter geschoben, ich in einer Schürze, er aufbruchsbereit. Wie damals im Café. Nur dass diesmal nicht nur einzelne Seiten an uns beschienen werden, sondern alles viel zu roh und nackt vor uns liegt.

Keiner von uns findet die richtigen Worte, um zu erklären, was in uns vor sich geht. Also gebe ich meinem innersten Bedürfnis nach – und umarme ihn. Ganz, ganz fest. Sofort lässt er den Rucksack fallen und schlingt seine Arme um meine Taille. Meinen Kopf in seinen Nacken gepresst, muss ich ihn leicht nach unten ziehen, aber das hat ihn noch nie gestört. Ich spüre seinen Atem, seinen Herzschlag, seine Wärme und bin so, so, so dankbar dafür, dass er hier ist. »Ich bin stolz auf dich«, flüstere ich.

Er erstarrt einen Moment. Dann wird sein Griff fester und so verweilen wir eine ganze Weile.

Und ich weiß in diesem Moment mit jeder Faser meines Körpers: Wenn wir es bis hierhin geschafft haben, dann schaffen wir es auch weiter.

36. Kapitel

Ibrahim

Es war eine dunkle, kalte Nacht im Februar und die Uhren schlugen Mitternacht.

Ich lasse mich auf einer Bank an einer Bushaltestelle nieder und lehne mich zurück, die Beine ausgestreckt. Mein Rucksack neben mir am Boden abgelegt, fahre ich mir über mein Gesicht und reibe meine müden Augen. Meine Füße schmerzen von der Zehn-Stunden-Schicht, die ich geschoben habe, bevor ich zum Bulleh Shah fuhr.

Aber mir ist jeder Schmerz wert, wenn ich im Gegenzug eine Umarmung von Sadia bekomme. Ihre Berührung hat sich in meine Seele gebrannt, und ich kann's nicht fassen, dass ich über ein Jahr ohne ausgekommen bin. Und dann sind da ihre Worte. Sie ist stolz auf mich? Aber ohne sie wäre ich vielleicht nie aus meinem Tiefschlaf erwacht.

Das Gespräch mit ihr kreist in meinem Kopf. Eine Dauerschleife. Ich denke an ihr erschöpftes Gesicht, daran, wie sie ihre berüchtigten Grimassen zog und an ihre verschlossene Art mir gegenüber. Nur, um dann doch verletzlich zu werden.

Ich hatte Angst, dass der Grund, warum sie mich darum gebeten hat, zu kommen, ein Abschlussgespräch sein würde. Dass sie ein für alle Mal einen Schlussstrich ziehen wollte, und am liebsten wäre ich weggerannt, weil ich es verstanden, nur nicht ertragen hätte. Aber ich bin geblieben, und das Bleiben hat sich selten so gelohnt wie heute. Alles, was sie braucht, ist Zeit, sagte sie zum Abschied, Zeit, und aus einem »Nie wieder« wird ein Vielleicht, Zeit, und aus »keiner Chance«, wird eine letzte, Zeit, und aus einem Punkt wird ein Beistrich.

Lass es mich diesmal richtig machen, Sadia.

Das wollte ich ihr sagen, aber ich hatte Angst, zu viel zu sein, zu intensiv, zu hoffnungsvoll. Seit wann ist Ibrahim hoffnungsvoll? Vielleicht mache ich allen was vor. Mir selbst am meisten. Und wenn das stimmt? Wie lang hält die Fassade diesmal?

Ein Auto fährt in rasender Geschwindigkeit an mir vorbei und hupt laut. Gänsehaut auf meinem Körper.

Hochstapler, singt eine Stimme in mir. Hochstapler hoch eins, hoch zwei, hoch drei. Ich betrachte den Asphalt vor mir eingehend.

Es ist alles gut, oder? Alles ist mittlerweile fucking wundervoll. Ich bin gesund, ich habe Sadia umarmt, meine Familie heilt.

Aber warum beschleunigt dann mein Puls gerade? Warum bin ich kurz vorm Kotzen?

Renn auf die Straße, dann machst du es allen einfacher. Der Gedanke kommt wie ein Stromschlag, als hätte ich meine Finger in eine Steckdose geschoben. Das habe ich als Kind mal getan, weil ich schon jeden Scheiß getan habe, weil mir meistens Impulse schneller kommen als Gedanken. Weil ich nie aufpasse, einfach nie aufpasse, weder auf mich noch auf andere.

Mein ganzer Körper beginnt zu zittern. Sadia gibt dir noch eine Chance, deine Familie gibt dir noch eine Chance, alle verzeihen dir, wenn du nur dranbleibst und durchhältst, sie haben sich für dich entschieden, sie glauben an dich. Aber was, wenn sie alle falschliegen?

Eine Frage, die ich die ganze Zeit über erwartet, ihre Anwesenheit wie einen lauernden Geist im Nacken gespürt habe.

Trotzdem habe ich mich durchgebissen. Wenn man meint, heimgesucht zu werden, ist der größte Fehler, den man machen kann, den Kopf umzudrehen, um nach den Dämonen Ausschau zu halten. Du darfst zu keinem Zeitpunkt fragen: Ist da wer? Du musst einfach weitermachen, weitermachen, weitermachen. Und trotzdem, manchmal überkommt's einen doch. Manchmal ist die Neugier zu groß, man hält inne, dreht den Kopf um.

Diesmal rauscht ein Lastwagen an mir vorbei. Ich richte mich auf und drücke die Füße auf den Boden. Versuche auf meine Atemzüge zu achten. Tief einatmen, tief ausatmen. Wenn ich mit Stella diese Übung gemacht habe, habe ich mich bescheuert gefühlt und es selten ernst nehmen können. Jetzt wünschte ich mir, sie wäre hier, um mich zu erinnern, wie es geht, dieses Atmen. Es klappt nicht. Meine Brust wird mit jeder Sekunde enger, meine Glieder taub. Mein Herz schlägt im Millisekundentakt, und die Lichter der Straßenlampen, die Lichter der Autos verschwimmen zu einem undurchdringlichen Bild.

Mehrere Fahrzeuge auf einmal, ein Hupen von weiter weg. Die Farben, die sie mit sich ziehen, wirken hypnotisierend auf mich, ich kann meinen Blick nicht losreißen.

Ich wünschte, ich wäre bei Sadia im Bulleh Shah geblieben und hätte weiter mit ihr Gulab Jamun gegessen. Mit ihr mehr über Menschen, die man loslässt, und Menschen, die man behält, philosophiert, über Bücher diskutiert. Wenn mein ganzes Sein nur daraus bestehen würde, mit meinen Geschwistern Uno zu spielen und warme Milch zu trinken, mit Sadia zu essen, sie zu berühren, Dates in Büchercafés zu haben, mit Aslan und den Jungs Serien zu schauen, als wäre es ein Event – wenn alles nur aus solchen Momenten bestehen würde, dann würde ich es ertragen, einen Karusselkopf zu haben. Aber es besteht auch aus einer VWA, die nicht fertig geschrieben ist, einem fehlenden Zeugnis, aus Prüfungen und Berufsangst. Aus einer unbestimmten Zeit, die sich wie ein Loch vor mir auftut, weil kein Plan, wie lange das alles so weitergehen soll.

Und ich weiß, alle glauben plötzlich an mich, aber woher nehmen sie diese Sicherheit? Ich habe nichts getan, um ihr Vertrauen zu gewinnen.

Ich zittere, als würden tiefste Minusgrade herrschen, und meine Lungen scheinen immer mehr zu schrumpfen. Meine Atemzüge kommen abgehackt, und ich rutsche von der Bank zu Boden, um mich besser an das Jetzt um mich herum zu klammern. Aber es schwankt noch immer alles. Ein paar Schritte und dann stehe ich auf der Straße. Ein paar Schritte und dann ist alles egal.

Bei diesen Gedanken geht ein Ruck durch meinen Körper. Ich klammere mich an mich selbst, die Beine angewinkelt und die Arme um die Knie geschlungen, dann hole ich mein Handy hervor. Mit zitternden Fingern öffne ich meine Kontakte und zwinge mich, auf die oberste Nummer zu tippen.

Ich gehe sie alle durch.

Maya als Erstes. Es geht auf die Mailbox. Sadia – sie müsste noch im Restaurant sein, aber auch sie hebt nicht ab. Bei ihr habe ich sofort schlechtes Gewissen und bin froh, dass sie sich nicht meldet. Nuh? Arwa? Aslan? Wo sind sie alle? Wo sind sie alle, warum bin ich jetzt doch plötzlich allein?

Es ist die letzte Nummer, auf die ich zurückgreife.

Es ist die einzige Nummer, von der ich will, dass sie nicht abhebt. Tariq. Oder wie er seit Neuestem auf meinem Handy heißt: Trevor. Und natürlich, natürlich ist er der Einzige, der rangeht.

Stille. Kein Hallo, auch kein »Was willst du?«.

Einfach nur Stille.

»Hey«, sage ich und ich hasse, hasse meine Stimme, die in dem Moment bricht. Mit einem Mal wirkt er alarmiert. »Was ist los?«

»Nichts«, antworte ich und dann doch: »Ich glaube, ich fühle meine Arme und Beine nicht mehr.« Und alles zieht sich zusammen, sodass ich nicht atmen kann, und da rauschen Autos an mir vorbei und ich weiß nicht, wo ich anfange und aufhöre, weil ich glaube, ich sinke in den Boden, ich spüre mich selbst nicht, Tariq, hörst du, ich spüre gerade nichts, ich habe scheiße Angst, am meisten vor mir selbst und am meisten vor allem, verstehst du das? Es ist so verdammt anstrengend, einen Karusselkopf zu haben, ich weiß nicht, wie ich das ein Leben lang packen soll. Hörst du Tariq?

»Hast du eine Panikattacke?«, fragt mein großer Bruder. »Wo bist du?«

»Tariq …«, sage ich leise. »Tariq, es tut mir leid.«

Einen Moment lang herrscht Schweigen am anderen Ende, so gespenstig und durchdringend, dass ich fast glaube, dass er aufgelegt hat. Dann spricht er wieder. »Wo bist du? Ich komme dich abholen.«

Der Laut, der mir aus der Kehle kommt, ist weder ein Ja noch ein Nein. Er ist einfach verzweifelt.

»Ich pack das nicht«, sage ich. »Ich schwöre, ich pack das nicht, Tariq, ich werde das auf Dauer alles nicht schaffen, ich bin scheiße nutzlos.«

»Halt die Klappe«, unterbricht er mich barsch. »Du bist nicht nutzlos.«

»Ich weiß nicht, was ich machen soll.«

»Sag mir, wo du bist.« So pragmatisch. So logisch. Und doch: Ist da ein Hauch Anspannung in seiner Stimme? Die Arme auf den Knien abgestützt und die Hände um den Kopf geschlungen, nenne ich ihm den Namen der Haltestelle und höre sofort, wie er sich in Bewegung setzt.

»Bleib in der Leitung«, sagt er, während ich eine Autotür aufgehen höre. »Rede mit mir.«

»Worüber?«

»Sag mir, welche drei Dinge vor dir sind?«

»Nein«, fauche ich, weil das bescheuert ist und nicht funktioniert, weil ich mich nicht mal auf mich selbst konzentrieren kann, wie soll ich auf anderes Zeug fokussieren. Aber dann hebe ich meinen verschwimmenden Blick und sehe die Haltestelle um mich an. »Das Haltestellenschild, ein Mülleimer und die Bank«, rattere ich mechanisch ab. Ich presse meine Handballen gegen mein Knie und klopfe darauf herum, keine Ahnung wieso.

Tariq scheint das Auto gestartet zu haben. Ich hoffe, er hat sein Handy auf Lautsprecher. »Und welche Geräusche hörst du?«

Irritation zuckt durch meinen Körper. Was fragt er so bescheuertes Zeug? »Welche hörst du?«, gebe ich zurück.

Ohne zu zögern, antwortet er: »Ich höre das Auto, das ich gerade gestartet habe. Den Wind draußen. Deine Stimme.«

Ich schließe die Augen. Versuche es noch mal mit dem tief Ein- und Ausatmen und konzentriere mich dabei auf Tariqs Atmung.

»Und was siehst du?«, frage ich ihn.

»Das Weizenfeld. Die Straße vor mir. Eine Konzertkarte von Maya zu einer beschissenen Indie-Band.« Weil ich nichts darauf sage, redet er weiter: »Ich glaube, sie hat mal einen Unfall mit dem Auto gehabt. Keine Ahnung, bei wem sie war, um den Schaden zu beseitigen, aber ich merk's doch …«

»Sie ist 'ne miese Fahrerin«, murmle ich.

»Versuch ihr das zu sagen und sie rastet aus.«

Ein. Und ausatmen. Konzentrier dich auf alles, was du hörst: das Flattern eines Vogels über mir. Aus der Ferne das Gelächter einer betrunkenen Gruppe. Tariq, der weiter über unsere Schwester redet, als wäre das ein ganz normales Gespräch, als würden sonst keine Berge an Ungesagtem zwischen uns liegen.

»Arwa fährt richtig gut«, sage ich aus einem selbstzerstörerischen Drang heraus. Weil ich weiß, was es heißt, sie vor ihm zu erwähnen. Weil ich will, dass er aufhört, normal mit mir zu kommunizieren. Kurz hält er inne und scheint sich zu sammeln. »Ja. Überraschenderweise.« Er räuspert sich. »Sie mag's auch, aus der Stadt zu kommen, ohne Menschen begegnen zu müssen.«

Aus irgendeinem Grund will ich einfach nur mehr schreien. »Tut mir leid«, wiederhole ich noch mal. Und dann kann ich nicht mehr aufhören. Tut mir leid, tut mir leid, tut mir leid, Tariq. Ich merke erst, dass ich heule, als ich nichts mehr vor meinem Tränenschleier sehe.

»Ja«, erwidert mein Bruder irgendwann weit entfernt. »Mir auch.«

Ich weiß nicht, wie viel Zeit vergangen ist, bis er ankommt. Aber plötzlich steht er vor mir, das Handy am Ohr. Seine Augen seltsam glühend und die Haare so wirr wie immer. Ich merke, wie meine Finger und Füße kribbeln, als würde Leben in ihnen zurückkehren, konzentriere mich immer noch auf das Atmen. Er hält mir seine Hand hin. Und diesmal, ohne darüber nachzudenken, erfasse ich sie.

Er bugsiert mich in sein Auto und fährt sofort los, weil er an einer Stelle parkt, an der es nicht erlaubt ist. Statt das Haus anzuvisieren, hält er an einem Drive-Through, besorgt mir Essen und was zu trinken, ohne überhaupt zu fragen, ob ich Hunger habe. Als wüsste er nicht, was er sonst mit mir machen soll. Jetzt sitze ich mit einem scheiß Happy-Meal im Schoß auf einem beinahe leeren Parkplatz vor dem riesigen M und wische mir noch immer die Tränen von den Wangen.

Tariq hat sich nur eine Cola besorgt und rührt gelegentlich mit dem Strohhalm die Eiswürfel durch. Er redet immer noch, schon seit wir telefonieren hat er nicht aufgehört, was bei ihm ungewohnt ist. Er labert über irgendeine seiner Reisen, diesmal Ägypten, aber ich höre ihn kaum. Nur zu wissen, dass er da ist, reicht.

Ich strecke währenddessen meine Finger aus, um das Gefühl in ihnen zurückzugewinnen. Presse die Hand an meine Brust und massiere die Stelle über meinem Herzen. Das Essen vor mir ist fast unangerührt, weil ich nichts runterbekomme. Stattdessen hole ich den Zauberwürfel raus, der im Menü inkludiert ist, und beginne, daran rumzudrehen.

Tariq verstummt. Schweigend beobachten wir beide, wie ich die blaue Seite des Quadrats richte, meine Finger, meinen Kopf in Bewegung halte. Dann spricht mein Bruder wieder.

»Hast du mir die Schuld gegeben?«, fragt er. »Dafür, dass du sitzen geblieben bist?«

Das kommt plötzlich. Ich halte inne und starre ihn an. »Das hatte nichts mit dir zu tun.« Meine Stimme kratzt in meinem Hals und ich räuspere mich.

Tariq fährt sich durch seine wirren Haare. »Baba hat mir die Schuld damals gegeben«, sagt er. »Er hat gemeint, ich hätte dir besser aushelfen müssen. Bin ja der Älteste. Er sagte, wie kann's sein, dass du drei ältere Geschwister hast, die alle richtig gute Noten haben, aber du fällst trotzdem durch?«

Irritation durchzuckt mich, ich lasse den Würfel sinken. »Ihr wart doch alle selbst Kinder.«

»Das vergisst er manchmal, weißt du?« Mein Bruder wirkt nicht sauer, während er davon spricht. Viel eher resigniert und in Erinnerung schwelgend. »Er hat seine eigene Kindheit nicht ausleben dürfen. Also vergisst er, dass er das anderen trotzdem erlauben muss.«

»Schön für ihn. Macht's trotzdem nicht besser, dass er den ganzen Druck auf uns ausgelassen hat.«

Tariq rührt wieder die Eiswürfel um, vielleicht beruhigt ihn das Geräusch. Ich habe wieder das Bedürfnis, mich zu entschuldigen, immer das Bedürfnis, mich zu entschuldigen. Und ich will ihm gleichzeitig auch erklären, dass es nicht um Schuld geht, aber mir versagen erneut die Worte im Mund. Ich fühle mich nicht nur wegen dem beschissenen Happy Meal wie ein Kind.

»Warum warst du dann so sauer auf mich, Abi? Wenn's nicht deswegen war, was habe ich sonst falsch gemacht? Ich will's wirklich verstehen.«

Meine Hand verkrampft sich um den Würfel, und ich versuche mich zu erinnern, was Stella mir geraten hat, wenn ich es nicht hinbekomme zu erklären, was ich gerade fühle. Dass ich einfach sagen soll, dass es gerade nicht geht. Bis ich merke, dass es doch geht, weil Tariq mich nicht drängt. Er wartet darauf, dass ich spreche, schaut weder verurteilend noch genervt.

»Ich war sauer auf alle«, beginne ich. »Wenn man sich selbst nicht mag, kommt man nicht so gut damit klar, wenn andere nett zu dir sind. Es fühlt sich unverdient an. Also tust du alles, damit die anderen aufhören. Wie eine selbsterfüllende Prophezeiung, verstehst du?«

Ich fühle mich, als würde ich meine Seele ausziehen gerade und find's richtig schlimm. Den Blick von ihm losreißend, widme ich mich wieder dem Würfel, um meine Worte nicht zu sehr zu hinterfragen.

»Es war halt nichts Persönliches«, erkläre ich weiter. »Ich hab einfach – ich hab einfach Aufmerksamkeit gebraucht. Oder so ähnlich, keine Ahnung, ob das Sinn ergibt.«

»Doch. Es ergibt Sinn.« Er stellt seine Cola in den Halter zwischen uns, nickt langsam. »Hat sicher nicht geholfen, dass wir in dieser Kultur aufgewachsen sind, wo alle ihre Gefühle unterdrücken und Probleme nicht ansprechen«, sagt er. »Jeder soll sich zusammenreißen und sich noch mehr anstrengen, um zu kompensieren, wenn er einen Fehltritt macht, oder?«

Tariq schließt für einen Moment erschöpft die Augen. »Wir lernen nicht, mit sowas umzugehen, bis es nicht mehr anders geht, als es lernen zu müssen. Oder vielleicht sogar zu spät ist.«

Ich habe mittlerweile auch die rote Seite des Würfels beendet, spüre aber immer noch zu viel. »Das hat's definitiv nicht einfacher gemacht.« Ich denke an meine ständigen Fehleraufzählungen, sehe die tausend Minuszeichen auf meinen Hausarbeiten, die strengen Züge um die Münder meiner Lehrer, die Gehässigkeit in ihren Mienen. »Aber das ist auch, weil wir in Österreich leben. Es ist nicht nur unsere Community. Meine Lehrer waren auch so. Ein Fehler war für die nie ein Fehler, sondern ein Beweis, wie unnötig unsere Existenz ist. Und fühlen darf man als Junge eh nicht, vor allem nicht, wenn man Brown ist.«

Mein Bruder öffnet die Augen wieder. »Das stimmt. Deine Mittelschule war aber auch eine Katastrophe, was die Lehrer betraf.«

»Volksschule auch«, murmle ich.

Ich denke an Frau G und ihre roten Lippen. Erst in der HTL ab der neunten Stufe wurde es besser, wahrscheinlich der einzige Grund, warum ich es bis zur Matura geschafft habe. Bis dahin war der Schaden aber längst angerichtet.

»Baba hatte immer so viel Schiss vor den Lehrern gehabt«, erinnere ich mich. Wenn er sich doch dazu aufgerafft hatte, zu Elternabenden zu kommen, hat er sich ganz devot und übermäßig freundlich gegeben.

»Weil er wusste, wie diese Leute sein können. Er wusste, sie haben Macht über das Schicksal seiner Kinder, also war er unterwürfig.«

»Er hatte auch die Option gehabt, für uns einzustehen, oder?«

»Mit seinem gebrochenen Deutsch? Während man ihn als bedrohlichen Ausländer gesehen hat, egal, wie nett er ist?«

Ob unsere Eltern, unsere Freunde, unsere Geschwister, wir

haben miterlebt, wie jeder von ihnen immer wieder und wieder entmenschlicht worden ist. Was für Fuckup für den Kopf eines Kindes, mitanzusehen, wie der eigene Vater, der sonst mit erhobenem Haupt geht, sich zusammenkrümmt vor einer Person, nur weil sie weiß ist. Was für ein absoluter Schock, wenn der ältere Bruder, zu dem man aufsieht, deine Lehrer anbettelt, eben die Lehrer, die sonst ein sicherer Hafen für euch sein sollten. Was für eine manipulative Scheiße, dass wir uns später einreden, es wäre ja nie etwas passiert, als wäre es unsere Schuld, dass wir die falsche Hautfarbe, den falschen Pass, den falschen Namen haben. Als wäre überhaupt etwas an all dem falsch.

»Bist du nicht sauer?«, frage ich Tariq. »Bist du nie sauer gewesen? Auf alles? Auf Baba, auf dieses Scheißsystem, auf die Menschen?«

Er runzelt die Stirn. Sieht noch immer viel zu jung aus, um sich über solche Dinge Gedanken zu machen, und gleichzeitig ist dieser Ausdruck in seinen Augen, als hätte er tausend Leben hinter sich. »Doch«, sagt er. »Ich bin's heute noch. Aber ich lern auch erst seit Kurzem wirklich, für mich einzustehen. Die ersten zwanzig Jahre meines Lebens war ich eher ein People-Pleaser.«

Sadia und Aslan, sogar Maya kommen mir in den Sinn. Weil nicht mal die Wut wird uns gelassen nach allem, was wir erfahren, denn sonst sind wir zu viel, zu aggressiv, zu unsympathisch, zu kindisch.

Man soll nicht alles zu einer Rassimusdebatte machen, sagen die Leute immer. Aber das tun wir nicht. Haben wir nie. Ihr habt angefangen und wir haben nur reagiert. Jetzt wird es Zeit, dass wir unsere Geschichte selbst in die Hand nehmen. Österreich, wenn du uns erzogen hättest wie jedes deiner anderen Kinder, dann würden wir nicht mit dir debattieren. Aber du hast uns ausgesetzt und jetzt fragst du uns, warum wir uns von dir entfremdet haben? Wo ist deine Logik, Bruder?

»Und auf Baba«, sagt Tariq jetzt. »Auf ihn war – bin ich auch sauer.« Er fährt sich durch seine Haare. »Aber ich hab's auch akzeptiert, dass er eben diese Fehler gemacht hat, und jetzt machen wir weiter. Ich will ein gutes Verhältnis zu den beiden«, erklärt er. »Und ich weiß, wie schwer das in so einem Land sein kann, wenn alles um einen herum nur darauf ausgerichtet ist, zu versagen. Aber ich will, dass meine Familie glücklich ist. Nicht, weil ich selbstlos bin, sondern weil ich egoistisch bin. Wenn's euch nicht gut geht, geht's mir nicht gut. Also stecke ich die Arbeit darin rein, damit wir zusammen jedes Problem lösen oder überwinden.« Sein Blick trifft wieder meinen, und diesmal kann ich ganz genau sehen, welche Gefühle er gerade durchläuft. Die Müdigkeit, die Ruhe. Die Widersprüche, immer diese Widersprüche auch.

»Aber das geht nicht, wenn ihr abblockt.«

Ich will mich noch immer entschuldigen, stattdessen erlaube ich mir, einmal auch für mich einzustehen, weil ich mich damit sicher vor ihm fühle: »Ich musste das noch lernen zuzulassen.« So, wie er lernt, mehr Standpunkt zu beziehen.

Er nickt. »Das verstehe ich.« Wir betrachten das Happy Meal auf meinem Schoß, das absolut unpassend für den Moment wirkt. Wahrscheinlich hat er es genau deswegen besorgt.

»Was ist da vorhin auf der Straße passiert?«, fragt er schließlich die eine Frage, die ich die ganze Zeit schon erwarte.

Ich reibe mir über meine Augen. »Ich habe an die Zukunft gedacht«, erkläre ich leise, und dann stolpert der Rest wie von selbst von meinen Lippen. »Manchmal macht's mir Angst, dass ein ganzes Leben vor mir liegt und ich mich jeden Tag anstrengen muss, normal zu sein. Und ich dachte mir, was, wenn ich das irgendwann nicht aushalte? Was, wenn ich das auf Dauer einfach nicht packe?«

Tariq schnaubt. »Was ist schon normal, Abi?«, fragt er. »Und wenn du es nicht mehr packst, dann rufst du verdammt noch mal mich oder die anderen an, okay?« Mein Bruder sieht mich durchdringend an. »Du musst erkennen, dass du nicht allein bist. Nie.«

Diesmal brauche ich ein paar Anläufe, um etwas darauf zu erwidern. »Danke.« Meine Stimme bricht. Nie hat ein Wort so weh getan wie dieses, weil es niemals ausreichen wird.

Bevor ich noch etwas sagen kann, vibriert mein Handy. Sadia schreibt mir, Nuh und Maya auch.

Zayn: Alles okay?
Aslan: Sorry, hab gelernt und Handy stumm geschaltet. Was gibt's?

Nach und nach melden sie sich alle und ich merke, wie mit jeder neuen Nachricht sich etwas in mir beruhigt. Ich lehne mich zurück. Ich bin hier, denke ich mir. Und ich will bleiben.

37. Kapitel

Sadia

Wenn wir schon von all den Variablen reden, dann hat sich in dem letzten Jahr gefühlt alles in meinem Leben geändert, nur eine Konstante ist geblieben: meine Mutter und ihre Versuche, mich zu verkuppeln. Allerdings halte ich es ihr zugute, dass sie nicht mehr so penetrant drängt. Nur gelegentlich hängt sie Steckbriefe von wildfremden Kerlen an die Pinnwand in der Küche, wo sonst die zukünftigen Dienstpläne und andere wichtige Informationen stehen sollten. Oder sie lässt beim Abendessen kurz die Namen von Leuten fallen, die sie neu kennengelernt hat, Menschen, die ja Ach-so-gute-Kontakte seien. Wie opportunistisch meine Mutter eigentlich ist, erfahre ich erst, seit wir das Bulleh Shah aufbauen, und plötzlich ergibt es Sinn, dass ich zumindest im Kompromiss-Machen und durchs Leben Bullshitten keine Schwierigkeiten habe.

Meistens amüsieren mich ihre Strategien aber einfach nur und ich akzeptiere sie als kostenlose Unterhaltung in meinem Alltag. Heute finde ich sie fast schon schicksalhaft.

In drei Tagen ist die offizielle Eröffnung des Bulleh Shah – doch noch zwei Wochen später, als geplant –, und um das zu feiern, hat meine Mutter beschlossen, ein großes Abendessen nur für die Familie zu veranstalten. In dieser »Familie« sind neuerdings auch die Sadeems inkludiert, denn wo wären wir heute ohne ihre Hilfe? Und ob ich schon mit den Söhnen geredet hätte, damals, bei der Verlobung, wie ich sie denn fände, nur so nebenbei gefragt?

»Uzair ist ja ein ziemlicher Cutie«, sage ich, während ich mit dem Messer Rosen aus Tomaten forme.

Wir sind wie so oft in der Küche und bereiten das Festmahl für heute Abend vor. Die goldenen Platten und Tontöpfe, die altmodischen Brotkörbe und metallenen Behälter, die meine Mutter nur für solche Anlässe ausgräbt, voll mit dampfendem Reis, Naan und etlichen Gerichten lassen es beinahe so wirken, als wäre Ramadan und bald Zeit zum Fastenbrechen.

»Und die anderen Söhne?«, hakt sie nach. »Hast du mit denen geredet?«

»Ja. Mit Tariq hat sich Arwa ja echt einen anständigen Typen geangelt, oder?«

Sie scheint sichtbar darum bemüht, ruhig zu bleiben, und ich grinse in mich hinein.

Wenn man es so betrachtet, hat meine Mutter ihren Deal ausgespielt: Sie hat drei Familien eingeladen, bevor ich mein Studium beendet habe, um dreimal zu sehen, ob sie den perfekten Mann für mich findet.

Und ausgerechnet beim letzten Mal sollte sie gar nicht so weit von ihrem Ziel entfernt liegen. Wobei Ibrahim und ich, das ist immer noch eine Sache für sich. In den letzten Wochen haben sich unsere Treffen im Bulleh Shah gehäuft, womit wir wieder begonnen haben, die Nächte für uns zu beanspruchen. Um zu kochen, um zu reden, um uns neu kennenzulernen und uns tiefer zu verstehen. Aber nie, um sich zu berühren. Und nie, um irgendetwas zwischen uns zu definieren. Das trauen wir uns seit dem Abend mit den Gulab Jamun nicht mehr.

»Und Nuh? Was ist mit ihm?«, hakt Mama weiter nach.

Seufzend lege ich die letzte Tomate auf den Salatteller.

»Mama«, beginne ich und fasse einen Entschluss. »Ich will niemanden Neues kennenlernen.«

Sie macht bereits ihren Mund auf, um etwas zu sagen, aber ich komme ihr zuvor: »Und heiraten will ich erst recht nicht. Ich will, dass du unseren Deal respektierst und jetzt damit aufhörst, das Thema immer wieder aufzubringen.«

»Aber«, beginnt sie.

»Aber das war so ausgemacht, oder?«

Sie schüttelt den Kopf. »Sadia, du verstehst nicht!«

Ich ziehe die Augenbrauen hoch. »Was genau?«

»Das alles!«, ruft sie aufgebracht. »Unsere Familie ist nicht besonders groß, siehst du das nicht? Ich will doch nur sicher sein, dass du und Fawad jemanden habt, wenn wir nicht mehr da sind!«

»Mama!«, rufe ich schockiert. Ist das gerade ihr Ernst? »Du – was redest du da?«

»Man kann nie wissen, was morgen passiert«, erklärt sie missmutig. »Heute sind wir gesund, aber das ist keine Garantie. Und so ist das nun mal bei uns. In Pakistan hat man tausend Familienmitglieder, du hast eine Community und Leute, die für dich da sind. Aber hier habt ihr nur euch beide. Wenn wir weg sind, dann – «

»Mama«, unterbreche ich sie. Ist das ernsthaft der eigentliche Grund, warum sie mir seit zwei Jahren mit dem Thema in den Ohren liegt? »Hör auf, so zu reden, als wärst du todkrank oder so. Also echt.« Aufgebracht richte ich das rote Dupatta auf meiner Schulter. »Ich verspreche dir, ich werde nicht einsam enden. Ich habe Freunde und Hobbys und ich kann auf mich aufpassen. Und auch wenn du jemanden für mich findest, ist das doch genauso wenig eine Garantie für irgendetwas.« Ich lege das Messer weg und wasche meine Hände. »Fakt ist: Ich brauche einfach keinen Mann, um glücklich zu werden.«

Und das sage ich nicht nur für sie. Es ist eine Erinnerung an mich selbst.

Einen Moment lang wirkt meine Mutter unentschlossen. Sie betrachtet mich eingehend, während sie in dem Tontopf rührt, in dem Haleem dampft.

»Okay«, gibt sie nach. »Wie du möchtest. Du scheinst eine Entscheidung getroffen zu haben und ich akzeptiere das.«

Ich zähle von zehn runter, dann kommt bereits der nächste Kommentar: »Aber gib den Jungs heute trotzdem eine Chance?«

Statt zu antworten, nehme ich eine Tomatenscheibe von der Salatplatte und stecke sie mir in den Mund. Mit offenen Lippen lächle ich meine Mutter an, sodass man nur einen roten Streifen sieht, wo sonst meine Zähne sein sollten.

Sie wirkt nicht sonderlich beeindruckt von meinem Kunststück und ich schlucke das Gemüse hinunter.

So ernst das Thema auch sein kann, meine gute Laune ist schlichtweg zu groß, um mich beeinflussen zu lassen.

Überraschenderweise scheint sie selbst auch nicht viel mehr Interesse daran zu haben, darauf rumzuhacken. Sie streicht mir eine Strähne aus dem Gesicht. »Du siehst so hübsch aus in letzter Zeit«, murmelt sie gefühlt mehr zu sich als zu mir.

Ich trage heute eine rote Kurti, die am Oberkörper eng anliegt, dann aber in mehreren Stofflagen bis zu den Knöcheln herabfällt, sodass sie wie ein Kleid aussieht. Für meine Verhältnisse ist das eins der gewagtesten Outfits, das ich jemals bei einer Familienzusammenkunft getragen habe, und genau deswegen fühle ich mich seltsam stark und wohl in meiner Haut. Außerdem habe ich wegen der Eröffnung vom Bulleh Shah Henna auf meine Hände aufgetragen. Ein simples Design: die Handinnenflächen mit einem roten Punkt und die Finger an den Spitzen bemalt. Und ich war beim Friseur. Ohne mir den Kopf zu zerbrechen, was ich mit meinen Haaren machen soll, sondern einer spontanen Eingebung folgend. Ich glaube aber, das ist es nicht, was meine Mutter gerade meint.

»So erwachsen«, sagt sie.

Dann läutet es und plötzlich herrscht die reinste Hektik. Von den Sadeems sind heute alle gekommen – jeder Geschwisterteil und ihre Eltern, was gemeinsam mit unserer vierköpfigen Familie für Platzmangel sorgt. Da wir es nicht hinbekommen, dass alle am großen Esstisch im Wohnzimmer Platz finden, machen wir es ganz altmodisch: Wir schieben die Möbel beiseite und breiten eine Decke und auf deren Mitte eine Plane aus, um uns auf den Boden zu setzen.

Es erinnert mich an die Abende zu Hause in Pakistan, wenn meine gesamte Familie, inklusive Cousins und Cousinen, im Innenhof des Hauses unserer Großeltern aßen. Ein wildes, lautes Durcheinander, in dem jeder jedem ins Wort fällt und man sich an mehreren Rücken vorbeidrängen muss, wenn man aus dem Zimmer möchte.

Eine jüngere Sadia fände es total peinlich, dass wir das machen, vor allem dass manche ganz klischeehaft im Schneidersitz sitzen. Heute ist es mir egal. Jeder kann Papad essen und Chai-Tee trinken, im Internet Bilder von ihrem europäischen Curry teilen und Kleidung tragen, die von pakistanischen Fabrikarbeitern für einen Hungerlohn genäht wurden – aber wenn wir Reis mit den Händen essen, da hört es auf? Das ist dann nicht mehr exotisch, sondern nur noch unzivilisiert? Noch nie war ich so stolz darauf, dass genau das hier meine Kultur ist und keine andere.

Ich sitze neben Maya auf der einen Seite am Rand, von wo ich direkten Zugang zur Küche habe, falls jemand etwas braucht, und erzähle ihr von dem Deal mit meiner Mutter, während ich zu ignorieren versuche, wie ihr zweitjüngster Bruder mich immer wieder ansieht.

Er sitzt mir gegenüber und scheint Schwierigkeiten damit

zu haben, bei der Sache zu bleiben. Ständig fällt ihm etwas aus der Hand oder er verschüttet versehentlich Wasser auf sein Hemd. Ja, er trägt ein Hemd. Mitternachtsblau. Ich kann mich nicht entscheiden, ob ich diesen Look an ihm gefährlicher finde oder die Sherwani bei der Verlobung.

Während ich mir etwas von dem Palak Gosht auf den Teller tue – ohne zusätzlichen Chili, versteht sich –, erzählt Fawad den Sadeem-Geschwistern von unserer Geisteraktion letzten Herbst und alle lachen.

»Aber«, unterbricht Nadia Aunty den Lärm mit erhobener Stimme. »Aber eins muss ich dir lassen, Fatimah, du hast wirklich alles richtig gemacht mit den beiden hier.« Sie legt eine Hand an Fawads Arm. »So ein anständiger junger Mann, der für seine Eltern da ist und sich anstrengt. Und Sadia ist so ein tüchtiges Mädchen.«

Sie sagt »Mann« zu Fawad, aber »Mädchen« zu mir, und ich bin nicht die Einzige, der das auffällt.

»Und außerdem sind die beiden intelligent, charakterstark und witzig«, fügt Maya hinzu. »Tüchtigkeit kann man lernen, Anstand wird überbewertet, aber Humor ist nicht jedermanns Sache.« Mayas Mutter schürzt die Lippen und meidet es, ihre Tochter anzusehen.

»Man könnte behaupten«, setzt mein Vater nach, »dass Humor noch mal wichtiger ist als alles andere.«

»Für manche ist es das Wichtigste«, ergänzt Uzair mit seinem viel zu frechen Grinsen.

»Und kochen kann halt auch nicht jeder«, wirft Tariq ein.

»Andere hingegen legen mehr Wert auf die Größe des Messers einer Person. Je größer die Klinge, umso reizvoller die Dame«, sagt Ibrahim mit einem absolut ernsten Gesichtsausdruck und erntet höflichen Beifall von seinen Geschwistern.

»Wohl wahr«, sagt Nuh. »Wohl wahr.«

Während meine Mutter irritiert schaut, verdrehen Ibrahims Eltern nur die Augen und mein Vater und Fawad schnauben belustigt.

Und ich spüre endlos viel Wärme in meiner Brust. Hama meinte mal, dass die Sadeem-Geschwister alle etwas an sich haben, was es gefährlich macht, nur mit ihnen befreundet zu sein. Ich glaube, ich verstehe heute zum ersten Mal, was sie damit meint.

Nach dem Essen komme ich gerade vom Bad, als ich Ibrahim vor meiner offenen Zimmertür sehe. Weil es ja auch nicht anders sein kann zwischen uns.

»Habe ein bisschen was verändert«, sage ich und stelle mich zu ihm.

Seine Miene ist unleserlich. Er betrachtet alles eingehend, bevor er schwer schluckt und mich ansieht. Sein Blick gleitet von meinem Gesicht zu meinem Kleid bis zu den Füßen und wieder zurück, hinterlässt dabei überall ein Kribbeln auf meiner Haut.

»Du siehst verdammt schön aus«, sagt er.

Ich betrachte den Halsausschnitt seines Hemds, aus dem ein Stück goldbrauner nackter Haut hervorblitzt. »Danke.« Mit meiner hennabemalten Hand zeige ich auf das Zimmer. »Magst du dich kurz reinsetzen mit mir?«

Ich erwarte fast, dass es unangenehm werden könnte, weil hier überall unsere Vergangenheit auflauert, aber stattdessen ist es einfach nur selbstverständlich. Im Hintergrund ist immer noch lautes Gelächter zu hören und neues Geschirrgeklapper, weil das Dessert serviert wird.

»Es ist viel heller«, sagt Ibrahim und betrachtet die weißen Vorhänge vor dem gekippten Fenster, die sich durch den leichten Wind aufbauschen.

»Ich hab das gebraucht«, sage ich. »Diese Helligkeit.«

Nach all den Nächten zwischen uns. Wir betrachten das

kleiner gewordene Bücherregal, meinen ordentlichen Schreibtisch und schließlich nehme ich Lars, den Bären, der auf einem Kissen liegt, auf meinen Schoß und zupfe an seiner Schleife. »Aber nicht alles muss neu werden.«

Daraufhin sagt er nichts. In den letzten Wochen hatte er oft diese Momente, in denen er ganz still und ruhig wurde, viel zu ernst. Als würde er tief in seinem Inneren mit sich selbst ringen. Dann tu ich trotzdem so, als wäre alles beim Alten und rede normal auf ihn ein, bis der angestrengte Ausdruck schwindet und sein Blick sich klärt. Später frage ich ihn jedes Mal, ob er darüber reden will, und manchmal stimmt er zu und manchmal schüttelt er bloß den Kopf, will Ablenkung. Aber manchmal fragt er auch, ob es für mich okay ist, wenn er kurz Abstand nimmt und spazieren geht, und gerade das, dieses Kommunizieren seiner Grenze, wertschätze ich besonders.

Aber die meiste Zeit über scheint er immer mehr zurück zu sich zu finden, und dieses Ich ist weiterhin impulsiv, weiterhin humorvoll und herzensbrecherisch, nur mit Erfahrung und neuem Wissen über das Leben.

Wir fixieren beide die offen stehende Tür vor uns, jeder den eigenen Gedanken nachhängend. Es hat schon eine ganze Weile niemand mehr etwas gesagt. Aufstehen wollen wir aber irgendwie auch nicht und mittlerweile ist es mir egal, ob uns jemand zusammen erwischt oder nicht.

»Als ich in Frankfurt war«, sagt er schließlich. »Hab ich manchmal diese Tagträume gehabt.«

Ich sehe ihn neugierig an. »Was für welche?«

Er drückt mit einer Hand an den Fingerkuppen seiner anderen rum. »Aber ich sag das nicht, um Druck zu machen. Also ich erwarte nichts, ich hab nur grad daran denken müssen. Ich muss es auch gar nicht sagen, es ist nicht so wichtig eigentlich …«

»Nein, sag.« Ich schiebe die Beine rauf und drehe den Oberkörper zu ihm. »Du kannst nicht anfangen und dann einfach nicht weiterzählen.«

Seufzend fährt er sich über seinen Nacken. »Es ist bescheuert. Und kitschig. Scheiße, es ist kitschig, aber ich hab mir manchmal vorgestellt, wie alles gewesen wäre, wenn ich's nicht vermasselt hätte.«

Mein Blick senkt sich wieder auf Lars in meinen Händen. »Und wie wäre es gewesen?«, hake ich leise nach, mit einem Mal selbst unsicher, ob ich es wirklich hören will.

Er schluckt schwer, visiert noch immer die Tür an. »Ich hab mir vorgestellt, wo wir wären. Also in ein paar Jahren. Vorausgesetzt, du hättest es mit mir so lang ausgehalten.«

Ich drücke den Teddybären an mich, meine Brust mit einem Mal eng. »Und wo wären wir gewesen?«

»Zusammengezogen«, gibt er seufzend zu und sein Kiefer spannt sich an, als würde es ihn Mühe kosten, den Rest zu erzählen. »In dieser Vorstellung von mir wären wir zusammengezogen. Und wir arbeiten beide, keine Ahnung was, aber wir sind zufrieden mit dem, was wir machen. Haben einen Alltag und unsere Eltern wissen Bescheid, unsere Geschwister auch …«

Draußen kristallisiert sich Fawads Stimme über das Stimmengewirr, er scheint mit Nuh zu reden, irgendwas über einen Weihnachtsmann auf einem Dach.

»Unsere Geschwister vertragen sich gut. Und an den Wochenenden würden wir immer abends in unserer Küche rumhängen. Draußen würde man die Straßenbahn hören, weil klar, wir sind noch in Wien, wo sonst? Und ich würde dir meine Lieblingsgedichte vorlesen, während du Gemüse hackst.« Er hält inne. In meiner Kehle ist ein Kloß, der immer größer wird. »Und ja. Das wäre es eigentlich. Zusammen lesen, zusammen kochen, zusammen reden, zusammen sein. Nur eben das Zusammen-Leben wäre neu.«

Es dauert einige Sekunden, bis ich mich gefasst habe, um weiterzureden. »Das war dein Traum?«, frage ich und versuche locker zu klingen. »Unfassbar. Ibrahim Sadeem träumt vom einem Bilderbuchleben. Wie langweilig von dir.«

Er schnaubt und schüttelt den Kopf. »Es wäre nicht langweilig, wenn es mit dir ist.«

Und als unsere Blicke sich diesmal begegnen, da scheinen wir beide einmal dieses Leben zu durchlaufen, das er erträumt hat. Ich stelle mir alles ganz genau vor. Wie ich das Studium beende, wie er seine VWA fertig schreibt und anfängt zu studieren, nebenbei weiterarbeitet. Wie wir uns wahrscheinlich eine kleine Einzimmerwohnung besorgen würden, nichts Luxuriöses, und meistens absolut gestresst und überwältigt vom Leben wären. Wie wir aber trotzdem an manchen Tagen nicht aufhören könnten zu lachen, weil wir immer einen guten Grund finden zu lachen.

Jedes Stück Haut auf meinem Körper sehnt sich schmerzhaft nach dieser Vorstellung.

Und damit kommt die Erkenntnis. Ein Entschluss. Ich kenne meine Grenzen, ich habe die Kontrolle. Mein Herz, das in Aufruhr geraten ist, beruhigt sich. Ich betrachte seine Züge, die ich so oft bereits mit meinen Fingern nachgefahren bin, und präge mir alles an ihm ein.

»Lass uns woandershin«, sage ich.

Überrascht sieht er mich an. »Jetzt?«

»Traust du dich nicht?«

Auch das wird wahrscheinlich immer gleich bleiben: dass er nie einer Provokation widerstehen kann.

Also schleichen wir uns Sekunden später ins Vorzimmer und ziehen Schuhe und Jacken über. Ibrahim schreibt seinen Geschwistern, dass er mit mir spazieren geht, und nach kurzer Überlegung schicke ich auch eine Nachricht in unseren Familienchat.

Wir müssen mit der Straßenbahn zur U-Bahn, und ich frage ihn, ob es okay für ihn ist, am Simmeringer Bahnhof auszusteigen. »Ich war nicht mehr dort … seitdem.«

Er nickt ernst. »Lass uns gemeinsam hin.«

Tagsüber ist viel mehr los an diesem Ort, überall sind Menschen, überall sind Stimmen und noch mehr Autos. Wir betrachten den Platz und ich weiß nicht, was in ihm vor sich geht, aber ich spüre, wie sich die Schwere, die ich sonst mit dieser Stelle assoziiere, durch Gleichgültigkeit ersetzt wird. Ich habe mich mal gefragt, ob ein Ort jemals fremd werden kann, und ich glaube, wenn man sich bemüht, Distanz aufzubauen, dann ist das tatsächlich möglich.

»Manchmal«, sagt Ibrahim, »sehe ich mein jüngeres Ich an den Orten, wo was Großes passiert ist.« Er betrachtet das Haltestellenschild über dem Eingang des Gebäudes vor uns.

»Ist das was Gutes oder Schlechtes?«, frage ich.

»Weder noch, glaub ich. Ist wohl einfach Teil des Lebens, dass man immer die Vergangenheit in der Zukunft sieht.«

Ich trete vor ihn und ich weiß nicht wieso, aber ich halte ihm meine Hand hin. Einige Herzschläge lang betrachtet er nur meine ausgestreckten Finger, dann erfasst er sie. Die Berührung lässt uns beide erschaudern und ich ziehe ihn weiter zu den U-Bahnen.

Er merkt, wohin wir fahren, als wir zehn Minuten später wieder aussteigen und zur Straßenbahn wechseln. Der Hauch eines Lächelns umspielt seine Lippen, seine Augen funkeln. »Das Büchercafé?«

Ich lächle nur wortlos und kurze Zeit später stehen wir tatsächlich vor dem Eingang des Cafés, das genauso aussieht wie in unseren Erinnerungen. Wir verharren neben der Tür, die Hände noch immer verschränkt. Er blinzelt, als würde er sich nicht sicher sein, ob das hier echt ist, während ich mich frage, wie viel Echtheit ich zuzulassen bereit bin. Dann zieht er mich näher ran, sodass wir beinahe Brust an Brust voreinander stehen.

»Ich bin nicht geheilt«, sagt er und visiert meine Lippen an.

»Das habe ich nie von dir verlangt.«

Er schüttelt den Kopf. »Ich weiß, aber ich – ich bin keine andere Person, verstehst du? Es kann sein, dass alles wieder zu viel wird.«

Ich nicke. Spüre seinen Atem auf meinem Gesicht. Es ist Ende März und angenehm warm und grün um uns herum. Die Sonne geht unter und taucht den gesamten Ort in ein rosafarbenes Licht. Um das Büchercafé herum gibt es viele Parks und sonst kaum öffentliche Räume, weswegen es seltsam ruhig und verlassen hier ist. Kein Wunder, dass meine Erinnerung an unsere Treffen so romantisiert ist.

»Das ist okay«, antworte ich. »Es kann auch sein, dass ich wieder Abstand brauche. Es kann sein, dass wir einander verletzen. Es kann sein, dass alles sich verändert. Aber wenn du mir nur versprichst, es wenigstens zu versuchen, dann komme ich damit klar.«

Ibrahims Stirn berührt meine, weil wir unbewusst noch näher aneinandergerückt sind. Seine Hand noch immer in meiner, mittlerweile über seiner Brust, dort wo sein Herz pulsiert.

»Ich will's versuchen«, sagt er. »Ich wollte noch nie etwas so sehr versuchen.«

»Dann versuchen wir es beide.«

Ich atme ihn ein. Er atmet mich aus. Wie schmiegen uns immer mehr einander, bis kaum Raum für Zweifel bleibt.

»Sadia«, seufzt er. Dann Stille.

Er küsst mich. Oder ich küsse ihn. Ich weiß es nicht. Ich weiß nur, dass sich unsere Lippen plötzlich aufeinander bewegen und mein Herz in meinen Ohren hämmert und er seine Arme um meine Taille gelegt hat, mich an sich drückt. Ich weiß nur, dass es zeitgleich wehtut, wie auch heilt, ihm so nah zu sein. Ich weiß nur, dass seine Haut unter meinen Fingern glüht und in mir bereits alles in Flammen aufgegangen ist.

Er presst mich gegen das Schaufenster des Cafés und zittert so sehr, dass ich ihn fester an mich ziehe, vielleicht nie fest genug. Meine Hände wandern von seiner Wange zu seinem Nacken, zu seinem Tattoo dort, bis er sich von mir löst, schwer atmend, und seine Stirn an meine Schulter presst.

»Sorry«, sagt er vollkommen aufgelöst. »Ich … brauch kurz eine Minute.«

Sofort versuche ich zurückzuweichen, aber seine Arme drücken mich weiterhin an sich. »Nein. Ich muss nur mit meinem Leben klarkommen. Aber wehe, du lässt los.«

Meine Mundwinkel zucken. Ich drücke einen Kuss an seinen Hals unter seinem Ohr und er schaudert.

»Weißt du was?«, murmle ich nach einem Moment, um die Stimmung ein bisschen aufzulockern. »Ich hätte grad echt Lust auf Dessert.«

Dabei bin ich satt – von Kopf bis Fuß komplett satt. Endlich hebt er seinen Blick. »War das grad kein Dessert?«, fragt er.

Grinsend küsse ich ihn noch einmal, zweimal, fürimmermal, dann ziehe ich ihn ins Café rein.

»Magst du einen Teller mit mir teilen?«

Nachwort

Ich bin der Meinung, dass Bücher ohne Nachwort für sich allein stehen sollten (können), aber manchmal geht es sich nicht aus, bestimmte Themen in die Story einzubauen, und dann ist es ganz hilfreich, einen kurzen Gedanken am Ende noch dranzuhängen.

Einer dieser Gedanken ist, dass nicht jeder Mensch ein Support System wie das von Ibrahim oder Sadia hat und manche vielleicht ganz andere Notfallnummern brauchen.

Hier sind drei Wahrheiten für euch, die sich vielleicht angesprochen fühlen:

1. Ihr seid nicht allein.
2. Ihr seid unfassbar stark und ich bewundere euch.
3. Ihr verdient es, gesehen und gehört zu werden.

Deswegen möchten wir gerne ein paar Anlaufstellen für euch auflisten:

Telefonseelsorge Deutschland: 0800–1 110 111 oder
0800–1 110 222
Für Kinder und Jugendliche: 0800–1 110 333

Telefonseelsorge Österreich: 142
Für Kinder und Jugendliche: 147

Telefonseelsorge Schweiz: 143
Für Kinder und Jugendliche: 147

Unter telefonseelsorge.de, rataufdraht.at und 147.ch kannst du auch Hilfe vor Ort, via Mail, WhatsApp oder Chat erhalten. Alles anonym und kostenlos.

Ein weiteres Nachwort

Ein zweiter Nachgedanke ist zudem der momentanen politischen Lage geschuldet. In *Like words on our skin* werden diverse Marken namentlich erwähnt, die ich vor dem Drucktermin dieses Buchs nicht mehr aus dem Text habe rausnehmen können (Stand Winter 2023). Deswegen möchte ich darauf hinweisen, dass ich diese Marken nicht mehr supporte und niemals hätte supporten sollen.

In Solidarität mit allen Menschen auf der Welt, die unter Kolonialismus (bzw. kolonialen Strukturen) und unserem westlichen Wohlstand leiden.

Danksagung

Like Words on our skin ist das Buch in der Mitte, weder ein Beginn noch ein richtiges Ende. Deswegen fasse ich auch meinen Dank diesmal kurz, wie einen kleinen Zwischenstopp zum Atemschöpfen (was nach über 500 Seiten emotional Roller-Coaster mehr als verdient ist, oder?).

Mein erster Dank gilt meiner Seelenverwandten, meiner besten Freundin, einem meiner Anker in dieser beschissenen Welt: Nena Tramountani. Mein zweiter Selin Vişne (für alles, immer) und mein dritter und wichtigster meiner Familie, am meisten meiner Schwester Ayeshah, die wieder Illustrationen für dieses Buch gemalt hat und, unabhängig davon, immer meine höchste Notfallnummer sein wird.

Asmah, meine Babyschwester (sie ist gerade 17), hat diesmal die kleinen Bilder gemalt, und meine Brüder, Umar und Ali, sorgen ebenfalls dafür, dass mir die Ideen nicht ausgehen. Ihr seid alle die größten Nervensägen und ich liebe euch zu Tode.

Meinen Eltern danke ich, dass sie aufgegeben haben, mir einen Ehemann zu suchen, und dass sie ebenfalls ein Quell der Inspiration für mich sind (said, in a loving tone). Ein besonderer Dank auch an meine Großeltern, vor allem meinem Abu, der nie miterleben durfte, wie seine älteste Enkelin Bücher veröffentlicht. Ich wünschte, ich hätte dir sagen können, wie viel du mir beigebracht hast.

Ich danke zudem Rabia Karim Saleemi für vieles, unter anderem ihren Support in einer schweren Zeit. Meiner Testleserin Naoual für ihren unvergleichbaren Humor. Und Basma Hallak und Mounia Jayawanth für ihre bereichernde Freundschaft in einer Branche, die sonst nur auslaugt.

Ich danke meinem Verlag, der mich noch immer nicht aufgegeben hat, obwohl ich es echt nicht leicht mache, vor allem meiner ziemlich krassen Lektorin Stephanie Bubley. Simone Belack für den wunderschönen Release von *Like Water* damals. Meiner Außenlektorin Li-Sa Vo Dieu schulde ich ein Leben, ohne sie wäre dieses Buch ein einziges Chaos. Und jedem Menschen, der daran beteiligt ist, aus all diesen Worten ein materielles Buch herzustellen – den Korrektoren, Setzern, Covergestaltern, jeder einzelnen Person, die im Hintergrund arbeitet: ein riesiger Dank euch allen.

Danke auch an Markus Michalek und meine Agentur AVA, ihr seid auch ziemlich cool.

Danke an die Blogtour-Mädels von Band 1, die dabei geholfen haben, *Like Water* an die skeptische Leserschaft zu bringen: Beril Kehribar, die mittlerweile selbst erfolgreich Bücher veröffentlicht (!), Friederike von Buchundgewitter (super sweeter Mensch), Marwa von Novembertraeumerin (die mit ihren wichtigen Beiträgen die Bookstagram-Bubble bereichert) und Dina Al-Fahri – ich hoffe, es geht dir gut.

Im Jänner 2023 durfte ich in meinem ehemaligen Gymnasium eine Lesung halten. Ich kann es noch immer nicht fassen, dass das wirklich passiert ist. Danke an meine frühere Deutschlehrerin Sandra Pacher-Ferstl für diese unvergessliche Erfahrung und das Wieder-Connecten mit meiner Volksschullehrerin Tanja Schwarz.

Und an euch, meine Leser, geht auch ganz viel Liebe hinaus. Zwei Jahre ist es jetzt her, seit *Like Water in your hands* erschienen ist, und dank euch wird es immer noch fleißig gelesen. Von Buchhandlungen, wie zum Beispiel der Bibliobox (die wahrscheinlich für die Hälfte meiner Verkäufe zuständig ist, shoutout an @aruajuanita <3), über BIPoC-Buchclubs zu Buchhändlern, die mein Debut im Fernsehen teilen, bis hin zu jedem Beitrag, jeder Nachricht, jeder persönlichen Empfehlung von euch – ich kann nicht in Worte fassen, wie viel Mut ihr mir mit eurer Leidenschaft macht. Ob als Problemkind, People-Pleaser, älteste Tochter oder Oktopusmensch: Ich fühle mich durch euch gesehen und anerkannt. Eure Solidarität und Empathie sind das Höchstmaß an Erfolg, das man erreichen kann. Aus ganzem Herzen: Danke.